刘醒龙当代文学研究丛书

刘醒龙研究

（三）

李遇春　邱婕　主编

武汉大学出版社

图书在版编目(CIP)数据

刘醒龙研究.三/李遇春,邱婕主编.—武汉:武汉大学出版社,2021.3
刘醒龙当代文学研究丛书
ISBN 978-7-307-21825-3

Ⅰ.刘⋯　Ⅱ.①李⋯　②邱⋯　Ⅲ.刘醒龙—文学研究　Ⅳ.I206.7

中国版本图书馆 CIP 数据核字(2020)第 193638 号

责任编辑:白绍华　　责任校对:李孟潇　　版式设计:马　佳

出版发行:武汉大学出版社　（430072　武昌　珞珈山）
（电子邮箱:cbs22@whu.edu.cn　网址:www.wdp.com.cn）
印刷:湖北恒泰印务有限公司
开本:720×1000　1/16　印张:30.75　字数:441 千字　插页:1
版次:2021 年 3 月第 1 版　　2021 年 3 月第 1 次印刷
ISBN 978-7-307-21825-3　　定价:99.00 元

版权所有,不得翻印;凡购我社的图书,如有质量问题,请与当地图书销售部门联系调换。

目　录

上编　自述·对话·访谈·印象 ………………………………（1）
文学的正途 ……………………………………… 刘醒龙（3）
青铜大道与大盗 ………………………………… 刘醒龙（22）
恢复"现实主义"的尊严
　　——汪政、刘醒龙对话《圣天门口》… 刘醒龙　汪　政（26）
大地上的苦行与生长
　　——访第八届茅盾文学奖获奖作品《天行者》
　　作者刘醒龙 ………………………………… 杨桂青（32）
《蟠虺》：文学的气节与风骨
　　——刘醒龙访谈录 ………………… 周新民　刘醒龙（37）
我们这个时代的文学重器 ……………… 刘醒龙　何言宏（50）
对乡土中国的深切忧患
　　——作家刘醒龙印象 ……………………… 李正武（62）
刘醒龙印象 ……………………………………… 朱小如（64）

中编　《蟠虺》研究特辑 ……………………………………（67）
青铜重器的分量
　　——读刘醒龙长篇小说《蟠虺》……………… 贺绍俊（69）
一部关于德行的寓言小说
　　——刘醒龙《蟠虺》的一种解读 ……………… 李　星（73）
当代知识分子的灵魂透镜
　　——评刘醒龙小说《蟠虺》…………………… 李　成（76）
《蟠虺》：重提作家的价值立场 ………………… 何　平（80）
刘醒龙印象与《蟠虺》…………………………… 李美皆（85）

论长篇小说《蟠虺》的文化叙事 ……………… 何冬梅（92）
论《蟠虺》的多元化精英主题及大众化叙事策略
………………………………………………… 胡立新（101）
象牙塔里的"短板"
——评刘醒龙最新力作《蟠虺》 ……… 何 英（117）
我们应该怎样读《蟠虺》？ ……………… 於可训（124）
《蟠虺》：诗骚和鸣唱楚风 ……………… 吴平安（136）
对传统与现实的反思
——评刘醒龙长篇力作《蟠虺》 ……… 顾江冰（143）
以楚为法：《蟠虺》的地域书写与主体重构 …… 韩 煦（155）
屈骚楚韵：《蟠虺》的楚文化意蕴解读 … 万桂红 王宇珅（171）
悬疑・学术・人性
——评刘醒龙长篇小说《蟠虺》 ……… 王春林（183）
论刘醒龙小说《蟠虺》的三种叙事 ……………… 夏元明（199）
盛名之下，其实若何
——《蟠虺》的知识分子书写分析 ……… 魏春春（211）
论《蟠虺》的文化意义 …………………………… 白文硕（220）
城市史与知识考古
——刘醒龙小说《蟠虺》的两个向度 ……… 曾令霞（232）
《蟠虺》："器与道"的争夺及对圣贤人格的呼喊 … 任 颖（239）
论《蟠虺》的精神结构 …………………………… 管兴平（251）
"人文启蒙"精神的坚守和重建
——论刘醒龙的《天行者》《圣天门口》《蟠虺》 … 陆红平（261）
时过境迁的解谜之旅
——试析"大别山之谜"与《蟠虺》 ……… 谭雪晴（272）

下编　刘醒龙面面观 ……………………………………（283）
取景的差异与价值的认同
——论刘醒龙的乡土小说创作 ……… 但红光（285）
知识分子立场的游离、坚守与重构
——略论刘醒龙的小说创作 ……… 杨国强（294）

湖北文学的两个传统
　　——刘醒龙的小说和他的《芳草》 ………… 李遇春(313)
论刘醒龙的小说创作道路 ………………………… 周新民(323)
刘醒龙作品在法国的传播与接受 …… 靳风华　艾士薇(336)
走出"大别山之谜"的三重奏
　　——论刘醒龙早期小说创作的文学史意义 …… 杨晓帆(349)
"浪漫现实主义"与被误读的"分享艰难"
　　——重读刘醒龙90年代小说 ………………… 李　强(365)
大山里的真情 …………………………………… 谈志林(377)
刘醒龙的《黄昏放牛》与中国的乡土文学 ……… 陆　琳(380)
《音乐小屋》：灵魂震颤的多重乐章 …………… 王　瑶(384)
论《分享艰难》的自然主义叙事策略 …………… 张　冀(392)
谈《威风凛凛》的结构艺术 ……………………… 邱胜威(405)
《政治课》：强劲的政治伦理表达 ……………… 邓云涛(409)
革命地方志·日常性宗教·语言
　　——关于《圣天门口》的几个问题 ………… 何　平(417)
《圣天门口》："恢复现实主义"的启蒙写作 …… 汤天勇(428)
暧昧时代的精神叙事
　　——评刘醒龙的《天行者》 ………………… 傅　华(441)
良知是高尚者的墓志铭
　　——评刘醒龙长篇小说《天行者》 ………… 王春林(451)
《天行者》：抵达乡土叙事的深处 ……………… 陈　艳(462)
从南海到长江
　　——刘醒龙近期散文的景观书写 …………… 王　泉(474)

编后记 ……………………………………………………… (481)

上编　自述·对话·访谈·印象

文学的正途

刘醒龙

一、讲好中国故事，首先要把握中国文学传统的正脉，只有通过塑造出贤良方正的中国形象，才能为世界文明的发展注入中国激情与活力

文学创作离不开创新，没有创新，就没有生命力。与自然科学往往通过对旧学说的颠覆来实现创新不同，文学的任何实践，都离不开传统。自"五四"新文学运动开始，欧美文学对中国文学产生了很大的影响。这种影响最激烈的那几年，作为新文化运动旗手的鲁迅甚至很夸张地说，汉字不灭，中国必亡。鲁迅先生说这话，有着特殊背景，如果背景稍有不同，鲁迅先生肯定不会如此说话。辛亥革命前后的反帝反封建运动中，为了唤醒处在精神麻木状态下的民众，需要来一剂猛药，像鲁迅先生这样的思想家，说点过激的话，甚至是过头话，可以理解。2018年是改革开放40周年，从1978年开始的改革开放大业，尝试学习世界各国的文明成果，也可看成阶段性必要。但是，这些措施就像家里办大事时，找几个亲戚来帮忙。来帮忙的亲戚，上上下下忙得不亦乐乎，将里里外外弄得很像那么回事。真正决定家庭大计，决定家族命运的，还是自己家里的人。

在2014年出版的长篇小说《蟠虺》中，有这样的一段闲笔：春秋战国后期，公元前506年，在报仇心切的伍子胥的策动下，吴国出兵三万讨伐楚国，将拥有六十万大军的楚国打得落花流水、山河

破碎。楚国的残兵败将逃到弱小、但与楚国有盟誓的随国后，吴王率大军将随国国都团团围住，威逼随王交出前来避难的楚昭王。危难之际，楚昭王的兄长子期，穿上弟弟的衣冠，冒充楚昭王，请随王将自己交给吴王。谁知随王坚决不肯这么做，还写信告诉吴王，随国虽然弱小，但与楚国有世代盟约。如果一有危难就互相抛弃，就算你吴国将来与我随国结盟，这样的盟约谁会相信？眼下，就算吴国兵马再强大，我也断断不能将楚王出卖给你吴王。否则，不仅随国将无法取信天下，就是吴王你也会因为威逼利诱，让品行高贵的随王变成背信弃义、卖身求荣的小人而受到天下耻笑。随王这番大义凛然的话，让吴王觉得理亏，满面羞愧，引兵而退。《左传》用"吴人乃退"四个字，恰到好处地表现出曾经广为传诵，后来却少有提及的春秋大义。

湖北省博物馆内，专门设立有曾侯乙馆，陈列着随州擂鼓墩大墓中出土的曾侯乙编钟，以及国内外唯一一套完整的九鼎八簋，还有促使我创作出长篇小说《蟠虺》的曾侯乙尊盘等一大批相当珍贵的青铜器物。不算其他礼器，光是曾侯乙编钟，就有十几吨重。在青铜作为战略物资严加管控的春秋战国时期，如果将制造曾侯乙编钟的青铜用于制造兵器，足以装备一支能够从根本上影响任何战役的大军。随州是随国故地，随国人不屑于用兵器，而执意尊崇礼乐，在以成败论英雄的所谓史册上，没有留下丰功伟业。但在中华文化长河中，给后人留下日月经天一样的楷模。

成语"二桃杀三士"，同样出自春秋战国时期。今天我们所见到的词典注解，还有现实生活中，每每提及"二桃杀三士"，所欣赏的是谋臣晏婴用计帮助齐景公除掉三位功高盖主的勇士。用中华文化的春秋大义来看，"二桃杀三士"能够流传，其价值取向恰恰不是阴谋诡计，而是三位勇士所秉持的有福同享、有难同当的凛然正气。如果换成三个见利忘义之徒，齐景公的谋臣再有百倍狡诈，也不会有人中他们的诡计，上他们的圈套。说到底，不是坏人有多么坏，而是善良的人有多少善良。

楚汉争霸时，项羽的"鸿门宴"也可算是春秋大义的一种。后人不解项羽为何没有在鸿门宴上杀了明知是自己一生之敌的刘邦，那些写天意的，写奇幻的，写权谋的，写私欲的，解释全不对。事情的真相在于，手握生杀大权的项羽还记得"春秋大义"这条底线，宁肯未来在战场上拼个你死我活，也不肯做一个让千秋万代百般耻笑的懦夫，不肯做在背后捅刀子的卑鄙小人。这就是我们经常说自己，也说别人，做任何事情，最重要的是留下一个口碑。假如项羽真的想在鸿门宴上暗算刘邦，就不会弄什么项庄舞剑，意在沛公，直接将手中的酒杯一扔，让四周的刀斧手一拥而上，铁打的刘邦也会被砍成肉酱。在历史长河中，不要说用各种卑鄙手段杀人越货，仅仅那些在大庭广众之下，文臣武将面前，甚至美色如云的后宫香闺之中，所谓正大光明的屠杀已经不可胜数。诸如此类，数不清的丑行，有哪一宗，有哪一件，能不受批判谴责地流传下来？即便是开创大唐盛世的唐太宗李世民，也因为犯下杀死长兄和四弟这样的罪过，哪怕有白居易、苏东坡这种最高等级的文人为他唱赞歌，也还有像罗贯中这样的春秋笔法大师，借不朽名著《西游记》，让一代唐王患上怪病，必须向佛修禅才能痊愈，暗指"玄午门之变"，为天地人神所无法容忍。

　　从事关国运的春秋大义，到家长里短的口碑，正是一直以来中国的主流传统。对春秋大义的传承是时代的灵魂所在。如果我们对真正的传统视而不见，不是痴迷于欣赏蝇营狗苟的宫廷野史与官场黑幕，就是把铜臭熏天或情色泛滥的文字当成艺术美学，不仅无法担起民族复兴的历史重任，就连个人的心理健康也很难得到保证。

　　不管是血气方刚的青年作家，还是岁月无敌的艺术大师，所需要的不单单是有如外科医生拿着手术刀那样的解剖，也不是像科学家那样急于对"未来已来"的超常预估，从灵感产生到作品定稿，需要自觉沉淀的宽大胸怀，需要饱含深意的沉着淡定与执着坚守。

　　2018年8月27日，我去鄂西秭归县的乐平里，拜访当地的骚坛诗社。藏在大山深处的乐平里是屈原的出生地，有六百年历史的骚坛诗社，像是历史特意珍藏的一条文学正脉，生生不息，从未间断。骚坛诗社成员，全部是当地的农民，他们一代接一代地写了上万首诗词，农闲时候，聚在一起，用古老的音韵在屈原庙前相互唱和。屈原庙里有一位83岁的看守老人，老人是一位乡村教师，从退休的第一天起,就义务看守屈原庙。那天见面时,老人对我说,屈原庙地处深山,很少有人来,怀沙投汨罗江的屈原,灵魂太孤独了,好不容易回到家乡,得有人来陪着,所以自己就天天来这庙里读读诗,写写字,算是与屈原说说话。老先生认为能给屈原做个伴,是自己天大的幸运。人不一定非要成为圣贤,但一定要有一种属于自己的认知圣贤的心路。这些连自己都不认为自己是诗人的普通人,用写在房前屋后的诗词以及田边地头的吟唱,表达了普通人的努力和坚持,造就了潜藏在人民中间的中国精神。很多时候,我们总在认为,文化的坚守需要付出超常努力,一般人做不出来。事实上,真正的坚守,都不是什么惊人之举。就像某位邻家女子,一直以来,在那里默默地剪着窗花,贴在玻璃窗上给人以美感。就像爱好书法的街坊,年年春节都会义务给大家写对联贺岁迎春。就像一位省委书记,年轻时在家里拼命干农活,落下了腱鞘炎,几十年后还在隐隐作痛。为了写百万字的长篇小说《圣天门口》,自己闭关五年后,写坏三台电脑,同样落下了腱鞘炎,终于交稿后,乘火车出差时,一连三次,在武昌站,被铁路警察怀疑为是从监狱出来的人犯。正是这种在平常日子里的坚守,让五千年文化正脉化成涓涓细流,绵绵不断,延续下来!

  小时候,常听家中老人说黄冈的人,个个是贤良方正的,历史上从没有出过大坏蛋,也从来没有人当奸臣。自己虽然记住了"贤良方正"这个词,却没有真的往心里去。多年以后,有机会去甘肃武威附近的祁连山中。在被环境污染糟蹋得不成样子的大山深处,只要有村庄,就能看到那些毫不起眼的人家,门匾上写着极富文采的斋号。但进到屋里看,并没有多少书,甚至说不上是藏书。能有上百本书的人家,就称得上是学富五车了。就是这样的人家,偏偏要弄个在外人看来有些酸溜溜的斋号。恰恰是这些斋号,让我重新回忆自家老人提及"贤良方正"的前前后后。这才明白,这些挂在穷乡僻壤人家的门匾,以及老人们说老家黄冈历史上从未出过奸臣,是在陈述一种文化,是在指引一条能让人活得更好的正脉!

  对每个人来说,中华文化就是以故乡为代表的源远流长,不是猎奇,不是狂欢,是那些与毫不起眼的平静生活融为一体,不用心思索就有可能糊里糊涂忽略掉的日常品质。在日常用语中，我们常常脱口而出，说大道无形、大辩不语、大智若愚，这些话里也包含有春秋大义的雏形，是春秋大义的初级阶段和基本表现。说大实话，做大实事，当大好人，看上去很蠢，很吃力，正是这种融化在日常生活中贤良方正的笨脑筋、蠢办法，才是我们这些后来者的千秋学问、万古典藏。明白这一点，才有了2018年7月出版的长篇小说《黄冈秘卷》。前些时，华中师范大学召开《黄冈秘卷》的研讨会，研讨会结束时，刚刚博士毕业的儿子说：十几岁时，他毅然决然地选择与父亲背道而驰。原本以为是离经叛道，走自己的路，想不到绕着地球走了一圈后，又与父亲撞了个满怀。写《黄冈秘卷》，重新认识和理解"贤良方正"，几乎与一个十几岁的少年，决心走自己的路，却最终回到父亲面前，回到传统正途的经历相当。

评论家汪政在谈及《黄冈秘卷》时，认为这是一部向英雄、向父辈致敬之作，并成功地改变了传统的英雄叙事模式，顶住"弑父"的新传统压力，于文明传承层面给出了正本清源的释义。汪政在这里巧妙地使用了"新传统"的概念，其意思会不会是指源自欧美文学中的弑父情结？所谓新传统，会不会是时髦、流行的代名词？果真如此，肯定是靠不住的。

在令人津津乐道的美食中，百分之九十九的武汉人对热干面赞不绝口。但除了过早，没有哪个武汉人会将热干面当成午餐和晚餐。如果一天到晚只吃热干面，排斥大米饭和猪肉、青菜等正餐，当年的辛亥革命首义，就不大可能发生在武昌。可以想象，如果武汉人只吃热干面，汉口、汉阳和武昌三镇，满大街的人都会营养不良，满城的男女老少都是病恹恹的，哪能有推翻封建王朝的铁血性格？正如那种脱离文化品格的作品，个性再突出，风格再独特，也只能成为小品，很难表现出国家和民族的进步与发展。花絮类的东西，可以编成"顺口溜"、急就章，见效得快，但很难成为生活的"正餐"，否则，就会影响肌体的新陈代谢。无法想象，如果中国古典文学只有小吃一样的《聊斋》，只有美味的明清笔记小说，而没有提供主要文学营养的《红楼梦》《三国演义》，会是个什么样子？

1996年夏天，我和李存葆在济南第一次见面时，他就说我的小说风格是正面强攻。李存葆的中篇小说《高山下的花环》，对中国当代军事文学产生过巨大的影响，是典型的正面强攻风格。中国军事学术上著名的"三十六计"虽然是路人皆知，真的要彻底解决问题还得依靠不在三十六计当中的"正面强攻"。中国作家中，从古典的屈原、李白、杜甫、曹雪芹，到现代的鲁、郭、茅、巴、老、曹，其创作生涯，无一不是靠正面强攻闻名于世。

正如习近平所说："优秀传统文化作为一个国家、一个民族传承和发展的根本，是人们共有的精神家园，如果丢掉了，就割断了精神命脉，丢弃了灵魂家园。"不解决好日常生活当中的正餐问题，不把贤良方正作为做人做事的根本，不懂得文学更需要正面表现历史与当下，不了解人的肌体中，正脉的生命力是最强大的，就无法解决文学的根本性问题。有经验的中医，通过奇经八脉的疗法，能获得意想不到的疗效。真正想强身健体、益寿延年，还得从正脉上下功夫。

伟大的传统，生活的真相，社会的主流，不只是喊口号、做广告那么简单，就算别人明明白白地告诉我们什么是伟大的传统，什么是生活的真相，什么是社会的主流，也还是需要每个人用心用情用功去体验，用自己的方式去发现，形成自己的艺术个性，体现自己独特的艺术魅力。

2014年出版的长篇小说《蟠虺》，很多人不认识书名上的两个字。第一字"蟠"，是形容龙或者蛇盘起来的样子。第二个字"虺"，在一般的解释中，表示为蛇或者小龙，"虺"经过五百年修炼变成蛟，蛟经过一千年修炼成为龙。这样的典故，正是这部小说的根，是春秋大义的换一种说法——任何东西，包括关乎历史进步的春秋大义，也需一天天、一年年修炼才能做到完美拥有。同样是"虺"，还有完全不同的说法：韩非子曾经写过，有一种名叫虺的两头蛇，为了争夺食物，相互撕咬，直到一个头将另一个头吞食下去。这是文学中著名的春秋笔法：表面上，看得见的文字在说一种奇怪的两头蛇，看不见的文字却在批判，人世间那些不堪入目的丑行，正如这种名叫虺的两头蛇，看上去是巧取豪夺，弱肉强食，胜者王，败者寇，实际上是在自己残害自己。贪欲的尽头，只能是自我毁灭。

一部作品与古典传统不谋而合，在生死善恶、理想与绝望中体现出来的文化，是好的作品，也是真正的作家永远改变不了的血统。

不管我们有没有发现和承认或者不承认，文学的正脉一直存在。就像经典在成为经典之前，与普通事物的观感毫无二致。与那些奇经八脉相比，正脉的生命力始终在那里，有没有人去研究都在发挥作用。要将正脉从貌不惊人的现象中发掘出来，必须经过长期积累，就像研习书法，必须读帖、临帖，还要尽可能到一些碑刻面前久久参悟。只有参悟透了，才会明白，米芾的狂草，是在刀锋上跳舞。这种书法艺术上的铤而走险，必须遵守比楷书还要规范的书写原则，容不得半笔胡来，否则就会成为戏剧舞台上的脏口，成为摄影作品中的过度曝光，成为往日时光中，手拿桃木剑，替人捉鬼的道士，信笔画的谁也认不清楚的捉鬼符。春秋战国时期，看似天下大乱，实际上，越是乱成一团麻，文化的正脉越能显出作为历史前进的唯一线索的重要性。

习近平总书记说，文艺只有根植现实生活、紧跟时代潮流，才能发展繁荣。任何杰作佳作都是作者所处时代的产物，屈原只能产生于屈原的时代，李白、杜甫、苏东坡也只能出现在千年以前。将春秋唐宋研究再透彻，还得回到21世纪，只有真诚地面对我们的时代，才能写出时代中的我们。

2016年7月，长江中下游的大洪水过后，互联网上有一个武汉大妈的视频。那位武汉大妈，挽着裤腿站在自家门口的深水中，用满口带渣子的话，大声嚷嚷说防洪救灾的人为什么还不来，她家里都被淹得一塌糊涂了！微信朋友圈还疯狂转发，境外某些媒体文章，讽刺中国，河堤溃口了，洪水泛滥了，再也没有人跳进惊涛骇浪里组成人墙保护家园，宁肯袖手旁观，等着军队和专业人员匆匆赶来。不要说西方，中国人自己也对这种突如其来的变化缺乏心理准备，免不了也说一些困惑的话，其中更有"高级黑"的说法：最美的乡愁已经死去。殊不知，今天的中国经济社会和科技发展早已超越愚公移山、精卫填海等原始劳动方式了，以往最常见的堵洪水的门板、棉被，不是鸟枪换炮，而是炮换鸟枪。那位武汉大妈，也不是不管自己家的事，是她家里没有任何东西可以放在门口挡住洪水。屋外的地面，全部硬化了。如果地面没有硬化，还可以刨些沙土用来挡水。想当年，男人们抱起来堵洪水的门板是用实木做的，堵水挡水都没问题。现在的门板是木芯板和密度板做的，放在水里一泡就变得稀烂。那些结实的防盗铁门，得找专门的售后服务人员才能卸下来，远水救不了近火。想当年，女人们抱着往洪水里跳的棉被又宽又厚，如今的被子连风都挡不住，更别说临时当成防洪抢险器材。在这些从前想象不到的变化面前，反而是专业机械、专门材料和专业技术力量的使用，使得抗洪时方方面面的事情更科学、更能提高救灾效率。从另一个侧面看，过去为了堵塞溃口，不经任何人同意，就可以砍伐的普通林木，受到林业法的保护。那些作为私有财产的经济林木，哪怕动一片叶子也可能受到法律追究。可以就近取土的耕地同样受着各种法律的保护，不可能为所欲为。更加难能可贵的是，救灾的过程的科学化，体现了对救援人员、受灾人员的珍视，良田熟地被水淹了还可能再造，生命一旦失去就无可挽回。这些，何尝不是中国社会生活的发展和进步！何尝不是中国文化以人为本的精神主旨，在新时代的发扬光大！

1992年发表以乡村教师为典型人物的中篇小说《凤凰琴》，2009年又出版了长篇小说《天行者》，社会上都将我当成乡村教育的代言人。2016年4月，参加湖北省政协举办的"民族地区基础教育问题"调研。在活动结束的协调会上，与会者对一处只有两名小学生，却按照规定配置三名教师的教学点的撤销或保留，展开热烈讨论。从主管官员到相关专家，依照传统观点一致认为，与其花了钱还无法保证教学质量，不如将两个孩子送到山下有寄宿条件的重点小学就读，既节约了师资成本，不用花这么多钱，还可以让孩子接受更好的教育。在与会者中，只有我持相反意见。我觉得不仅要保留这样的教学点，还要尽一切可能加强。这样的教学点，在教导孩子学习知识时肯定有欠缺，但能最大限度地保证孩子们在成长过程中，有温暖亲情和符合道德的人性参与。人性和亲情一旦缺失，所造成的人格缺陷，花再多的金钱也无法弥补。以往乡村孩子与城市孩子在教育上的差别只是知识层面上的，如果只考虑教学成本，强行将孩子们集中到有条件寄宿的学校，就会变成城里的孩子天天能见到自己的爸妈，乡村的孩子成年累月见不着爹娘。城里的孩子放学回家，能冲着大人喊一声，妈妈，我饿了！乡村的孩子，肚子饿了，就只能冲着地摊和小卖部的辣条与方便面孤孤单单地发呆。《芳草》杂志曾委托《中国青年报》记者，做乡村寄宿学校情况调查，其背后的隐情令人不堪回首，在贵州的一所寄宿小学里，孩子们按家庭成员组成一个个小团体，在小团体中，又按年级高低作更细致的区分，由高年级学生扮成课后的爷爷奶奶和爸爸妈妈，低年级学生则扮成儿子和孙子，还有哥哥姐姐和弟弟妹妹，寄宿学生之间有什么事，也都在这些类似家庭的小团体中，按照家中长幼辈分等级决定和处理。似这类强行将孩子送进寄宿小学，造成亲情断裂，将来城乡差别就不仅仅是知识层面，而是更为严重的人性与人格的强烈差别，人性人格一旦出现严重缺失，所造成的后果，对个人是悲剧，对群体是灾难。

这两种事件体现了现代人的两种典型的乡愁，前者是对乡村亘古以来民风淳朴、乡情淳厚的不舍，后者是对乡村变化的焦虑和茫然。

文学中那些没有理想的批判无异于泼妇骂街，没有仁慈的仇恨无异于谋财害命。生活有所欠缺，不等于就是丑陋。生活出现迷茫，不等于没有是非。生活需要每个人分享时世艰难，不等于冷冰冰地拒人以千里之外。

2016年秋天，我和一些作家去被列入"精准扶贫"对象的湖北大悟县金岭村，在作家们热烈谈论乡愁的时候，一位与文学从不沾边的长者语出惊人地突然说了一句，乡愁的目的是为了乡喜！话一出口，就将车上作家全部秒杀。寥寥十个字，就划出一条简单明了、通俗易懂的文化正脉。在生养我们的大地上，最伟大的乡愁是春秋大义，最普遍的乡愁是贤良方正，沿着这条正脉，文学真正的表达是应当是乡喜，没有乡喜的乡愁是残缺的，是悲凉的。有了乡喜作为理想，乡愁才显得更有诗意。换句话说，乡愁是分享艰难，乡喜是分享幸福。

二、塑造时代新人，攀登文学高峰，坚持以人民为中心的创作导向，只有深入生活、扎根人民，深刻理解时代，才能坚定文化自信

湖北监利是全国有名的书法大县，一个县里就有 25 名中国书法家协会会员。2018 年 12 月 22 日，我去监利参加一个书法活动，顺便参观为纪念当地三位著名书法家而修建的泛鹅碑廊，三位书法家都姓王，所以，在书界也有称他们三位，自王羲之、王献之"二王"之后为"三王"的。"三王"当中的王轶猛，现人在台湾，在王轶猛的碑帖中，凡是月字，他都不写里面的两横。书法界传说，这是王老先生独具一格的创新。我仔细看过之后，表示了自己的不同看法。俗话说，文无第一，武无第二。王老先生肯定从心里觉得自己的书法不比天下任何人差，但又不能像轻狂少年那样，说老子是天下第一。才假借一个月字，暗表胸中大志。月字中间的两横是个二字，将"二"去掉，不做第二，不就是第一？将月字中间的两横去掉不写，正是王轶猛先生对自身文化地位的一种自信。

关于书法，我写过一篇短文，作为 2016 年 4 月个人书法展的序言，其中有几句话说："天下艺术，依仗黑色而登峰造极者，除去汉字书法未见第二例。""没有黑色就没有汉字书法，离开汉字书法的黑色也无独领风骚之日。"

按理说，全世界独一无二的汉字书法，不存在文化自信的问题。但在一些书法家的潜意识中，有没有某种自信的缺乏？在我看来多多少少有一点点。书法明明是作为汉字艺术的登峰造极，一旦变得汉字不像汉字，横竖撇捺等基本笔画变成了雾里看花，还硬要强词夺理，说成是章法上的创新发展。不去研究如何更好地着墨，而对所谓的飞白津津乐道。甚至还想方设法，将本该着墨的笔画，留出大片的空白。书法中的飞白，也可以当成是一种奇趣。但在本质上，飞白毕竟还是书法功力不足的表现。如果真的当成书法要素来研习，就会成为东施效颦。一个热爱汉字，懂得汉字，了解每一个汉字都有博大精深来源的书法家，断断不会故意将字写得一塌糊涂，一定会首先想到不能写得让人不认识。在此基础上，再来表现汉字的美轮美奂。为什么作家们只要开始用毛笔写字，很快就能上手，既有气韵，也引人入胜？由于写小说和诗歌时，必须斟词酌句，从数不清可用的字句中，选择最有表现力的字句，对自己所写的字句，怀有足够的感情。因为有感情，自信心就不成问题。就会在下笔时，认真善待，不会写成美丑错位。

坚定文化自信，同样必须对自身文化有充分的认知。

2016年8月，第四届汉学家文学翻译国际研讨会上，中国作协安排我担任大会总结报告人。会议正式展开研讨之前，我曾猜想，汉学家与中国作家们从何种角度进到这个伟大的话语中。来自西班牙马德里自治大学的达西安娜·菲萨克女士第一个发言，便出乎意料地从一个小到不能再小的角度切入，并引起研讨会期间持久的热议。达西安娜·菲萨克女士开门见山地谈到中国人名用拼音方式翻译，很不好，无法传达中国人的姓名中包含的广泛的意义，而且用拼音很容易出现雷同。这个话题讨论了近两个小时，因为这个问题恰到好处地点出中国人姓名的关键所在：中国人的姓名是中国文化最基本的表现，那些只希望自己的孩子能活下来的父母，相信名字越卑贱，孩子越好养大。有文化的人给孩子取名，则会考虑多重寓意。

对生活的深入，对文化的进入，不管是外国人，还是中国人，都是从最基本的地方着手。中国人的姓名，是中国文化的基本单元，更是一个人文化命运的起始。看上去姓名只是一个简单的符号，实则大不简单，只有几个字的姓名，对任何一个中国人来说，是睁开眼睛就要面对的文化熏陶与心理警醒。

有这样一个关于中国的百万富翁父亲和美国的百万富翁父亲与儿子谈自己拥有的财富的故事：美国父亲告诉儿子，说自己有一百万美元，接下来会马上说，这些钱是我挣来的，与你无关，你的钱要靠自己去挣。中国父亲对儿子说自己有一百万人民币时，一定会加上一句，这些东西老子生不带来，死不带去，往后都是你的。但凡讲这个故事的人，都是将这个故事当作中国人对下一代教育失败的例证。我第一次听到这个故事和关于这个故事的结论，就强烈地表示反对和不认同。表面上，这是一个关于财富的故事。实际上，它十分准确地表现了中国文化与其他文化的一大区别。中国家庭文化是以"仁""孝"为主轴，长辈与晚辈谈自己的遗产时，不仅是长辈对晚辈的嘱托，更是晚辈对自己家族责任和义务的承接。不懂得中国文化的奥妙，没有深入了解普通中国人的生活方式，就很容易受到这种在互联网线上和线下流行的文化垃圾的蛊惑。20世纪60年代以前，鄂东大别山区还在流行一种风俗，孩子生下来后，家人会将胞衣（胎盘）埋在后门，等到孩子长大成人，要出门做事时，家里的长辈就会将那个地方指给孩子看，说你妈妈生你的胞衣（胎盘）就埋在这里。前几年，我去福建的永定土楼，才知道这个风俗在客家人中也有流行，客家人是将婴儿的胎盘直接埋在自家厨房的门槛下面，无论孩子长大后走多远，都会记得与自己同在的另一块血肉还埋藏在家里。中国文化讲究血浓于水，看重血脉相传，与中国文化相关的东西只有放在生生不息的血脉之中才能体现特定的中国经验、中国理论和中国精神。西方对人的研究，往往会从医院与教堂的出生纪录开始，所以，才会不时见到某某医院或者教堂里发现某某著名人物相关纪录的新闻。中国文化中对人的研究是从地方志和家谱开始的，哪怕是最普通的家谱，也能上溯几百年中的几十代人。抛开血脉传承，就事论事的价值判断是没有意义的。文学艺术之所以在历史进程中从不缺席，就在于文艺作品是文化血脉的重要传承方式。

　　20世纪70年代，在湖北随州出土的曾侯乙尊盘，被称为国宝中的国宝，其制造工艺繁复，时至今日也无法下结论。世界上的青铜文化分为两大流派，一是中国的范铸法，一是欧洲的失蜡法。两种青铜文化在各自流传的地域都有十分完整的考古证据链。曾侯乙尊盘出土后，有考古人员在没有任何考古证据的情况下，想当然地认为如此奇妙无比的曾侯乙尊盘，是由在春秋战国考古中子虚乌有的失蜡法制造的，还为之欢呼雀跃，说中国的青铜文化中终于也有失蜡法了。如此判断，若是学术探究，当然没有问题。问题在于青铜学界有股暗流，认为中国青铜文化中的范铸法，其源头来自欧洲的失蜡法。事实上，依据亚洲和欧洲各自的考古证据链，范铸法和失蜡法，几乎是在同一时期，分别出现在东方和西方，各自都有源流的两种青铜文化。分明是中华文化的代表性器物，非要与欧美搭上渊源才踏实，这就像人的脊梁出了毛病，无法真正站立起来。

长篇小说《蟠虺》，写了这段国内考古界的公案。拥有世界上独一无二的曾侯乙尊盘，并不代表后来者会自然而然地继承这份用青铜铸造的文化自信。传承好祖先创造的精神财富，无疑是每一代后来者的命定。所以说，灿烂的《诗经》需要用今天的新诗来发扬光大，高处不胜寒的《红楼梦》需要用今天的小说来延续血统，要用后来者的笔，来实践李白、杜甫、苏东坡，当年的文学实践。

文化自信不能仅仅仰仗往日的辉煌，文化自信与深入生活、扎根人民有着深刻与强大的逻辑关系。21世纪的中国，在十几亿人民的勤奋努力下，出现数百年来罕有的沧桑变化，民族复兴的梦想距离现实已近在咫尺。现实生活中但凡对国家建设成就妄自菲薄，其根源就在于不愿承担责任的轻浮，将道听途说、捕风捉影的传言，当作事物的真相，甚至误以为发现了真理。

写完《蟠虺》后，我暂时放下手中的笔。于2015年夏天，将南水北调工程实实在在地走了一遍。2016—2017年，又进行"万里长江人文行走"，从长江入海口一直行走到青藏高原上的三江源。深深感受这些年来，国家在各个方面出现的深刻变化，了解到这些变化的真实现状，对比互联网线上和线下那些别有用心的水军与不明真相的吃瓜群众所传播的相关段子，实在是天壤之别。

比如，南水北调通水初期，北京的自来水有一阵子普遍变得浑浊不堪，一时间满世界都在议论，说丹江口的清水一路向北流淌时，沿途被严重污染了，国家花了三千亿元人民币，弄成一个几千里的污水沟。真实的情况是，北京地区长期使用的本地自来水呈弱酸性，并在自来水管网系统中形成弱酸性的水垢，而从湖北丹江水库向北流去的水质呈弱碱性。这些呈弱碱性的南方优质水，进入到北京的自来水管网系统以后，由于酸碱化学反应，导致自来水管网系统中的酸性水垢慢慢溶解，变成浊水，从各家各户的水龙头中流出来。大约一个星期，时间长的不会超过两个星期，这种化学反应完毕，自来水管里就开始流淌着南方来的清泉。又比如，近几年每到枯水季节，洞庭湖和鄱阳湖就会出现干涸，特别是鄱阳湖，有些地方的湖底变成了草原。舆论几乎一边倒地指责三峡工程，认为是三峡工程蓄水后长江中下游缺水所导致。实际情况刚好相反，中国的第一大湖泊和第二大湖泊缺水的原因是两座湖泊的上游来水减少。为了缓解这些问题，三峡水库必须确保长江在枯水期的最小流量不得低于每秒4500立方米，而长江在枯水期的最小径流量，只有每秒3600立方米。不足部分依靠三峡水库开闸放水进行调节，以抬高长江中下游水位，减缓湖水下泄的速度。如果没有三峡水库从中调节，这些湖泊会干涸得更厉害。

文学创作与那些用来消磨时光的闲聊不一样，文学作品既要对真相负责，也有责任纠正那些被歪曲的真相。反过来，对真相了解的程度越深刻，文学创作的自信心就会越强大。

文学艺术的特性是对灵魂的表达。也只有文学艺术才能够与人的灵魂进行交流，并想出办法，将看不见的灵魂，变成具体形象传播开来，传承下去。文学创作的认知态度、认知方式与文化自信密不可分，不仅关系文艺作品的成败，也关系本民族的文化精神存废。

经典文学艺术是文化自信的产物，对经典作品的认定更是文化自信的表现。改革开放近四十年来，中华民族的大发展，放在人类发展史上看也是绝无仅有的。作为21世纪的中国作家和艺术家，要用通过自己独立认知所获得的艺术灵感，理直气壮地告诉世界，中国经验与中国精神的经典化，是源远流长的过程，任何对这种过程的傲慢和无礼，都会成为中国社会向前发展的更大动能。

三、聚焦新时代新风貌，创作推出更多讴歌党、讴歌祖国、讴歌人民、讴歌英雄的精品力作关键在于家国情怀

习近平总书记在全国宣传思想工作会议上强调"把提高质量作为文艺作品的生命线，用心用情用功抒写伟大时代，不断推出讴歌党、讴歌祖国、讴歌人民、讴歌英雄的精品力作，书写中华民族新

史诗"。

　　历史与现实都少不了英雄,社会生活中"英雄主义"从来不会缺席。在文艺作品中,天下第一英雄当数项羽。写项羽写得最好的人,按道理应当是诗圣杜甫与诗仙李白,或者是仰天长啸壮怀激烈的岳飞,和写大江东去浪淘尽千古风流的苏东坡,再不就是那一群群醉卧沙场的边塞诗人,无论如何也不应当是婉约派诗歌的头号写手李清照。可见文艺作品的风貌与情怀,有着不以人的意志为转移的铁打的规律。

　　公元1129年,江宁府(也就是现在南京一带)知府赵明诚,奉命调任湖州知府。朝廷圣旨刚到,继任知府还没来得及与之交接时,赵明诚手下的御营统制官王亦突然发动叛乱。仍旧是江宁城最高长官的赵明诚表现非常不男人,大敌当前、大难临头,竟然当了可耻的逃兵——赵明诚见势不妙,与另两位官员一道"缒城而逃",就是在城头的墙垛上,系一绳索溜之大吉,置全城百姓安危而不顾,其中还有赵明诚的爱妻李清照。危难之际,幸亏一位姓李的下属挺身而出,组织力量平定叛乱。事情过后,赵明诚带着李清照一道乘船赴湖州上任。行至当年项羽兵败自刎的乌江镇时,李清照想起那个叫项羽的男人,身临绝境,本可以堂而皇之脱身,偏偏要义无反顾地选择慷慨赴死。而与李清照一起站在船头的这个男人,肩负守土之责,却弃城逃命。一时间,她百感交集,写下了千古绝句:生当作人杰,死亦为鬼雄。至今思项羽,不肯过江东!古往今来的那么多写项羽的诗文,都不如李清照,原因就在于缺少李清照的那种爱到骨髓,也痛到骨髓的感受。在诗中,李清照虽然每个字都在写项羽的英雄盖世,在诗的背后,每个字都是对赵明诚贪生怕死、不仁不义行径的莫大痛斥。

　　读李清照的《夏日绝句》,最让人感怀的是诗中饱含血泪的"不肯"二字。李清照的一句"不肯",包含千种愁肠,万般心结。她没有骂谁是"软骨头",也没有抱怨谁是"胆小鬼",却让赵明诚惶惶不可终日,在湖州知府任上才一年时间,就一病不起。李清照在这里用了最普通的"不肯"二字,没有用别的更能与"人杰""鬼雄"相匹配的豪言壮语,表现了一个妻子对丈夫必须担责的最低要求,也是一个女人陷入绝境时，对命运的叹息。更是一代才女，突然从幸福的巅峰坠入恐怖的幽谷时，给这个世界划出的一道做人做事的底线，面对某些不可预期的变故，某种很难抗拒的灾难，即便无法反对，也无法抗争，最低限度也要做到"不肯"。

"家国情怀"是说国与家是联系在一起的整体。一个不爱家人的人，是不可能爱国的，一个爱国的人，一定也爱他的家。鲁迅有诗：无情未必真豪杰，怜子如何不丈夫！李清照写项羽，不是在怀古，而是在写血淋淋的现实。这时的李清照，已不是一个愁字了得，而是痛字了得。李清照诗中的现实看上去是项羽、是乌江、是送别爱妻与坐骑后自我了断的天下第一英雄，真正的现实却是江宁城中的那个恐怖之夜，是街上那些杀人不眨眼的恐怖分子，是自己那颗有可能被叛军剜掉的小心脏，是前天还是名满天下的才女、昨晚却成为可怜的用一百个寻寻觅觅冷冷清清凄凄惨惨戚戚的叠词叠句也无以表达悲哀的弃妇。正因为现实如此惨不忍睹、如此痛苦不堪，李清照才更需要浪漫和理想主义的表达。这种理想和浪漫，为她创造了一位怀国怜家爱人的天上第一人杰，地下第一鬼雄。

2017年7月上旬，在所谓"南海仲裁案"出笼前夕去南海走了一趟。这一趟走下来，真正感觉到这个时代的作家太需要一支书写这个时代的大写的笔。在永兴岛，全岛的人天天早上迈着正步，走过只有二百米长的北京路，到小广场上举行升国旗仪式。在茫茫南海深处的赵述岛上，只有夫妻二人，两口子18级台风也吹不动，每天早上都会升起五星红旗。这样的诗意没有丝毫功利，是任何人用肉眼也能看得见的"位卑未敢忘忧国"，是21世纪版的"王师北定中原日，家祭无忘告乃翁"。在采风过程中，遇到一位八十多岁的老人。老人是中国最南端的居委会主任，老人一家则是位于南海最南端的永暑礁上登记在册的七位居民。我们见到老人之前不久，"美国之音"记者不知从哪里弄到他的手机号码，指名道姓要上他家采访。"美国之音"记者上他家之后，什么也不说，什么也不做，一伸手就拉开他家的冰箱，要看看里面冰冻的是些什么鱼。"美国之音"记者真不是来中国混饭吃的，知道永暑礁一带出产什么鱼、什么蟹。看到老人家的冰柜里全是只有永暑礁一带才出产的海鲜，

"美国之音"记者，一句话也不说，转身不辞而别。"美国之音"记者显然是跟随他们的政府，怀着在南海兴风作浪，将南海的水搅浑的意图而来，让南海的小小鱼虾和普通渔民的小小冰柜，无论自己的意愿如何，都与庞大的世界紧密相关起来！

面对时代，就像面对壮阔的南海和小小的永暑礁，大时代中的个人生活，可以分割成有鲜明个性的无数小时代。数不清的小时代散发出风格迥异的光鲜，反过来又为大时代增添光彩。大时代不会夺走小时代的生命力，小时代则要凭借大时代，让自身更具活性。中华民族复兴的伟大事业，需要有伟大的文化精神，这是大时代的需要，也是小时代的终极归宿。大时代的文学，小时代的作品，都是文化精神所不可缺少的。在时代面前，从来不会有自生自灭的小花小草，从来不会有只要一杯水就能活得好好的小鱼小虾。万物花开之际，小花小草才能茂盛生长。江海横流的地方，小鱼小虾才能活得无忧无虑。

2004年3月，我随中国作家代表团赴法国参加巴黎国际书展上的"法中文化年"主题活动。在一次文学对话活动中，一名来自海峡对岸的女子的发言，让在场的中国人很气愤，但这种场合又不方便正面驳斥。轮到我发言时，我举例说，在世界文学中，唯独中国文学和法国文学拥有一个其他民族所没有的名词。在中国文学中，这个名词叫"汉奸"，在法国文学中，这个名词叫"法奸"，并由此说开，讲了爷爷当年在汉口当织布工人，上班途中就因为多看了日本鬼子一眼，而被几个日本鬼子打得半死不活，丢在汉口六渡桥街边躺了一整天，直到被几个下班的同乡发现，想办法抬回黄冈乡下，经历九死一生才活过来。对话结束后，不少法国人纷纷上前与我握手。那位在联合国同声翻译组织任职的中国籍女翻译，也破例从同声翻译的玻璃屋里走出来，含着眼泪对我说，多年来，她听了太多攻击中国的言论，碍于同声翻译的职责，又不能不照本宣科，有时候恨不得要打自己的嘴巴。今天是她从事同声翻译工作以来最解气的一次，所以，她有意将"汉奸"和"法奸"这两个词加重语气重复了几遍。

这个世界有不可胜数的职业，"翻译"这一行的人，对"家国情怀"敏感程度，显然是很高的。在文学史中，"家国情怀"的敏感程度更高。这也是那些有才华的"大汉奸"，其作品始终得不到流传的关键。一部优秀的作品，首先是自己家族和自己国家的人由衷敬爱，这样的作品往往道出家人与国人心声。《天行者》所描写的民办教师群体，对许多人来说是很陌生的，因为写了所有普通人都明白的个人得失与生存意义，卑微者的价值也可以是崇高的，世界虽然暂时没有关注自己，自己也可以就是全世界的"家国情怀"，才让不分城乡的读者都有共鸣。

在现实面前，作家不能只是旁观者，也不可以是那种随大流跟着最大声音的起哄者。作家这一行的最不同寻常的本领，是从十万个共鸣声中将自己的声音区别出来，回过头来再引领十万人的共鸣。

2017年7月下旬，我领着"万里长江人文行走"团队，经过四个阶段，共四十天的长途跋涉，从长江入海口的崇明岛，来到遍地是藏羚羊和藏野驴的可可西里深处。那天，我们在沱沱河边休息时，随行的一位记者突然对我说：刘老师，你只怕是有史以来将长江全程走完的第一位作家！此话一出，顿时将我吓得不轻。我是在长江边出生，在长江畔成长，从没想到这样的行走能与伟大牵连到一起，只是觉得当作家的，有机会脚踏实地，沿母亲河好好走一遍，机会太难得了。那位记者的话，总让人觉得不太真实。离开长江源头的沱沱河，从格尔木坐火车到西宁，又乘动车到兰州，再换乘高铁，经过西安、郑州、武汉和长沙，直奔广东韶关，这种现代化的速度和节奏，让我想通了。在屈原、李白、杜甫和苏东坡的时代，将万里长江从头走到尾，如同21世纪的人类，想要抵达宇宙边缘一样不可能。但在今天，只要我们有意愿，有激情，身体健康也有保证，今天在长江的入海口看白天鹅和海上日出，明天到唐古拉山下，与黑颈鹤和雪莲花零距离接触，普普通通的人都能做到。国家的发展和进步，不要说金沙江以下，就连从前让人谈虎色变，作为生命禁区的可可西里腹地，车轮所到之处，公路全部黑色化，任何路段上都有手机移动网络的4G信号。如果谁有兴趣，又不怕高原反应，完全可以一试身手，开着车到可可西里跑一趟，既能发现自己作为生命个体的崇高，更能感受国家的伟大进步。

文学艺术是伟大而永恒的，文学艺术元素是日新月异的，作家和艺术家的认知能力、创造能力也需要不断成长。文艺工作者在成为历史与时代的书记员时，不能忘记自己就是这部史诗的亲历者和创造者。

在我的第一部长篇小说《威风凛凛》的开篇，写了这样的一个故事：牧师和修女一起外出布道，半路上遇见一飞鸟，从头上飞过，刚好将一坨鸟粪拉在牧师头上。牧师下意识地随口骂了一句脏话。一旁的修女马上提醒说，牧师是上帝的使者，作为天使是不能犯错的，否则，就会受到上帝的惩罚。牧师明知有错，连忙点头称是。没走几步，空中飞来第二只飞鸟，不偏不倚，将第二坨鸟粪拉在牧师头上。牧师没有控制住自己的情绪，又骂了一句脏话。修女见状，再次提醒牧师，如此一犯再犯，上帝真的会发怒惩罚他。牧师也再次真心认错，表示绝不再犯。却没料到，第三只飞鸟飞过来，第三次将鸟粪拉在牧师头上。牧师实在忍不住，脱口骂了第三句脏话。修女也第三次提醒说，牧师这样一而再，再而三地犯错，上帝肯定不会原谅他。话音刚落，晴空一声霹雳，但见修女应声倒地。牧师眼睁睁地看着这一切，百思不得其解，坏事是我做的，脏话是我说的，受惩罚的人应当是我，好生生的修女怎么会代我受过呢？就在这时，空中传来上帝的一声叹息：他妈的，打错了！人吃五谷杂粮，不可能不生疥癣之疾。人走四面八方，不可能不走错路、坐错车、认错方向。人要舞文弄墨，不可能不写错别字，说糊涂话，连上帝都会犯错，何况普通人！然而，真正的文学，一定永远在正途上，永远代表一个时代文化精神的正确方向。

[本文根据作者2019年1月5日在河北省文学馆的演讲整理而成。]

（《长江文艺评论》2019年03期）

青铜大道与大盗

刘醒龙

　　日常生活中，那些耳熟能详的话听多了，就像一片秋叶从眼前飘过，记得飘落的样子，却记不得叶黄叶枯，更不去想树叶飘飞除了表示秋天来了，万物开始为冬眠做准备了，还有没有其他意义。比如在平凡的岗位上做出不平凡业绩这句话，听了几十年，这两年才觉得这话充其量是貌似真理。想一想，世界上哪一件事情，人生中哪一个段落，不都是由平平常常的事物串联起来的！能飞翔到月球，能下潜到深海的机器们，哪一件不是由普通的平板、普通的线路、普通的螺丝等物件结构而成？能发现宇宙间最微妙粒子的工作，哪一项不是无数次重复那些千篇一律的规定动作后完成的？包括这些年近乎偏执地喜欢上著名青铜重器曾侯乙尊盘，那上面神奇得直到现今仍无法复制的许许多多的透空蟠虺纹饰，其实也是由几种普普通通的线条所组成。

　　藏着曾侯乙尊盘的博物馆就在我家附近。那些赫赫有名的青铜重器，刚从曾侯乙大墓中挖掘出来我就听说过，公开展出之后，隔一阵就有机会进到展室中看上一通。看过也就看过，就像天天要看的长江水色，天天要听的江汉关钟声那样熟视无睹。2003年夏天，一位年轻的美国女子为翻译我的小说，专程来到武汉，我很自然地带她去看博物馆里的稀世珍宝曾侯乙编钟。这也是人的普遍见识中的一种习惯，听信了连篇累牍的媒体之言，就将编钟当成无尚国宝。

　　当初我去湖北省博物馆，也是摩肩接踵地往曾侯乙编钟跟前挤。从这一次开始，我开始变得例外了。一进曾侯乙馆，还没来得去到编钟面前，博物馆的一位工作人员就认出我来，还将自己与某女作家在武汉大学夜大班同学的经历说了一通，以说明自己能在人群中认出我来是有缘有故的。在工作人员的带领之下，我们避开最热闹的人流，走到一处无人问津的展柜前。对方说这才是青铜重器中最珍贵的，是国宝中的国宝，其历史文化价值当在路人皆知的曾侯乙编钟之上。

那一刻，我记住了这名叫曾侯乙尊盘的青铜重器。

不仅记住了，心里还突然冒出一种熟悉的念头。

往后的日子，只要去博物馆，自己就会流连在曾侯乙尊盘四周。三番五次，七弯八绕，那模糊的念头终于被我逮住，随后的结果却是自己被这种名叫灵感的东西所俘获。这有点像爱情，千辛万苦地追求某个心仪的女子，等到抱得美人归时，自己却成了人家终生的俘虏。

在明白自己渴望有一场事关曾侯乙尊盘的写作之后，我开始对曾侯乙尊盘的最新研究成果进行跟踪，同时四处搜寻与青铜重器及其铸造工艺有关的文献资料。与同在曾侯乙大墓中出土的编钟不同，曾侯乙尊盘的独特性，不仅在于它华丽高贵的气质，更在于其令人眼花缭乱，连表面都难以看清，更别说透空蟠虺纹饰内部复杂得难以复制的神奇铸造工艺。在其背后，同样不会缺席的是那些假借历史文化名义而进行的各种丑陋的功利表演。好在青铜重器品质优雅，如此丑恶越多，越是映衬出作为国之重器的当之无愧。

国宝显现，注定会有某种事情伴生。有一阵，一直为相关青铜重器仿制的一个至关重要的细节无法圆满而发愁，须知细节的叙述是小说的核心机密。那天半夜，正要关了电脑休息，身在兰州黄河铁桥上的叶舟突然发来一首刚刚采风得到的"花儿"，还未读完，人便因天赐密钥而亢奋起来，同时更加相信写作者需要不断挑战相对陌生的东西，如此写作更能激发写作者的才情。小说的有效性还在于与时代生活处在同一现场。我特别喜欢那段关于翠柳街与黄鹂路、白鹭街和本该对应却没有出现"青天路"的闲笔，精彩的闲笔是小说的半条命脉。还有春花开尽时突然冒出来的带状疱疹，让我在此后的近3个月时间里，不得不像笔下的青铜重器那样赤裸躯体地躲在城市中心的一间书房里，如同逼良为娼那样令人体会写作中最撼动人的抒情，正是那些尽是痛感的文字。到了盛夏时节，自己被选去当某电影奖评委，在参评的77部影片中，凑巧有一部演义青铜的作品。阅过其中荒诞无稽的谬说，我不能不站起来郑重地提请临时的同行们注意。岂料，在后来的投票中，如此将当下功利置于历史真相之上的烂片竟然获得过半数赞成票。大概是身陷青铜重器的历史品格中不能自拔，在投票现场自己拍案而起，说了一大通气愤的话。那样的气愤其实是小说气场的舒展，是对社会真实中那些披着"大师"的文化外衣，实则干着"窃市""窃省"乃至"窃国"勾当的奸佞之徒的血性爆发。

　　文化的本质是风范，文学的道理是风骨。

　　一个人可以成为风范，但成不了文化，成为文化需要一大批可以代表这个民族的人同样拥有某种风范。一部小说不可以覆盖全部文学，却可以成为文学的风骨。那些普通得不能再普通的蟠虺纹饰，用同样无法再普通的方式铸造成透空样式，就成了千年之后的叹为观止！将数不清的平凡之物，用数不清的平凡姿态，一点点地堆积起来，比如生命中的一分一秒，比如大海中的每一滴水，最终的体现便是奇迹了。不要说人生太普通，也不要企望等到伟大人生突然降临，那些仍然活着的任何一种人事，都应当被看作具备天大的可能。比如我们对曾侯乙尊盘的认知，无论用何种理由拥有她、利用她，都是一种简简单单的原欲和显而易见的原罪，等到灰飞烟灭之际，那些理由就变得不如一粒铜锈，也不如一只沙眼。

　　关于曾侯乙尊盘的论争，不是小说所能解决的，也不是我想干涉的。为着曾侯乙尊盘的写作只是朝向自殷商以来，在这片大地上越辩越不明白、越活越不爽朗的哲理。曾侯乙尊盘是从哪里来的，其实也是我们是从哪里来的，并且将向哪里去的那个磨人问题的青铜说话。那一天，一个句子从脑子里冒出来：识时务者为俊杰，不识时务者为圣贤。到这一步我才觉得踏实下来。曾侯乙尊盘上的蟠虺纹是表示毒蛇,还是展现小龙,正可以看作是每个人心境的一种浮现。只有不识时务者才能像小说的最后一句话——与时光歃血会盟!

(《文艺报》2014年6月9日)

恢复"现实主义"的尊严
——汪政、刘醒龙对话《圣天门口》

刘醒龙　汪　政

汪政：醒龙，到《圣天门口》为止，你的长篇写作历程已经不短了，一定有许多体会与甘苦。我觉得有意思的是，《圣天门口》引发了许多话题，如长篇的风格、体式，现实主义传统，以及中国现代民族国家建立的历史遗产与中国作家的写作资源等。这些话题大家现在还在谈论。

刘醒龙：一部真正意义上的长篇小说就应该提供诸多见仁见智可能。与中短篇小说写作的兴旺不同，中国现当代文学中的长篇小说似乎总也成熟不起来。这种令人失望的局面从二十世纪九十年代中期开始，才有了根本变化。我对长篇小说的理解与写作，正好赶上了这个黄金时期。我的运气很好，有陈忠实等人在前面滚地雷，他们的经历、经验和教训，使在写作上起步较晚的我少走了许多弯路。《圣天门口》的出现，是中国新文学运动开始至今，历经百年后，终于走向成熟的标志。这样说，是因为我本是当代文学大军中的迟到者。连我都成熟起来了，别人能不成熟吗？

在日常生活中，一个五十岁的男人，总得用一两件拿得出手的事情来告慰自己的大半生。站在小说立场上，我做这样一件事的目的，是想恢复文学中的"现实主义"尊严。

长篇小说写作符合我越来越贪图安宁，同时又觉得是在挑战世界的个人英雄性格。我也越来越痴迷探究和发展现实主义文学传统，感觉这才是一种正人君子的行为，如鄂东方言所说"站着死，竖着埋"的做人准则。近代中国社会生活，为我们提供了如此丰富的写作资源，也为我们提供了书写伟大小说的良好契机。在种种失之交臂的遗憾中，最重要的一点是，对汉语文学中傲然风骨的忽视。这种久违的气派会让一些人觉得不习惯与不喜欢，或者根本就是胆怯，害怕丢失既得利益。

汪政：我对《圣天门口》的一些零碎的看法，你可能也看到了。许多人对我不分青红皂白地肯定它的长度很不理解。我是觉得长篇的历史虽不长，但也可以算得上一个古老的文学物种了，它代表了人类体认与表达世界与自我的经典方式。当然应该承认我们的途径比以前多了，但深刻、宽阔、绵长、博大、丰富的表达少了，长此以往，人类的精神生活会发生怎样的变化？《圣天门口》讨论会以后，我们又做了延伸探讨，不知你看到没有，对这些问题应该是说得比较透了。用敬泽的话说就是我们是否能"为经验提供纵深和发展"？"是不是要维护对重、对宽、对驳杂与丰富、对深邃与困难的体认和表现。"

刘醒龙：是《上海文学》第三期上的那篇对话吧，那是真正的小说智慧！

光有数量上的庞大，无异于拉大旗做虎皮。巨人之巨大，自身的缺点与问题，也会随之被放大，轻易就被旁人一眼看透破绽。这也是长篇小说普遍的难题，那些可以在中短篇小说中被当成有意味的缺欠和粗糙，进入长篇小说后，就成了可怕的致命病灶。就如一个人，童年的缺欠会被人当成可爱，成年后就变成了不能接受的丑。甚至是轻灵、飘逸等别的文体优点，滥用到长篇小说里，就会变成轻浮、油滑和浮萍式的没风骨。长篇小说的形式之长，契合了人对过去未来认知的苍茫感和敬畏之心。这个世界，看上去越来越难以容纳任何的古老物种。现实的残酷，又反过来印证文学中的古老物种是何其珍贵！与其他文体不尽相同，长篇小说是一种能够自给自足，能适时做出各种调整的生命体。从生态学上看，也只有形成一定规模的体系，才能完成不轻易受外部影响的自给自足。

长篇小说是有生命的，并且还是一种顽强地保持特立独行，有风骨的生命体。《红楼梦》传世有两百多年了，还能体会到它在生长。其他一些文学样式与体例，常常会依附社会情趣风尚而存世。

一览众山小只是入门之术，泰山压顶不弯腰才是长篇小说为人处世的正途。后一点，能力稍有不够，就会狼狈不堪。前些年，在吸收外来小说元素时，过于强化"不能承受之轻"，导致诸多本来就对历史与现实之沉重没有好感者，更加弱化在更广阔范围里获取小说资源的能力。人对文学的认知，本质上是对人对现实精神的预习。文学的表达，反过来也在证实当前人类精神生活。深刻和反深刻、宽阔和反宽阔、博大和反博大、丰富和反丰富、困难和反困难，文学在这些问题上的不同选择，也在预报着未来人类精神气象。

汪政：《圣天门口》是一部独立思考的勇敢的作品，在人类思想史上，个体的力量与贡献都是有限的，这不仅是说对某一问题认识的局限，更重要的是对同一问题不同立场之间的对立与消解。但姿态很重要。我说《圣天门口》是新历史小说之后直面中国现代史的写作首先是基于它的姿态。

刘醒龙：有时候我也会心生疑惑，分不清哪些人是不知不解，哪些人是半知半解，哪些人是歪知歪解。曾经与某位茅盾文学奖获得者谈起这部小说的一些背景，他目瞪口呆地脱口反问，我怎么不知道？我对他说，你所写的是后来采访得到的，我所写的，从童年起，就在血液中流淌。我要他读一本叫《大别山上红旗飘》回忆录，而且一定要读中国青年出版社一九五九年版，了解所谓洋人如何指挥战斗，就会明白谁在对历史掩耳盗铃了。我曾经有过历史是主观的早期写作阶段。随着文学能力的成熟，主观的我依然还在，其成分早已全部换成了在民间中广为流传的客观细节。当客观细节真实到让人觉得不可思议时，就会自动变化成伟大的主观。

汪政：不可否认，这一段历史是复杂的，但人们不能一直回避。《圣天门口》对历史的解读不少人有看法，争论至今还在继续。这很正常，每个作家大概都不希望对历史与现实只有一种言说，更不希望自己的言说是唯一的。

刘醒龙：我们这代人有一种承前启后的责任。太多的历史疑团要在我们的生命中过渡，这种过渡不仅是前辈们自然传递下来的，同时，因为下一代人不愿继承历史留下来的精神苦难。谁让我们养育了这些被称为独生子女、只肯接受奢侈的历史片断的一代呢，所以我们还不得不付出超常代价,做一些文学道德的普及工作!

不晓得你有没有注意到,在我用一百万字写了各种各样的争斗,却没有使用描写那段历史一贯使用的一个词:敌人!一个民族间的内战,不管是正义或者非正义,都不应该再由后人来继续互相称呼为敌人。这种时候,写作者的立场,应该是儿女们面对父母间纠纷时的立场。所谓家丑不可外扬,其实是让人心里有一种耻辱感。在这种至关重要的细节上,我可以大言不惭地说,《圣天门口》是现当代中国文学中的第一个吃螃蟹的。在小说中,我所写的是人物,而不是阶级;是对和谐社会和和平崛起的渴望,而不是历史进程中暴力血腥和族群仇恨。如果将珠穆朗玛当成终极目标,那么《圣天门口》所写的不是那舒缓的南坡,而是陡峭的北坡。这也是一种可持续发展观。

汪政:现在长篇的命运还可以,但总的来说,文学人口在下降。主要是人们精神生活的选择性增加了,不仅是文学,整个纸质媒介传播渠道的霸主地位都在受到威胁。当然,原因很多,但文学需要适当调整,以应对挑战,这是不争的现实。《圣天门口》连同你一贯的姿态在当下非常具有意味。不管一个作家对时代抱有怎样的质疑与批判,他的方式应该能融入当下,是当下生活方式的构成之一;从整体上讲,文学更应该如此。我前天在报纸上看到陈丹青说,人们把艺术孤立起来看太久了,而艺术本应该是人们的生活方式之一,这话有道理。如果文学只存在于专业作家与课堂里,总不是个办法。

刘醒龙:这种想法很好,就怕被歪和尚念成歪经了。毛泽东不也说过,农业大学办在城里是见鬼,要统统搬到农村去吗?近代中国太过苦难,文学也不能幸免。从抗战文学一直到反腐文学,文学苦难又反过来折射当代中国之步履维艰。纵观世界文学史,有哪一个国家如此强烈地需要用文学来反腐,所以这种处境决不能看作文学的幸事。当文学成为人们的反腐生活方式,其悲哀就不再局限于文学本身,而会扩大到整个国民性。

小说与绘画不一样,小说从来就不是活在沙龙里,小说是仰仗民间而生存的。我所担心的反而是小说如何进入课堂。真正不是个办法的往往不是小说自身,而是课堂,是课堂与小说脱节了。课堂上对小说中的现实主义解读无异于谋杀,一方面痛批这类文学太浅俗,一方面又对一些真正触摸到社会深痛的作品讳莫如深。现实主义文学如同我们的家父家母,谁都以为自己很了解他们,实际上,许多人连父母的基本生活习惯都不清楚,直到他们告别人世了,才后悔得哭天抢地。中国的现实主义需要在课堂上彻底正名,只有摒弃对现实主义文学鱼目混珠的解读,恢复现实主义的尊重与尊严,文学才能真正地融入当下社会生活。

汪政: 作家总是在自我挑战与被动应战的夹缝中生活,不少专业作家都坦言这种压力,你对自己写作有怎样的生活感受?《圣天门口》对你而言意义是什么?写这样的东西,是要付出精力的,包括体力,这样的庞然大物在自己的写作生活里显得是一个时时进入自我视野的存在,你如何对待它,又如何处置"后《圣天门口》"的个人岁月?

刘醒龙: 进入长篇小说写作领域的人,需要达到较高的修养境界。这样想来,就会发现,世上各类事物,形而上也好,形而下也好,一直被我们用艰难系数分解得清清楚楚。无法例外的写作,将长篇小说当成人所景仰的青藏高原。那样的海拔,那样的敬畏,完全由不得我们。即便是我等资深与熟练的写作者,一旦失去敬畏,生命在小说中延续的过程就会事实终止。我曾经一而再,再而三地重写开头,不惜先后废弃足以构成一部时下热门的所谓小长篇的近二十万字。这种潜意识表达,足以证实我对小说高原的深深敬畏。

有些人喜欢苏州园林,也不失为过一辈子。有些人向往大山大海大漠,不如此就不甘心。不同趣味的文学也是有分野的。《圣天门口》从脱稿到现在,已经过去一年多了,过去长达六年时间的写作,积累下来的肉体苦辛仍不见消失,健康透支还没得彻底补偿。但我一点也不后悔,因为,这是一部可以让我托付自己灵魂的作品。这一点,也是我相信长篇小说是有生命的原因。

文学的灵魂是感恩。是人面对生命的感恩;是人面对生活的感恩;是人面对生存的感恩。我不打算去做与文学无关的事情了。这两年先办办刊物,借主编之利扩展自己的文学主张,同时也恢复和培养一下自我肌体的墒情。等到适合耕耘的季节一到,我将会重写当初刚刚交稿就感到后悔的《痛失》,然后再将自己对读者允诺过的《痛失》的后两部写出来。那将又是一场巨大的挑战,因为面对迫在眉睫的当下背景,无法玩弄任何技巧的现实主义小说的艺术难度又将是空前的。所以,虽然有几年时间的写作空格,在心里我会时刻准备着。

(《南京师范大学文学院学报》2008年02期)

大地上的苦行与生长
——访第八届茅盾文学奖获奖作品 《天行者》作者刘醒龙

杨桂青

刘醒龙一边敲字，一边哭了。女儿关切地问："爸爸，你怎么了？"他说："爸爸心里难过，为这些人的遭遇难过。"他当时正在写《天行者》。

8月20日，第八届茅盾文学奖揭晓，刘醒龙的《天行者》和张炜的《你在高原》、毕飞宇的《推拿》、莫言的《蛙》、刘震云的《一句顶一万句》获奖。作为一部以民办教师为题材的小说，刘醒龙和他的《天行者》引起了我们的极大关注。中国农村的民办教师，曾在极其艰苦的环境里，担负着对农村中小学生进行初步文化启蒙的历史使命。继1992年的中篇小说《凤凰琴》之后，刘醒龙于2009年写成了这部长篇小说《天行者》。他对教师、乡村、乡村教育、乡村教师的深刻洞察，正是唤醒教育人文化自觉的智者之声。为此，我们就相关问题采访了刘醒龙。

中国乡村教育需要扎根精神

记者：您为什么会去关注教育领域中的小人物？

刘醒龙：我生命中有一种乡村情感，我经常介绍自己是湖北省团风县张家寨村刘下垸人，我出生在黄冈地委招待所里。我们全家后来搬到大别山里一个叫石头嘴的小镇上，那年我刚满一岁。乡土之事，关乎于每个人的内心。可以说，我喜欢乡村中的所有人。那些乡村民办教师，和其他农民一样，苦行在山村角落里。

记者：您大概走访过多少乡村学校，和多少位乡村教师交过朋友？

刘醒龙：很多年了，我一直在默默关注着乡村小学，积累灵感。只要见到乡村学校，我都会进去进行了解。去年9月，我随中国作家协会赴藏调研采访团游历西藏，在日喀则班禅行宫，碰巧遇上一群退休的藏族教师。当我知道他们是教师后，我为他们拍下了照片，珍存起来。

记者：您认为中国乡村教育的问题在哪里？

刘醒龙：我在《天行者》中写道，这些处在最底层的乡村教师，什么都缺，就是不缺对孩子们的感情。中国乡村教育最缺乏的不是教师，而是这样一种扎根的精神。

记者：教育之痛是否也撕扯着中国之痛？为什么会在《凤凰琴》后又写了《天行者》？

刘醒龙：他们在被称为"民办教师"的时间里所经历的，不仅是个人的心灵之痛，也是中国教育之痛，更是中国之痛。这些卑微的乡村知识分子在不起眼的角落里，用高尚的灵魂，用最大的努力，来争取最大的可能。

写作《凤凰琴》和《天行者》，是对我心中的乡村情感的一种抚慰。早先写作的中篇小说《凤凰琴》，是因为我们对他们心存感动。写作长篇小说《天行者》，更重要的是因为我发现自己对他们内心充满感恩，是对生命在最卑微时刻所展现出来的伟大意义和伟大的人性之美的参悟。我想，整个国家都应该对他们充满感恩。

当然，我不希望把它被理解成只写了民办教师这个群体，而是希望读者从中读到我对历史、生命的沉思。

记者：您为什么把民办教师看作在中国大地上默默苦行的民间英雄？

刘醒龙：只要在乡野上行走，我能一眼看出民办教师来。他们精神上是高贵的，有些孤傲，但是眼中透出小人物的卑微。

《天行者》中有这样一段描写："县委领导中，有些人很鄙视民办教师，说他们是不合格的教师，本来就该被淘汰。有人站起来，要在座的受过民办教师教育的人举手示意,结果,大部人将手举了起来。"

实际上,上世纪后半叶,是他们放下锄头,拿起教鞭,在急需人文教育的中国乡村,担负起乡村文化启蒙的历史责任。

无论是民办教师,还是后来的代课老师,他们是教育领域中的小人物,是中国乡村里的小人物,但他们都是乡村知识分子。没有他们,乡村文化会更加荒芜,中国现代化进程会更加艰难。

"民办教师"是一段谁也绕不过的历史。称他们为"民间英雄",是一种艺术的说法,就其贡献来说,完全应当称之为"民族英雄"!

我曾用李清照的诗"生当作人杰,死亦为鬼雄。至今思项羽,不肯过江东",作为对这些乡村知识分子的写照。

大地上的苦行者

记者:您是怎样理解"故乡"的?《天行者》中的界岭有您故乡的影子吗?

刘醒龙:《天行者》这部小说是我营造心灵的故乡,我出生的时候我父亲把我和姐姐挑进山里了,我们家在山里面前前后后搬了十多次家。随着年龄增长,自己对情感的归宿在哪里,一直特别在意,因为我找不到一棵和我同年同月同日生的树,我找不到故乡的根在哪里,所以很多年都在寻找,包括我通过文学一直在发现自己的情感之根究竟在哪里。在写作上,我和莫言、张炜比起来,是很笨拙的,所以我只是一个老老实实的写作者。多年之后才发现,其实我的根就在我记忆深处、生我养我的那块土地上。这个发现是我在30多岁送去世的爷爷回归故土的时候,是一把土一把土把爷爷埋在没有在我记忆中出现的那片土地上的时候,我们全家人跪在他的坟头,等到站起来时才发现,原来我在这片土地上,我的情感和根都在这片土地上。所以写《天行者》时,我把它看作自己灵魂的故乡。

记者:对于余校长、邓有米、孙四海、万站长、张英才、夏雪等人来说,界岭和界岭小学是"故乡"和"栖地"吗?

刘醒龙：《天行者》者中的界岭，是余校长、邓有米的故乡，这里是他们土生土长的地方。孙四海是邻村的孤儿，界岭的老村长看他有文化，就接他到界岭小学做了民办教师，他从此在这里扎了根，这里也是他的故乡。

对界岭来说，万站长、张英才、夏雪、骆雨和蓝飞是"异乡人"，但是，他们离开后，都牵挂这里，这里几乎是他们的第二个故乡。

记者：万站长、张英才、夏雪、骆雨和蓝飞等，从界岭小学带走了什么？

刘醒龙：我觉得，一个人走到哪里都有收获思想与智慧的可能，唯有故乡才会给人以灵魂和血肉。他们正是从这里获得了灵魂的升华。

乡村的诗性和超越

记者：《天行者》中几次提到界岭小学让人上瘾，让人中毒，这种"瘾""毒"到底是什么？

刘醒龙：在《天行者》中，万站长反复提到"界岭小学的毒"，他对张英才说："那地方，那几个人，是会让你中毒和上瘾的！你这样子只怕是已经沾上了。就像我，这辈子都会被缠得死死地，日日夜夜脱不了身。"万站长在界岭小学做过民办教师，当了乡教育站站长后，无时无刻不在牵挂这里，他早就中了"界岭小学的毒"。

余校长、邓有米、孙四海几十年盼转正，好不容易有了一个转正指标，他们却把它让给了才来没多久的张英才。张英才转正后，去省里进修，成了大学生，最后，他回到界岭当小学教师。蓝飞利用不正当手段得到了转正机会，后来成为支持民办教师的力量。叶碧秋利用在城里当保姆的机会，自修完大学所有课程，成了大学生，她也回到界岭小学当起了教师。

万站长说："界岭小学的毒扩散得很快啊。"这种所谓的'毒'，可以看成是人们向往的人格魅力。人格魅力是没有界限的。

记者：您在《天行者》中写到李子喜欢夏雪留下的诗，说："余校长很高兴,界岭小学终于有了一位喜欢诗歌的学生,他听说,但凡喜欢诗歌的学生,都会有出息。"您要在诗歌元素中体现什么深意呢?

刘醒龙: 生活是不能没有诗意的,生命也是不能没有诗意的。这是我 50 多年来一个很大的体会,我们在很多场合下、很多背景下,经常没有诗意表达的机会。界岭这个地方,特别荒凉,特别偏僻,镇上的孩子们都知道,宁可死在城里下水道里,也不要欣赏这里的青山绿水。在这个地方生活和学习的孩子,当他们知道诗意,是很大的进步,是一种心灵的强大。

记者: 夏雪、骆雨等支教者为乡村带来了什么?

刘醒龙: 我敬重一切前往乡村任教的人,不管他们是以何种理由,只要他教会孩子们几十个字。

当然,最终解决乡村教育难题,还得仰仗对乡村有着与生俱来深情的扎根者。

记者: 余校长、邓有米、孙四海、万站长、张英才等人最终都以各种方式获得了"救赎",您是在借他们的命运探讨民办教师的出路问题吗?

刘醒龙: 每个人有每个人的命运,但是,这并不意味着《天行者》是在寻找解决民办教师问题的出路。文学作品首先是一种审美,读者在阅读时潜移默化地接受作家的思想和情感。至于乡村教师生存现状,我寄希望于乡村问题得以解决。只有乡村问题真正解决了,乡村教师的命运才会得以转变,他们所面临的各种问题才会得到彻底解决。

(《中国教育报》2011 年 8 月 28 日)

《蟠虺》：文学的气节与风骨
——刘醒龙访谈录

周新民　刘醒龙

周新民：您是第八届茅盾文学奖五位获奖作家中，获奖后第一个创作出版长篇小说新作的。刘震云的《我不是潘金莲》和获得茅盾文学奖的《一句顶一万句》是姊妹篇，虽然是获奖之后出版，但是获奖之前已经进入了实质性的创作。《蟠虺》主题宏大，对楚文化的神秘和庄严，对"国之重器"出土后的真伪之辨，都有淋漓尽致的表现，承载着大历史宏阔宽悯的气量，所有这些，驾驭起来顺利吗？能否说，在某种程度上也体现了您文学创作的胸怀？写作这部长篇的契机是什么？

刘醒龙：《蟠虺》的写作初衷有很多种，最重要的还是被曾侯乙尊盘的魅力所吸引。2003年夏天之前，我与太多的人一样，理所当然地将同一地点，同一时间出土，像明星一样身姿显耀的曾侯乙编钟当成文化崇拜。那年夏天，发生了一件事，让我赫然发现原来还有不只是藏在深闺人未识，而是在博物馆中展示也未被人识得的国宝中的国宝。那一刻里，心里就有了某种类似小说元素的灵感，并一直将曾侯乙尊盘给人的况味供奉在心头。因为博物馆就在家的附近，或自己去，或带朋友去，每隔一阵总会去寂寞的曾侯乙尊盘面前怀想一番。最终促成《蟠虺》是近些年打着文化旗号的伪君子们横行霸道，而带来的文化安全问题。虺五百年为蛟，蛟一千年为龙。当今时代，势利者与有势力者同流合污，以文化的名义纠集到一起，不好预判他们是要为蛟或者为龙，唯其蛇蝎之心肯定想将个人私利最大化，而在文化安全背后的还隐藏着国家安全的极大问题。对青铜重器辨伪也是对人心邪恶之辨，对政商奸佞之辨。商周时期的国之重器，遗存至今其经典性没有丝毫减退。玩物丧志一说，对玩青铜重器一类的人是无效的，甚至相反，成为一种野心的膨胀剂。

周新民： 说实话，我很吃惊，也听到一些熟悉您写作资源的同行们，公开或者私下里表示惊讶，实在没有料到，您能跨出颠覆性的一步，写出如此令人震撼，足以倾覆您既往文学印象的作品来，因为在人们印象中的刘醒龙，是以乡村叙事为特长。而《蟠虺》与您以往的小说题材是那样的不同。乡村是您熟悉的生活领域，而《蟠虺》显然与您熟悉的生活大相径庭，涉及的专业内容很多，您是否也做了相当的文学和专业准备？

刘醒龙： 十几年中，总在有意无意地找些关于青铜重器方面的书读，粗略地盘算了一下，从20世纪50年代油印的小册子，到最新的大部头精装典籍，仅是购买直接相关的书籍与材料，就花费了三千多元。有些专业方面的书真的太难读了，能够读下来，还得感谢中国的高速铁路，感谢武汉成了中国的高铁中心。从离家很近的高铁车站出发，去往下一个目的地，大多在四小时左右。往来八个小时的孤单旅途，正好用来读一本平时难得读进去的专业书。

周新民： 王蒙曾在80年代就提出"作家学者化"的倡导。其本意是文学创作有厚实的知识的储备。我想，《蟠虺》能吸引这么多批评家的注意和读者的好评，和《蟠虺》丰赡的知识涵养有密不可分的关系。相关的知识储备需要耗费大量时间和精力，创作过程也必定需要较长的时间吧。这本书您创作了多长时间？为什么会起名《蟠虺》？虽然这两个汉字看上去很有神韵，毕竟它们太不常用，从事古典文学研究的没事，停在现当代文学一般水平上的人，很难马上认识。

刘醒龙： 我必须先将王蒙的话补齐，王蒙在说"作家要学者化"后，特别加上一句"作品不能学术化"。

从2012年年底，到2014年元月脱稿，前后花费十几个月。实际上，交稿之后还在不断地修改，直到出版社都出清样了，还改动了一些。与我的其他作品的名字改来改去不一样，《蟠虺》是从一开始就定下来的。因为这两个字不好认，女儿就读的学校组队参加汉字听写大会，老师号召全校学生多找一些"变态"的字词刁难一下集训队的学生。女儿就将这两个"变态"的字词报到学校去。不知道这两个字有没有难倒想要去北京汉字听写大会现场的学生，但在小说出版之初，我所碰见的成年人，都得翻字典才能认出来。在流行语横行的当下，老祖宗留下的看家本领，还是需要我们不时地重温一番。尽管还可以构思一些更加通俗、更加惊悚，也更能吸引眼球的小说名，那却不在我的选项中。毕竟这两个字所表示的是青铜文化中最具代表性的图腾，同时也是现代化进程中贯穿数千年历史的一种象征。

"蟠虺"的突出使用，还可以判定为文学价值的选择，是古典与经典，还是流俗与落俗，文学价值的分野，在任何时代都是不容忽视的。有人曾建议，如果将《蟠虺》改名为《鬼尊盘》，起码要多卖二十万册。此话很让人无语。不是道不同不相为谋，也不是自己不了解这个世界有多么喜欢混淆，而是发现坚持一种所有人都明白的价值，比同样被所有人明白的利益要艰难太多。唯一令人宽慰的是，文学从来是在艰难时世中体现存在意义的。

周新民：《蟠虺》完全超出了对您作品的阅读经验。无论构思还是叙述，都有很大的变化。我相信，只要是阅读过您的文学作品的读者都有这样的感受。有些评论用"突破"一语来形容《蟠虺》带来的变化，不知用突破一词是否准确？一般情况下"突破"是针对某种困境或者说是某种限定界限而言的，比如对中国当代文学某种壁垒的突破。这种突破对您来说是否也有一定的难度？

刘醒龙：与某些壁垒的对峙是当代文学的重大使命，而且这种对峙是只许成功，不许失败。事实上，无论何种对峙，文学都没有失败的记录。那些与文学过不去的力量，可能强悍一时，但在时间长河里，文学的优势太明显了。

面对新的写作，从来不会没有难度。这也是我从2000年起，彻底放弃中短篇小说写作的重要原因。在那之前，所有的中短篇小说写作对我来说实在不是一件难事。即便是像《大树还小》这样被评论界指为知青小说中的另类，在写作时也无法让自己使出全部才情,甚至还有一种憋闷的感觉。写作的天敌是惯性和类型化,私人性质的惯性,一个人的类型化也是不被允许的,除非想成为文学史中失败的典型。比如我们很少能从王安忆、韩少功和莫言的写作中发现依附在惯性上的雷同。一个人重复也是重复,这样的写作只要有一部就够了,再写就是多余的。像是将汽车停在马路上,发动机不停地转,人也一直坐在驾驶座上,却拉手刹,挂 P 挡,不向前走,如此下去是要吃罚单的。生活当中的坏习惯是总是质疑别人,不时检讨自己质疑自己却是比较好的习惯。及时出现的自我怀疑,使我做出全力写作长篇小说的选择。《蟠虺》的难度明显摆在那里,仅是书中小学生楚楚用来刁难成人的那三十个与青铜重器相关的汉字,能认识一半就很不容易了。况且还将考古界自身都没有结论的重大悬疑贯穿始终,这也是小说的魅力所在。小说的使命之一便是为思想与技术都不能解决的困顿引领一条情怀之路。

周新民:我想,您肯定不只是想写一部有关青铜器的"知识考古学",您肯定是借青铜器尊侯乙尊盘来表达您对于当下精神气象、文化乃至社会问题的思考。

刘醒龙:形而下的物欲膨胀,形而上的灵魂皈依,青铜时代如此,信息时代如此,信息爆炸中牵扯上青铜重器更是如此。曾侯乙尊盘上眼花缭乱、令人目眩的透空蟠虺纹饰,复杂到至今无法复制。

周新民:《蟠虺》中的曾本之、马跃之、郝文章等几个人物形象是近些年长篇小说的重要收获。我注意到,近些年,一些小说乐于暴露知识分子的负面形象。老实说,这些小说并不了解知识分子的生活,人物形象也显得很干瘪。相比较而言,曾本之这一人物形象很饱满,在他身上寄托着中国传统知识分子的诸多美德和良知。

刘醒龙:一个向上修养自己的人,总在不断探索前行,能够与人相伴相随的唯有文学,因为文学从不说对,也不说错,只将一切的启迪和启发安放在情怀之中。

《蟠虺》的开篇便说:识时务者为俊杰,不识时务者为圣贤。写这句话时,脑子里联想到的另一句话是:实践是检验真理的唯一标准。这么联想看起来实在有些奇怪。其实不然。原来多么有意义的一句话，这些年来，却被弄成只顾"实践"，不要"标准"，或者是只看到识时务的俊杰们的实践，而看不到不识时务的圣贤们的标准。特别是某些有影响力的公众人物，太计较眼前蝇营狗苟的小利益，只顾肉体享乐的实践，不管安妥灵魂的标准。人类如果对自己的灵魂不管不顾，那些日新月异的科学技术就会变成无视科学的名利赌博，变成披着科学外衣，没有人伦天理的技术暴徒。

作品是一个作家的气节。文学是一个时代的气节。这就像上战场，每个人都应当将自己把守的那段战壕当作最后防线进行死守，每个人都要将自己当作战场上最后的勇士与恶势力决斗。

周新民：与曾本之相比较，郑雄是作为异化的知识分子形象出现的，他身上有着这个时代种种阴影。功利、势力、唯利是图是他身上最突出的特点。总听到有读者在问，郑雄这个人物形象的原型是确定存在的吗？

刘醒龙：记录这个世界的种种罪恶不是文学的使命，文学的使命是罪恶发生时，人所展现的良心、良知、大善和大爱。记录这个世界的种种荣耀不是文学的任务，文学的任务是表现光荣来临之前，人所经历的疼痛、呻吟、羞耻与挣扎。

这个时代的文学外表有些弱小，如果丧失了起码的气节，就只能沦为他者的玩物。一般情况下，我的写作都没有具体的原型。至于《蟠虺》，在我的写作过程中同样没有也不需要原型。作品出版后，别人爱怎么说，那是别人的事，我不爱听，也不想听。

周新民：虽然《蟠虺》充满了时代感，在阅读中体会到针砭时代的快感，但是，阅读难度还是比较大的。因为，相比较您既往的作品，《蟠虺》涉及了更多的专业知识，情节也更复杂，叙事难度更大，我想读者在阅读时肯定要面临更多困难。您是否担心读者会因为阅读障碍而放弃阅读？

刘醒龙：在文学中太过炫技，是一种愚弄，还可以看作愚昧。文学需要叙事技术，又从来都不是靠叙事技术立世的。在一部内容与人物底气十足的作品面前，叙事技术往往会变得微不足道。那些到处与人讨论叙事技术的人，听他们说小说，令人哭笑不得。正如前往珠穆朗玛峰，只关心穿什么牌子的衣物，上山后如何用微博，如何上微信，不去考虑自己的身子骨有没有这个能耐，攀上世界最高峰。再好的衣物，穿在木乃伊身上，不仅了无风采，更会奇丑不堪。

长篇小说与专业考古相遇，必然导致险象环生，稍有不慎，作品就会全军覆没。在森严沉寂颠扑不破的青铜重器面前，风险更是成十倍百倍增加。空前大的风险当然是长篇小说写作的巨大难题，反过来也是巨大的机遇，一旦处理得当，叙事魅力同样会十倍百倍地增加，也更容易使人进入到作品意境之中。

迄今为止，在我的写作历程中，《蟠虺》是最具写作愉悦的一部。阅读此类的作品的挑战性是存在的，特别是之前对青铜重器缺少基本了解的人更是如此。日常阅读中，凡是经典作品，哪一部、哪一篇不是对读者文学素养的挑战？没有挑战的写作和阅读是伪写作和伪阅读，这样的写作与阅读是无效的。作为写作者我相信读者，一如自己对《蟠虺》的信任。反过来，作为一名读者，我不会信任那些有意用作品来讨好读者的作家。就像社会生活中，那些一味阿谀奉承，只知溜须拍马的家伙都不是好东西。天下想当官的人，不是全是想为老百姓做事。在菩萨面前烧香叩头的人，也不全是大慈大悲的善良之辈。文学之事也不例外！出版界有句口头禅：读者是上帝。这句话主要是为资本吆喝。对文学来说，有些读者是上帝，有些读者却是魔头，有些读者是智者，还有一些读者是智者的反义词。作为一名写作者，最应当信任的还是自己的内心。真正的写作是为了内心的悲悯、宽容、忧郁和仁爱。

周新民：我注意到，您在《蟠虺》这部小说的叙事过程中，常会使用"巧合"的方法。在我看来，《蟠虺》中的巧合不仅仅是叙事和推动情节的需要，也是您表现对世界、人生的思考的需要。我隐约中感觉到，《蟠虺》中的"巧合"有着复杂的含义，似乎寄托着您对历史、社会与人生的思考。

刘醒龙：巧合是一个人面对复杂人生的自信，也是一个人在纷繁的世俗中做出正确的选择。对作家来说，巧合是灵感的一种来源。比如这部《蟠虺》，如果不是当初在博物馆被一位在武汉大学读夜大班的某女作家的同班同学认出来，并热心地客串讲解，将藏在太多青铜重器深处的曾侯乙尊盘介绍给我，或许就不会有这样一部关于青铜重器的长篇小说出现。巧合是人生之所以美好的重要因素，天下男女，哪一段爱情的出现不是因应着巧合，大千世界，茫茫人海，只要错过一次相见，或许就是永远的陌生人，偏偏在某个时刻两个人带着爱情相遇了，然后相守白头。匠心独运和肆意编造的分野还是说得清楚的。我喜欢这种名叫巧合的事情，巧合的出现证明时间、地点、人物、事件全部选择对了。小说人物的名字是小说趣味性的重要索引。近二三十年，中国作家中，很有一些人因为无人知晓的极其乡俗的本名与声名远播的十分优雅的笔名，成为文学界美谈。事实上，人的名字是人来到世上遇到头一件必须较真的事，传统中，姓氏后面的第二个字必须是辈分的标志，非传统中，双胞兄弟哥哥叫了大双，弟弟便叫小双，这些都是来不得丝毫马虎的。在男女情事中，姓欧阳的男孩总是更招女孩喜欢。有些事情之巧，真的让人无法理解，《蟠虺》中在长江与汉江交汇的龙王庙溺亡那位，确认其人其事，过程就是如此，因为太真实了，才让人在难以置信中体味出难以言说的人生意味。还有夜晚在墓地遇上灵异的情节，我是不想多费笔墨去解释，这种在日常生活中人人都有体会的现象，本无须在小说里作太多的啰唆。写作时，自己也不明白，这个城市的地名委员会为何要老早给我留下这绝妙的小说素材，这样的巧合很能让人兴奋，也很让人无奈。有一阵，那些有头有脸的人中就曾盛传和氏璧在某个地方再现了，还有传言说谁是20世纪的楚庄王之类的。说者未必无心，听者未必有意，到头来这些都成了天赐的小说元素。《三国演义》开篇就说天下合久必分，分久必合。"文革"时期最流行的话是天下大乱达到天下大治。诸如此类的历史巧合，总是包含在历史进程的必然当中。对作家来说，需要做的事情是将真实生活的巧合，关进叙述艺术的笼子里，不使它太过汪洋肆意。

《蟠虺》的写作使我对自己有了新的认识。在此之前曾以为无论体力、年岁还是兴趣，都到了快要金盆洗手的时候了，《蟠虺》的写成，令我对小说写作有了全新境界的兴趣，甚至在脱稿后的习惯性疲劳恢复期时，就有了新的写作灵感与冲动。很高兴文学的活力在我这里还没有变异，没有变成假文学之名，实为非文学的东西。这也是《蟠虺》已成为自己的偏爱的重要原因。长篇小说写作注定会成为写作者标记人生的高度。

周新民：您在《蟠虺》创作手记中写道，细节的叙述是小说的核心机密。事实上，优秀的小说家除了在情节与叙事手法上下功夫外，还得在细节上下功夫，而细节的捕捉与表现往往更难。您能谈谈您对小说细节的理解吗？您在《蟠虺》中是怎样去提炼细节的呢？您觉得有哪些细节是您非常看重的？

刘醒龙：细节是天下小说的共同秘密。没有细节就没有小说，丢弃细节就是丢弃小说。叙事艺术的关键不是故事，而是充填故事框架的细节。故事是梅树的树干，细节则是梅树上一年当中只开放几天的灿烂花朵。赏梅其实是在赏花，谁会在意没有花的梅树？

周新民：《蟠虺》中写到几处地名，比如"两个黄鹂鸣翠柳"中的黄鹂路和翠柳街，"一行白鹭上青天"中的"白鹭街"，是真有这地名，还是为了引出没有"青天路"而虚构的？无论真假，这样的描写真是神来之笔。

刘醒龙：这些没有丝毫虚构，全是真实的，还有小说中一再提及的老鼠尾，更是东湖景区最美的地方，可以在百度地图上轻易搜索到。都在我家附近，因为单行线的缘故，只要出门就得经过翠柳街或者黄鹂路，再走远一点，便到了白鹭街。写作之初对此我并没有什么想法，有天夜里都熄灯睡觉了，却忽发奇想，便重新爬起来，拿起便笺将这个稍纵即逝的念头记下来，一边写一边还笑。夫人很好奇，听我说过后，她也忍俊不禁地笑了起来，还要我感谢地名委员会的人，人家专门为我预备的小说素材。这也应了那句老话，艺术无所不在，就看谁有灵感。

周新民：非常喜欢《蟠虺》中的一段话："曾小安说郑雄很伪娘是有几分道理，像我们这样纯粹搞研究，只对历史真相负责。自打当上副厅长，郑雄就不能再对历史真相负责，首先得对管着他的高官负责。所以，但凡当官的，或多或少都有些伪娘。就像昨天下午的会上，郑雄恭维庄省长是二十一世纪的楚庄王，就是一种伪娘。只不过这种伪娘，三分之一是潘金莲，三分之一是王熙凤，剩下的三分之一是盘丝洞里的蜘蛛精。"读起来既美妙玄幻又横空穿越，最过瘾的是新加坡的鞭刑那样的批判。在《蟠虺》中这样令人会心的文字比比皆是。

刘醒龙：小说的力量是与其趣味相关联的，一旦失去趣味，剩下来的枯燥，哪怕再肃然也无法令人起敬。或者是相反，那些索然无味的辞藻会使人觉得华而不实。这个杀手不太冷，这也是能够"杀人"的小说魅力之一。

周新民：的确如此，《蟠虺》的细节非常考究。尤其《蟠虺》以丰富的楚文化细节，让青铜重器成为读者关注的焦点。能谈谈您认为楚文化中最迷人的部分是什么吗？"公元前七〇六年，楚伐随，结盟而返；公元前七〇四年，楚伐随，开濮地而还；公元前七〇一年楚伐随，夺其盟国而还；公元前六九〇年，楚伐随，旧盟新结而返；公元前六四〇年，楚伐随，随请和而还。"小说中的这段话，无疑出于史实，为什么要写这些？这类从故纸堆中翻出来的东西，在当下还有意义吗？

刘醒龙：《蟠虺》写了"楚"，却非是为"楚"而写"楚"。小说的意义是从小地方小人物着手，放眼与放怀的总是更大的世界。"楚"的文化精神，在时下有着特别的意义，小说反复提到"楚"与"随"的关系，深入描写真的楚学者与伪的楚学者的学术伦理与人格操守的不同，除了对楚文化浪漫情怀的表达，更强调了中国文化中关于"仁至义尽"的那种精髓。

春秋战国的争斗，颇似旧欧洲贵族之间的战争，看似天下大乱，实际上仍存在相当程度的社会伦理底线。"仁者无敌""仁至义尽"等文化经典皆出自这个时期。公元前五〇六年，吴三万兵伐楚，楚军六十万仍国破，吴王逼近随王交出前往避难的楚王，随王不答应，说随僻远弱小，楚让随存在下来，随与楚世代有盟约，至今天没有改变。如果一有危难就互相抛弃，随将还用什么来服侍吴王呢？吴王觉得理亏，便引兵而退。随没有计较二百年间屡屡遭楚杀伐，再次歃血为盟。才有了后来楚惠王五十六年作大国之重器，也许就包括旷世奇葩曾侯乙尊盘，以赠随王曾侯乙。制度固然重要，如果没有强大的社会伦理基础，再好的制度也会沦为少数人手

45

中的玩物。引领势如破竹大军的吴王，只因理亏便引兵而退，便是这种伦理约束的结果。老省长和郑雄，还有熊达世的所作所为，则是反证，在视伦理为无物者面前，制度同样如同虚设。"非大德之人，非天助之力，不可为之"小说中老三口说的这话，不仅仅是"人在做，天在看，心中无愧，百无禁忌"，大德与无愧，都是向着社会伦理的表述。与制度相比，伦理防线的崩塌的危害更大。

在文学中，中国文化中"仁者无敌""仁至义尽"的精髓，自《三国演义》中"七擒孟获"之后，缺席了几百年，在这一点，当代文学显然要重新有所担当，不能再任由暴力与血腥的文字泛滥下去。

周新民：《蟠虺》在很多方面颇有讲究。除了上文提到的几处之外，楚学院的门牌也很有意思："楚弓楚得""楚乙越兔""楚越之急"……这样的安排，是否暗示了主人性格命运？

刘醒龙：如果觉得有这种意境，那就是的吧。写作需要忽发奇想，既然外面的酒店与KTV包房经常用名城、名胜做房号，为什么楚学院就不能如此呢？关于"楚"的成语有那么多，那么精辟精彩，而我们却知之甚少。能用上的时候尽量多用，也算是对先贤们的一种崇敬与感怀，同时也是对互联网时代，像洪水猛兽一样泛滥的垃圾语言的反拨！

周新民：在《蟠虺》中您创作了两首别致的赋，其中一首《春秋三百字》："别如隔山，聚亦隔山，前世五百次回眸，哪堪对面凝望？一片风月九层痴迷，两情相悦八面爽朗，三分江山七分岁月，四方烟霞六朝沧桑，生死人妖五五对开，左匆匆右长长。二十载清流，怎洗涤血污心垢断肠？十万不归路，名利羁羁，锦程磊磊，举头狂傲，低眉惆怅。憾恨暗洒，从雁阵来到孤雁去。潮痕悲过，因花零落而花满乡。江汉旧迹，翩若惊鸿。佳人作贼，丑墨污香。千山万壑难得一石，五湖四海但求半觞。漫天霜绒枫叶信是，蛇紫嫣红君子独赏。觅一枝以栖身，伴清风晓月寒露，新烛燃旧情，焉得不怀伤？凭落花自主张，只温酒研墨提灯，泣照君笑别，岂止无良方！宿茶宿酒，宿墨宿泪，今朝方知昨夜悔。秋是春来世，春是秋重生，留一点大义忠魂，最是重逢，黄昏雨巷，朦胧旧窗。"赋作为古典散文，在当下越来越受重视，这是文字的一种出路吗？

刘醒龙：我写这些文字，只是想试试自己的笔锋。它在小说中的出现另有特别的理由，文学是一根硬骨头，骨头再硬也不能不要智慧。古典文学的春秋笔法，在现代汉语中丢失得格外彻底。不是写作者不想用，实在是现代语言太过直白，字里行间藏不起许多情，也藏不起许多恨。"二十载清流，怎洗涤血污心垢断肠？十万不归路，名利羁羁，锦程磊磊……"如果写成"从一九八九到现在，二十多年了……"如此等等，力量与情怀都会不尽如人意。"江汉旧迹，翩若惊鸿。佳人作贼，丑墨污香。"这些话如果用现代汉语来描写，很容易变成"大字报"或者"革命口号"。中国文学在当下的发展注定是由现代汉语引领前行。不过，多一点传统经典底蕴，斯时斯地恰到好处地尝试古典之风，肯定是件好事。文章有限，天地很宽，别说一点古典元素，就是再多一些，也应当容得下。写作的佳境，一切想融入其中的元素都应当没有障碍。

周新民：浮躁的社会里，越来越多的人静不下心来读书和思考。您希望通过《蟠虺》，引发读者怎样的思索和启迪？或者关注哪些他们正在忽略或淡忘的东西？

刘醒龙：小说开头有一句话：识时务者为俊杰，不识时务者为圣贤。如果说，写这本书有什么目的，这句话就是。希望天下少一些追势利的俊杰，而多一些真正有理想的圣贤。

周新民：我想，正是您本着严肃、认真的态度来写作《蟠虺》，才使《蟠虺》具有非常积极的社会意义和价值吧。上海《解放日报》的"解放书单"是全国首个以党政机关领导干部为目标受众的读书专刊，这是为贯彻习近平总书记今年5月在上海考察时要求领导干部"少一点应酬，多用一些时间静心读书、静心思考"而推出的。中央政治局委员、中共上海市委书记韩正亲自为该书单撰文，由沪上数位资深出版人、理论界专家、文艺界人士、媒体代表，秉持"价值、高度、前沿"的取向，从茫茫书海中精选而出。作为小说作者，您认为《蟠虺》入选这份书单的原因何在？

刘醒龙：我也是从媒体上见到这个书单，说实在话，以往一些行政领导或部门提供的所谓书单，并不是真的让人读书，而是为了表明某种政治态度。读书一定要读好书，要读让人心灵启蒙的可以长久受益的书。要读良师益友般的经典之书。上海方面提供的这个书目,不仅让人眼前一亮,更是有理想、有追求的,读书正是如此,看上去是读书,实则是探求理想,发现生活,让人生道路走得更正确。

周新民：您曾提到"读书一定要读好书,要读让人心灵启蒙的可以长久受益的书,要读良师益友般的经典之书"。《蟠虺》入选"解放书单"表明它已经被看作启迪心灵的经典之书。我一直觉得您是一个有风骨的作家。我注意到2014年7月16日《人民日报》以一整版的篇幅摘录了《蟠虺》。这是少有的现象。您以为这表明了《人民日报》的什么样的态度？

刘醒龙：与政治在某些方面交集是文学的魅力之一。这些年人们下意识地想将文学与政治作彻底切割,原因在于某些写作者的骨头太软。如果人活得都像《蟠虺》中的曾本之、马跃之、郝文章,不仅是政治,整个社会生活都会变得有诗意和更浪漫。文学与政治交集时,一定不要受到政治的摆布,相反,文学一定要成为政治的品格向导。

中国文学的悲壮在于,文学时常成为政治的祭品。我不用"悲哀",而用"悲壮",是在表明文学是有力量的。有些人感到恐惧,又不能痛下杀手,便阴谋暗算。《蟠虺》问世才两个月,就有阴风嗖嗖而起。即便不去谈论这些,就这件事本身而论,也能看出一种归还给普通公众的意味深长的文学理想。

周新民：和您谈完《蟠虺》,我还想与您谈些文学创作相关的话题。我接触到的很多年轻的有志于小说的写作者有一种危机感。他们为了写作花费了很大力气,耗尽心血,但是,遭遇了出版艰难和读者寥寥无几的窘境。有些写作者为了获取金钱和名声,去写吸引眼球迎合读者的流行文学或网络文学的文字。作为一名功成名就的作家,您认为文学在这个时代面临危机吗？您觉得作家该如何作为？

刘醒龙：有时候,所谓的危机是庸人自扰。只要我们还记得遗传的概念,只要人类还得仰仗人文精神的传承,作为这个世界上最重要的文化载体的文学就不应当绝望。古往今来,将文学作为获取功利的工具之人从来不在少数。好在文学的生生不息与那些人不存在利害关系，不是由那些利欲熏心的家伙说了算。有人想当写作明星，想天天活在媒体娱乐版上；有人渴望通过写作成为有钱人，夜夜泡在花天酒地里；那就让他们按自己的想法去做好了，真正的作家是《天龙八部》中的"扫地僧"。

周新民：一个作家的创作和他的阅读、文学观、生活经历密切相关。其实，作家的日常生活也会影响到作家的创作。我知道您每天早起，游泳一千米，再去做其他事，很多年这样坚持下来。您把写作当作是一生追求的最为重要的事情，当然，写作也改变了您的命运；那么，写作的最大的意义，写好的小说，对您来说，意味着什么？您又怎么定义什么是"好小说"？

刘醒龙：写作对于我，早期是因为我明白自己不可能适应商界与官场，文学则是一种全凭自身才情，可以独辟蹊径、独善其身的事业，所以才有了这样的选择。事实证明我对自己的了解没有犯错。人做任何一件事都要做得尽可能的好。年轻时当车工，年年都是先进生产者。将小说写好，写得让读者喜欢，差不多就是回到当年的车间，力争当上先进生产者。对作家来说，写出好小说，是天经地义的，就等于日常生活中普通人做好每件琐事。好小说经得起岁月的消磨，也经得起世俗的尘封，等到白发苍苍时，还能轻言细语与孙辈不时提起，且不觉得愧疚。

（《南方文坛》2014年06期）

我们这个时代的文学重器

刘醒龙　何言宏

一

何言宏：虽然我们在上海书展期间已经就《蟠虺》有过交流，这一段时间，文学界对《蟠虺》的讨论也比较多，但我总觉得意犹未尽。一方面，是我个人对《蟠虺》似乎还有话要说，似乎也还有问题需要请教；另一方面，就我所读到过的关于《蟠虺》的文字来看，有些问题还尚未涉及，有些涉及的方面，似乎也还有进一步深入与展开的必要。大家有一个基本的共识，就是都认为《蟠虺》是你自长篇小说《圣天门口》以来最为重要的作品，在你个人的创作史上，相当重要。实际上，我认为还不仅如此，在当下中国整个的文学格局中，《蟠虺》的意义都非常重要，非常独特。所以我说，《蟠虺》是我们这个时代的"文学重器"，就像作品中的曾侯乙尊盘是一种"青铜重器"一样，它的分量非常大。这样一部有分量的作品，它的"生产"过程，虽然在其他场合你也曾约略谈到，但我很想更加全面地多作些了解。《蟠虺》的创作，具体动念于何时？其间又经历了怎样的创作过程？

刘醒龙：严格说来，《蟠虺》动笔之初，算不上是《蟠虺》写作的开始。真正的开始，是写作进行中，找到"识时务者为俊杰，不识时务者为圣贤"这句话以后。第一次对曾侯乙尊盘有所了解是2003年，面对难以言说的奇妙，心中曾闪过一丝念头：这或许可以写进小说里。真正萌生写作意念是从获"茅盾文学奖"后的纷杂中沉静下来的2012年初。曾经沧海难为水，文学最能使人进入如此境界。文学奖项背后的世俗浊流，会让真正的作家更加忘我地投入到文学沧海之中。作家对世界的认知，有相当部分不需要太劳神费力，文学界本身就是小社会，对文学界认识深了，对社会的认识一定浅不了。就一个人来说，即使当不了君子，至少不能做小人。那一阵，几乎是紧挨着几天里，先后听到两件事，一件事是说某人在众目睽睽之下吹捧某位高官，那些话的原意被后来的小说改造为郑雄说新任省长是当代的楚庄王。仅仅如此细节仍进不了我的小说，我一向不去专门为邪恶而耗费文心，也不会用我的文字哪怕只是记录一下邪恶，除非有足以驱逐邪恶的华彩的东西同时出现在我的笔下。苍天自有苍天的公正，如我所愿，接下来就听到人们用敬语谈到某高校校长在那个夏天里，不记个人毁誉，挺身而出保护一大批莘莘学子。《蟠虺》是在写到《蟠虺》全书的1/3处才真正开始的，写到约十万字时，某天深夜，突然有了"识时务者为俊杰，不识时务者为圣贤"这句话，那一刻我才体会到这部小说写作对我的意义所在，甚至是对中国当代文学的意义所在。

何言宏：所以在《蟠虺》的开头，就是曾本之"用尽全身力气"写下了"识时务者为俊杰，不识时务者为圣贤"这样的话。是做一个"圣贤"，还是做"俊杰"，抑或做那些颇通机变的"英豪"，或者是做"君子"、做"小人"等，是整个小说中不同人物的人格选择，我甚至觉得，这就是整个小说最基本的主题模式。我以为不光是《蟠虺》，你的很多小说实际上都潜隐着这样的模式，即道德和伦理的主题模式，正是在这种支配性的主题模式外，作品再呈现出丰富多彩的故事情节。毫无疑问，《蟠虺》的主人公曾本之所企慕的人格境界，就是青铜重器所喻示着的君子人格，他与小说中的马跃之、郑雄等其他人物之间发生的故事，无论是互相认同，还是反复冲突，实际上都与他的人格理想密切相关。《蟠虺》中多次出现青铜重器只属君子这样的话，有时是他对别人陈说，有时又是他自言自语，都表现出他不断地在以君子人格来砥砺自己。

刘醒龙：青铜重器只与君子相伴，这句话在写作过程中冒出来后，心情突然变得异常沉重。这种感觉一旦出现就不肯消失，甚至在想象两位资深学者互斗对联这类略带娱乐的细节时,依然如是。天地间轻的东西总是向上方的高处漂移,重的物质则会往下,必须是坚实的地方才能存放。这让我不得不思量,物质世界的坚实环境,比如塔基和桥墩一类,换成精神生活,就只能是灵魂的底线。国之重器象征国家的基本实力,人之重器无疑是一个人的灵与肉的质量。再大的大人物,如果灵肉质量有问题,到头来依然只是小人一个。生命能够承受多大的重量,是由其底线的构筑质量所决定的,将一百吨的大吊车,安放在五吨吊车的底座上,不要说它能吊起多少重物,可能连自身的正常姿态都达不到。所以,这部小说想做到的是为时下人性划出底线。

何言宏:"识时务者为俊杰,不识时务者为圣贤""青铜重器只与君子相伴",这两句话都是在《蟠虺》写作过程中才"冒出来"的,从对作品主旨的明晰与确定来说,这无疑是《蟠虺》创作过程中的两件"大事",但在创作中苦思冥想,也真是辛苦啊!"识时务者为俊杰,不识时务者为圣贤"是作品起首的第一句话,起到了为作品定调的作用。我们都知道文学作品第一句话的至关重要,这第一句话,一定也是颇费思量、几易其稿吧?

刘醒龙:小时候看京剧《红灯记》,小鬼子鸠山劝降李玉和时,就要他识时务,让人觉得"识时务的"肯定不会是好东西。长大了,见多了,又发现在敌我之外的日常世俗之中,往往以识时务为首选。就说读书人,20世纪80年代初期,重提重视知识重视人才,一阵风将许多乌纱帽吹到读书人头上。没过多久,又有许多人停薪留职下海去。从拼命上大学,到千方百计当官,再到疯狂捞钱,这样的时务,也可以看作人生进步过程中的一种。对于另一些人,认准那种自己最看重的价值,心无旁骛寂寞地坚持下去,不在乎是否会成为又一个西西弗斯神话。在1994年出版的长篇小说《威风凛凛》勒口上有一句话:作家有两种,一种是用思想和智慧写作,一种是用灵魂和血肉写作,我愿意成为后者。这些都可以看作"识时务者为俊杰,不识时务者为圣贤"这句话的准备过程。

何言宏:最终确定为目前的"识时务者为俊杰,不识时务者为圣贤",它与"青铜重器只与君子相伴"这句话在小说中互相交替着几度出现，像是交响曲中的一个主要旋律，将作品的基本主题牢牢铆定，起到了你前面所说的"精神底座"的作用。

刘醒龙：当代文学需要一些结实的成分，这也正是交响曲的特点，一切的交响曲必不可少的正是那种令人无法抵挡的结实。文学只有结实起来，才有机会展现强大魅力。

二

何言宏：有时候，文学作品的命运真的是作家本人所难以左右和预测的。文学史上经常会有这样的例子，就是作品问世后，它的意义与价值——不管是在社会、思想和文化方面，还是在文学方面——被人们进一步挖掘、阐释并且产生更加广泛和更加深远的影响，经常为作家所始料未及。我想《蟠虺》所产生的影响，不少方面已经是你所始料未及的了。《蟠虺》出版后影响很大，从媒体报道、读者提问、学术研讨甚至私下交流等很多方面，我想你都有很多感受。

刘醒龙：《蟠虺》刚刚问世，就有命运一样的东西出现，湖北省博物馆馆长方勤在新书发布会上得知，书中根据"曾侯乙"来推测，春秋战国时另有"曾侯甲"或者"曾侯丙"，便再三问本书是何时出版的。责任编辑谢锦告诉他，最早一批书是2014年4月出版的。方勤大为诧异，正是4月间，在随州出土了属于"曾侯丙"的春秋战国青铜器。听得此言，感觉就像与命运在拐角的地方撞了一个满怀。作品的命运在某种意义上讲比人的命运更难把握，人在做什么事情时，心里是有把握的，严谨的人更会将这种把握运用到极致。作品在人群中流传开来的情形大不相同，阅读者如何理解，作者与作品毫无办法。就像前些年，大家硬说我的一部中篇小说是为贪官污吏"分享艰难"那样。很多时候，人们摆明了就是要戴着有色眼镜，抱着特别目的来阅读的。正因为如此，小说出版后，一些人大呼过瘾，《人民日报》破天荒用整版推介这部小说后，惹得不少人私下里询问是不是还有其他暗示性背景。另一些人则恼羞成怒，逮着机会就玩些偷鸡摸狗的小动作。活这么久，见得多，对于这些早已宠辱不惊了。一个成熟的作家,只是敢于担当还不行,还要担当得起。迄今为止那些阴暗者还没有公开跳出来,说明我还有担当的力量。这就行了,半辈子写作到了这份上,除了写作,其余身外之物,皆可如曾本之与马跃之那样,当成鼻屎!

何言宏:哈,这就是始料未及,太有戏剧性了,《蟠虺》甚至预言了"曾侯丙"的存在。

刘醒龙:还有一件事。《蟠虺》出版后,我给好朋友、武汉电视台台长顾亦兵送了一本,他是我们这座城市里难得的真正读书人。有天深夜他突然发信息说,他在读韩非子,发现关于"虺"的新的解释。在通常的典籍,作为一种毒蛇的"虺"被解释为,虺五百年为蛟,蛟一千年为龙。但在韩非子那里,虺还是一种长着两只口的,为着争抢食物,常常互相撕咬的家伙。这种古老的解释与小说的某种喻意相契合,看上去是始料未及,实则是古今大势的灵魂般沟通。

何言宏:对我来说,《蟠虺》还兼有考古学方面知识普及的意义。我以往对青铜器了解不多,关于范铸法、失蜡法等,都是从《蟠虺》开始才逐步去了解。老实说,为了《蟠虺》,我还补读了不少艺术史和楚文化方面的书籍。但对《蟠虺》,我感受最深的,还是它的思想文化内涵。记得那天在上海书展上,我就是从这个问题开始谈起的,后来因为时间关系等,这个话题未能展开,所以这次咱们可以先多谈谈。我是在文化与文明重建的层面上来看《蟠虺》的价值的。这方面,你不一定都同意我的观点,更不一定都符合你的创作初衷。但《蟠虺》的冲击力,还真的也表现在这个方面。这些年中国的思想界、文化界,以及我们的政府,当然也包括我们的文学界,一个非常巨大的焦虑,就是在世界性的文化格局中如何体现我们中华文化与中华文明的重要地位与影响力的问题。《蟠虺》的出版,正当其时。当然你的初衷,一定不是要通过写这么一部长篇小说来表达这样的焦虑,可是它在客观上,真的做了很好的表达,而且还表达得特别好,特别明确、自然,而且也深刻。所以,我也竭力地向思想文化界的好几位朋友推荐了《蟠虺》,要他们一定好好看看。具体地说,《蟠虺》这方面的内涵,在关于蟠虺的制作方法的追问中，表现得非常突出。实际上，小说基本的叙事过程或叙述动力，就是这个问题，即它到底是用咱们老祖宗所固有的"范铸法"，还是用西方人的老祖宗所固有的"失蜡法"制造出来的？这个思路，很明显地具有文明追索与文化追问的意味。

刘醒龙： 茫茫人海，总可以找到思想上志同道合的朋友。作为先锋者，不管是在思考时，还是将思考结果用某种形式叙述出来时，内在的痛苦是巨大的。这时候的人真的是一个拓荒者，没有水喝，没有粮食吃，能生存下来很大程度在于个人意志。近百年来，中国文化被打碎得太厉害，我同意你提出来的文化与文明重建概念，甚至还觉得，这要成为我们往后几代人的理想才行。那种一日三餐吃着大米，却总在强调牛奶面包更有营养，还有开口闭口不离汉语，却将英语奉上至上的现象，绝对不是正常的文化与文明的表现。在不同的政治利益与相同的金钱利益面前的双重软骨，致使灵魂与肉体的双重堕落。这是当下知识界面临的很大的问题。

何言宏： 是啊，我们中国文化和中华文明的现代性重建，现代以来一直在进行，而且也正如你所说的，应该是我们今后几代人的理想，也是我们的历史使命。我感兴趣的是，你对思想文化界的有关讨论是否有留意？或者并未有暇顾及，而是不自觉地以自己的写作暗合了这样的潮流？

刘醒龙： 当然，我是有所了解，正因为了解，才会以文学的样式来表达个人情怀。我总觉得关于思想文化的讨论不能像"文化革命"时不同造反组织互相贴大字报，也不能像时下的大学生辩论比赛，貌似讲理其实不过是在逗口舌之快。有个流传很广的段子，在钱的问题上，美国父亲会与孩子说，自己有多少钱，但这与孩子无关，孩子的钱只能是孩子自己挣的。中国人父亲会对孩子说，这些钱自己生不带来死不带去，将来都是孩子的。分析中很是称道美国父亲的做法，却忘了在中国文化中，上孝敬父母，下养儿育女，是天经地义的道理，一个不知道光宗耀祖，不明了自己根在哪里的人是得不到社会尊重的。文化是一条大河，最不能割断的是其渊源。我们不可以在讨论生态环境时，对在长江上修大坝深恶痛绝；在对思想文化进行讨论时，不仅不惜修筑大坝又分断源流，更恨不能凭空去挖一条人工河，自个去另起炉灶。

何言宏：所以《蟠虺》有很自觉的思想文化关切。记得在80年代，文学界与思想文化界，包括学术界，在精神上是相通的。当时的知识分子，当然包括文学知识分子，经常会共同面对时代性的思想文化问题，大家一起去探索、思考，甚至互相激烈地去辩论、论战，以至于会因此结下很深的恩怨，但我们的民族和我们的历史，就是在这种思考、探索和争论中不断地走向成熟，越来越进步。然而很可惜的是，这些年来，这种共同探索的情况非常罕见。也正是在这样的意义上，我非常看重《蟠虺》在文化与文明重建问题上与思想文化界的深切关联。前面说到《蟠虺》对于当代中国文学的意义，我以为这也是一个很重要的方面。

刘醒龙：在思想文化的激辩背后，还有最不能忽视的人格操守。很多时候，是需要说出诸如"我错了"一类的话语，就像小说中的曾本之那样，一旦承认自己有错，反而使自身升华起来。相反，因为说不出这话，或者不想说出这话，不得借助思想文化之外的东西，这种人格的失败是很可怕的。

何言宏：而且我也注意到，《蟠虺》与你以往的小说一样，在文化精神和文化立场上，有很明确的"文化保守主义"色彩。一定得注意啊，我这"保守"可不是贬义。我的意思是说，你在文化方面，非常注重我们民族文化之中优秀传统的发掘、坚持与弘扬，就是你以前说过的"优根性"。我还在赶写着关于《蟠虺》的文章，前阵杂事总是太多，给耽搁了下来。其中，我会谈到回溯传统、发掘"优根性"的意义。我们这个民族，总还是有一些非常优秀的精神文化传统需要被继承，需要在今天作为我们的精神文化资源。我一直以为，你当年的"大别山"系列小说也是"寻根文学"中的重要作品，特别是在对楚文化的"寻根"方面。你在后来更有影响的是那些专注于历史与现实的作品，而很突出地表现出了"寻根"的悠远与深度的，就是《蟠虺》。《蟠虺》无疑也是关注现实的作品，但是在同时，它也关注了历史，关注了我们的近期历史，这一点我们尚不便展开。我以为它写蟠虺，并且以蟠虺为中心，是重新接续了你早期的追寻楚文化之根的精神路径，所以在你个人的创作道路上，

《蟠虺》是你"集大成"性的作品,而且以它的思想艺术成就,足当此任,不知你本人怎么看?

刘醒龙:无论哪种"保守",都不适合形容我,但我喜欢坚守!福克纳为什么说自己在写"邮票大小的故乡",而不用其他方式表述?邮票虽然很小,却是见过世面和向着世界开放的。因为了解了世界,才能懂得坚守为何物。那些对世界毫无所知,硬将自己裹在长袍马褂里的人才叫保守。写作如四季,也如穿衣,一年四季,风花雪月各样景致不断轮回,山川大地却变不了。春夏秋冬来了,就得按时令穿衣戴帽,无论衣物如何变,包裹在面的人却变不了。写作中的每个人、每篇作品,都会有所不同,这是正常的,一个人的写作,从年轻到年迈除非他一辈子只写一部作品,否则很难做到一成不变。变是创造,创作就是要变。《蟠虺》作为最新作品,看上去有大变化,但是骨子里的东西还在那里,过去现在将来我都在坚信,那些能让我们够格称为人的东西。

三

何言宏:《蟠虺》的主题,大家关注较多的还是在对知识分子人格追问和精神批判等方面。有的朋友已经就此做了充分的讨论。我想你在构思时,一定也有这方面的考虑,不知你具体是怎么想的?

刘醒龙:一个时代的知识分子人格也就是这个民族的人格,中国知识分子人格这些年被知识分子自身过分糟蹋了。并非知识分子就真的那么糟糕,而是将糟的方面太过夸大了。有时候我甚至异想天开,中国的知识精英是不是掉进他人设下的思想陷阱,真的以为中国文化必须依靠自我批判才有出路。一些在自己国家连混口饭吃都不容易的人,就因为敢于对中国当代文学开骂,马上成了中国各大学的座上宾。结果中国人的品格,无人欣赏,中国人不好的,全世界马上同仇敌忾。实际上,懂得并坚持葳蕤自守的知识分子在中国比比皆是。文化与文明的重建,首先必须是知识分子人格的重建。

何言宏： 你这"思想陷阱"的说法非常好。但我觉得，你好像特别强调了来自异域的"陷阱"。那些来自异域的"思想陷阱"我们当然要警惕，我们这个民族，尤其是20世纪以来，很多灾难与曲折确实可以从这个方面来寻找原因，并且做出深刻反思。这是一个大课题。但是在另一方面，我们民族自身，我们知识分子自身，是否也设置了很多陷阱呢？问题非常复杂。我们还是来谈《蟠虺》中的人物。首先就是曾本之。青铜器研究毕竟是个专业性非常强、而且人员规模也不会太大的领域，以小说中所写到的曾本之的独特身份，他的工作单位，他在青铜器研究方面的经历与贡献等来看，这个人物似乎是有原型的，不知情况如何？

刘醒龙： 小时候在乡下淘气，在小路上挖个小坑，搭几根树枝，蒙上一片桐子树叶，再在上面撒上土，然后躲在一旁，看谁经过时踩着这小小的陷阱。有时候等了半天也没人踩着。有没有陷阱是一回事，踩没踩着又是一回事。人家是不是真的在挖陷阱是一回事，我们有没有太把人家当回事而作茧自缚又是一回事。国内有些学术活动，硬要拉上一两个外国人参加，然后大言不惭地冠以"国际"之名，这就是自己给自己挖陷阱了。《蟠虺》中的曾本之，也曾给自己挖过一座陷阱，最终凭借人格力量自行跳将出来。作为小说人物，"曾本之"的来源有很多，在从事楚学研究的专家中，有几位极具人格力量的。更多的却是因为"逆向""反转"等方式形成的，如"烟草院士""瘦肉精教授"等。这种正本清源的过程，在写作中显得格外有意思，时常使人产生一种"还原"的感觉，觉得做人原来要这样，只有这样做人才不失为真正的人。

何言宏： 另外还有其他人物呢？比如研究漆器与丝绸的马跃之、郑雄，还有青铜大盗何向东、华姐等。"对号入座"虽然是一种非常拙劣甚至显得很无知的文学阅读方法，有时也会惹来麻烦，大家都不方便说，但是说实话，很多小说出来，大家也都会从这方面想，特别是在私下里，古今皆然，莫不如此。可否再说说？

刘醒龙： 那就说说一点点吧，也好让大家多点谈资。比如小说中，郑雄恭维新上任的省长是"21世纪的楚庄王"，就是从某"文化名人"的类似吹捧变化过来的。说实话，我有点佩服此君，能将阿谀奉承表现得如此有文化含量的，同样需要这方面的天分。只差那么一点点，就赶得上那位将瞎了一只眼、瘸了一条腿的国王，画成翘着一条腿、眯着一只眼，举枪打猎模样的画家。其余的事，既然反复写"国之重器"，人家要往家国方面去想，也是很正常的。

何言宏：不仅是《蟠虺》，你以往的创作也都体现出对知识分子所寄寓的厚望。只是《蟠虺》对这种厚望的体现非常突出，也很有自己的特点。你认为我们这个民族的精神重建，我们文化与文明的重建，首先得需要是知识分子人格的重建，何以会这么认为呢？

刘醒龙：知识分子应当以启蒙为责任，还应当以精神承担为责任。没有健全人格的知识分子是无法实现这些担当的。

何言宏：一直很遗憾没看过曾侯乙尊盘的实物，我手中的几部艺术史著作中，有曾侯乙尊盘及透空蟠虺纹饰的图片，网上也能查到，果真很繁复，繁复无比。我觉得《蟠虺》的叙事，很有趣地很像是曾侯乙尊盘这件青铜器本身，既有宏大的构思、厚重的体量，也有繁复的结构和精彩绝伦的细部。我以为以目前的结构来叙述关于曾侯乙尊盘的故事，似乎是一种近乎完美的不二选择，这些方面，一定都特意考虑过吧？

刘醒龙：因为《蟠虺》，前不久，湖北省博物馆专门授予我"荣誉馆员"称号，并邀请我随同他们一道，于五月份去台南市访问。台南市有家"中国科技博物馆"，双方商定，曾侯乙尊盘将在那里展出一个月。因为曾侯乙尊盘太珍贵了，必须报国务院批准才能挪动。前两天，博物馆方面告诉我，国务院正式批复下来了，却是不准。曾侯乙尊盘是天下唯一的。曾侯乙尊盘展览地武汉和曾侯乙尊盘出土地随州及成都等地，都有所谓成功的复制品展销，这只是不良商家偷天换日唯利是图丑行的又一表现。没看到曾侯乙尊盘不要紧，要紧的是不把那些连膺品都说不上的仿制不成落下的垃圾渣滓，与唯一在湖北省博物馆曾侯乙馆保护展出的孤品混淆。对《蟠虺》的叙事文本的解读，同样如此，不能真的像营销策略那样，与《达·芬奇密码》混为一团。借青铜重器来写家国尊严，只有在中国才做得到深入人心。中国之外，青铜也曾大行其道，却没有与家国兴亡产生必然关联，更无将青铜作为国之重器的大政方针。大国复兴，民众福音，必然是文化正脉的强势，必然是学界正宗的尊崇。以正脉来运通正宗，以正宗强化正脉。以这两点来判断，小说目前的结构是唯一的，当然，小说写成，好与不好都这样了，所以，对这部小说目前的样式自然是最好的。

何言宏："借青铜重器来写家国尊严"，这个说法特别好，或者也可以理解为是以青铜重器一般的叙事来书写家国尊严。这一叙事最基本的层面，就是贯穿作品始终的曾侯乙尊盘的铸造方法和它的真伪，可以将这方面的叙事看成是尊盘的底盘部分，就是水盘吧？而同样是贯穿作品始终的曾本之、马跃之、郑雄、郝嘉、郝文章等知识分子之间的精神性格与复杂关系，则可以看成是尊盘的酒尊部分，其他一些相对次要的人物故事，就是在尊盘间穿凿勾连的构件了，这样的说法有点像比附了，但是认真去想想，似乎都差不多的，你以为呢？

刘醒龙：言宏兄想象力太好了，也可以写小说了，是有此种意味。小说大的结构确实可以如此看待。就像天地间自然天成的山水景观，基本样式不会太多，在此之上的美轮美奂的各种奇妙却是推陈出新从无重复。《蟠虺》中构造成尊盘上那些不计其数的天下无双的透空蟠虺纹饰的是那些独一无二的细节。没有细节的小说，就像没有喜怒哀乐、没有体温、没有心律、没有思路的人。如果没有透空蟠虺纹饰的尊盘，会成为青铜世界的行尸走肉。

何言宏：阅读《蟠虺》，很需要耐心。前前后后，我一共读了总有五六遍吧，每次阅读，我都要花上几天时间，而且还是排除干扰的比较完整的几天时间。《蟠虺》叙事绵实，其间氤氲蒸腾着一股大气，这是一种我非常推崇和喜欢的正大气象。我读作品，甚至读一些学术著作，都不喜欢那些过于机巧的文本。处人也是。我喜欢那些似显笨拙，但是却有正大气象的人与文。《蟠虺》在我读来，也有点"笨拙"，但正是这"笨拙"，才使它有了重量。不知道在创作时，有没有这种气场营造方面的考虑？

刘醒龙：我这人好冲动，情绪起来了说起话来往往就会表现出别人所说的不晓得轻重。这时候的轻与重，要害是重，轻只是对这种重的帮衬。所以不晓得轻重的意思实际上是说了伤人的重话，也是"笨拙"的一种。因为秉性缘故，我一向喜欢"笨拙"的作品，比如上个世纪80年代的《高山下的花环》，以及90年代的《白鹿原》和《马桥词典》。我的作品，从中篇小说《凤凰琴》《分享艰难》《大树还小》，到长篇小说《圣天门口》《天行者》，笨拙是一种常态。

何言宏：我随读随记，《蟠虺》中的悬念竟有十好几种。比如作品一开头曾本之收到的神秘来信、尊盘的真伪和铸造方法、郝嘉的死因、郝文章的获罪、华姐与老三口的命运、老省长之所为、熊达世的来历等，都是令人关切的悬念，悬念之设置与密集，在我的阅读经验中非常少见，这也可以看出你对通俗小说的有效借鉴，很想知道你这方面的思考。

刘醒龙：悬念不是通俗小说的专利，相反，好的小说总是极为成功地运用着悬念这一技巧。《红楼梦》对"玉"的描写，《天行者》中乡村教师转正机会的得而复失，都是最为常见的悬念设置。当代小说之所以正在冒着失去读者的危险，很重要的问题是一本书拿在手里，很难让读者尽可能多一些时间来保持住阅读的兴趣。《蟠虺》出版后，曾被媒体说成是中国的《达·芬奇密码》。因为我没看过这部作品，曾有记者在采访时吃惊地尖叫，说你怎么可以不看《达·芬奇密码》？前几天，晚餐前后，正好有电视台播放电影《达·芬奇密码》，我端着碗，老老实实地坐在沙发上将其看了一遍。我不知道电影与小说原作差距有多大，就电影来看，肯定是好莱坞商业的成功典范，但这种样子的小说肯定成不了文学经典。小说的通俗与否是其品质而非叙事技巧。悬念是小说叙事的常识，对那些披着学术外衣质疑常识的现代艺术观，我保留质疑的权利。

何言宏：哈哈，端着碗，老老实实地坐在沙发上……这情景……我也没有看过《达·芬奇密码》，所以对媒体上的这一说法，我也很茫然。但我们的很多文学观念确实需要检讨的。长期以来，我们的小说、诗歌，甚至我们的文学批评与文学研究都一味地追求所谓的高深，排斥最基本的可读性，反而把很多珍贵东西放弃了，问题很大，很需要进行系统性的反思。

（《新文学评论》2015年02期）

对乡土中国的深切忧患
——作家刘醒龙印象

李正武

20世纪90年代中期,中国文坛掀起一阵现实主义冲击波,最惹眼的作品当是刘醒龙的《分享艰难》。当时的中国,从城市到乡村,改革已经进入攻坚阶段,出现了前所未有的困厄与阵痛。《分享艰难》等作品出现,引起了广泛的争议,社会和文坛对这批作品的反应强烈,议论纷纷。刘醒龙则不以为然。他认为,当今的社会意识仍非常脆弱,听不得"分享艰难"这组词,这其中也涉及中国文学界对如何理解和阅读现实主义作品时出现的重大分野。

沉寂多年以后,刘醒龙给我们引爆的仍是一颗"乡土"炸弹,编织的是一个乡村政治权力寓言,那就是长篇小说《痛失》。作品以一个乡土小县的权力争夺为结构故事的纽带,以人性的变异为叙事元点,通过人事流变来揭示矛盾。讲述官场腐败,直击用人缺陷,痛陈良知沦丧,疾呼道德回归。作品写了一个乡村权力场的整体腐败,但不是一般意义上的吃喝斗升、聚敛毫厘的腐败,而是一种肌体上的"毒瘤"与坏死,是主人公孔太平所持的官场新规则。他们已经没有信仰、原则和是非,而只有个人私利。那无边的乡野,仅仅是给那些腐败者的个人利益争夺提供了一个广阔的空间。

刘醒龙的叙述是平静的。他来自乡村,来自广袤的大别山区,他深知百姓的心思。那些恩恩怨怨、升降沉浮,是孔太平这类乡官们性格演变、转折的基础。在刘醒龙的心中,有一种深厚的"农民"情结。他从小就没有打算当"农民",当然也没有想到自己会成为一名作家。他那时惟一的理想是做一名中尉。他高中毕业后在县水电局做过临时工，后来进厂做了一名工人，尔后是车间主任、厂办秘书、主任，再后来到县文化馆、地区群艺馆搞创作，最后才到武汉市从事专业创作。正是亲眼目睹了众生的艰难，并亲历了这种艰难，才有他今日的反思与忧患。

在他看来，20世纪90年代的乡土小说的意义，在于表达对大一统城市化和对乡土忽视的一种忧虑。

写完《痛失》以后，刘醒龙在一篇自己的创作谈里这样说道："我没有想自己如何有良知，也不去想自己对社会承担着多大的责任。我只知道我是女儿的父亲，我只知道我是快18岁了即将走向独立生活的儿子的父亲。我的孩子们，他们有权要求我做一些事情来清理门户，给他们一副干净的门槛……"

我想，这种"门槛"，指的就是一种高洁的人文环境，一种充满较高道德水准的社会风尚，一种摒弃险恶、狡诈与龌龊的人伦关系，以及多一点关爱，多一点实在，以民为本，以德为准，实现基层合理用人机制的良性发展前景。

刘醒龙的忧患，将成为我们共同的忧患，当为之疾呼，为之警醒……

(《出版科学》2001年03期)

刘醒龙印象

朱小如

湖北作家刘醒龙似乎无论春夏秋冬一直留着短短的小平头,给人一种精明能干的印象,初次见面是上海文学召开的"现实主义冲击波"研讨会上。那时他的小说《分享艰难》几乎成了整个研讨会的关键词。在一起吃饭聊天的时候,尽管他也坦言"分享艰难"不是他的原小说名字,而是周介人给他改的,功劳还是应该记在周介人身上。但是刘醒龙这个作家就此被定位在主旋律作家之列。一位前国家领导人曾多次要求各级干部都要看根据刘醒龙的小说《凤凰琴》改编的电影《凤凰琴》,并要求一定要解决好乡村民办教师问题。后来上海电影制片厂也的确请他来写过主旋律剧本,然而似乎又没有搞成,不知怎么回事。那几年,他一下子完成了四五个长篇小说,其中上海文艺出版社还给他的《弥天》召开了研讨会。因而我们见面的机会就多了,当然谈话的内容主要还是小说创作,从他的话语里偶然会流露出对自己被定位在主旋律作家上有所顾忌。他似乎更愿意人家说他是个现实主义作家。

在我的眼中醒龙是个很有个性但又不是那种过分张扬的人,有一个小细节特别能看出他的为人处世。20世纪八十年代初文坛时兴现代派小说,他在早期执着书写的一组系列小说,原本自己命题为"大别山之迷",写得也颇有现代派风格,然而,几乎所有发表这些小说的杂志编辑,都以为是刘醒龙的笔误,问也不问就将题目改成了"大别山之谜",于是此"谜"决非那"迷",少了现代派的许多意味,杂志出来之后刘醒龙傻了,但毕竟木已成舟,刘醒龙只能默认而已。以至至今很少有人知道刘醒龙的小说创作起步实际上和现代派文学有着紧密的关联。

　　刘醒龙的小说不仅在国内有影响，在海外也很有影响，美国的一位女作家翻译了他的一本中短篇小说集，把他看作当代中国乡土文学的代表作家，前几年还特意来中国，并到刘醒龙的青少年时期生活过的湖北英山，实地考察大别山一带的风土人情。为此醒龙还特意邀请了我一起参加，见到了刘醒龙的父母及家人。可能是因为刘醒龙的父亲也是县里的乡镇干部，他家的小院挺漂亮。种着的石榴树高高地悬挂着果实，还有伺弄得十分整齐的花草。醒龙在老家当过工人。英年早逝的作家姜天民在县文化馆工作时，是他的兄长和朋友。姜天民因小说获全国奖而被调走后，醒龙就被调到文化馆搞创作，就连所住的宿舍，也是姜天民先前住过的。以后，他也被上调到了黄冈和武汉。大别山一带的风土人情在我看来倒也没有多少人杰地灵的环境，相反和其他山区一样，凭借那样的人文气息，刘醒龙的平步青云显然要有着超常的毅力和信心。刘醒龙给我印象最深的是他做任何事，包括文学创作，也包括打扑克，打麻将，总有那么一股不服气和不服输的劲头，甚至是不求输赢，只要一时的酣畅。

　　他新出的长篇小说《圣天门口》一百万字，囊括了当下长篇小说创作的历史文化的厚度和复杂人性的深度，前后花费了六年时间。在我看来其动力也是出于那么一股不服气和不服输的劲头，因为当时在《弥天》的研讨会上，有评论家发言认为，当代中国乡土文学到《白鹿原》已是不可超越的，谁再写也没有太大意义。所以我想刘醒龙的那口气一直憋着，直到《圣天门口》写完才放松了。

　　凡见过刘醒龙"风华正茂"的模样，很难料到刘醒龙也已到了知天命的年龄，尤其是他讲话的语速快捷有力更显得精神抖擞。惟独他的语速放得舒缓甜美之时，那一定是在和家里的小女儿说话。我曾经建议他再写就写一本专门给女儿读的书，不要像《圣天门口》那么长，那么厚重。醒龙后来还真的这样写了，这本关于写给天下所有做女儿的人看的书正在定稿，很快就要出版了。

（《时代文学(上半月)》2011年07期）

中编 《蟠虺》研究特辑

青铜重器的分量
——读刘醒龙长篇小说《蟠虺》

贺绍俊

到了武汉,是一定要去湖北省博物馆看看的,那里有太多珍贵的文物。最让我感到震撼的是一件展品:曾侯乙尊盘。这是一件造型繁复精美的青铜器,玲珑剔透的镂空装饰完全是鬼斧神工的杰作。凝望着这件出自两千多年前的楚国人之手的精美器物,琢磨着器物上那些优美的图案,心想它们是否传达了某种信息和情感?我相信,每一个作家,尤其是湖北的作家,面对这样一件珍贵的文物时,一定不会无动于衷的。因此看到刘醒龙的新作《蟠虺》时,止不住一阵惊喜,终于有湖北作家来写楚国最神奇(在我看来)的文物了。蟠虺是青铜器中一种常见的纹饰,以卷曲盘绕的小蛇形象组成连续不断的装饰。蟠虺恰是曾侯乙尊盘这一神奇文物上特有的图饰,尊口是蟠虺状的镂空花纹,仿佛朵朵云彩上下叠置,尊的颈部则是蟠虺纹的蕉叶形向上舒展,尊腹和足都是由细密的蟠虺纹严严包实,尊底的盘也在四只方耳上饰满蟠虺纹,与尊相呼应。看来,曾侯乙尊盘上的成千上万条小蛇已经在刘醒龙的文学想象中蠕动起来了,那么,刘醒龙又从这件文物中剥离出一个什么样的故事?是远古的神话,还是岁月累积的传说?读下去,才发现有着强烈现实感的刘醒龙讲述的仍然是一个现实的故事。小说通过文物进入到学术界,批判的锋芒直指当下的知识分子。

完全可以用独辟蹊径这个成语来描述刘醒龙的构思。曾侯乙尊盘这样一件珍贵的文物,包含着太多远古的信息,却是今人难以读解的密码。我最初以为,刘醒龙将它写进小说里,一定是找到了破解的密码，要带我们去领略远古的神奇。但在阅读中才发现，刘醒龙完全把远古的信息翻译成今文，让死去的文物在现实场景里激活。刘醒龙或许长时间地站在博物馆内的曾侯乙尊盘的展柜前，观察来来往往的人们，看人们在曾侯乙尊盘前的神色，更揣摩人们内心的活动。小说就是以今天的人们怎么对待曾侯乙尊盘而演绎出来的故事。故事的主人公曾本之是国内青铜器学界的泰斗级人物，他之所以能成为泰斗级人物，又完全与曾侯乙尊盘有关。这涉及一个非常专业性的学术话题，即先秦时期的青铜器的制作工艺问题。据了解，国内研究古代青铜器制作工艺的专家基本上认定，中国在先秦时期的青铜器都是采用范铸法制作，但湖北出土了曾侯乙尊盘这类青铜器之后，有的专家认为，曾侯乙尊盘上的蟠虺镂空图案繁复精细，以范铸法是难以制作出来的，因此在先秦时期应该同时也有失蜡法的工艺，曾侯乙尊盘就是采用失蜡法制作的。由此便形成了青铜器学术界的两大派别。这在学术论争是非常正常的现象，但刘醒龙浓烈的忧患意识即使在面对学术论争时也没有止步，他在想，如果无限膨胀的欲望也盯上了学术论争，要将学术论争当成实现欲望的工具，会是一种什么结果呢？当然，刘醒龙的想法并不是无中生有，因为在现实中，学术腐败在学术界变得越来越严重，其花样翻新也是达到了令人瞠目结舌的地步。于是，刘醒龙便以关于曾侯乙尊盘制作法的学术论争为切入点，大胆揭露了学术腐败的社会问题。曾本之老教授之所以成为青铜器学术界的泰斗级人物，就是因为他在曾侯乙尊盘出土后，第一个提出失蜡法的学术观点。从此他要代表楚学院每年定期给曾侯乙尊盘进行检测。这是一件多么神圣的工作！然而天真的学者怎么也不会想到，有多少贪婪的人在觊觎着这青铜重器。当然，刘醒龙更要告诫人们的是，这些贪婪的人不仅包括"惯于歪门邪道、偷天换日的贪贼"，更有"强权在握的明火执仗者"，而且尤其是后者，几乎让人们"无法应对"。一件在地底下埋了千年的珍贵文物，在刘醒龙的手上成为了一面照妖镜，照出了现实生活中那些冠冕堂皇的强权者的真实面目，他们的贪婪欲望可以将一切都吞噬进肚子里。天真的学者们为此付出了惨重的代价，甚至他们的生命。

但刘醒龙在把曾侯乙尊盘当成古代留给今人的青铜重器来写时，还发现了另一件古代的重器留存到了今天，这就是文人的理想操守。"识时务者为俊杰，不识时务者为圣贤"，这是老学者曾本之反复说的一句话，刘醒龙以这句话作为小说的开头，意味深长。曾本之就是这样一位当代圣贤，他最大的优点恰好是"不识时务"，不识以金钱和利益为处事原则的"时务"。他更是一个清醒的学者，勇于反思，勇于否定自己。他提出的失蜡法观点被人们奉为经典，写进了青铜史，但当他在与曾侯乙尊盘不断打交道的过程中，他有了新的发现，也就不顾个人得失，要否定失蜡法的观点。他说他只遵循青铜重器只与君子相伴的古训。一方面，刘醒龙对现实的腐败和阴谋进行冷峻和无情的批判，另一方面，他没有失去对真善美的信心。可以说，他就是怀着这样的信心去读解青铜器的。他发现，古人在浇铸曾侯乙尊盘时，也把浩荡之气一起浇铸在蟠虺纹上，所以他要说：青铜重器只与君子相伴。所以，他在写到真正的曾侯乙尊盘再一次送回博物馆时，会让一股异香从存放曾侯乙尊盘的防护柜里飘散出来。也许刘醒龙在说青铜重器只与君子相伴时，他是以君子暗喻我们的时代，他对我们的时代充满了信心。

刘醒龙大胆借用侦探小说的结构来承载他要表达的严肃主题。故事以主人公曾本之突然收到一封以死去二十多年的同事郝嘉的名义所写的信作为开头，就为整部小说定下了神秘的基调。谁是写信人？信中如谶言般的四个甲骨文文字又有什么深意？这勾起了读者强烈的阅读兴趣。其后的故事情节跌宕起伏，悬念丛生，充满了侦探小说特有的智力挑战。但刘醒龙这次的文体试验并不是为了迎合读者在故事性上的低端要求，简单地套用侦探小说这种类型小说的模式。他是从思想主题表达的需要出发，借用了侦探小说的结构形式。因此尽管故事中包含着好几个案件及蹊跷的死亡，但刘醒龙并没有以公安人员作为主视角，而是以曾本之和马跃之这两位聪明的老学者为主视角，在层层剥开案件谜团的同时，也揭露出知识与权力相互勾结、相互利用的学术腐败的内幕。刘醒龙在真与假上大做文章，文物市场充斥着以假乱真、弄假成真，而高明的文物大盗老三口却反其道而行之，来了个弄真成假。而面对种种利害和功名，人们遮掩真相，尔虞我诈，更是将一切变得真假难辨。但一部侦探小说最终要揭开案情的谜底。刘醒龙要告诉我们的则是：该天谴的一定会遭天谴，该天赐的一定会有天赐。

(《人民日报》2014年6月10日)

一部关于德行的寓言小说
——刘醒龙《蟠虺》的一种解读

李 星

无论是从介入并服务当代中国社会现实的广度和深度来说，还是从一位文学名家在创作中以谦恭态度对类型化、大众化、通俗化文学的学习和借鉴来说，刘醒龙的《蟠虺》（原载《人民文学》杂志2014年第4期，上海文艺出版社2014年4月出版）都是不应被忽视的。

"蟠"是盘曲状，色如蚯蚓的多足小虫，"虺"是毒蛇和有毒的小虫。《管子》一书将它或它们与龙联系起来，说"上察于天，下极于地，蟠满九州"，这应该是早期"龙图腾"的起源之一。在《蟠虺》中，它是20世纪在湖北随州楚墓出土的曾侯乙尊盘外雕饰的基本构成元素。在曾侯乙尊盘得而复失、失而复得的离奇案件中，这个以真为假的构件起了重要作用。

一件堪称国宝重器的文物丢失的重大案件及其侦破过程，是《蟠虺》的基本情节链。刘醒龙在这个侦破模式的旧瓶中，装进了对当今中国社会从权力到政治、从思想到学术层面的思考和感悟，揭示了"德行"对于个人与社会、学术与政治的重要作用和深远意义，寄寓了重大的现实和时代内涵。

与一般文物案件不同，这个重大国宝丢失案件的侦破主角，是楚学领域的几位顶尖专家及关心他们的亲属和社会各界朋友，其中甚至有曾经的挖墓大盗。而对破案进行严重干扰的，却是企图借国宝沽名钓誉的权力人物，以及为他们服务的文物掮客和维护自己学术地位的个别学者。于是，这桩持续了二十余年的文物大案，被演化为权力与学术、国家安全与专业良知的漫长博弈，成为德行与权术、良知与背叛、光荣与黑暗的角力。国宝重器被赋予了远远超过它历史文化价值的象征意义，而寻找它所经历的种种扑朔迷离的过程，也就成为了一部思想文化和学者人格的长篇寓言。如果说此前作家这样的敏感，或许会被认为是一种空穴来风的想象力过剩的话，那么在今天，随着某些位高权重的官员们重大贪腐案件细节的纷纷披露，作者所传达的社会政治、文化和学术界的乱象与黑暗，就是在直面当下现实问题，有着居安思危的深重忧患。

小说中，事件的主导者曾本之是楚学研究泰斗级的人物。作者在他身上有着超出单纯学术品质和人格精神之外的深刻寄寓。他凭借自己的专业成就，登上了曾侯乙青铜文物研究的顶峰，并成为许多后学人物的晋身之阶。书中的文化厅副厅长，后来又成为地位显赫的青铜器研究院长的郑雄，正是依靠他的"学生"兼"女婿"身份，并以维护、保卫他的地位之名义，而得到这一切，并受到政界人物的青睐。然而庆幸的是，曾本之并没有被蒙蔽，不仅最早发现了博物馆的镇馆之宝被盗，清理了门户，而且公开承认了关乎自己学术生命的学术观点是靠不住的。之所以在与自己观点不同的同辈专家郝嘉死后的二十年中隐而不发，只是他已经自觉而勇敢地承担了找回真品国宝的重大使命和学术责任。他的人格精神高贵，无私无畏，拥有知识分子的学术良心。得道多助，与他为了一个共同使命并肩战斗的，还有被逼自杀的郝嘉及他的儿子郝文章，老学者马跃之及女儿曾小安，学生万乙，警察沙璐，妻子安静等。就连已在狱中的文物大盗何向东及他的妻子华姐，在知道了"老省长"、熊达世等人偷盗国家青铜重器的重大阴谋后，也幡然悔悟，为真宝的回归而全力以赴。曾本之成为了在国家司法力量之外的护宝领军人物和民间、学界的行动核心。小说将曾本之塑造为一个兼有政治家的敏感、侦探家的缜密、预言家的神秘、决策者的行动力和学界良知的多项全能的角色，尽管其中或许会有违生活真实之处，但在这部寓言体文本所虚构的世界中，又具有了一定的合法性。

寓言这种以虚构的故事说理喻事的文学言说方式，源远流长，在近现代更成为一种经典迭出的小说文体。除此之外，《蟠虺》还对侦探类型小说形式有所借鉴。一件国宝重器的得而失、失而归，凝聚了作家对当代中国社会文化、学术、学人品格及权力与学术的诸多感悟与思考，焦灼与呐喊，在权力、政治、学术、文化这些当代社会热点之外，更深入地触及了学人及政治家品格这个常常被遮蔽的深层问题，并且塑造了坦荡无私、惟诚惟真、敬业爱国的几代学人形象。曾侯乙尊盘这样的国宝重器在小说中更是一种功业与德行的象征，天造地设，唯有德者配之，这是刘醒龙通过《蟠虺》所传达的重要社会及人生感悟。曾本之终于获得真器，这个功业也正是在将"院士"这个头衔彻底放下，公开承认"脱蜡法"是错误之后的人格和德行境界的提升。

人非生而知之，作家是在不断的阅历和写作实践中生长成为参天大树的，贾平凹、余华、莫言是这样，刘醒龙也是这样，从小说《蟠虺》中我就揣摩到了他心灵境界的成长轨迹。另外，《蟠虺》还表明，文学切入现实，表现自己时代的成长与进步，思考与痛苦的方式也是多式多样的。这正是刘醒龙所给予今天的人们和当今中国文学的两点重要启示。

(《光明日报》2014年7月7日)

当代知识分子的灵魂透镜
——评刘醒龙小说《蟠虺》

李 成

一

著名作家刘醒龙的长篇新作《蟠虺》，是一部题材独特、构思缜密的好小说，其渊雅的楚文化知识与近乎完美的想象力，使这部作品经得起来自各个角度的打量和审视，读者会不自觉地在情节的一波波浪潮推拥下渴望一探事实的真相，同时接受心灵的拷问，并获得诸多启迪。

《蟠虺》的主体情节是围绕一座青铜重器——曾侯乙尊盘的真伪之谜展开的。这座尊盘被视为青铜器皇冠上的明珠，一直陈列在博物馆里，但是近20年来，准确地说自从那个夏天以来，当初把它发掘出来并一直在研究它的学者曾本之等人发现，它有什么地方已经"不对劲"，它到底是原来的真品，还是已经被人调包？如果是赝品，那真品又在哪里？它是怎么被替下的？一系列问题接踵而至，扑朔迷离。作者选择这个题材，就等于给自己预设了广阔的叙事空间，何况，曾侯乙尊盘又是未为一般人所知的稀世之物，故事的新颖性与吸引力也就不言可知。由此出发，作者将笔触扩展开来，远伸到学界、政界以及江湖，各色人等连番登场，在这尊盘前将自己的意图乃至人格与灵魂暴露无遗，悲剧与喜剧交替上演，从而鲜活地展示出一幅当代社会的"风尚"图。

二

　　小说《蟠虺》展现了社会生活的广度与深度，所写的人物来自方方面面，但主要还是围绕知识分子阶层来布局，集中描述研究楚文化暨青铜器的"楚学院"及其三代学者的变迁和遭际。作品着力塑造了老一代知识分子的代表——年逾古稀，已从"楚学院"院长位子上退下来的曾本之教授和他的同事、好友马跃之，他们虽然处于半退隐状态，但是他们时刻关注社会和学术界的动向，尤其是对关系到青铜器和曾侯乙尊盘的一切，他们的感觉更为敏锐。他们不为物欲所动，对各种打着学术名义而去实现个人野心的行为洞若观火，坚决抵制。曾本之的言动与思考贯穿小说始终。这位学术界的翘楚人物，有着坚定的信念："青铜重器只与君子相伴"，他坚持学术操守，一本良知，为追求真理、探明真相，不顾年高体弱全力以赴，以"兵来将挡，水来土掩"的勇气与智慧，巧妙运筹，于不动声色中挽狂澜，致使谜团大白，尊盘真器复归，显示出老一代知识分子非同一般的风骨与识见。

　　作为曾本之的对立面"郑雄"这一"反角"，作者写来也很饱满，个性鲜明。他是一个极聪明的人物，他的一切作为都有极强的现实目的性，可以说是不择手段"往上爬"，他毫不讳言自己想进入"水果湖"（省政府所在地），进而跻身中南海。所谓的学术不过是他的敲门砖。为了取得学术地位，他要借助曾本之的学术威望，甚至不惜忍气吞声与曾本之的女儿做了8年假夫妻；他在新省长上任的见面会上，露骨地恭维新省长是21世纪的"楚庄王"，以此博得青睐。他四处奔走于京城豪门与各地博物馆之间，担任所谓的"青铜重器学会会长"，动用一切人力物力，仿制曾侯乙尊盘，目的不是为学术，而是准备向高层人物"献礼"。他巧言令色，八面玲珑，逢迎官长，打击异见，可谓伎俩卑鄙，如撤下对曾本之的学术观点有异议的报刊不让人看，为钳制恩师曾本之，以评选"院士"来威逼利诱，进而安装窃听器，得知尊盘所藏之处并前去盗掘，其结果呢？他抱着替换下来的尊盘（疑似伪器，但也可能是真器）准备送给那个有可能"登峰造极"的大人物,结果却是尊盘沉落江底,自己也跌入疯癫状态,一切不过是"竹篮打水一场空"。

作者在另一重要人物即曾本之的同事、好友马跃之的塑造上同样取得了成功,他在楚学院是仅次于曾本之的学术权威,他与曾本之是莫逆于心,配合默契,他们两家关系融洽。小说一开始就写到曾本之收到20多年前就已去世的郝嘉用甲骨文写来的一封信:"拯之承启"(后来又收到一封:"天问二五"),到接近尾声的高潮部分才真相大白,这两封信正是出自马跃之之手,他是在暗示曾本之有大事即将发生,并要警惕"内贼"。第三代学人万乙连带他的女友沙璐也自觉站在曾本之这一边,参与博弈,为学术为尊盘的复归尽到一份心力。而为研究青铜器作出重大牺牲的郝氏父子更是一条隐线,伏脉千里,郝文章入狱在某种意义上正是为了接近青铜大盗"老三口",目的是掌握尊盘仿制技术,揭开尊盘之谜。历史与现实两条线索的紧密结合,彰显小说的厚度。

三

这场正义与野心之间的博弈在曾、郑之间展开。一只尊盘的出现,各色人等闻风而动,都将自己的灵魂显现与暴露出来,而"清者自清,浊者自浊",二者立分高下,因此我们说,这只尊盘是一枚透视人内在灵魂的镜子。那些"权势"在握的野心家固然为人唾弃,但是郑雄之流却失掉知识分子应有的立场与人格投靠野心家,任其驱使干见不得人的勾当,想从中分一杯羹,更是为人所不齿。郑雄的教训实际上更令人警醒,学术的功利化、权力化至今仍是学界的痼疾,作家通过这一形象的塑造揭示了症结所在,其批判可谓鞭辟入里。

青铜器是中华(古代)文明的象征,作者选择它在当代演绎出一场"失而复得"的故事。是不是也寓意着中华文明走过了一个从辉煌到失落再到复兴的跌宕起伏的历史进程?作者即便没有说,但我们不妨这样想。尊盘真器的复归,野心家的败落,既是天意的选择,更是人心的合力,这就昭示出历史的逻辑即是一条不可逆转的人间正道；而尊盘及其附件上那精致繁复的蟠虺纹饰呈现出的大美，虽然无言，也未必不是真理与正义焕发出来的自信的力量与光辉。

(《光明日报》2014 年 11 月 3 日)

《蟠虺》：重提作家的价值立场

何　平

　　文学研究者、批评家和作家之间是什么关系？是制谜人和猜谜人吗？如果文学作品真的有一个穷极到最后可得的"谜底"，文学批评和研究就简单得多了。猜猜猜，最后不行作家就把谜底亮出来吧。问题是，就算作家的写作是一个制谜的过程，当他完成一部作品的写作，自己可能最后把谜底也弄丢了。因此，很多的时候，对文学作品而言，作家"自己说"也不一定可靠，也不一定说得清道得明。或者，文学的魅力也就在于这晦暗不明和杳然不知所终吧？也正是如此，读一部好的文学作品，结果可能不只是一个，当然通向这些结果的道路自然也不只一条。这些不只一条的道路，在一部作品中，或者平行，或者交叉，或断或续——阅读走通的可能只是一条道路，面对的可能却是一座庞大的迷宫——此说应该是关于文学作品的老话了。而且，我以为就普通读者而言，可以径直地"盲人摸象"地按照自己的识力和趣味选择一部作品，什么东西他该用心，什么东西他可以无视和忽略，什么东西他有感，什么东西他无感，毕竟他们不需要像专业研究者那样要对整部作品有一个关涉内外古今的通盘考量。

　　是的，好的作品应该是向许多方向敞开的。上面我说这么多，是因为读刘醒龙的长篇小说《蟠虺》而想到的。在我的阅读感受中，《蟠虺》就是这样可以向很多方向、很多阅读者敞开的小说。我们读一部小说为什么不可以只读向我们敞开的那一个"局部"呢？也正因为如此，我读《蟠虺》的时候，一会儿从当代知识人变形记去读，一会儿从当今官场生态的畸变去读，一会儿从盗墓秘史去读，一会儿从盗亦有道文人有情的情爱去读——甚至小说中那些作家貌似没有用心经营，影影绰绰的，大家心知肚明的政治往事以及怪力乱神的灵异鬼怪，在我看来也是小说《蟠虺》的好。这些可以去读的方向，走通了，说白了，其实是我们所处时代的一个个的小社会——官场、学界和民间等的自足却不乏沟通、勾连、勾结的小世界。所谓牵一发动全身，甚至在今天的城市里已经鲜有不跨界旅行的多栖人了。也正因为如此，我们现时代的小说不可能不织一张细细密密的网。《蟠虺》干货多，头绪多，却也疏密有致，张弛得当。这些小社会、小世界和众生芸芸是我们时代的各个具体而微。在《蟠虺》中，首先有着自己的起承转合，有着自己的生存法则，也有着自己的生机——首先各自是生长性的，如水在大地上流淌成河流，然后在恰当的地方又盘旋缠绕成丰富的水系，成为众水流注之处。小说中楚学院和江北监狱就是这样的众水汇流之处，从楚学院和江北监狱可以播撒分散到时代的细枝末节。

　　和许多出版之日即是湮没之时的小说相比，《蟠虺》是每年可数的那几部，能够一经面世就引起充分关注。批评界和读者的反应都很热烈，在各种书榜和书市中，《蟠虺》都有不俗的表现。事实上，不只是《蟠虺》，在当下文学的阅读、传播和评介中，名家新作占有着相对充足的批评和传媒资源。批评界和大众传媒很少有耐心去发现无名作者的新作——这样，所谓的文学批评"抵达文学现场"俨然成为等待名家下一颗金光闪闪的蛋。必须承认，与普通作者的作品相比，名家之作往往有基本的质量保证，读这些名家新作可以在有限的阅读时间里知道当下中国文学正在发生什么。问题的关键是，我们的文学研究和批评应该以一种怎样的态度去阅读并对这些名家新作下判断。换句话说，名家新作也需要接受文学研究和批评的残酷甄别和遴选。但我们今天的文学生态却不是这样，如果我们仔细阅读那些针对名家新作的评论，常常是未经深入文本细读，也缺少更广阔文学史参照的时评居多。貌似对作品下了判断，但这种判断在多大程度上能够经得起时间的检验就很难说。比如《蟠虺》，目前的评论大致是集中于青铜器和楚文化等。关于青铜器和楚文化，《蟠虺》确实可以给读者一些考古和文物方面的知识启蒙。我没有调查过《蟠虺》和《盗墓笔记》的读者群有没有交叉。今天读者荒诞不经的考古和文物知识启蒙许多都是来源于"盗墓笔记"式的读物，这些小说的另类知识即使如《蟠虺》的作者做过大量的案头工作，也只是"小说家言"而已。我说的意思是，现在读《蟠虺》、说《蟠虺》好像买椟还珠了，我们好像忘记作家写《蟠虺》除了青铜器、楚文化这些"知识"之外，还别有深意在焉。

  也只有读到最后才会意识到《蟠虺》寻宝和夺宝的故事只是小说的一个外壳。寻宝夺宝故事是一个古老的文学原型，其最后的结局往往是邪不压正。在《蟠虺》，邪与正的边界是"青铜重器只与君子相伴，如果不是君子，青铜器自己会做出选择！"这几乎是解读《蟠虺》的一把钥匙。但和寻宝夺宝的古老原型不同，《蟠虺》是一部当代小说。青铜器厘定的正与邪，外部世界的是非对错，内心的正义与邪恶，刘醒龙是在向他所生活的时代发声。曾侯乙尊盘是失蜡法还是范铸法的学术之争纠缠着曾侯乙尊盘的真伪之辨，而"争"与"辨"其实是当下官场、学术研究机构和民间盗墓高手之间的算计、角力和较量。正与邪时而合流，终会分立。青铜重器为什么可以成为至高无上的终极裁判者——在小说，一方面是历史经验主义，一方面是超验神秘主义。也正是在这里，小说不仅仅可以对历史和现实承诺，也可以向世界神秘的不可知致敬。在这曾经巫风盛行的楚国疆域，《蟠虺》奇诡幽冥。读《蟠虺》，我注意到它神异的部分。那么，刘醒龙为什么要写这样一部《蟠虺》？就是"语怪力乱神"吗？简单地说，《蟠虺》是一部有着自己价值立场的小说。《蟠虺》思考的君子和小人这个古楚话题在现时代、在当下如何回应遥远的传统？又以何面目存身"当代"？"君子周而不比，小人比而不周。""君子和而不同，小人同而不和。""君子喻于义，小人喻于利。""君子坦荡荡，小人长戚戚。""君子成人之美，不成人之恶，小人反是。""君子固穷，小人穷斯滥矣。""君子求诸己，小人求诸人。"……一部《蟠虺》，刘醒龙几乎在为追问"君子"和"小人"这两个词的当代意义写作。

20世纪80年代中期，韩少功曾经发出"楚文化的根哪里去"的诘问。《蟠虺》虽然不是对韩少功诘问的直接回应，却同样在勘探着楚文化的流脉。不仅如此，我认为刘醒龙是在借《蟠虺》的书写对90年代以降的自己作彻底的清洗。作家为文，说穿了，其实要么是向外部世界扩张，要么是向内心世界挖掘。《蟠虺》是刘醒龙的一部挖掘之书。当然，我不是简单认为刘醒龙在自比小说的曾本之、马跃之、郝嘉、郝文章之清白君子。作家自己的生命中也可以曾经有郑雄的部分，只是现在要作一番切割清洗了。甚至，我私心揣测，如果《蟠虺》不是结束在现在，再往下写，郑雄会不会也像曾本之那样自我否定呢？应该意识到，小说《蟠虺》从20世纪八九十年代之交开始的有意和故意。我希望在这部小说的传播中，首先确认其文学意义，或者知识分子精神史意义，而不要拘束在对具体事件的联想。从文学意义上看，八九十年代之交，我们的文学正在鼓吹价值悬置、情感零度的"新写实"。而此后不久就是知识分子整体性的精神溃败——这是《蟠虺》开始的时代——郑雄腾达，郝嘉殒命，小人上升，君子陨落的时代。这是80年代的终结和90年代的开始。而恰恰是这个最需要文学大声说的时代，我们的文学却"一地鸡毛"。

刘醒龙的文学声誉一部分来自90年代中后期所谓的"现实主义冲击波"，这在今天看来其实是对文学介入现实的期许。现代中国每至社会转型变革时期都习惯要求作家们做出回答，"作家怎么看？"现实问题，文学解决。也正是这时候，刘醒龙的一部小说《分享艰难》被人们误读为分享到主流政治意识形态的文学福利。及至《圣天门口》面世，我们又再次从"反对""对抗"的一面简化刘醒龙对近百年革命的反思，想象中刘醒龙成为自己的叛徒和敌人。文学被我们简化为和主流意识形态的媾和与对抗，这不是文学的幸事，而如果我们现在把《分享艰难》《圣天门口》《蟠虺》放在一个文学系谱上看，有的问题可能会被澄清。这就是20世纪80年代末以来，在许多作家矮化知识分子独立批判精神人格的时代，在作家丧失价值立场和精神支援的时代，刘醒龙却在人道主义和批判现实主义的向度上不断丰沛作家的精神资源。现在，通过《蟠虺》的自我清洗可以看清楚其植根于楚文化和五四启蒙时代的底色,可以看清楚他以此为价值立场的文学风貌。无论是《分享艰难》《圣天门口》,还是《蟠虺》,都是这种价值立场执守的产物。

(《文艺报》2014 年 11 月 17 日)

刘醒龙印象与《蟠虺》

李美皆

这么多年，我对于刘醒龙的印象就停留在《凤凰琴》时代。年轻时候的他，被我想象成老实巴交的后生模样。年岁渐长，想象成李保田(电影《凤凰琴》男主人公扮演者)那苦巴巴的样子正好了，甚至觉得，他如果不是那么苦巴巴，简直就对不起民办教师，对不起《凤凰琴》。以我的印象派观点，大陆的《凤凰琴》与台湾的《鲁冰花》，堪称苦难姊妹，而它们的作者刘醒龙和钟肇政，就是难兄难弟了，属于"所有苦水都注入我心中"的那种中华好人。

后来在电话里跟他有过一些交流，仍然把电话那端的声音，嫁接在那个想象的形象上。电话里，我无比真诚地向他表达对《凤凰琴》的钟情。他含蓄地提醒，我还是觉得你更应该看看《天行者》。《天行者》已经获得茅盾文学奖，应该是更好的，但我为什么对《凤凰琴》情有独钟呢？后来见了面，我告诉他，因为《凤凰琴》与我的一个人生阶段相连，当时我正是在做乡镇中学教师；也与我的某种心态相连，那是我人生最低谷的时候，看《凤凰琴》特别心有戚戚。《凤凰琴》于我是不可代替的，想起那个时候就想起《凤凰琴》，《凤凰琴》简直是我困厄青年时代的象征。我觉得《凤凰琴》还是中国某一类人的一个时代的象征，正如路遥的《人生》。让人想起来就揪心的那么一群人，永远站在他们这些文字里。

前段时间在网上百度，才知道因为《凤凰琴》，刘醒龙"被"成为中国民办教师的代言人已经太久了。我猜他可能都有点不耐烦了吧？尽管刘醒龙十分尊重对于中国乡村启蒙做出巨大贡献的民办教师，但人人都不愿被贴标签是肯定的，作家尤其不愿。其实刘醒龙并没有当过民办教师,他当年之所以写他们,是因为身边有很多人属于这个群体。刘醒龙高中毕业后做过工人,后因写作长期在地方文化馆、群艺馆工作,《凤凰琴》发表后,庞大的民办教师群体得到全社会关注,刘醒龙亦作为特殊人才被引进到武汉市。但他并不觉得是《凤凰琴》改变了他的生活,也不认为《凤凰琴》是他最好的小说。不管刘醒龙如何认为,民办教师进入了他的人生,这是毫无疑问的。他说,"不是我关注民办教师,是他们关注我。每次如有预告的公开活动,就有民办教师过来。他们用企盼的眼光看着我。早几年,他们是希望我作为公众人物能对外传达一些关于民办教师的信息,现在,他们就是来看我"。能够被一个群体如此一往情深,刘醒龙再无奈也是幸福的。刘醒龙的创作风水也跟民办教师密不可分。当年的中篇小说《凤凰琴》,近年获得茅盾文学奖的长篇小说《天行者》,写的都是民办教师。

　　刘醒龙说过:"我知道很多人通过电影(指《凤凰琴》)知道我的名字,猜测我是怎么样的一个人。其实是错的。"第一次见到刘醒龙,我立刻明白,我就是那错的一个。那是到湖北某地参加一个活动,参加者多为外地人,只有刘醒龙是以湖北作协副主席的身份被请来的,半是主人半是客人。饭桌上,我挨着他坐,主人敬酒,再三再四地劝,他终是没喝,然后轮到我,我就喝了,喝了又觉吃亏,他说,那你为什么要喝呢?我说,还不是因为你没喝,如果我再不喝,就让人太没面子了。他说,你考虑面子干什么?不想喝就不喝。这哪是我以为的老实巴交的后生刘醒龙呀!吃饭坐的是矮凳,我的长裙无可避免地铺在地上,我已经舍出去了,但刘醒龙却时时留意我的裙子不被沾染什么的,我说没事儿,人家十八九世纪的欧洲妇女裙子不都拖地嘛。他说,可是人家那没有满地油啊。刚刚还谁的账也不买的刘醒龙,居然会顾惜女人的一条裙子,这真让我小感动了一下。随即回过味来,刘醒龙并不像"李保田"那么土呀。一顿饭的工夫,我印象了二十年的那个刘醒龙就远去了,只剩下眼前这位。

　　如果这顿饭让我意识到对刘醒龙的隔空印象是错,第二天他在会上的"发飙",则让我觉得岂止是错,简直是南辕北辙了。第二天开会，话筒一到刘醒龙那儿，他就按捺不住地直视本地组织者说："你们太没有礼貌了！说好出席的领导，怎么没有来！客人不是你们请来的吗？你们就这样怠慢远道而来的客人吗？这就是你们的待客之道吗？"我首先意识到，刘醒龙发飙了！然后才回过神来想领导出席的问题，之前我没想到这茬儿。这一想就明白了，我们这来的人里，真没什么够范儿的领导，所以……其实，组织者也是无辜，领导不来，他们有什么办法？据说，领导也是因故未能来。领导来不来的，我真没觉得是个事儿，不来也罢，自在就好。对这个问题，我有着历史赋予的达观：作为文人，不挨整就不错了，还想着被礼遇，那不是要逆天了吗？但刘醒龙不一样，处在他的半主半客的位置，他要为外面来的客人负责。刘醒龙这一发飙，发出了文人向权力叫板的硬气。刘醒龙是热血的人，他不玩知识分子式的清高，他就是要挺着脊梁上，而不是无奈一笑置之。后来，这事被传成了刘醒龙拍案而起，我作证，刘醒龙没拍案，这也只是个小插曲，后面还是一团和气的。

如果刘醒龙正是我想象的样子，我可能就没有兴趣了解他了，因为审美需要落差。经过直接观察，再回头上网了解，印证了刘醒龙确实是个敞亮人，人家得奖（包括得诺贝尔奖）都很谦虚，至少是故作谦虚，唯独他，不否认得奖很爽。他说，这个奖，你得了才知道是怎么回事。是的，这就好比有钱了再视金钱如粪土也不迟，他有他的道理。刘醒龙之前出版的小说，因为其中一句话而发生不愉快，在他得奖后才允许再版，他说，"当时也觉得蛮憋屈的"，所以，他不能不感谢茅盾文学奖的护身符。

刘醒龙发飙前，我因为困倦，在手机上和他聊了几句。我说，刚刚在微信上看张国荣和唐先生的爱情，把我看哭了。刘醒龙立刻回：同志之间的事，无法感动我！我看他态度这么坚决，就故意逗他：你没救了，心理已固化。他说，别看上帝现在不吭声，总有一天……我继续逗他，还恶作剧地问：万一有个男人爱上你，你怎么办？他回：拒绝。我差点笑出声来，回他：是条汉子！这话含有另一重意思：充分肯定他的性别。因为他对性别问题太不含糊了。刘醒龙这种直杠杠的态度，让我想起他几年前的爱国主义口水事件。

他在电视上讲："我的孩子有一阵子老想出国，我就问她：为什么非要去美国呢？受了高等教育，非要到人家国家去给人家洗盘子？你应该相信，你的祖国会越来越好！"被冠以标题："作家刘醒龙：相信你的祖国。"有些网民就不干了，围攻他的"爱国主义"，弄得他不服又无奈。我相信刘醒龙确实是爱国的；他只是要反对女儿去美国，正如他反对同性恋。他只是一贯的观点鲜明立场斩截绝不温吞，所以就引起了过度阐释。

在百度搜索里打拼音 pánhuǐ，是出不来蟠虺这俩字的，但打出刘醒龙来，下面的选项里就有现成的"刘醒龙蟠虺"，可见，这俩字与刘醒龙紧密相连，或者说，刘醒龙为我们带出了蟠虺。在见到刘醒龙这本书之前，我从未见到过蟠虺一词，其实，蟠字本来是熟悉的，但因为跟那个怪模怪样的虺字在一起，就连带着也陌生化了。我本能地以为，是某种古里古怪的虫子，甚至瞬间想起了孑孓什么的。因为这部小说，我才知道，蟠虺就是卷曲盘绕的小蛇，是青铜器上常见的一种纹饰，这部小说的"主人公"曾侯乙尊盘上就有这种纹饰。有人敏感到，醒龙二字，与蟠虺也有曲径通幽之处，但我想他不会是冲着这个来的。蟠虺这个词太生僻了，绝大多数读者不认识，所以，拿它做书名，简直就是对读者的拒绝，是很冒险的做法。而且，刘醒龙在小说中并不常提到蟠虺一词。但他却坚持将小说命名为蟠虺，可见这个人的较劲和不妥协。其实刘醒龙的想法很简单，老祖宗留下来的字，一直不用就废掉了，所以，一定要用起来。果然，因为他的这部小说，这个很古的词，被推到了今人面前，为今人所知。可以说，刘醒龙激活了这个词。

刘醒龙对楚文化的热爱，其实是对古君子精神的热爱。楚文化的精神内核完美地体现于青铜重器。青铜楚鼎的庄重威严、无可阻挡的正气与浩然之气，令刘醒龙心折。刘醒龙的青铜情结，如同屈原的兰草情结。屈原将兰花作为理想人格的象征，寄寓着对美好理想的追求；刘醒龙将青铜重器视为古君子精神的象征，寄托着对高贵人格的心向往之。在一个实用主义时代，这种寄托和追求即便不是空谷足音，也算是一种遥远的呼唤了；即便不是堂吉诃德的风车，也算是一个缥缈的精神面影了。

在《蟠虺》中，刘醒龙的观点鲜明立场斩截绝不温吞直接体现在他所塑造的两类人物上。这两类人物泾渭分明，一类是曾本之、马跃之、郝嘉、郝文章等，一类是郑雄、老省长等。前一类是纯正学者，后一类是官员或兼有学者身份的官员。刘醒龙对这两类人物的爱憎毫无掩饰，他以青铜重器来象征前者，以鼻屎来象征后者。刘醒龙在《蟠虺》中表示鄙视喜欢用"鼻屎"，这个"鼻屎"，就相当于鲁迅"白眼看鸡虫"的"鸡虫"。中国有句古话：识时务者为俊杰；刘醒龙又跟了一句：不识时务者为圣贤。两者分别对应刘醒龙塑造的哪类人物是一目了然的。

号称"二之"的曾本之和马跃之都是楚学家，曾本之专门研究甲骨文和青铜器，马跃之专门研究漆器和丝绸。曾本之是一位清正严谨的学者、楚学界的泰斗，他的主要学术成就是确定曾侯乙尊盘乃"失蜡法"所作，但这个观点也在不断遭受质疑。他以学术至上的态度面对这些质疑，最终决定抵御院士的诱惑，正本清源，否定自己的"失蜡法"论断。在青铜学界达成任何一种共识的难度，都不亚于改朝换代。很多人仰赖"失蜡法"的共识在学术界立身，他的否定将给这些人造成怎样的崩塌，可想而知。所以，有人不让他否定，妄图拿院士的荣誉来堵他的嘴，首当其冲的就是他的所谓女婿郑雄。对于院士，曾本之也曾心向往之，但到了学术的晚年，经过人生的沉淀，他终于明白什么是真正有价值的、值得坚持的，开始视院士称号为鼻屎。作为一个举足轻重的青铜重器研究者，他的自我否定的勇气殊为可敬！此举也恰恰印证了青铜重器的尊贵品格。

马跃之也是一个"不想活得太明白"的人。他听说曾本之的女婿郑雄当众奉承省长是当代楚庄王而得宠，就担心曾本之会因女婿影响而丧失洁身自好，便假借已逝的郝嘉之名，用甲骨文写四字信来警示他。马跃之看不起郑雄，认为他是个"伪娘"，而且断言：但凡当官的，或多或少都有些伪娘。在他看来，当官和伪娘一样，都会丧失男人的脊梁骨。马跃之对伪娘的反感，与刘醒龙对同性恋的反感有相通之处。伪娘与鼻屎一样，在《蟠虺》中是表达鄙视的词汇，这实际上传达着刘醒龙的人格态度。刘醒龙对官的态度，通过青铜大盗老三口即可以表明一二：老三口从不仿制秦鼎，他不喜欢秦鼎的样子，圆滚滚的像大肥猪，又像那古往今来的昏君与贪官。我想刘醒龙是故意要赋予一个大盗远高于大官的人格档次。

楚学院的另一重要学者是郝嘉，因曾参与静坐而被审查，审查过程中，他高呼"鼻屎"二字，从楚学院六楼纵身跳下。楚学院参与静坐的人不止郝嘉一个，有人比他参与得更深，但宁可跳楼也不妥协的就他一个。郝嘉跳楼的原因是一个谜，对于读者是一个谜，对于他的同事"二之"也是一个谜。随着故事内核的层层展开，读者随着"二之"渐渐打开了这个谜，学潮影响、对青铜研究界的失望、情感问题都是谜底的一部分。郝嘉对青铜研究界的失望，主要就是对曾本之的失望，他敬重曾本之的人格，所以特别不能容忍曾本之不顾学术纰漏，做出"失蜡法"论断的举动。他敏感到，曾本之的学术品格已经不那么纯正了。

曾本之的一个弟子是后来成为其女婿的郑雄，另一弟子是曾本之女儿曾小安深爱的郝文章。郝文章是个奇人，因"偷"曾侯乙尊盘，被判入狱八年。郝文章真的是偷吗？他在狱中拒见曾小安，服刑期满又故意让刑期延长，这些怪异表现究竟是为了什么？这又是一个谜。当然，小说最后必须让我们知道谜底：他厌倦了天天与郑雄在办公室明争暗斗，索性做一件惊天之事，所以，当他被郑雄说成盗窃曾侯乙尊盘时，他将错就错地认了。

郝文章的狱友老三口更是奇人。他的青铜制造手艺神乎其神，达到了以假乱真的程度。他的为盗之道同样神乎其神：他先找一座楚墓，将自己做的伪器放进去，与墓里真的青铜器混在一起，然后像赌玉一样与人做交易，别人喜出望外地挖出青铜伪器时，他还装着吃了大亏。使他被抓进去的那只所谓楚鼎，其实是他自己亲手所做，却被说成是国宝文物，他因此被判无期徒刑。也许是有人吃了哑巴亏，故意用这种方法报复他。他还是最牛的青铜鉴定专家，比那些正牌的鉴定专家有更多便利，因为鉴定有风险，不是得罪买家就是得罪卖家，行走江湖的正牌专家有时不敢说真话，反而是他这种潜伏民间的高手，顾忌较少，容易说真话。这正是对中国当前收藏界乱象的真实反映。青铜大盗老三口与青铜专家郝文章关在一间囚室，是哲学意义上的殊途同归，是一枚硬币的两面，二人相互切磋，技艺都有长进，更重要的是，二人交流了一些关于青铜重器的秘密。青铜大盗老三口与青铜研究泰斗曾本之观念居然一致：青铜重器只与君子相属相伴。老三口是一个很有艺术魅力的人物形象，他说，有罪之人，身有罪，心不一定有罪，所以，他可以对曾本之义正辞严：正人君子的君子你做到了，至于是不是正人，你得好好问问自己。

曾侯乙尊盘之所以在青铜重器中至高无上独步天下，人们之所以对其敬畏崇拜有加，均在于其不可复制性。它横空出世的绝对之美引得多少人妄想复制，以称雄考古学界，但最终均以失败告终。若有人能复制成功，无疑将获得学术名利宝座上的一切。郑雄有这个野心。所以，当老省长成立功利意义上的青铜重器学会，请曾本之出任会长遭拒，转而请郑雄出任时，他受宠若惊地答应了。而这个资金雄厚的学会成立的迫切目的，就是复制曾侯乙尊盘。这一举动蕴含着巨大的野心，曾侯乙尊盘一旦被复制成功，将会如何被利用，黑幕不可预测。《蟠虺》中写到，堂而皇之地摆在博物馆中的国宝，有些其实是假的，而且有专家知道是假的；而那真的国宝，可能已进入个人之手。收藏界瞒天过海欺世盗名的程度，绝对超出一般人想象。

《蟠虺》中可以见出，刘醒龙对青铜研究和青铜盗窃都非常了解，就像一个人正邪两界手都伸得进去，而且他写这两界，是正中有邪、邪中有正，正邪交互，让你不能不看得津津有味。作家要表达的精神，可能两句话就说完了，但这么简单肯定是成不了小说的。小说自然要有败类，自然要有高士；光有坏人小说没法写，光有好人小说也没法写；必须既有卑鄙者的通行证，又要有高尚者的墓志铭。如果通行证和墓志铭隔着十万八千里，完全不搭界，小说也没法写。要让他们盘根错节搅在一起，比如前者当了后者的女婿，戏就有了；仅有错嫁也不够，还要有师徒之间的错爱，那就更有戏了。总之，一定要让读者着急。不着急，你怎么被吸引着读下去呢？我这是解读还是解构？不管了。

(《文学自由谈》2014年06期)

论长篇小说《蟠虺》的文化叙事

何冬梅

文化与叙事的关系非常密切。"文化不仅包括了叙事作品,而且由叙事所包含,因为文化的概念——不管就其一般性还是特殊性来说——就是一种叙事。"①叙事是"由人对外部世界的体验所推动的构造艺术世界的言语行为"。② 小说是一种叙事艺术,从小说叙事内容来讲,任何的叙事都发生在一定的文化语境中,小说的故事内容和人物性格刻画的规范受到文化价值体系的制约;而从创作主体来讲,其文化背景中的社会心理结构会无意识地渗入叙述中,因此小说文本中就会渗透创作主体对这种文化价值、意义的个人判断与评价。因此,从本质上来讲,小说是一种文化叙事。小说的文化叙事源自作家对某种文化以某种叙事形式进行的艺术展现过程。小说的文化叙事建立在叙述了怎样的文化特征和运用怎样的叙事策略的互动阐释中。刘醒龙的长篇小说《蟠虺》文化元素众多,文化特色鲜明,文化价值丰富。本文试从文化叙事的角度加以分析阐释。

一、特色鲜明的楚文化意蕴

(一)青铜重器

历史学上的楚文化,是物质文化和精神文化的总和。出土文物

---

① 马克·柯里:《后现代叙事理论》,宁一中译,北京大学出版社2003年版,第106页。
② 童庆炳:《文学概论》,武汉大学出版社2000年版,第252页。

"青铜重器"就是物质文化与精神文化的总和。小说《蟠虺》的故事就是围绕青铜重器展开的。《蟠虺》中的核心意象群就是具有鲜明楚文化特征的"青铜重器"。其中包括花纹繁缛,精巧绝妙的"曾侯乙尊盘",优雅的束腰"楚鼎",代表了国君身份的"九鼎八簋",具有青铜重器中的万里长城名头的"曾侯乙编钟",做工精巧的透空蟠虺纹饰附件残片等。其中以"曾侯乙尊盘"为核心意象。小说是以它为线索展开的。高二十三点五厘米,口径五十八厘米,重十九点二公斤的曾侯乙尊盘,是王者用来盛酒和温酒的一套器皿,其存在的意义被视为国宝中的国宝。蟠虺是青铜文化最具代表性的图腾,曾侯乙尊盘上数不清的透空蟠虺纹饰及无法统计的平雕与浮雕的蟠虺纹,有着横空出世独步天下的绝对之美,而其低调而不张扬紫色瑞气也给曾侯乙尊盘带来空前的神秘与玄幻,它是楚文化的艺术高峰的一个标志,具有很高的文化价值。人们对曾侯乙尊盘的敬畏与崇拜,在于它的不可复制性。自从1978年出土以来,曾侯乙尊盘便激发起人们的无限欲望与激情。它是政治上别有用心的人觊觎之物,是古玩收藏者垂涎的对象,更因为其学术价值,寄托了楚学研究者特别是研究青铜器学者的学术梦想。小说在对曾侯乙尊盘的研究、保护、占有、争夺中展开故事,曾侯乙尊盘像一面镜子,折射出金钱、权利、欲望,也彰显了人性、正义与良知。

  青铜重器里承载着历史,蕴含着人性,凝聚着精神。因为出土的青铜重器哪一件背后不是尸横遍野,血流成河,重则诛灭九族,轻的五马分尸。青铜无言,但可以烛照灵魂。小说中万乙博士说过:"青铜重器确实是历史中的君子……从殷商周到春秋战国,青铜时代真正的强豪无一不是品行端正的君子。"因此,青铜重器就是君子的象征。小说中这样描写楚鼎:"楚鼎用一道优雅的束腰将自己与同等物什区别开来,正如世间脊梁坚挺腰撑傲骨之人,自当思哲高尚雄美万方,以诗情气节岁月境界为人生最重,其他权利、地位、财富以及荣誉,都是很轻的东西。山水孕育的楚鼎浓缩人格魅力,因而楚地最为悲叹的只是贵贱不明,等列不辨的礼崩乐坏。"楚鼎独特的气质源于束腰的样式,而其精神气质就是那股坦荡充沛的浩然正气。因此与青铜重器打交道的人,心里一定要留下足够的地方安放良知。小说在写器物,也是在写人心。"器"与"道"并存,青铜重器承载了知识分子的理想与操守,至此青铜器的阐释空间就扩展到人心与世道。刘醒龙说:"阅读青铜重器,不仅能体味雄伟的崇高,还能察觉无情的批判。""历史这棵树上,青铜是早孕之花。人世那棵草下,青铜是先生之芽",古典青铜,今世凝华,沉默的国之重器,承载着庄严的天问,也让现代人扪心自审。

文本中对青铜重器的描摹也反映出楚文化的审美特色。其中最重要的是古典浪漫与艺术创新。"曾侯乙尊盘"上繁复精巧的蟠虺纹饰,楚鼎曼妙束腰的姿态,就是这种美学特征的表现。小说中这样描述楚鼎:"楚鼎最迷人的不是那些千奇百怪的纹饰,而是像华姐那样有些丰润又不失妩媚的小蛮腰。一只楚鼎摆在那里,眼前出现的是男性雄浑与女子柔美的结合体。五只、七只或九只楚鼎摆在那里,便是一波接一波的浪漫,瞪大眼睛看是一群男人,眯着眼睛看则是几个女子。"从青铜重器的造型及花纹中可以看出楚人的审美心理偏向于绮丽奇诡。"对于铜礼器,楚人所追求的不是修长淡雅,而是体型的精巧和纹饰的富丽。但精巧而不流于小气,富丽而不流于俗气,也可以说,精巧而不失庄严,富丽而不失雍容。"①在铸造青铜器的时候,他们的准则主要不是模仿,而是创造。他们所追求的是根据自己的传统,按照自己的审美标准,表现自己的风格和气派。外求诸人以博采众长,内求诸己而独创一格,这是楚国青铜器发展的道路,大而言之,也是楚文化的发展道路。②

气节与大义是楚文化的精神要素,古典与浪漫是楚文化美学内涵,青铜重器的文化内涵增强了作品的美学意蕴,拓宽了文本的阐释空间。

(二)地域人文

在小说《蟠虺》中频繁出现与楚文化相关的地域人文。与考古有关的地域,如荆州城外的楚国都成纪南城遗址,随州擂鼓墩的曾

---

① 张正明:《楚文化史》,上海人民出版社1995年版,第60页。
② 张正明:《楚文化史》,上海人民出版社1995年版,第90页。

侯乙大墓、黄州禹王城遗址；与社会生活相关的地域，如黄鹂路、翠柳街、白鹭街、东湖、省政府所在地水果湖、东湖路等；与自然景观相关的地域，如美丽的东湖，像楚简一样纤巧迷人的俗称老鼠尾的半岛等，就连楚学院办公室命名也颇具楚学意味：楚乙越凫、楚才晋用、楚越之急、楚馆秦楼、楚璧随珍、楚弓楚得。此外作品中相关细节，也具有楚地地域文化特征。如曾本之写给郝嘉的《春秋三百字》，郝文章写给郝嘉的《青铜三百字》，就以江汉平原的历史为镜，以青铜重器为媒介，烛照当下世人灵魂，唱了一曲人间正气之歌；再如曾本之写给郝文章的第二封信，借用楚史中随国在吴国兵临城下之时，不背弃与楚国的盟誓的故事，劝谏郝文章站出来，与他共同粉碎熊世达等人针对曾侯乙尊盘的阴谋。文本中因为情节需要，加入了一些考古学知识、青铜重器的知识、还有一些传说、成语、掌故等，这些具有文化地域特征的细节，增强了作品的艺术张力，表现了作家的文化态度与立场。刘醒龙认为细节是小说的灵魂，有了细节小说才有小说味。正是由于这些具有楚文化特色的细节，汇聚成刘醒龙的小说味道——灿烂的楚文化的味道。

《蟠虺》中的女性形象也颇具武汉味道。她们中有号称"小蜜蜂"的马跃之夫人柳琴，她爽直、漂亮，她敢于到楚学院烧香祭拜郝嘉，敢于帮助郝文章、曾小安逃离熊达世等人的摆布；有正直、善良、忠诚的曾本之夫人安静，她理解丈夫，关爱亲人，爱憎分明；有个性顽强、对爱情坚贞的曾小安，为了心爱之人苦等了八年，不离不弃；也有聪明、开朗、疾恶如仇的沙璐，她毅然与既没有真才实学又没长脊梁骨的市委组织部的处长离了婚，并满怀激情地爱上了楚学研究者万乙博士，也爱上了楚文化。她们身上具有武汉女子共性的特点，爽直、聪明、良善。她们虽不是小说的主人公，但却是一道道靓丽的风景，将文本点缀得更为美丽，增强了小说的人文内涵和艺术魅力。

二、历史文化语境中的知识分子

古往今来，与文化具有亲缘关系的就是知识分子。在《蟠虺》

中,以"曾侯乙尊盘"的研究与复制为主要内容,以找寻真正的曾侯乙尊盘为线索塑造了一批楚学研究者形象。文本聚焦当下市场经济冲击下,知识分子的复杂内心世界,他们或坚守良知与操守,或屈从于社会而随波逐流,作品写出了他们在欲望与良知、名利与尊严漩涡中的挣扎,表现了作者对知识分子这一群体的关照,具有明显的文化反思的力量。

(一)"不识时务"的圣贤

不同历史语境中知识分子呈现出的特征及精神风貌是不同的,但是精神气质却是相通的。小说文本当中塑造了三代知识分子形象。曾本之、郝嘉是青铜器第一代研究者,他们身上承载着更多历史使命感及精英意识。曾本之是小说的主人公,于青铜重器研究方面在学术界独步天下。他一生致力于曾侯乙尊盘的研究,并取得了学术界公认的成果。他是清醒的学者,具有强烈的社会责任感及道德良知,为找到真正的曾侯乙尊盘与搞歪门邪道的"偷天换日贼"、与那些强权在握的明火执仗者斗智斗勇,在垂暮之年凭借智慧及一身正气为了国宝中的国宝"曾侯乙尊盘"与恶势力展开了一场特殊的较量;他能够坚守知识分子的操守,自觉维护学术尊严,在自己的晚年冒着自身学术高度坍塌的风险,有勇气与力量否定自己用毕生付出所取得的成果,并拒绝了"院士"头衔的利诱;他为人坦荡,充满正气,他深信个人荣辱事小,历史真相事大,他是学术界真正的"青铜重器"。

与曾本之具有同样操守的还有楚学研究者郝嘉,他为拒绝浊世不惜自戕。他浪漫,在发掘曾侯乙大墓时与铁道部队的一位女卫生员暗恋,并一生为情所苦;他恃才傲物,凭借在青铜重器研究方面过人的才气,想凭一己之力复制曾侯乙尊盘,可还没实现这个愿望就过早地结束了自己的生命;他曾迷上了政治却被政治嘲弄,他曾凭一己之力创办了一份名为《大楚》的油印小册子,借谈楚国兴衰,评论当今时政。但却受到权力冲击,成为权力的牺牲品。郝嘉这个形象反映了20世纪80年代中期知识分子的人文情感和精英意识。"与主流社会有着疏离感、具有强烈的批判精神、特别是道德批判意识的群体就是知识分子。"①作为知识分子的杰出代表，郝嘉轰轰烈烈活在许多人心里。

郝文章是青铜器第二代研究者的杰出代表，在他身上我们看到了知识分子对真理的执着及学术上的质疑精神。因为对失蜡法有异议，他竟然挑战学术权威，当着楚学院半数以上人的面与老师曾本之争吵。牺牲精神也是他身上宝贵的品质，为了找到真正的曾侯乙尊盘，他忍辱负重，过了八年的牢狱生活。万乙是第三代青铜器研究者，他正直、勤奋、执着，对青铜重器研究充满激情。在他身上承载着知识分子的希望。此外，作品还塑造了年逾古稀仗义执言的学者马跃之，对"失蜡法"存疑的年轻女学者易品梅，他们心地单纯、洁净，坚守着知识分子的操守，在他们身上我们看到了真正的学术精神及高贵人格。小说中多次提到青铜重器只能与君子相伴。他们就是这样的君子，只有这样坦荡、充满正气的人才能深入到青铜器研究核心。正所谓"鹰视狼步不相为谋，蜂合豕突岂敢苟同"。这是学术的尊严，也是知识分子的操守。识时务者为俊杰，不识时务者为圣贤，这些不识时务者因为其人格魅力赢得人们的尊敬。

(二) 精神萎缩的学术"伪娘"

"知识分子过分依附于政治权利，依附于政治意识形态，最后失去了独立人格和自由思想。"②郑雄就是这样的知识分子。作为曾本之的学生，他没有自己独立的学术思想，缺少质疑精神；他为了自己的学术地位，不惜出卖良知，大搞学术专政；为了找个学术靠山，他出卖自己的感情，娶了不爱他的曾小安，并做了八年的假夫妻；他醉心于权术，为此他出卖了参加"学潮"的郝嘉，他恭维新上任的省长是21世纪的楚庄王，出任被曾本之骂为"鼻屎"的青铜

---

① 许纪霖：《中国知识分子十论》，复旦大学出版社2011年版，第3页。
② 许纪霖：《中国知识分子十论》，复旦大学出版社2011年版，第12页。

重器学会的会长，与老省长等打着"要让青铜重器走出博物馆，走出历史教科书，真正成为时代重器"名义，却别有用心地将紫气升华的宝器曾侯乙尊盘作为献媚的礼物，与人沆瀣一气。他的学术知识变成各种行政会议上的炫技，恭维捞取政治的资本。郑雄的理想是从水果湖到新华门再到中南海，他对政治生活的敏感，丝毫不亚于以政治为职业梦想的那些人。汲汲于富贵与权势的他完全丧失了知识分子的气节。因此，他被曾小安及柳琴称为"伪娘"就因为小说文本以曾侯乙尊盘制作法的学术争论为切入点，聚焦知识分子的精神生态，既写出了他们在名利面前的矛盾与挣扎，也彰显了知识分子的正气及君子之风，表现了作者对知识分子这一群体的文化反思。"留一点大义忠魂"，这是对真正知识分子的呼唤，"爽拔不阿者，才是奇葩龙种"，对于生活在当下的知识分子来说，如何在现代性的普遍意义上建构知识分子的特殊性，坚守风骨，重建知识与人格的立足点，值得思考。

三、适合文化特征的叙述策略

（一）侦探悬疑小说的叙述模式

小说《蟠虺》采用了侦探悬疑小说的叙述模式。故事由一连串的吊诡开始，楚学专家曾本之收到一封用甲骨文写成的信，写信人死于那年夏天，信的地址也很奇怪，于是曾本之不平静的生活开始了。写信人是谁？信中的四个甲骨文是什么意思？郝嘉为什么自杀？前途无量的郝文章为什么想偷曾侯乙尊盘？曾侯乙尊盘出什么问题？真正的曾侯乙尊盘在哪里？老三口之死留下了怎样的谜团？文本设疑，解惑，步步为营，一环紧扣一环。带着这些谜题走进文本，会增强阅读的兴趣和作品的亲和力。更有意味的是，带着读者走出迷局的不是侦查人员，而是学者曾本之。小说以曾本之为主视角，主要情节围绕这位学者事业的求索及内心的矛盾与纠结展开。文本围绕曾侯乙尊盘复制与找寻上演了正义与邪恶的较量，并对形形色色人等进行了人性的考量。尊盘的真与伪，学术的真与伪，人性的真与伪,该天谴的一定遭天谴,该天赐的一定会有天赐。无论是情节的推进,还是细节的展示,都与曾本之学者身份相关,包括他帮助沙海操盘买卖水波纹镜,识破青铜大盗、复制高手的以伪乱真、以真充假的炫技行为,包括他能够化解熊达世等人的丑恶伎俩,最后凭借智慧与勇气找到真的曾侯乙尊盘,也包括情节推理中的关于出土文物、甲骨文、盗墓及青铜重器的复制等知识的植入,这些都需要曾本之的专业知识。正因为这些情节中的文化因子,使得作品内涵更为丰富,叙事弹性与张力加强,也扩大了作品的美学空间。

(二) 契合楚文化的神秘情节

作为一部现实主义题材的小说,《蟠虺》中有一些具有神秘魔幻色彩的情节,耐人寻味。如老和尚指点迷津,用啤酒、黄鹤楼香烟、玩麻将找到淹死在龙王庙的作协杂志编辑;郝嘉墓碑下面冒出白色的雾气;在九峰山墓地,沙璐被冤魂缠,曾本之用龟甲击退冤魂;马跃之用甲骨文写的两封信,居然受着冥冥之中的某种引领,准确无误地指向曾侯乙尊盘的掩埋地点;曾侯乙馆凌晨传来细微的鼓乐声,天快亮时防护柜里闻到一股异香;郑雄坐快艇到龙王庙前,仿佛一只大手从江底伸出来,从他怀里夺走了装有曾侯乙尊盘的木箱子;柳琴劝郝文章出狱时,真真切切看到一个影子一样的东西在眼前闪过,同时也明显感到有比空调的冷气低很多的冷风从脸上一扫而过,并从郝文章的脸上看到了郝嘉的模样。这些情节的安排增强了作品的悬疑色彩,同时也十分契合楚文化的特征。楚人是事鬼敬神而近之。他们怕鬼神,然而更爱鬼神。因为楚国社会是直接从原始社会中出生的,楚人的精神生活仍然散发出浓烈的神秘气息。"楚人迁居江汉地区历时既久,栉蛮风,沐越雨,潜移默化,加以他们对自己的先祖作为天与地、神与人的媒介的传统未能忘怀,由此,他们的精神文化就比中原的精神文化带有较多的原始成分、自然气息、神秘意味和浪漫色彩,逐渐形成了南方的流派。"[①]

---

① 张正明:《楚文化史》,上海人民出版社1995年版,第63页。

楚文化是神秘而浪漫的，作品中带有神秘色彩的情节安排，不仅没有削弱作品的现实主义力度，反而因为其文化内涵深化了作品的意蕴。

总之，小说《蟠虺》中文化意味渗透到人物塑造，结构安排，细节描摹，与长篇小说的美学元素相契合。文本中彰显出来的文化意义及作者的文化心理，增强了叙述弹性及内在的意义张力。小说彰显了楚文化的价值，并以之烛照当下人们的灵魂，具有明显的文化反思意味。正如刘醒龙在创作手记里所说："曾侯乙尊盘上的蟠虺是表示毒蛇，还是展现小龙，正可以看作每个人心境的一种浮现。只有不识时务者才能像小说的最后一句话——与时光歃血会盟！"。

(《湖北科技学院学报》2014 年 10 期)

论《蟠虺》的多元化精英主题及大众化叙事策略

胡立新

一

刘醒龙的《蟠虺》2014年一问世就引起媒体和评论界广泛关注。2015年伊始，对2014年的各类成绩总结纷纷公布。2015年1月8日，第九届中国书业年度大奖在京揭晓，《蟠虺》获年度图书大奖；1月9日，《人民日报》发布2014年度推荐的五本书，《蟠虺》位列其中；1月11日，中国小说学会在江苏兴化揭晓2014年度中国小说排行榜，《蟠虺》获长篇小说榜首。一时间，这些总结性成绩，再次将《蟠虺》推向人们关注的热点。自该小说问世以来，既有各大报刊和网络媒体的宣传报道，也有专业学者的研究评论。关于该小说思想内容方面的评论，主要集中在弘扬楚文化、批判知识分子的人格质变、针砭官商勾结的权力集团盗取国宝的罪恶等。对该小说艺术上的评论主要集中在悬疑小说叙事特性的借鉴上。综观诸家评论观点，笔者认为大多停留在一般性鉴赏层面，缺乏全面深入的理性分析与评价。

窃以为刘醒龙的《蟠虺》在思想内涵方面具有多元化的精英主题。这里所谓"精英主题"是指精英知识分子的思想情感和价值立场在作品中的体现。也就是说，在官方文化处于权力统治地位而民间文化处于消费主导地位的时代，世俗化的知识分子要么附庸权力集团，要么走向消费大众，或者兼容两极而走向欲望功利。只有那些有意识地与知识分子世俗化洪流保持足够距离的精英知识分子才能在权力文化和消费文化之间走出一条特立独行的文化之路，从而建构起精英知识分子独立的思想情感态度和文化价值立场。作家刘醒龙正在试图通过《蟠虺》完成这种独立的精英知识分子人格塑造，既通过作品中的人物形象来呼唤精英知识分子的文化人格，又试图通过作品完型作家自我精英知识分子人格重塑。正因如此，该小说的题意都深深打上了"精英主题"的文学与文化品格。由于作者在这部作品中所描绘的内容涉及诸多方面，所以该作品的思想意蕴也呈现出多元化特征。此外，笔者认为，这部小说的成功之处还在于，作者运用一系列大众化的叙事策略来承担多元化精英主题的表达，在严肃文学与通俗阅读之间架起了一座沟通桥梁，作品既好看又耐看①。这是值得坚守严肃文学写作的作家们汲取的成功经验。

二

一部能够引起读者广泛关注的优秀作品，绝不止一种单一的思想意蕴和艺术特质，也不只是某种相对稳定且获得共同认定的思想和艺术的价值。特别是在这个电子传媒崛起的时代，文学阅读群体的分化导致文学作品很难形成像《蟠虺》这样能够引起广泛关注的阅读效应。只有那些具有众多不同质素引起各类不同读者兴趣的含蕴复杂的作品，才能获得不同读者群体的不同共鸣。因此，当下一部优秀文学作品的主题思想往往是多元的，其思想价值也是多元的。《蟠虺》的成功之处就在于，其多元化的思想意蕴吸引了众多不同阅读群体的多维面关注，主要体现为如下三个阅读维面。

（一）小说以极品青铜器曾侯乙尊盘为焦点，集中展现古老楚文化的魅力，表达出作者弘扬楚文化"优根性"的文化价值立场

《蟠虺》中，作家对曾侯乙尊盘给予了终极赞美和最高评价。

---

① 韩春燕：《"古"就活在"今"里——读刘醒龙长篇小说〈蟠虺〉》，《博览群书》2014年第8期。

它是所有已发掘青铜重器中唯一不可复制的顶级作品,无法破解的技术、复杂的工艺、精美的造型、凝重的气韵、灵动的神韵,无不体现出王者的尊严与高贵,是"皇冠上的明珠"①。在今天这个无所不能的高科技时代,这尊盘却无法复制。这给远古楚国工匠的高超技艺蒙上了神秘而又令人敬仰的面纱,也让尊盘本身变得神异莫测。小说还用了大量笔墨渲染楚文化,作者将远古800年楚国的历史文化与今天的楚文化核心区域融为一体,营造出时光穿越、文化暗流涌动的楚文化环境。小说的核心场所是楚学院,楚学院各办公室的门牌都是用带"楚"字的成语命名的,作品中还穿插了丰富的楚国文物,如曾侯乙编钟、九鼎八簋、楚简、甲骨文、丝绸、占卜龟甲等,就连曾本之的外孙的名字也叫"楚楚"。楚文化是一个丰富复杂的文化体系,其魅力也是无法穷尽的。那么,作家大量书写楚文化的目的是什么呢?这就是作家自己所言:"我写的是曾侯乙尊盘这个旷世宝贝,想把楚文化的好说给所有人听。"②楚文化有优也有劣,仅仅是辨别判定优劣就足够作家研究一辈子。显然,这不是小说家的责任和使命。对于刘醒龙来说,他要向所有人说的楚文化之"好",严格说来,就是他一贯坚持书写的文化"优根性"。他曾经说:"一个伟大的民族,经历那么多灾难,甚至灭顶之灾,但它依然能喘过气来,依然能够再发展,依然独立于世,为什么?靠劣根性,行吗?'优根性'这个词虽然不一定完全准确,它的本质却是一个民族立世的根本。"③这样看来,《蟠虺》中大量书写的楚文化之好处,应该从楚文化的"优根性"上予以认识。笔者认为,作品中弘扬的楚文化优根性至少包含以下两个方面。

其一,借"青铜重器只与君子相伴"弘扬楚文化中"君子"人格的"优根性"。作家故意将小说主人公曾本之设计为与"曾侯乙"同

---

① 刘醒龙:《蟠虺》,上海文艺出版社2014年版,第86页。下引原文均出自该版,只标明页码,不再加注。
② 《刘醒龙推出新书〈蟠虺〉,颠覆主流考古观点》,《长江日报》2014年6月11日。
③ 刘醒龙:《真正的小说无需炒作》,《北京青年报》2006年5月29日。

姓,这是有意的安排。小说着意书写了楚国与随国那段交往的真实历史。当年吴国破楚后,楚王逃到弱小的附属国随国避难,吴王要求随侯交出楚王,随侯没有计较此前屡遭楚国攻伐之恨,拒绝交出楚王,并以君子之礼义回应吴王,吴王感动而退兵。吴退兵后,楚王重振楚国,感恩随侯,用楚国最精华的青铜重器赠送给随国的曾侯,是为感恩随侯的气节与信义。曾本之也是因为自己守住了知识分子的气节和信义才让尊盘失而复得。现代的曾本之与远古的曾侯乙都是"君子",他们自己铸造出来的君子人格穿越时空,共同与青铜重器相伴。这种君子人格就是"不识时务"的"圣贤"人格。在中国传统文化中,是孔子对"君子"与"小人"进行了详细区分,虽然屈原也痛恨并怒斥"群小"和"逢迎"之"小人",但崇尚君子人格并不是楚文化的主题。可见,作家在这里并不是辨识历史真实,而是借历史文化的外衣表达自己关于做人的价值选择,作家也不是在历史真实上弘扬儒家所谓"君子"人格,而是弘扬刘醒龙心中的"君子"人格,即他独创的名言"不识时务者为圣贤"的君子人格。

其二,借楚文化的艺术气质弘扬作家心中楚国政治文化的"优根性"。作者借沙璐之口说:"在青铜时代,楚地制造的青铜重器,奇美浪漫更具艺术气韵。而秦地制造的青铜重器,凝重霸道带有威胁压迫的政治特色。所以才有后来者生发出来的感慨,假若当初不是秦而是楚来统一中国,或许有更多的民主自由,少许多血腥屠杀。""大老秦得到江山,却存活得很短。大老楚失去了权威,却在文化中得到永生。"楚国是不是比秦国有"更多的民主自由",是不是"少许多血腥屠杀",这也不是真实的历史能够回答的。历史上真实的楚国也许没有作家想象的那么"好",它多次攻伐随国就是见证。其实,在这里,作家并不是还原历史上楚文化的优根性,而是诉说自己对我们民族文化的希望与梦想,即我们要赓续祖先留给我们的民主、自由、和平、典雅、浪漫等文明的种子、文化的优根。可见,作家所说的楚文化之"优根性"其实是作家作为精英知识分子的文化价值立场的鲜明体现。

(二)小说以盗窃国宝曾侯乙尊盘为诱因,上演一出官商结党营私盗取国家宝藏的罪恶闹剧,表达出作者针砭现实的批判现实主义文学精神

《蟠虺》是以曾侯乙尊盘的守护与窃取为矛盾冲突的主线索,围绕尊盘的仿制、盗窃、守护所展开的一系列矛盾冲突,塑造了正反两方面人物形象,正面人物是以曾本之为首的楚学院一批高级知识分子,还包括老三口和华姐这些民间的青铜器仿制专家兼文物贩子盗墓贼,反面人物则是政商结党营私集团。作品可贵之处不仅在于塑造出一批高级知识分子的圣贤人格形象,更在于勇于揭露中国官场的病态,针砭官商结党营私的时代社会痼疾。

小说涉及一批政界和商界人物,这些人物没有一个是正面人物,只是罪恶的程度有深有浅而已,他们全都是批判的对象,都是"伪娘"。退休官员"老省长"在那个夏天作为专案组组长进驻楚学院,利用郑雄告密整人;后来是郝嘉跳楼自杀,才挽救了一批参与上街游行的知识分子,特别是马跃之们;"老省长"退居二线后则变成一个利用权势盗取国宝的大盗,轻易弄到3千万元成立所谓"青铜重器学会",与不法商人熊达世勾结,利用郑雄等学界的技术,企图复制并盗走国宝尊盘。那位越级新上任的庄省长也是好大喜功、邪门歪道之徒,郑雄奉承他是"二十一世纪的楚庄王",他不仅毫无愧色,还心怀喜悦;又利用权力借停电之际将血滴入检测的尊盘,看到"紫烟"升起,满足了借尊盘紫气照亮自己仕途的青云之路的虚荣心。那位文化厅的关书记根本就没学过什么文化,只是一位擅长"溜须拍马"毫无正义感的官场走卒。那位江北监狱的监狱长沙海,这个不大不小的官也能够利用职务之便,敛得各种文物古董,在家里开设起了收藏青铜器的小型博物馆。就连最次要官员人物,娶了女护士的那位部队长官,也是利用权力获得了女护士的屈从,还以家暴毁灭了她的生命。至于先搞学术,后跳入政界的郑雄,本来就是一位没有骨气的献媚者,还是向专案组告密者,他能够为了自己官场的腾达而不惜忍受8年的虚假婚姻,他尽管良知未灭,在以假换真的关键时刻保守住了知识分子的良知,但还是一

步一步走向与商贾政客勾结的漩涡，终至步入险境。既玩文化和文物又通邪术的商界混世魔王熊达世，更是一位罪大恶极之徒，不仅玩文物、看风水，还借此邪术出入北京高官要员府邸，有通天入地之歪才，不惜借云南的古董商之手杀害盗墓贼老三口，还企图盗取真正的尊盘。相比之下，那位被关进监狱的盗墓贼老三口的人格要高尚许多，他还有着对国宝的敬畏，终将盗墓得到的另一套真品尊盘交与正义的学者"君子"曾本之，也是交给了国家。正如华姐的控诉："那些窃民窃国的大盗为何偏要追杀小偷小摸之人？"这仿佛是远古楚国哲人庄子的声音：正所谓"盗亦有道"，"彼窃钩者诛，窃国者为诸侯，诸侯之门而仁义存焉"①。

  作家对作品中这些反面典型的批判，其实远不止于对尊盘的盗取，尊盘只是一个象征，它是国宝的象征，是一个中华大地上古老文明的优秀文化和宝贵财富的象征。青铜器在春秋时代是重要的礼器，是国之重器，是国家的象征。在春秋时代，伴随灭国的便是毁其宗庙，迁其重器。因此，青铜重器在小说《蟠虺》中绝不是简单的道具，而是承载了深刻寓意的象征意象。这批不法商贾和昏聩贪官与学界"俊杰"相勾结，盗取的正是国家宝藏、国家财富，他们才是窃民窃国的大盗。若不是当今国家领导人强力反腐，还真不知道有多少尊盘之类国宝会被奸佞政客商贾和学人据为己有。刘醒龙的作品一贯关注现实问题，但像《蟠虺》这样大胆揭露和批判社会现实问题，实在是作者在现实主义的道路上的一次掘进，即迈向了批判现实主义文学写作的新高度。小说《蟠虺》让我们看到了19世纪欧洲和俄国那些伟大的批判现实主义小说家一样的直面现实、诅咒黑暗、刚直不阿的崇高的文学精神。

（三）小说以曾侯乙尊盘辨伪为契机，呼唤当代知识分子坚守圣贤人格，重塑中国当代知识分子的精英文化形象

  刘醒龙从早期小说《凤凰琴》开始书写乡村知识分子形象，并以塑造乡村民办教师形象的《天行者》获得茅盾文学奖。《蟠虺》同

---

① 曹础基：《庄子浅注》，《中华书局》2000年版，第133~134页。

样是一部描写知识分子题材的作品，但作家选择的是都市高级知识分子。作家选择的这批知识分子具有很强的代表性，一批文物专家学者，兼具自然科学和人文科学双重身份。正是这双重身份，使他们能够承担双重的"辨伪"功能，一方面是科学辨伪，他们坚守科学精神，敢于纠正自己错误的学术理论，维护了科学真理的尊严；另一方面是人格辨伪，他们具有人文知识分子的气节和独立人格，敢于与那些丑类作斗争，拒绝名利诱惑，维护国家利益，铸就了人文知识分子的"君子"风范。随着中国改革开放的深入发展，中国知识分子阵营出现整体性精神坍塌的状况，这就是放弃精英身份，不再介入现实批判；走向民间，与世俗结盟，在名利世界求生存。在市场经济和欲望名利诱惑下，当代中国高级知识分子出现两极分化的人格状况。一方面，不少人沉沦，做了市场、名利和权力的奴隶，学术腐败加上人格堕落，共同毁灭了知识分子崇高而又神圣的高贵形象；另一方面，也还有一批知识分子，坚守传统优秀文化人格，拒绝市场、名利和权力的诱惑，坚守学术道德和人格尊严，共同守护着知识分子的良知和气节，固守传统优秀知识分子一脉相传的君子风范。《蟠虺》的叙事从郝嘉自杀的那个夏天写起，个中寓意不言自明，正是借尊盘辨伪而展开的知识分子的双重辨伪。

先看学术辨伪。这是围绕曾侯乙尊盘的真伪以及曾本之提出失蜡法的真伪两个方面展开的。学术上，曾本之成功仿制了曾侯乙编钟，又提出曾侯乙尊盘是失蜡法铸造的理论，给郝嘉仿制尊盘带来巨大压力。郝嘉尽管不相信失蜡法，又不好否定曾本之的观点，正在困惑之际，爱情和政治的双重挫折压垮了他，他选择了自杀。郝嘉之死是楚学院知识分子生活的一个分水岭。郝嘉死后，楚学院就不再有人能够与曾本之的失蜡法学术观点抗争了，而郑雄则以维护曾本之的失蜡法而当上了院长。此时，学术真伪事小，能否维护个人利益事大。这是楚学院在学术权威曾本之带领下形成的世俗化认识。郝嘉死后，楚学院这批知识分子都世俗化了，功利化了。然而，郝嘉之子郝文章的到来，增添了楚学院求真务实的作风，只有他敢于否定失蜡法，可惜很快他又进了监狱。万乙的到来又引起对失蜡法的怀疑。此时的曾本之已经转变了自己的人格与学术立场，终于承认了失蜡法的非科学性，捍卫了知识分子赖以安身立命的学术尊严。关于曾侯乙尊盘的真伪也是在郝嘉自杀之后引起的。即老三口用盗墓得到的一套尊盘替换了博物馆里的尊盘，这就是黑白照片与彩色照片上的尊盘有区别。曾本之发现了，他不敢揭开真相。马跃之也发现了，只能委婉提醒曾本之。郝文章也怀疑有人调换了尊盘，所以去监狱向老三口取经。最后终于揭开了真相，原来两副尊盘都是真的，只不过那一套被老三口盗墓得到的可能是曾侯丙或曾侯甲尊盘。尽管这都是作者精心的虚构，但却昭显了这批学者捍卫学术真理、保护国宝真迹的崇高敬业精神和学术尊严。

再看人格辨伪。小说一开始就写曾本之准备给某位弟子写信，这信写了又撕，撕了又写，内容一样，开头也是那句不变的话："识时务者为俊杰，不识时务者为圣贤。"曾本之为什么要写这封信？为什么要说这句话？人物内心的矛盾凸现出来了。原来，这位学术权威在反思自己的过去。此前的曾本之，基本上是一位随波逐流、难舍名利的世俗知识分子。此时的他，既高度敬仰死去的郝嘉，每年都去祭扫，但又不愿意深究郝嘉的死因，以免影响与郑雄的感情；既不否认范铸法，也不愿意公开承认自己失蜡法的错误，以免损害自己的学术声望；既怀疑尊盘被盗换，又不去追查事情的真相；既不过分追求名利，但面对院士头衔的诱惑，也不拒绝郑雄极力申报。在楚学院，他是既得利益者。此时的曾本之，性格与人格都具有矛盾性，也可以视为当代学术知识分子普遍存在的双重人格。但是，自从他决定给自己的弟子写信开始，他就决定改变自己，这是一个心理交锋、人格斗争的时期。正当他心灵矛盾之际，却意外收到那封神秘的甲骨文信件，他知道这是一位极为熟悉他的学界同仁提醒或警示他，希望他改变些什么。正是这封甲骨文信件让他彻底下定决心改变自己，不再犹豫，不再彷徨。他终于彻底放下学者最在意的虚伪颜面，也彻底放下名利的牵挂，斥院士为"鼻屎"，拒绝郑雄等帮助申报院士。同时也与人格虚伪的弟子"伪娘"郑雄决裂。接着就是与官商结党营私的势利集团公开博弈，保护国宝，完成了圣贤人格的锻造。然而，当下中国知识分子更多的还是郑雄一类，基本都世俗化、功利化了。曾本之形象的塑造是作家刘醒龙对当下中国知识分子寄托的良好愿望，作家"贬斥俊杰与呼唤圣贤"①的立场，实在是对当下中国知识分子普遍放弃精英立场和人格价值的棒喝。著名文学评论家贺绍俊认为："小说通过文物进入到学术界，批判的锋芒直指当下的知识分子。"②实属准的之论。

此外，《蟠虺》中还有很多值得读者思考的辨伪话题。比如，从爱情与婚姻视角看，这里面有郝嘉因钟爱之人自杀而生轻生之念，也有沙璐与无爱的婚姻诀别而选择与有情人相处，有华姐和老三口之间轰轰烈烈的以生命相许的忠贞爱情，有郝文章与曾小安的忠贞不渝的爱情，有曾本之和马跃之们的健康的爱情婚姻生活。小说中涉及爱情婚姻生活描写的内容，只有知识分子兼政客的郑雄属于"伪娘"，能够接受虚假婚姻，并在伪善的生活里承受屈辱，其人格之分裂状态可见一斑。诚如汪政所言："《蟠虺》的价值含量是丰富的，作品呼唤的是对真的坚守，是对良心的忠诚，是对欲望、利益的抵抗，是人对自身的超越。"③

三

笔者认为，《蟠虺》这部小说在艺术上最大的成功之处就在于在严肃文学与大众阅读之间架起了一座沟通之桥。该小说采用了悬疑小说的故事外壳、广场性狂欢话语对话、民间灵异故事设疑解惑等大众化的民间性的叙事策略，让作品走向大众化阅读。概括地说，就是用大众化叙事策略承担多元化精英主题的表达。正如作者自己所说："王蒙在说'作家要学者化'后，特别加上一句'作品不

---

① 刘川鄂：《贬斥"俊杰"与呼唤"圣贤"——刘醒龙长篇新作〈蟠虺〉人物论》，《南方文坛》2014年第6期。
② 贺绍俊：《青铜重器的分量——读刘醒龙长篇小说〈蟠虺〉》，《人民日报》2014年6月10日。
③ 汪政：《刘醒龙长篇小说〈蟠虺〉：价值、知识与话语》，《文艺报》2014年6月9日。

能学术化。'"①作家不是在文学作品中研究学术,得出科学结论,而是借助学者和学术之事,表达自己对现实世界的看法和价值立场。

(一)借用悬疑小说叙事外壳,增强大众化阅读期待

近年来,悬疑小说深受大众青睐。《蟠虺》的确借鉴了悬疑小说的叙事要素,用连续性悬念激发读者的阅读兴趣。小说一出版就有人称它为"中国版的《达·芬奇密码》"②。汪政认为,在小说中"古典与现代、写实与浪漫,已经没有了边界,而推理、悬疑、奇幻,甚至盗墓等许多类型小说的因子都被整合进来"③。贺绍俊指出:"刘醒龙大胆借用侦探小说的结构来承载他要表达的严肃主题。"④韩春燕认为:"《蟠虺》既呈现出文化小说的特质,也兼世情小说的风韵,不仅如此,它还在一定程度上掺杂进了悬疑小说、盗墓小说、灵异小说的元素。"⑤作者自己也承认该小说借鉴了悬疑小说的叙事策略:"我个人很喜欢悬疑小说,当然写这样一个故事,我也没办法用其他形式。"⑥可见,该小说最显著的艺术特征就蕴藏在悬疑小说的文体特性中了。

《蟠虺》一开始便设计了一个足以惊人的诡异事件。第一节就是以两封信设置悬疑的。小说开头就以主人公曾本之写一封未发出的信开始,若干次写了又撕毁,撕了又重写,内容也相同,这是为什么?信要发给谁?留下了悬疑。信的内容也只有那个开头的一句

---

① 周新民,刘醒龙:《〈蟠虺〉:文学的气节与风骨——刘醒龙访谈录》,《南方文坛》2014年第6期。
② 别鸣:《"这是今年出版的重磅作品"——作家刘醒龙长篇新作〈蟠虺〉首发侧记》,《湖北日报》2014年6月11日。
③ 汪政:《刘醒龙长篇小说〈蟠虺〉:价值、知识与话语》,《文艺报》2014年6月9日。
④ 贺绍俊:《青铜重器的分量——读刘醒龙长篇小说〈蟠虺〉》,《人民日报》2014年6月10日。
⑤ 韩春燕:《"古"就活在"今"里——读刘醒龙长篇小说〈蟠虺〉》,《博览群书》2014年第8期。
⑥ 刘莉娜,刘醒龙:《蟠虺者,醒龙也》,《上海采风》2014年第10期。

话"识时务者为俊杰,不识时务者为圣贤"告知了读者,其他没有写明。接着还是以"信"设疑,正在曾本之为写信和发信发愁的时候,却收到一封莫名其妙的令人惊恐的信,不仅因为这封信的收信地址奇怪,一个外人不知道只有极为熟悉自己生活习惯才知道如此地址的人,而且里面的内容更让人不安,这信的落款是已经死去若干年的同事郝嘉,郝嘉是自杀的,信是用甲骨文写的,只有四个字:"拯之承启。"这足以让当事人惊怵。曾本之这位学者原本平静的生活彻底被打破了。后来又出现了第二封信,同样是这种来信方式,只是内容变为:"天问二五",这又是什么意思?到底是谁写的?用意何在?继续设疑。最后才告诉读者,原来是老同事马跃之。随着小说叙事的不断推进,新的悬疑一个接一个。关于曾侯乙尊盘的两张照片为什么看起来不一样?仅凭几个文弱书生学者能够找到真品吗?华姐及其蹲监狱的丈夫老三口真的就是能够复制尊盘的人吗?是用曾本之所认定的失蜡法仿制的,还是用范铸法仿制的?老省长和熊达世他们费尽心机想复制尊盘能成功吗?老三口是谁谋杀的?如此等等。作品通过不断设疑、逐步揭秘的方式完成了一件件神秘生活事件的叙述。小说不仅依靠层次设疑来吸引读者的关注,还有很多悬疑小说的因子。比如,盗墓与文物交易,死人写信等诡异事件,坟墓冒气等以及鬼魂缠绕汽车等神异事件,这些都是悬疑小说经常出现的内容。

但《蟠虺》只具有悬疑小说的叙事外壳,具体内容并不是按照悬疑小说的内容叙写方式推进的。"悬疑小说是用悬而未决曲折的情节推进故事发展的一种小说形式。通篇小说以强烈的悬念引导、严密的逻辑推理取胜……将离奇的生活碎片编织成充满悬念的逻辑推理,并从中散发出神秘气氛,这才是悬疑小说的创作思维核心……它的侧重点不是价值观的启迪、正义感的激发,也不在于情感的煽动、英雄性的渲染,而在于好奇心的满足,在于在匪夷所思的情节中获得的一种可信(也可以是不可信)的阅读快感。"①根据

---

① 朱全定、汤哲声:《当代中国悬疑小说论——以蔡骏、那多的悬疑小说为中心》,《文艺争鸣》2014年第8期。

以上所录关于悬疑小说的特性来看,《蟠虺》只是在整体故事构架上具有设疑、解惑等悬疑叙事要素,虽然也运用了神异事件,但主体内容并没有紧张的破案、严密的推理、机巧的线索、机智的侦查、紧张的悬念等悬疑叙事内容。作者的真正目的不在于设疑解惑,而是借设疑的方式,营造出一个不断追寻的悬念,然后,再在文本中穿插大量对话和内心独白,展示人物的心灵人格状况,同时穿插大量生活场景与事件,展现各色人等的行为与心理人格,并加上作者自己的评论性文字,共同完成严肃题意的表达。

(二) 运用广场性狂欢话语,激发大众心理共鸣

为了适应新媒体时代大众的接受诉求,当代小说叙事普遍表现出高度简化描写内容、以讲述的方式快捷呈现内容的特征。"为了节省叙事时间,减少冗长的各类描写,有助于当今快节奏生活的受众能够在较短时间读完一个故事,一些作者简化了小说写作的一些被规定的文体要素,他们不再着力于人物描写、性格刻画、环境描写、细节描写等要素,只保留了讲故事这个根本性要素。"①《蟠虺》的整体内容也是以作家独白式讲述的。虽然作品也有一定的环境描写、人物描写之类描写,但环境和人物描写都是高度简化的,基本没有人物的外貌、衣着、动作等传统小说必备的描写内容,只有大量对话和独白的语言和心理描写。《蟠虺》没有按悬疑小说快节奏叙事来链接内容,而是以舒缓的叙事节奏和松散的对话内容来充实文本内容,这样大量的人物对话和内心独白就被凸现出来,并借助这些话语内容表达作家批判现实的情感态度、思想立场和价值观念,从而完成了严肃小说的内容表达。

由于该作品具有强烈批判现实主义思想情感和价值立场,而这些内容既敏感又难以评定,如果作者过多直接参与评论,就有愤青式浅薄的嫌疑。好在作品中的人物大多是高级知识分子,借他们之口来批判社会丑恶,既可以塑造出一批君子风范的优秀人物形象,

---

① 胡立新:《新媒体时代小说叙事的媒体化蜕变——以王芸小说为例》,《湖北大学学报(哲学社会科学版)》,2014年第3期。

同时，也能充分表达作者的思想情感和价值立场。这应该是该小说人物对话和独白内容极多的主要原因。此外，这部小说中的人物对话和内心独白，并没有充分遵循性格化人物形象塑造所要求的人物语言的个性化规范，却表现出广场化话语狂欢的特性。广场是民间性和大众化的话语场域，这里有着暂时超越官方话语控制的自由；狂欢节更是西方民众获得平等自由，超越世俗秩序规定而获得短暂彻底解放的场所，权利、法律、等级、财富、身份、地位、名利等等导致人们现实中不平等、不自由要素，都被化装面具遮蔽，这里只有所有人都一样的"人"，没有官民、穷富、智愚、贵贱之分。因此，广场性和狂欢性场域的话语深受大众青睐，这里的嬉笑怒骂具有最广泛的认同。《蟠虺》中的人物对话和独白话语就具有这种深受大众青睐的广场狂欢性特征。

下面不妨录几段人物的对话或内心独白：

曾本之："放眼大别山前，长江两岸，金戈铁马的楚庄王不知道去了哪里，溜须大夫倒是车水马龙，十里长街都容不下"；"青铜重器在暗地里疯狂流通……是有些人急切想将手里的脏钱洗白"；"紫气东来那是古人的讲究，现在空气污染如此严重，随便找家化工厂看，哪一家不是遍地冒紫气"；"做学问不比官场，一人得道鸡犬升天，一人遭殃株连九族。官场中人有没有才能在其次，跟对人头等重要的本事"；"以曾本之一己之力，能够化解熊达世那样惯于搞歪门邪道的偷天换日贼，却无法应对那些强权在握的明火执仗者"；马跃之："心里有不快说说还不行吗？别说两千年前的丝绸，就是三千年前的丝绸也没什么用，盗墓贼不要，文物贩子不收，大贪官看不上眼，小贪官嫌麻烦，暴发户怕沾着晦气，小三和二奶又当它们是一堆破烂"；"现在的教授多得都快成鼻屎了。我想起来了，郝嘉从六楼跳下来时，就算不喊共产党万岁，还可以喊之前的口头禅曾侯乙万岁呀！为什么偏偏要山呼鼻屎呢"；"你看看现在的欧洲学校，哪有让所有学生都学中文的。偏偏中国人，非要孩子从小学起就开始人人都得学英文"。曾小安:"学术独裁比政治独裁更可恶!玩政治反正就是比谁更黑,学术可是要分清黑白的"。万乙:"那倒不是,死亡本来就是对生存的警示";"青铜重器确实是历史中的君子……从殷商周到春秋战国,青铜时代真正的豪强无一不是品行端正的君子"。作者的议论:"曾本之对行政上的会议不感兴趣,不管是媒体如何连篇累牍的报道,官衔带长字的人唾沫横飞的宣讲,他都记不住";"水果湖一带的会议特别多,且与时下多数会议一样沉闷无趣"。

以上话语普遍都是对社会现实生活尤其是官僚作风的批判和嘲讽。这些观点是知识分子与民间大众达成的共识,是大众化心声。对于那些精通小说理论的批评家来说,《蟠虺》的大量对话内容的确会招致批评,因为这些话语内容具有千人一腔的弊病。曾本之与马跃之的许多对话内容可以互换,就连曾小安和沙璐的某些话语内容都可以与曾本之、马跃之互换,这些话语内容同样都可以与作者的话语互换,这的确有违人物语言性格化的理论圭臬。但是,我们也应该看到,作者都是在借人物之口表达自己的观点。这种话语内容具有三个显著特点:一是人物的知识分子立场与评论正好契合了作家的知识分子精英价值立场;二是话语内容的广场化、狂欢化特征显著,自由地平等地对话成为可能;三是民间性的大众化话语狂欢与知识分子的精英文化价值立场形成了暂时的共谋,精英与大众在对社会政治文化和官商结党营私等社会病态的嘲弄和批判上达成了共识。

(三)运用民间灵异事件,激发大众阅读兴趣

《蟠虺》是一部严肃的文化小说,也是一部具有强烈批判现实主义精神的作品。其内容也主要是反映高级知识分子与高层官商结党营私的严肃事件。这一切仿佛都与鬼神、灵异、神兆、占卜等神秘文化不相干连,但作品却大量穿插这些神秘文化内容。笔者做了梳理,作品讲述了7个灵异事件。一是龙王庙处淹死了一位作家,怎么也找不到尸首,后来是归元寺的老和尚叫人在龙王庙设麻将

局，高喊"三缺一"，尸首果真浮上来了。二是曾本之尝试占卜且准确无误。三是看墓人讲九峰山上墓地冒白烟、黑烟的征象，郝嘉墓冒白色雾气，说明死者有冤屈。四是九峰山夜晚郝嘉显灵，沙璐在九峰山公墓处夜晚遇到的灵异之物，车子左冲右突，曾本之用镇邪之物龟甲片击中灵异，甲骨散发一股腥臭，这才平息了这诡异事件。五是庄省长到尊盘检测室故意将手指划破，滴血于尊盘上，果真冒紫烟。六是尊盘回归到省博物馆的那天晚上，居然从尊盘的柜子里传出仙乐和天香。七是郑雄抱着尊盘准备献给老省长和熊达世，在龙王庙处突然波涛汹涌，仿佛一双无名之手将尊盘沉入江底。这些灵异事件的叙事起到了什么作用呢？

龙王庙的第一起灵异事件是为最后一起灵异事件作铺垫，也就是为郑雄盗取的那尊盘的归宿提供合理的解决途径，正如作品借马跃之之口所说："该天谴的一定会遭天谴，该天赐的一定会有天赐。"这句话深受民间大众信赖。这也充分证明作家、知识分子、民间大众三者在小说中基本合一了。九峰山坟墓冒烟之灵异显然是为了突出郝嘉之死的冤屈，也为沙璐驾车遭遇郝嘉之灵的缠绕构成理据，同时也与曾本之占卜之灵验相呼应，为用龟甲片解除鬼魂缠绕提供解决途径。至于尊盘见血便冒紫烟的神异，既为突出尊盘神奇灵妙的神秘性，也为官商勾结盗取尊盘提供理据，同时也能检验官员的伪善人格，也为最后尊盘回归博物馆时散发出鼓乐声和异香之灵异提供理据。当然，这最后的鼓乐声和异香，显然是作者浪漫主义的绝妙想象，以此来庆贺国宝回归，同时也是庆贺正义与良知战胜邪恶与卑劣的巨大胜利。

我们知道，楚地古往今来多信巫神，尽管我们的主流意识形态自新中国起反复破除封建迷信，但民间大众并没有完全放弃对神灵的信仰。因此，在中国民间，特别是楚文化地域的民间，至今尚保存有许多信神信巫、灵魂不死的民俗习惯。在楚文化民间大众心理，做新房子都必须找风水先生查看地基、时辰；人死后埋藏的墓地以及出殡都要请高人定夺；他们相信祖先有灵，能够庇佑现世子孙。这就是民间文化与官方文化的巨大差异。中国民间延续着大众对神灵的信仰，不能简单从封建迷信上看问题，它在一定程度上承载着民间对天地自然的复魅功能。从生态文化建设来看，它们在一定程度上承载着民间大众对不可知自然力和神力的敬畏之心，而这种敬畏是人欲横流社会中应对那些现实世界无法及时解决的问题时的有效方式。因此，命运、鬼神、灵异等能够超越现实世界的知识和价值文化因子被民间大众信仰，也就有了一定积极的文化意义。刘醒龙在《蟠虺》中反复使用灵异事件，不仅承载着内容上的象征寓意功能和结构上的叙事转换功能，而且也切合民间大众的接受诉求，同时还能够赋予作品中不可解魅之超验神秘以助力。

四

综上所述，刘醒龙的《蟠虺》在思想内涵上具有多元化的精英主题，主要表现为三个方面：小说以极品青铜器曾侯乙尊盘为焦点，集中展现古老楚文化的魅力，表达出作者弘扬楚文化"优根性"的文化价值立场；以盗窃国宝曾侯乙尊盘为诱因，上演一出官商结党营私盗取国家宝藏的罪恶闹剧，表达出作者针砭现实的批判现实主义文学精神；以曾侯乙尊盘辨伪为契机，呼唤当代知识分子坚守圣贤人格，重塑中国当代知识分子的精英文化形象。总体看来，《蟠虺》这部作品充分表达出作家作为具有独立的精英知识分子所坚守的思想情感态度和文化价值立场，这种强烈的批判现实主义精神和现实主义的人文关怀是一面心灵的镜子，能够照出社会人心的真实面目，真善美与假恶丑的人格状态清晰可见。作品客观上起到了警醒世俗化知识分子的作用，它也提醒当代所有中国人都必须作出心灵人格的清洗。作品在艺术上的成功之处在于以大众化叙事策略承担精英化多元主题的表达，具体表现为：借用悬疑小说叙事外壳，增强大众化阅读期待；运用广场性狂欢话语，激发大众心理共鸣；运用民间灵异事件，激发大众阅读兴趣。作者在严肃文学写作与大众阅读期待之间架起了一座沟通的艺术之桥。

(《荆楚学术论丛》2015 年 01 期)

象牙塔里的"短板"
——评刘醒龙最新力作《蟠虺》

何 英

《蟠虺》是刘醒龙继 2011 年茅盾文学奖作品《天行者》之后于 2014 年 6 月推出的又一部反映社会现实的力作。作品以一封神秘的甲骨文来信开始,精心设置了一系列悬念,神秘和典雅的气息共存。如果说《天行者》是赞美那些甘于平凡、默默奉献于身处最容易被人们忽视遗忘的属于"下里巴人"的大山深处教育工作者的话,那这部《蟠虺》则是对普通群众望尘莫及的属于"阳春白雪"的学术界风气的审视与曝光。刘醒龙以一个社会责任人、人道主义者不断发现社会存在的"短板",并把最真实的场景无限放大,通过文字淋漓尽致地反馈给社会以期引发关注。小说中通过大量的人物对话帮助读者与作者进行的直接的交流,引导这个"变异"的社会完成改变,重回正轨。

一

知识分子如何才能守住道德底线,坚持真理,并进行批评与自我批评,是当下学术界一个普遍关心的问题。小说借用研究青铜重器泰斗级人物曾本之、弟子郑雄与郝文章各自不同的境遇来揭示当下混乱的学风思潮。曾本之是以"青铜时代中国的铸造工艺中存在失蜡法,并以曾侯乙尊盘为此种铸造法的最高成就"[1]为成果在学

---

① 刘醒龙:《蟠虺》,上海文艺出版社 2014 年版,第 63 页。

术上占得一席之地成为楚地权威并汇集了一大批追随者和认同者的。作为青铜重器研究权威的曾本之有一种传统文人的清高孤傲，但"失蜡法"在考证不足的情况下仓促发表，引发了大量的投机者钻了空子，在他的遮蔽下过着滥竽充数的日子，也把他拉下了水；他同时又保留着文人高洁、不慕名利、坚韧不拔的高贵品质，无视老省长"青铜重器学会会长"的利诱，更敢于当着其他人彻底否定自己的立身之本"失蜡法"，不顾熊达世、投机商的威逼，用长达八年的等待和煎熬去寻找真相，最终从大盗之妻华姐手上得到的一小块蟠虺纹饰附件中发现其实不只一座"曾侯乙尊盘"，还可能有"曾侯甲尊盘"或"曾侯丙尊盘"在市场流通，博物馆里的被掉包的"曾侯乙尊盘"也是真的，众人全被掉包者老三口给愚弄了，郑雄等社会势力因装有"曾侯乙尊盘"的木箱子沉入江中而最终一无所有。作者安排这样一个人物作为小说的中流砥柱，是借曾本之呼唤不断流失的中国古代优秀品格能重新充盈整个中华大地，治愈因社会"变异"所造成的创伤。但这也给我们埋下了一个伏笔：虽然"曾侯乙尊盘"掉进河里，从而失去了他们梦寐以求的升迁工具，老省长、郑雄等一批人会从此金盆洗手吗？如果郝文章与曾本之最后没有找出真相，八年牢狱无功而返，郝文章还会拥有原来那一腔热血吗？作者在这里触及了深层次的思考，怎样才能阻止人们的贪欲，坚守道德底线；如何才能克服挫折困境，并保持良好的精神动力？这不仅是对学术界，更是对如今物质生活丰富、精神世界匮乏的各行各业人们的普遍考问。

埃里希·弗洛姆在《生存还是占有》一书中说，"一切不安的根源都在于人缺乏对自己身内价值的认识，人类应该由'外部空间'的开拓转向'内部空间'的探索"①。一旦物质追求占据主体，虽可为物质享受提供支撑，但周而复始会导致人们的精神世界陷入无限的空虚和无聊；而如果人在价值追求的过程中没有经济基础的支

---

① ［奥地利］弗洛伊德：《自我与本我》，上海译文出版社2011年版，第472页。

撑，以理想化的心态去接触复杂的现实，最终也会碰得头破血流，消磨意志，由"左翼"转变为"右翼"的可能性也会大大增加。因此若精神的提升落后于物质的繁荣，或者物质强大并成为统治人的工具时，人的精神世界就会变异。小说中曾本之的弟子郝文章与郑雄在人物塑造上明显属于"物质"和"精神"的两个极端，作者的本意是想通过这种写法加强人物的对比，激浊扬清，但这种过于鲜明的塑造方法却略显单调，并有很强烈的理想化倾向。探究二人的经历可以发现，在学术道路上他们实际上是殊途同归：郑雄打算用"豪赌"的方式攀上学术的巅峰，他比郝文章早10年进入楚学院但处处落后，"在自身遭遇器质性缺陷和社会性的挫伤时形成一种复杂的情绪，意识到自己身处劣势，会使人产生一种内在驱力或动机要改善处境争取优势，求得对卑下的补偿"①；本身能力的有限导致他选择走捷径，这也是他最终走向为改善自身地位而违法仿制文物的原因。而郝文章看似步步为营稳扎稳打，实际是因为他才华出众导致他采用另一种"豪赌"走向金字塔顶端，勇于探索、甘于坐科学的冷板凳，最终厚积薄发，用八年的青春"赢得生前身后名"。郑雄的坠入深渊来源于缺乏自我反思与救赎，也没有得到他人的包容、理解甚至教育。对于本身处于"弱者"地位的郑雄，曾本之没有进行作为一个老师兼"父亲"应有的道德拯救，明明了解郑雄"功利心"重且物质、精神不相称时选择了漠视，并亲自送郑雄一步步爬上权力中心，促成了其对权力的狂热追求，最终一步步沉沦甚至走上违法道路，四面楚歌；而对于"强者"，自己的得意弟子郝文章，在曾本之等人倾尽全力的帮助下，众人拾柴火焰高，最终不仅真相大白，而且功成名就。两个学生截然不同的结局安排，不难看出是作者对时下自我道德与自我审视监督存在严重缺失的批判，同时也是对社会"功利性"与"选择性"道德拯救的反对，对社会单纯实行"精英教育"引发差别对待的反思。

---

① 童庆炳，程正民：《文艺心理学教程》，高等教育出版社2001年版，第19页。

二

马克思说过："当利益达到百分之五十时,人就会不择手段;当利益达到百分之一百的时候,人就会铤而走险;当利益达到百分之两百的时候,人就敢践踏一切法律、尊严和道德舍身取财。"[①]不管是以老省长、郑雄、云南商人、北京高管为代表的利益团体,还是以曾本之、曾小安、郝文章、万乙等为代表的知识分子,这些人的个人生活方式、职业、个性、智力是如何的相似或不相似,他们都已经自觉地组成了两个心理集体。按照心理学家勒邦的定义,同一"心理集体"的事实会将他们置于一种集团的心理控制之下,这种集团心理使他们在感情、思维以及行动上会采取一种与他们各自在孤身独处时截然不同的方式。这两个"集体"正是由于共同的目的组合而成:前者看中权力的威力,后者则履行自身的责任和义务。在这里作者并非一味强调良知道德,因为面对诱惑很多人无法自制,加上任何监督体制都不可能是完美无缺的,都有空子和缺陷,自律慎独并非谁都能做到,更重要的是需要社会的监督和完善的法制。小说中的郑雄、老省长、云南商人,敢当着警察、学术泰斗的面威胁利诱,公开利用监狱仿制曾侯乙尊盘准备以假乱真盗窃文物,甚至杀人灭口。只是单纯具有艺术价值的曾侯乙尊盘,经过人们的渲染想象后,成为了权力、地位、金钱甚至祥瑞的象征,一旦得到便获得心理的满足,但这只是一个方面。小说中一些官员为什么如此在乎曾侯乙尊盘?为什么对以巫术自居骗人的熊达世既轻视却又不敢怠慢?更深层次的原因便来源于封建思想的重生与信仰缺失的双重作用。曾侯乙尊盘是"王者用来盛酒和温酒的一套器皿",按曾本之的分析,需要的人并非用来祛病消灾或者倒买倒卖,而是"想做胆大包天之用"。结合熊达世所吹嘘的"曾侯乙尊盘具有某种无形的宇宙力量,不仅能改变一个人的命运,更能让一个

[①] 卡尔·马克思:《资本论》,曾令先、卞彬、金永译,江苏人民出版社2011年版,第515页。

人登峰造极"。作为一群受社会主义现代化教育的知识型干部,却把一句连小学生都不能糊弄的话当真,做出违法乱纪的事,这反映了一种什么现象,什么心理?作者是借此表达封建思想在人们心中根深蒂固,"祥瑞"谁都愿意相信,谁也愿意去争夺,甚至不惜违法乱纪。小说中谈到"妖术盛行必是国运衰微",通过两大"心理集体"的对抗过程,作者强调的不是表面上贪欲和良知的较量,而是隐藏在背后的延续几千年的封建思想对"五四"以来被无数知识分子狂热追求的科学、自由、真理等进行的压制与反压制。一些官员看重"妖术",回归迷信做"梦",不仅是为了寻求更大的"保佑"与"野心",也存在"一些人坏事做多了,便信佛之类的,以求得到宽恕原谅"的心理。殊不知这种"功利性"心态更容易导致迷信思想的死灰复燃。小说中庄省长为了能一睹"曾侯乙尊盘"的灵性,违规进入戒备森严的楚学院检测现场,故意割破手指将血滴入盘中看冒出的紫色瑞气,以期获得一份"福气",在权力博弈中更多地分一杯羹。那有多少个"庄省长"在寻找时机,为了那份"祥瑞"而虎视眈眈磨刀霍霍?又有多少个"庄省长"内心存在的迷信思想被曾侯乙尊盘擦出的"心火"点燃?难怪小说会发出"以曾本之一己之力,虽然能够化解熊达世那样惯于搞歪门邪道的偷天换日贼,却无法应对那些强权在握的明火执仗者"的哀叹。而"熊达世想当'国师'的狼子野心"也显示出封建残余以明目张胆的反扑与掩人耳目的暗渡陈仓并行存在。当然,精神世界的匮乏寻求"迷信"的补偿只能是南辕北辙。

  信仰缺失严重更加加剧了人心的膨胀。人们在迷茫彷徨后转而沉溺于追求"世外桃源"般的理想世界以维持自己生命的存在,填补空虚和无聊。"社会越发展,人们内心越恐慌不安。"①小说表面反映了现实社会逐渐缺失了过去的凝聚力、责任感和道德心,实则是信仰缺失导致人性退步,社会出现了前所未有的精神危机,这本身就属于历史的倒退。每个人都为了谋求最大的利益而心安理得地

---

① 程华:《贾平凹〈带灯〉的生态反思主题》,《小说评论》2013年第4期。

将痛苦灾难"施于人",人在现实中面临"茫然"与"打击"时很容易回归颓废堕落守旧的"还原",去追求可以实现人生最低价值的物质享受,并由此引发一连串悲剧。作家对人性退步感到前所未有的恐慌,渴望大家团结一致,用良知与理性之光驱散内心的黑暗,用"理性主义"完善"人文主义",但在思考为什么时并没有找到药方,彷徨中只能寄希望于"天",认定"人是有灵魂的""该天谴的一定会遭天谴,该天赐的一定会有天赐",并在小说中添加了一些灵异事件强化这种观念。小说中有佛家强烈的惩恶扬善,宣扬因果报应、轮回等思想,作者希冀用"威慑"的方式促使社会大众能完成自我束缚,限制纵欲的心,但这也是对现实社会监督机制和法律机制存在缺陷的一种无奈的药方。曾本之、郝文章这类"不识时务者",便是对整个社会的"狠狠的一耳光",并通过其"心理集体"树立"世界上本没有路,人走的多了,也便成了路"的信念。对于那些彷徨的人来说,越来越多的孤独者的加入,他便不再孤独。"见证良知和道义在人们心中运行",这也是刘醒龙小说所要宣扬的中心。在作者看来,"朝秦暮楚之徒,不过是买椟还珠,终归画龙不成反成虫"。

三

古罗马帝国皇帝马可·奥弥留在《沉思录》中说道:"当一个人对你做了一件错事时,马上考虑他是抱着一种什么样的善恶观做了这些错事。因为当你明白了他的善恶观,你将怜悯他,即不奇怪也不生气……但如果你不认为这样的事是善的还是恶的,将更愿意好好对待那在错误中的人。"①作者既以"善"的佛教思想为主导,自然能认识到"救人一命胜造七级浮屠",但通篇却带有明显的主观感情。郝文章与郑雄,基本是两个极端,一个高尚得太完美,一个功利得太彻底。郑雄作为曾本之的弟子兼"女婿",从一些细节也可以看出他并非十恶不赦丧心病狂之人,包括"使眼色"提醒曾本

---

① 马可·奥弥留:《沉思录》,中央编译出版社2011年版,第274页。

之离开虎穴，他也是被老省长、熊达世以及幕后的高官利用的对象，他"并不了解他们拿曾侯乙尊盘有什么用，偶尔老省长心里窝火发牢骚时，才能听到一些皮毛"，可到最后也没有得到任何人的耐心的教育和拯救，只落得高烧不退，梦想破碎。这或许是小说惟一令人感到压抑冷漠的地方，但瑕不掩瑜，《蟠虺》仍属于一部非常饱满有力的重头作品。

(《新文学评论》2015年02期)

我们应该怎样读《蟠虺》?

於可训

做过很多讲座,但从没有过像今天这样一种既庄严又轻松的方式。我们刚才在聊天的时候都觉得像武汉这种城市确实应该有更多格调高雅一点的文化场所,卓尔书店在这方面起了很好的带头作用。这样一个品读作品的高端论坛,我以前还没有真正意义上参加过,对具体流程也不甚了解。那我就大致先用一点时间把刘醒龙的创作跟大家简单介绍一下,因为在座的很多读者可能对刘醒龙之前的作品了解得少一点,对他的创作经历和相关情况知道得不多,但是这些相关的背景知识又是理解《蟠虺》这样一部作品不可或缺的重要前提。紧接着我把这部作品本身在阅读过程中需要注意的情况或者说我个人先于大家之前阅读的一些感想跟大家交流一下。因为我也不知道在座的诸位是读过这部作品还是没有读过这部作品,是正在读这部作品还是很想读这部作品。因为不知道具体状况,所以我只好抛砖引玉,谈谈自己的一点看法。

《蟠虺》这部作品,它的名字很艰涩,用这样一种很冷僻的表达方式来给一部作品命名,这实际上是一种标志。标志着它不是一般通俗性的读物,是一部具有相当文化含量、需要我们以一种文化学的眼光去看待的作品,不是我们通常一看标题就知道内容的那类作品,比如"怎么爱你也不够"。你必须要有一点文化上的积累和准备,才能够从真正意义上去欣赏它。在我的印象当中,《蟠虺》在出版时并没有紧锣密鼓地宣传和推广,而是悄无声息地出现在了读者的视野中。它先是发表在刊物上,后来作为单行本出现,出现以后就在文坛引起了很大的反响。一些专业的学者、批评家以及业内的许多著名作家看到这部作品以后都感觉很受震动。值得一提的是最近《蟠虺》还以全票获得了"人民文学优秀长篇小说奖",跟这部作品一起获奖的是以澳门赌场为题材的《妈阁是座城》,它的作者是大家比较熟悉的著名作家严歌苓。《蟠虺》以全票通过该奖项足以说明了学界对这部作品的重视。作品面世以后,研究和评论的人有很多,也都给予了很高的评价,有的评论家甚至用"巅峰状态"一词来形容他的这部作品,也就是说这部作品在很多人看来是他截至目前创作精华的集中表现。在我看来,这部作品在近几年的当代小说创作中乃至于当代小说史上也确实是可以名列前茅的。参加一场这样的研讨会,我们不仅可以一起来探讨这部作品的有关问题,还能了解该如何去读这部作品,这就很有意义。因为在这样一个很浮躁的时代,大家一般来说都不太喜欢读书,不大喜欢文字性的东西,即使阅读也都倾向于选择一些快餐式的作品,因为它能够很快进入到读者的视野,能够很快被读者理解和感受。渐渐地,过眼云烟式的阅读成为了大众的一种习惯,而稍微有深度一点的作品就不太容易被接受。而这部作品恰好就属于需要深度阅读的范畴。

在深入这部作品之前,我先给大家介绍一下刘醒龙的经历和创作上的一些情况。在大学中文系里学习中国文学尤其是中国现当代文学的一些学生对刘醒龙都应该比较了解,因为他是一个比较早进入当代文学史的作家,文学史中都有专门的章节论述他的创作经历,还有对他的一些重要作品的分析。但是社会上的一些朋友可能对刘醒龙了解得会少一点,所以有必要对他的创作经历做一个简单的介绍。刘醒龙是哪个地方的人可能有的读者已经很清楚了,一开始说他是英山人,后来说他是黄冈人,但是我看到他很多自我简介都说自己是团风人。团风隶属于黄冈,我们两个是一个地方的人。我的老家在黄梅县,但是我在黄州那个地方学习工作了十几年,那个时候黄冈是一个县,团风是一个镇,后来黄冈成为了一个市以后团风就升格为了一个县,刘醒龙也很荣幸地成为了团风县的第一批居民,所以他准确的籍贯是团风县。不过他后来很多的工作和成长经历却与英山和黄冈有着密不可分的关系。刘醒龙本身是一个天资聪颖,悟性很高又很勤奋的作家,他的作品很注重文化内涵。他没有受过很完整的高等教育，比如读个名牌大学或者有个研究生学历，他是起于基层，如果仿效汉刘邦也可以说他是"起于草莽"，是一个从民间崛起的作家。事实上中国现当代文学史上并不缺少这样一种从基层摸爬滚打出来的作家，但是他们的作品最终大多难逃政治宣传的窠臼，他们习惯把自己的创作与历史上的一些社会活动联系起来。直面现实虽然无可指责，但与此同时也把自己的创作困在了现实的囚笼里，很难有大的超越。刘醒龙不是这样，他一方面是出身基层，对于基层的很多事情有着很透彻的了解，非常关注民众、关注现实生活；另一方面他也在努力超越自我，努力在思想和艺术上提升自己。总之他是一个不断在攀升的作家，所以他能够写出《蟠虺》这样的作品是理所当然的，是跟他的创作经历密切相关的。我认识刘醒龙的时间并不是太早，我说不是太早是一个相对的概念，至今也有二三十年了，之所以说不是太早是因为他刚从事文学创作的那个阶段我们并不认识。我最早认识他是通过一组叫做《大别山之谜》的文章，由此他进入我的视野并与我的评论生涯和研究生涯发生了联系。80年代有很多青年作家崛起，仅英山一带就出现了许多非常有影响力的作家，比如写诗的熊召政、英年早逝的姜天民等。刘醒龙作为他们之间的一分子给我的感觉，首先是他对大别山一带的历史、人文、现实生活、民间习俗都有非常深刻和全面的了解。这些了解不是说从书上翻来或者说从电视上了解到的那些知识，是他的所见所闻。那是一种直观的、现实体验的东西。大别山的历史、文化、人文是融汇在他的血液中的，是跟他整个的生命联系在一起的。所以尽管有读者说他的早期作品有这样或那样的不足，但是不容否认的是作者与他的书写对象是融为一体的。这个作品系列里有很多的短篇，主要关涉两个方面的问题：一个是大别山这样一个神秘的地方有许多历史之谜。大家都知道大别山在中国近现代史上是个很重要的地区，第一次国内革命战争、抗日战争和解放战争年代这都是一个很重要的地区，这里面又有许多与人的历史活动相关的谜一样的东西，我印象最深的是两个很精粹的短篇，它的总标题是《女性的战争》，写了两个战争时代的女人。其中有一个为了毒死日本人误毒了化装成日本人的新四军干部，她们虽然是属于抗日阵营但由于误伤自己人而使得身份成为一个谜。另一个讲的是烈士的母亲，她的儿子在战场上当了逃兵，但是在逃亡的路上杀了日本人。仅从杀日本人这件举动上看他当然是一个英雄，但是从逃亡这个角度来看，他的身份又有了另一种定位。这里面就不是我们经常接触到的革命战争作品所呈现出的那样一种简单情况，而是超脱了单一性的笼罩着历史迷雾的复杂关系。刘醒龙在大别山这块文化土壤中发掘谜一样的东西，并且揭示谜背后所隐藏的复杂的历史和人性。《大别山之谜》另一个方面是写自然，比如有一个作品叫《灵猩》，这两个字《辞海》里面找不到，好像《辞源》里也找不到，电脑字库里也没有存储。这样一种很奇怪的动物显然在作家的脑海中也是亦真亦假的，而它的消逝就表现了人对自然态度的一种转变，这里面就比较早地隐含了人对自然环境要尊重这样一个主题。这也是我个人比较早接触到的当代作家关注生态环境的作品。所以《大别山之谜》所包含的这样两种东西使我很受触动：一方面是在历史人文中寻找复杂的人性，另一方面是在关注自然的过程中提醒人们爱护自然环境。这些作品运用了很多现代派的手法，因为那个时候寻根文学热潮刚刚褪去，很多作家开始迷恋拉美的魔幻现实主义，但刘醒龙这组作品中的一些现代派手法的运用却不是对西方各种主义的简单因袭，而是运用一种超乎常态的表现手法来力求表达自己心目中那些用一般现实主义难以言明的想法。所以我觉得他是真正消化了魔幻现实主义的方法技巧并能够为我所用的作家，从他的身上我看到了一种才华，看到了一种闪光的东西，看到了他对于文化的关注，看到了他对于普遍人性的关注以及对于超乎文学之上的文化学和哲学的重视。我把这组作品看成刘醒龙才华初露的一种体现，也是他思想和艺术进步的一个非常重要的起点。

　　然后有一个阶段，刘醒龙的作品开始引起广泛的注意。这些作品好像是卷入现实问题了，从《大别山之谜》比较关注历史到《凤凰琴》关注基础教育。《凤凰琴》这部作品后来还拍成了电影和电视剧，朝野上下对这部作品也都很关注。在座的年纪稍长一点的可能都知道，像我们这一代以及我们上一代人，如果出身农村的话，我们的基础教育一般都来源于民办教育，那是一种非常古怪又非常重要的教育方式。中国的民办教育在五六十年代培养了大批的人才,后来在社会上各行各业发挥骨干作用的中老年专家很多都是从民办学校里走出来的。但是民办教师却是另外一种情况,他们在五六十年代是很不受政府重视的群体,但是那个年代至少群众很尊重这些人。而到了改革开放以后,他们不但收入很低,群众对他们的尊重程度也开始逐年降低,因为教师队伍本身很频繁地在变动,面临着许多亟待解决的现实问题。这些关涉中国当代文化培养根基的问题引起了刘醒龙的注意,所以他把这个问题提出来放到了我们面前。我觉得他的突出之处就在于在这部作品中不仅讲了民办教育的困境,还讲到民办教师应该受到尊重,他们所固守的不光是他们赖以为生的事业,还有人格尊严问题。他们的人格尊严一旦受到侵蚀,一旦受到凌辱,那民办教育的立身根基就坍塌了。他早在《凤凰琴》中就提出的人格尊严问题和后来的《蟠虺》在表现主题上是有一致性的。我们看《凤凰琴》不应只看他在教育上提出的一些问题,更重要的是看民办教师这样一种很卑微的群体,他们是如何坚守自己人格操守的。在这样一个文化不大受重视、商业消费抬头的时代,这些人还信守自己内心某种纯洁的观念,这是《凤凰琴》很宝贵的地方。包括短篇《村支书》在当时影响也很大,它同样也存在这样一个问题。改革开放以后的村支书没有以前那么神气了,但他还是坚守着内心的信仰,以前对工作负责任,现在依然负责任,他有着自己的职业操守。也就是说各行各业都有属于自己的人格追求。这些所谓的现实主义题材作品,它们都强调人的价值,强调人的精神追求,这是刘醒龙小说一以贯之的东西。包括后来以"分享艰难"为主题争论很大的那类作品,当时有很多学者把它放置到"现实主义冲击波"里面去看待,认为刘醒龙那一时期的作品和大多数作家一样只看到了现实生活中乌七八糟的东西,尤其是改革开放以后受市场经济冲击所出现的一系列光怪陆离的现象。如果仅止于此的话,那我们就可以把刘醒龙的小说看做是"黑幕小说"了,但事实并非如此。他小说中的人物一般都处于一种左右为难、进退失据的尴尬境地,这里面还是关系到人格的问题,也就是刘醒龙近年来经常强调的"底线"问题。从《大别山之谜》到现在,我看到刘醒龙这样一个作家的创作正在逐步走出事件、逐步走向人本身，这是文学和生活都不应忽视的元素。我们现在很多人活着就是为了活着，为了多挣点钱，为了住上好房子，对人之为人所应有的人格操守、精神追求、价值底线等问题都不甚关注，所以我觉得这一点是至关重要的。我以前还提到刘醒龙是一个各种题材驾驭起来都得心应手的作家，他各种题材的写作都能出好作品，在各种题材的创作中也都能占据一席之地。而且他的产量还很高，其中有一部作品叫《生命是劳动与仁慈》，写的是农民工进城的一系列事件，那些农民工在城市里面遭遇了许多尴尬的处境，但如果他们换一种方式去面对——随波逐流，找到一份能够养家糊口的职业，那也就不会存在这些尴尬了。但是小说中的农民工却更重视自己的尊严，作为一个人所应有的尊严。只是因为这个问题，这些农民工才感觉到痛苦，才感觉到无奈。还有一个我印象比较深刻的长篇叫做《威风凛凛》，一个小镇上谁最威风呢？是那种"拳头大眼睛大"的人吗？不是！在五六十年代的乡村里有一种人，我们用"拳头大眼睛大"来形容他们，就是靠武力和蛮横来显示自己威风的那类人。这部作品把一个经常受凌辱的教师写得很威风，不仅是因为他传播了文明，也不仅因为他改变了某些蛮横者的习性，更因为他在这个野蛮封闭的地区种下了文明的火种，所以作品的结论不言而喻。这里面也没有脱离人格尊严这样一个核心问题。总之，刘醒龙近年来的创作都在试图从各种各样的事件中回到人本身，追求在各种各样的生活境遇中人自身的一种价值。包括前几年他很有名的那部《圣天门口》，我就觉得应该得"茅盾文学奖"。这部作品后来被改编成了电视剧，坦率地讲，这部电视剧偏离了作品的精神轨道。《圣天门口》是一部很厚重的作品，它把刘醒龙以前对历史、现实和人性的关注和思考凝聚在了一起，它的总体评价丝毫不亚于后来获得"茅盾文学奖"的《天行者》。我个人在给这部作品写评论的时候曾经引用过法国著名作家雨果在《九三年》中的一句话：在绝对正确的革命之上，还有一个绝对正确的人道主义。就是说刘醒龙不像我们经常看到的一些习惯于用二元对立的方式来阐述问题的作家，他们的作品要么用人道主义来否定革命，要么用革命来否定人道主义。这一点刘醒龙与雨果有共同之处。雨果就是在用一种非常辩证的方式来写作，他认为革命是绝对正确的，因为没有革命人的历史不会前进。但是革命的过程中必然会伤及无辜，会毁灭很多美好的东西，所以在这种情况下还是要有一定的底线，因为革命最终是以人性得到健全的发展为目的，终极目标还是人道主义。所以《圣天门口》可以说把暴力革命的书写推到了极致，这里面所包含的历史容量、所包含的人性深度、所包含的关于人的终极价值的理解都是其他作品很难比拟的。在这之前刘醒龙的一些创作我就简单介绍到这里。

　　回到《蟠虺》。事实上这样一种冷僻的题材是很不适宜于小说创作的，小说家一般对"爱""死"等主题都情有独钟，尤其是涉及家庭纠葛和人事纷争的时候。小说家主动去关注一些很严肃、很学术化的问题是不常见的，而这个作品恰恰是取材于这样一个问题。我私下没有和刘醒龙做过交流，我想可能是现实生活中的一些因素激发他做了相关的思考。因为大家知道，今天社会风气的败坏与知识分子人格的堕落不无相关。一个民族如果说普通民众有一些精神上的病症的话还是可以医治的，但是如果引导民众的知识阶层出现道德危机就是很恐怖的事情了。可能正基于此，刘醒龙把目光从普通民众转移到了知识分子。通过这样一个题材对这样一个阶层做一下透视，这也许是刘醒龙的创作动机。所以尽管我们说这样一个题材不适于拿来做小说，但是用它来思考知识分子的精神处境却是恰如其分的。因为只有通过这样一种非常专门化的手段才能把从事专业研究的知识分子的生活处境逼真、完整地再现出来。我以前也读过很多类似的作品，但是那些作品在写作过程中对大学教授的专业知识描写都一笔带过，而是更多地去挖掘他们的日常生活、社交活动等，只是把他们的专业知识作为一种标志，告诉读者这是一个"生物学家"，这是个"医学家"，这是个教授等，是一种职业标志。像《蟠虺》这样从职业外部进入到职业本身并做细微描写的作品，我以前还很少接触到，写起来肯定是有一定难度的。

　　《蟠虺》在写法上也是很特别的。一是他把中国传统文化的构成模式挪用到了小说创作过程中。中国古代有一种把物的东西人格化的传统，比如《论语》里的"岁寒然后知松柏之后凋也"，就是说凡是自然界能够象征人格的东西都会被拿来人格化。当然我们知道这些物本身并没有任何思想，牡丹是不会知道自己象征富贵的，竹子也不会知道自己高风亮节，只是人把自己对于人格的理解和想象投射到物的身上去了。所以我们看到的物都不是一个纯粹单一的物，它总是与人格密切相关。刘醒龙把这样一种文化传统拿来创作小说，小说中那些青铜重器，诸如曾侯乙尊盘，它与国家重大的活动是有密切关系的，它本身就象征着重大的历史活动。刘醒龙把一个国家的精神支撑投射到了曾侯乙尊盘，赋予了曾侯乙尊盘某种独特的品质，实现了很好的嫁接。另一方面是他赋予了文中主要知识分子理想化的人格。事实上，现实生活中未必有这么完善的知识分子群体，就我个人接触过的高级知识分子而言，无论从个人品质还是从文化修养上，能与作品中人物比肩的实在不多。我的老师辈中还有几个，现在是越来越少了。所以只能说文中的主要人物都是作者理想化人格的投射。整体而言，《蟠虺》这部作品既把物人格化又把人理想化，这是我们第一层面阅读应该注意到的问题。值得注意的是，这两者之间还是一种互补的关系，这对应了传统中国"互文见义"的文化观照方式。直接说来，曾侯乙尊盘是一面观照人善恶美丑的镜子，是物对人的观照；反过来说，有的人借这个物来传承文化精神，而有的人则把它当做谋取利益、实现个人私利的工具，这可以看做人对物的观照。两者的结合是一种很重要的结构方式，它使得这样一群人的活动不再是孤立的，它们在相互映衬中显示出了各自的意义：从学者的眼光中看出国之重器的价值，而透过国之重器看出人的品行和价值。这是中国当代小说创作中一种很少见、很高明的结构方式，它使作品本身变成了"有意味的形式"。长篇小说最流行的是用线性时间结构或用时空交错的方式来结撰全文，他们把事件作为主体，容易忽略人的精神层面。即使是张承志的《心灵史》也是附着在具体的事件上面，也是按照时间线索进行的。写人的精神层面并且把它建构在一种互相观照的结构上，是刘醒龙的贡献。这种写法可以用两句话来归纳：以人观物，将青铜重器人格化；以物量人，让青铜重器照见人的灵魂。这也是读这部长篇小说最需要注意的东西。

我现在提醒大家关注这部作品精神层面的东西，不仅仅是因为这部作品不是靠情节取胜，如果我们现在是处在改革开放初期，大家会觉得我在给刚尝到生活甜头的人泼冷水，但是在今天这样一种环境下来谈这个问题大家可能就会很容易接受了。表面上纸醉金迷的生活掩饰不住内里的虚无空泛，而看似很枯燥的研究内在却蕴藏着丰富多彩的精神活动，能够给人的生活带来种种乐趣。这个不是故作高雅，你试着去换位思考，试着去感受曾本之这些人对青铜重器的重视，他们不是为了名利，只是一种纯粹的精神寄托。我个人觉得这会比那些声色犬马的生活更有价值。刚才我在和朋友们闲谈的时候，都认为这部作品如果拍成电视剧一定会很好看，因为它本身就有很多悬疑色彩，一些人物的经历还具有传奇性。但是我想强调的是，大家在读这部作品的时候尽量不要将注意力过多地集中在悬疑性的细节描写上，而是应该更多地去体味这部作品的文化内涵，那会给你带来很大精神享受的。

问题一：习主席前段时间说文艺不能仅仅服从于经济利益，要有自己的立场，还强调文学要来自人民，服务人民。您觉得刘醒龙的创作对于现实和人民大众的意义体现在哪里？

於可训：刘醒龙应该说是一个非常关心人民的作家，而且他的关心没有止于民生疾苦。提到民生疾苦，大家都会想到中国历史上著名的诗人杜甫。在成都草堂里有这样一副关于杜甫的对联：世上疮痍，诗中圣哲；人间疾苦，笔底波澜。我们中国文学中有这样一种"惟歌生民病，愿得天子知"的传统，鲁迅后来"揭示病苦，引起疗救的注意"也是这个传统的延续和继承。刘醒龙的视野一直都没有脱离这样一个群体，但他的特别之处就在于超出了对一般民生疾苦的书写，上升到了精神层面，不断关注着抽象性的价值问题。所以一个作家如果只是就事论事，只是在书写苦痛，那他还不能算是一个优秀的作家，最好的作家总是能在苦痛中生发出一种精神性的东西，一如黑格尔的"一个真正的强者是要忍受否定物，忍受这个否定物对我起的否定作用，然后去克服它，最后回到自我"。刘醒龙无论是书写哪个阶级，他都能把精神性的追求放置在核心的位置,这个无疑是他的创作在服务人民过程中区别于其他作家的显著标志。他不是简单的书写,不是大家缺房子他就写《蜗居》,不是人们缺钱他就写《股市》,他早已超脱了这些东西,这么多年来我读刘醒龙的作品也一直是沿着这样一个思路进行的。

问题二:作家莫言在得了"诺贝尔文学奖"以后,开始被很多人关注,他的作品也随之广为流传。这次刘醒龙的《蟠虺》也获得了"人民文学优秀长篇小说奖",您觉得奖项是否应该成为读者选择作品的风向标?奖项对于作家而言又意味着什么?

於可训:最近30年产生了很多奖项,现在很多成名作家都是在那个时候带着奖项的光环走进读者视野的,因为得了奖以后,许多读者就会热衷于读他当前的作品,甚至追踪他以后的创作,那这样的作家慢慢地也会在读者心目中扎根。一直到现在,奖项也都是读者选择作品的一个很重要的风向标。我个人对作家的评判有两个简单的标准,一种是作家很走红,这类作家值得我去关注,这是我们的职责所在,因为要了解才能和学生探讨问题。但是我个人心目中有一个标尺,仅从得奖上来看,刘醒龙可以说是包揽了国内大大小小的各种奖项,是名副其实的"得奖专业户",是需要我去关注的作家。但更深层次上吸引我的地方在于刘醒龙不是一个随风倒的作家,哪个题材受关注就写哪个题材。他的创作有一种非常严肃的、非常执著的追求:对于人的关注。这是一个老生常谈的问题,但正因为这样才更容易被大家所忽略。我们今天很多人之所以活得不痛快就是因为他没有把自己当成一个真正的人来看待,你的尊严在什么地方?你的价值在什么地方?我们一般很少去思考。像刘醒龙这样有底线、有追求的作家我是很尊敬的。所以我对作家的评判始终都遵循着内心无形的标尺,并不因为他得了奖我们就吹捧他,也不因为他没得奖而贬低他。比如莫言在获得"诺贝尔文学奖"之前就获得了第八届"茅盾文学奖",在国家大剧院颁奖的时候,我有幸去宣读莫言的颁奖词,我觉得那个颁奖词对莫言的评价是非常准确的。所以我觉得得不得奖都无关紧要,每个人心目中都应该有一把衡量作品的标尺。

问题三:从《大别山之谜》到《圣天门口》,刘醒龙的创作都在阐释历史，《蟠虺》对国之重器的关注也不例外，您对作家偏爱宏大历史叙事这样一个问题如何看待？

於可训：所谓的大历史和小历史是从西方衍生出来的相对性的概念，在中国当代文学创作过程中，确实有很多作家喜欢历史题材，而且我们所说的宏大历史叙事一般是以事件为标志、关乎民族国家生存发展的叙事，比如关于抗日战争的叙事。但是历史总是由个体组成，是个体活动的集中表现，历史如果离开个人就不能称其为历史。宏大历史叙事关注的主体一般是英雄人物，但是历史中还有很多小人物，有时候恰恰是他们推动了历史的进程，比如武昌起义的第一枪就不是孙中山打的，也不是黄兴打的。所以对辛亥革命的书写是否该采用宏大历史叙事本身就有一个内在的矛盾。历史整体上就存在这样一种问题，几乎所有的宏大事件都是由微小的事件构成。《蟠虺》主题关乎国之重器，关乎中国文化传统的传承问题，从这个角度来看它是宏大的。但仅就一个事件来讲，它又不宏大，只是在书写一群名不见经传的人对青铜器的态度。所以我觉得宏大叙事和非宏大叙事之间没有一个绝对的界限，我个人更倾向于从平凡人物身上发掘历史，而非从登高一呼、应者云集的英雄人物身上寻找历史。从这个意义上讲，《蟠虺》也是值得我们认真去研读的。

问题四：刘醒龙和熊召政都获得过"茅盾文学奖"，您如何看待这两位作家？

於可训：其实湖北有三个得"茅盾文学奖"的作家，包括已经去世的姚雪垠老先生，得奖人数在全国也是名列前茅的。其中姚雪垠和熊召政都是专注历史题材的，姚雪垠写明末农民起义的《李自成》和熊召政写明末改革的《张居正》。这两位作家写历史各有各的侧重，姚雪垠比较关注农民起义，以此说明农民起义是推动历史前进的重要力量。而《张居正》则关注"居庙堂之高则忧其君"的上层改革，如果把这两位放在一起是具有很强可比性的。但刘醒龙与他们不同，比如《凤凰琴》《天行者》都关注民办教师这样一种弱势群体，而且关注的是事件之外的人格精神，这一点是非常有价值的。所以刘醒龙和熊召政之间没有太多的可比性，他们一者关注现实，一者关注历史，是一种相互补充的关系。如果非要找出他们之间的共同之处的话，就是他们在写作上都强调严谨和写实。

问题五：您如何看待《蟠虺》中一些神秘灵异事件的描写？刘醒龙在关注知识分子问题上与其他作家有什么样的区别？

於可训：做人要老实，读文学作品千万不能太老实。文学从根本上来说是含有很大虚构成分的，不能与现实生活相提并论。比如刘醒龙在现实生活当中是一个非常老实的人，他说一不二，很守信用，甚至有点江湖好汉所谓的义气。但如果他严格按照自己的性格来写作，是什么就写什么的话，那他成不了一个好作家。事实上也没有哪个作家是能够在作品中丝毫不差地还原生活的，一个杯子在十个作家的笔下会是十个不同的样子，我们究竟该相信哪一个呢？刘醒龙关于灵异事件的描写也是这样，或许是为了艺术上的完整，或者是适应作品整体风格的需要。总之我觉得这种灵异现象在作品中不能坐实地去看待，道理上和精神上的东西是可以相信的，但对于细节的东西就应该换一种眼光去看待。比如你用科学的态度去读唐诗就会觉得毫无意义，而恰好正是那些极度夸张、看似胡说八道的作品我们才读得津津有味。再来说第二个问题，知识分子这个阶层确实是在堕落，我自我感觉我老师那代人就比我这代人要高尚多了。很多作家对于知识分子群体性堕落的书写是毫不客气的。但是这些作者们都只关注到了现象本身，而没有进一步去探讨知识分子是如何走上堕落之路的。他们更没有关注到那些不为环境所左右，独立坚守精神底线的知识分子群体。这也是刘醒龙区别于其他作家的地方。

[本发言稿系华中师范大学文学院中国现当代文学专业李聪聪整理]

（《新文学评论》2015 年 02 期）

《蟠虺》：诗骚和鸣唱楚风

吴平安

湖北是《诗经》采集人尹吉甫的故乡，湖北也是诗人屈原的故乡。赓续两大文学血脉的湖北文学，理论上应当兼容现实主义与浪漫主义传统，呈现出别样的美学色彩来。遗憾的是，随着历史上南方楚文化被注重人伦日用、"子不曰怪力乱神"（《论语》）的中原文化同化，其"诡异之辞"，"谲怪之谈"（刘勰语），终被纳入"儒家正统"而中庸守常，乃至于"小儒规规焉"（黄宗羲语）起来。延至今日，作为当代的文学大省、强省，虽然名家辈出，名作纷呈，总体的美学倾向，也是前者有余，后者不足。我正是在这一背景下，把握刘醒龙长篇新作《蟠虺》（上海文艺出版社 2014 年版）的探索方向，并试图衡估其价值实现程度的。

以大别山为文学故乡长于乡村叙事的刘醒龙，将笔锋转向了江城武汉，他要跨越的门坎并非一般意义上的城市或"城市文学"，而是一个十分新鲜而专业性、学术性很强的领域——楚学和文物考古，活跃其间的是以一群高级知识分子为核心包括高级干部在内的各色人等。显而易见，作者若想涉足其间游刃有余，至少半个专家的学养储备是"准入"的先决条件，一个崭新书写空间的开拓是令人兴奋的，当然对作家也是极富挑战性的。

小说自楚学泰斗曾本之在一个"莫名其妙的地方"，收到一封死去 20 年的同事的一封甲骨文信开始，到能发出细微鼓乐之声和异样天香且"只与君子相伴"，若所伴非人则"自己会作出选择"的曾侯乙尊盘，"轰隆一声坠入江中"结束，其间悬念迭生，疑云密布，举凡"一语成谶"，龟甲卜卦，"花儿"传信，"人影"飘出，荒郊设厂，风水切口，下蛊解蛊，墓地联络，地摊售鼎，盗墓设局，追踪谋杀，快意恩仇，巧计掉包等，诸多非常之事、灵异之事，贯穿首尾。如此这般，遂有论者或赞其"古典与现代、写实与浪漫，已经没有了边界，而推理、悬疑、奇幻，甚至盗墓等许多类型小说的因子都被整合进来"①；或誉为"大胆借用侦探小说的结构来承载他要表达的严肃主题"，"充满了侦探小说特有的智力挑战"，是一种"文体试验"②。在我看来，这一文本呈现方式与其说是对时下大众阅读趣味的俯就，毋宁说有更深一层的驱动力使然。因为单看这书名，若非汉字大赛，估计念得下来的读者不会太多，敢于以此命名而不计发行量风险的作家也不会太多。作者既不是对市场折腰，更不是对网络文学效颦，其实在以往的小说与散文创作中，已可约略窥见作者"万物有灵论"的影子了。按李泽厚、刘纲纪先生分析，楚国因为"浓厚地存在着氏族社会意识"，楚人"信巫鬼，重淫祀"(《汉书·地理志》)，楚地巫风弥漫，巫歌成习，乐舞兴旺，而这正是《离骚》得以"奇文郁起"(刘勰语)的土壤③。《蟠虺》的用心，不过是集中书写了一种特定的内容，以及探索与之相顺应的表达形式，以此向遥远的楚人先贤致敬罢了。

  作者挑选了一件曾侯乙尊盘，作为凝结整部长篇的核心道具。因为一则这是最能代表楚文化精华的青铜重器，二则"青铜重器里里外外全是刀光剑影"，"追究起来，哪一件背后不是尸横遍野，血流成河"，这无疑给全书情节的铺展，寻找到了历史的凭附，或者说与"诡异之辞""谲怪之谈"的楚骚传统实现了对接，自然也同作者惯常的写实风格拉开了距离。

  "古典青铜多为王侯将相之物，实在是太容易使人心生杂念了。"这"杂念"有政治的，有经济的，有学术的，甚至有恶作剧

---

① 汪政：《刘醒龙长篇小说〈蟠虺〉：价值、知识与话语》，《文艺报》2014年6月9日。

② 贺绍俊：《刘醒龙小说〈蟠虺〉：批判的锋芒直指当下的知识分子》，《人民日报》2014年6月10日。

③ 李泽厚，刘纲纪：《屈原的美学思想》，《中国美学史》，中国社会科学出版社1984年版，第367页。

中编 《蟠虺》研究特辑

式的。

这些非常之事背后，当然活动的是非常之人。在围绕青铜重器搭建的舞台上，"惯于搞歪门邪道、偷天换日的贪贼"，与"强权在握的明火执仗者"，竞相粉墨登场，诸多人物，不管侧身殿堂、庙堂、江湖，无论分属红道、白道、黑道，都不乏神秘与怪异色彩。楚学院副院长郝嘉跳楼自尽，楚学才俊郝文章不惜以8年铁窗的苦肉计打探曾侯乙尊盘秘密，已非常人所为；"身有罪心不一定有罪"的青铜大盗老三口，华姐与之生死不渝的爱情和为夫讨还命债的决绝，令人唏嘘；"当代的混世魔王，靠着装神弄鬼的邪术混迹在京城"的"熊大师"，与试图重温旧日气象的"云南王"后裔的较量，则透着一股阴气和邪气，就连那个"瘦死的骆驼比马大"的黄州漆局长，省监狱管理局副局长，开有私人博物馆的青铜器藏家沙海，也都非寻常之人。

"老省长"仅凭一句"楚庄王的转世灵通"的谀辞，就拿准了郑雄并"放心大胆地委以重任"，不愧为久经官场历练的阅人老手，这"重任"，就是"将曾侯乙尊盘当作祥瑞之物，奉献给那些有着狼子野心的人"，因为虽然"所谓祥瑞之物只是一种文化暗示，但是，很多时候，暗示是可以变成某种神秘力量的"。以此则可推断，那位隐于幕后自始至终不曾露面而又是主要操盘手的大人物，用华姐所言，就是"企图窃民窃国的大盗"了。静水深流，岂止是深流，滔天巨浪已隐含其中了。作为全书一个精彩的穿插，即便是那位独立身外的庄省长，也惑于让曾侯乙尊盘的紫气照亮大富大贵锦绣前程的诱惑，在最后一次楚学院的年检中，天衣无缝地安排了与曾侯乙尊盘的亲密接触，以至于"满脸祥瑞之气"。

正如屈原海风天雨般的浪漫诗风，彰显的是一个浸淫着儒家美政理想和爱国热忱的主人公那样，非常之事灵异之事的底色，也仍然是现实主义的理性精神和批判锋芒，我正是在这个意义上，作出小说"诗骚和鸣"的判断的。

这一理性精神与批判锋芒，凝结在篇首"识时务者为俊杰，不识时务者为圣贤"这句话上，这是"刚刚过完七十岁生日"的曾本之"用尽全身力气"才写出的话，不妨视为作者对全书的一个隐喻。

"识时务者为俊杰"是耳熟能详的箴言,古已有之,对它可以做或正或反或褒或贬的不同解读,我们在文艺作品中更多看到的,还是敌人在劝降革命者时的一句套话。

"举世混浊,何不随其流而扬其波?众人皆醉,何不铺其糟而啜其醨?"①神龙一现的江上渔父规劝行吟泽畔的三闾大夫这句话,其实也就是"识时务者为俊杰"的原始版本,与"劝降"而使其俯就"时务"并无二致。然而屈原不愿"与世推移","以身之察察,受物之汶汶"②,而终于怀沙自沉,"宁赴常流而葬乎江鱼腹中"③了,遂有千载以下国人对这位"不识时务者"的追思与祭奠,因为他已经不是"俊杰"而是"圣贤"了。

曾侯乙尊盘以它千年修得的庄重与威严,散发着一股无可阻挡的正气,"坚持青铜重器只与君子相伴"的曾本之,"像青铜器那样中正肃静",是作者笔下的理想人物,属于同道的还有"神仙风格的马跃之"和郝嘉、郝文章父子。

这位"楚学界的无冕之王",并非如人所言,是"食古不化,只会钻故纸堆的书呆子","老省长"拿捏郑雄极准,看待曾本之却走眼了。仅以"凤求凰"操盘水波纹镜买卖的老道,以蟠虺纹饰残片从容应对的机敏,只要是与不义之人较量,"也会搞阴谋诡计","原来是老奸巨猾",如果"也来做倒卖青铜器物的事,只怕大部分文物市场都得关门"了。

曾本之并非是一个不食人间烟火一尘不染的化外之人,他也有私心"杂念",这杂念不仅限制了他的学术视野,也干扰了女儿的婚姻大事。难能可贵的是,这是一个"吾日三省吾身"的儒者,"这些年我一直在尝试,如何做才不会误入歧途,或者迷途知返"。这种反省精神使他得以逐步剔除杂念而实现了灵魂的自我净化。如果

---

① 司马迁:《史记·屈原贾生列传》,天津古籍出版社1997年版,第2422页。
② 司马迁:《史记·屈原贾生列传》,天津古籍出版社1997年版,第2422页。
③ 司马迁:《史记·屈原贾生列传》,天津古籍出版社1997年版,第2422页。

说将其毕生心血与名声所系的"失蜡法"自我否定，是作为科学工作者服膺真理的良知底线，并且是为身后名着想，仍然带有些许功利色彩的话，则毅然决然，回绝"老省长""弄上一个""比顶着厅长和部长的乌纱帽还管用"的院士头衔的利诱，从"每次听到院士二字，自己的心跳就会加速"，到视院士头衔为"鼻屎"，则无异于脱胎换骨，由小智而大智，升华到另一层境界，成就另一种人生，即便不是圣贤，至少是具备了"圣贤"品格了，这是曾本之穷其一生修炼达到的高度，是人之为人对自身的超越。

曾本之、马跃之以古董墨、老宣纸比斗书法一节，写得诗声琴韵，古意盎然，恍然使人想起大观园中题对额、行酒令、结诗社的日常生活场景，与二老的身份学养极为契合。其深层意蕴，则是儒家"文质彬彬，然后君子"(《论语》)，"青黄杂糅，文章烂兮。精色内白，类任道兮"(屈原《橘颂》)的人格理想的呈现。

作为曾本之的对立面，身兼高足和女婿双重身份的郑雄，是小说塑造的一个相当成功的人物。"就像对蟠虺的看法，有人说是龙，有人却要说成是蛇。龙蛇虽然同属同科，却非同类。"以"现实主义者"自诩的这位楚学才俊，天资聪慧，思维敏捷，长于口才，精于算计(即便是口吐一句谀词，也要选择对象以实现未来收益的最大化)，"搞学术，当厅长，都做得比别人出色"。不过"研究青铜重器只是他进入仕途的一个台阶"，是一块敲门砖，是手段而非目的，实现其"用学术作跳板的春秋梦"，才是其终极追求。为了攀附曾本之这棵大树，不惜作"名义上的一家人"的隐忍克己，逐出家门时的平静泰然，其心理素质便非寻常之辈。捍卫自己"从来就没有相信过"的"失蜡法"，不惜"拦截"反对者的声音，以至于"助手绑架导师"，"背着曾老搞学术专政"，以学术的名义开展种种非学术的活动，最终为"老省长"收入麾下，为实现"当国师"的春秋梦替某大人物奔走于鞍前马后，走上了一条看似前途无量其实凶险莫测的人生之路。

毋庸讳言，当今学界，这样的"现实主义者"亦即识时务的"俊杰"恐怕是多如过江之鲫的，整体上失去"自由之精神，独立之人格"而不断犬儒化的读书人，或者向权力献媚，或者对金钱折腰，已成世间常态，则这一人物的概括力、覆盖面是毋庸置疑的。

作者在处理这一极具现实性典型性的人物时，分寸感的把握相当到位，对陷害郝文章内心的纠结挥之不去，为其提前出狱"竭尽全力"，关键时刻替曾本之遮掩免其下水，"还没有泯灭天良"，这便使人物获得了多侧面的立体感，而不至于流于某种概念化的符号。

其实，"以政治为职业梦想"并不错，"学而优则仕"，"达则兼济天下"，是中国读书人恒久不变的士大夫情结，也是几千年不变的主流价值观，只是其价值的实现，是以读书人的"操守"和"名节"为前提的，"修齐治平"，必得以"正心诚意"始，在鱼与熊掌不可得兼的情况下，杀身成仁舍生取义才是古人高标的风范。也正是当今"欲达目的不择手段"的马基雅弗利式的厚黑哲学大行其道，"不识时务"的圣贤品格已经渐行渐远，让我们时时发出"世风日下人心不古"的叹喟。倘若再作深究，一个缺少显赫背景的人如郑雄者流，纵然才高八斗，却恪守"操守"和"名节"的古训，现行体制能为他提供上位的公平环境和顺畅的渠道吗？这一反诘庶几能使读者感受到小说批判性更深一层的所指，也划清了复古倒退与改革开放的分野。正如作者借郝文章之口所言，"汉口出商人，武昌出才子……在监狱里呆了几年后再看外面，才发现武昌的才子变成了商人，汉口的商人变成了骗子"。橘生淮南为橘，橘生淮北为枳，应当责备的是水土，应当改变的是环境。这也正是小说开篇如天书般的谜团，甲骨文书写的"拯之承启"（开始拯救）的谜底所在，"拯救"什么？自然是拯救日益沦丧的世道人心，拯救物质与精神的严重失衡，拯救如自然环境一样日趋恶化的人文环境；而"天问二五"，则无异于告诫郑雄者流：人在做，天在看。

当然，论及激浊扬清兴亡继绝匡正世风教化人心，文学的力量究竟有多大，时人是不敢作过高估计的，但是作为诗骚传人，的确应该有一点明知不可而为之的执着和舍我其谁的雄心。郑雄不是说"哪怕是根烂了五百年的朽木头，也还有一块树结是硬的"，并且开始"反省自己，还特地写了一个'做老实人'的斗方挂在办公室里"吗？刘醒龙无疑是乐观的，这种乐观主义，来源于诗骚先贤的精神滋养，来源于一个作家对生养自己的这片热土的厚爱，以及心头那份不灭的家国情怀。

另外，还有聊可一提的是小说中的"武汉元素"，诸多非常之事、灵异之事发生的地点却是高度写实的，皆可按图索骥在武汉三镇找到对应位置。在我看来，这一技术性细节的意义在于：在方方、池莉多年来业已在读者中牢固建立了市民化的城市形象之后，刘醒龙展现给我们的是另一个武汉，或者说，是这座伟大城市的另一个侧面。

(《新文学评论》2015 年 04 期)

对传统与现实的反思
——评刘醒龙长篇力作《蟠虺》

顾江冰

以"坚持乡土文学创作和现实主义风格"来评价刘醒龙，似乎是一个习以为常的观念。无论是《威风凛凛》《弥天》《燕子红》，还是《圣天门口》《天行者》，强烈的问题意识和社会责任感驱使作者在作品中对处于波动、转型期的多元社会进行揭露和评价。但2014年《蟠虺》的问世则改变了读者对刘醒龙小说的惯性思维认知。他继书写乡村教师这一平凡知识分子形象后首次涉及了高级知识分子的学术领域，更将创作指向常人相对神秘而又陌生的青铜文物重器研究，带来了强烈的颠覆效果。除了坚持一贯的写实精神外，作者还在其中注入悬疑、惊险等侦探小说元素，融合荆楚文化内涵，在当代文学题材中开拓了新的领域。正如作者所言，人对文学的认知，本质上是对人对现实精神的预习。因而他对社会、人生的思考在代表最高创作水准的长篇小说中也尤为突出。

一、独到的情节设计

1978年，考古学者在湖北随州擂鼓墩曾侯乙墓中发现了曾侯乙尊盘和曾侯乙编钟等青铜文物，曾侯乙尊盘也因其制作之精美、工艺之繁复而被誉为春秋战国时期最精美的青铜器件。《蟠虺》一书围绕曾侯乙尊盘在发掘后的三十多年里真伪之辨、复制与否展开，曾本之、马跃之、郝文章、万乙等一批在学界拥有较高威望的文物专家和郑雄、老三口、老省长等社会名流围绕它的归属展开了激烈争夺。作为全书叙述核心的曾侯乙尊盘象征着国宝的威严和尊贵、流传千年的制作工艺的结晶，而蟠虺作为曾侯乙尊盘上特有的纹饰，与其相得益彰，它们共同见证了来自学界、政界、商界的正直和卑劣，善良和贪婪的万物众生相。

不同于刘醒龙以往的作品中平和趋缓的开端，《蟠虺》以"识时务者为俊杰，不识时务者为圣贤"两句"箴言"开篇，构建了扑朔迷离的故事框架。何为圣贤？何为俊杰？这就成了在后文需要说明的问题，但作者显然不满足仅解答此处设定的悬念。故事情节的快速推进使得悬念陡升：身为主人公之一的曾本之突然接到两封来信，可署名印章居然是早已死去的同事郝嘉；收信地址明确指定是曾本之常去散心的武汉东湖老鼠尾处，连他到此处的时间都了如指掌；信件内容是用常人看来宛如天书的甲骨文写成。按常理说，死去二十多年的人不可能寄出信件，那么必定有人代笔，而他煞费苦心这样做的目的何在？三处悬念环环相扣，每一处看起来都相当棘手，情节的曲折自然抓住了读者的好奇心理，欲罢不能地看下去直到解开谜团。"花开两朵，各表一枝"，在保留信件神秘感，追查幕后始作俑者的同时，另一条缘起曾侯乙尊盘制作工艺讨论的线索也在缓缓铺开，这条居于明处的脉络牵涉人员更为庞杂，不仅有对学术成果、人品高低的检验，也在保护国宝的同时逐渐揭开尘封多年的真相，对老三口当年的行为、郝嘉的死因、曾侯乙尊盘真伪、郝文章莫名入狱等谜团都有了明确的交代，在这条线索上的谜题解开后开头的甲骨文信件来自何方也就迎刃而解了。无疑，刘醒龙在《蟠虺》中的情节设计也吸收了侦探推理小说的创作因素，通过设谜和解谜推动情节的起伏发展，接踵而来的悬念不到情节发展成熟时绝不解开，在情节发展过程中也处处留白，提供给读者自由想象的空间。同时将一系列过程同现实社会问题紧密结合，于不动声色中显露了各人秉持的立场。故事主线副线交错前行，虚实并行不悖，场景切换随意自如，"叙事在一种解密式的审美期待中不断变化。这种通俗化叙事的巧妙运用，一方面契合了远古历史的探微意识，另一方面也强化了小说的阅读效果"①。让故事情节就发生在真实生活中，这种设置不仅让虚构的文本有了现实的代入感，消解了真伪的界限，也给予了读者阅读的紧张度。虽然故事为虚构，但种种真实的物件和话语还是不免让读者在阅读中体味到真实世间的冷暖悲欢。作者意味深长地为曾本之、郑雄等人设局，以此考量他们在漫长的人生道路上面对诱惑和逼迫能否从容以对。曾本之最终揭开谜团、实现自我价值的突破不在于依靠多少外界力量，而是以过人的学识修养和人格魅力让对手心悦诚服，让对方迷途知返。

除了加入推理悬疑的因素，刘醒龙为曾侯乙尊盘的重见天日进行了颇具匠心的设计，在情节中注入了大量的神秘魔幻色彩。作者长期居住在武汉，对荆楚之地的人文历史有着深刻的了解。这里自春秋时期起因为远离中原文化区，发展相对自由浪漫，有了更多的奇特瑰丽特色，"南中国由于原始氏族社会结构有着更多的保留和残存，便依旧强有力地保持和发展着绚烂鲜丽的远古传统"②。楚地人民好祭祀、敬鬼神，思想中具有的崇尚自然、天人归一的文化情结在我国典籍中常有体现，王逸的《楚辞章句》中记载："昔楚国南郑之邑，沅湘之间，其俗信鬼而好祠。"在《蟠虺》里，我们看到了诸多受到楚文化影响的神秘情节，如在郝嘉墓看见的阵阵白色雾气；通过麻将找到淹死在龙王庙附近的作协编辑；曾侯乙尊盘在滴血后散出紫色祥瑞之气；从防护柜里能闻到国宝散发出的阵阵清香；曾侯乙馆传出的细微鼓乐声；装有国宝的木箱的快艇行至长江与汉水交汇处时突然翻船，之前和之后却风平浪静；马跃之无心而成的甲骨文信件冥冥之中引领着众人找到了曾侯乙尊盘的真正下落；楚学院办公室都用带"楚"字的成语命名，几乎每一个成语都印证了人物命运发展的轨迹……种种神秘莫测的因素为事件从无到有，从迷茫到真相大白提供了契机，也为人物命运添加了传奇色彩。

---

① 洪治纲：《传统文化人格的凭吊与重塑——论刘醒龙的长篇小说〈蟠虺〉》，《文学评论》2014年第6期。

② 李泽厚：《美的历程》，文物出版社1981年版，第67页。

应该说，在现当代文学史上以知识分子为描写对象的作品浩如烟海，而具体到以考古和文物鉴赏这一方向为题材的，兼及相关领域专家的文学作品则几乎是凤毛麟角。而在通俗文学、网络文学盛行的情况下，大量打着考察发掘文物旗号的作品风行于各大网络阅读平台，但为了吸引点击量和关注度，要么津津乐道于居心叵测的灰色市场交易，要么慢慢发展至探险猎奇甚至进入天马行空的科幻领域，逐渐脱离现实生活的正常轨迹，创作也趋于雷同，这样的作品经历了短暂的喧嚣后就沉寂下来。当《蟠虺》颇有意味地选择青铜器领域时，不仅是对读者体验，更是对作者创作能力提出了较高要求。20世纪80年代，王蒙曾担心当代作家的学问素养不够会导致后续创作乏力，不成系统，"光凭经验只能写出直接反映自己的切身经验的东西。只有有了学问，用学问来熔冶、提炼、生发自己的经验，才能触类旁通、举一反三、融会贯通生活与艺术、现实与历史、经验与想象、思想与形体"①。刘醒龙则试图用几十年创作的连续性和学识的高度累积打消他们的顾虑，据作者回忆，为了创作《蟠虺》，"十几年中，总在有意无意地找些关于青铜重器方面的书读……从20世纪50年代油印的小册子，到最新的大部头精装典籍"②，并且坚定认为"发现坚持一种所有人都明白的价值，比同样被所有人明白的利益要艰难太多"。《蟠虺》包含大量的考古学知识和荆楚地域文化内涵，作者还在其中设置了多处悬念和谜题，无疑都对读者的文化素养提出了一定要求，但考虑到市场和读者层次，也不可能让一部通俗性质的文学作品成为学术专著。小说创作不同于学术科研，作者没有因为市场或读者反馈的阅读体验太过艰辛、专业知识过于复杂而放弃初衷，他选择坚持真实，但又不会把社会现实简单化叙述，这既是尊重读者，也是对读者的阅读水平提出了较高的要求。所以"富有学术深度的征引和穿插，既构成对前

---

① 王蒙：《一个值得探讨的问题——谈我国作家的非学者化》，《读书》1982年第11期。
② 刘醒龙，周新民：《〈蟠虺〉：文学的气节与风骨——刘醒龙访谈录》，《南方文坛》2014年第6期。

者的自圆其说,也如在虚实间造桥,让狂放的虚构落到尽皆合理的实处"①。让学术知识作为情节发展的助推器,应该是刘醒龙在这里所要坚持的原则之一。

二、充满立体感的人物

朱立元曾经总结过奥地利"西马"美学代表恩斯特·费舍的新现实主义美学观念,同恩格斯主张的现实主义突出"典型论"、卢卡契推崇的古典式现实主义概念相比,费舍的"新现实主义立足人道主义,着力表现、揭露和抨击当代现实中的全面异化现象","费舍把现实看作变动、开放、未完成和面向未来的现实……他要求新现实主义文艺应从动态发展中把握现实社会"②。这里请允许笔者暂时参考费舍及相关研究学者的一些理念。在刻画人物时,不仅要打造出人物个性的立体化、多面化效果,还要将人物生存现状还原至文本当时的语境中,创作出具有时代特色的人物形象。人被社会所异化,个人展现的是所处时代各种因素的集合,既存在尖锐冲突,又综合矛盾统一,不再是只具有某一突出特征的"平面人",通过塑造丰满且呼之欲出的形象,让人物富有生活气息。

在《蟠虺》之前,刘醒龙对学术腐败和高级知识分子的领域似乎少有涉及,他把关切的眼光更多投向底层,类似《凤凰琴》里民办教师为转正而苦苦奔波、《挑担茶叶上北京》里基层村干部夹在上级和村民利益纠纷之间的彷徨、《分享艰难》里孔太平对洪塔山既愤怒又无奈的纠结,用现实的悲剧发出控诉。这次以楚文化为背景,以青铜器国宝为象征寓意,突出对高级知识分子人格情操的赞扬。《蟠虺》里的曾本之、马跃之、郝嘉郝文章父子、万乙,无论是学术还是为人,皆胸怀坦荡的君子之风,他们继承了传统文化的精髓,在物欲横流、五光十色的社会中甘于寂寞,为保护文物,纠

---

① 马兵:《〈蟠虺〉里的技术、精神与情怀》,《当代作家评论》2015年第4期。

② 朱立元:《费舍的新现实主义美学》,《社会科学》1999年第4期。

正不正之风不惜一切代价,尽其所能,甚至舍生取义。

曾本之是作者着力刻画并不吝赞美之意的正面人物之一。他是楚学院研究青铜器方向泰斗级的人物,也是他确定了曾侯乙尊盘的制作工艺是"失蜡法",但在后续大量研究成果的证明下,这个当初不容置疑的结论也逐渐失去其权威的地位。几经波折,他最终还是下定决心推翻原来的看法,认定"范铸法"更接近于铸造工艺真相。还原真相需要很大的勇气,当万乙问他是否真的否定了自己时,他毅然回答"我只是遵循青铜重器只与君子相伴的古训,作为研究者如果不遵循古训,青铜重器就会变成悬在头上的利剑"①。虽然他在面对院士头衔的诱惑时也曾动摇过,那毕竟是对多年学术研究、学术地位的一种肯定,如果他选择接受,那自然有郑雄帮他打理好一切,只要心安理得地躺在功劳簿上即可;如果他选择拒绝,那放弃的不仅是名利,甚至是学术地位的坍塌。几经痛苦的考量后,他毅然选择放弃名利。当他越过这道门槛时,也就完成了精神上的蜕变,可以专心追查尘封二十多年的悬案。他在当年郝嘉自杀之时就发现了曾侯乙尊盘被人调包,几十年来他看着墙上悬挂的曾侯乙尊盘照片,就是希望能够找回国宝。后凭借高超的智慧和人格魅力,在马跃之、郝文章等人协助下最终找回真品,完成了多年的夙愿。

书中的郝嘉是未曾露面的人物之一,他的形象是在众人话语和行动中逐渐丰满完善。作为和郝嘉同时期的楚学院第一代研究学者,曾本之在当年郝嘉的死上受到很大触动,他既惋惜郝嘉的才气没有得到充分施展,又感慨他为情、为政治所困,不能自已,轻率地一死了之,没能让良好的竞争关系持续下去。当郝文章像他父亲一样对于曾侯乙尊盘制作工艺有坚定的看法,相信是"范铸法"而不是"失蜡法"铸成曾侯乙尊盘,哪怕蒙冤入狱八年也不曾畏惧时,曾本之又从他身上看到了当年郝嘉的影子,并且毫无保留地支持郝文章将想法付诸实践。"普天之下但凡穷尽精华而为的物品,一定

---

① 刘醒龙:《蟠虺》,上海文艺出版社2014年版,第213页。

是非凡之人做非凡之用。"①青铜重器象征着庄重威严,其所蕴含的不仅是中华民族传统工艺智慧的结晶,更是承载了流传千年的文化素养和人文情节,凸显了文化内涵。曾本之以正直人物固有的道德典范,以秉承的学业行间规则捍卫了良知和尊严。不仅是他,楚学院的三代研究学者(曾本之、郝嘉—郝文章—万乙)心中都有崇高的理想,他们身上固有的知识分子操守同所研究的青铜器相得益彰,长期耳濡目染后也吸取了国宝蕴含的高贵和持重品质。无论是《春秋三百字》还是《青铜三百字》,其实都是为自己的操守和品质做出的最好诠释,他们也是作者极力赞颂的,具有强烈忧患意识,保有传统士大夫精神的杰出知识分子形象。"不识时务者为圣贤",这些人坚定自己的理想情怀,在世俗大潮中逆流而上,难能可贵,成了这个时代稀缺但又十分需要的,具有高尚精神境界的"圣贤"。

陈思和曾把处在社会转型期的知识分子形象做出"失落了的古典庙堂意识,虚拟的现代广场意识,和正在形成中的知识分子的岗位意识"②三种分类。新时期的知识分子出现自我认识多元化的倾向,既有坚持学理和道统的高雅之人,也有追逐权力金钱欲望和自我放逐的个体,在外部影响下,有的宁折不弯,有的随波逐流,自甘堕落,变化过程更加具有空间感和立体感。社会不断挤压知识分子的生存空间,现实处境迫使他们低头顺从,曾有的理想被冲刷殆尽后又被套上了现实的枷锁,在错位中不断迷失,也备受煎熬。

郑雄无疑最契合"错位的知识分子"形象,他和曾本之就是树叶的两面,如果说曾本之是"圣贤",那他就是不折不扣的"俊杰"。作为楚学院的第二代学人,原本在学术上颇有天赋的他被推荐为楚学院院长,后来调任文化厅副厅长。一旦从政就把知识分子固有的品格抛到九霄云外,谄媚上级,对时事和人情关系有着敏锐的洞察

---

① 刘醒龙:《蟠虺》,上海文艺出版社2014年版,第353页。
② 陈思和:《陈思和自选集》,广西师范大学出版社1997年版,第176页。

力，为自己平步青云处心积虑地搭建云梯。其人虽有才华，但因功利心作祟，陷害郝文章偷曾侯乙尊盘蒙受不白之冤；为了名利而作为曾本之的女婿，和曾小安的婚姻有名无实八年却能若无其事隐忍不发；他非常清楚"失蜡法"的工艺在学术上很难成立，但却处处维护曾本之的威望，不在他面前透露一丝反对的口风。此人处处力图考虑周全，他的一切举动都是为了实现自我利益的最大化。这个身上没有一丝学者之风的文人信奉的是实用主义和功利主义，一心想的是进水果湖进而新华门甚至中南海。和他背后的"老省长"一样，从国宝文物身上想法找出生财之道。先是拿到3000万元活动经费成立"青铜重器学会"，在曾本之拒绝出任会长后仍不死心，不惜多次以院士头衔试图拉曾本之下水。当欲望愈来愈膨胀时，他可以不惜一切代价使用颠倒黑白，弄虚作假，和文物贩子熊达世等人沆瀣一气，扣押万乙为人质等卑劣做法达到自己目的。"从人格上已完全远离了青铜礼器所承载的君子之风，更背离了守诚求真的学术伦理。"①马跃之、曾小安一针见血地称他是"伪娘"，对这个无论是学术还是为人都差到极点的"弄潮儿"有着清醒的认识，鄙视他缺失正常人格的品质。不过郑雄虽然背离了多年的学术道德规范，但见证了郝文章、万乙等青年学者的为人，在曾本之不留情面地敲打下还是被唤醒了一丝良知。他求助曾本之，坦承了郝嘉的死因，并抢先一步找到了老三口藏在东湖老鼠尾的真品曾侯乙尊盘。"能够利用老省长和熊达世的贪婪和狂妄，借那两双脏手，将真的曾侯乙尊盘不动声色地归还博物馆，对自己，对他人，对青铜重器和楚学研究，都是有百利而无一害的好事。"②趁着年检的便利，将挖出的真品和来自博物馆的调包，让真品历经多年曲折后终于"回家"。虽然博物馆藏的"赝品"是老三口发现的又一国宝真迹，可能是"曾侯甲尊盘"，也可能是"曾侯丙尊盘"。但"青铜重器只与君子

---

① 洪治纲：《传统文化人格的凭吊与重塑——论刘醒龙的长篇小说〈蟠虺〉》，《文学评论》2014年第6期。
② 刘醒龙：《蟠虺》，上海文艺出版社2014年版，第445页。

相伴，如果不是君子，青铜重器会自己做出选择"①。所以装着国宝的箱子掉入长江里，一干费尽周折妄图利用国宝大发横财的人没有得逞，郑雄对自己的一点救赎没有起到挽回失败命运的作用。刘醒龙在这里巧妙运用了虚实相生的手法，让整个事件结尾发生的"巧合"既具有玄妙色彩，又变得顺畅自然。

郑雄是一个受多重因素影响的复杂人物，也是书中作者着力最多、形象最丰满的人物。他和《政治课》里的孔太顺有些类似，一样面临着官场"潜规则"的无形要求，被来自各方的势力裹挟，在心灵和物质欲望两头来回摇摆不定，逐渐由个人的欲望控制了本身的行为。刘醒龙通过郑雄这个人物，表达了对于现实社会中"媒体知识分子"及"学院知识分子"极端分化的思考。以郑雄为代表的"媒体知识分子"专注于公共话题，在学术上成就不突出，却喜欢在社会大众聚焦的热点问题上抛头露面，满足大众肤浅的消费欲望。书中说如果不是曾本之拦着，口才出众的郑雄早就跑到央视去开讲楚国兴衰了。"这些人既无批判意识，也无专业才能和道德信念，却在现实的一切问题上表态，因此几乎总是与现存秩序和拍。"②虽然没去媒体宣讲，但在社会生活中他却苦心钻营，左右逢源，将时局搅得乌烟瘴气，身处青铜器庄严氛围熏陶多年却没受一点感化，更谈不上尊师重道，将学术发扬光大。当社会面临公共正义的问题时需要知识分子出来维护正常的价值评判标准，郑雄无论如何也做不到这点，这也注定了他和曾本之、郝文章等人必须分道扬镳，最终是"机关算尽太聪明，反误了卿卿性命"。时代需要的是曾本之这样的知识分子来正本清源，需要他们"反思一切不合理的秩序与权力关系，并且做出有说服力的批判"。对于当下的知识分子而言，如何坚守正义，让郑雄这一形象不再或者尽可能少地出现在生活中是值得我们深思的，作者的良苦用心，可见一斑。

---

① 刘醒龙：《蟠虺》，上海文艺出版社2014年版，第464页。
② [法]布迪厄：《自由交流》，生活·读书·新知三联书店1996年版，第51页，转引自许纪霖《中国知识分子十论》，复旦大学出版社2003年版，第54页。

三、深刻的思想内涵

"小说与绘画不一样,小说从来就不是活在沙龙里,小说是仰仗民间而生存的。"①《蟠虺》的故事就有着明显的现实生活的烙印。我们可以在地图上轻松找到东湖公园老鼠尾、江北监狱、水果湖、白鹭街、九峰山公墓等出现在文中且又真实存在的地名。这些真实场景同人物情节关联时,很容易给读者造成确有其事的感觉,可偏偏小说是完全虚构的,曾侯乙尊盘在出土后也从未发生过这么多离奇之事。但曾侯乙尊盘涉及的不仅是侦探推理般地完璧归赵,还和青铜重器中意蕴的传统文化及楚地文化内涵、人文风俗紧紧相连。通过《蟠虺》,通过青铜器,刘醒龙实际上开启了一段文化的寻根之旅,所寻找的就是积聚多时的"楚文化"情结。他不吝笔墨地在书中处处彰显他多年收集、发现的和楚国相关的地域文化成果,如曾侯乙墓、黄州禹王城遗址、荆州的楚纪南故城(郢都)遗址等;借书中人物之口多次称颂楚地文化,如万乙刚报到时对曾本之说看到楚学院办公室用"楚"字成语命名十分浪漫,而浪漫是楚与秦的最大差别。就连在青铜器的制法上,楚鼎和秦鼎也有浩然之气与十足霸意之分。楚鼎束腰,秦鼎宽腹,沿袭殷商工艺的秦鼎意味着强权政治,桀骜不驯;而"山水育人的楚鼎浓缩人格魅力",优雅正直,仪态大方。"外求诸人以博采众长,内求诸己而独创一格,这是楚国青铜器发展的道路,大而言之,也是楚文化的发展道路。"②虽然青铜器的背后一定是杀戮四方,血流成河,但无论多少王朝更迭,青铜器都是国之重器,它凝聚了一个王朝和民族的生活习性,凝聚了人文精神和敬畏自然的特征。沙璐在博物馆讲解时介绍楚鼎是礼乐之象征:楚国虽亡,文化仍然留存;秦鼎威严,政治意味浓厚,但秦朝终因暴政历经始皇、二世而亡,且没有多少文明流传。

---

① 汪政,刘醒龙:《恢复"现实主义"的尊严——汪政、刘醒龙对话〈圣天门口〉》,《南京师范大学学报》2008年第2期。
② 张正明:《楚文化史》,上海人民出版社1987年版,第60页。

刘醒龙的心意不可不谓之独特，他追溯传统文化，扬楚抑秦，就是要弘扬礼制之美，反对屠戮和血腥。由器物及人，曾侯乙尊盘及背后的楚文化代表的文明和尊贵是值得传承发扬的，它就是作者心中秉持的理想之道。周介人曾说刘醒龙的作品中存在着一个"大善"的观点，"善"可以纠正"恶"，由善而及仁慈，可以升华个人的道德品格。而《蟠虺》里"善"的力量就来自曾侯乙尊盘和守护它的代代学人们，他们共同承载了当代文人的理想和良知。曾本之在给郝文章的信里借《楚史》中随吴两国兵戎相见时随国仍不肯背弃与楚国的盟约这一典故，告诫他坚定个人操守，不要在威逼利诱下动摇，要站出来粉碎熊达世等人觊觎国宝的阴谋。楚文化彰显气节和正直的特点为开篇时曾本之苦苦思索的"圣贤"和"俊杰"之辨定好了基调，也是作者差异性地对传统文化的继承和发扬。

《蟠虺》有着深刻的现实主义印记，刘醒龙也从不讳言自己的现实主义文风，"我从来感觉到自己是一个现实主义者"①。20世纪八九十年代以来，当代文坛经历了多次文体文风流变，从先锋文学的喧嚣到新写实主义、底层叙事、欲望书写等多次尝试，无数作品被推上或赶下神坛，在纷繁复杂的潮流中，他是为数不多的坚持现实主义不动摇，并获得明显成就的作家之一。当然现实主义也不是一成不变的，新时期它在叙事技巧、艺术风格、形式探索等方面都被当代作家用来改造和实验。包括刘醒龙也在基本的框架和思想主线之外对时下流行的现代主义思维方式和通俗文学建构，流行话语的使用上都有明显的借鉴。不仅让原本高高在上、和生活拉开明显距离的文本重又贴近现实，增强了与读者之间的亲和力，无形之中为现实主义的发展做出了一次有益尝试。作者之前的《圣天门口》《燕子红》《威风凛凛》等其实都在述说历史，从近代到"文革"，从改革开放到20世纪90年代都有涉及。《蟠虺》的独到之处在于作者借二千多年前的青铜器联系20世纪80年代末至21世纪的第一个十年，无形中开辟了新的空间，它所讨论的就是在当下社会受多元思潮影响的青年一代，还有没有可能像20世纪80年代那批虔

---

① 刘醒龙：《由〈大树还小〉引发的对话》，《江汉论坛》1998年第12期。

诚的知识分子一样不忘初心,在形形色色的诱惑下坚持原则。坦白地说,经历80年代末后确实会让知识分子对"向何处去"产生困惑,刘醒龙给出的答案是从传统文化中找信念源泉,而且他也坚定地认为人心不会变,更加重视从体制和现实层面推演聚合,道德热度让位于理性反思,追求向善的说教化寓为点滴行动,从为民请命呼喊道德的回归到看清现实,相信朝气蓬勃的青年一代完全有能力在学术、在信念上超越前辈,沿着正确的道路走下去。

  用小说拷问社会,用传统文化的力量重构社会价值,从刘醒龙到《蟠虺》,我们看到了当代知识分子的不断努力,体会了他们联续传统与现实的深刻力度,这是作者的精神寄托,更是社会的希望。

(《新文学评论》2015年04期)

以楚为法:《蟠虺》的地域书写与主体重构

韩 煦

2014年刘醒龙的长篇力作《蟠虺》一出世就被评论界以"突破""转型"等标定,并被评为"人民文学优秀长篇小说奖"。这部小说的突破首先表现在叙述语言和方式上,比之早期作品,刘醒龙在语言的表现力、情节的精巧、内容的丰厚上都有较大的提升。不过最突出的是,刘醒龙通过这部小说而在写作题材方面实现的转型。以乡土叙事为主要写作资源的刘醒龙,在《蟠虺》中将书写对象转向了知识分子,写作主体并非是他所常描写的民办教师群体,而是学院派知识分子与官员之间的较量,行文当中内含"知识分子与政治"的逻辑,特别是传统知识分子的精神与品格。《蟠虺》对人物的处理及书写逻辑,也与他之前的小说有着相似的风格,延续的是道德化的主体叙事。刘醒龙的作品中一向贯穿强烈的叙述介入,习惯性地将自我的情感判断灌输在人物的塑造当中,以此建构具有高度道德品质精神的人格。这一特点也表现在了《蟠虺》中。不过,介入式叙述方式和知识分子题材的结合,造就的是一种新的叙述格局。

有关《蟠虺》的定位,一般评论主要集中在官场小说和知识分子小说两个脉络。这两种小说类型被提及都有其内在根源与现实动因。《蟠虺》出版于2014年,进入21世纪尤其自中共十八大以来,反腐倡廉工作的力度较之从前大大增强,关涉政治与腐败的讨论越来越多地深入社会的各个层次。在文学与影视方面,相关的作品一直是小说畅销书,如曹征路的《反贪指南》《问苍茫》,柯云路的《新星》、小桥老树的《侯卫东官场笔记1—8》等。《蟠虺》中虽然有官场的具体描写，也有反腐的诉求与精神，但《蟠虺》并不完全属于官场小说的系列。《蟠虺》所映射的官场是一个恒态背景，既没有宏观政治或经济事件的具体解析，也没有官场内部激烈人事斗争的呈现，官场是浮于表面的，其深意在于引出政治的维度；与此对照的是，小说塑造了知识分子群像，详备地描写了学术圈的生态、知识分子的行为，并深入研究专业内部进行了知识性的叙事。更重要的是，他们所代表的传统士大夫的人格与精神成为文本所最终指向的价值。在这个意义上，将《蟠虺》归入知识分子小说序列更切实。可以说，小说主体是以知识分子为对象，展现他们在学术与名利间的斗争与挣扎，而最终回归"人性"的复杂心理过程。

小说聚焦于楚学院的两代学人：第一代学人以老院长曾本之为代表，他是研究青铜重器的专家，同时还有作为学术伙伴的马跃之和20年前冤死的郝嘉；第二代学人以政治上得势的郑雄、锒铛入狱8年的郝文章为代表，此外还有青铜义盗老三口、华姐，青铜爱好者沙海、沙璐，追名逐利的"老省长"、熊达世和背后的神秘人。这群人物围绕着国之至宝"曾侯乙尊盘"展开了争夺，目的是获取或者复制真器。"国之重器当与君子相伴"和"曾侯乙尊盘紫气祥瑞"两种理念将小说中的人物自然地归为利益与格局不同的两类，而这两类理念本身也带有道德分界的性质。就叙事模式而言，可以说小说包含了一个"夺宝"故事的叙述程式，其中又暗含盗墓故事、侦探故事的模型。当下流行的《盗墓笔记》《神探夏洛克》等探险故事具有明显的猎奇色彩，《蟠虺》与之有相似的背景，是传统文化热背后对历史的回望与想象，也是大众文化中参与意识与破案精神的显现。但其中增添的别样色彩并不能抹杀文本最基本的夺宝叙事模式，由此其价值指向，便是在二元对立的思路之中，展开真与伪、善与恶、正与邪的斗争与辨析。

《蟠虺》在构造其道德化知识分子主体之时，并不将其置于抽象的历史背景，而是在特殊的地域背景——楚——之中进行描述。刘醒龙将"楚"的描写与构造深入小说的各个层面，尤其是其中各利益群体争夺的焦点——曾侯乙尊盘。小说以青铜器的纹饰为题目便显示了其重要位置。尊盘上密布的蟠虺纹形态若蛇若蚕,细小而精妙,隐喻复杂的人物关系和事件逻辑。曾侯乙尊盘是春秋战国时期最为复杂和精美的青铜器,它与"鼎"同属青铜重器,有着明确的"权力"意指,"钟鸣鼎食往小里说,也是一种大家气象,往大里说则是皇家气象"①,是王侯将相才可拥有的礼乐之器,有着不言自威的气象。正是它所象征的权力、伦理和秩序,使得诸多势力对曾侯乙尊盘有着强烈的需求。曾侯乙尊盘纹饰不仅形貌精巧,并且难以铸造。曾本之在学界确定了"失蜡法"铸造的学术权威,而这种方法并不具有现实操作性,所以复制曾侯乙尊盘成为文化考古界的迷思,它的唯一性使其在权力上的寓意具有更强的能量。但作为学术权威的曾本之不断地强调,与青铜重器相伴的是传统的人格与风骨。这也是刘醒龙在文中极力推行的价值观,并在历史和现实的意义上提出"不识时务者方为俊杰"。这种品格具有从古至今的合法性,缘于其与曾侯乙尊盘象征的一致性。所以作为抢夺重点的"曾侯乙尊盘"也发挥了"器"的度量衡的作用,它会在正邪善恶之间选择真正的君子与之为伍。在这个意义上,曾侯乙尊盘也成为道德和良知的试金石,在它面前,高与低、君子与小人立见。

刘醒龙的作品一向具有高度的现实意义。从关注改革开放初期乡镇官场生态的《分享艰难》《痛失》,到关注民办教师艰难状态与崇高精神的《凤凰琴》和在此基础上拓展而成的《天行者》,刘醒龙对社会、政治、乡土中国等都保持高度的警觉与敏感。《蟠虺》被上海的《解放日报》列入"解放书单",这是"全国首个以党政机关领导干部为目标受众的读书专刊"②,这种带有明确意识形态内涵的书单指明了《蟠虺》的政治意涵。小说围绕着文物展开的政治与社会的探讨,建立在有关"楚"的理解与叙述基点上,由此不仅提出了指涉当代中国(包括知识分子、官场、历史传统等各个方面)的问题与危机,也在一定程度上给出了面对困境的解决方法。

---

① 刘醒龙:《蟠虺》,上海文艺出版社2014年版,第172页。
② 周新民,刘醒龙:《〈蟠虺〉文学的气节与风骨——刘醒龙访谈录》,《南方文坛》2014年第6期。

本文从《蟠虺》着墨甚多的"楚"的意象出发，解读其中多层次的含义。楚不仅仅是文中所指的重心：曾侯乙尊盘及其他青铜重器；也不止于楚学院、古楚国等地点，更重要的是"楚"所勾连出的众多问题。在地域性写作成为趋势的当代中国，从"楚"地了解地域文化的特性并且从中发现中国，成为刘醒龙写作的重要方法，也成为理解当代中国的新的切入点。与此同时，在文本的叙述中，刘醒龙有着强烈的现实关怀和问题意识，通过对"何为圣贤"问题的探讨，塑造了逆时代潮流具有传统人格品质的知识分子，并在其中完成了一个从古至今道德合法性的论证。

一、楚：作为问题与方法

《蟠虺》代表着刘醒龙从乡土性写作转入城市知识分子与官场的写作，同时在行文当中明确了"楚"的地域意识，这在刘醒龙的创作序列当中具有重要的意义。

地域写作的一个核心内质，正如贺桂梅在对赵树理等山西河北作家群崛起时谈到，即"强调并关注中国历史和现实中特定'区域'的地理条件、文化传统、人文景观等'小传统'，也就是关注'中国'的内在差异"①。在作为整体的中国内部，对其统一/同一性内里的细微差异进行辨析，是对普遍之特殊的关注。90年代以来，史学、社会学、人类学、文学等各个领域之内，涌现出一种新的研究思路，即打破民族—国家的范畴进而关注地方内部的"小传统"。区域/地方成为重新整合中国社会的重要分析单位。与之关联的一种现实动因是，在"文化搭台，经济唱戏"的政策下，各个省份之间形成竞争关系。省域之间为了塑造其在全国市场的特殊性，"重新将本省领域曾在历史上出现的作家作为地域文学的'传统'而发

---

① 贺桂梅：《超越"现代性"视野：赵树理文学评价史反思》，《解放军艺术学院学报》2013年第4期。

明出来"①。在这样的意义上,很多作家有意识地在其生活地域的范围之内寻找写作资源。当地的历史传统、风土人情、地理环境等各方面的样貌借由各省作家得以呈现,甚至在各省文联的组织下形成了群体写作的样态。

刘醒龙在《蟠虺》中有非常明确的地域意识。故事发生在湖北省武汉市及周边地区,也即是古楚地,主要人物是工作在楚学院的知识分子群体。在中国当代文学中,城市写作主要集中在北京和上海两座城市,是基于历史与现实多重因素的合力。武汉在中国内陆城市当中具有别样的特殊性:作为湖北省会,武汉承接了楚的文化、江城的江湖气质、早期殖民地残留的资本主义气息、辛亥革命流传的革命传统和浓厚的商业精神等。这种多重杂糅塑造出武汉独特的城市文化,也成为湖北作家考察当代中国的一个切入口。空间的"楚"首先构成了文本叙述的地点,是对抗文学豫军、陕军、鲁军、湘军以及京沪作家等的另一支崛起的队伍。同时也与池莉、方方等人的作品在地域性写作的序列中,共同组成了文学楚军。此外,处于此空间内的人物与事件自然地分享着空间所赋予的意识形态内涵,小说文本因此带上了有意或无意为之的楚地特性。

"楚"同时也包含着时间的跨度,春秋战国时期作为周朝诸侯国的楚标定了另一个区别于当下的时间,与之同时,刘醒龙刻意在政治线索上留下了古/今的互文性。当郑雄夸耀刚上任的庄省长是"二十一世纪的楚庄王"而赢得满堂喝彩时,古与今之间借此勾连起来。楚庄王是春秋五霸之一,在他之前楚文化一直被排除在华夏文化之外,被认为是非正统的,楚庄王励精图治有天下之心,在他身上衍生了"一鸣惊人"与"问鼎中原"等成语,而这些成语的本义,与政治理想和能力密切相关。不仅是庄省长,郑雄的理想也是从水果湖到中南海,最终葬在八宝山。这种政治上的抱负是借由"曾侯乙尊盘"的"进贡"实现的。一群怀有野心的政客为此特设了正厅级的"青铜重器学会",并配备三千万的启动资金。学术显而易见地

---

① 贺桂梅:《超越"现代性"视野:赵树理文学评价史反思》,《解放军艺术学院学报》2013年第4期。

被政治化，并沦为实现政治的手段。最为吊诡的是，在《蟠虺》中备受贬斥的以郑雄为首的学术研究，并没有因此成为治理术，而是作为一种学术/知识工业，用于对曾侯乙尊盘的复制当中，为政治生产所需，最终转化为可视的经济利益。"古典青铜多为王侯将相之物，实在是太容易使人心生杂念了。"①小说中的话似乎牵扯到除"红颜祸水"外，另一种误国方式——沉迷于奇珍异宝的掠夺。与其说神秘的背后人、老省长们需要的是"曾侯乙尊盘"，毋宁说他们需要的是占有其因承袭历史与传统而具有的别样内涵，或者说这内里正是政治场域中核心的"权力"。

"将青铜重器与传统文化人格紧密地融会在一起，在一种互为隐喻式的叙事策略中，有力地呈现了这一文化瑰宝的内在精神肌理。"②赋予青铜重器内涵的，不仅是只配与之相伴的君子，还有养器养性之地的楚。楚延伸出历史纵深的时间感，并在此之间形塑了可以跨越时间的精神品格，并将此品格聚集在曾侯乙尊盘上。在文本当中，刘醒龙反复强调曾侯乙尊盘的特殊性：它与君子、权力等的关系。赋予其以丰富而深厚的文化内涵，尤其是蕴含着传统的"君子/圣贤"的人格特征，而这一人格特征成为构造历史与现实的关节点。或者说，曾侯乙尊盘与圣贤的人格构成了互证性的彼此，成为对方从古至今被尊崇的合法性之所在。而这种普遍性的人格特征也是刘醒龙从楚地发现中国的一个切口，以一种精神品质来构造能够跨越时间与空间的合法性。也即是说，传统知识分子所具有的正直、高洁等品质是能够突破古代的时间限制和楚地的限制，在当代中国，保持这种品质是解决道德与社会危机的方式，个人能够因具有这种品质而破除个体困境，社会也能够因为个人拥有这种品质而和谐健康。实际上，刘醒龙对"以楚为法"的合法性的构造就在于此，使之成为一个巨大的能指或者说是终极价值。在小说文本的叙述中，传统知识分子的品格在时间与空间上的广泛适用，恰在于

---

① 刘醒龙：《蟠虺》，上海文艺出版社2014年版，第183页。
② 洪治纲：《传统文化人格的凭吊与重塑——论刘醒龙的长篇小说〈蟠虺〉》，《文学评论》2014年第6期。

它的"不识时务",然而这种逻辑又使之成为一个普遍性的"识时务"。在这样的论证过程中,楚成为理解古代与当代、传统与现实的纽结,也成为阐释中国的方法。

《蟠虺》的故事拥有双重的时间感,是一次基于现代的历史人类学考古。在对青铜重器的考察当中,历史与文物并不是目的,其中所暗含的人格特质才是考古的真正目的所在。考古本身是一种站在今天对历史的回望与挖掘,这种行为本身包含古与今的二重时间性。曾侯乙尊盘作为整部小说描写的核心,既是战国楚的礼乐之器,也是当代各方势力竞相争夺的国之至宝。虽然刘醒龙将夺宝故事的背景定在当代楚地,在写作过程中仍然隐含一个基于传统楚国的线索。费孝通曾将20世纪比作"新战国",这种说法源于20世纪中国所处的国内/国际的历史事实和具体形势:多种势力争夺国内乃至世界的统治权。与此相关的是,战国处于一个非大一统的时代,诸侯各自为王,作为曾经核心的周天子失去统合四方的能力,魏赵韩齐秦楚燕等各个诸侯国皆想称霸于天下。① 针对"新战国"的说法,王铭铭从中华民族理论入手,解释为这个时代的世界性纲领是"以民族为单位建立国家"②,国家之间不断竞争,表现在冷战、后社会主义、文明冲突、全球化等多个方面。迁移至《蟠虺》,其间实际上缺少国际或者说全球性的视野,小说的地理边界几乎是封闭的,没有超出"中国"的边界。以武汉为中心的楚地是其界限,北京、甘肃、河南、杭州等地都只是承载特定含义的符号,在文本并不构成连缀情节的作用。例如北京所代表的"全国性权力",其目的在于将地域性的社区描写延展至对中国社会的考察,这一点将在文尾具体阐释。小说文本所选取的是春秋战国诸侯国之一的楚国,是《蟠虺》事件发生的中心地带。借用费孝通的比喻,当代中国社会所处的21世纪自然地被认为是一个"后"新战国的时期。它

---

① 王铭铭:《超越"新战国"——吴文藻、费孝通的中华民族理论》,生活·读书·新知三联书店2012年版,第8页。
② 王铭铭:《超越"新战国"——吴文藻、费孝通的中华民族理论》,生活·读书·新知三联书店2012年版,第8页。

是对前代的清理，也是国家分裂之后的统一。在一个统一的多元的共同体中，如何处理对待历史遗产的问题，与知识分子如何处理当下政治的问题，在某种程度上是一致的。用甘阳的从"民族—国家"到"文明—国家"大致可以解释这一历史转变的逻辑①。

"楚"并非中原正统，在古代中国被视为蛮夷之地，其独特之处正体现于此。曾经被视为偏远地区的楚地，在历史变迁中逐步被纳入中华民族体系内的过程，是打开从楚到中国思路的关键，建构这种区域/整体合法性的内质在于普遍的传统道德。沿此思路刘醒龙提出了《蟠虺》的问题意识，问题的提出倚赖于以楚为契机；同时，刘醒龙也借助"楚"给出了解决问题的可能方法，即是坚持"楚"的"青铜重器"的精神——只与君子相伴。在不断变化的社会现实中坚持不变的纯洁的道德品格，方可成为"圣贤"。这种楚地的精神气质实际上也可以追溯到屈原，郝嘉、郝文章父子为曾侯乙尊盘都付出了惨重代价，一个跳楼自杀一个入狱八年，重现的即是屈原投汨罗江的忠贞情怀。《蟠虺》中的"楚"意甚浓，例如小说文本中复现的楚辞意象以及《春秋三百字》《青铜三百字》等文言文，用带"楚"的成语命名办公室，以及行文中自然流露出的浪漫神奇的楚韵，都增加了小说地域性的一面，也丰富了"楚"作为方法的内涵。

《蟠虺》写了"楚"，却非为"楚"而写"楚"。小说的意义是从小地方小人物着手，放眼与放怀的总是更大的世界②。刘醒龙在行文中有明确的问题意识，希望能够从楚地通向中国，探讨中国社会中的学术腐败、官场政治等问题。这在他论证传统品格的终极合法性上可以窥见一斑。在文本当中，"楚"成了一个包裹着时间、空间、文化的多重概念，或者说它成为某种"认识型"。在福柯的理论中，"认识型"指称一种特定的思考问题的方式与框架，能从中清理出

---

① 甘阳在《文明·国家·大学》一书中提出了20世纪中国与21世纪中国的不同任务是从"民族—国家"的逻辑转变成为"文明—国家"的逻辑。
② 周新民，刘醒龙：《〈蟠虺〉文学的气节与风骨——刘醒龙访谈录》，《南方文坛》2014年第6期。

"词"与"物"如何被组织,以及决定"词"如何存在、"物"为何物①。实际上就是一种认识事物的方式和基础,"楚"能够成为一种"认识型"在于它内涵的广度,在时间、地域、文化等各个方面都能够给出理解的范式。借由此能够承担某种意义上的陈述功能,是理解历史与现实的"知识档案",从而成为发现中国的入口。在《蟠虺》中,"楚"组织了曾侯乙尊盘、权力、知识分子等各个要素,甚至在其中完善了一个上下流通的权力链条,规定了事物的秩序。"楚"不同于北京、上海、香港等地域写作,后者擅长城市文化的书写,并与中国当代史嫁接出一座城市的荣枯史,更多的是历史与空间的耦合。而楚得以成为方法,在于它的多重触角,尤其是糅合入现实与政治的维度,超越了一般意义的人类学的展示与考察,并在其中掘动了理解整个当代中国的杠杆。

以楚为法并不意味着将楚国的法度/法则扩展为全国通行的法则,作为多元一体的中华民族,以楚为法是基于楚在时间与空间上的特性,以及楚在历史与现实之中的独特位置。在中华民族共同体中,以其中的楚文化区为切面,通过对其肌理由内及外的考察,最终得到以小见大,以一斑窥全貌的效果。这种研究是对中华民族文化、中国当代社会政治文化的整体观照,以史为鉴,借古讽今,在对人物事件的记叙中完成了以楚为方法论的整个逻辑过程。而其中对于知识分子群体境况的描写,以及与之相关的当代中国社会的问题成为行文的关键。

二、何谓"圣贤"?

正如上文所言,《蟠虺》以楚为方法提供了一个理解当代中国的途径,其中扮演重要角色的当属夺宝的主力——"知识分子",或者用刘醒龙的话便是俊杰与圣贤的较量。描写知识分子的小说在中国文学中一直占据一壁江山,《蟠虺》的写作主体和对象皆为知

---

① [法]米歇尔·福柯:《词与物:人文科学考古学》,莫伟民译,生活·读书·新知三联书店2001年版,第366~367页。

识分子,其中所宣扬的人格精神也以知识分子为载体。它的特别之处在于小说中知识分子独特的身份与研究的学问:曾本之等所就职的楚学院的学术目标,既是基于地域的文化研究,同时也是对历史的考古。青铜重器、丝绸等古代器物和古文字等是他们研究的对象,由此组合而成的楚地文化是这群知识分子得以安身立命之所。然而在写作过程中,刘醒龙有意地避开了"知识分子"的称谓,将学者群体以"俊杰"与"圣贤"甚至"小人"的称号进行分类,并在行文当中以其惯有的道德化叙述的方式,极力地刻画并推崇"圣贤"的形象。在夺宝故事的逻辑中,最终获取宝物的人成为历史的主体。不断接受良知的拷问并具有高尚道德的"圣贤",在历史道德化的写法中成为真善美的化身,成为应该被学习和推崇的对象,其中凝聚着刘醒龙道德主义人格主要的内涵。

《蟠虺》的写法超越其他作品对传统知识分子的塑造,并不是空泛地谈论他们所拥有的精神品质。而是进入具体"职业"的内部,对专业知识展开了细致入微而动人的描写,并由此将知识、精神与时代勾连。值得称赞的是,刘醒龙并不因为专业知识的写作而使得文本语言生涩。虽然是非常冷僻的文物考古学知识,但小说的行文是非常流畅而恰到好处地引用和化用,毫无掉书袋之感。例如他在文中对曾侯乙编钟的出土进行了非常细致的描写,具有浓厚的史实性与技术性,包括其形态、铸造工艺与复制本流传等;对失蜡法和范铸法两种专业名词也进行了清晰而学术性的阐释;对于非常孤僻的文言知识,如蟠虺、二五、宣纸、墨等也有专业的知识性介绍。除此之外,刘醒龙也将大量冷僻的知识,以富于趣味性和文学性的描写,融汇入寻宝故事的讲述当中:"那些若龙若蛇的微小的青铜构件,互为依偎,争相缠绕,宛如混沌初开之际,天地晴朗,龙蛇腾飞,万物竞逐。"①在写作的过程中,有关青铜的知识成为刘醒龙想象历史与构造现实的方式。通过青铜的铸造、流传与复制沟通了传统与现代的楚国;同时,也在对待青铜重器文物的态度上,辨析了俊杰与圣贤。

---

① 刘醒龙:《蟠虺》,上海文艺出版社2014年版,第155页。

小说开头以曾本之用尽全身之力写出的两句话统领全篇："识时务者为俊杰，不识时务者为圣贤"。这句话前半句出自《晏子春秋·霸业因时而生》："识时务者为俊杰，通机变者为英豪。"其寓意为认清时代的潮流和形势才能够成为出色的人物。而在小说中，曾本之将俊杰与圣贤置于对立之位，认为圣贤比之俊杰地位更高，因为他们不随意跟随时代潮流，具有恒久之心与理。更重要的是"圣贤"一词本身所内含的道德性，不仅智慧卓群才华超凡，而且道德高尚，能够超越特定时代与社会拥有"与日月同辉"之德。显而易见，刘醒龙在小说中将见风使舵、追名逐利的老省长、熊达世、郑雄等视为"小人"（或者是具有反讽意味的"俊杰"），而将能够坚守内心、沉潜学术的郝嘉、曾本之、马跃之、郝文章等，视作努力成为"圣贤"的人。两类人格的对比目的在于衬托后者。《蟠虺》高举的恒久之德，在已被除魅的理性化的当代社会，无疑是一种神秘却又不言自明的终极价值。

知识分子的问题一直是当代中国重要的问题，知识分子与中国当代历史的发展之间有着彼此互证的关系。在新的历史时期，20世纪90年代以来"左"与"右"的论争，知识分子的公共性的问题等，使得政治学、社会学、文学等各界对知识分子问题的讨论再度兴起。不同于一般的知识分子写作，刘醒龙的巧妙之处在于将职业/专业知识与传统知识分子结合。塑造了既有学院知识分子的专业性，又有中国传统士大夫精神品质的别样的楚地知识分子。作为传统的人文学者，考古学家与历史之间具有最近的真实，而与现实保持一定的距离。这群知识分子专业的特殊性使文本增加了历史的纵深感与厚重感，同时也使这群埋首故器堆的学者，与现实政治经济生活之间的龃龉深刻而有意味。小说中塑造的知识分子不同于曼海姆所想象的知识分子，能够在阶层之间自由流动，并能积极参与政治生活之中。在《蟠虺》中，核心知识分子曾本之对政治的态度是远离与规避，视之为污染性的意识形态。他忠诚于知识和真理，注重内向性地修身，所以他也不同于传统士大夫"修身，齐家，治国，平天下"的人生理想。或者说，曾本之仍处于传统知识分子的初期阶段，是一个等待成长/拯救的知识分子角色。但是刘醒龙所注重的传统知识分子的品质也恰在于此，只要知识分子与知识之间拥有纯洁真诚的关系，政治是可以被忽略的维度。刘醒龙努力塑造和凸显曾本之"学者"的单纯性，在于和追逐官场名利的郑雄作对比，以此引出知识分子的真正选择。小说所塑造的学者群中，只有郝嘉既具有专业知识，又胸怀政治理想，同时也拥有高尚品格，是一个典型的传统知识分子，然而他却在小说发生的二十年前死亡，是现实的无物，也是亟待被重新召唤与构造的主体。

在小说中的知识分子群像各有特点，刘醒龙以道德为评判标准对他们进行区别。郝嘉创办《大楚》的油印小册子，借楚国兴衰谈论时政，属于学人办刊物、针砭时弊的潮流，也是小说文本中最具公共知识分子精神的人物。《大楚》的名册依然显现出了"楚"作为问题与方法的双重功效，楚不仅仅是古代的行政地理区划、诸侯国家，也不只是一种文化性格，更是政治的映射。但是郝嘉所采取的方法，区别于借用西方理论讨论问题的启蒙型知识分子。而是以楚为鉴针砭时政，属于传统知识分子所常用的讽谏之法。郑雄作为青铜研究的学者在省文化厅任副厅长，但他的知识仅作为谋权的术，完全地蜕变为职业官僚。马跃之"卿本佳人，奈何做贼"的感慨触动了郝嘉，并使他最终做出跳楼的决定，是对屈原行为的当代复制。"佳人"与"做贼"的对照也是以屈原自比，将知识分子及其精神道德化，以一种互为对立的方式衬托出具有传统知识分子风骨与气节的圣贤们。郝嘉在跳楼时大喊"鼻屎"，表明对同流合污者的鄙薄与厌恶，最终完成了传统人格的现代造神。小说别有意味地郝嘉之死定性为"质本洁来还洁去"，与之相关的是那个年代里知识分子的集体转型。怀有启蒙立场的部分知识分子出国，意味着占据主导位置的知识分子的陷落。留守国内的知识分子转变为"职业化的知识运作方式"，重视知识的规范、从事专业化的学术研究①，明显地内转入学院体制内部。然而，刘醒龙在小说中想要重构的主体并非是这类掌握新启蒙话语权的知识分子，也不是将知识作为职

---

① 汪晖：《当代中国的思想状况与现代性问题》，《去政治化的政治》，生活·读书·新知三联书店2008年版，第59页。

业/谋生手段的学院派知识分子，而是中国传统知识分子。强调的是在中国的视域下，被刻意遮蔽的传统中国自身的品格。这种包含了中国性与传统性的精神，正是"圣贤"人格的核心。刘醒龙在谈论这些问题时，引入了政治与做人的尺度，郝嘉的死是在卷入政治斗争之后，也依然坚持做人的分寸；而郑雄的平步青云，则是将自己的才华转化为高升的生产力，原则与底线在官职面前显得微不足道。这样的写法似乎仍然出于道德善恶来评判政治是非，这是《蟠虺》的遗憾之处，并没有突破知识分子与政治的传统认知与写法。针对当代社会出现的文化危机与道德危机，刘醒龙将其归因于腐败，仍然是在传统与内向的逻辑里的经验性判断。既缺少理性分析，也缺少对于不断变动的"现代"内涵的准确理解，尤其是其中全球性视野是缺失的。

在《蟠虺》中，郝嘉之死作为一类传统知识分子的死亡，构成了刘醒龙重构道德主体的前提。小说中启蒙精神知识分子是缺失的，或者说西方知识在文本中处于失语的状态。其原因在于小说本身所要塑造与弘扬的，是具有传统知识分子/圣贤精神品质的形象。他们并不在小说讨论的序列之内，不具有中国特色，也不能够成为支撑起当代社会的精神品格和知识结构。与此相关的是对中国历史与文化研究的复兴，楚学院承接的是春秋战国的青铜文化，是中国传统文化中重要的一支，与作为中国一分子的楚地历史一脉相承。80年代的知识分子无论是具有启蒙精神，还是恪守传统的士大夫品格，都逐渐地转变为专家、学者和职业工作者①，在公共视野中逐渐淡去，他们与国家之间的关系也发生了深刻的变化，以韦伯的《以学术为业》和《以政治为业》两篇演讲作为分水岭将传统知识分子的功能二分，转变为职业学者与职业官僚，而随着进一步的现代危机，公共知识分子等问题再次浮出历史地表，通才与专才等大学教育的问题也被讨论。但其精神内核是重振一种所谓的"知识分子精神"，是针对道德困境提出的解决之法。

---

① 汪晖：《当代中国的思想状况与现代性问题》，《去政治化的政治》，生活·读书·新知三联书店2008年版，第60页。

《蟠虺》定义"圣贤"的方式是描述性的，通过对老一代知识分子在现实当中的选择来塑造圣贤的形象。圣贤并非是自然人性，而是在不断地选择当中，对高洁品格始终如一地坚持。小说文本中的老一代的知识分子被标定为 70 岁，也即 20 世纪 40 年代人，几乎参与整个当代中国的建设和发展，与政治关系非常密切。而且这一代知识分子很多都是学界的泰斗，如曾本之凭借"失蜡法"在学界确立自身的位置，并使其成为共识。但由于"失蜡法"缺乏可操作性，部分学者对此进行质疑，然而郑雄为了维护自己的导师和岳父曾本之学术的权威，把有关质疑或否定失蜡法的资料全部销毁。此外，小说中也描述了曾本之因为"院士"头衔的诱惑，在权力与真理之中进行的摇摆。刘醒龙具体地描写了曾本之发现自己借以立身的学说是错误的之后，一直在与自己的内心搏斗，徘徊于推翻与遮掩之间，但当他和老省长、熊达世、郑雄等人交手后，内心的良知被召唤。曾本之收到的两封署名郝嘉的甲骨文信"拯之承启"和"天问二五"，以一种天启的形式指引他寻找真的曾侯乙尊盘，并且在寻找"真器"的过程中达到了人格的修复与完善。《蟠虺》由此而将知识分子的写作拓展至经常被提及的学术不端问题。曾本之否定了青铜时代有失蜡法的存在，实际上也是在否定自己学术史的根基与学术界的地位，同时也是一种对共识/常识的否认，这样的勇气与胆识超越了一般人，也必然会引起相关研究和利益群体的波动。遵循青铜重器只与君子相伴的古训，曾本之在祛魅的时代重新被造神，比之其他小说中常见的堕落知识分子形象，如庄之蝶（《废都》）、杨科（《风雅颂》），曾本之有完善的人格，并且能够在失去与寻找的过程中，完成知识分子的自我拯救。有趣的是，文本所推崇的圣贤是儒学中具有至上地位，楚地受中原文化的影响较小，在此之中又将楚学纳入整个中华民族文化的整体之中，以一种开放包容的姿态对待历史与现实。"圣贤"的精神成为规范和指引知识分子行为的准则，成为他们能够被拯救的关键，使迷途中的知识分子"改邪归正"，回归"正道"。这样的叙述仍然是在道德层面进行善恶的区分，个人的忠与奸、好与坏是社会历史发展轨迹的重要影响因素。

总之，知识分子是《蟠虺》中努力重构的对象，主体因自身内在品格的原因呈现迥异的类型。《蟠虺》不同于常见的知识分子写作或者官场文学，没有简单地止于对知识分子或者学术圈腐败等问题的批判，更多的是对传统知识分子高尚品质的赞扬和对"圣贤"之士的呼唤。在二元对立的分析之中，将识时务的"俊杰"置于较低的位置，并与职业官僚并行对照。从中引出了当代中国知识分子的变迁、知识群体所面临的问题和困境，以及他们所缺失和需要的品质等问题。刘醒龙也给出了独特的解决方法，即保持做人的良知，或者说传统知识分子高洁人格的复兴与再现。再一次将"楚"作为方法，从中发现普遍的适用于整个中国的精神。

刘醒龙的《蟠虺》有很大的抱负，它区别于一般的地域书写，并没有仅以地域性的风俗人情作为书写的对象。除了容纳与挪用多种写作资源，如历史事件、现实社会、考古专业知识、地理人文等。更重要的是，地域性特征融入故事讲述的前景与内核，甚至成为讲述当代中国的一种方法。这种方法正如从"小传统"中窥见"大传统"，从特定的区域发现中国的普遍性。这种区域性的观察，旨在从被视为"统一"的"中国"之中发现差异性、特殊性与多样性。而这种方法论的目的，费孝通在《江村经济》中便给予了明确的界定："了解中国社会。"也即是说，社区（地域）是了解社会的认识论单位和方法论。实际上这种"民族志"式的社区研究法的逻辑，构成了"以楚为法"的精神肌理与构造方式。并且刘醒龙采取地方性与全国性政治权力相联系的模型，削弱了可能出现的地方局限性。

《蟠虺》中所呈现的"以楚为法"实际上更为复杂。刘醒龙探寻了楚地特有的文化符号和地域象征，如曾侯乙尊盘、战国编钟、楚辞、湖北省博物院、老鼠尾、随州等。这些符号是在区域研究的意义上对楚地的要素描写，以此构成其特殊性与多样性。在这个维度上，"楚"是作为空间和文化而存在的，同时也是最容易被认知的范畴。除此之外，刘醒龙也将"楚"时间化，清晰地呈现历史与现实的面向，（后）战国成为与当代社会对照的平行时间，也因此政治成为不可被遮蔽的讨论对象。甚至小说所推崇的传统知识分子的人格，也是借由作为时间的楚来汲取与提炼，将"圣贤"的品格回溯至屈原。由此,刘醒龙在时间、空间和文化等的多维度整合之中,塑造出一套理解问题的方法论:"以楚为法。"它不仅使湖北省的地域文化得以展示,同时也呈现了中国社会的复杂性与历史性。

  《蟠虺》在寻宝故事的逻辑下,构造了不同于一般性地域书写的方式。在对历史的回望和现实的批判中,重构了刘醒龙理想的道德主体。历史与现实的二重性,赋予小说文本丰富的层次与复杂的内涵。刘醒龙不仅刻画了楚的地域空间、运用专业知识描写楚地文化,也在时间线索上引述政治权力和精神品格的连续性。此外,楚所面临的各种危机,展露了现代社会中政治、文化与道德的困境。由此,以上多重内涵构成了"以楚为法"的方法论。"以楚为法"开启了一种新的写作模式,在对"社区研究"的借鉴当中,完成了其对当代中国社会理解的最终目的。

(《新文学评论》2015 年 04 期)

屈骚楚韵:《蟠虺》的楚文化意蕴解读

万桂红　王宇珅

一贯专注书写民间乡土题材的刘醒龙,第一次将小说的视野聚焦在大都市的人物和故事上,推出第一部反映都市人事和心灵百态的力作《蟠虺》。由于作者在文本内容建构中凸显楚文化意蕴,从而让这部作品充满文化色彩。诚如作者自己所言:"我写的是曾侯乙尊盘这个旷世宝贝,想把楚文化的好说给所有人听。"①这句表露创作心声的话语正是解开作品繁复意义的法门。作者本人也是想通过这部作品来彰显楚文化精神以及自己对楚文化的敬仰之情。笔者认为,这部文化小说的独特之处或曰最有价值的地方在于:作品创造了典型的自然环境和社会环境,借助环境营造出浓郁的楚文化氛围;作品创造了一批典型人物,借人物的精神品格彰显了以楚文化为内核的传统知识分子精神;作品穿插了众多楚文化符号,借助文化符号进一步展现了楚文化的斑斓色彩。

一、以典型环境营造楚文化氛围

作为一部具有批判现实主义倾向的文化小说,《蟠虺》营造了堪称典型的楚文化环境,作者精心描绘的自然环境和社会环境都是在高度写实的基础上参与了艺术虚构的典型化加工,将生活真实与艺术真实有机统一,为小说中人物事件的展现营造出典型的楚文化

---

① 欧阳春艳,刘醒龙:《把楚文化的好说给所有人听》,《长江日报》,2014年6月11日(22)。

氛围，充分彰显了楚文化意味。

从自然环境来看，小说将历史与现实有机结合，营造出高度逼真于现实的楚文化自然环境。作品以武汉市为中心，向周边地域如随州、荆州、黄州等地辐射，构成以武汉为中心的自然地理场域，这也是楚文化的中心地理场域。小说的核心生活场域是"楚学院"。现实生活中，湖北省和武汉市都没有这个如小说所言的楚学院，但又有与楚学院极为相似的文物发掘、研究与保护的机构，即湖北省博物馆及其毗邻的湖北省文物考古研究所，这两个机构都属湖北省文化厅管辖，并且地理位置相邻，也都在武昌的东湖之滨，与小说所言自然地理位置相同。可见作者所虚构的"楚学院"就是以湖北省文物考古研究所这个机构为原型的。2014年6月10日，作者在湖北省博物馆为志愿者赠书，并亲自书写《青铜三百字》《春秋三百字》书法作品赠博物馆留藏，也充分说明作者是有意借此现实生活中楚文化聚结之所来弘扬楚文化精神的。小说中出现的东湖公园、小梅岭、可竹轩、先月亭、老鼠尾、水果湖、洪山礼堂、东湖路、黄鹂路、中北路等都是湖北省博物馆和省文物考古研究所附近的真实地名和街道名。其他如江北监狱、黄州的禹王等地名，也是周围现实生活中的真实地名。正是这一系列高度逼真于现实的自然地理环境、城市街道名、地名等，将小说的自然环境牢固锁定在楚文化中心区域。除楚学院这个名称是虚构的以外，其他都是现实世界真实的自然地理存在。通过以上分析可以看出，作者将湖北省文物考古研究所虚构为"楚学院"，并以此为中心向周边区域延伸，形成一个以楚文化中心场所为核心的自然地理场域，为营造小说中的楚文化氛围提供了典型化的自然环境。

从社会环境来看，作者以写实和虚构结合的方式创造了高度典型化的社会环境。和自然环境相比，社会环境虚构的成分显然超出了写实的成分，这是服从作者营造典型的楚文化社会环境之需要所决定的。虚构成分最浓也最能彰显楚文化氛围的是"楚学院"这个小社会、小环境。楚学院的办公室门牌名称都以带"楚"字的成语命名，这个显然是作者的创意设计，并不是现实中的真实存在。如曾本之的办公室名为"楚弓楚得"，马跃之的为"楚才晋用"，郝嘉的叫"楚璧隋珍",其他如楚云湘雨、楚歌四面、楚水吴山、众楚一齐、楚乙越凫、织楚成门、楚楚可人、楚腰纤细、楚珠秦女、楚馆秦楼、楚囚对泣等。这是一个极富创意的着意虚构。显然,作为成语,每个词的背后都蕴含了有关"楚"国的历史、典故、人文等文化内涵,但作者并没有在小说中逐一阐释这些成语的语义和用意,只对"楚囚对泣"等几个成语作出了具体阐释,没有将成语典故和室内人物以及文本故事之间作简单的类比联想,也没能见出深层的隐喻。于是,我们就可以看到这些带"楚"字成语的门牌所具有的最大的文本召唤功能就在于吸引读者追问这些有关楚国文化典故背后的楚文化丰富内涵,其最显著的艺术效果就是营造出浓郁的楚文化社会环境。围绕这个小社会生活的人们,都是研究楚文物与楚学的人员。有研究青铜重器的专家曾本之、郝嘉、郝文章、郑雄等,也有研究楚墓出土的丝织漆器类专家马跃之,还有青年才俊万乙等。这个小环境的人物都在和远古的楚文化打交道,他们的生活、工作、行为、心情乃至语言都深深打上了楚文化的烙印。如小说写道:曾本之对着话筒说"好久没听到跃之兄丝绸般的声音了!"①电话那头的马跃之马上回答说"彼此彼此,我也好久没有闻到身上的铜臭了!"②作者还有意将楚文物注入人物的心理活动中去作主观化心理描写:"在修养同样深厚的曾本之听来,马跃之说的每一个字和每一句话,都像那把国宝级的越王勾践剑,有诗意很优雅地戳着他的心窝。"③这样的社会环境设计,充分创造了楚文化氛围。

从社会大环境看,影响楚学院这个小社会的是以武汉为中心的社会各界人物与人心,以及由人心衍生出的事件。核心人物事件涉及知识界、政界、商界、警狱、江湖盗墓者等社会场域,各色人等上演的盗取曾侯乙尊盘和守护曾侯乙尊盘的事件成为一面照亮时代社会人心的镜子,既照亮了作品中各色人物的内心世界和人格状

① 刘醒龙:《蟠虺》,上海文艺出版社2014年版,第8页。
② 刘醒龙:《蟠虺》,上海文艺出版社2014年版,第8页。
③ 刘醒龙:《蟠虺》,上海文艺出版社2014年版,第11页。

况，也照亮了当下中国现实社会中各色人等的心灵人格。刘醒龙正是通过这一典型的社会环境的描写，来揭示当下中国社会的一些共性的本质问题，即人心变异、灵魂变质，极端功利主义的价值观正在腐蚀人心。一批研究楚文化的国宝级文物的学者们原本在研究文物、保护文物、发掘文物价值的学术生涯中，平静地工作着、生活着、探索着、期望着。然而，随着中国社会的改革开放，市场经济、消费文化、功利主义、享乐主义等西方现代资本主义价值诉求迅速地改变着国人的价值观，迅速崛起的市场经济激发了人们的贪欲，打破了学者们平静的学术生活。影响到"楚学院"这个小环境的就是猖獗盗墓、盗卖文物、官商勾结、国宝危机以及学术界的学术腐败、追名逐利的时代社会大环境。终于有一天，省博物馆的国宝级文物、楚国青铜重器曾侯乙尊盘被盗了，盗窃者偷梁换柱，复制的仿品逼真到可以乱真，就连楚学院的研究专家都无法研究出的复制技术居然在民间被投机者掌握了。于是，在高度紧张的氛围中，围绕这个国宝文物的被盗、寻找、守护展开了一系列矛盾冲突。这是正义与邪恶之间的冲突，也是国家利益与个人利益之间的冲突，更是知识分子坚守学术良知与否的内心人格冲突，这一系列矛盾冲突，恰恰是这个时代中国社会涌现出来的矛盾冲突。由于在曾本之等知识分子的内心世界中，国家利益高于个人利益，学术道德高于学术名利，最后他们才追回了、守住了国宝。曾本之等知识分子是楚文化精神的代表，也是楚文化的精魂，他们的不辱使命正是楚文化精神的胜利。可见，作品的时代社会大环境也是能够揭示时代社会本质特征的典型环境。

二、以典型人物彰显楚文化精神

小说《蟠虺》塑造了一批典型人物。围绕曾侯乙尊盘失窃复归故事的主要人物可分四类：第一类是知识分子群体，主要有楚学院的研究人员曾本之、马跃之、郝嘉、郝文章、万乙等；第二类是官方人物群体，主要有退休老省长、熊达世、监狱长等；第三类是民间人物群体，主要有江湖青铜大盗老三口、华姐等；第四类是第一类与第二类交叉的代表，即学者兼官员的郑雄。从作品中的人物品格和作者的价值取向看，第一类学者是被肯定的褒扬性人物，他们代表了精英知识分子的人格精神和价值取向。第二类人物则是被否定的批判性人物，他们是中国政界反面人物的代表，他们代表了权利与市场结合衍生的欲望功利性人格。第三类人是中间型的民间人物，他们身上具有正反兼备的双重人格，他们既盗墓走私文物、造假偷换国宝，但又具有基本的道德良知、归还所盗尊盘，是罪犯与君子兼容的悖论式双重人格。第四类人物郑雄则是介于第一类与第二类人之间的双重人格，即正道直行的知识分子人格和伪善功利的政客人格的结合，但侧重于向后者转变。

  应该说，这部小说具有强烈的批判现实主义精神，这种精神既来自作品中典型人物形象的塑造，也来自作者作为知识分子的强烈的批判现实精神。一方面，作者叙写了一批盗取文物和试图盗取国宝的各色人等的疯狂行径，并对他们的罪恶行为和利欲熏心的人格给予了否定和批判，这也是对现实世界中拜金主义社会风气的批判。随着市场经济和欲望文明的来潮，曾经极度节制现实功利欲望的中国人一下子打开了潘多拉的欲望魔匣，表现出对金钱的不择手段的攫取。具体到文物界则表现为盗墓猖獗、盗取并倒卖文物的现象泛滥成灾，就连一位监狱长都能拥有大批文物，家有小博物馆，这是权力寻租的见证。人们的胆子越来越大，自然就出现了国宝危机，既有盗贼高新技术仿真的偷梁换柱，又有政界当权者与文物专家合谋的巧取豪夺。一出出盗取国宝和守护国宝的明争暗斗就这样悄悄登场了。另一方面，作者刻画了一批守护国宝的知识分子形象，并对他们的以楚文化为内核的传统知识分子精神给予了充分的肯定和颂扬。他们面对市场经济下的各种名利诱惑，拒绝出卖学术良知和知识分子人格，拼死追回、保护了国宝，捍卫了国家尊严与自己的人格尊严。作品通过正反两种类型人物的鲜明对照，鲜明地表达出作者对作品中人物与事件的价值立场。

  小说如果仅仅停留在对正反两种人物的褒贬上，就显得浅表化了。作者可贵的创新之处在于，作品所褒扬的一批知识分子形象正是楚文化精神中特立独行的传统知识分子人格精神的写照，与整部作品所要弘扬的楚文化精神高度统一。楚文化中能够代表知识分子精神的历史人物很多，最有代表性的应该是老子、庄子和屈子。他们普遍以自然天道为最高价值，清心寡欲、淡泊名利、追求真理、质朴率真、特立独行，以"真人"的理想人格范式对抗儒家官方文化的"圣人"人格范式。正是这种特立独行的独立人格与传统的官方儒家文化人格形成鲜明对照，老庄精神和屈子精神所共同铸就的楚文化精神为后来的中国传统知识分子精神的形成起到了不可替代的重要作用。这就是，在官方文化和民间文化之间形成了一股既能吸纳民间文化精髓，又能吸纳官方文化优秀成分的知识分子文化。这种知识分子精神在中国传统文化中一直与伪善圆融、世故功利等儒家文化人格之弊端相抗衡，形成儒道互补、真善合一的价值取向和文化人格。小说《蟠虺》开头的一句话最能体现这种人格价值取向："识时务者为俊杰，不识时务者为圣贤"。①《晏子春秋》中说"识时务者为俊杰，通机变者为英豪"。楚学院的一批学者只有郑雄称得上"识时务""通机变"，他也希望自己成为"俊杰"与"英豪"。然而作者却并没有肯定郑雄的这种价值立场，而是借曾本之来表达另一种价值取向，即"不识时务者为圣贤"。这里的"圣贤"显然不是指儒家的"圣人"，而是指以楚文化为内核的传统知识分子精神的"圣贤"。楚学院的几位学者，除郑雄和早期的曾本之外，个个都既不识时务，也不通机变。郝嘉以死来证明自己的清白，坚守自己的知识分子立场，捍卫知识分子的人格尊严，这是屈子精神的再现。他的儿子郝文章也继承了父亲的精神人格和个性，为弄清楚曾侯乙尊盘的下落不惜去蹲8年大狱，结识老三口，企图查出复制尊盘的大盗。马跃之同样如此，当他怀疑曾侯乙尊盘被仿品替换，却又无法确证时，他借死者郝嘉来信的方式提醒曾本之查出真相。在他们身上都有庄子和屈原所代表的楚文化为内核的传统知识分子精神。

曾本之是小说中塑造得最为成功的典型形象。他的成功之处在于他的内心深处经历了价值选择的斗争、人格立场的斗争。早期的

---

① 刘醒龙：《蟠虺》，上海文艺出版社2014年版，第1页。

曾本之基本上还算是一位"识时务者"。作为自己学术强劲对手的郝嘉自杀了，他虽然充满敬佩、疑惑和痛惜，却也为自己失去竞争对手易于成为该领域权威而暗自庆幸，于是也不太主动过问郝嘉的死因。曾侯乙尊盘出土后，他第一个提出"失蜡法"的学术观点，后来"失蜡法"受到怀疑和挑战，只有学生郑雄坚决捍卫自己的学术观点，于是他就让郑雄接替楚学院院长的职务，并且违背女儿意愿让他做了自己的女婿。曾本之所在的楚学院年年负责对送来的尊侯乙尊盘进行检测，然而10多年前他就发现真正的曾侯乙尊盘在楚学院进行检测时已经被调换，湖北省博物馆展出的尊盘是仿品，但他并没有声张，也没有急于追查。郝文章被捕入狱，他也听之任之。郑雄极力帮助他申请向往已久的院士头衔，他也没有明确拒绝。这个时期的曾本之并没有强烈的愤世嫉俗、追求正义真理、特立独行的举动，相反却表现得随方就圆。然而，自从收到那封借死者郝嘉之名的来信后，他便开始反思了，反思的根本就是应该"识时务"还是应该"不识时务"的做人的选择。一方面，郝嘉的自杀、郝文章的蹲狱、马跃之的旁敲侧击唤醒和激发了他的知识分子的正道直行的精神品质；另一方面郑雄背弃学术道德、世故圆滑的行为也让他越来越厌恶，特别是老省长、熊达世等当权者为攫取尊盘而为所欲为、杀人放火的行径，更让他忍无可忍，也让他坚定了追查真相、寻找尊盘下落、保护国宝的信念。当青铜大盗老三口、华姐最后选择秉持正义让国宝回归并对他寄予信任和希望时，曾本之身上的知识分子的良知和使命彻底回归了。他终于鼓起勇气拒绝名利诱惑，直面死亡的威胁，反击一切邪恶势力，哪怕身败名裂。他说："我只是遵循青铜重器只与君子相伴的古训。作为研究者如果不遵循古训，青铜重器就会变成悬在头上的利剑。"①最后，曾本之终于找回了尊盘，结束了这场长达20余年的文物大案；同时他也实现了自己人格精神从"识时务者"向"不识时务者"的转变，以实际行动践行了正道直行、特立独行的楚文化为内核的传统知识分子精神。

---

① 刘醒龙：《蟠虺》，上海文艺出版社2014年版，第213页。

三、以文化符号凸显楚文化内涵

作为一部现实主义的小说作品,如何通过客观现实世界中的真实人物、事件、场景等来体现作者带有寓意色彩的写作意图,实在是较为困难的艺术设计。在《蟠虺》这部小说中,作者为了凸显楚文化色彩,引起读者对楚文化的关注,除了在典型环境和典型人物上强化文本的楚文化氛围与精神个性外,还特意设计了一系列楚文化符号,试图通过这些文化符号,进一步强化楚文化氛围,突现楚文化的个性化内涵。

首先,小说成功设计了人物和故事集结的核心物象:曾侯乙尊盘,这是楚文化中青铜重器的典型代表。围绕曾侯乙尊盘,作者构思了与其相关的研究、仿制、保护、失窃、侦查、回归等一系列事件。曾侯乙尊盘是春秋战国时期最繁复精美的青铜器件,1978年在湖北随州市曾侯乙墓中出土。蟠虺是青铜器中一种常见的纹饰,以卷曲盘绕的小蛇形象组成连续不断的装饰。蟠虺恰是曾侯乙尊盘这一神奇文物上特有的图饰,玲珑剔透,鬼斧神工;曾侯乙尊盘的尊口是蟠虺状镂空花纹,仿佛朵朵云彩上下叠置,尊的颈部则是蟠虺纹的蕉叶形向上舒展,尊腹和足都是由细密的蟠虺纹严严包实,尊底的盘也在四只方耳上饰满蟠虺纹,与尊相呼应。① 作为楚文化符号典型代表的曾侯乙尊盘,作者的描述充满极致赞美之情:"作为青铜重器中极品的曾侯乙尊盘,是王者用来盛酒和温酒的一套器皿,其存在的意义被视为国宝中的国宝。"②"如果说曾侯乙编钟是青铜重器中的皇冠,那曾侯乙尊盘则是皇冠上的明珠"③,"正是(曾侯乙尊盘)这种横空出世独步天下的绝对之美,给曾侯乙尊盘

---

① 贺绍俊:《青铜重器的分量:读刘醒龙长篇小说〈蟠虺〉》,《人民日报》2014年6月10日(14)。
② 刘醒龙:《蟠虺》,上海文艺出版社2014年版,第2页。
③ 刘醒龙:《蟠虺》,上海文艺出版社2014年版,第86页。

带来空前的神秘与玄幻"①。这样的赞美是丝毫不为过的。是的，曾侯乙墓中出土了很多国宝级文物，有精制编钟、编磬以及其他众多青铜礼器、漆器等，唯独这套尊盘制作工艺最为复杂，设计最为神奇，科技含量最高，审美效果最显著，它空前绝后，独步天下。她高贵华美而又沉着浑厚的气质蕴藏着王者的尊严，精美的造型和复杂的工艺彰显着楚人丰富的想象力和浪漫奇诡的艺术才能。刘醒龙借曾侯乙尊盘表达了自己对文化、对文物的独特而正确的理解："楚国用青铜铸造战争机器，随国用青铜铸造国之重器。千年之后，我们所看中的偏偏是后者。希望我与我的同时代人能够一起明白，何为国宝何为重器。"②刘醒龙对青铜器的认识体现了作家的文化自觉，这种文化自觉体现了作家作为知识分子的文化良知和天职，即任何先进的战争机器都会随着社会进步而落后消亡，同时因为它们的残忍和血腥而备受诅咒，只有那些技艺高超且光照人生的生活艺术品才能与世长存、备受推崇。这就是不可复制的镂空技艺以蟠虺纹成就的尊盘所蕴含的文化内涵，也是小说名称《蟠虺》的象征寓意。

其次，与曾侯乙尊盘相关的文物符号的大量设置与穿插，也为小说中楚文化意蕴的彰显起到了很好的支撑作用。除曾侯乙尊盘外，作者还用饱含敬仰、自豪和热爱的笔触书写了编钟、楚鼎、丝绸、越王勾践剑等楚国的经典文物和史实。"声名远播的曾侯乙编钟，是青铜重器领域最广为人知的精品"③小说中反复出现的一些甲骨文文字、甲骨文书信、楚简、古墨等字眼，都是对楚文化的彰显，就连老鼠尾的先月亭也被作者形容成一枚"楚简"。比如，作者对古墨的详细描写，不仅给人增添知识，也能带读者走进中国古老幽深的厚重文化历史中，感受先人的艺术文化情怀："古墨是用松烟、油烟，再加入珍珠、玉屑、龙脑、麝香等名贵药材，经过一

---

① 刘醒龙：《蟠虺》，上海文艺出版社2014年版，第87页。
② 欧阳春艳，刘醒龙：《把楚文化的好说给所有人听》，《长江日报》2014年6月11日(22)。
③ 刘醒龙：《蟠虺》，上海文艺出版社2014年版，第86页。

系列繁琐的工序，千锤万杵而成，否则哪会温软如玉，幽香恒久。"①还有楚学院门牌上那些带着楚字的成语，以及楚楚拿来考问客人的青铜器"三十个字"等，这些离我们现代社会越来越远的文化符号，正在和我们远古文化血脉中那些底蕴深厚的历史一同渐渐湮没于现代化洪流之中。然而这部小说却有意将楚文化的历史唤醒、复活，将整部小说笼罩在楚文化氛围中，体现出楚文化的博大精深。小说的字里行间楚风流溢。楚地的艺术品体现出来的动感、活泼、繁复、自由、激扬等精神特质更"是上古时代同期文化中所相对缺乏的，以及后来的中国文化中所相对被压抑了的一种精神"②。"楚文化在中国古代艺术创造与想象力方面具有领导地位"，"真正的楚文化以其独特的形式从各个方面表现自己"③。冯天瑜教授也说："楚艺术的特色之一，是将具象世界的实物以及想象中的神物(如龙、凤)肢解打散，加以变形，根据表现和象征的需要，予以选择、重组，造成'钩佩与环饰'样式，达成流畅瑰丽、富于想象力的形式美。"④楚青铜重器正是对"被压抑了的精神"的重启与张扬。"古之大事，唯祭与戎"，作为祭祀祖宗山川的礼器是最足以反映其所处时代和国人之风尚的，正如作品中所说："在青铜时代，楚地制造的青铜重器，奇美浪漫更具有艺术气韵。而秦地制造的青铜重器，凝重霸道带有威胁压迫的政治特色。"⑤"楚鼎用一道优雅的束腰将自己与同等物什区别开来，正如世间脊梁坚挺腰撑傲骨之人，自当思哲高尚雄美万方，以诗情气节岁月境界为人生最重，其他权力、地位、财富以及荣誉，都是很轻的东西。"⑥这种艺术精神和人格精神正是庄子和屈子的精神，也是楚文化的特

---

① 刘醒龙：《蟠虺》，上海文艺出版社2014年版，第30页。
② 皮道坚：《楚艺术史》，湖北教育出版社1995年版，第127页。
③ 王生铁：《楚文化的六大支柱及其精神特质》，《光明日报》2014年4月20日(B3)。
④ 冯天瑜：《返本开新，追寻大美》，《周韶华"荆楚狂歌"作品集》，湖北美术出版社2006年版。
⑤ 刘醒龙：《蟠虺》，上海文艺出版社2014年版，第272页。
⑥ 刘醒龙：《蟠虺》，上海文艺出版社2014年版，第26页。

质，同时也是小说作者景仰的一种文化价值立场。

再次，鬼神占卜等神秘楚文化符号的设置，也充分体现了楚文化的民族个性特征。楚地既是"信巫鬼、重淫祀"之乡，又是中国道家文化孕育与生存之地。不少研究者认为，楚文化最突出的特征就是巫风盛行、信神信鬼。①《吕氏春秋·异宝篇》中言楚人信鬼。《汉书·地理志》也指出："楚人信巫鬼，重淫祀。"②王逸认为楚地"其俗信鬼而好祀"③。范文澜先生在《中国通史简编》中说："楚国传统文化是巫官文化，民间盛行巫风，祭祀鬼神必用巫歌，《九歌》就是巫师祭神的歌曲"。④ 这种"信巫鬼、重淫祀"的信仰恒久地浸润着楚民族的文化土壤，深深地融入了其文化血脉中，从而形成了楚民族独具个性的文化特色。楚人信巫好祀、占卜吉凶的信仰文化至今仍在民间保存。小说中郝文章说：夏商周时代的甲骨文，主要用于祭祀，用于朝拜天地和对不明事物的求知；殷人创造的甲骨文，主要用于记事和卜卦。小说中书写了这种古老的信仰，曾本之的龟甲片不仅可以卜卦还可以辟邪镇邪。小说 26 节中写道：沙璐的车在九峰山的外面等曾本之，不想遇到鬼魂与之纠缠、东冲西撞，曾本之用龟甲片朝车扔过去，马上一切平静下来，龟甲上一股腥臭；回到市内，刚才的腥臭一点都没有了。⑤ 楚人信鬼神，相信万物有灵，相信人死了灵魂却不死。正如郝文章所说："我们确实应当相信，世间万物都是有灵魂的。"⑥小说多次提到曾侯乙尊盘会冒紫气，最后真器回到博物馆，曾侯乙尊盘中传出细微的鼓乐声、发出一股异香。小说的前面两三次提到龙王庙有人溺水的神奇事件，看似是市井迷信之说，但为文章最后结尾作了铺垫，结尾处郑

---

① 陈琦：《屈原精神与楚文化特质》，《江汉大学学报（社会科学版）》，1992 年第 4 期。
② 班固：《汉书·地理志》，中华书局 1962 年版，第 1666 页。
③ 王逸：《楚辞章句·九歌》，岳麓书社 1994 年版，第 5 页。
④ 范文澜：《中国通史简编：第 1 册》，人民出版社 1955 年版，第 288 页。
⑤ 刘醒龙：《蟠虺》，上海文艺出版社 2014 年版，第 330~331 页。
⑥ 刘醒龙：《蟠虺》，上海文艺出版社 2014 年版，第 466 页。

雄带着曾侯乙尊盘坐船经过龙王庙时,"突然之间,像有一只大手从江底伸出来,生生地从他怀里夺过那只木箱,轰隆一声坠入江中。奇怪的是,刚刚还在翻江倒海的快艇,马上恢复平静"①。让你不得不相信"天意,一切都是天意"。作品中的郑雄的情人许姬竟然和古代楚庄王的妃子许姬不仅同名同姓,而且形貌相似,让人惊叹,让人无从解释。小说中那位公墓管理员一再说不停地从郝嘉的墓碑下冒出来一股白色雾气,"是死者心里有大冤屈,躺在地下仍在大吼大叫的缘故"。② 所有这一切,让整个作品充满了神秘的楚文化色彩。也正是这种复魅的文化精神,在祛魅的现代科技文化中独树一帜。在当下这个欲望狂欢却毫无节制之心的时代,些许恢复人对自然天命和灵魂神异的敬畏之心,对当下的国人洗刷灵魂、重构节欲的人心,不无裨益。

总之,刘醒龙的新作《蟠虺》是一部批判现实主义的力作。作者以写实和虚构结合的方式,创造出了典型环境和典型人物。作品通过对楚文化环境的设计与描写,对楚文化符号的穿插与阐释,对楚文化为内核的传统知识分子精神的弘扬,既鞭挞了现实生活中的假恶丑,也高扬了现实生活中的真善美。对当下社会现实中以知识分子为核心的人们具有深刻的反省作用。它彰显了中国传统文化中知识分子的"圣贤"意识,激发了当代中国知识分子追求真理的学术精神、崇尚科学的敬业精神、明辨是非的批判精神、坚持操守的道德精神、正道直行的独立精神、崇艺爱美的艺术精神。只有这样,中国的知识分子才不会在市场化、商业化、名利化的大潮中迷失方向,中国文化才有希望,才有未来。

(《武汉理工大学学报(社会科学版)》2015 年 04 期)

---

① 刘醒龙:《蟠虺》,上海文艺出版社 2014 年版,第 469 页。
② 刘醒龙:《蟠虺》,上海文艺出版社 2014 年版,第 255 页。

悬疑·学术·人性
——评刘醒龙长篇小说《蟠虺》

王春林

面对着茅奖得主刘醒龙的长篇小说《蟠虺》(载《人民文学》二〇一四年四期),我首先便陷入了一种自我尴尬的状态之中。这个"蟠"字么,我倒还认识,蟠龙镇的"蟠"不就是这个"蟠"么,但"虺"呢?这是一个什么字?尽管说很快地我就借助于词典解决了这个问题,但曾经的自我尴尬却是一种无法否认的事实存在。关键问题是,刘醒龙为什么非得给自己的长篇小说弄这么一个怪模怪样的标题呢?不这样不行么?但只有在认真地读过这部小说之后,我方才明白了刘醒龙为什么一定要把自己的这部作品命名为"蟠虺"的原因。却原来,对于刘醒龙这样一部以楚学研究界为主要表现对象的小说来说,"蟠虺"是一个写实性与象征性兼备的恰切标题。何谓"蟠虺"呢?按照百度百科的说法,"蟠虺"乃是从"蟠虺纹"这一名词中剥离出来的一种既似龙又像蛇的纹饰形象。具体落实到小说文本中,与"蟠虺"紧密联系在一起的,是作为小说核心物象存在的青铜重器极品曾侯乙尊盘。在楚学界,曾侯乙尊盘有着至高无上的独尊地位:"按时下常常被人形容的,如果说曾侯乙编钟是青铜重器中的皇冠,那曾侯乙尊盘则是皇冠上的明珠。曾本之正是因为对这颗明珠的研究而享誉中外考古学界。""时下还有一种说法,说一个人行不行,要看说这个人行不行的人行不行。同理用在学界也是如此,研究者的研究成果行不行,要看研究者研究的东西行不行。曾本之在楚学院的地位之所以至高无上,就在于他潜心研究的曾侯乙尊盘的地位,在所有已发现的青铜重器中是至高无上的。"

正因为曾侯乙尊盘在青铜重器中有着至高无上的地位，所以它也自然成为了《蟠虺》这部小说的核心物象。而对于附着于其上的蟠虺纹饰，小说中也曾经借助于老三口送给曾本之的那块透空蟠虺纹饰残片进行过极生动的描述："曾侯乙尊盘的至尊地位，除了其构思巧妙，器型复杂，组件繁多，至今仍令人叹为观止外，更在于尊与盘上各有一圈独一无二的透空蟠虺纹饰。那些若龙若蛇的微小的青铜构件，互为依偎，争相缠绕，宛如混沌初开之际，天地晴明，龙蛇腾飞，万物竞逐。从出土至今已经三十多年了，其繁其复，其纷其杂，即便是曾本之这样最有心得的研究者，也没有弄清楚那些若龙若蛇的细微的青铜器构件到底有多少。"很显然，刘醒龙之所以坚执于"蟠虺"这一标题，与曾侯乙尊盘在青铜重器中的重要性，与附着于其上的蟠虺纹饰的精美无比，存在着内在的紧密联系。

依照常理，既然是一部以楚学研究界为主要表现对象的长篇小说，那就自然应该被归入到知识分子题材当中。但刘醒龙这部长篇小说的一个特出之处，却是对于一种悬疑表现方式的有效征用。他的悬疑表现方式来自悬疑小说。悬疑小说是类型小说之一种，特别注重于悬念的制造，一般情况下，往往会有一个悬念贯穿始终并最终得以完满解开。具有明显通俗意味的悬疑小说，之所以着重于悬念的制造，从根本上说，正是为了增加小说的情节紧张度，能够吸引更多读者的缘故。具体来说，刘醒龙《蟠虺》所采用的悬疑手段主要体现在以下几个方面。其一，是关于那两封神异的甲骨文来信。小说一开始，就制造出了一个强烈的悬念，那就是主人公曾本之在当下这样一个纸质书信差不多已经完全退出了历史舞台的时代，突然收到了一封神异的纸质来信。这封信的神异，体现在这样几个方面。首先是写信人郝嘉，早在二十多年前的那个夏天，就已经以自杀的方式离开了人世。其次，这不是一封简体信，而是一封用绝大多数人都不可能认识的甲骨文书写的信件。再次，是一种特别的寄信地址和方式："省博物馆背后，进东湖公园大门，过小梅岭、可竹轩，道路尽头俗称老鼠尾的半岛最前端先月亭前，周一下午四点十分独坐于此的曾本之先生亲启。"当然，同样值得注意的，还有先后寄来的两封信的具体内容分别是"拯之承启"与"天问二五"。一位明明确确已经离开这个世界二十多年的人，是绝对不可能给曾本之写信的。那么，这两封信的写作者究竟是谁？他为什么要如此煞费苦心地给曾本之写这样一种特别的信件？所有这些，自然就构成了一种强烈的悬念，牵引着读者以一种欲罢不能的心态去最终弄明白隐于神异信件之后的真相。一直到小说将要结束时，神异信件的谜底方始被彻底揭开。原来这两封神异的甲骨文信件的写作者，不是别人，正是曾本之楚学院的同事，同时却也是他惺惺相惜的朋友马跃之。马跃之可以说是楚学院仅次于曾本之的另一位楚学权威。曾本之以对曾侯乙尊盘等青铜重器的研究而驰名学界，而马跃之的研究领域却是漆器和丝绸："马跃之专攻漆器和丝绸，是这个方向上声名显赫的学术权威，但对甲骨文和青铜重器从不轻言。"

其二，是郝嘉与郝文章父子二人不无离奇色彩的人生遭际。作为曾本之楚学院曾经的同事，郝嘉虽然已经离开这个世界多年，但在小说中他却凭借着马跃之煞费苦心炮制出的甲骨文来信而强势浮出水面。马跃之之所以要冒用郝嘉的名义写信，正是因为他一直对郝嘉的自杀原因心存疑问。实际上，马跃之的疑问，也同样是曾本之无法释怀的一种疑问。那么，当年的那位楚学研究天才郝嘉究竟为什么要自杀呢？他为什么在弃世的时候要伸出三个指头来？为什么从六楼跳下来时要"山呼鼻屎"呢？正因为这一切都无从索解，所以马跃之才会发出由衷感叹："郝嘉出事后，我也想不通，全楚学院几十号人，可能要出事的人，至少有七八个，为什么要争这谁也不想要的冠军呢？"因此，尽管是发生在二十多年前的往事，但郝嘉的真正死因却构成了推动小说情节演进的一个悬念，而且也只有到了小说快要结束的时候，读者方才恍然大悟，原来，郝嘉之死却也与郑雄对他的出卖有关："'我也是逼上梁山！'郑雄几乎要哭了，'那一年我才二十出头，哪见过这种世面，加上师母成天追着我问，曾老师会不会像郝嘉那样被隔离审查？小安还不到十岁，也拉着我的手要我保护爸爸。我一心急，就将那些照片交上去了。"也只有到了这个时候，导致郝嘉之死的诸多原因才得到了充分的揭示："从伪器的出现开始，郝嘉的内心就开始死亡了。在这一点上曾本之和马跃之的看法是一致的。加上泰山压顶的大审查,还有杨医生的死,以及杨医生所生儿子的失踪,郝嘉生命的崩溃无可避免地发生了。"然后,是郝文章的离奇入狱。作为一位前程无量的楚学研究天才,作为楚学泰斗曾本之的得意门生,郝文章最令人费解的行为,就是因为试图把曾侯乙尊盘据为己有而锒铛入狱长达八年之久。对此,马跃之一直耿耿于怀:"这些年我总觉得,当初郝文章犯事,被判入狱八年,这中间有些事于情于理都有破绽。""暂且不说作案过程,仅仅是作案动机,就让人无法相信,郝文章来楚学院几年,以区区本科生的教育水平,很快就超越那些博士硕士,所取得的研究成果,已经是本之兄一人之下,而在其他所有之上。就连先前集万千宠爱于一身的郑雄,也已露出颓势。这种时候,他竟然去偷曾侯乙尊盘,让人讲不出,也想不出道理来呀。"也只有到郝文章后来出狱之后,我们方才弄明白他的入狱其实在很大程度上带有自愿的意思。唯其因为知道青铜器大盗老三口也被关在狱中,一心想着要彻底澄清曾侯乙尊盘真相的郝文章才不惜以身入狱一探究竟。曾本之在当时之所以未加阻拦,也是因为对郝文章多有了解的他,实际上已经隐隐约约意会到了郝文章的本心所在。从这个意义上说,郝文章这种"不入虎穴焉得虎子"的入狱行为,就真正称得上是"我不入地狱谁入地狱"了。此种行为所充分凸显出的,很显然正是郝文章那样一种为了学术真理而不惜付出一切代价的献身精神。

其三,是关于老三口与华姐传奇故事的讲述。除了曾经与曾本之在狱中会面之外,老三口一直以幕后的形式活动在小说文本之中。所谓幕后的形式,就是指我们所有关于老三口的信息,包括他与华姐的夫妻关系,他的盗墓行动,他的入狱出狱,乃至于他最后的惨死于密谋的车祸,都是叙述者借助于其他人物之口告诉读者的。"老三口曾经是中南地区著名的青铜大盗。除了盗墓,老三口还喜欢复制一些罕见的青铜重器,并将所复制的青铜重器放进被盗过的古墓中,故意出难题,让考古专家不敢轻易将被盗过的古墓中的物品当成文物。老三口正是凭借考古部门一时难以判定地下文物被盗情况,赢得时间和空间,将真的青铜重器,或是转移,或是出手。"正所谓盗亦有道,虽然身为青铜大盗,但老三口的言行举止却并没有完全逾越考古学界的规范。倘若机缘凑巧,在青铜重器方面拥有某种绝世才能的老三口或许能够成为如同曾本之一样的学术泰斗也未可知。事实上,最早发现曾侯乙大墓的,不是别人,正是老三口:"如果没有那些突然冒出来的铁道兵在附近修铁路,那些旷世青铜重器本可以由老三口独自拥有,老三口也可以凭借这些旷世国宝,弃暗投明成为像曾本之一样的学界泰斗,广受世人尊敬。老三口后来之所以与郝嘉暗中合作,是怀有报复之心的,同时,也有炫技因素。老三口想以一个盗墓贼的身份完成史上第二套曾侯乙尊盘,来羞辱曾本之等所谓的权威泰斗。"从根本上说,所谓的学界泰斗与青铜大盗,都是在依靠自己灵敏的嗅觉挖古墓为生。只不过一个在明处,风光满面,一个在暗处,见不得光而已。尤其不能忽视的是,"老三口干这一行,不全是为了钱。如果只是为了钱,他们夫妻俩早就发财了。老三口仿制各种各样的青铜重器,也不仅仅是为了捉弄那些半吊子的青铜重器专家,他太想表现自己高超的青铜铸造工艺"。大约也正因为如此,所以我们就不难发现,在曾本之与老三口的内心深处,其实都存在着一种所谓高处不胜寒的惺惺相惜之感。但不管怎么说,老三口实质上的青铜大盗身份却是无以更改的。在一般读者的理解中,他携带娇妻华姐那样一种充满冒险色彩的盗墓与亡命生涯,本就充满着突出的悬疑意味,有着足够的吸引力。当然,同样具有强烈悬疑色彩的,也还有老三口唱给曾本之听的那一首来自岷县的民歌花儿:"高高的山上有一窝鸡,不知道公鸡么母鸡;清朝时我俩亲了个嘴,到民国嘴里还香着,好像老鼠偷油吃哩!"只要略作查对,就可以发现,实际上流行的民歌只有前四句,根本不存在最后一句。老三口刻意地添加上这一句,其实就是要暗示曾侯乙尊盘的埋藏处所在。只可惜一伙大人均没有能够悟出其中深意,亏得幼儿楚楚识破了脑筋急转弯的奥秘,一众学者方始明白,老三口原来把曾侯乙尊盘埋在了曾本之经常盘桓于此的老鼠尾那个地方。到最后,果然在老鼠尾这个地方挖出了已经被搜寻了很久的曾侯乙尊盘。

现在的问题是,在一部旨在透视表现知识分子精神世界的长篇小说中，刘醒龙为什么非得要征用以上种种悬疑手段呢？尽管说《蟠虺》肯定不是一部后现代主义的作品，但来自于后现代主义的影响，或许正是致使刘醒龙果断征用悬疑手段一个极其重要的因素。我们且先来看过特里·伊格尔顿对于后现代主义的一段论述："最后，也许最典型的是，后现代文化厌恶传统在'高雅'与'通俗'艺术之间划分的固定界限和范畴，通过生产自觉于民本主义或土著文化的艺术品，或通过提供用于娱乐消费的商品而打破了二者间的界限。与瓦尔特·本雅明的'机械复制品'一样，后现代主义试图以一种更加可怕的实用性艺术消解现代主义主潮文化令人生畏的辉光，对一切特权和中坚的价值等级投以怀疑的目光。没有好坏，只有差异。为跨越艺术与普通生活之间的障碍，后现代主义在某些人眼里是传统上追求这一目标的在我们这个时代崛起的激进先锋。在广告、时装、生活方式、超级市场和大众媒体方面，美学和技术最终相互渗透了，而政治生活已经成了一种审美景观。后现代主义对常规审美判断的厌烦具体化为所谓的文化研究。"①由特里·伊格尔顿的论述可见，打通传统意义上"高雅"文学与"通俗文学"之间可谓森严壁垒的界限，积极有效地借鉴"通俗文学"的各种艺术表现技巧，正是后现代主义一个突出的特点所在。虽然刘醒龙并非后现代主义作家，但置身于当下语境之中，受到一些后现代主义的艺术启示，却也还是顺理成章的事情。最起码，刘醒龙在《蟠虺》中对于悬疑小说中悬疑手段的征用，与后现代主义之间，存在着异曲同工之妙。后现代主义的启示之外，刘醒龙的征用悬疑手段，显然还与他自己所书写着的题材领域存在着一定关系。我们必须清醒地认识到，刘醒龙所具体书写表现着的考古发掘研究工作，其实枯燥乏味得很。这样，对于意欲书写表现这一领域生活的刘醒龙来说，如何才能够把枯燥乏味的学术研究生活写得盎然有趣活色生香，能够充分吸引读者的注意力，自然就成为一个不容回避的重要问题，就构成了对于作家的一种巨大挑战。毫无疑问，刘醒龙之所以要煞费

---

① [英]特里·伊格尔顿：《文学理论导引》，转引自王先霈、王又平主编《文学理论批评术语汇释》，高等教育出版社2006年版，第760页。

苦心地运用以上带有突出"通俗"意味的悬疑艺术手段,究其根本,正是为了有效地增加作品的情节紧张度,进而使得《蟠虺》这部学术小说具备更多的可读性,成为一部好看的小说。

然而,作品的好看与否固然很重要,但一部优秀的长篇小说却不能够仅只是满足于可读性的具备。其中,是否能够成功地营造出一种恰切合理的艺术结构,显然是必备的艺术要素之一。我们注意到,对于小说的结构问题,曾经有作家做出过精辟的思考与论述:"结构即故事:开头,冲突,发展,高潮,结尾,这是关于结构最简单的回答。是一个小说家最基本的功夫,没什么神秘的,以往一说到结构就有种神秘感,就一时不知如何反应。但什么是故事?仅仅是上面说的一个 ABC 逻辑吗?故事的核心是什么?这就复杂了一些。换句话说什么构成了故事?事件,这是没错的,发生了什么事,但发生事情以后呢?就涉及了人,人与人在事件中的关系,也就是说真正要讲的故事是:事情发生后的人物关系。是人物关系构成了小说真正的结构,即故事。故事与小说的分野也正在人物关系上:对'故事会'而言是先发生事情,引出人,人服从于事件逻辑向前推进;但对小说家而言,常常不是一个事件触动他写作,而是一种人物关系触动了他,常常是先有了人物关系才开始现编故事,所有的故事都诞生并服从于人物关系。所以更直接地说结构即人物关系。"①把小说结构直截了当地理解为人物关系的建构,的确称得上是一种颇具洞见力的经验之谈。对于刘醒龙长篇小说《蟠虺》的结构设定,我们就显然可以做此种理解。正如同前面已经提到的,作为国宝级的青铜重器,曾侯乙尊盘这一物象在小说文本中处于无可置疑的中心地位,是小说叙事最根本的聚焦点所在。某种意义上,我们完全可以说,小说情节结构的设定,都是围绕着曾侯乙尊盘的"真与伪",围绕着对它的拥有或者复制而进行的。细察文本,即不难发现,围绕着曾侯乙尊盘而"逐鹿中原"的,大约可以被归并为不同的三种力量。其中,最主要的一种力量,很显然是楚学院

---

① 宁肯,王春林:《所有的小说结构都是人物关系——宁肯访谈录》,《百家评论》2014 年第 4 期。

的曾本之马跃之他们。作为楚学院的学术研究者，守护并充分展开对于青铜重器曾侯乙尊盘的学术研究，正是他们的本职工作。这一方面的力量可谓阵容强大，既包括弃世已久的郝嘉，也包括锒铛入狱的郝文章，还包括楚学界的后起之秀万乙、易品梅，甚至包括曾本之和马跃之的家人。所有这些人，都对曾侯乙尊盘持有着极浓厚的兴趣。这种力量之外，还有另外两种力量的存在。其中之一，就是青铜大盗老三口和他的妻子华姐。关于这一方面的情况，前面已经有所涉猎，此处不赘。倒是另外的第三种力量，值得引起读者的高度注意。细细说来，这第三种力量又由三部分人组成。一部分是老省长和郑雄他们，另一部分是来自北京的熊达世："熊达世是个在北京路路通的半仙，北京有些小院里的人都叫他熊大师，会气功治病，又能看风水面相，他来黄州，人还没到，也不知要干什么，就有几个电话从北京打到黄州。"再一部分，就是来自西南边陲的那个云南人："在盗墓贼中赫赫有名的老三口死之前，一直受到这些人的严密监视。郑雄只提及熊达世和用和氏璧玉玺从熊达世那里换得九鼎八簋的云南人。"那么，这三部分人为什么都会对曾侯乙尊盘充满不可遏制的强烈兴趣呢？从根本上说，这些人之所以如此，皆与曾侯乙尊盘自身一种祥瑞象征色彩的具备密切相关。从它产生的那一天开始，曾侯乙尊盘就与国家权力紧紧地缠绕在了一起："作为青铜重器中极品的曾侯乙尊盘，是王者用来盛酒和温酒的一套器皿，其存在的意义当视为国宝中的国宝。"当年曾侯乙尊盘刚刚出土时冒出过的那股紫烟，以及由此而生发出的所谓紫气东来云云，都强有力地证明着这一点。正因为曾侯乙尊盘很容易就能够被一些人与国家权力联系在一起，所以也才会有马跃之与曾本之之间的这样一段对话："马跃之说：'你是担心他们会将曾侯乙尊盘当作祥瑞之物，奉献给那些有着狼子野心的人？'曾本之说：'正是这样。所谓祥瑞只是一种文化暗示，但是，很多时候，暗示是能够变成某种神秘力量的。'"实际的情况也确是如此，老省长之所以要不遗余力地拉上郑雄积极推动青铜重器学会的成立，根本原因显然在此。这一点，在他对郑雄讲过的话中有着毫不遮掩的直接表达："任何文物，如果不转化为生产力，成为意识形态，就不能成

悬疑·学术·人性——评刘醒龙长篇小说《蟠虺》

为真正的国宝。你懂我的意思吗?"正因为老省长、熊达世以及云南人对于曾侯乙尊盘的兴趣实际上都与现实社会中一种经世济用的政治意图紧密相关,所以我们自然也就把他们归并为一类,成为所谓的第三种力量。作品中,以上三种力量,围绕曾侯乙尊盘发生了可谓是错综复杂的矛盾纠葛。对于三种力量之间如此一种错综复杂的矛盾纠葛局面,很多时候我们只能够用扑朔迷离称之。从结构即是人物关系这样的一个角度来说,以上三种力量显然就应该被看作《蟠虺》中的三条结构线索。其中,曾本之马跃之他们的那条线索,是最主要的结构线索。这条线索与另外两条相对次要的线索一起,不断地相互交叉缠绕,共同推进着小说主体故事情节的发展演进。

  需要注意的是,无论是悬疑艺术手段的有效征用,还是艺术结构的精心营造,刘醒龙所欲抵达的最终艺术目标,却是对于学术界学术腐败问题的直面批判,是对于知识分子精神世界的深度勘探与表现。倘若仅仅只是从小说题材的角度来说,刘醒龙的《蟠虺》完全可以被看作一部旨在透视表现学术领域学者众生相的学术小说。尽管说进入新世纪以来,以知识分子为主要表现对象的知识分子题材在长篇小说领域并不鲜见,但严格说来,把艺术聚焦点对准学术界的,还的确是相当罕见。除了刘醒龙的这部《蟠虺》之外,一时之间真还想不起来有其他的同类题材作品存在。别的且不说,单只是题材的选择,《蟠虺》就有着不容小觑的意义和价值。更何况,在其中,刘醒龙也还有着对于当下时代学术界学术腐败现象的尖锐揭露与批判。这一点,集中体现在曾经的楚学院院长、后任文化厅副厅长与青铜重器学会会长郑雄对于学术研究资源的垄断上:"易品梅这篇从根本上否定失蜡法的论文,前几年就公开发表了。马跃之知道较晚,并非仅仅只是没有研究青铜重器,还在于楚学院资料室订阅的各种专业报刊,必须由当院长的郑雄一一过目才能上架借阅。凡是刊载有反对失蜡法或者对失蜡法表示质疑文章的报纸和杂志,都被郑雄先行借走,用不再归还的方法拦截下来。至于一些专业会议与活动,要么由郑雄陪着曾本之参加,要么是郑雄独自参加。郑雄调任文化厅副厅长之后,对楚学院的日常事务有些鞭长莫及,马跃之才从新来的报刊中了解到,被奉为青铜重器之神的曾本之,其不败金身已经被雾霾所笼罩。"尽管从表面上看起来,身为曾本之大弟子的郑雄一向对于曾本之毕恭毕敬,以至于连外出参加学术会议都要坚持陪侍在侧,但明眼人一眼即可看穿,郑雄的行为实质上其实很有一些"挟天子以令诸侯"的意味。究其实质,郑雄就是试图借助于手中的行政权力彻底垄断关于曾侯乙尊盘的学术研究。从根本上说,他所欲控制的,不仅仅是那些反对曾本之的学术界同仁,而且更是曾本之自己。郑雄非常清楚,自己与曾本之是一损俱损一荣俱荣的关系。只有维持住了曾本之在楚学界的学术泰斗地位,他自己在学术界的根本利益方才不会受到影响和威胁。正因为郑雄早已经习惯了对于曾本之的暗中控制,所以,一旦得知曾本之居然要甩开自己去宁波参加一个专业会议,他的即时反应才会特别失态:"'这么重要的事,事先怎么也不和我说一声?'郑雄一定是急了,在一旁情不自禁地叫起来,话一出口又觉得言重了,马上补一句,'就算再忙,我也要请假陪您去呀!'"很大程度上,因为我们置身于一种特定社会体制的缘故,长期困扰中国学术研究界一个非常严重的问题,恐怕就是越来越明目张胆了的学术权力化现象。来自市场经济的消费意识形态影响之外,权力对于学术研究工作的强势介入与干预,毫无疑问是制约影响学术研究向纵深处发展的主要原因。刘醒龙在《蟠虺》中所详尽描写出的老省长与郑雄他们对于以曾侯乙尊盘为代表的青铜重器研究工作的越界干扰和控制,就可以被视为学术政治化的一种突出表现。在这种艺术描写的背后,我们所强烈感觉到的,正是刘醒龙对于不合理的学术政治化现象的有力揭示与批判。

但小说终归是一种关于人性的艺术,如何运用恰切的艺术表现形式把人性的真实状态尽可能生动形象地展示在读者面前,是衡量所有小说作品的一个重要标准之所在。我们发现,在一部体量相对庞大的长篇小说中,作家对于人性深度的挖掘表现,往往会集中体现在人物形象的塑造上:人物形象的塑造完全可以被看作作家总体创造能力综合体现的一种结果。一个人物形象的成功塑造,既深刻地映现着一个作家对于客观世界的认识与把握能力,也有力地表现着一个作家对于深邃人性世界的体验与勘探能力,同时更考验着一

悬疑・学术・人性——评刘醒龙长篇小说《蟠虺》

个作家是否具有足够的可以把自己对于世界的认识与对于人性的把捉凝聚体现到某一人物形象身上的艺术构型能力。一句话,人物形象的成功塑造与否,乃是衡量某一作家尤其是长篇小说作家总体艺术创造能力的最合适的艺术试金石之一。我们之所以认定刘醒龙这部旨在描写表现当下时代学术生态的《蟠虺》是一部优秀的长篇小说,很大程度上也正因为作家凭借其突出的艺术构型能力成功地塑造了若干位具有相当人性深度的人物形象。一部学术小说,知识分子自然会成为人物形象的一种主体构成。因是之故,作家对于人物形象的塑造过程,实际上也是在对知识分子的真实精神世界进行着深入的挖掘与勘探。这其中,最不容忽视的两位人物形象,就是曾本之和郑雄。

作为楚学院研究曾侯乙尊盘的学术泰斗,曾本之实际上长期处于某种难以排解的思想矛盾状态之中。虽然他的这种心理矛盾状态一直到自己所钟爱的弟子郝文章出狱前后方才集中爆发,但其内心围绕曾侯乙尊盘所发生的纠结却已经延续很长时间了。在这里,我们首先须得注意到刘醒龙关于小说叙事时间的特别处理。刘醒龙《蟠虺》的叙事时间处理,事实上有三个时间节点不容轻易忽略。其一,是主体故事发生的当下时间,从曾本之在老鼠尾收到那封莫名其妙的甲骨文来信起始,一直到春节后故事的终结,前后约略差不多一年的时间。其二,是郝文章因企图"盗窃"曾侯乙尊盘并因此而锒铛入狱的八年之前。其三,则是更其遥远的那个郝嘉跳楼自杀的夏天。虽然前者绝对构成了叙事主体,但在小说的叙事过程中你却不难发现,叙述者的视点实际上总是会回溯到前两个时间节点去。这样,三重的叙事时间实际上就一直处在一种不断叠加并置的状态之中。而作家对于几代知识分子命运的审视与表现,也正是在这样一种叙事时间不断叠加并置的过程中得以最终完成的。严格说来,曾本之关于曾侯乙尊盘的内心纠结,早在郝嘉跳楼自杀的那一年就已经开始了。需要强调的一点是,曾本之那个时候的心理纠结,还只是集中在曾侯乙尊盘的真伪问题上:"他心里早就有了基本思路,曾侯乙尊盘的丢失,肯定发生在夏天学潮闹得最猛烈的那一天,事先安排好将曾侯乙尊盘送到楚学院检修,国宝送来后,突然传来广场的消息，激愤之下，郝嘉将楚学院的人全部带到长江大桥。等到安保人员想起来，赶回楚学院时，曾侯乙尊盘已经被别有用心的人用足以乱真的伪器替换了。"伴随着故事的不断推进，我们后来才搞明白，原来这个别有用心的人不是别人，正是特别擅长于铸造各种青铜重器的青铜大盗老三口。自打发现曾侯乙尊盘被掉包之后，如何才能够找到原初的真品，就成为了曾本之无法释怀的一个心病。他之所以总是会长时间地盯着家里的曾侯乙尊盘照片发愣，根本原因显然在此："与之对坐时，别人看到的是一个老男人对既往辉煌的留恋，看不到他那胸膛深处涌动的心潮，比龙王庙下面，长江和汉水交汇时形成的暗流还要汹涌。"更进一步说，曾本之弟子郝文章的自愿锒铛入狱，其实也与他对于伪器的发现有关。唯其意欲结识青铜大盗老三口以便彻底澄清曾侯乙尊盘一事的真相，郝文章才不惜做出代价如此惨重的自我牺牲。

　　曾侯乙尊盘的真伪之外，令曾本之无法释怀的另外一个精神情结，就是青铜时代的曾侯乙尊盘究竟是用失蜡法还是用范铸法方才得以铸造成功的问题。曾本之之所以能够成为楚学界关于曾侯乙尊盘研究的学术泰斗，很大程度上"得益于他对早已失传的青铜重器铸造工艺的研究"。"多年前，曾本之在青铜重器学界，石破天惊地指出，曾侯乙尊盘是用失蜡法工艺制造的。曾本之还通过一系列相关研究证明，最早使用失蜡法制造青铜重器的人是楚庄王的儿子楚共王，为中国青铜史写上全新的一页。"从根本上说，曾本之的学术地位，正是由对于失蜡法的坚决主张而奠定的。以至于，"无论如何，作为青铜重器研究的关键成果，曾本之就是失蜡法，失蜡法就是曾本之，这是人所共知的事实。"然而，在此后渐次深入的研究过程中，曾本之却逐渐地意识到自己对于失蜡法的学术主张极有可能是错误的。他之所以要在宁波会议上刻意地汇聚几位国内对失蜡法持强烈质疑态度的青年学者，所透露出的正是这样的一种学术信息。然而，业已延续数十年之久学术研究经历告诉曾本之，如果由自己出面否定失蜡法，毫无疑问将会引起一场楚学界的大地震："曾本之的判断一旦被公开，可以想到的后果，首先是自身学术高度的崩塌，就像一九九八年夏天簰洲垸长江大堤的溃口，区区一个小小的管涌便造成万劫不复。其次是青铜重器同行们的愤怒，那些已经将自身高度与中国青铜时代辉煌高度紧密相连的同行，绝无可能接受曾侯乙尊盘不是用失蜡法工艺制造而成的观点，这样的否定太事关重大了。"正因为早已经充分认识到曾本之自我否定的震动效应，所以在他的好友马跃之看来："以曾本之在青铜重器学界一言九鼎的地位，青铜时代中国的制造工艺不存在失蜡法的判断一旦公开，其效果简直就是学术大屠杀。所伤及的不仅是众多同行同道，连研究丝绸与漆器的人都会被波及，未来是被腰斩，还是五马分尸，甚至被口水淹死现在都不得而知。"虽然马跃之对于能够断然自我否定的曾本之做出了高度的评价，但设身处地地想来，如同曾本之这样一位学术泰斗的自我否定，其实是极端痛苦的一件事情："自从将自己多年前力主曾侯乙尊盘是用失蜡法铸造的观点否定之后，曾本之忽然觉得楚学院变得十分陌生，有两次都走到附近了，又转头折返回来。在家里他也是这样，以往大部分时间都呆在书房里，现在为了不去面对挂在墙上的曾侯乙尊盘黑白照片，他不得不在客厅的沙发上坐着，陪安静看那比生活本身还要无聊的电视剧。实在无法安妥自己的心情时，曾本之试着去了一趟徐东古玩市场。"毫无疑问，一向把学术研究视为自己生命的曾本之之所以如此表现失常，正是其内心精神痛苦的自然流露表现。

以上两方面之外，曾本之所需要面对的还有院士的评选问题。身为一位以学术研究为终身志业的学者，能够成为院士自然是一种极具诱惑力的愿望："曾本之无法否认，每次听到院士二字，自己的心跳就会加速。"正因为对于曾本之的这种心理有着敏锐的洞察，所以郑雄他们才会把院士评选一事作为制衡曾本之的一种筹码。面对着院士的巨大荣誉，曾本之的确曾经一度处于难以轻易平复的矛盾纠结状态："他很想让自己确认，申报院士之事就是那杀死齐国三位勇士的两颗桃子。每到需要做出决定时，曾本之便发现要割舍那些披着'院士'外衣的与名利紧密相关的东西，自己还少了一些力量。"设身处地想一想，曾本之能够有今天举足轻重的学术地位，实际上是非常不容易的事情。这里，曾本之其实面临着一个类似于哈姆雷特"生存还是毁灭"的到底是要真理还是要名利的两难选择问题。如果要名利，那曾本之什么都不需要做，只需要顺水推舟，一切自会有谙熟于各种规则潜规则的郑雄去替他打理。但如果要真理，则不仅申报院士无望，而且也还面临着学术泰斗地位的崩塌问题。到底该如何选择呢？真正难能可贵的是，在经过了一番格外痛苦的精神自我搏斗过程之后，曾本之所毅然选择的，却还是对于学术真理的认同："过去人还不太老时，我太在乎像'院士'这样的所谓荣誉，以为很荣耀，也很得意，等到突然发现自己人老体衰时，才意识到实际上是吃了大亏。如果实事求是去做，或许还能做一些更有意义的事情。现在明白过来，只怕来不及了。"就这样，尽管已经年过七十，但曾本之却依然实现了一种非常不容易的衰年变法，完成了化蛹为蝶的艰难精神蜕变过程。某种意义上，曾本之的精神选择，完全可以让我们联想到小说开头处曾本之自己写下的那两句话："识时务者为俊杰"与"不识时务者为圣贤"。从曾本之所作出的最终人生选择来看，他毫无疑问是一位逆潮流而动的不识时务者。识时务容易，不识时务难。但也唯其能够不识时务，所以，他的精神境界方才得到了强有力的提升，方才成为我们这个时代实际上已经非常少见了的具有突出理想主义情怀的知识分子"圣贤"形象。

曾本之之外，另外一位给读者留下难忘印象的人物形象，就是与曾本之形成鲜明对照的郑雄。假若说曾本之是一位不识时务的"圣贤"，那么，郑雄就显然是一位识时务的"俊杰"。与曾本之的理想主义情怀相比较，郑雄身上最突出的特点，恐怕就是一种特别善于算计筹划的市侩现实主义品相，用知之甚深的曾小安的话来说，就叫做"他不管做什么事，都要用三十六计，一条一条地算计几遍才作决定的"。倘若说曾本之马跃之他们都是学术真理的坚持与维护者，在以自己的现实言行努力抵制对抗着学术政治化的痼疾，那么，郑雄就可以被看作一位学术上的投机主义和利己主义者。对于郑雄来说，所谓学术真理的存在与否根本与我无关，在这个官本位的学术严重政治化的国度中，如何获取政治利益的最大化方才称得上是郑雄的根本诉求所在。正如同前面已经指出过的，为了获取足够大的学术和政治利益，他既可以利用院长的权力垄断学术研究资源，拼命地打压学术研究界的另类异己，也可以对老省长、对曾本之一干人等卑躬屈膝委曲求全，极尽讨好之能事。惟其如此，他才会不无肉麻地当面对曾本之说："从我开始，您门下的弟子早就达成共识，这辈子最重要的研究，就是反击那些不相信楚学真理的谬论，让青铜重器成为当代重器。"在学术研究领域，到底是吾爱吾师，还是吾更爱真理，是一个无论如何都绕不过去的命题。强调这一点，在当下时代，更有其积极的针对性。但郑雄摆出的，却毫无疑问是一副学术无赖或者说学术泼皮的架势。对于郑雄的这种精神实质，马跃之自然有着一针见血的清醒认识："曾小安说郑雄很伪娘是有几分道理，像我们这样纯粹搞研究，只对历史真相负责。自打当上副厅长，郑雄就不能再对历史真相负责，首先得对管着他的高官负责。所以，但凡当官的，或多或少都有些伪娘。就像昨天下午的会上，郑雄恭维庄省长是二十一世纪的楚庄王，就是一种伪娘。只不过这种伪娘，三分之一是潘金莲，三分之一是王熙凤，剩下的三分之一是盘丝洞里的蜘蛛精。"为了达到自己的目的，郑雄真的可以说是什么事都能够做得出来。这一方面，最令人惊讶的，恐怕就是他与曾小安之间长达八年之久的假夫妻事件。为了获取曾本之充分的信任，为了谋取最大化的学术和政治利益，尽管与曾小安之间毫无感情可言，但郑雄却硬是假扮了八年曾本之的"乘龙快婿"。在这个意义上，郑雄的隐忍行为，的确可以让我们联想到历史上的韩信与勾践来。所幸在于，对于郑雄这种隐忍行为背后的狼子野心，曾本之后来有着犀利的洞察："他没有受一天罪，因为他娶的本来就不是小安！他娶的是糟老头曾本之，娶的是那糟老头既要名誉又要地位的私心杂念，他娶的是用学术作为跳板的春秋大梦！"一位从事于学术研究的知识分子，却居然能够如同韩信勾践般不择手段，细细想来，着实让人心寒齿冷。在这个层面上，郑雄这一形象的生成，与中国当下的社会文化语境，与中国传统文化之间所存在的内在关联，就的确应该引起我们的深入思考。必须注意到，在谈到"蟠虺"时，曾本之曾经讲过这样一番意味深长的话："卿本佳人，奈何做贼！这就像对蟠虺看法，有人说是小龙，有人却要说成是蛇。龙蛇虽属同科，却非同类。"我们前面曾经强调刘醒龙的"蟠虺"这一小说标题有着突出的象征意义,曾本之这里尖锐所道出的,就是"蟠虺"真切深刻的象征内涵之所在。非常明显,假若说曾本之马跃之郝嘉郝文章他们可以被看作"小龙"式的"蟠虺"的话,那么,如同郑雄这样的知识分子也就只能够是"蛇"一样的"蟠虺"了。刘醒龙之所以非得要用"蟠虺"来做小说标题,其最深刻的良苦用心显然落脚于此。

自然,阅读《蟠虺》,饶有趣味的一点,还有作家关于自己笔下的这些学者与那些与"楚"相关的成语的巧妙关联。曾本之是"楚弓楚得",马跃之是"楚才晋用",郝嘉是"楚璧隋珍",郝文章是"楚乙越凫",郑雄是"楚越之急",所有这些成语与人物之间的内在联系,那样一种深层象征意味的存在,是一目了然的事情。但在结束本文之前,无论如何都不能不提及的是郝嘉之死与那年夏天之间的内在关联。对此,小说中曾经有过多处令人过目不忘的真切描写:"郝嘉是好人,也是真正的男人,他将所有的事情都全揽在自己身上,近百人去长江大桥静坐,还打着楚学院的红旗,可他硬说自己是主持工作的副院长,是他下命令让所有人去长江大桥的,天大的责任由他一肩扛起来。"在这里,知识分子郝嘉所一力扛起的,其实是对一个重要历史事件的责任担当,是一个民族的未来希望。正因为如此,所以也才会有刘醒龙如下一种动情描述的最终生成:"那红红的方块,一会儿像血的颜色,一会儿又变成早霞的色彩。那年夏天的那个早晨,孤独地趴在混凝土地面上的郝嘉,正是在这两种颜色中既轰轰烈烈,又悄无声息地去往生命的终点。悄无声息是对公共社会而言,轰轰烈烈则是在许多人心里。"是啊,怎么能够忘记呢?忘记历史就意味着背叛,我们必须活下去并且要永远地牢记。在这个意义上,刘醒龙能够在一部挖掘表现知识分子精神世界的学术小说中,内在而坚决地书写历史的创伤和隐痛,无论如何都应该赢得我们发自内心的充分尊重。

(《当代作家评论》2015 年 04 期)

论刘醒龙小说《蟠虺》的三种叙事

夏元明

刘醒龙的长篇新作《蟠虺》内容博杂，叙述诡秘，话题敏感，这大概是多数读者接触文本后的第一印象。作品开篇即对传统格言"识时务者为俊杰，昧先机者非明哲"苦心孤诣地作了一番悖论式改写"识时务者为俊杰，不识时务者为圣贤"，直陈其对当下社会现实利益至上，正确价值缺失的忧心，而对坚持独立立场、矢志追求理想人格的"仰望星空者"（即不识时务者）表达了由衷的期许。作品围绕两个疑问而叙述故事："曾侯乙尊盘"的真伪及铸造之谜和郝嘉父子的悲剧之谜。故事的发展如静水深流，细节的设置如草蛇灰线，千里伏脉。在看似平静舒缓其实纠结不断的叙述中，现实世界厚重的帷幔被一双"看不见的手"徐徐拉开，虽然光线若明若暗，里面的事物半遮半掩，我们仍得以看清那花团锦簇、歌舞升平的世像背后一张张看似陌生其实近在眼前的面孔。通过叙事，我以为，作者向我们提供了一个深刻而纠结的时代精神史。

一、政治叙事

这里，先提到小说里的三个人物，没有这三个人物，作品的鲜活性和说服力就会大打折扣。郑雄，官方身份是省文化厅副厅长兼楚学院院长，私人身份是楚学泰斗曾本之的乘龙快婿，属学而优则仕之类。他是个政治动物，既在官场上玩政治，也在家庭里玩政治，所以他在生活中的身份实质上是形迹可疑的。在政界，他高谈文化，以弘扬楚学、维护青铜重器研究为晋升灵符；在学界，他最讲政治，步步紧跟，总能准确把握时代风向和官场规则；在家庭，他温柔敦厚识大体，尽管同床异梦，却能极其婉曲，甚至博得"伪娘"美誉也毫不在意。这种看似能屈能伸、左右逢源却关键问题不撒手的行事风格，使他能将所谓政治、文化和个人情感问题通通庸俗化，而获取更多资源谋求最大利益。他在生活中的种种行状，使人很自然地想起老舍先生作品《文博士》中的文志强，此人极善钻营，为达目的，可以无原则地依附任何人，极尽"投奔""巴结""隐忍""欺骗""过河拆桥"之能事，郑雄与其相比，不分伯仲。鲁迅先生对此类人有过辛辣评价："我看中国有许多知识分子，嘴里用各种学说和真理，来粉饰自己的行为，其实却只顾自己一个的方便和舒服，凡有被他遇见的，都用作生活的材料，一路吃过去，像白蚁一样，而遗留下的，都只是一条排泄的粪便。在社会上，这样的东西一多，社会是要糟的。"①这简直就是郑雄的画像！他高举曾本之，寄居曾家，与曾小安结为名义上的夫妻，他不失时机地阿谀庄省长，半推半就地与"老省长"结盟，不动声色一剑封喉地出卖和栽赃郝嘉父子等行为，皆是一路吃过去，留下一堆粪便。荀子云"利心无足而佯无欲"，"行伪险秽而强高言谨悫"，说的同样也是这类人。在《蟠虺》中，如果说谁最"识时务"，恐非郑雄莫属。第二个人物是"老省长"。此公乃一职业政客，官场老油条，为政无能，攀龙有术。他并非真的担任过一省之长，"他之最高实职是相当于副省长的省长助理，一般人做到这个级别，临退休时都会转到人大、政协去……面前这位老省长，以区区省长助理之职，却在退休时弄到一纸享受正省级，也就是省长待遇的文件"②，可见背后有人，手眼通天。"老省长"第一次出场是拉郑雄入伙"青铜重器学会"，二人言谈之间机锋不断，和气中藏杀气，平静处有波澜。郑雄想回避二十年前两人初次合作的一起并不光彩的敏感之事，"老省长"却饶有兴趣，旧事重提，要挟之意可谓秃头上的苍蝇；郑雄

---

① 鲁迅：《鲁迅全集》，人民文学出版社1981年版，第116页。
② 刘醒龙：《蟠虺》，上海文艺出版社2014年版，第64页。

自以为高明地赞誉今日省府一号首长为昔日楚庄王,"老省长"偏偏有不同的解读,并引申发挥,借机敲打,使郑雄尴尬之极;郑雄谈楚文化,不想"老省长"也能掉掉书袋。几招下来,二人找到了利益的最大公约数。"老省长"对"青铜重器"如此上心,自有一番宏论:"任何文物,如果不能转化为生产力,或为意识形态,就不能成为真正的国宝"①,而"青铜重器学会"的使命就是发展生产力,就是文化兴省甚至文化兴国。何其"高大上",此旗一祭,谁敢争锋。但幌子就是幌子,马脚终究要露出来,"曾侯乙尊盘在世上是否真的只有一件","曾侯乙尊盘为什么会冒紫烟"才是他最大的政治。紫烟是什么?祥瑞之气,"紫气东来",即兆示"天降大任于斯人","天命所归","机不可失,时不再来",所谓若要成事,适逢其时也。"老省长"何其敏感,马上领悟到了其中的政治意涵和投资价值。在他眼里,会冒紫烟的"曾侯乙尊盘"成了改变个人命运加快政治进程的法宝。他的这个理论,毫无疑问必将得到他的恩主、一直隐形的北京那位"大领导"的嘉许和支持。如此,便引出第三个人物,熊达世。"熊达世是个在北京路路通的半仙,北京有些小院里的人都叫他熊大师,会气功治病,又能看风水面相,他来黄州,人还没到,也不知要干什么,就有几个电话从北京打到黄州来。"②这类人的产生和走红是与当下社会信仰退场、理性缺失、见利忘义的大背景密切相关的。熊达世这类人能够在上层和民间呼风唤雨,拥有众多拥趸,花见花开,车见车爆胎,自然有一套蛊惑人心的理论。对于"老省长"和"大领导"来说,这套理论的最诱人之处,在于"窃钩者诛,窃国者侯","成者为王,败者为寇","命运的元气可以通过灵异之物来培育","历史由胜利者书写"等理念为核心的政治伦理。熊达世当然也是凭此伦理心生"国师"之念。他来到省城和古城黄州是带着特殊使命的。他的那辆"装甲车状的越野车",频繁穿梭于文化遗址、监狱禁地、职能部门、星级酒店及高官府邸,私下行事时神鬼不知,公开露面时派头十足,凭借

---

① 刘醒龙:《蟠虺》,上海文艺出版社2014年版,第64页。
② 刘醒龙:《蟠虺》,上海文艺出版社2014年版,第224页。

"准国师"身份，一路招摇撞骗，风光无限，披的是文化外衣，耍的是流氓手段，他们的很多行径是可以一眼看穿的，却偏偏鲜有人拆穿，真是让人不胜唏嘘。

郑雄、"老省长"、熊达世最终组成一个貌合神离的联盟，是很自然的，因为他们都想从那桩见不得人的赌注中分一杯羹。"老省长和熊达世他们一直在催促仿制曾侯乙尊盘，目的就是用曾侯乙尊盘，将正在展出的曾侯乙尊盘换出来"①，这是他们的投名状，是取悦大领导的最好礼物。这三个人都在玩政治，且善于审时度势，善于利用制度漏洞和人性弱点。三人合作，可谓绝配。"老省长"的地方资源，郑雄的专业背景，熊达世的江湖手段，再加上北京方面强大的行政力量，他们几乎就要成功了。这是怎样的一群人，这是怎样的政治生态！也许正因为如此，作品多次在不同场合呼唤"君子"人格，痛斥"小人"行径，这种站在道德制高点上的"人格"二分法，尽管略嫌老套，但也确实有现实针对性。"君子喻于义，小人喻于利"，"君子坦荡荡，小人长戚戚"，太多活生生的事实，使我们也不得不心生这样的感慨。那么，问题来了，这个社会"小人"诚然遍地都是，那么，"君子"呢？这个社会还有多少，还有谁能够成为这个社会的良心？

二、文化叙事

作家刘醒龙在不同场合多次痛斥过"伪文化"的盛行。什么是"伪文化"，笔者学浅，不敢妄下断语，只能泛而谈之。德国哲学家沃尔夫冈·韦尔施说："迄今为止我们只是从艺术当中抽取了最肤浅的成份，然而用一种粗滥的形式把它表征出来；这其中，美失去了它更深邃的感动人的内涵，充其量也是游移在肤浅的表层，更甚者是伟大崇高堕落成了浅薄的滑稽。"②结合当下中国的文化生

---

① 刘醒龙：《蟠虺》，上海文艺出版社 2014 年版，第 445 页。
② [德]沃尔夫冈·韦尔施：《重构美学》，陆扬、张岩冰译，上海译文出版社 2007 年版，第 6 页。

态，文化与政治利益、商业价值结盟，它遵从的是"实用主义"和"快适伦理"，它制造的是人性变异和精神迷幻，是名利场上一块漂亮的遮羞布，它不能引导人们向上走，向深处走，只能将人们引向形而下，引向欲望的狂欢，真的是滑天下之大稽。那么，什么又是作家所心仪的"真文化"呢？在以下的文字中，我们或许可见端倪。

与大腹便便的秦鼎不同，楚鼎用一道优雅的束腰将自己与同等物什区别开来，正如世间脊梁坚挺腰撑傲骨之人，自当思哲高尚雄美万方，以诗情气节岁月境界为人生最重，其他权力、地位、财富以及荣誉，都是很轻的东西。……山水孕育的楚鼎浓缩人格魅力，因而楚地最为悲叹的只是贵贱不明，等列不辨的礼崩乐坏。①

——是思哲，诗情，气节，人格与秩序。

曾侯乙尊盘的至尊地位，除了其构思巧妙，器型复杂，组件繁多，至今仍令人叹为观止外，更在于尊与盘上各有一圈独一无二的透空蟠虺纹饰。那些若龙若蛇的微小的青铜构件，互为依偎，争相缠绕，宛如混沌初开之际，天地清明，龙蛇腾飞，万物竞逐。②

——是天地清明，一派自然气象。

假若当初不是秦而是楚统一中国，或许有更多的民主自由，少许多血腥屠杀。③

---

① 刘醒龙：《蟠虺》，上海文艺出版社2014年版，第26页。
② 刘醒龙：《蟠虺》，上海文艺出版社2014年版，第155页。
③ 刘醒龙：《蟠虺》，上海文艺出版社2014年版，第272页。

——是民主，自由，和乐。

当然，这可能只是小说人物对"楚文化"的一种臆想，并不等同于作者的文化观。作为一个处于当下写作状态的作家，他自然有更深的文化思考。但文本的语境，确实受到了楚地古朴、奇诡、秀美的自然风貌的深深浸染，其作品的主题也明显受到古楚人仁人德政，天人相胜观念的影响。

曾本之毕生研究青铜文化，并以曾侯乙编钟的复制和"曾侯乙尊盘"的解惑（即提出"失蜡法"）奠定学界声名。他在楚学界开风气之先，大胆引入了"失蜡法"，一时"失蜡法"成为显学。这不仅给曾本之本人带来名利，曾本之的弟子同僚，甚至楚学院所在的省份也跟着沾光，简直是一损俱损，一荣俱荣，一个纯学术问题，与"利益均沾"的政治学法则挂起钩来，一些无聊政客和文化打手，更是从中嗅出了巨大商机。特别是郑雄，他深知自己的仕途与曾本之的研究成果有异质同构的关系，于是巧妙地打着维护学术严肃性的幌子，闭塞言路，打压异己，以此谋取现实利益，树立个人声名。"老省长"也讲文化，高屋建瓴，一套一套，且动辄拔高到"文化兴省"的高度，上升到讲政治的高度，让人不服还不行。为了将紫气升腾的"曾侯乙尊盘"早日搬进那家政治豪门，他身段柔软，机关算尽。对于没有政治欲望的曾本之，他是"动之以情，晓之以理"，张口"振兴楚学"，闭口"国之重器"；对于一门心思往上爬的郑雄，他是胡萝卜加大棒，哪壶不开提哪壶；对于神通广大，能出入宫禁的熊达世，他是羡慕妒忌恨，为了一个共同的目标，只能虚与委蛇，暗自较劲，以求抢得头功。熊达世也是整天文化不离口的人，他的文化其实就是谣谶、预言、巫术、风水、魇镇之术、灵异之学、歪门邪道，就是东拼西凑道听途说的一点大路货。他装神弄鬼，巧舌如簧，凡事皆可用灵异之学加以解读。熊达世本质上就是一个现代神棍，文化流氓，他的文化说到底就是一种骗子文化，流氓文化。他最后敢于非法软禁郝文章、易品梅，敢于铤而走险谋人性命，敢于起心"狸猫换太子"，都是拜这种文化所赐。这些与《红楼梦》里的贾敬放着偌大的家业不管，偏偏一味好道，烧丹炼汞，整日和道士们胡孱，以及赵姨娘用白花花的银子收买马道婆，设计陷害宝玉和王熙凤又有什么两样？

　　与之相比，"老三口"可算得"盗亦有道"。他不但术业有专攻，将"青铜重器"的仿制做到了极致，而且并不将金钱看得很重，出言行事，颇有"侠盗风范"。"老三口仿制各种各样的青铜重器，也不仅仅是为了捉弄那些半吊子青铜重器专家，他太想表现自己高超的青铜铸造工艺。那些半吊子青铜重器专家，同样急着表现自己，常常将老三口仿制的青铜重器当作两千年前的文化遗物，摆放在一些小型博物馆里。"①"老三口后来之所以与郝嘉暗中合作，是怀有报复之心的，同时，也有炫技因素。老三口想以一个盗墓贼的身份完成史上第二套曾侯乙尊盘，来羞辱曾本之等所谓的权威泰斗。"②他甚至想着凭借这些旷世国宝，弃暗投明成为曾本之一样的学界泰斗。他是盗，这毫无疑问，判刑入狱，也是罪有应得。但他始终没有选择与郑雄、"老省长"、熊达世他们进行肮脏交易，而是将心理的天平倾向了曾本之、郝嘉、郝文章，可见良知未泯，道德底线尚在。就像曾本之所感到的老三口的种种怪异举动，不过是无法把握自我内心的一种挣扎，可惜他无法完成自救，别人更救不了他，高墙内外，虎狼窥伺，他知道太多的秘密，不选择合作，那就只有死路一条。他内心所奉行亦正亦邪的"侠盗"文化原本只是一个传说，只是一厢情愿，在现实中焉有生存之地？

　　以曾本之、马跃之为代表的尚未被时代的大酱缸染污的一部分知识分子，貌似以一种"犬儒主义"的文化立身，即对当下的社会生态保持一种不反抗的清醒，不认可的接受，不发声的拒绝，但千百年来楚人血液里流淌的浪漫主义情怀，对独立人格的追求，面对人生变故时的敢于担当的精神，并未在他们身上完全退场。他们不同于公知，不同于斗士，"儒道互补"是他们文化思维的主体结构，也是他们安身立命的精神支柱。可以说，某种程度上，他们又是不识时务的。因此，我们便不难理解，曾本之面临一系列事变时的挣扎与坚持。在"曾侯乙尊盘"的真伪问题上，"失蜡法"的理论自洽

---

① 刘醒龙：《蟠虺》，上海文艺出版社2014年版，第232页。
② 刘醒龙：《蟠虺》，上海文艺出版社2014年版，第426页。

性上,起先他是自负的。他也有自负的资本,毕竟深厚的学养摆在那里,丰富的经验摆在那里,公认的成果也摆在那里。但随着质疑声的泛起,新的事证物证的出现,和自己研究的深入,以及域外因素特别是政治因素的介入,他陷入了痛苦的反思,并选择了有所作为。曾本之最好的朋友,丝绸研究专家马跃之,同样是一个可敬的知识分子。与曾本之之间纯属"君子之交",在曾本之风光之时,他退居一隅,在曾本之内心困惑精神低迷之时,他不离不弃,他们以德相交,以文化相交。作品中,他们之间的互动,是极富人文意味和古典情趣的。特别是马跃之为曾本之设置的"拯之承启""天问二五"的"天堂来信"的迷局,看上去玄之又玄,其实是不失时机地向曾本之送去了精神的抚慰。这一迷局贯穿整个作品,其主题意义不言自明。

作品还成功塑造了曾小安、郝文章、万乙、沙璐这样一批年轻人。他们有文化,有追求,思想前卫,敢于任事,敢于挑战威权,在甚嚣尘上的功利主义和商业文化大潮面前,没有失掉做人的根本。如果说,缠绕在"曾侯乙尊盘"上的一道小块状的"蟠虺"纹饰是青铜重器上的精华所在,那么,不妨说这样的年轻人才是一个民族的血脉所系。他们才是真正的先进文化,真正的生产力,是"拯之承启"的坚实力量。

三、诗性叙事

细心的读者不难发现,《蟠虺》除了向我们展示了一个现实和历史的空间、政治和文化的空间,还向我们展示了一个诗化的空间。刘醒龙的空间意识里,既有真实性也有虚拟性。现实生活很多真实的存在,都被他经过陌生化处理而带入了一个既具真实性更具艺术性的诗化空间,并借由空间的诗化打通对现实存在的阐释渠道。作品中,人物的很多内心感悟,情感体验,包括思维拓展,也借此而点发。

体态修长的湖中半岛,之所以得名老鼠尾,实在是因为无法用豹尾、狗尾、野鸡尾等别的东西作为形象。比如最接近老鼠尾模样的小蛇，逶迤有余，绵亘不足。其余绳索藤蔓等又嫌纷乱芜杂，看不到核心的精妙气韵。

　　半岛清瘦得无法再清瘦，一天当中总有几对力量稍大一些的浪头，隔着半岛从相反的方向腾起来，横空碰撞在一起，将磅礴连天的胸怀做一种显而易见的表现。半岛纤细得不能再纤细，一天当中总有几对情侣，男人的双脚泡在左岸下的水中，女人的双脚浸在右岸下的水中，再将四只手在柳枝缝隙里紧紧地牵在一起，晴天里像一弯惊世骇俗的彩虹，雨天又像是一座只允许爱情牵手行走的独木桥。①

　　一气读来，真有神清气爽之感。追名逐利、灯红酒绿的闹市中竟有如此诗意之地，恐怕只能说是景由心生吧。"老鼠尾"在东湖众多景点中，可能是最不起眼的一处，它是否真实存在并不重要，关键是它所营造的语境，它所传递的信息。

　　　二十年来，准确地说，是从郝嘉跳下楚学院六楼以后，几乎每个星期一的下午两点三十分，他都要独自来此小坐一场。②

　　"老鼠尾"是曾本之另一个安放灵魂的地方，在故事发展的每一个关键节点里，它都会适时扑入眼帘。令人意想不到的是，郝嘉和老三口也对这个地方情有独钟，又使"老鼠尾"无形之中罩上了一层神秘的光环。作者苦心经营了这一和谐静美，与名利世界保持一定距离的诗性空间，一方面是情节设置需要，结构安排需要，更重要的是它有效稀释了故事发展过程中人物内心的负重感，突现了人和人之间，人和自然之间应有的温情。

　　而故事发展的另一个重要策源地：楚学院，作者也作了非常巧

---

①　刘醒龙：《蟠虺》，上海文艺出版社2014年版，第147页。
②　刘醒龙：《蟠虺》，上海文艺出版社2014年版，第145页。

妙的"意象化"处理。"楚越之急"是郑雄的办公室，暗示着郑雄必将遭遇危机；"楚弓楚得"是曾本之的办公室，暗示着曾本之必将有所失，也必将有所得；"楚璧隋珍"是郝嘉的办公室，昭示了其主人对自身才华的自负，和"木秀于林，风必摧之"的悲剧命运；"楚乙越凫"是郝文章的办公室，暗示了个人身世和身份的焦虑。最具讽刺意味的是"楚馆秦楼"，竟然是学院的会议室，庄严之所冠以藏污纳垢之名，想想也不算冤枉。这种极富人文底蕴的情景设置，在复杂的叙述中，并不是闲笔，更不是掉书袋。它用模糊的语言，暗示故事的实际走向，有提纲挈领之效。

读刘醒龙的作品，我们常常能从语言的品质中感到作者深厚的人文修养和"腹有诗书气自华"的才情冲动。

> 看看墨研得差不多了，曾本之也不客气，拿起一支兼毫毛笔放入砚台，将墨吸饱后，再在砚台上将笔锋反复捋顺，用千钧之力的样子，在裁好的斗方上写下两句话八个字："孤草修长，繁华圆润。"
>
> 这边马跃之也不示弱，他不再研墨了，找了一支纯羊毫毛笔，如行云流水一样，也在新铺的斗方上写下两句话八个字："天资流丽，莞尔率真。"
>
> ……
>
> 曾本之写得慢，好久写出："笨牛瘦马，骨傲心贤。"
>
> 马跃之写得快，一挥而就："石野山雄，小楼天净。"
>
> ……
>
> 曾本之有点想收手了，闭目静思一会，才动笔写："民有田舍，邦存史诗。"
>
> 马跃之自然明白他的意思，想也不想便浓墨泼就："慕古怀远，会心行文。"①

一个久久不得其解的谜底就在这别出心裁的诗文唱和中得到了

---

① 刘醒龙：《蟠虺》，上海文艺出版社 2014 年版，第 428 页。

解答，两位具有中国传统文人优秀品德的老先生，在人生变局中复杂的心路历程，以及其对社会、对人生的深层感悟，就在这跳荡的文字中，得到了充分的表达，既含蓄又有情趣，一代知识分子的审美趣味、人文素质、社会理想和人格追求，也在这智慧的碰撞中，自然地流露出来。这种奇诡的想象和自由的诗性背后，更体现着作者本人对个人修养、社会良知的极其个性化、极其诗性化的期盼和解释。

小说中作为衬景的几段爱情故事，曾小安与郝文章，沙璐与万乙，郝嘉与杨护士，老三口与华姐，甚至曾本之与安静、马跃之与柳琴这两对老夫妻，作者用灵动、轻盈、浪漫的语言在复杂的故事进程中自然穿插，充满了诗性和人间的温情。尤其是曾小安与郝文章，老三口与华姐之间患难与共，不离不弃的生死之恋，紧贴故事主线，如小舟贴着波浪，如月亮在厚重的云层中穿行，时隐时现，让人惊心，让人期待。

"柳阿姨和妈妈常在一起讨论，说你长得像一个人。"
"不会是那个总闹绯闻的明星吧？"
"你也想开几朵桃花？做梦去吧！柳阿姨和妈妈说你长得很像爸爸以前的同事郝嘉！"
一阵凉风吹过来，柳琴和安静轻轻颤动一下。
戴着防蜂面罩的郝文章则像遭电击一样，停下正在摇蜜的动作。整个静默的时间不算长，也不算短。被凉风吹过的山坡，先前的高温又减退一些，再配上树荫，哪怕是城里来的女人也觉得这样的环境是可以承受的。郝文章和曾小安不说话时，树林中各种各样的叶子便活跃起来。白杨树叶像是在吵架，香樟树叶像是在倾诉，马尾松在用一束束的针叶学习扭动腰肢。①

实处不说尽，虚中带意涵，显中有晦，不露痕迹，让人读后久

---

① 刘醒龙：《蟠虺》，上海文艺出版社2014年版，第375页。

久回味。作者在一篇访谈中曾言："心灵和美妙的相互寻找的过程，就是诗意。而人与诗意的相逢相遇，就升华成为爱！无论是读书人，还是作为普通的人，爱都是生命中最具影响力的天赋，同时也是一种在诗意之上控制着我们一生的宿命，无论我们愿意不愿意，努力和不努力，爱都将是我们终其一生中最强大的生命力。"①诚哉斯言。

当有些人的心灵在寻找名，寻找利，寻找实现无法满足的私欲的捷径，终究还会有少数人会留下来，去寻找人生的诗意。什么是生命的元气，这就是！大领导、"老省长"、熊达世、郑雄等一门心思想借"国之重器"来培育生命的元气，也就是给《官场现形记》再添一笔现代笑谈而已。

结　　语

作者以《蟠虺》这一抽象的青铜纹饰命名作品，自然大有深意，也肯定可以作出多角度的解读。而在这里，笔者更乐意以郝文章的一篇《青铜三百字》来再三品味：

今世凝华，古典青铜。那朝秦暮楚之徒，不过是买椟还珠，纵然上下其手，难抵董狐一笔，终归画龙不成反变虫。

为寒则凝冰裂地，为热当烂石焦沙。爽拔不阿者，更是奇葩龙种。

苍黄翻覆，霜天过耳，且与时光歃血会盟！②

（《小说评论》2015 年 06 期）

---

① 丁菲，余江涛，邓云涛：《刘醒龙作客地大》，《长江日报》2011 年 12 月 11 日。
② 刘醒龙：《蟠虺》，上海文艺出版社 2014 年版，第 471 页。

盛名之下,其实若何
——《蟠虺》的知识分子书写分析

魏春春

在2014年的长篇小说创作领域,刘醒龙的《蟠虺》可谓载誉荣归,先后斩获2014年度人民文学优秀长篇小说奖、第九届中国书业"年度图书"奖,中国小说学会遴选的2014年"中国小说排行榜"榜首、并被《人民日报》列为2014年度推荐小说,另外还有相当数量的书评、文学评论相继探讨其社会意义、文学意涵。尤其是2014年度茅台杯人民文学奖授奖辞,盛称其"围绕案件的悬疑与推理,围绕宝物的名利争夺与觊觎贪婪,两条线索纽结前行,批判与思辨互为表里,在对知识分子精神坚守与堕落的执着追问中,树立起了主人公超越名利物欲、坚守风骨的精神高度"[①]。概言之,论者瞩目于《蟠虺》所彰显的对知识分子精神的探求,那么,《蟠虺》的知识分子书写是如何实现的,就成为一个必须解决的问题。

一

在中国传统文化语境中,知识分子承担着重要的社会职责,以守道者、弘道者的身份自居,势必要求知识分子在精神、道德修养方面高于常人,以其合理合礼的行为方式彰显道义的合理性与合法性;而知识分子又渴望以其自身的文化立场影响着社会的发展与进

---

① 《2014年度茅台杯人民文学奖授奖词》,《人民文学》2015年第1期,第207页。

步,从这个角度而言,无论是儒家、道家、法家抑或佛家思想的信奉者或践行者都属于积极入世的一个群体,故此"中国知识分子入世而重精神修养是一个极其显著的文化特色"①,这就使得在传统社会的职业结构中,知识分子居于士农工商之首,享有特殊的社会地位和社会期望;另外,知识分子又是最有机会进入到社会权力中心的群体,故中国人推崇"学而优则仕"的人生奋斗路径。由士而仕成为中国传统文化中知识分子成功的标识之一。然而,伴随着现代化的不断深入,知识分子的类型日益多样化,其所体现出来的价值趋向也愈发与传统形态有所区别,知识分子成为"现代社会中知识日趋专业化"②的人群的称谓,其所承担的弘道职责渐趋式微,所具有的传统的光环被撕裂了;尤其是在五六十年代,知识分子更加"另类"化了,成为被批判的对象;八十年代以来,知识分子绝地重生,跃升为知识的启蒙者和宣扬者,但在经济社会的发展格局中,往日的辉煌不再,知识阶层的声响逐渐成为圈内人的独语,对社会的影响力也为大众所忽视。但在意识深处,中国知识阶层仍然不愿放弃自我"士"或"仕"的身份认同,导致当下的知识分子处在一种极为尴尬的境地,在理想与现实之间纠结甚至是徘徊,确切地说,就是在"士"与"仕"之间极其艰难的抉择;而在大众的文化记忆中,人们往往对知识分子阶层寄予无限的希望,将之视为极其神秘、清高而略带不食人间烟火的一个特定阶层。因而,当文学世界中出现关于知识分子书写的作品时,才会引起人们极大的兴趣,才具有解密的某些意味。

刘醒龙的《蟠虺》适逢其时地把握住了知识分子在当代的生存窘境,并以之为写作出发点,建构了一群知识分子的生存状态。但问题随之而来,知识分子存在于哪些场域空间?即如何先在地预设知识阶层的存在,再评判他们的生存处境。在传统社会中,知识分子追求"达则兼济天下,穷则独守其身",达穷与否成为设置、评

---

① 余英时:《中国知识分子论》,河南人民出版社1997年版,第9页。
② 余英时:《中国知识分子论》,河南人民出版社1997年版,第117页。

判知识分子人文精神和价值属性的分水岭。而在中国当下语境中，知识分子的生存场域主要集中在高等院校、研究机关与政府决策部门，高等院校的知识分子以授业解惑为己任、培养人才为职责，面对的主要是学生，更多的是师生之间、同事之间的学友关系，其人事关系相对简单，即便如此，路遥在《平凡的世界》中书写高校生活也显得手足无措；政府决策部门的知识分子多属于服务型的行政人员，社会事务性的功能表现得更为充分一些，人事关系复杂，如前几年流行的官场小说也多以厚黑书写为主，如阎真的《沧浪之水》就书写了知识分子在官场的逢迎与内心的煎熬。这两种场域中的知识分子在文学作品中的表达需要精深的知识储备，丰富的社会阅历，敏锐的文学视野，对作家书写来说颇具有难度。而研究机关的知识分子相对来说，形态较为多元，研究范围、门类多样，择一而言似乎较为简单，故以此为突破似乎是渐进知识分子世界的终南捷径。这也说明，知识分子的书写是一个看似简单实则困难重重的命题，刘醒龙的大胆与谨慎由此可见一斑。

　　刘醒龙选择了科研机构的知识分子，在基本确定书写对象后，就开始凭借多年的文学储备和人生阅历厘清人物之间的关系，这样的思维对于文学的书写而言，确实是一种简便而有效的方式，但存在着脸谱化、类型化、简单化的重大缺陷。大致而言，《蟠虺》中的知识分子可以分作三种类型：一种是以曾本之为代表的成功的略带传统的知识分子，他们坚守学术理想和学术操守，以弘学为其人生路径，他们穷尽几十年的岁月，潜心研究某一方面的学问，并取得了卓越的成绩，成为了该领域的权威，而且桃李满园，有着极高的社会地位，从这个角度而论，曾本之体现出"士"的文化属性；一种是以郑雄为代表的入世而仕的中年知识分子，他们同样经过严格的学术训练，并取得了一定的成绩，但他们的鸿鹄之志非在学术，而是以学术为跳板，期望获得更大的施展才能的空间，"研究青铜器只是他向上的台阶，他的理想应当是从水果湖到新华门再到中南海"，① 因而他们积极参与社会秩序的建构甚至是重构，期望

---

① 刘醒龙：《蟠虺》，上海文艺出版社2014年版，第209页。

完成士而仕的华丽转身；还有一种是介乎以上两种知识分子之间的一个群体，他们年轻，尊重而不盲从权威，强调思想的独立，但他们没有学术的话语权，处在成长期，他们渴望成功，渴望被业内人士所认同，同时他们又游离于士与仕之间，可谓是当代青年知识分子的生活写真。这三种知识分子群体的划分，尽管略显粗糙，但也在某种程度上反映出刘醒龙的知识分子观念，以老学究自居的知识人群，尽管学养超群，但游离于社会现实之外，对待他们只能仰望而不可羡慕；以士而仕定位的知识人群，又似乎摒弃了知识阶层应有的内在坚守，趋于流俗、从俗，甚至是媚俗，对待他们，刘醒龙是矛盾的，认为这些人本身的行为是无可厚非的，但又为他们的操守感到失望；而第三种知识分子，是刘醒龙热烈倡导的，他们既有传统士人的秉性追求，又不失现代生活的活泼火辣，即内仁外王的当代通融和谐，但是，在面对外在的压力和诱惑时，此类型的知识分子最容易迷失自我，因此，这类型的知识分子应当得到格外的关注。

　　为此，在作品中，刘醒龙分别为这三种人设置了各自亟须解决的现实问题，意欲深入地把不同知识人群的内在世界呈现出来。从某种意义上说，刘醒龙是一位清醒的现实事务主义奉行者，他以看似简单的名利为诱饵回避了知识分子的精神坚守，而呈现出他们社会人的一面。因此，他如下设置以上三种人物：对于权威知识分子曾本之而言，他称得上是著作等身，在楚学界确为翘楚，但前辈开拓的学术顶峰是他一生的追求，而在学界，评上院士是无上的荣耀，在名利心的驱使下，他默认了郑雄的作为，尽管他意识到郑雄与女儿曾小安之间存在的婚姻危机，并明确指出，郑雄娶的不是曾小安，而是他本人，即便如此，他依然迷信凭借郑雄的人脉资源和他的学术造诣的结合，才可能顺利评上院士，说明德高望重的老牌知识分子仍然存在着对于无尽的利益的追求，体现出对立德、立功、立言的三不朽的炽热追逐；对于中年知识分子郑雄而言，最大的理想是走向更高的仕位，为此，他不惜与野心家们合作，窃取国宝，为自己铺就上位的道路，这让他在煎熬中、守望中过活，让他在蝇营狗苟中逐渐丧失自我的学术道德；对于年轻一代的知识分子万乙、易品梅而言，他们的理想是通过不懈的学术努力，证明已成定论的学术观点的不合理，进而奠定他们的学术地位，因此，看似是年轻学者与中年学者的观点之争，实际上，他们所做的是打倒偶像，重塑自我偶像，尽管这有助于学术的进步，但也难说他们的行为没有私欲的掺杂。为此，刘醒龙设置了老辈知识分子与年轻知识分子合谋而驱遣丧失学术道德的中年知识分子的桥段。而作品中英年早逝的郝嘉、身陷囹圄的郝文章是刘醒龙所认知的理想的知识分子，他们纯粹是为学术而生的，他们似乎没有私欲，但在他们身上隐含着一种不妥协的学术抗争，为了寻求真理，他们先后或自愿地或被迫地成为了学术的牺牲品，因而，从本质上而论，他们与年轻一代的知识分子有着相似之处而命运不同。在对人物关系的设置中，刘醒龙无情地剥离了知识分子的道德外衣，放逐了他们的理想操守，而把他们还原成现实的社会人，而这是作家刘醒龙最为擅长的机巧。作为社会人的知识分子们必然要面临着各种各样的社会现实问题，人事的、家庭的、情感婚姻的等，于是，作品中的人物愈益多样，人物的书写空间愈益丰满，甚至有些芜杂。

若作品延续着以上路径继续设置人物行径，刘醒龙的知识分子书写就会陷入绝境，无法继续推衍，为此，刘醒龙又为上述类型的人物安排了解脱之路。对于曾本之，刘醒龙设置了马跃之这一诤友形象，为了让曾本之回头，马跃之以死去多年的郝嘉的口吻先后三次写信给曾本之，引导着曾本之开始寻求事实的真相，并且唤醒了沉溺在曾本之内心深处的国宝流失的痛殇，让他在幡然省悟中，远离了郑雄等人设置的圈套，回复内心的平和；对于郑雄，作者更是让他在春风得意中渐渐认清老省长、熊达世等人的野心，让他在如履薄冰的精神挣扎中，时而兴奋，时而恐惧，时而以身涉险，在良知与仕途的内在煎熬中完成最终的释放；对于万乙、郝文章等人来说，他们以赤诚之心投入学术，过分的沉溺势必导致精神的颓废、萎靡甚至是如同郝嘉般的牺牲，为此，刘醒龙采取了看似庸俗实则别有深意的爱情书写，来拯溺他们的情感世界，让他们在爱情中尽情释放内心的压抑，并最终以抱得美人归的大团圆式的结局完成对他们的救赎。

公允地说，刘醒龙的写作思维是细密的，尤其是人物关系图的绘制是丰富的，但是最终大团圆式的善恶得报的观念，凸显出刘醒龙写作的局限性，人物的圆形不足，而扁平有余，更多的是一种小慧的表现，而缺乏大气磅礴的气度，甚至有些人物的书写竟然带有某种程度上的鬼气，有些情节的铺展不能自圆其说，这从中反映出刘醒龙还不能很好地把握知识阶层的生存状态，写作缺乏生活的积淀，以臆断替代逻辑的合理演绎。

二

君子玉德是中国传统社会中对知识分子的期许，如孔子所言"昔者君子比德于玉焉；温润而泽，仁也"①，人们认为玉之品性与君子的仁德具有异质同构性，故以玉来形容仁德。另外，中国文人向来仁礼并重，仁作为内在的修养要落脚到礼的垂范，故而由仁而礼与以礼显仁，实则殊途同归，俱是彰显德的有效方式。青铜时代，礼器是昭著社会规范的重要器物，与玉有相似之处，故有藏礼于器的追崇。刘醒龙在《蟠虺》中以青铜重器比拟君子之德，延续的就是此种思维方式，表达出一种礼器为德的观念，正如曾本之所言"青铜重器只与君子相伴相随"，至此，青铜重器曾侯乙尊盘就包含有丰富的文化意涵，即区别君子与否的重要标志，既承担了君子之德的隐喻意义，也折射出世情百态的复杂。故《蟠虺》中语句"这就像对蟠虺的看法，有人说是小龙，有人却要说成是蛇。龙蛇虽然同属同科，却非同类"，②就透露出作者的写作端倪——意欲通过设置关于对曾侯乙尊盘的不同层次的理解而连缀起整部作品，并构建一系列与之相关的人物关系。因此，从曾侯乙尊盘的不同层次理解入手是梳理《蟠虺》逻辑架构的有效途径。

从功能上看，曾侯乙尊盘是一套酒具，是"楚家的王侯们"在不同时节宴饮时控制酒的温度的器具。由于是"楚家"酒具，因而，

---

① ［清］孙希旦：《礼记集释》，中华书局1989年版，第1466页。
② 刘醒龙：《蟠虺》，上海文艺出版社2014年版，第185页。

曾侯乙尊盘具有楚文化青铜彝器特有的文化风范，使其与同时期秦文化的青铜器物有本质的区别，既有其阳刚之气，又不失其温婉之味，具有明显的地域风格；又由于曾侯乙尊盘是为"王侯们"所用，因而，其华美的外形、精巧的刻镂、典雅的装饰极力要体现出贵族气息，以与宴饮者的社会身份相对应，体现出礼仪的规范性，因而，曾侯乙尊盘由酒器而跃升为宝器。然而，不同的人所看的青铜器的"宝"性是不同的：

对于学者曾本之、郝嘉等人而言，曾侯乙尊盘作为出土文物，透露出深重的文化气息。学者们把曾侯乙尊盘作为研究对象，试图尽可能科学地还原尊盘的历史价值、文化意义，并且将之作为揭开历史迷雾的一把钥匙。学者们以学术之心看待这一宝器，体现出学术为天下公器的精神追求。曾侯乙尊盘由宝器而公器的衍化，源于曾本之等学者们的学术态度。

对于老省长、庄省长、熊达世等人而言，曾侯乙尊盘作为曾经的王侯器物，具有祥瑞的功能，能够预料、推动他们的仕途发展，是作为他们的欲望的外化的宝器。故此，曾侯乙尊盘是一种权力符号的象征，是他们施展权术的欲器。作品中，郝嘉的"卿本佳人，奈何做贼"一言，道出了曾侯乙尊盘在权术至上主义者心目中的价值。

而对于文物大盗老三口而言，曾侯乙尊盘是历史的绝响，是他以民间的身份参与文化建构的方式，体现出老三口对正统的文化霸权占有者的强烈不满，是他宣泄自我不满情绪的手段，仿制曾侯乙尊盘就是老三口用以羞辱知识界的最直接的途径，在此，曾侯乙尊盘又成为了心器。

曾侯乙尊盘这一宝器在不同的人群中呈现出公器、欲器、心器的属性，原因在于他们分别以自身认同的"术"来表达认知。术本质上具有方向、方法的意义，无论是学术、权术还是技术，都是体达自我的方式，体现出一种特定意义的自我认同。从此而言，不同的术表达出不同的价值追求。

就学术而言，关于曾侯乙尊盘的铸造方式是失蜡法还是范铸法，关涉的皆是学术问题。尽管否定失蜡法，就会葬送几代学人的

217

研究心得，颠覆曾本之的学术成就，但在科学研究领域，学者们更为注重的是事实的真相问题。因此，对于曾本之、郝嘉、郝文章、万乙、易品梅等学人来说，学术的辨伪存真是不可或缺的科学品质，他们孜孜以求，痴心不渝，表达出学术应该有的良知；就权术而言，野心家们关心的是曾侯乙尊盘的祥瑞问题，因此，他们不惜以身涉险，通过种种不可告人的手段，试血于尊以看有无紫气的升腾，在此，曾侯乙尊盘对他们来说是体现其王侯运命的方式；就技术层面而言，老三口代表的是另类知识分子的形象，他们期望被认同的心理本是无可厚非的，但他们采取的方式则是不为社会普遍价值所认同的，以窃取的方式完成自我的蜕变，意欲剑走偏锋，向顶着专家学者光环的为大众熟识的知识阶层挑战，凭借一己之力从民间走向学术殿堂。至此，曾侯乙尊盘实际上隐喻着公义、私利的文化意义和人生选择，也为作品的逻辑进程设置了矛盾，即曾本之等学者、老省长等野心家、老三口等文物窃贼间相互的纠葛，以曾侯乙尊盘为中点，这三者之间构成了三角形的三个顶点，最终生成一个锥体结构，分别出现了曾本之—曾侯乙尊盘—老省长、曾本之—曾侯乙尊盘—老三口、老省长—曾侯乙尊盘—老三口、曾本之—老省长—老三口等四个三角形，完成了《蟠虺》的空间结构关系，为其他人物的行为留下了看似广阔实则狭窄的生活空间，也在人物行为的对比中，实现了刘醒龙对于所谓知识分子筋节骨气的缅怀和张显。

在《蟠虺》中，还有一句话颇为引人注目，是"识时务者为俊杰，不识时务者为圣贤"，此言尽管出现的次数不多，分别出现在第一章和第二十九章。此言本自《晏子春秋》，原为"识时务者为俊杰，通机变为英豪"，指的是看清时局的变化审时度势地做出选择的人当为英雄豪杰，这是对知先机者的高度评价。而刘醒龙却赋予它别样的意味，醒目地传达出一种现实的焦虑，就是对"时务"的认同与否决定着个体的自我身份，而此处的"识"与"不识"不再是认识、认知的意涵，而是精神上的体认选择，或者说是不同类型人群的自我规划和选择。从整部作品来看，此言当是对上述三种对待宝器的方式的写照。故看似曾本之等学者不识时务，潜心研究楚学，实则他们在楚学的浸润中生成的君子浩然之气，非为世俗的名利所羁绊，从而实现更大程度的识时务，识而不识实为大识；老三口作为文物大盗，亦秉承盗亦有道的原则，他以不识来表达内在的愤懑，游戏、愚弄着不学无术者，最终为保护曾侯乙尊盘付出了生命的代价，他由不识而识的蜕变，当为文化意义上的俊杰；而老省长、郑雄、熊达世等人看似颇了解世故人情，实则他们缺乏大见识，妄图演绎一出借尸还魂的闹剧，聪明反被聪明误，故他们既非俊杰，更非圣人，借用《蟠虺》之言，只是"鼻屎"。

在《蟠虺》中，曾侯乙尊盘居于核心地位，牵引着叙事的发展，隐含着作家的价值评判，刘醒龙在求真的层面上实践了恩格斯所谓的"诗意的裁判"，彰显出向善向上的力量，体现出了文学关怀社会的力量。

（《写作》2016 年 01 期）

论《蟠虺》的文化意义

白文硕

第八届茅盾文学奖获得者刘醒龙的新作《蟠虺》，将文物考古的学术化融入小说的非学术化当中，形成了以青铜器曾侯乙尊盘为叙事核心，以当代知识分子内心的坚守与现实的冲突为叙事手段的文学文本。文本所呈现出的阅读视野既悬思缭绕又紧凑真实，而文本所提供的阅读体验在阅读视野的基础之上又显示出既雄浑又清越的精深微妙之风。《蟠虺》除却惯常的小说叙事以人物为主之外，又复增了物叙事的线索，小说的情节设定与人物关系的走向无一不是围绕着曾侯乙尊盘这一春秋战国时期的青铜重器而展开的，它作为器物的外显功能是传承古人君子至洁高远的精神，而其内蕴功能则是在充当小说叙事推手的前提下，构造了文化意义上的精神图腾。

在以物（物质）为主要研究对象的物质文化研究领域当中，物（物质）既作为研究对象又作为研究方法，在人与物相互亲密纠缠之间渐进促成自身改观并形成可以囊括各类新型关系的新物态。这种新物态的表现不仅仅是物作为人的对立面而客观存在，更是物在文学文本的演绎和解读的过程中既可以作为单独物象而存在，也可以成为人的"记忆、时间、生命意味的负荷者"。[①]《蟠虺》中，曾侯乙尊盘无疑可以被置放到物质文化研究的大框架当中，其作为研究对象贯穿于整个文本的叙事始末，分别以寓言的载体、圣物、否

[①] 孟悦：《什么是"物质"及其文化？（上）——关于物质文化研究的断想》，《国外理论动态》2008年第1期。

定物、消费社会中的物等不同的物态身份出现，并从物的样态、物的功能、物的意义、物的商品化特征等几个层面来阐明以曾本之、马跃之等为代表的楚文化研究者对于文化尊严、文化价值判断、文化意义以及消费文化的坚守与抗衡。

一、载体物——器物样态的呈现与文化尊严的凝聚

"蟠虺"二字既作为小说的标题显性地呈现在读者的阅读视线之内，也作为青铜器文化里极具代表性的纹饰而隐性地成为古代文化传承的表征性图腾。从整体意形上讲，这种"蟠虺纹"的形状似蛇意龙。"蟠"原意是指一种多足的小虫，色如蚯蚓。现代汉语中多做动词使用，有"盘曲地伏着；遍及、充满"之意。我国古代建筑中，习惯性地将缠绕在屋脊房梁和柱子之上的龙形象统称为蟠龙；而"虺"则是毒蛇和有毒的小虫的统称，最早是以蛇为范本想象出来的中国早期的龙形象。作为高古时期青铜器之上的主纹饰，蟠虺纹造就了曾侯乙尊盘的独特性。从技术精神来看，纹饰铸造技艺高超、精妙绝伦，这增值了曾侯乙尊盘的同时也增加了技术精神在其物质形体之上的凝注；从寓意旨征来看，蟠虺纹恰正符合了"龙的传人"的说法，在小说中，这种精神传承使得铸有蟠虺纹饰的曾侯乙尊盘成为全文的核心物象，它是连接小说中复杂人物关系的重要节点：一方面，对于其真正位置的回归是心怀良知的知识分子所必须努力为之的；另一方面，曾侯乙尊盘被人为地附加某种意义之后也变为小说中利欲熏心、心怀鬼胎等人物的竞逐对象。这样一种局面似乎又符合了蟠虺纹饰所呈现出的繁复焦灼的状态：小蛇与小蛇之间交连错落、相互缠绕，为争夺食物而相互撕咬的形态正是小说中各色人物的内心纠葛与挣扎的写照，同时这也与情节发展的意境相吻合。那么，《蟠虺》则可以被视为是一则关于知识分子在国家尊严与个人私利之间如何选择的寓言。

从武汉某大学楚文化研究院学者郝嘉跳楼的那一刻开始，到年近古稀的研究青铜重器的泰斗式人物曾本之收到莫名的甲骨文信件，这二十余年关于曾侯乙尊盘的历史成为楚学院三代楚文化研究

者不可绕过的壁垒并使曾侯乙尊盘成功地充当了这则寓言的载体。小说中不只一次地对曾侯乙尊盘的样态进行语言文字的描述，虽不具体但却实实在在地存在于故事的每一个角落之中，曾本之书房的黑白照片和楚学院的彩色照片之间的细微差别使得曾本之一遍又一遍地驻足观察，又令马跃之不得不一遍又一遍地提醒其中的差异，这一小小的细节便将整个故事导向了问题解决的关键，曾侯乙尊盘这一器物的存在形态牵扯到楚学院中每一位研究者的神经，它所凝聚的文化尊严是研究楚文化的知识分子们毕生的追求与信仰。楚文化研究的第一代人以郝嘉、曾本之、马跃之为代表。郝嘉与曾本之是青铜器领域的专家，而马跃之是丝绸、漆器领域的权威人物。在曾本之主持成功复制出曾侯乙编钟过后，郝嘉便专注于曾侯乙尊盘的重现。这一回忆式的微小情节便可以看作小蛇为争夺名利的最初事件，但当时的学术论争也仅限于学院内部，是知识水平和知识掌握的高低与多少的相互比较。随后，曾侯乙尊盘被老三口偷梁换柱，郝嘉失去了安身立命之物，与此同时，他又经历了恋人自杀、儿子失踪等人生之大不幸。当郝嘉毅然决然地选择跳楼自杀时，这既是他作为铮铮傲骨男儿对于亲情与爱情的有力回响，也是其作为学者对于曾侯乙尊盘的最大尊重。这一时代的知识分子，将一己之身与曾侯乙尊盘这一器物相契合地最为默契，他们对于青铜器曾侯乙尊盘的坚守，是君子对于文化尊严的极大尊重，是将自身的命运同曾侯乙尊盘联系在一起而去共同维护曾侯乙尊盘作为载体物所承载的文化意义。楚文化研究的第二代人以郝文章、郑雄为代表。前者是郝嘉的化身，他沿袭了上一代人对于青铜器的意志支撑与情感依赖，不惜以八年监禁来换取真正的曾侯乙尊盘存在与消失的真相。而郑雄则选择通过"学而优则仕"的途径，将青铜器推向了政治生活当中。蟠虺纹饰上小蛇间的相互撕咬形态，此时表现出来的已经不仅仅是学术界内部的问题了，权力、名誉以及欲望都被付诸到曾侯乙尊盘之上，使其脱离了单纯的本源价值，令国之重器的威严与正义偏离了轨道。楚文化研究第三代人的代表人物是万乙博士，初出茅庐的学生，既有对学术权威的敬仰与尊重，也有敢于质疑已有成论的勇气与决心。在消费社会极度冲击的时代之下，万乙以及曾本之、马跃之等老一辈学者却努力将曾侯乙尊盘置于正途而不被小人所利用,这对于学术的追求,对于人性的探真,既摒除了蟠虺纹饰上小蛇间为争夺食物而撕扯的狰狞状态,又体现出了交连缠绕的亲密关系。三代学者的命运都与曾侯乙尊盘息息相关,这一器物作为载体所应承的便是当代知识分子作为国家的良心而努力追求国家文化尊严的独立并凝聚出独有的文化尊严特质。

物质文化研究倾向于将关注点凝注到物之上,而这种倾向也正是将物看做能够容纳时间资本以及人类意志的载体。曾侯乙尊盘作为载体物所承载的历史意义与文化意义使其自身作为物的存在实体而被复魅出更具人文情怀的物质文化意义。自古君子如玉,曾侯乙尊盘所凝聚的文人理想操守正如玉所凝结的君子品质一样,既能够丰富自高古时期传承至今的青铜器文化的内容,也将物与人的关系紧密地联系在一起,成为小说叙事的有力助手。

二、圣物——器物功能的延伸与文化价值的判断

《蟠虺》这部小说的开篇便是曾本之用尽全身力气写下的两句话:"识时务者为俊杰,不识时务者为圣贤。"①这一综摄全篇、意趣盎然的开头与马尔克斯《百年孤独》的开篇有着异曲同工之妙,回忆式描写与评论式书写都成功地将小说的基点引向了高处。好的开篇将《百年孤独》的空间形象全部浓缩到马贡多这一村落之上,而曾本之的话语也将《蟠虺》的全篇意旨提升到"青铜器只能与君子相伴"②的文化价值的判断功能的高度之上。

上文提到的楚学院楚文化研究的第二代代表人物郑雄是小说中的"反派"角色,他既是曾本之的得意门生也是曾教授的住家女婿,曾经是楚学院院长,而后又成为文化厅副厅长。这样一位精明能干的人却将学术作为自身晋级的跳板,试图通过反击与曾本之相悖的学术研究来维护自身权力。他让青铜器成为"当代重器"的目的是

---

① 刘醒龙:《蟠虺》,上海文艺出版社 2014 年版。
② 刘醒龙:《蟠虺》,上海文艺出版社 2014 年版。

要将其转化成生产力而忽略青铜器本身的文化意义与价值传承。郑雄身上的"伪娘"特征是化装成大写文明的伪文化特点的浓缩形态，都是打着文化人的旗号将文化价值等同于利益交换。小说中的一个重要故事情节是郑雄在老省长的示意与支持下复制曾侯乙尊盘，而复制成功的最终目的是将复制品与博物馆中的曾侯乙尊盘相互调换，以此作为换取仕途晋升的重要砝码。郑雄一行人妄图挑战高古时期的技术文明，却丢弃了文化传承应有的良心与道德准则，他们将青铜重器的神秘之处理解为某种暗示，并欲借此暗示来填补自身欲望的沟壑。但物毕竟不能够成为意识形态的载体，即便曾侯乙尊盘再构思精巧、物型繁复、组件甚多，这种至尊宝物的存在意义也只能是曾侯乙尊盘本身所具有的物的价值形态。同时，郑雄等人也忽略了曾侯乙尊盘之所以能够得到世代人尊敬与崇拜的原因，便在于它的不可复制性。复制具有不可复制性之物，是必然会遭到相应的惩罚的。当郑雄准备将掉包的曾侯甲尊盘或是曾侯丙尊盘送出海时，海底的某种神秘力量将器物拖入了海中，这段文字的书写不可否认地成为写实小说中的虚构性书写，并进行了神秘式的叙事演化。虽然这在形式上悖逆了现实主义的叙事风格，但实质上却能够借助浪漫主义的叙事手法来加强故事情节的可读性，青铜重器曾侯乙尊盘戏剧化般地最终以世间唯一的形象存留于博物馆当中。器物最原初的功能在此显现，这也使得青铜器成为真正意义上的文化价值判断的终极标准，物天然选择性地决定了自身的存在与去留，这令曾本之等人皓首穷经般地寻找真正的曾侯乙尊盘的做法，成功地成为了抵御伪文化侵害的卓有成效的抗体。

在这里，曾侯乙尊盘变成了悬在世间人头顶之上的达摩克利斯之剑，对于信奉现实主义的郑雄等人来说，曾侯乙尊盘作为物的价值在于生产力的转化，令其成为某种意识形态的表征性符号之后，才能够发挥其背后的真正效应，而这个效应是违背社会良知与道德准则的；而对于曾本之等人来说，物的价值便是物本身，是以曾侯乙尊盘为代表的青铜器所承载的时代与历史的文化内涵与文化意义。物并不是欲望膨胀的目的与抓手，乔装为精神空虚的容器，使人们成为历史的弃儿；物是沉淀时间意义的守护者，作为精神内核的延伸,使得人们能够参与到历史的变迁之中,从而成就文化意义的独特性。这种独特性也正是物对文化价值所做出的判断。

在研究物质文化的过程中,美国历史学家帕特里克·吉尔里(Patrick Geary)在其文章《神圣的商品:中世纪的圣物流通》(Sacred Commodities: The Circulation of Medieval Relics)中讲到,在西方宗教社会里,有人将宗教圣物进行买卖与流通,使其经过物品的交流与文化转化之后,才渐进成为真正的圣物,从而才能够让圣物在以后的宗教活动中接受众生的瞻仰与膜拜,成为价值高点的符号象征。圣物的最终表征是物与人相互交融的结果,是物充当了人性隐藏的某一部分,来填补人们内心的空白。也可以说,圣物是圣贤的化身,成为人性延展的一种方式。那么,小说中的青铜器曾侯乙尊盘也如圣物一样,随着小说叙事的进展,完成了其作为物的生命历程。它从曾侯乙尊大墓被挖掘出来的那一天起就需要经历鉴别、收藏、被盗、被利用、回归等一系列过程,由单纯客体之物转化成商品,而后又被代表社会良心的知识分子们努力去其商品化,这才完成了作为文化载体的物的职责,也使得圣物的评判价值功能相应地延伸到青铜器之上,最终成为道德价值判断的准绳。蟠虺纹饰是像,以其鲜明生动的形象诠释了人物内心世界的杀伐决断,而曾侯乙尊盘是"含像"之物,以其实体之象充当伦理道德的工具,从而探测并审视当下消费社会之中人们精神荒废过后的心中之像,同时反映出人性的痼疾或人性的光辉。

三、否定物——器物价值的体现与文化意义的彰显

战国时期,秦国在对别国进行大规模的杀伐之后,有两件事是必须做的,以此在形式上来实现国家政权的更迭:其一毁其宗庙,其二迁其重器。一国军事上的胜利,将原有国家的国宝迁移他处,这无疑是对这个国家民族形象以及精神寄托的否定。青铜器失去了原有国家赋予的政治权力的象征意义,这便是对物的最初状态进行了否定,然而,当一国宝物迁入到另一国之时,文化自身的传播功能便会潜移默化地融入后来国家的文化。正如战国时期秦灭楚一

样，虽然在军事上秦国取得了最终胜利，但是楚文化却随着楚国重器以及其他器物的迁移和辗转，悄然无息地渗透到秦地。束腰样式的楚鼎将自身独立于其他器物之外，正如具脊梁坚挺的傲骨君子，而秦鼎霸气十足、大腹便便的样式便显得过于虎视眈眈，两国的特质在青铜文化之上显示出来，而随后所经历的国家统一、民族融合必然会将这种差异消融到最小的范畴，将文化的交流与渗透作为首要任务而进行更深层次的融合与统一。楚风相较于秦风的中原文化，更倾向于自然、原始以及神秘的浪漫色彩，所以勇武好战的中原人士不再将权力、地位、财富以及荣誉这些与利益相关的虚浮条件视为人生的唯一准则，而是向近似于楚风的诗情气节渐渐靠拢。秦国在军事胜利的余韵中否定了楚国重器，而被否定之物却反过来成为胜利一方的学习对象，这便可以视为物以否定者的形象在经过自身的否定之后而最终回归自我的真正状态，否定之于否定便成为了肯定。

物既如此，人也一样。《蟠虺》一书的中心人物曾本之，在学术生涯即将达到顶峰之时，毅然决然地选择推翻自己曾经的学术成果，重新界定曾侯乙尊盘的制作方法，这既是对曾侯乙尊盘这一物的真正追寻，也是欲通过否定自我来实现知识分子"不识时务"的决心。作为研究者与学者的曾本之，其青铜器研究之路必然艰辛异常：田野调查、采样收集、古籍古迹的斟酌与探寻、器物的研读与细思……每一项工作都必须付出亿万的努力。而在即将获得院士荣誉的当口，他却选择将自己毕生研究中最根本的结论推翻，承认曾侯乙尊盘的制作方法是"范铸法"而非原先认定的"失蜡法"，这对于将一生心血熔铸到青铜器研究的学者来说，无疑是将一己之身投注到熔炉当中，从而去接受命运的审判。曾本之通过否定曾侯乙尊盘的制作方法来否定自己的研究成果，又通过质疑博物馆中的曾侯乙尊盘的真假来否定过去二十余年的研究过程。这种近似于毁灭式的否定选择，最终是要实现文人的理想操守，还原文化自身的原初意义。

正如张世英在评析黑格尔的《精神现象学》中有关真理这一问题时强调，"他(黑格尔)还指出一个真正的强者是要忍受否定物，忍受这个否定物对我起的否定作用,然后去克服它,最后回到自我"①。曾本之需要做的就是忍受否定面前的曾侯乙尊盘给自己带来的学术上的荣誉损害,而后又需要通过一群知识分子共同努力克服这种否定带来的后果,从而寻回真正的曾侯乙尊盘,这也正是回归自我的最有效途径。只有这样才无愧于"青铜器只能与君子相伴"②的箴言,也才能够成为内心真正的强者。

曾侯乙尊盘此刻作为物本身的价值意义便显现出来,它"没有七情六欲,也没有喜怒哀乐,不会说大道理,也不会做小暗示"③,它需要研究者通过深层次的冥想才能与之进行交流。从礼器到战败之物,从文物到贩卖之物,从国之重器到时代重器,从消失到回归……几经沉浮的曾侯乙尊盘通过不断地否定自己来完成最终的意义旨归,它作为物的价值便在凝聚历史和社会变迁的同时,考察了时代的变化,蕴含了时代趣味,传承了文化意义。

四、消费社会中的物

阿尔君·阿帕杜莱编著的文集《物的社会生命:文化视野中的商品》讲述了一种"物的人类学"④,这种人类学将商品视为物的社会生命历程中的一个阶段性分支,物所经历的商品阶段仅仅是万物生命史中的一段子历史。长期以来,物大多以商品的形象出现并形成了一种物即商品的状态,而马克思又强调生产的重要性,进而加剧了商品作为物的唯一形象而存在的事实状态,忽略了生产、交换、分配、消费等整个物的生命历程。但是,物需要经历商品化—去商品化—再商品化—去商品化……这种循环往复的过程才能够形成真正的物的历史,而这种物的历史具有活态化特征,是一个需要

---

① 本书编委会编:《中国大学人文启思录(第五卷)》,华中科技大学出版社2001年版。
② 刘醒龙:《蟠虺》,上海文艺出版社2014年版。
③ 刘醒龙:《蟠虺》,上海文艺出版社2014年版。
④ 舒瑜:《物的生命传记——读〈物的社会生命:文化视野中的商品〉》,《社会学研究》2007年第6期。

不断经历重复与创新的非固定化过程。

小说《蟠虺》中有一贯穿故事始终的重要人物郝文章,他在监狱里思考"失蜡法"与"范铸法"的区别时断言:"任何发明都是出于社会的需要。"①那么,以曾侯乙尊盘为代表的古代青铜器的命运必然是与社会发展息息相关的。青铜器这种出于社会需要的物,首先作为礼器为王侯将相所用,并被赋予符号的象征意义,而后在战争的得失过程之中成为变性的交易商品,迁其重器的背后是对物进行商品化的过程,而这当中也伴随着去商品化的形态意味,从一国至高无上的礼器变为战争失利后的产物,商品存在的意义也随之消失。此后,在数千年的历史演进过程当中,青铜器经过土质掩埋、腐蚀、风化以及一系列化学反应的淬炼之后,历史天然地成为了物的价值的增值因素,它的收藏与分配形成了具有价值与价格的文物,文物是物本身被赋予文化意义之后的物。而正是因为文物这种内含极高收藏价值的物,在另一侧面也引发了偷窃、贩卖以及非法传播这些不义之举,这一交换过程,再一次被沾染上了商品化的浓重色彩,这种色彩是物作为商品而进行消费的显性形式。再商品化的过程较之之前则具有更为复杂的生产、交换、消费等的商品化特征。老三口将自己制作的"高仿"青铜器混入到未被挖掘的墓葬之中,将伪器抬高到文物的层面,使其混淆视听而达到更高的消费目的。这种物的生产让物更贴近商品层面,也因此具有了更多的商品化意味。而曾本之等人则努力回归学术正道,不惜牺牲自己的名利也要将青铜器曾侯乙尊盘重新归位的行为则属于将物又一次去其商品化而回归到具有文化价值的物的层面。

物作为商品的转化成就了物的生命史中的转折点,而每一个转折点都有其背后深刻的文化动因和繁杂的社会因素。对于曾侯乙尊盘来说,它的转折点主要是战争、利益以及学术正道这三点,将这三者并入到历史的长河之中,足以成为物证物的历史的显性要素。国之重器变为时代重器的这一漫长过程,既参与了历史,也为历史所参与。曾侯乙尊盘作为至高无上的礼器所拥有的文化意义是与国

---

① 刘醒龙:《蟠虺》,上海文艺出版社2014年版。

家的精神指向紧密相连的,而后随着战乱频繁、社会更替所带来的种种后果,使得商品化与去商品化的过程在其身上迅速交替作用而又促成具有新层面、新状态的文化意义,从而形成具有新形态商品化的物。再将视角从高古时期拉回到现实社会,曾侯乙尊盘的发现再一次成就了其同时拥有商品化与非商品化双重身份特征的物,这一时期的商品化与去商品化的过程是相互交织在一起的,在真与假、虚与实、收藏与倒卖、盗窃与寻找、官方与民间、利益与弊害、破坏与坚守之间形成了更为复杂并始终掺杂人心的辩驳、人格的困惑以及世间的撕扯等文化以及社会因素的曾侯乙尊盘作为物的生命史。

结　　语

对于长篇小说来讲,其"价值、知识与话语就是最基本的三个维度"①。刘醒龙的长篇小说《蟠虺》在价值上强调了文化伦理的重要趋向,在知识维度上注入了考古学、人类学以及古典文学等元素,在话语运用上也推陈出新地形成了混杂叙事并以物叙事为新切点的美学意义上的叙事风格。小说的叙事长度、叙事深度以及叙事美感都是长篇小说固有的优势之处,而《蟠虺》除却所展现的长度、深度以及美感之外,更多的是将叙事推演到文化与生活相交接的层面之上,从而制造出一部更为精妙的长篇小说。"识时务"的生活与"不识时务"的文化二者相互碰撞而凸显出来的"时务"则成为了被消费文化催生过后并近似于本雅明所说的"机械复制的时代"所酝酿的"光晕"。但是,这种具备"光晕"特质的物必然是短暂的,"一种前所未有的新生事物,其出现只是仰仗一时的运气,这显然是有违科学进步常识"。② 真正物所具有的文化意义绝不是有违科学伦理的,也绝不可能凭借一时运气而成为时代重器,其中的过程

---

① 汪政:《刘醒龙长篇小说〈蟠虺〉:价值、知识与话语》,《文艺报》2014年6月9日。

② 刘醒龙:《蟠虺》,上海文艺出版社2014年版。

必然需要经历复杂化以及再复杂化的过程,才能够造就物本身的意义,这种意义的彰显也可以促进文化与社会生活交接层面的意义建构。

在上述提到的阿帕杜莱编著的有关物的人类学的文集中,有一篇名为 The Cultural Biography of Things: Commodities in Cultural Perspective 的文章,作者伊戈尔·科比托夫提出了"物的文化传记"这一概念,也就是说,物在进行商品化与去商品化的过程中必然会经历不同的人群、跨越不同的地域与文化,从而形成一层覆盖一层的新的物,这种物在自身建设与建构的过程中,展现出来的特殊化促成了一种具有特殊形态的传记形式的形成,即物的传记。物在其自身的传记当中,作为传主,挑战了传统传记的形式,并向主流社会的边缘之处延伸。《蟠虺》一书中,以曾侯乙尊盘为代表的高古时期的青铜器构成了一部青铜器家族的传记,它通过讲述物来反观人,通过为曾侯乙尊盘著书立传来映衬曾本之等人追逐真正文化意义的赤子之心。

具体说来,曾侯乙尊盘承载了以曾侯乙尊盘为代表的庞大的青铜器体系的寓言,其作为载体物的形态呈现,能够使文人的理想操守远离"真可为假,白可变黑,无可生有"①的复杂社会现实。而随之产生的结果便是曾侯乙尊盘成为具有价值判断意义的"圣物",虽然经历了利欲熏心之人的"顶礼膜拜",但最终的回归是其作为物的最终选择。而作为否定物的曾侯乙尊盘,它强调的则是一种正视内心的人格操守,具有"我心为楚"②的端正人格并积极接受时代的审视。再者,写实小说中不可避免会涉及消费社会这一宏大背景,在这之中,作为商品的物,其经历的商品化与去商品化的过程则为以曾侯乙尊盘为代表的青铜重器书写了一部丰富的传记,这样一种物的传记的出现也为物的社会意义增添了更为强大的理论支撑。同时,这也为文学文本的书写代入了新的方法,将朝向历史书写与朝向未来书写二者融合到一处而形成了新的书写模式。曾侯乙

---

① 刘醒龙:《蟠虺》,上海文艺出版社 2014 年版。
② 刘醒龙:《蟠虺》,上海文艺出版社 2014 年版。

尊盘从载体物到圣物再到否定物以及消费社会中的物这一过程，完成了自身的传记书写，也增强了历史真实性的叙事力度，使得这部长篇小说在知识与智慧，现实与问题这两种相左的风格之下，将文化小说与世相小说两厢融合的自然且富有审美意义。

所以说，刘醒龙的小说《蟠虺》可以看作一种叙事模式的转型：表面上，人物作为全书的中心，相互纠缠并推进故事的演进，而更为深层的叙事模式则是采用了一种物叙事的方式，令曾侯乙尊盘集结全书的叙事因素并随着故事情节的发展而形成一层又一层具有不同层面的新的物象形态。寻找真正的曾侯乙尊盘的过程便是作者为曾侯乙尊盘作传的过程。曾侯乙尊盘背后的文化意义也以其特殊的方式促进了文化与生活层面上的全新思考。另一方面来看，这种物叙事的书写方式容易有可能诱发文学远离诗性意义而向纯物性意义靠拢，也容易使其缺少文学偏虚构性的浪漫主义色彩。但是，《蟠虺》并没有走向诗性退守物性的藩篱，而是将物性提高到诗性的层面而形成全新样态表征的物叙事，其背后的文化意义也因物的实质效应彰显出更为深入与深刻的现实意义。物的传记在远离中心、偏重边缘，远离抽象、偏重具体，远离政治、偏重日常的自身构建过程当中，促使人们朝向历史真实性探知而努力重新定位文学以及文化的诗学意义。

(《小说评论》2016 年 05 期)

城市史与知识考古
——刘醒龙小说《蟠虺》的两个向度

曾令霞

当代文坛，武汉作家多以日常人生为表现对象。如新写实派代表作家池莉和方方，她们的创作多指向城市表层的位移悲欢，总体上呈现出一种当下性与世俗性；刘醒龙长于乡土叙事，作品多表现乡村世界的歌哭悲喜，如《凤凰琴》《天行者》等。长篇小说《蟠虺》哗然裂变，一反他的乡村格调，笔触延伸进城市，掘地三尺，发掘城市地层，用地下文物印证地上世界，增加历史纵深及厚重感。至此，作品呈现了两个世界：一个是深埋地下的楚国故地，一个是处在历史地表的现代都市。前者虽远去却与现实血脉相连，后者虽与历史血脉相连却走得太远。青铜重器"曾侯乙尊盘"是勾连历史与现实的关节点，以之回溯历史、观照都市，一方面寻找楚文化的精神脉络，另一方面揭示当下楚文化研究界的精神病象。"一件在地底下埋了千年的珍贵文物，在刘醒龙的手上成了一面照妖镜，照出了现实生活中那些冠冕堂皇的强权者的真实面目，他们的贪婪欲望可以将一切都吞噬进肚子里。天真的学者们为此付出了惨重的代价，甚至他们的生命。"①以铜为镜，观照了两个世界，在过往与现实之间冲撞出丰富的文学意蕴。

---

① 贺绍俊：《青铜器的分量——读刘醒龙的长篇小说〈蟠虺〉》，新浪读书专栏，2014年8月20日，http：//book.2008.sina.com.cn/zl/shuping/2014-08-20/1348640.sht-ml。

一、楚国故地与现代都市

  青铜、铁器铸冶工艺、丝织刺绣工艺、髹漆工艺、道家哲学、庄骚文学、美术与乐舞是楚文化的六大支柱。楚文化在历史上绚丽多姿，楚国的精神气度是后世人尤其是湖北作家应该追慕的。作品中设计了一个研究楚文化的楚学院，两个中心人物：曾本之、马跃之。曾本之是研究青铜重器的泰斗级人物，楚地是青铜重器的发源地，曾本之是青铜文化的象征符号，他代表青铜君子精神，坚信"青铜重器从来都与君子相伴"；马跃之研究丝绸，他是楚文化中丝绸文化的象征符号，有以柔克刚的毅力。以这两人为中心，围绕"曾侯乙尊盘"作家触及了三类人：学院派、学官派与盗墓者。学院派内部分裂出了郑雄这个学官，其与"老省长"、熊达世等人勾结，企图以"曾侯乙尊盘"接近高层揽权营利，不择手段，走向君子的反面。与以往作品关注基层老师、民办教师等题材不同，此次刘醒龙的锋芒直指学者的学术腐败与道德沉浮，既呈现其特殊性又道明它的一般性。学者作为沟通古今，阐释历史，传播文化的人，却又幽暗迷途，积重难返。其人作为，发人深思。正如盗墓小说总会提及科考队员，《蟠虺》也将盗墓者老三口引入叙事范畴，以其为参照，一方面反观学者队伍，另一方面借此讲述古董的江湖及民间世界。作家却将他圈定在监狱中，少有盗墓内容涉及，他的受限也暴露出作家在表现相关内容上的无力。有意思的是作品中能成功仿制"曾侯乙尊盘"的人——青铜大盗老三口，而非曾本之等科班学者，这样人物设计极具反讽效果。他能辨真伪，以假乱真，戏弄学界，蔑视权贵，也因此惹祸上身，命丧黄泉。荆楚大地，因青铜重器而生戾气。在这样一种现实环境中，曾本之、马跃之、万乙、赫文章等人却在坚守学者的精神高地，与对手周旋，维护青铜器的正统与尊严。他们坚信"楚地青铜重器只能与君子相伴"①，也做到了。

---

① 刘醒龙：《蟠虺》，上海文艺出版社2014年版，第26页。

城市的历史是一本倒置的书，最后一页往往是第一页，我们一页页地翻下去，便会走进历史的深处。有意思的是作家没有花更多的笔墨在楚国往昔的回顾上，而是以处在历史表层的武汉这个都市来映衬它。在现当代作家笔下，城市的意象林林总总，比如霓虹灯、高楼、咖啡馆、夜总会、电影院、红男绿女、有轨电车、商场、广场、汽车、书店、跑马场、公园等。除却东湖、水果湖、埋藏"曾侯乙尊盘"的老鼠尾、楚学院、博物馆、公墓这几处公共空间，刘醒龙大量使用汽车这个意象，甚至靠汽车完成了他的叙事任务。他用两个意象来代表楚地的过去与现在，一是青铜楚鼎，一是跑在江汉平原上的各种汽车。前者定笃，后者游离。曾小安开着香槟色越野车，郑雄坐的是黑色轿车，熊达世一干人开的是装甲车一样的越野车，沙璐开着红色轿车，撞死老三口的是云南古董商开的宝马车，华姐用大货车撞云南古董商同归于尽，曾小安与赫文章开着放蜂的房车隐身，甚至作品中还设计了交通警察——沙璐这个形象，以便更好地观察、监控车辆……曾小安的执着任性、郑雄的老成世故、熊达世的霸道张扬、沙璐的热情开朗、滇商的财大气粗、华姐的痴情率性、曾小安与郝文章爱情的弥久欲新都能通过不同车款体现出来。真是一人一车，一车一性。唯曾本之、马跃之、老三口不操控车，似乎活在过去的时空中，与地层中的古董一样处静安详，他们眼见现代交通工具在楚地表层上呼啸奔驰而过，犯规、围堵、冲撞、制造事端，尘土飞扬、飘浮躁动、张扬欲望，与城市的过往相背离与城市的当下相契合。汽车的争斗实际上是围绕"曾侯乙尊盘"而展开的人的争斗。现代文学史上，茅盾的《子夜》开启了都市文学的先河，至此，"汽车"成为与霓虹灯、摩天大楼、轮船、火车、工厂、弹子房、舞厅并置的都市意象，成为现代性的象征。汽车作为意象符号在刘醒龙的笔下既承担了"车厢社会"总体性描述的功能，也体现了现代都市中车主的个性与命运遭际。在车马为患、人心不古的今天，从"汽车"的角度回望过去的世界、打量此在的世界，的确是另辟蹊径。

二、知识考古与意义向度

　　《蟠虺》的独特之处还在于将考古学引入文学创作。近年来，天下霸唱、南派三叔等人的盗墓小说风行一时，很大程度上满足了读者窥迷的心理，盗墓与考古相伴而行，由于过多虚妄玄乎内容的呈现，远科考近迷信，此类作品显得邪气十足；岳南的考古小说有对盗墓小说纠偏的倾向，体现了科学考古的正统性，但叙事方式又是非文学的。如何将考古学与文学自然贴合，既具科学性又有文学性，这是一门学问。《蟠虺》没有将重点放在文物考古上，而是将1978年考古发掘的"曾侯乙尊盘"当作既有的文物，以辨其真伪的方式来重新打捞它的历史，同时关照现实。按照福柯的观点，文献即文物。"简而言之，就其传统形式而言，历史从事于记录过去的重大遗迹，把它们转变为文献，并使这些印迹说话，而这些印迹本身常常是吐露不出任何东西的，或者它们无声地讲述着与它们所讲的是风马牛不相及的事情。在今天，历史则将文献转变成重大遗迹。"①我们将文物整理成了文献，但文献却指认不出任何东西。在这样的情况下，我们将文献转变成文物，重新对它进行知识考古。当下的"曾侯乙尊盘"被刘醒龙看作文献知识，更深一步进行考古发掘。体现在小说中即是"知识考古"，分三个层面，一是青铜重器的相关历史的讲解。这部分内容由博物馆的志愿者——交警沙璐对同事的义务讲解来展开，她阐释了楚鼎与秦鼎的差别，"在青铜时代，楚地制造的青铜重器，奇美浪漫更具艺术气韵。而秦地制造的青铜重器，凝重霸道带有威胁压迫的政治特色"。她认为，楚地青铜铸礼器不铸武器，使"大老秦得到江山，却存活得很短。大老楚失却了威权，却在文化中得到永生"②。从"道"与"器"的角度来考释楚鼎的文化艺术价值，是这个作品对楚地青铜器最好的认知，

---

　　①　米歇尔·福柯：《知识考古学》，谢强、马月译，生活·读书·新知三联书店2003年版，第6页。
　　②　刘醒龙：《蟠虺》，上海文艺出版社2014年版，第272~273页。

也是读者最佳的认知;二是关于"曾侯乙尊盘"制作技法的争论。青铜器的制作方法有两种,一是范铸法,一是失蜡法。"多年前,曾本之在青铜重器学界,石破天惊地指出,曾侯乙尊盘是用失蜡法工艺制造的。曾本之还通过一系列相关研究证明,最早使用失蜡法制造青铜重器的人是楚庄王的儿子楚共王,为中国青铜史写上全新的一页。"①多年来,在学界,曾本之就是失蜡法,失蜡法就是曾本之。郑雄等人拼命维护老师的研究成果,凭借这成果谋取了各种权与利。然而,这成果始终没有成功转化成复制品,因此失去了说服力。学界开始怀疑失蜡法而转向相信范铸法。有反讽意味的是学官结合的科研队伍费尽心思用失蜡法复制曾侯乙尊盘都没成功,反倒是青铜大盗老三口利用复制品取代了博物馆里的真品。在这一过程中,作家将青铜重器制作技法当作考古对象,将其作为知识传播给了读者。读者既能在作品中体会虚构的愉悦,也能接收到由纪实文学传播带来的知识。虚实共生互补,作品显得摇曳多姿。三是"曾侯乙尊盘"的真伪辨析。刘醒龙为读者虚拟了一个真假青铜重器辨析的故事,在情节发展过程中,对真的何为真,假者何为假,作家都做了详细的阐述,它与制造方法有关,与研究人员的实践体悟有关,与学术界的良知有关,关键是假的文物对于知识体系的建构与历史地层关系的映证都无关,真的文物从形到神都能代表一段历史及那一历史时期的精神气质。它走向文献,又由文献走向文物,"在文献上我们不必信古也不必疑古,如果我们要重建古代中国文化思想和学术世界,我们不必特别纠缠在具体一两部典籍的真伪,文献就像文物一样,它开口所说的一切都可以用括号先悬置起来,我们不必为它是真而全然相信,也不必为它是假而全然不信,我们可以像对待文物一样,根据它的'地层'关系,重建知识的谱系,把它与文物互相印证,重建那个时代思想的轮廓和脉络"②。当文学史家、作家有了考古学的视野,文学作品中注入了考古学的相关内容,作家与科考人员一道从历史断裂处重新打量审视,其结果丰

---

① 刘醒龙:《蟠虺》,上海文艺出版社 2014 年版,第 88 页。
② 陈平原:《文学史家的考古学视野》,《读书》1996 年第 12 期。

富的不仅仅是思想史，还有文化史、文学史等等。刘醒龙在小说中大胆地推测除了曾侯乙墓，还可能有曾侯甲、曾侯丙等墓，通过后来考古发掘证明，他的推测确有可能。科学的推测与文学的想像互为表里，学科的跨界交流会冲撞出一个新的意义空间。

在现代文学史上，把考古学、人类学融入文学创作始于剧作家曹禺，他的话剧剧本《北京人》就是一个有力的证明。北京人头盖骨的考古发掘始于20世纪20年代。1940年，曹禺在四川江安遥想北京，考古学上的北京人、人类学上的北京人及现实中的北京人三者被粘合到一处，成就了话剧《北京人》。《北京人》有三个价值向度：第一，过去的北京人。指考古学人类学意义上的北京人，带着原始的雄强与蛮力。第二，现实中的北京人。以曾浩、曾文清、曾霆、素芳等人为代表的在现实中挣扎的北京人。第三，未来的北京人。以袁任敢、袁缘为代表。他们既摒弃了现实中北京人的惰性与钝性，又继承了古北京人天然原始的生命力，带着人类的纯真，代表着北京人未来发展的方向。同样是将考古学引入小说，刘醒龙的《蟠虺》，表面上看写楚地文化、楚地青铜重器，实质上写的是江汉水土之上的楚地人。与池莉、方方她们写街巷市井的楚地人不同，刘醒龙将目光对准考古界的知识分子。围绕"曾侯乙尊盘"，以知识分子为中心牵涉到官场及江湖中的人。与《北京人》中作为符号的"北京人"一样，"曾侯乙尊盘"在作品中是代表楚文化的符号。以它为界点，向后回顾曾经的楚地灿烂的历史文化，向前则俯视现实中的荆楚大地。考古界的现实由学术界、官场、江湖中的人经营着，"曾侯乙尊盘"与三种人的交集形成叙事平面，在这个平面中，学术界的知识分子在追问青铜重器的真伪，官场中人在追逐名利，江湖中人在盗墓盗利。"识时务者为俊杰，不识时务者为圣杰"，"青铜重器与君子相伴"，真正的学者既要守卫研究成果，也要坚守正气尊严，以正学术传统。无奈的是，作品中的学院派们对用"失蜡法"复制青铜重器的技艺一筹莫展，最后使用苦肉计送年轻学者郝文章入狱靠近青铜大盗老三口，八年光阴似乎也没得到技法真传，只是通过老三口的民歌暗示找到了"曾侯乙尊盘"的真品。这一过程虽催生了曾本之等学者的反思精神，但只是反思是不够的，他们在整个作品中的表现没有一个向前的精神向度，而是用找到青铜重器真品这个皆大欢喜的结果来遮蔽复制难题无法攻克这个事实。随着老三口的死亡，这个技艺仿佛悄无声息地回到了文物身上，无处可寻，无处着手，希望渺茫。不似《北京人》，它有纵横两条线组成的叙事坐标，纵向有"过去的北京人""现在的北京人""未来的北京人"三个向度，横向有曾家老中青三代"北京人"三个层面，错综复杂，立体丰富，关键是作品有一个未来的向度，从人类学、进化论的观点来看，"北京人"在进化发展中，总有一天，过去的北京与未来的北京人会合成现实中的北京人，健全、天然、充满智慧。《蟠虺》只有历史与现实两个维度，在现实叙事这个层面上，它有一条民间—学院—官场的线索，三者处平行状态，没有谁高谁低的比较，反而有高手在民间的感受，蕴含广阔，但未有纵深感。青铜重器从楚文化的历史深处走来，它行到当下便停下了脚步，作家未提供它未来的图景与走向，作品的叙事不涉及未来，因未来向度的缺席而失却了更深意义的探寻，整个作品的调子显得较为灰暗。

三、结语

青铜重器是楚文化的代表，《蟠虺》围绕"曾侯乙尊盘"的真与假、得与失及复制技法等勾连起江汉楚地的过往与现实，既打量了历史，又考量了现实世界及知识分子。考古学与文学融合成了这部小说，知识考古的实与文学创作的虚相融互补，拓展了文学表现的空间。考古学的视野突破了作家刘醒龙的创作模式与题材内容，为当代文坛带来一种新的写作尝试，也为读者提供了读史与读小说合二为一的阅读体会。如若作品能在意义向度上有所开拓，它会更具经典性。

(《新文学评论》2017 年 01 期)

《蟠虺》:"器与道"的争夺及对圣贤人格的呼喊

任 颖

在 2014 年的上海书展上,《蟠虺》被宣传为"中国版的《达·芬奇密码》",并获封"十大影响力新书"①。比起宣传语,《蟠虺》的书名更能吸引读者眼球,书展现场也时有"猜字游戏"上演。"蟠虺",是青铜器上的一种纹饰,"以蟠屈的小蛇(虺)的形象,构成几何图形",但也另有一说是龙的纹饰②。这种纹饰细小繁复,"成蟠旋交连状③",而《蟠虺》的文本也如书名所示,糅合多种题材元素,情节层层推进,草蛇灰线,伏脉千里,但刘醒龙在访谈里否认这部小说在写作前有提纲,他认为"对一个作家来说,最好的状态和最可靠的设计是在写作的过程中产生的……好多细节,都是在写作的过程中,神来之笔也好,上天的恩赐也好,都是在写作的时候突然冒出来的"④,事实上,在刘醒龙认为《蟠虺》的写成"在最开始就充满了宿命感⑤"。"宿命"一词又与"神秘主义"有所牵扯,而故事的展开过程也同样弥漫着巫楚文化神秘的气息,为本书

---

① 刘莉娜,刘醒龙:《蟠虺者,醒龙也》,《上海采风》2014 年第 10 期,第 36~37 页。
② "蟠虺纹":百度百科,http://baike.baidu.com/view/558188.htm。
③ "蟠虺纹":百度百科,http://baike.baidu.com/view/558188.htm。
④ 刘莉娜,刘醒龙:《蟠虺者,醒龙也》,《上海采风》2014 年第 10 期,第 37 页。
⑤ 刘莉娜,刘醒龙:《蟠虺者,醒龙也》,《上海采风》2014 年第 10 期,第 36 页。

奠定了浪漫基调。

一、"器与道"的争夺战

　　青铜器在世界各地都有出现，是世界性文明的标志之一，而又因受到传统礼乐文化的影响，中国青铜器的独特之处在于"更多地不是以生产工具或武器"①，而是作为礼器的形式出现。青铜器在先秦典籍里专称"器"，被用为祭礼，以求天人或神人之和谐，而器因铸造不易，在礼器系统里的地位日益上升，最终成为象征国家政权的传国重器。刘醒龙在访谈中对"器与道"的解读是："曾侯乙尊盘的'器'在于它令人目眩的透空蟠虺纹饰和至今无法复制的内部构造，而它的'道'在于其华丽高贵的气质和种种具有神秘兆意的异象。"②青铜器的"道"由自身文化底蕴累积而成，刘醒龙将青铜重器与道德理想对应起来，认为"青铜重器只与君子相伴相属"③，明写青铜重器，暗写道德理想；对真假尊盘的争夺，也显示出权欲诱惑对人性的考验，以及知识分子的道德选择和对楚文化的争夺。

　　1. 利益诱惑下的人性危机

　　曾侯乙尊盘作为一个"有意味的象征"，在不同社会阶层人群的观念里有着不同的概念，例如在政客眼中它是权力的象征，而在知识分子眼里它是文明的承载，正统的体现和气节的物化。小说的关键词之一是"仿制"：博物馆里陈列的假尊盘是悬在学术界泰斗曾本之心头的一把剑，也是他一直避而不谈的秘密；而老省长则心心念念想要通过仿制尊盘来丰富政绩。在当下社会，学术体制与市场机制的漏洞使权财成为巨大的诱惑，这场尊盘的争夺战有多方势

---

① 张光直：《中国青铜时代》，生活·读书·新知三联书店1983年版，第22页。
② 张海龙：《刘醒龙：最终促成〈蟠虺〉缘于近年伪文化的盛行》，http://lzcb.gansudaily.com.cn/system/2014/06/14/015051425.shtml。
③ 刘醒龙：《蟠虺》，上海文艺出版社2014年版，第128页。

力参与其中,而对器物的角逐过程处处考验着人心。

首先是以曾本之为代表的楚学院的老一辈学者以及青年才俊属于学者型知识分子,这些学者的本应待在象牙塔里从事文物研究工作,但当下的学术体制的缺陷容易"造成学术规范的僵化,助长学术霸权及其排外倾向"①。例如曾本之被誉为楚学研究"泰斗",他所持的理论观点有着不容置疑的"权威性",郑雄试图把曾本之推向"神坛",借机抢占学术资源,为自己的仕途谋利,而曾本之则因要争取"院士"名额,放任郑雄胡来,不愿修正错误。但同时楚学院里还有一批赤诚的学者,他们专注文物研究与真相的找寻:马跃之是推动尊盘事件发展的关键人物,郝家父子则为真相付出了生命与自由。学术和利益产生关系后,学者的学术操守面临严峻考验,知识分子也会分成小说开头提到的"识时务"与"不识时务"两派,曾本之众人对待学术的态度,关乎未来楚学研究的走向,好在这批知识分子最终坚守住了他们作为学者的立场。其次,以老省长,郑雄为代表的政客是对尊盘的有力争夺方之一。他们以权谋"事"——老省长成立青铜重器学会,插手尊盘的研究并强制学者们开展尊盘的仿制工程;又以"事"谋权——妄图霸占文物研究成果,为政绩增色。政客对学术的干预暴露了学术政治化的弊端,郑雄走上从政的道路与他的学者身份密不可分,官职吸引他渐渐远离学术研究并将注意力移向仕途,不惜牺牲学术的纯洁性来满足自己的权欲。再次,以倒卖文物牟利的云南人和招摇撞骗的熊达世,处处显露出投机倒把的精明嘴脸,文物价值的赋予离不开市场机制的运作,文物的文化底蕴被夸张扭曲和妖魔化,尊盘被包装成与权力相关的寓意祥瑞的商品,这样的"传说"会引诱诸如庄省长这样的官员在尊盘年检时强行闯入检测的房间趁机沾取祥瑞之气,也会诱惑其他的从政者为占据它而奋不顾身。商人重利,为了从文物中捞取金钱耍尽心机,造成当下文物造假、文物倒卖的行为屡见不鲜。此外,在民间也有一批文物爱好者。沙璐等人势单力薄,但胜在坚

---

① 陶东风:《学术体制与学术创新》,《南方文坛》2001年第1期,第32~45页。

持初心。而亦正亦邪的青铜大盗老三口，拥有不输于曾本之的学识，他一方面敢于挑战学术界权威，希望通过成功仿制曾侯乙尊盘来羞辱楚学院学者，但一边又干着盗窃文物的违法行为，并且"弄真成假"戏耍专家——以另一只战国尊盘代替曾侯乙尊盘，险些使另一只真器沦落到心怀不轨的权贵手中。

刘醒龙曾在访谈中说道："对青铜重器的辨伪，也是对人心邪恶之辨，对政商奸佞之辨……当今时代，势利者与有势者同流合污，以文化的名义集合到一起。"①围绕着曾侯乙尊盘，他描绘出了一幅"天下熙熙，皆为利来；天下攘攘，皆为利往"（司马迁《史记》）的众生相，刘醒龙认为这样的同流合污会危及文化安全甚或是国家安全，例如小说中几方势力为了争夺尊盘，无情地牺牲掉了老三口和云南人的性命。刘醒龙借器物叩问灵魂：在利益成为争相追逐的对象后，良知是否还有立足之处？

2. 从俊杰到圣贤：楚学院学者们的道德选择

小说以"识时务者为俊杰，不识时务者为圣贤"②十五个字开篇，颇为亮眼。"时务"指客观形势，埋头做学问的人也不可能与外界隔绝，排除外界环境的干扰。例如，曾本之会关注院士头衔问题，郑雄关心自己的仕途前景，郝文章在意尊盘的真相会给老师招致灾祸。识或不识"时务"，都能产生杰出人物——"俊杰"或"圣贤"，"俊杰"向"外"，应时而生，借时代之力完成伟业，相较之下，"圣贤"专注于"内"，恪守内心，品德高尚，躬行实践修己身。但作者认为当今社会是势力者和有势者合谋并兴风作浪，借这股"邪风"而起的"俊杰"算不上真正的英雄，曾本之甚至骂他们为"鼻屎"，于是"圣贤"就凸显出其品性的高洁，成为"圣贤"还是"俊杰"就与道德选择相关联。作者笔下楚学院的学者里既有郝嘉这种为信仰和真相赴死的圣贤，也有郑雄这样八面玲珑的俊杰。随着小说的展开，在"俊杰"和"圣贤"二者之间犹豫徘徊的曾本之在经历

---

① 张海龙：《刘醒龙：最终促成〈蟠虺〉缘于近年伪文化的盛行》，http://lzcb.gansudaily.com.cn/system/2014/06/14/015051425.shtml。

② 刘醒龙：《蟠虺》，上海文艺出版社2014年版，第1页。

了内心的挣扎和反思后，重拾知识分子的道德情操。

曾本之在写信时总打不破这十五字开头的魔咒，他在无意识间流露出内心的挣扎和犹疑，选择做圣贤还是俊杰，曾本之无疑进行过无数次没有结果的思索。曾本之的威望和声誉，得益于他对早已失传的青铜重器铸造工艺的研究，正是"失蜡法"的提出奠定了他的学术泰斗的地位。故而他在发现自己的错误后不敢轻易开口否定之前的观点，他"怕被人撵下这个舞台，更怕离开这个舞台后还要成为别人笑柄"①。修正行为是致命的，它不但会毁掉曾本之自身的学术地位，更会击垮楚学院在学术界的立足基点，于是他不敢正视错误。郝嘉自杀，曾本之没有追问原因；爱徒郝文章因真假尊盘的秘密入狱，曾本之便闭口不提郝文章，并整整八年未进博物馆看过曾侯乙尊盘，只会盯着黑白和彩色两张尊盘照片陷入长久地沉默。曾本之的回避态度暴露出其潜意识里的恐惧和煎熬，他发现了尊盘被人调包秘密，却不敢轻易打破现有的状态与秩序，甚至在郑雄为他营销造势争取院士名额时，他也打算睁一只眼闭一只眼，被动接受现有的声名地位给自己带来丰厚的利益。曾本之消极的行为态度是受到了虚荣心的影响，他学识渊博，有作为学者的高傲和自负，自认算"青铜器研究之王，绝对不能给自己留下任何骂名"②。比起高调、率真的郝嘉，曾本之低调、心思缜密，好友马跃之开玩笑道："你这脑子一半是泰斗级的，一半是小人级的。"③在名利欲望驱使下，他手握秘密却不作为，而知识分子的责任感又令他对尊盘的谜团无法释怀。一封甲骨文来信打破了曾本之表面的平静，郝嘉自杀的旧事也被重新翻出来，一边是真相和气节，一边是名利双收，曾本之心事重重，"好像肩膀上扛着千斤重担"④，最后他决定捍卫学术正义，这一选择有其必然性和合理性，曾本之多次流露出对青铜器的热爱和崇拜之情，而尊盘庄严肃穆的品质必定对曾本

---

① 刘醒龙：《蟠虺》，上海文艺出版社2014年版，第190页。
② 刘醒龙：《蟠虺》，上海文艺出版社2014年版，第200页。
③ 刘醒龙：《蟠虺》，上海文艺出版社2014年版，第190页。
④ 刘醒龙：《蟠虺》，上海文艺出版社2014年版，第127页。

之有所感召,曾本之也自白道曾经以为"院士"很荣耀,听到"院士"二字心跳就会加速,后来才意识到这并没有什么意义,后悔没有实事求是地去做事情。曾本之从随圆就方到重拾气节的蜕变过程与真假尊盘的命运相关,曾侯乙尊盘的守护与争夺与曾本之知识分子气节的缺失与觉醒同步。真的曾侯乙尊盘对应"范铸法",作为真相是被埋没的;被调包的假曾侯乙尊盘对应"失蜡法",同时也是尚未觉醒的曾本之的化身,假曾侯乙尊盘和曾本之最初一起被捧上神坛。曾本之对院士头衔的追逐与放弃与尊盘真相的逐步显露同步进行,曾侯乙尊盘的归位代表知识分子良知的回归。

曾本之通过自我批判和自我否定找回真正的自我,而郑雄在小说结尾处同样表现出了其知识分子责任意识和使命感复苏的迹象。他开始是时代的顺应者、官场上的弄潮儿,为了实现从"水果湖到八宝山"的"仕途理想",他不惜牺牲自己的婚姻,拍省长的马屁,以"院士"名额要挟曾本之,垄断尊盘的研究并开展仿制工程,装窃听器窃取尊盘的情报等,而当他得到真的曾侯乙尊盘后,仅存的良知促使他完成让曾侯乙尊盘重见天日的举措,并了却恩师多年来寻找尊盘的心愿,于是他主动用手中的曾侯乙尊盘来替换在博物馆陈列的假尊盘。然而郑雄并没有放弃仕途,比起钻研学术,他更适合在官场谋发展,也坚持继续实行老省长和熊达世的计划,所幸郑雄受了曾本之多年恩泽,也自我剖析道:"哪怕是根烂了五百年朽木头,也还有一只树结是硬的。"①

二、文化寻根:楚文化的思辨与传奇

小说在时间上从三个时间节点切入,以插叙方式将二十多年前郝嘉自杀事件和八年前郝文章入狱事件叠加在当下时间中,三个时间点都与尊盘的命运息息相关;在空间上,小说里以"楚学院"为中心向外辐射,在现实中,这些小说里描写的建筑、地名和街道名均有原型,例如湖北省博物馆、水果湖、东湖、老鼠尾、张家湾小

---

① 刘醒龙:《蟠虺》,上海文艺出版社2014年版,第450页。

区和翠柳街等大部分都是真实存在的地理景观,事实上这些景观也处于武汉政治文化的核心区域。正是作者把小说嫁接到真实的历史时空之上,这种"把小说及其读者与我们的世界结合在一起"①的叙事策略带给读者似真非真的阅读体验。强烈的真实感和小说的魔幻气质不断超越读者的阅读期待,似乎在另外一个平行宇宙下,水果湖附近真实存在着一所楚学院,抑或曾本之、马跃之和郑雄等人就和我们生活在同一时空之下,将熟悉的街角景观设置为小说背景,不仅增加了文本的浪漫魅力和神秘气息,而且能够吸引读者冒险其中。作者构建了一个高度典型化的文化场景,所有的事件都在楚文化氛围里展开,这种文化氛围以浪漫和玄幻为特质,却不乏思辨和理性主义的气质缠绕其中,不致使小说荒诞不经,反而别有意味。这显然是作者进行的一次文化寻根:当下社会价值观的转变令其心忧,传统哲思与传统道德气节的魅力凸显出来,成为作者钦慕的对象。

1. 楚文化浪漫特质中的思辨性

沙璐说:"大老楚失去了威权,却在文化中得到了永生。"②楚文化是中华文明中耀眼的一颗明珠,而青铜重器是楚文化中最具有代表性的艺术品类之一。曾侯乙尊盘作为战国时期的青铜器,其表面繁复细腻的镂空装饰,展现了战国楚地人民丰富的想象力和鬼斧神工的铸造技艺。刘醒龙在得知湖北省博物馆里陈列的曾侯乙尊盘"至今都没有人能破解其制造工艺,以至于它至今都无法被复制"③后,每次看到都会惊叹其天衣无缝的设计。

玲珑剔透,错落有致的蟠虺纹,正是楚文化轻盈和浪漫特质的物化形式,蟠虺纹的无法复制性使曾侯乙尊盘成为独一无二的工艺品。选取曾侯乙尊盘为小说的线索,剖析当下知识分子的人格操

---

① 华莱士·马丁著:《当代叙事学》,伍晓明译,北京大学出版社 2005 年版,第 76 页。
② 刘醒龙:《蟠虺》,上海文艺出版社 2014 年版,第 272~273 页。
③ 刘莉娜、刘醒龙:《蟠虺者,醒龙也》,《上海采风》2014 年第 10 期,第 37 页。

守，表露出作者对传统文化的仰慕之意和对传统名士风骨的追怀。小说中甲骨文、文言文、古典诗词的穿插使用以及对甲骨文、楚简、古墨和宣纸的介绍使文本带有鲜明的古典特色，尤其是楚学院众人门牌上带"楚"字的四字成语，颇有一语双关的妙处，既融入了楚学院的文化研究氛围之中，又暗合每间办公室主人的性格或命运。

曾本之的门牌是"楚弓楚得"，本义指自己的东西虽然丢了，拾到它的却并不是外人。曾本之最初受利益诱惑丢失了学术操守，正是在好友马跃之的帮助和推动下，曾本之决定介入对郝嘉自杀真相和尊盘真假问题的调查，重拾知识分子良知。而郑雄门牌的"楚越之急"，本义为面临外敌入侵，国事危急。正点明郑雄本应专心学术，却被权欲蒙蔽了心，"入侵"并腐蚀郑雄良心和楚学院学术风气的正是权力与利益，学术纯洁性遭到破坏，楚文化研究前景变得"危急"。马跃之的"楚才晋用"比喻本国的人才外流到别的国家工作，马跃之研究领域为丝绸，却替研究青铜重器的曾本之操心，他发现两张曾侯乙尊盘照片的端倪和曾本之的心结后，用以甲骨文写就的信重新激起老朋友捍卫学术正义的心，引导并点拨误入歧途的老朋友。虽然研究领域不同，但马跃之丰富的学识和优秀的职业素养在帮助曾本之解开心结，勇敢面对错误的过程中起到重要的作用。"楚乙越凫"办公室的前任主人是郝文章，这个成语本义是对于同一只飞鸿，有人误认成了野鸭，有人误认成了燕子。它比喻由于人对某事的主观性和片面性的认知而产生的错误判断。这一方面暗示入狱的郝文章是被冤枉的，八年前的郝文章并非是想窃取年检时的尊盘占为己有，而是在发现尊盘被调包的秘密后想趁着年检验证尊盘的真假；另一方面也指郝文章错误理解了曾本之的意思，关押在监狱里的老三口调包曾侯乙尊盘，郝文章以为老师派他进监狱与老三口接触并套取真相。此外，门牌为"楚璧隋珍"的房间主人是郝嘉，郝嘉去世后便用做博物馆里的曾侯乙尊盘的年检室，"楚璧隋珍"指和氏璧与隋侯珠，都是价值连城的珠宝，比喻杰出的人才。即使年检的尊盘并非当年曾侯乙墓里发掘的尊盘，但它同样是货真价实的国宝，是战国时期铸造但尚未有机会被世人承认的尊盘，而郝嘉则是楚学院难得的品性高洁的人才，二者均担得起该门牌上成语承载的意义。成语对角色人格和命运的隐喻，是作者极为精巧的构思。

曾本之和马跃之的名字，形成了有趣的二元对立状态：沉重与轻盈，静与动。首先是二人研究领域与名字的对应——有分量的青铜重器和轻盈的丝绸；其次，本之和跃之分别代表"静—动"两种状态，曾本之拒绝激进的学术态度，最初他拒绝修正学术错误，很可能导致对曾侯乙尊盘铸造方式研究的僵化，而"动"是活力，马跃之给"静"如死水的曾本之带来生机；最后，曾本之和马跃之的动静互补，与太极八卦和阴阳学说有共通之处，道教认为"动—静"是宇宙生成与发展的根本原因，北宋周敦颐对《太极图》作注时写道："太极动而生阳，动极而静，静而生阴，静极复动。一动一静，互为其根。"①这些线索与伏笔的设置融汇了老庄哲学思想以及中国传统文化的精髓，小说颇具古风古韵的典雅气氛。

郝家父子是楚文化熏陶下塑造出来的"楚狂式"传奇人物，他们追求人格独立、精神自由和真理：郝嘉只在他人描述中出现，他学识渊博，为人赤诚，最后为真理慷慨赴死；他的儿子郝文章继承了父亲执拗的性格，为真相牺牲自由。而曾小安与郝文章开着养蜂汽车的逃亡之旅也为小说增添了浪漫色彩。

2. 以"鬼神"照人心

"信巫鬼，重淫祀"（《汉书·地理志》）是楚文化的又一显著特征。楚人在商王朝的驱逐下南迁，但他们传承了"殷商时的鬼神思想，并和当地浓烈的巫风结合起来，就形成了楚文化的一个显著特点：巫风盛行……鬼神思想浸入楚人灵魂"②。《蟠虺》里也安排了种种令人匪夷所思的巧合和超自然现象，不仅如此，正如前文中所提及的，刘醒龙认为这部小说的写作一开始就充满了宿命感，例如

---

① 周敦颐：《太极图说》，《元公周先生濂溪集》，岳麓书社2006年版，第7页。
② 周家洪：《略论楚文化的特色》，《沙洋师范高等专科学校学报》2002年第2期，第47~49页。

作者没有把假冒的"曾侯乙尊盘"写成后人的复制品，而是将其设定为老三口盗墓时挖出的另一个真器，曾本之说它："只不过不能叫曾侯乙尊盘，而有可能是'曾侯甲尊盘'或者'曾侯丙尊盘'。"①"曾侯丙"是刘醒龙的虚构，但小说出版后，考古工作者"在曾侯乙墓附近发现一座楚墓，出土的青铜器上的铭文正好有'曾侯丙'"②。另外，"蟠虺"与"醒龙"两个词语也有微妙的关联，二者相同的构词法和相近的寓意也令作者感慨万千③。

小说里处处显示出神秘主义的浪漫色调，颇有魏晋志怪小说和唐传奇的特质：鬼神、祥瑞、各种偶然与巧合层出不穷。例如曾本之众人相信冥冥之中会有力量来指引他们寻找曾侯乙尊盘，曾本之根据收到两封信时"先月亭尖顶的影子"，都恰好"落在那块蚌壳上"④来确定尊盘的埋藏地点；沙璐在公墓门口撞鬼，曾本之在车窗上写甲骨文以"镇邪"；尊盘会显出种种异象，冒紫气、散异香、起乐声；在郑雄死死抱住另一只尊盘渡江时，"有一只大手从江底伸出来，生生从他怀里夺过那只木箱子，轰隆一声坠入江中"⑤。这些奇幻的情节设置受到"尚鬼神"的巫楚文化的影响，同时作者也借玄妙之事喻人生道理：老三口在狱中彻悟之后说"非大德之人，非天助之力，不可为之"⑥，以及书中反复强调的"青铜重器只与君子相伴相属"等话语，均将青铜重器的品质与人格气节划等号，正因为青铜代表了高洁的品质，才会有尊盘选择沉江的一幕发生。刘醒龙在小说中表现出对国宝浩然正气寓意的推崇和对传统文化的敬意，并非是一种文化保守或文化倒退，更不是散播迷信或故弄玄虚，而是通过谈玄来论"道"，矛头直指人心与灵魂。《蟠

---

① 刘醒龙：《蟠虺》，上海文艺出版社2014年版，第437页。
② 刘莉娜，刘醒龙：《蟠虺者，醒龙也》，《上海采风》2014年第10期，第37页。
③ 刘莉娜，刘醒龙：《蟠虺者，醒龙也》，《上海采风》2014年第10期，第37页。
④ 刘醒龙：《蟠虺》，上海文艺出版社2014年版，第440页。
⑤ 刘醒龙：《蟠虺》，上海文艺出版社2014年版，第469页。
⑥ 刘醒龙：《蟠虺》，上海文艺出版社2014年版，第462页。

虺》是刘醒龙对当下社会价值观发展走向以及人性弱点进行剖析的成果，他强调曾侯乙尊盘是国宝，曾侯乙尊盘所代表的风骨同样也应成为知识分子的精神榜样。

三、结语

　　刘醒龙在访谈里说："楚国用青铜铸造战争机器，随国用青铜铸造国之重器。千年之后，我们所看中的偏偏是后者。希望我与我的同时代人能够一起明白，何为国宝何为重器。"①并非所有青铜器都有镇国宝物的含义，有一部分是铸造出来用以战争的兵器，人们忘记了青铜器也会带来灾难，只记得它所代表的权力意蕴，但是学者们却不能被利益蒙蔽双眼。文物以其耀眼的光芒吸引世人的目光，它从满目疮痍的历史中走来，是华夏文明之瑰宝，本应被稳妥保管并把其精神一代代传承下去，但心怀不轨之人却只关心文物的市场价值或其权力象征，妄图将文物占为己有并从中牟取利益。小说里的两只尊盘均为真器，价值本应相当，然而其中一只未得到专家的评定与世人的认可，一直被曾本之等学者认定是老三口仿制的伪器，险使真器落入豺狼之手，《蟠虺》给知识分子敲响了警钟，面对利益诱惑一定要坚守自我，保持知识分子的纯洁性。在市场的刺激下，文物成为炙手可热的投资对象，文物倒卖与文物造假行为愈发猖獗，如果学者迷信"学术泰斗"或者被外界各种信息蒙蔽了双眼，在研究上无法做到专心致志，不仅可能导致真器的流失，也不利于学术科研的进步。正如作者借小说里马跃之这一角色之口所说的："与青铜重器打交道的人，心里一定要留下足够的地方安放良知！"②无论是曾本之在幡然醒悟后曾侯乙尊盘的埋藏地点才被发现，还是曾本之等人意识到被郑雄带走的"伪"尊盘也是真器后那

---

　　① 黄珍珍：《刘醒龙写的悬疑小说介绍起来好费劲——新书名字叫"蟠虺"，你会念吗》，http：//qjwb.zjol.com.cn/html/2014-08/17/content_2788401.htm?div=-1。

　　② 刘醒龙：《蟠虺》，上海文艺出版社2014年版，第261页。

只尊盘便落水自毁,尽管这些情节的设置玄之又玄,却都委婉指向了作者力图向读者传达的观念:学者品性对文物保护的重要性,而学者的品性则需要向"圣贤"学习——不识时务,潜心做学问。

(《新文学评论》2017 年 01 期)

论《蟠虺》的精神结构

管兴平

刘醒龙的长篇小说《蟠虺》相比于他之前的创作，厚重、大气，有着很深的文化内涵。无论是小说中的官场争斗所呈现的复杂状态以及对当代政治的一些隐喻和暗讽，还是小说中关于知识分子精神与风骨的张扬和对他们内心情怀的抒写所传达出的君子之风，还有对现代生活包括了城市文化精神的切身切己的描画所表现出的痛恨和与之相关的爱，都无不显示出了作家在多样化的文本内涵上所做出的努力。这就是《蟠虺》所表露的精神结构。也即表现了社会生活的丝丝缕缕的网状构成及人物在环境中的面目和精神漫游，和作家思维的绵密及展示事物相互之间关联的努力。当然小说中不止这些，还有关于小说技法的一些探索，比如《蟠虺》中环境的描写对人物内心的烘托，虽然略显老套和过时，但对于时下小说作品中这一类的缺失却是一种必要的补偿；还有延续了作家以前创作的趋向，即人物对话的一种"饶舌风"，加上作家有意识地将作品写成了悬疑风、侦探风，加大神秘感，由此促成的一种"从俗化"。同时，小说中对文字的注重，表面上说的是文化含义和言外之意，以及由此出现的多义化（歧义化）的解释，其实表明的是对文化的深度思考；其过程是从摒弃虚假写作到对知识分子心灵的释放，更大意义上是关乎灵魂的深度呈现的问题。因此更让人急迫追问的是，刘醒龙的此种创作还是个人化的吗？刘醒龙由宏大叙事转向通俗意义何在？他走向一种什么创作路数？还是万变不离其宗呢？可以说，《蟠虺》并不简单，但是要深入理解这些方面，还是有必要回到文本所传达的核心内容即小说所呈现的精神结构来看。

一

　　小说中政治文化结构是主要的，也应和了几千年来的中国传统文化内涵，处于主体位置，所以也是最突出的。虽是浊流，也是主流。

　　小说首先写出了政治文化的争斗场。老省长的官场利益原则，老谋深算，不讲原则，不计后果，他不愧为时代大盗。郑雄的趋于官的一面，为了个人愿望的达成，而隐忍和决绝、卑鄙；熊达世一类混迹于官界的做派，看起来逍遥、混世，实际有所依附和寄托；还包括黄州文物界官员的故作倨傲、沾沾自喜等。均表现了官场各态各面。而围绕着权力、利益展开的博弈，以及官商之争中以官的胜出的结局，还有官内部（官场内部的争斗）的胜败、成王成寇，进一步渲染了世纪大戏的序幕。这些都比较"传统"和"老套"，但是现实已被撕裂得面目全非。

　　其次，更为触目惊心的是知识分子对权力的角逐。郝嘉的涉足争取自身利益的行为使得书生投身政治成为了巨大的悲剧事件。知识分子涉足政治是否值当依然值得考量，但这也说明官场依然浑浊不明，厚黑学依然当道。要想光明正大甚至洁身自好踏足政治依然不可能，更不用说想用现代理念改变官场文化生态了。和郝嘉有着极大的不同，郑雄的钻研奉迎之道，是迎浊流而上给它浇个透，对曾本之貌恭而实违，其"伪"的一面最终也暴露无遗。他所采取的是顺应官场文化，改变自身来求得生存。但是尽管苦心经营多年，也挡不住树倒猢狲散的个人命运。这两种知识分子踏足官场的路向，一种是投身现代民主，将激情合盘抛洒而出，以致最后不顾一切；一种是处心积虑，大胆放言而实际谨小慎微，最后落得两手空空。小说中设计的郝嘉的钟情女医生的爱情和郑雄的心仪古典美女情人，加剧了书生投身政治的悲剧和悲情感。

　　这种官场政治文化带有传统文化的内涵，也带有比较鲜明的楚文化特色。小说中有许多这方面的关节和段子，特别突出的是"楚庄王"这一符号意指，正指向了楚国政治图景的现代版：比如庄省长的一试紫烟的迷信，而关书记的安排和附和也显得意味深长。而郑雄一句"庄省长是现代的楚庄王"更是刺激了官场野心的膨胀，而作为谋士的郑雄也因其大胆放言得以委以重任，成为了和老省长拴在一起的蚂蚱。对此，刘醒龙加强了政治讽喻性。

小说中传统政治文化特色还表现在对文字的重视。小说中有曾本之的《春秋三百字》、郝文章的《青铜三百字》，曾本之给郝文章的内含古意的文言信，还有甲骨文信件（马跃之写给曾本之的两封），都传达了在危机到来时的应对与谋略。其中文字的神秘感（力量）的揭示既可以回到中华文化的源头，同样当然的也回到了楚文化的源头。其背景是荆州博物馆中的有关于楚国文字发展历史的清晰展示，也是寓示了一种生生不息的精神。前者是文化内涵与灵魂寄托，后者是政治文化危机在文化精神守卫者身上的风骨、气韵、担当等的表现。前者显示历史（《春秋》）大于时代（《青铜》），也应看做评论（公正评价）应优先于保存文化固有价值。

小说表现出的楚国的政治文化的现代翻版加强了刘醒龙一些作品中的地方性因素。一直以来，刘醒龙的创作中虽然写实，但也多有浪漫的表达，对楚地人的性格、习性的形象化表现使得这一类人文化性格定型和类型化。自由、大胆，还有一个优化的名词"敢为人先"也是楚地人的共同标签，但在此前的一些作品中，这些东西给与读者的印象都不太深刻，而在《蟠虺》中，刘醒龙将之一下子跃然传达出来，凸显了一种文化根性的自信和坚实感，也使得作品加大了厚重的力度。

时代政治风潮的影响，加上传统政治文化的标签，构成了当代知识分子行动的重要精神来源。这也是刘醒龙作品出新的地方。也体现了刘醒龙较为理想化的写作趋向。在隐形的又一个二桃杀三士的政治阴谋下（前一个是《天行者》中民办教师争转公办，此次是郝嘉、曾本之和马跃之，而郝嘉的自杀更使曾、马二人从各自角度更进一步看清了现实危机和急迫地想摆脱困境的想法，可以说二人不谋而合），小说进一步显示了甲骨文字加上书法是任何东西都无法摧毁的，传达出历史文化的厚重、大气、抵挡的力量。曾本之给郝文章的信显示了一种文化的传承，说明了知识分子也深谙官场政治之道，而当他们一出手也是老谋深算、胜算在握。这是知识分子隐形介入政治的又一路向。虽然给人的这一印象最终为命运的偶然和时局的改变所冲断，但是这类知识分子的行动能力丝毫不亚于任何自诩为精明的执事者，其深文周纳和弘毅担当也不亚于一国之重臣。

因此，当从郑雄嘴里说出的"楚简的意义是上面的文字，青铜重器却是一切意义的本身"这段话，就具有了不一般的意义。小说写出了青铜重器情怀：凭水而立的曾本之像青铜重器一样的中正肃静、坦荡深厚、独步天下。还写了不同人眼里的青铜重器：比如通过沙璐之口说出青铜重器长心智、心气和激励作用。"青铜重器只与君子相伴"的意义还在于敢于否定自己：曾本之对失蜡法的否定正是解铃还须系铃人——包括学术观点的真伪等。但作家却是迷恋文字的，在《天行者》中代表的是知识和有文化，其中的一些文字游戏虽幼稚却不无意味。在《蟠虺》中文字又有了厚重的力度，那种无时不在的精神重压笼罩在故事的演进中，而作家则是完成了从文字技巧（形式）向精神实质内涵的转变。从文字的圆熟完成到背后的文化内涵的把握，作家的笔触一步步深入，也可看出还有进一步迈进的空间。

另外，楚地好巫信鬼也多与政治有关，用龟甲片压邪避鬼也正是一种神秘政治文化的演示，俨然象征了权力（官场）对民间（野地）的压制。

二

如果说刘醒龙作品中对官场文化一直持有批判的立场，对普通百姓却是持一种同情的理解，表达出"分享艰难"的一面，少有对普通民众的批判的一面。这是刘醒龙作品较为突出的一面，也是遭遇许多批评家非议的地方。批评者一般认为，作家应该对底层、民间、民众更为严厉地审视，对一些人身上的愚昧、落后、奴性尽力批判，要继承现代以来鲁迅为代表的创作传统，就不得不采取精英视角和立场。当然，从刘醒龙的长期创作和理念诉说中，他是回避了这些的。即使是像《天行者》这样为"民间英雄"（民办教师）抱屈伸冤的作品，作家也尽量显示的是客观的态度，无论叙事方式还是叙事语言都逼近"零度"（依然有官场文化的批判，但是也写出了固守清廉的民办教师孙四海的奋不顾身地投入了村长选举，还原了乡村官场面貌）。

相较之下，在《蟠虺》这部长篇小说中，刘醒龙重视对知识分子精神的张扬和作家主体精神的显现。《蟠虺》所抒写的知识分子精神是：有担当、弘毅、任重而道远、高迈、精神贵族等。是结合了现代国家社会使命感的一群人，有知识，有文化，说明了异于常人高于常人的一面，但是为人处世又有不近人情的一面。因为看得远、看得深，对事情有预判，好多事情不为：清高、脱俗，不愿与浊世的世俗之人为伍；是以屈原为代表的楚文化的"清洁的精神"，与中原儒家文化的混合的人格定位。知识分子不愿堕入凡尘、陷于浊世，面对商业社会和消费社会的乱象洁身自好、抱有操守等。正是因为有这样的知识分子精神的定位，对比当前混乱的社会现象，刘醒龙有意识地凸显了知识分子精神，并通过这一知识分子精神坚守对社会乱象进行了批判。固然可以说是作家的转变与进步，不如说是刘醒龙通过对知识分子精神的确定与显现，张扬了一种批判的精神与理念。《蟠虺》因此一下超越了为刘醒龙带来巨大荣誉的获茅盾文学奖《天行者》等作品，在他的所有创作中取得最突出的位置。

小说中所言"曾侯乙尊盘"与君子相配，更多的偏向于屈原传统，是知识分子洁身自爱而又极具贵族精神的具体表现。一种清气尤其在时代环境变化下个人操守的坚持进一步说明了这一类人物的稀缺。时代的巨变和各种干扰无时无刻不在搅扰、撕碎坚守着的知识分子心灵。他们身上表现出的困惑、迷惘、纠结等非常清晰地传达出了时代的微末投影：知识分子是最讲究价值的，可是却身处价值混乱中无所适从；他们追求理想，但是理想早已随着信仰的轰塌而丧失殆尽；他们固守自我尊严，但是面对社会流行的金钱崇拜早已丢尽了脸面；他们退一步想守住家庭、守住自我，但是也被各种各样的变化冲得七零八落。

小说中围绕曾本之的危机是多面的、多层次的。首先是家丑：女儿曾小安和女婿郑雄貌合神离的一步步揭开，曾小安未婚先孕，孩子却不是郑雄的，而郑雄真实目的却是"娶"曾本之，通过这一步来猎取学术地位进一步获得政治资本从而走向官场。其次是神秘甲骨文来信，在曾本之思考的节骨眼上，来信进一步地推动了他的行动，也使得他对来信百思不得其解，由此想起的诸多往事也让他夜不成寐。再次是学术地位日见其危，虽然郑雄报省长给他申报院士，但也显露颓势，不得不调整专业转向。最后是面对行政干扰：政治人物的利诱与排斥。一方面传达了实用主义的强大与险恶，另一方面显示了曾本之知识分子风骨的微茫与困局。

因此，曾本之困于事业、家庭及个人修为的多重困境，身上所承载的文化担当也日益显露了败落的迹象。与时代、政治、风潮（尚）、历史事件和家庭变故均有关系。一个事业有成、受人尊敬的大师落到如此地步实为不得已，也是不得不如此了。但是小说也写出了曾本之所采取的措施：赶走郑雄，支持女儿，维护了个人尊严和家庭尊严；面对神秘来信，他进一步确认了去坦然面对命运；对于学术新成果和学术新人的出现，他毅然否定自己以前的学术观点，表现出大师风范，对学术新人尽心大力提携，而不是为个人私利给予打压；对于政治人物的利诱给予当面拒绝和嘲讽，用强大的内心来进行抵抗。可以说，曾本之用生命在抗击这一切，其过程不可谓不沉重。

值得思考的问题恰恰在于生命之重寄托于文化之重，而时间政局的败坏真的有如此大的力量可以让人万劫不复，因而小说结局也就难于使人相信了：曾本之因偶然逃过一劫，在如此不可把握的争斗命运之中，他真的会放松心情而心态平复下去吗？小说中写曾本之是一种外显的为人重视的大师，写马跃之是一种偏于内藏的、内蕴丰厚的。在他们身上所承载的字、墨、丝绸、青铜重器等，将他们的肉身的承载与精神的力量合二为一，正是为了标明这一类知识分子的生命与文化的水乳交融。

文字、青铜重器、知识分子责任均由曾本之肉身承担，而背后的文化精神实质已遭遇了无法再现的命运，面对这一传统文化根基在现代失范的命运,现代官场文化对之进行了削弱,现代城市文化精神更是将之剿灭干净,更主要的是知识分子主体精神陷入困境不能自拔。无论是知识分子的主动也好被动也好,面对现实政治,知识分子精神的坚守和价值确立已然产生了万劫不复的悲情。屈原从政悲剧的政治隐喻也加深了现代知识分子生命悲凉感。似乎可以说,以一个时代而观之,或者以一个可预见的时代来观之,刘醒龙都是提前献出了挽歌。哀莫大于心死,由此可见,刘醒龙在这部厚重的小说中将这些呈现出来,背后恰恰也有作家的个人修为和长期培育而成的心态。这一点也很重要,一切都逝去和消失了,可是还有记录者存在。

三

那么,又该怎样理解小说中的所写"中北路"和"龙王庙"等故事——武汉城市文化和神怪异事:现代精神与卜卦、迷信等的混杂,其中现代与传统、主流与民间的如何交织。作品写"时代重器",为何一直迷信于此?可以说,刘醒龙以"现代"眼光来打量社会、知识分子、学术、文物重器以及城市面貌、时尚,小说中写出了现代精神文化的多方面。刘醒龙没有将历史写成"一锅粥"似的,虽有混杂,但是并不含混。可以说,通过这部小说,作家重新确立了现代性的价值判断,其过程可谓波澜起伏甚至惊心动魄,虽然不无悲凉之感。

首先可以透过刘醒龙一直喜欢书写的爱情和情爱来观察。其中老人与年轻人、知识分子和民间文物贩子的爱情都有不同的表现,特别是城市爱情和《天行者》中乡村知识分子爱情也大有区别。写出了一些值得肯定的恒定性的内容。透过几个年代的婚姻爱情进一步加深了读者对于值得肯定和否定的事物的理解。面对文化风物变化和所谓后现代等时尚因素之影响,这一点在新世纪以来尤为突出,作家的眼光聚焦于、留恋于此,作家写爱情和情爱也正是要表达出一种现代性的确定感,不变的东西不会变,要改变的东西也依然改变不了不可变的东西,而哪些东西不能变,显然作家也还没有明确、清晰的答案。

　　小说写出了多种情爱版本。曾本之和安静、马跃之与柳琴之间固然有思想解放运动前后的社会环境影响的痕迹，他们能相互理解和包容，在家庭生活中相敬如宾，特别是在进入老年之后情爱更进一步，小说中特别写到老年人的性生活，就像刘醒龙在很多作品中写出这一情节一样，是对生命活力的肯定，具有对抗艰难生活的象征意义。郝嘉与杨姓铁道部队女卫生员之间的情感也写出了郝嘉的性格和个人选择的决绝；还有曾小安与郝文章、万乙与沙璐之间的情爱表现出女子的痴情和男子的忠诚。而郑雄与许姬之间的情爱虽然不无畸形状态，但是通过古代许姬与楚王的联系以及现代许姬的不离不弃，还有曾本之有意的成全，都让人唏嘘不已。再有就是老三口（中南地区著名青铜大盗）与华姐之间的情爱热烈甚至壮烈，作为盗墓者名声不佳，但是作家也是有意正面渲染了他们之间的感情。在刘醒龙的作品中一直存在着对美好情感的抒写，即使是人物之间的情爱游戏也必然会有所依附、有所寄托，确实有"爱情作为拯救"的力量。

　　在获茅盾文学奖小说《天行者》中，从开始的神圣感和圣洁，到后面的世事纷乱，可以看出作家观念的变化。一份理想、事业和对爱情的执着可以打动人，但是在现实的残酷下可能会被击碎。在小说结尾中，孙四海必须面对王小兰被丈夫杀死的残局；张英才面对叶碧秋爱情的犹豫不决，因为现实的打击使他不敢轻易拥抱美好；即使是苦尽甘来的余校长和蓝小梅也要面对现实生活的苦难。作者抒写美好、纯洁，理想、爱情，却一次次被现实击毁，作者固然在小说中反映出了现实，但是依然放不下对英雄的高声赞颂，因而使得小说出现了文本与现实的裂缝。也就是说，中篇小说《凤凰琴》里面的情感，作者在后面的创作中并没有延续下来。相比于这些乡村爱情，刘醒龙在《蟠虺》中所写的城市爱情裂缝一步步获得弥合，作家正是以此来对抗现实政治的残酷与荒谬。然而，曾小安与郝文章重逢之后如何继续，郑雄和许姬如何面对现实政治的撞击与坍塌，显然还是很大的问题。

　　其次，小说所写城市文化精神（风景、怀旧风和对城市田园风的赞美)也是以对城市现代化建设的批判为前提的。这部小说刘醒龙写来从容、闲适,虽有波澜曲折,有惊心动魄,但是主人公却气定神闲、处事波澜不惊,自然景物(环境)描写进一步烘托了主人公的心境。黄鹤楼烟、金龙泉啤酒:好像在做广告。这些属于穿插,在轻松中卸下一些沉重,但是又并非能完全放下沉重而彻底轻松。虽然属于小说写作的技法层面,但也是刘醒龙作为一个时代精神的记录者的主体价值的显现。在这种批判的预设下来看,小说没有超前,只有结合流行的传统化的表达;没有"出格",有的只是作家本人内敛、理智的思考。城市在"挖"在变,人们必须应对。"当我们衡量新城市文化的时候,我们可以更加严肃地说,颇具特色的新社会思想和新社会组织正在其中诞生,不论是作为对城市文化的混乱状态的反应,还是作为城市文化的明显刺激所导致的在资质上的提高。"①

有很多人是一上手就写文化,显得品格高,但是却不一定根柢深。而刘醒龙在这一点上是追求得来的,固然,这种写地方文化的基因得自于他自身生长的血脉:家庭、环境及地方文化的熏染。同时,"为了审美地去知觉,一个人必须再造他过去的经验,以便能够整体性地进入一个新的模式之中。他不能去除过去的经验,也不能像过去那样徘徊于其中"。②《蟠虺》相比于刘醒龙之前的创作所取得的特别突出的地位,正是他在试图开创新的模式,但是小说中依然有很多固有的东西的存在。如果说这些政治文化是,正像历史的幽灵遇上了现代招魂术,小说写出了消之不去的文化暗疾,特别是显现了隐喻的政治作为主流的一面,其消抹了作品精神结构的其他方面显得特别突出。那么他写新时代的城市文化,和透过爱情写情感理路,其曲折、皱褶和低徊,都是面对现实残酷时的折衷之举,是他接受现代文化和后现代文化时以肯定现代性价值观为前提

---

① [英]雷蒙·威廉斯:《乡村与城市》,韩子满、刘戈、徐珊珊译,商务印书馆2013年版,第311页。
② [美]杜威:《艺术即经验》,高建平译,商务印书馆2005年版,第153页。

的。这都说明了刘醒龙的清醒与哀痛感。

除此之外,对应了当前网络创作,《蟠虺》中的悬疑、侦探、神秘等类型成分的出现,不能说刘醒龙受其影响,只能说优秀作家很轻易地就能玩转这些。那么,港台通俗的领先一步,与刘醒龙的通俗有何区别?还有一些细节问题的处理,比如曾本之所担心的曾家变故的"大逆转"的心理顾虑,还有小说对万乙与曾本之的正式见面的地点老鼠尾的描写以及将之作为最重要的情节发生地的考量等,这些问题可以用另一篇文章来进行分析了。

(《扬子江评论》2017 年 02 期)

"人文启蒙"精神的坚守和重建
——论刘醒龙的《天行者》《圣天门口》《蟠虺》

陆红平

在中国当代文坛，刘醒龙无疑是一个重要存在。从1984年发表短篇小说《黑蝴蝶，黑蝴蝶……》开始登上文坛，到20世纪90年代创作被誉为"现实主义冲击波"的《分享艰难》《村支书》等作品，一直到新世纪以来创作"革命史诗"巨著《圣天门口》，获得第八届茅盾文学奖的《天行者》以及去年刚出版的长篇小说《蟠虺》，刘醒龙的创作时期正好持续三十年。整体来看，刘醒龙这三十年的小说创作，成就蔚为大观，风格也愈加成熟，其小说创作历程可以大致分为三个阶段：第一个阶段以写作之初的"大别山之谜"系列小说为代表；第二个阶段，主要集中于反映转型期的社会现实，如《威风凛凛》等；第三个阶段，以21世纪以来的《天行者》《圣天门口》等长篇小说为代表。

一般认为，刘醒龙的写作风格和创作特点是坚持现实主义创作原则和对乡村社会现实的持续关注。的确，"现实主义"和乡土情结是构成刘醒龙创作的两个支点，也是把握其基本创作特点的两个切口。《分享艰难》等小说中对20世纪90年代社会转型期的人们的心理矛盾和变化的及时描述，《爱到永远》等小说中对鄂中土地、大别山等地域性的深切关注，都是刘醒龙小说的鲜明特征。然而，仔细考察刘醒龙三十年的小说创作，笔者认为还可隐约见出一条一以贯之的精神线索——"人文启蒙"精神。

"人文"一词最早出现在《周易》中，"刚柔交错，天文也。文明以止，人文也。观乎天文，以察时变；观乎人文，以化成天下"。

《辞海》中对"人文"的解释："人文指人类社会的各种文化现象"，和自然现象相对的社会制度、文明道德等。"人文"一词最直接的意思即指的是和人有关的东西，西方 humanities 一词源自 human，都与人有关。人文精神，主要指追求人生意义或价值的理性态度，即关怀个体的自我实现和自由，人与人的平等、社会和谐和进步、人与自然的同一等。启蒙的涵义比较复杂，笔者在本文所使用的"人文启蒙"一词，依据刘醒龙所呈现给读者的小说世界构成，并结合了作家的自陈。这里的"人文启蒙"主要用来概括刘醒龙小说中的精神指向。人文精神的概念相对较大，也颇为模糊，本文主要在这个层面上使用"人文"这个语词：刘醒龙坚持以"善""仁爱"等传统伦理道德，塑造传统"君子"人格，既关怀个体的自我实现和自由，触及个人对社会对历史的积极承担，也注重在历史的灼照下反思如今。笔者认为，这种"人文"精神追求，可视为一种另类"启蒙"，这种"启蒙"和现代化的精英知识分子对民众自上而下的启蒙相异，它更偏向传统的人文价值立场和角度，也相对来说较为温和。我们不妨将刘醒龙选择的"启蒙"途径视为一种温和的沟通，考察作家近十年来的创作尤其是 2006 年的《圣天门口》，不难发现，刘醒龙的创作不再局限于描述现实，而是逐渐加入历史的大纬度，在更为广阔的时空中思考当下的现实，以实现历史与现实的勾连和贯通。人文关怀和历史理性，可以看作解读刘醒龙作品中体现的"人文启蒙"的两个基本切入口。

　　本文欲以刘醒龙新世纪以来，最重要的三部长篇小说《天行者》(2003 年)、《圣天门口》(2005 年)、《蟠虺》(2014 年)为论述的对象和主体，在文本细读的基础上，探讨这三部长篇小说中所蕴含的作者对人的生存和价值的探索。笔者的论述将从三个方面展开：刘醒龙小说中的人文关怀，主要体现为"君子"化传统人格的召唤；为实现理想的重建，和完成"人文启蒙"的责任，这三部的小说叙述方式，从前期平实简单的生活型叙述方式转为采取"现实——历史"对照叙事策略，以古观今；最后简要分析人文启蒙的最终归处，和刘醒龙坚持这种"人文启蒙"的意义。

"人文启蒙"精神的坚守和重建——论刘醒龙的《天行者》《圣天门口》《蟠虺》

一、"君子"化传统人格的召唤

"自强不息"与"厚德载物"是中国传统文化中对君子的要求和想象,语出《周易》的《乾》《坤》两卦,"天行健,君子以自强不息"和"地势坤,君子以厚德载物。"《周易》把"君子之道"作为"人道"的代表,君子立于天地之间,沟通天、地、人。儒家更强调君子的修为,君子对自我的要求。君子自觉学习,超脱于单纯的生存层面,到达更高的精神层面,努力理解人在天地中的位置和价值。刘醒龙新世纪以来的三部长篇小说,题目中的"天行者""圣"和"蟠虺"(汉族传统寓意纹样),隐约透露出小说倾向传统人文价值的追求。作者的这种内在立意和意义确立,首先呈现于刘醒龙在小说中对"君子"化传统人格的生动塑造和真诚召唤。

《天行者》中的叙述主体是余校长、孙四海等乡村民办教师,他们身处闭塞贫困大山里的界岭小学,一方面是物质生活的困苦,余校长、孙四海这些小说中的民办教师带领学生自己想办法赚钱交学费买课本,送家远的学生下山回家……另一方面,他们急欲改变外村人对界岭村人"苕"的印象,背负着教育界岭村的学生"走出去"的精神重负。对比这些"外在"的磨难,"转正"成为一名名副其实的教师才是他们的心魔。《天行者》的"前身"《凤凰琴》虽然也展现了"转正"带来的冲突,但小说还弥漫着哀婉的笛音和升旗仪式的庄严感,这在一定程度上抵消了"转正"的现实因素而使小说有较浓重的浪漫色彩。而在续写和重写的《天行者》中,"转正"的期盼和幻灭构成主要的叙事动力。余校长的妻子明爱芬为了转正意外残废,邓有米为了转正冒险偷砍村里的树……张英才、夏雪、骆雨等外来年轻教师来了又走,"界岭小学又回到从前的样子"。一直留下来给界岭村孩子传道授业解惑的依然是余校长、孙四海、邓有米三个饱经沧桑的民办教师。小说中颇具象征意味的场景是,老师和学生升国旗和祭旗的仪式,荒野中庄严的仪式感和教师和学生置身的重重困境,神圣和荒诞并存。小说中多次提到"界岭小学的毒"一说,这里的"毒",指的是曾经的万站长、张英才、夏雪等

"外来教师"在界岭村被余校长代表的民办教师的人格魅力所吸引,一次次回到界岭小学,努力改善学校的状况和民办教师的生存处境。刘醒龙后来说,"这种所谓的毒,可以看成是,人们总在向往的人格魅力"①。

小说借蓝小梅转述万站长的话,说余校长是当代的"孔圣人""蔡元培"。这种"圣人""君子"式的行动和品德首先体现在他们尽了其教书育人的本分,不因恶劣的生存环境和转正之路的艰难而放弃界岭村的学生,贫而守其志,在困顿和荒诞的命运中,仍然积极承担起乡村教育的启蒙责任。作者在《凤凰琴》的基础上增加了几个"外来教师",引入了"现代化"的因素,如支教生,城市对乡村人伦的侵入等,在小说中隐约形成了两个对峙的世界,传统的乡村世界和飞速变化的现代社会。但小说着重这些年轻教师的"成长"和改变,蓝飞、骆雨、夏雪等,他们来到界岭小学,因中了余校长他们几个民办教师的"毒",由原来的自私自利,功利投机,忧郁寡欢,到受了民办教师的人格熏染后,重新认识到踏踏实实,诚实,积极作为的价值和意义。外部世界有种种变化,界岭村那个充满人情、传统道德的小世界,余校长们的"穷而独善其身""安贫乐道"的精神,在面对外来的势力不断进入的时候,虽然有些无力但仍然闪耀着君子的光辉。

如果说《天行者》中的这些乡村知识分子对被称为"苕"的界岭村学生的"人文启蒙"责任的坚守,基本属于道德伦理的范畴,作者选取的乡村民办教师这一群体尚失之单薄和狭窄,在《圣天门口》中,刘醒龙把他心目中的理想人格提升到"圣"的境界,作者在复杂的革命图景中为我们创建了一个非常丰富和立体的,由接近"圣人"和"君子"式的人物为脊梁支柱的小说世界。这个小说世界,显性时间始于民国时期的大革命终于共和国的"文化大革命",在显性时间的背后是说书人口中的《黑暗传》构成的上接开天辟地的远古时期。空间上,天门口前有大城市武汉,后有避难所天堂,地

---

① 胡殷红,刘醒龙:《关于〈天行者〉的问答》,《文学自由谈》2009年第5期。

处人鬼神巫、雨雪花草构成的奇异的山水间。幽远广阔的时空，支撑起这部小说雄浑壮阔的大结构。这个结构的支架是：天、地、人。在这个天地人贯通了的世界，不同于傅朗西作为革命领导所代表的革命信仰，小说浓墨重彩的是"天道""仁义"的主要承载者——梅外婆。她虽然表面上有宗教情怀的"阴影"（如"福音"说），但其带领雪家女性以爱与宽恕，希望以一己之力救赎世界，当意识到这种救赎的限度时，临死前在留给雪柠的信中说，"你梅外公活着时，总想以一己之力来救赎一国，结果没有成功不说，连命都搭进去了。轮到你梅外婆，自觉力量不够，才来天门口，想以一己之力来救赎一方，看来也不成功。所以你梅外婆觉得，如果你这一生也想学梅外公和梅外婆，不如用一己之力来救赎某一个人"。这种中国传统文化中根本的"仁义"和"自强不息"，爱和宽宥，朴素的道德理想，并非类似宗教式的教义和仪式，而是已经内化于日常生活中的信仰和道德尺度。天门口的革命、暴力轮番上演，你方唱罢我登场，但王参议、冯旅长等无不敬畏雪家所象征的基本伦理。因此，在深远的《黑暗传》所笼罩的阴暗世界和近代以来充斥于天门口的革命、战争、杀戮等灾难中，雪家女性所代表的君子风范和道德操守，既中和了杭家男性的暴力和血腥，也柔化了外来革命者的暴动和盲目。小说最后，雪柠和杭九枫都希望自己是历史上最后被杀的人，这意味着以杭九枫为代表的暴力野性力量的最终觉悟。

这大概也是刘醒龙在"天门口"之前冠以"圣"字的原因，"圣"作为小说的"文眼"和精神旨归，以雪家女性在暴力化的历史语境中的身体力行和"言传身教"，真正展示了中国文明中那些永恒存在的高贵品质，宽恕、慈悲、仁义，同时又自强不息、厚德载物。"梅外婆就是被作为这个民族过去、现在、未来的一种梦想来写的。"①对比小说中所描写的近代以来的暴力、革命和外来者如傅朗西、董重里等给天门口带来的变化、混乱、杀戮、死亡等，雪家所

---

① 周新民，刘醒龙：《和谐：当代文学的精神再造——刘醒龙访谈录》，《小说评论》2007年第1期。

代表的厚德载物和自强不息的"君子"信条更为亘古和持久,在作者看来,它是支撑中华民族文明绵延不绝,坚韧而历久弥坚的核心动力。

考量君子化的人格,仍需把其放在现实生活中去检验。君子的自省和意义持守,在刘醒龙的长篇新作,以当代知识分子精神图景为叙述核心的《蟠虺》中或许得到了更完整的表现。小说主体情节围绕一座青铜重器——曾侯乙尊盘的真伪之谜展开。以楚文化暨青铜器的"楚学院"及其三代学者的变迁和遭际为叙述线索,作者选择以青铜器为"道具"在当代演绎出一场"失而复得"的故事,青铜器作为中华(古代)文明的象征,如同一面镜子,照出了围绕于其周遭的各色人物的灵魂以及近三十年的社会变化。小说设置了"圣贤"与"俊杰"两组对立的人物形象,学术界泰斗曾本之的言说、行动与思考贯穿小说始终,他坚信"青铜重器只与君子相伴",作者显然在青铜重器中注入了明确的文化伦理和精神品格。

小说中作家不断强调君子的"内圣"之道,"想要从事楚学研究,先要以心为楚,只有成为我心之王,才能深入青铜重器的内核中"。"与青铜重器打交道的人,心里一定要留下足够的地方安放良知。"另一方面,"反面"角色,与君子相对立的"小人",如郑雄、熊达世以及老省长等所代表的功利主义者,信奉"识时务者为俊杰"的世俗伦理,苦心经营,别有用心地把曾侯乙尊盘当作政治和金钱资本。通过一番正义对邪恶的"征战"和曾本之的心理变化(从维护自己的学术权威到打破名誉之执着,决定揭露真相),作家思考君子和小人这个古老话题在现时代、在当下如何回应遥远的历史,又以何面目存身"当代"。"在文学中,中国文化中'仁者无敌''仁至义尽'的精髓,自《三国演义》中'七擒孟获'之后,缺席了几百年,在这一点,当代文学显然要重新有所担当,不能再任由暴力与血腥的文字泛滥下去。"①"二十世纪后半叶中国大地上默默苦行的民间英雄",雪家象征的高洁和"仁义",曾本之、马跃之等当代

---

① 周新民,刘醒龙:《〈蟠虺〉:文学的气节与风骨——刘醒龙访谈录》,《南方文坛》2014 年第 6 期。

学者所代表的独立人文操守，这些"君子"化传统人格的塑造和想象，既是刘醒龙对早期创作中的道德理想主义(《村支书》《大树还小》等作品中体现出浓重的道德理想情怀)的提升，也是源于其后来的长篇小说创作不再局限于对现实作平面、单一的关照，而是把眼光投向了历史的深处，并将历史和动荡的现实联系起来。

二、"现实——历史"对照叙事策略

批判现实，重建基本的人文价值意义，实现基本的"启蒙"意图，人文关怀需要建立在"历史理性"的基础上。刘醒龙以现实主义立足于文坛，作家本人也坦陈追求"真正的现实主义"，但作者20世纪90年代反映改革期间社会矛盾的作品如《分享艰难》《村支书》等，直接取自现实经验，较直白化的描摹现实，因其较黏附于现实，缺乏对现实的理性思考和综合关照，因而缺乏穿透力和感染力。新世纪以来，在《圣天门口》《蟠虺》等作品中，作家引入对历史的思考，把作家的反思和批判放诸"现实——历史"的双向对照，历史与现实构成对比，以历史的厚重和流淌于其中的文化传统，灼照当下人的生存处境和精神迷惘。

"现实——历史"的贯通和视野的扩展，或许最先在从《凤凰琴》到《天行者》的"重写"中已见出端倪。相对于"前身"《凤凰琴》止于对乡村教师的道德赞颂和诗意化气氛的渲染，《天行者》将重点放在叙述民办教师们的"转正"之路在不完善的制度下如何一次次遭遇幻灭，如何陷入荒诞的命运怪圈。《天行者》在《凤凰琴》的基础上延伸了民办教师的现实磨难，把乡村微妙的政治关系(这些乡村教师还需应对"村长"余实的权力压制)，外部不断变化的世界(校长去省里学校学习等)纳入小说中。集中于为民办教师这一历史性的群体"正名"，小说还展现了界岭村留守儿童、村民、村阀，外来支教大学生等组成的群像。更重要的是，刘醒龙把他在《凤凰琴》里的现实关怀，诗意营造提升到给这些"二十世纪后半叶中国大地上默默苦行的民间英雄"以历史定位、文化重塑的境界。如作者自陈，写作《天行者》，是要"从中发现生命在最卑微时所展现出来的伟大意义……这是一种谁也绕不过去的沉重的历史。作为乡村知识分子的这一类教师,一切的乡村奇迹的酝酿与发生,本应当首先归功于他们。然而,荒诞让历史与现实一次次地无视其伟大得不能再伟大的贡献,以至于沦落为被人拒绝理解的地步。这一点也正是时代正在流行的顽症"①。时隔十几年后,刘醒龙重新看待和思考乡村知识者在困境中对德性情操的坚守和对乡村启蒙的朴素坚持,对比90年代小说中较直白的呈现社会现实,他不仅为这些默默无闻的民办教师正名,而且通过对这些乡村知识分子品格的塑造,从乡村出发,从民间出发,寻找精神力量,为时代的健忘和精神失落寻找启蒙出口。

"一部伟大的小说总是从打捞散落民间和历史的人文精髓起始,通过书写其中的种种心灵隐秘,最终衔接起对个人当下和社会当下的思考。"②现实、历史、革命视角丰富的叠加和混合,在百万字的《圣天门口》中更为突出,刘醒龙想要处理的是革命进入传统乡村后引发的人的心灵暴动,在这其中,暴虐、卑琐和高贵相互交织,相互斗争。《圣天门口》的历史思考深邃而悠远,说书人董重里口说的《黑暗传》,从天地初始的一片混沌说起,延续到"从此民国开新天,都说国父是孙文",作者试图打通中国历史的过去和现在甚至将来,民国到"文革"与作为小说背景的《黑暗传》对接了起来,如陈思和在《圣天门口》研讨会上说的"这种对应给我整体的感觉是现代史成了古代史的缩影,两个文本的对照有种张力"③。回望、探究历史,根本还是要从中挖掘支撑民族屹立源远流长的精神血脉。如作者所说,"这部小说是要表现——人伦的高贵,才是潜藏在历史最深处的中华文化神奇而伟大的动因"④。刘醒龙写革命历史,却有意识地规避传统的革命叙事的表述,他尽量不让作品的

---

① 胡殷红,刘醒龙:《关于〈天行者〉的问答》,《文学自由谈》2009年第5期。
② 刘醒龙:《历史是当下的心灵》,《齐鲁晚报》2005年10月4日。
③ 陈思和,周毅等:《追求历史的还原或建构——〈圣天门口〉座谈会纪要》,《文艺争鸣》2007年第4期。
④ 刘醒龙:《我们如何面对高贵》,《文艺争鸣》2007年第4期。

"人文启蒙"精神的坚守和重建——论刘醒龙的《天行者》《圣天门口》《蟠虺》

任何地方出现"敌人"的措辞,正因为超越了简单阶级对立、斗争的思维模式,因此,雪家女性的高贵人性和杭家男性的野性、革命的暴力之间形成一股巨大而漫长的张力。作者没有单纯否定任何一方所代表的力量,而是在对革命的反思基础上进一步思考传统的基本伦理、道德、理想的价值,既是回溯、召唤古老的仁义礼智信,也是立于当下的人文启蒙。这也是周毅所说的"这部作品与其说描述了中华民族在上个世纪几十年时间跨度的一个画面,不如说作家渴望描绘出希望人们用长达一生的经历与痛苦所能达到的觉悟"①。而这种觉悟无疑是一种通过建立在爱和善之上的和解达成的体谅。

"《圣天门口》正是对这类有着暴力传统写作的超越与反拨,而在文学上,契合了'和谐'这一中华历史上伟大的精神再造……写这部作品时,我怀有一种重建中国人的梦想的梦想。我并不知道要做什么,但我觉得中国人有些梦想是要重建的,我们不应该继续采用暴力的方式解决问题,不能再崇尚以血还血以牙还牙。"②坚持"大善"和人性"优根性"的观念一直贯穿于刘醒龙的创作之中,但在《圣天门口》中,作者把容易陷入抽象的"善"和"宽恕"融入复杂的历史长河中,塑造了三代雪家女性的精神传承,极力去描述生命的尊严和传统君子道德的实践。在此,我们可以看到刘醒龙打捞散落民间和历史的人文精髓,以期实现和历史的融合,重建理想的道德人性的努力。

而刘醒龙去年出版的长篇小说《蟠虺》,切近当代社会现实尤其是触及当代知识分子学术圈,具有强烈的"时代感"。而现实层面只是一方面,重要的是作家选择了具有历史厚重感的青铜器作为照出当代人物镜像的"风月宝鉴"。小说中存在大量的"古今对照",楚国、楚庄王和现实权力关系的对照,楚文化研究领域人事的有意对应,作者意图昭示,不论是几千年的春秋战国,还是如今的时

---

① 周毅,刘醒龙:《觉悟——关于〈圣天门口〉的通信》,《上海文学》2006年第8期。
② 周新民,刘醒龙:《和谐:当代文学的精神再造——刘醒龙访谈录》,《小说评论》2007年第1期。

代,圣贤和俊杰的价值选择依然值得勘味。老一辈学者曾本之、郝嘉、马跃之的独立君子人格,年轻一辈学者郝文章为了寻求曾侯乙尊盘的"真相"忍辱负重,万乙受老一辈学者君子人格的积极影响,都可视为对传统"天行健"君子人格的回应和实践。"'楚'的文化精神,在时下有着特别的意义,小说反复提到'楚'与'随'的关系,深入描写真的楚学者与伪的楚学者的学术伦理与人格操守的不同,对楚文化浪漫情怀的表达,更强调了中国文化中关于'仁至义尽'的那种精髓。"①这种君子化的理想人格,既有中国传统知识分子的一般特点,更有楚文化的区域特点。以"蟠虺"传楚文化的香火,为诡奇瑰丽的楚文化招魂,曾本之等知识分子身上体现的人文精神,彰显了楚文化在何种意义上具有当代价值,具有何种承传的可能性。对于生活在当下的知识分子来说,《蟠虺》所涉及的如何在现代性的普遍意义上建构知识分子正气和君子之风,也具有及时性和当代"人文启蒙"价值。

三、"人文启蒙"精神的意义和启示

"记录这个世界的种种罪恶不是文学的使命,文学的使命是罪恶发生时,人所展现的良心、良知、大善和大爱。记录这个世界的种种荣耀不是文学的任务,文学的任务是表现光荣来临之前,人所经历的疼痛、呻吟、羞耻与挣扎。"②"人文启蒙"落到实处,依然还是"启蒙",不过通过以上的分析,可以看出笔者所理解的刘醒龙所呈现出的对待启蒙的方式,是从传统伦理角度入手,所以更接近中国传统的人文价值要求。本来"启蒙"也可作为一个出口和出路,人对自己的选择和行为负责,具有理性的反思能力,同时又不忘基本的人文理想。

---

① 周新民,刘醒龙:《和谐:当代文学的精神再造——刘醒龙访谈录》,《小说评论》2007年第1期。
② 周新民,刘醒龙:《〈蟠虺〉:文学的气节与风骨——刘醒龙访谈录》,《南方文坛》2014年第6期。

"人文启蒙"精神的坚守和重建——论刘醒龙的《天行者》《圣天门口》《蟠虺》

刘醒龙新世纪以来的这三部长篇小说,《天行者》中对最基本的善的表现,《圣天门口》中阶级对立的取消,《蟠虺》中当代知识分子对"正义"的担当,都在某种程度上实现了他的从较简单的反映现实,道德温情慰藉到理性批判进而理想重新建构的提升。如作家自己所说,《圣天门口》的"圣",《天行者》的"天"和《蟠虺》的"虺",都有着同一个意义,就是"信","信"这个世界上存在一种超乎利益的价值。在1997年反驳丁帆批评的信中,刘醒龙说道,"关于'大善'的话题正好能道出我原本的构想。无论如何对于恶光有批判是不够的,关键是对恶的改造,这才是历史对当下的希望所在。"博爱、大善,他更倾向于从这些最基本的伦理道德,人文价值入手,发现存在于卑微的民办教师、普通的知识分子,包容黑暗的女性身上的君子人格和传统文化中最基本也最为可贵的人性之光。

"文学不是诗、散文和小说,而是一种精神,一种意义……文学不是历史、现实或未来,而是一个阶段的社会良知。"①刘醒龙一直坚持"良心、良知、大善、大爱"的价值立场,这些都可归之于"仁爱"范畴的词汇,它构成一种精神力量,表达出他对理想重建的热忱和极强的责任感。当一些当代文学陷入虚无之境时,刘醒龙在传统文化,民间伦理中,通过历史和现实在小说中的相互交汇和相互对话,积极寻找人和民族立身的基本品性,这种基本的人文启蒙,或许是当下中国现实主义文学的应有之义。人文精神在"五四"时期和20世纪80年代主要体现为"启蒙",这种启蒙比较偏向知识阶层对大众的"教化",随着这种启蒙精神的衰落,人文精神在新的历史语境下需要创造性的转化。刘醒龙近些年的创作可以说为此提供了一种思考的方式和一些启示。

(《新文学评论》2015年03期)

---

① 刘醒龙:《一个人说》,《长江文艺》2004年第1期。

时过境迁的解谜之旅
——试析"大别山之谜"与《蟠虺》

谭雪晴

20世纪80年代中期,刘醒龙凭借《黑蝴蝶,黑蝴蝶……》正式开启自己的文学道路,一年后,他开始创作其早期代表作——"大别山之谜"系列小说。以1992年结集出版的《异香》中的标注为准,这个系列的写作时间正好与文坛轰轰烈烈的"寻根"运动相重合。再者,"大别山之谜"系列又的确充满了地方色彩和回归"自然之根"的意味,方法上也接近所谓的"自然主义",很容易被直接视为"寻根"的组成部分。这种以理论追认具体作品的归类法虽不免对小说的解读造成某种局限,但"寻根"思潮仍为小说提供了重要的参照系。虽然楚文化为刘醒龙的作品提供了厚重的文化底蕴,其精神影响几乎贯穿他的整个创作生涯,但"大别山之谜"系列与"寻根"思潮的真正契合之处可能更在于"寻"而不在于"根"。据说,"大别山之谜"本应写作"大别山之迷",标题的"将错就错"把重点从原本的"迷恋""迷惑"甚至是"迷思(myth)"引向了"设谜"和"解谜",在"寻根"的意义上,则是把书写对象从"根"转移到了"寻",并且在"寻"的主体与客体之间建立起了更动态的关系。

在1985年集中发表的"寻根"宣言中,绝大多数参与其中的作家学者都将中华传统文化(包括少数民族文化在内)视为"根"的"所指",虽然推崇的部分各有不同,但传统文化的核心地位都得到了肯定。然而,在真正的创作实践中,传统文化的合法性却并非那么不容置疑,理论与实践之间的张力正是作品的丰富性和复杂性所在。"大别山之谜"系列中,刘醒龙并不热衷于对"楚文化"进行道德评价，比起"善恶有报"的"人间"逻辑，他似乎更倾向于探讨一种"非人间"的"无常"，以及难以理解、缠杂不清的人性渊薮。既然自始至终都是无法解读的"不老之谜"，"大别山"及其代表的"楚文化"自然也难以承担起在现代性历史逻辑中"回顾与展望"的民族之"根"的重任。"大别山"系列的写作是一场"设谜"之旅，刘醒龙在此后不断的文学实践中寻找着那些混沌而沉重的问题的可能解答。近三十年之后，《蟠虺》这部"解谜"小说诞生了，它试图在一个世纪的开头回望上一个世纪即将进入尾声时出现的困惑与迷惘。

《蟠虺》和"大别山之谜"系列小说同样利用了"谜"——悬疑的书写模式：引人入彀的线索不断抛出，铺陈和留白拼凑出若隐若现的"真相"，梦境或幻觉中埋下破解现实谜团的伏笔，"巧合"与"超现实"在日常生活的框架之内营造出"非日常"的氛围，最后还能对种种细节进行整合，使之导向一个符合逻辑又具有某种超越性的结局。"谜"式元素本身在刘醒龙的创作中由来已久，"生活本来就是解释不清的，能解释清楚的就不是真正的生活……我愿在使自己融合进绝对不应当被称为浪漫的'东方神秘'的过程中深情地表现它"①，这是作家对自己文学生涯起点的回顾。因此，设计"谜团"的兴趣其实是弥漫于刘醒龙所有作品中的某种独特气质，而真正将《蟠虺》与"大别山"系列直接联系起来的则是二者之间超越时空的对话关系，那些产生于80年代的问题，那些在当时得不到解答或是为了避免模式化思考而被搁置的问题，此时具有了其他的可能。《蟠虺》的写作时间和主要的故事时间都是21世纪初，但20世纪80年代末——这个在小说中不断萦回的时间标识，是一切故事的起点。不断被强化的时间意识背后隐藏着一种自觉的问题意识。《蟠虺》是一场延宕了三十年的"寻根"之旅，它在新时代接续起了作者曾经的希冀，"为重建楚文化的神话体系，而与各洞蛮夷一起竭尽绵薄之力"②。本文试图在"大别山之谜"系列小说和《蟠虺》的对比阅读中探究某些发轫于80年代的思考在21世纪的新变化与新

---

① 刘醒龙：《那叫天意的东西!》，《湖北文史》2015年第1期。
② 刘醒龙：《那叫天意的东西!》，《湖北文史》2015年第1期。

可能，以及个人写作与时代思潮之间充满张力的微妙关系。

一、"内""外"之别

80年代中期，"现代化建设"成为中国政治道路的主流以及社会改革的合法性基础，在这种追求现代化的空前热情中，中国自身的民族主体性也面临着潜在的危机。这种危机的表现形式之一就是对于西方社会的生产生活方式略带怀疑的推崇以及对中国文化本身包含着自尊自矜的怀疑，因此它指向了对民族主体性加以认同的需要。但这种主体性认同本身，却又隐约流露着他者指认的意味。中国历史自进入近代以来，这种他者性的认知视角就一直存在于文化的潜流中，参与中国民族主体性的建构。致力于重建民族主体性的"寻根"派在面对这个问题时，也同样难以回避他者的视角。这不仅仅在于他们试图以"西方很多学者……都极有兴趣于东方文化……在这些人注视着的长江、黄河两岸，到底会发生什么事呢？"①这种带有"东方主义"色彩的观点为本民族文化张本，更体现在他们面对本民族文化时若隐若现的他者态度，例如把"文化的根"视为启蒙主义所批判的对象，把乡村生活当作保存了城市过去的"博物馆"。在一般情况下，"寻根"派对传统文化（或"不规范的文化"）多采取审美化的处理方式，而这种处理方式本身便隐含着旁观者的立场。来自西方文化的他者式注视和来自现代"规范"文明的旁观式审视，以及民族心理本身的潜在矛盾，导致民族主体性的建构始终处于一种内部分裂的状态之中。

作为曾被指认为"寻根"文学组成部分的作品，"大别山"系列小说在探索"大别山，这不老之谜"（《异香》，1988年）时，也自觉或不自觉地涉及了"中西""内外"的问题，那些零星点缀于小说中的细节看似无关紧要，有时甚至游离于故事主体之外，但这也正是时代意识与个人创作实践之间既契合又游离的潜在紧张关系的真实呈现。"大别山之谜"系列小说集中创作时间最早（1984年）的一篇

---

① 韩少功：《文化的"根"》，《作家》1985年第5期。

小说——《我的雪婆婆的黑森林》——直接把生长于大别山中的男孩与美国"阿波罗"号登月的历史事件联系了起来，男孩的父亲给孩子改名为"阿波罗"的行为竟建立起了中国与美国、日常生活与人类历史之间的隐秘桥梁。小说中还有更意味深长也更内化于作品的细节，这位立志"长大后一定要将月亮夺回来"的少年为自己设定的成人标志之一是像父亲一样拥有一把属于自己的"蓝吉列"剃须刀，那是"真正的美国货"，"一定要找一副把上刻着阿姆斯特朗或奥尔德林这两个名字的，只有他们才能配得上阿波罗"。被不断强调的品牌和产地给父子的代际关系、青少年对成人世界的期待、想象中的自我认同以及懵懂萌芽却又无声消弭的爱情组成的成长故事中引入了另一条叙事线索。这些看似与主线情节颇不协调的细节是小说对正在发生的宏大历史进程的悄然窥探。80年代，社会主义乌托邦式的现代性想象已经不可挽回地失去了它曾经具有的社会凝聚力，新的现代化建设不得不以西方世界作为想象的蓝本，它既充当了民族主体性建构的参照，又埋下了自我认同的焦虑。小说中的阿波罗憧憬着能从越南缴获一把"蓝吉列"，"他们在美国佬那里缴来，我再从他们那里夺来。呱呱叫。够英雄"。少年对"战利品"的幻想似乎暗示着一条应对这种两难处境的可能思路。然而，在小说集的最后一部作品——补全之前小说中的留白、汇总所有叙事线索的中篇小说《异香》中，阿波罗的故事有了一个结局：他的"蓝吉列"终究还是在国内的商店里买到的，这个一心想着夺回月亮的孩子死于正面交火前的暗枪，而他想要赠予"蓝吉列"的那个姑娘也早已爱上了别人，直到他生命终结都对这份没有说出口的爱意毫无知觉。这个与美国登月飞船同名的中国孩子怀揣着英雄的梦想死在成年之前，或许流露出了作家对某种主体性模糊的现代想象的质疑。

"大别山之谜"系列中正面涉及中西方文化比较——这几乎是80年代思想文化界讨论的核心问题——的部分其实并不多，而对于"寻根"文学最关注的传统文化问题，刘醒龙的书写也逸出了当时的主流模式之外。无论是韩少功对鸡头寨的荒诞性想象（《爸爸爸》），还是李杭育对葛川江上人工捕鱼传统的遗憾回望（《最后一个渔佬儿》），或者是阿城混杂了"知青"记忆与"中华棋道"的朴素人生哲学(《棋王》)，在这些"寻根"文学的代表作品中，作家们几乎无一例外地对"传统文化"做出了或肯定或否定的价值判断。然而，刘醒龙却并未对这个问题作出正面回应，对于他来说，"大别山"(或者具体到小说虚构的"西河"两岸世界)是一个"不老"的谜团，其魅力正在于无法破解，因此也不可能对其做出判断，只能以"迷"的态度来应对"谜"。而且，"大别山之谜"系列中虽然大量出现颇具地方色彩的传统文化，但它也许并非作家想要探讨的真正论题。这个系列的几乎每一篇小说中都出现了"外来者"与"本地人"，"老人"与"青年"等看似直接对立的人物形象，但刘醒龙对他们的塑造却并未流于简单化甚至是脸谱化——在大山里住了大半辈子的老人可能比年轻人更向往现代化的生活(《老寨》中宝七伯对电站的执著)，城市里长大的年轻人也可能对自己祖先生活过的地方有更多的归属感(《返祖》中年轻地质工作者对乡野的眷恋)，看似传统习俗守护者的老人和投机奸诈的年轻商人可能是利用"传统文化"外衣下的迷信以牟利的同谋(《地火》中的程九伯和陈卜祥)，对"古建筑遗址"的盲目保护也可能对当地居民正常生活造成阻碍(《河西》中的"花桥"遗址)……与80年代盛极一时的"改革文学"和"寻根文学"都不相同，刘醒龙的写作拒绝对截然两分的"传统"与"现代"进行价值判断，比起对"变"的展望和对"根"的挖掘，他更关注"寻"的过程，他所寻找的是一种真正适宜的生活方式。

到了21世纪，学术界对"中"与"西""传统"与"现代"的看法已经发生了变化，刘醒龙也在此时交出了一份与"大别山之谜"遥相呼应的"解谜报告"。《蟠虺》是一部以"国之重器"曾侯乙尊盘的真假之谜为中心展开的推理小说，这个关于"以假乱真"的故事为书中人物和书外读者设下了多重虚实相生、假中有真的迷局，穿透令人眼花缭乱的层层线索，"这场既以曾侯乙尊盘作为武器，又以曾侯乙尊盘作为目的的暗战"的真正谜底其实是"楚文化"。"楚文化"是一个与"寻根"思潮颇有渊源的命题。在为"寻根"提供了重要学术支持的李泽厚的《美的历程》中，"龙"和"凤"分别被视为西方和东方两大氏族集团的图腾，二者之间冲突不断，"这种斗争溶合大概是以西(炎黄集团)胜东(夷人集团)而告结束"①，这个"龙凤"概念后来在韩少功"绚丽的楚文化到哪里去了?"②的追问中衍生为黄河流域"龙的传人"和继承了"楚文化"的"鸟的传人"。对"规范文化"与"不规范文化"的区分在"寻根"宣言及其创作实践中大量存在，他们普遍认为，"我们民族文化之精华，更多地保留在中原规范之外……规范之外的，才是我们需要的'根'"③，而"西方现代文明的茁壮新芽"需要"嫁接在我们的古老、健康、深植于沃土的活根上"。④"规范文化"的失效与西方现代性的参照作用共同构成了"寻根"的必要性与合法性基础。"楚文化"作为"非规范文化"的典范，曾被"寻根"派寄予厚望，但在刘醒龙这部跨越时空却又不断回溯80年代的小说中，"楚文化"与"规范"的传统文化之间的区别不再被强调，"楚地青铜重器只能与君子相伴"，而"君子"正是中国传统文化中再"规范"不过的核心概念。

刘醒龙在《蟠虺》里终于对文化问题作出了正面的回应，这个回应本身同时也构成了整个故事的关键生长点。楚学院研究青铜重器的学界泰斗曾本之提出曾侯乙尊盘是依靠"失蜡法"做成的学术主张，由此引发了一系列围绕青铜器铸造法的学术界真理与权力的斗争，而最终真正的曾侯乙尊盘上的蛛丝马迹证明它其实是由中国传统而成熟的"范铸法"制作而成。这一学术争论实际上涉及一个文化自信问题，文化上的不自信直接导致了对真理的遮蔽，"中国人有时候就是犯愣，认为欧洲青铜时代有失蜡法，中国的青铜时代也应该有，否则，连古代的中国人都会低欧洲人一等"。90年代，不同于西方世界甚嚣尘上的"文明冲突"理论，费孝通从中国传统文化中受到启发，提出"各美其美，美人之美，美美与共，天下大同"，这是全球化时代中国建立"文化自觉"并推动各文明和谐共处的有效途径。进入21世纪，"文化中国"的建构问题一再受到关

---

① 李泽厚:《美的历程》，文物出版社1981年版，第10~11页。
② 韩少功:《文化的"根"》，《作家》1985年第5期。
③ 李杭育:《理一理我们的"根"》，《作家》1985年第9期。
④ 李杭育:《理一理我们的"根"》，《作家》1985年第9期。

注，人们试图重新认识中华文明的连续性，统合"孔夫子的传统、毛泽东的传统、邓小平的传统"（甘阳"通三统"）。刘醒龙的《蟠虺》充分激活了这种"文化自觉"意识，使之内化为情节发展的推动力，在探究及最终确认作为"镇国之宝"的青铜重器的制作方法的过程中，有力地肯定了中国文化本身的价值，并试图超越近代以来始终作为民族主体性建构重要参照的"西方"视角，建立起文化自信。《蟠虺》所认同的"传统文化"，并非1980年代中期合法性存疑、难以摆脱"他者"指认、与"现代"相龃龉的"博物馆"式文化，而是一种具有历史延续性和现实生长性的文化。

二、理想化的可能

"大别山之谜"系列以"非人间"的态度和思维书写了一个人间世界，发源于大别山深处的西河流淌在这十一个故事中，来来往往的本地人或外乡人穿梭于故事之间，营造出浓烈自然却又暧昧难辨的人间烟火气。这些小说或多或少地存在着内在联系，一篇小说中的留白与谜团可能会在另一篇小说中找到细节的补全或证实，以此拼凑出日常生活的真相。这部小说集中的作品以短篇居多，作家在短小的篇幅中成功塑造了众多性格分明的人物形象，他们又在不断"串场"的过程中建立起复杂的人际关系，并因此变得更加立体饱满。其中，出现次数最多、串联起最复杂关系的应该是一个英年早逝的单纯少年阿波罗。他在《我的雪婆婆的黑森林》里怀揣着建功立业的梦想与爱情的青涩萌芽出场，凭借来源于美国"阿波罗号"登月事件的姓名与人生理想，以及对黑森林充满传统文化气息的想象与精神归属感，在中西方文化之间建立起不可思议的联系。然而，这个看似充满着生命的力量与可能的孩子却在第三篇小说《人之魂》中战死沙场，这个消息成为阿波罗奶奶悲伤离世的导火索，也戏剧化地为他默默爱着的姑娘桂儿最终的疯癫埋下伏笔。在小说集的最后一篇、也是唯一一篇中篇小说《异香》中，之前所有故事的线索汇集在了一起，阿波罗的成长过程也露出端倪，由此引出儿时玩伴大胖和父亲梅所长的人生际遇和最后的死亡。阿波罗战死的消息或多或少地影响了他们的精神状态,直接或间接地导致他们踏上了死亡之旅,而巧合的是,他们死亡之旅的终点站着同一个凶手。这个"从森林里来的孩子"本应为小说带来清新自然的气息,并成为"希望"的象征,但他却被死亡的阴冷所裹挟,"希望"也变成空中楼阁。而且,他并未轰轰烈烈地死于正面战场,而是冷枪的牺牲品,他的参军实际上也有他父亲"走后门"的因素,因此,阿波罗的死亡甚至在"精神升华"的层面都很难具有合法性。这个在读者的阅读习惯和期待中本应为最为单纯美好的角色,也被涂抹上了现实生活本身暧昧的阴影。

老人与青年是"寻根"小说中最为常见的"二元对立"形象,但在"大别山之谜"系列里,他们却难以被简单地归类,老人并不与"传统文化守护者"的角色直接相关,青年也未必都向往外面的现代化生活方式。以《老寨》为例,这个深藏在大别山主峰上与世隔绝的"天堂寨"看似完全符合20世纪80年代"寻根"文学对"非规范文化"保留地的想象,然而,"全寨的人全是外来户,谁也不知道谁的根底,谁也不管谁的来由……谁来这儿的时间最长谁是头领"。因此,这里并没有所谓在自我封闭中保存下来的"传统"。以伐木驮树为生的年轻人贤可,被母亲生在进寨的山路上,自此一直生活在老寨中,他对外面的世界既没有认知也没有向往,安于现状地过日子。而贤可的未婚妻宝阳的父亲宝七伯——老寨的现任寨主,作为一个曾经的外来者,却执著地追求现代化的生活,为了老寨能够通电,甚至说服独生女儿嫁给能修好废弃电站的外来逃犯。这一老一少的性格和选择超出了模式化的"寻根"人物序列,而与他们的生活轨迹息息相关,充满了现实感。

"大别山之谜"中的善恶好坏往往缠杂不清,甚至在同一个人的身上也是如此,刘醒龙对此并未作出明确的判断,在情节安排上也有意避开了"善恶有报"的世俗原则,与他对"文化"的态度如出一辙。《灵猩》是一部与"寻根"思潮和"改革"文学都有某种内在联系的小说,故事围绕"护林"这一中心矛盾展开,但它的真正核心其实在于"父与子"。瑞良是一个用生命保护森林的固执老人,但他年轻时曾是一个伤害过森林中大量生命的猎手,并在酒后强暴了少年尼姑慧圆，致使她难产而死。瑞良的儿子柯乡长则在政策的号召下，为了乡民的尽快致富打上了木材的主意，良好的意图最终却流于急功近利的乱砍滥伐。善良的守护者有着罪恶的过去，一心求发展的改革干将也在利益面前失去了理智，这对站在对立面的父子最后有了一个同样的结局，他们都失去了做"父亲"的资格，善恶好坏的界限变得混沌。《河西》中也存在着类似的设置，唯利是图、坚持收过桥费的年轻人钟华和召集群众重建曾经造福居民的"花桥"免费供大家使用的十三爷之间看似"善恶分明"，故事情节也似乎朝着"善恶有报""皆大欢喜"的结局一路发展；然而讽刺的是，因丧失客源而负债逃走的钟华一把火烧掉了木制的"花桥"，人们又走上了那座钢筋混凝土桥梁，只是不再交过桥费了。就在此时，十三爷却死于小解时触电，这个死法令人错愕，近于卑琐，之前的一切区分在这个结局面前都被消解了。在那位串联了好几部小说的疯女桂儿的形象塑造上，甚至连受害者和加害者之间的界线都模糊不清。她代表着一种奋不顾身的对爱情的追求，这是她寻求自由和自我解放的方式。她本是家庭的牺牲品，婚姻极端不幸，但她逃离束缚、与情人私奔的"启动资金"却是从阿波罗奶奶余温尚存的尸体旁偷来的阿波罗的烈士抚恤金。唯一有可能作为悲壮的"英雄"出现的，大概只有《两河口》里为护堤而死的长乐爷父子，但长乐爷也曾经做过逃兵，还在不知情的情况下被儿子捏造了"老红军"身份以骗取抚恤金。

  "大别山之谜"系列小说里几乎难以寻觅"理想化"的人物形象，无论是单纯的少年，勇敢的少女，坚守原则的老人，还是致力改革的干部，都不是纯粹而完美的正面形象，他们都是复杂而立体的。刘醒龙为现实保留了所有的可能性，这固然可以从"零度写作"的尝试中找到理论依据，但或许还有另一种解释。作家在自己以文学探索现实的开始阶段，本着负责任的态度，为所有的人生选择都保留了空间。

  当时间推移到 21 世纪，当刘醒龙的创作生涯持续了三十年之后，他终于不再回避"理想化"的可能，他也终于找到了自己所认同的理想化形象。在《蟠虺》中，"善"成为了正面形象群体的共同底色,但这并不意味着这些人物仅仅是某种理想观念的注脚,他们性格各异,都是从日常生活的土壤里自然生长出来的。围绕着"国之重器"曾侯乙尊盘的真假之谜,刘醒龙大胆地把生死攸关的历史事件融进充满烟火气的生活日常,以"楚学院"为中心,辐射出一系列相互关联的人物形象,他们相互冲突也互为补充,充实着这场跨世纪的"解谜"之旅。小说实际上有一明一暗两位主人公,即青铜重器研究界的泰斗曾本之和80年代末自杀身亡的天才学者郝嘉,他们二人互为表里的关系早在小说开头营造全文悬疑气氛的甲骨文信件中便露出端倪,对真理的追求和为真理献身的精神是他们的共同特征。郝嘉虽然在故事开始的几十年前便已经死去,但他的人格魅力和悲剧性的死亡不断在小说中萦回,像一面镜子照出遍及学界、政界的众多人物的精神世界。小说的最后,曾本之承认自己曾经的学术错误,彻底拒绝"院士"的诱惑,并冒着巨大的风险促成曾侯乙尊盘回归的时候,两位主人公真正在精神上实现了统一,郝嘉那"理想化"的"幽灵"重新"道成肉身"。

　　曾本之和郝嘉分别是下一代肩负重任的学者郝文章的精神父亲和生身父亲,《蟠虺》这部小说因此具有了精神传承、生生不息的意味。这种父子相继的情节设置早在刘醒龙完成于1987年的小说《两河口》中就有所体现,一直向往着城市生活、为了抚恤金不惜伪造父亲身份的儿子世久被父亲长乐爷为护堤而死的壮举感动,自愿成为下一任护堤人,完成了父子之间的第二次生命交接。不同的是,《蟠虺》在情节设计和语言表达方面更加形而上,人物形象也更纯粹、更理想化。郝嘉、曾本之和郝文章之间的承继关系更具有精神的内在统一性,他们仅仅是由于性格和时代环境的不同,才表现出同一精神内核的不同方面。他们的父子相继与其说是感召与剧变,不如说是对灵魂归宿的不断接近,子一代的成长过程在于自我发现和自我回归。

　　另一重跨越时空的对比出现在"追求爱情和自由的任性少女"的形象塑造上。"大别山之谜"系列中的桂儿的第一个爱人大胖惨死,自己被迫嫁给凶手的痴呆儿子,她为了爱情和自由偷了阿波罗的烈士抚恤金与情人私奔,却一再被辜负和伤害,投水自杀未遂后陷入疯狂。她的人生际遇无疑令人同情悲叹，她的勇敢也足以成为"五四女儿"人物序列的遥远回响，但她的自我追寻过程却染上了"偷盗"和"欺骗"，所谓的"爱情"也成了她引火烧身的"原罪"。然而，《蟠虺》中的曾小安却拥有了截然不同的人生，她虽然也与沽名钓誉之徒缔结了形式上的婚姻，但她对爱情的坚守和对爱人的信任最终得到了回报。21世纪的曾小安比三十年前的桂儿有了更多自我实现的空间和可能，也具备了更加强大坚韧的自我，她追求爱情，但爱情不再是她的全部人生希望所在。曾小安的人生轨迹不仅仅体现了作家对爱情与生命的关系的再思考，更展示了不同时代中的人如何面对相似的生存困境，如何在新的环境中为曾经的"无路可走"找到可能的出路。

可以看出，刘醒龙在写作《蟠虺》时充满了野心，这并非仅仅体现在他敢于触碰复杂深奥的青铜文化，甚至深入到学术研究的层面，更在于他沉淀在日常生活和学术传承的互动之中的思考。它们跨越了时空的界限，与中国"新时期"乃至近代以来所提出的某些关键问题遥相呼应，也与他的早期作品形成了承继关系，从"大别山之谜"到《蟠虺》，刘醒龙文学创作的内在生长性得到了明证。在这个意义上，《蟠虺》所开启的是一段时过境迁的解谜之旅，它试图在"回顾与展望"中完成"文化中国"的精神形象建构。

（《新文学评论》2020年01期）

下编　刘醒龙面面观

取景的差异与价值的认同
——论刘醒龙的乡土小说创作

但红光

刘醒龙长期将目光投注于其故乡大别山区,其创作也经历了80年代"大别山之谜"系列,90年代"新现实主义"系列和新世纪以来《圣天门口》等"文化史诗"系列的明显分期,这些同一个作家的作品缘何不同?它们何以分期?借用景观学的取景理论,我们能找到另一种阐释方式。

一

景观学认为风景是具备鲜明个人特色的文化意象,是主体结构的象征性环境,也就是说,风景实为个人的"看的方式"①,个人的精神内涵、人生境遇,甚至偶尔的情绪变化都会造成景物的不同,看景既包含主观的取景方式,也蕴含对所取景物的接受。

同时景物也是一种文化意象,打上了深深的人类文化活动印记。从人文地理学视角看,地球表面因人类活动的介入,不同的空间、不同的区域有着巨大的差异,这种差异既有自然风景的差异,更有文化的差异和发展的差异,区域之间、空间之间存在着明确的阶级性②。文化或经济上的南北之间、东西之间存在着明确的从属

---

① 张箭飞:《风景感知和视角——论沈从文的湘西风景》,《天津社会科学》2006年第5期。
② 张文奎:《人文地理学概论》,东北师范大学出版社,1987年版,第7~12页。

与等次关系；风景貌似不具备意识形态内涵，但同为山峦，泰山有着王者之尊，其他的山峰纵使如喜马拉雅般雄壮，或如黄山般秀美，也无法撼动泰山在历史上形成的霸主地位。同样或类似的文化对地理空间的定位伴随着人类的历史进程，潜在地影响着人类的各种社会活动。只是从文学的视角看，空间地理的区别远非如此简单。如城市与山村，庙堂与江湖，中心与边缘，家园与异乡……谁是情感的归属和心灵的选择？何处是最终的选择？这种空间的客观形态总是寄寓了价值上的众多思考与判断，情感上的重重负载与认定，远非三言两语可以说得清楚。很多时候价值和情感走的是迥然不同的路线。从这一角度而言，也许强调个体"看的方式"的景观学取景理论远比粗线条的地理学观点适合文学艺术作品，更能深入人心。

面对众多的风物美景，作家们大体倾向于将目光投向养育自己的故乡，他们选择在故乡的山山水水和村俗俚谚中搭建自己的文学殿堂。哈代的威塞克斯郡、福克纳的约克纳帕塔法、马尔克斯的孔多镇、川端康成的伊豆、鲁迅的鲁镇、沈从文的湘西、汪曾祺的高邮、莫言的高密、贾平凹的商州……这仿佛一种群体性的文学圈地事件，但更多的是一种文化价值上自然而然的选择。既出于爱，也出于熟悉，更出于文化价值的认同。刘醒龙选择大别山区作为自己的取景对象，他说：

  一个人无论走多远，故乡的魅力无不如影相随。
  ……
  故乡是人的文化，人也是故乡的文化。一个人无论走到哪里都有收获思想与智慧的可能。唯有故乡才会给人灵魂和血肉。钢构的团风一定是我们钢构的坚韧顽强的故乡。①

这种对故乡的挚爱，更重要的是故乡对自己在文化和情感上的塑造，导致了自己文学创作取景上的故乡选择。

---

① 刘醒龙：《钢构的故乡》，十月文艺出版社2011年版，第4~5页。

当然并非所有来自乡村的作家都将故乡作为自己的书写对象，如麦家，其文学取景是那个代号701的研究所，张承志的作品里有变幻的北方原野和河流，张炜痴情于野地抒怀，刘醒龙所有的乡土作品也并非都以故乡团风为大的背景。但这一切都逃不出价值认同和情感取舍。在一篇文章中，刘醒龙说："数年之后的一个黄昏，我在写作另一部有关乡土的小说时，突然发现童年时那条变幻无定的西河已经不见，笔底下的山水人物都属于香炉山……甚至不用寻找，那谁都认识的敦厚、和善、友爱、怜悯等，都会扑面而来。香炉山正是给了我这类被自身过度消耗了的营养，而我还是将它们作为艺术的灵魂。"①

这种由故乡西河向四祖寺和五祖寺所在地湖北黄梅香炉山的视点变换正是因为香炉山所体现的敦厚、和善、友爱、怜悯等气质与作者的价值取向的一致所致，类似的变换在刘醒龙的作品中还有体现，但在这些作品中，刘醒龙已经将书写的景观变成了自己心中故乡的景观，在取景上产生了价值的认同。

二

作为乡土的故乡背后都隐藏着一座与之相对的城市，这是中国现代乡土小说诞生以来的共同特征。刘醒龙也是通过城乡对立来叙述故乡的。当然，刘醒龙作品中的城乡对峙的格局并非总是通过强烈的爱恨来表现，它更多地是一种幽微的情感倾向，并非是绝对的投入或拒斥，而且，这种视角投向并非一成不变。苏轼观庐山感叹"远近高低各不同"，人本主义地理学领军人物段义孚认为风景必须融合两种主要的视角：实用的视角和道德—审美的视角，作家"看"故乡，也会因为时间、地点、地位、阅历及情感因素、实用目的的不同而有所不同。如从实用的角度，山村清新的空气，安静的环境、绿色无公害的蔬菜似乎比污浊、嘈杂的城市更利于身心，但这只是城市人的视角，在乡村人眼中，便捷的交通、琳琅满目的

---

① 刘醒龙：《乡村弹唱·序》，群众出版社1997年版，第2页。

商品、丰富的文化生活……才是更现代的生活；而从道德角度，乡土大地的哺育之恩，理应获得城市的回报，乡村的弱势地位理应受到城市的同情……

刘醒龙早期作品的焦点主要投向大别山区。在这一时期较有影响的"大别山之谜"系列作品中，作者描画了大别山的古朴、神秘、慈爱和恐怖，它像谜一样混沌不清，既可爱又可怕，它就像"雪婆婆的黑森林"一般，令人神往又让人心生敬畏，不敢深入；它里面有灵异的兽，有千年的树王和古老的咒语一般的自然法则；大别山里的故事总是那样古老和奇特，如长有尾巴的返祖的人，古旧的风俗和对巫鬼神灵的崇拜，古老的家庭仇恨，等等。作者犹如大别山的导游，在向外界传达和描绘一幅大别山的风情图，这种目光看似投向大别山，但实际遵循的是游客的口味，其取景焦点是大别山，但价值取向是大别山之外的现代社会。对乡村读者，这种并不具有深刻内涵的叙述并不具有"看点"，对于山村之外的城里人才能显露出"谜"的特色。显然，这种"看的方式"服从于刘醒龙早期的作品视角——从山里看世界，根据外界的需求，打造自己的产品。对于一位从事文学创作不久，急欲得到社会承认的作家而言，这无可厚非。

在这里虽然"看"的对象是山里，但视角却是山外（城里）人的视角。在多次的访谈中，作家也谈到自己想突破环境压制，希望获得更好的社会地位，走出大山的愿望。这种从大山向外看，根据外界需要打造自己的文学创作方式是当时中国大多青年作家的做法，而逃离环境压制，出类拔萃，也是当时一代人的精神反映。

三

我们可以把视角分为情感取向和价值取向两种，情感取向主要面向自己的内心，根据自己的好恶来"看"，价值取向依据的是功利原则，根据利益上的得失来"看"，虽然都是由同一个人"看"，但两者并非总是统一的，有时二者甚至完全对立。在"大别山之谜"时期，作者的情感取向在山里，对大别山心存敬畏与热爱，但价值取向在山外；新现实主义时期作者的情感取向依然在山里，而价值取向却混沌不明。

此一时期最初的作品《威风凛凛》和《恩重如山》通过城市现代人来山里启蒙的方式分别揭示了国人"杀人威风长自己志气"和"养儿防老"的劣根思想，深刻地表达了"山坳里的中国"人民无法真正走出大山的原因，深得鲁迅等五四启蒙一代作家的国民性批判精神。作品中，城市是现代、文明的象征，也是作者价值所向；而乡村则是蒙昧的喻指，是作者情感的归属；作者的情感取向和价值取向是相反的；对乡村，作者"哀其不幸，怒其不争"。

稍后的《村支书》《凤凰琴》等作品抛弃了对乡村的批判立场，但却呈现出更加复杂的情感和价值指向。两部作品都表达了对乡村的热爱，对乡村教师和基层干部的卑微的地位给予同情，对其崇高品德进行歌颂，似乎情感和价值取向都指向了乡村，但在《村支书》中作者在新村支书代表的来自现代城市的圆滑世故和旧村支书代表的大禹式的古板、执着间来回游移，莫衷一是；《凤凰琴》书写的是一群身在山里，奉献山村，热情淳朴却一心想逃离山村的乡村精英。这充分体现了作者此期价值观的混沌与踯躅。

这一时期，作者目光平视，但价值混乱的另一个表现是对官场系列小说的处理。《秋风醉了》《菩提醉了》《去老地方》等官场小说的背景都是城镇，主人公都为文化馆领导且能力出众，他们追求官场的飞黄腾达，但在经历了求而不得的打击后却对乡村、隐逸的生活产生了深深的眷恋。在这些作品中，红尘名利是首选项，乡村只是失意后的最后安慰品。文章貌似是对官场潜规则的讽刺，但情感和价值指向却值得玩味。

与前面提及的情感和价值取向混乱的作品不同，本阶段中后期的作品《生命是劳动与仁慈》《大树还小》《民歌》等再三表达了城市对乡村的伤害和掠夺，城市的道德缺失等观点，而乡村则是淳朴、仁爱和勤俭的所在，作品的情感和价值立场终于走向统一。在《生命是劳动与仁慈》中陈东风为爱情走向城市，结果却发现城市爱情的虚假，最后回归了乡村，而《大树还小》则表达了城市对乡村的代代戕害和恩将仇报的本质。

同样,"看的方式"也会因为看的位置变化而不同,1994年刘醒龙调入了其作品中所涉及的最大城市武汉,在其类似奋斗系列的作品中,这种地位也是其主人公所能到达的理想位置。但初入城市后生活上的不适,以及山村人进城后面对的身份碰撞与文化冲突都让作者对以前自己身居其中的山村有了新的认识。这时,作为城里人看故乡山村的视角又会另有变化。从这一时期的作品《生命是劳动与仁慈》《大树还小》《民歌》等可以看出。作品视角已经由先前的"城里人看山村"改为"山里人看城市",以山村的视角为典型的正面的视角来审判城市,对城市的尔虞我诈、好逸恶劳、假公济私、忘恩负义、腐蚀人性等进行了抨击,引入了乡村人的勤劳和仁慈的美德与之对抗,将山村人物和其代表的道德模式树为典范。这种来自城里的乡下人看城市和山村的视角极耐人寻味。看的人貌似城里人,但却是乡下人的眼光在看,价值判断也是从乡下人的立场出发。在《大树还小》中作者对城里知青下乡的"看法"完全颠覆了主流知青文学的观点,一时引起很大争论。

此一时期,刘醒龙也尝试过《城市眼影》等纯粹城市题材作品的写作,但这些作品从"眼影"的标题就显露出作者的不自信,事后也没能引起反响。

四

刘醒龙认为中短篇大体为一个小的情境的描写,对作者的要求更多的是技法上的,而长篇能比较全面地反映作者对世界的看法,是世界观的较完整的呈现,也更有可能在文学史上得以流传。新世纪前后,他也有意加强了长篇小说的写作。此期他主要的作品为:《爱到永远》《弥天》《圣天门口》和《天行者》。

《爱到永远》是极具画面感的一部作品。小说以长江三峡为叙事背景,以一棵甜橙树为叙事焦点(中心线索),以半个世纪的中国历史为纵轴,刻画了"我"父辈(父亲和屈祥)与桃叶姑姑几十年的情感纠葛。这部作品一改以前作品"小乡村"或"小时段"的局面,视野变得宏大,价值观超出了城市和乡村二元对峙,迈向了整体的人类情感；表达了作者对坚韧不屈的情感的张扬。作品仿佛是一部爱情小说，但在言情之外，作品写道"山水毁灭人不知痛，也许是这样的原因，才有了新滩的屈祥与桃叶。上苍将他俩做成活生生的能说能唱的峡江，当人毁灭时，人是知道痛的"。① 文章分明超越了简单的爱情故事，将人与物等同对待。《弥天》继承了《爱到永远》的超越意识，取景不再局限在小乡村或小城镇，而是深入到历史的深层去挖掘特定历史阶段的恶，以及抚慰这种恶行造成的伤口下的来自女性的爱。严格地说，这是一部成长小说，它对心灵的关注超出了作者以往所有的作品。文章的取景为穷山恶水的荒野，一片蛮荒的水库基地，焦点事件则是水库的兴建，但隐性的线索却是少年主人公心灵的成长变化。荒诞年代的荒原景致，使人物的心灵成长如此艰辛，但荒野中的爱意也同样狂放和汹涌。

如果说此前刘醒龙的所有作品里我们都能发现城乡的分离与对立，在这两部作品里，这种分离和对立全部遁形和消弭，它们被历史的罪与错所取代，又为人类的仁爱（男女之爱，尊长的爱护）所弥合。但这种对城乡的取景并未因此而消失，在《圣天门口》和《天行者》中，这种城乡分离又一次出现，只是它们不再走向对立，而是走向融合。

在《圣天门口》中，来自城市的革命者，以乡村为基地，以城市为目标，挑起乡村的仇恨，但革命的暴力最终摧毁了乡村，也伤害了城市；而来自城市的仁爱之光却一次次地抚慰了乡村的伤痛，在各种对立势力间搭起了一座友善的桥，同时警醒了城市的革命。这部作品虽然以乡村天门口为焦点，但并没有将城乡二者对立开来，因为天门口所对的高山被称为天堂，"天门口人索要公平时所说的天下，不是那种普天之下，而是他们的栖身之所"。② 这里天门口实际是天下的缩影与代指。前期的城乡之间情感和价值的分离也已经不见，天门口小镇包蕴了整个世界的风云，它是城市和乡村的交汇，是革命和和平的共同演练场，这个连接城市和乡村的小

---

① 刘醒龙：《爱到永远》，江苏文艺出版社1998年版，第301页。
② 刘醒龙：《圣天门口》，人民文学出版社2005年版，第3页。

镇，亦村亦城，现代和愚昧交织、交战。梅外婆、雪柠、傅朗西等从城市来到了乡村，但中国革命又从乡村走向并包围了城市。此期，刘醒龙经过了近30年的创作，同时个人的生活阅历也抵达了一个相对丰厚和成熟的时期，乡村和城市的生活时限几近等同，对乡村或城市的单一的情感或视角偏向已经不再偏执和片面。作者在这部作品中实际在探寻一个人类和谐相处的"天堂"空间和处理矛盾的最妥贴的方式。在谈到这部作品时，他一再表明创作时自己精心选词，在百万巨制中没有出现一个对立意味强烈的词语"敌人"①，也许乡村和城市的地域区别正如他所认为的同胞之间政治的认同差异本是一件正常的事情，不宜过分分化，敌对处理。

同样，在获得茅盾文学奖的《天行者》中，作者力矫《凤凰琴》时期主人公对城市的向往，让张英才经历了从乡村走入城市，最后返回乡村的路途；《凤凰琴》中曾有的乡村向城市的单向流动已经让位于城市与乡村的互动：乡村教师在城市接受教育，城市年轻人在乡村净化心灵；城市让乡村向往，但乡村让城里人"中毒"而一次次还乡。而这一切都源于"爱"——一种包含着道义责任、情感依恋的情感。在这部作品中，深处乡村的界岭小学实际是人性的试金石和冶炼所，它偏僻和险恶的背景让界岭小学教师们多年来只想远离，但肩上的责任使他们一再留驻。

此期，刘醒龙的创作消泯了前面两个时期所有的"畏"和"恨"，将其人生哲学发展为"爱"——成为他人福音，以爱来拯救世界，它超越了地域的局限和价值观的褊狭。在取景上，虽然作品依然以作者熟悉的故乡或乡野为背景，但这里的乡野已经不再具有情感和价值上的偏向，而简化为人物活动的特定场景。尽管此期作品中所有自然景观依然险恶、蛮荒，但其都已经超出了浅表的情感褒贬范畴，它们实际和人物的心灵景观形成了明显的表里和映衬关系，通过它们作者更深刻地表达了一种宇宙之爱，人类之爱。

段义孚说"如果风景的本质特征乃是这两种视角（客观的和主

---

① 周新民，刘醒龙：《和谐：当代文学的精神再造——刘醒龙访谈录》，《小说评论》2007年第1期。

观的)的结合，那么，毫无疑问，这种结合只能通过心灵的眼睛。通过对精心排列出来的感知数据施予想象的努力，我们才能看见风景。风景是成熟心灵的成就"。① 通过对刘醒龙作品视角的分析，我们能看见他在不同时期呈现给我们的不同风景，如果说前期的风景是片面的，分裂的，在新世纪以来他呈现给我们的风景已经变得全面和浑厚。

(《写作》2013 年 21 期)

---

① 段义孚：《风景断想》，《长江学术》2012 年第 3 期。

知识分子立场的游离、坚守与重构
——略论刘醒龙的小说创作

杨国强

作为一位现实主义作家,刘醒龙在其小说创作中一直都致力于对现实社会的冷峻书写。在此过程中,他对知识分子生存困境的考察和体味也极具思想和审美价值。更为重要的是,随着作家人生轨迹的不断变化,这种考察和体味又呈现出了不同的阶段性特征:从《黑蝴蝶,黑蝴蝶……》到《大别山之谜系列》,刘醒龙的前期创作将观察的中心聚焦于乡土叙事,沉醉于"充满想象和幻想的鄂东乡土世界",呈现出对乡土叙事的迷恋及知识分子立场的选择性游离;从《凤凰琴》到《天行者》,刘醒龙的中期创作则将关注的中心聚焦至"乡土中国的启蒙者——中国的民办教师"身上,对乡村民办教师的生存困境和道德操守进行了深刻描摹,呈现出对知识分子立场的认同和坚守;从《圣天门口》到《蟠虺》,刘醒龙通过对"天门口"百年家族史的抚摸,通过对"蟠虺"这一"千年楚文化血脉"的体味,高举"圣"和"高贵"的"价值启蒙"大旗,重构其"弘扬高贵""呼唤圣贤"的知识分子立场和现实诉求。

评论家於可训将刘醒龙的文学创作分为三个阶段:"第一期作品是想象和幻想,较接近鄂东文化也是整个楚文化的诡谲神奇,呈'开放进取'的浪漫之态。第二期创作为'现实的魅力'所吸引,显然与冯氏所说的鄂东人的'保守执着'的性格有关。第三期则综合了'开放进取'的浪漫和保守执着的现实,取精用宏,思想和艺术渐入化境,颇合冯氏的'双重'、'兼备'之论。"[①]刘醒龙自己也说:

---

① 於可训:《刘醒龙的话,主持人专辑》,《小说评论》2007年第1期。

"我的文学创作明显地存在三个阶段。早期的作品是尽情挥洒想象力的时期,完全靠想象力支撑着,作者对艺术、人生缺乏具体、深入的思考,还不太成熟。第二阶段,现实的魅力吸引了我,我也给现实主义的写作增添了新的魅力。第三个阶段糅合了我在第一、第二时期写作的长处而摒弃了那些不成熟的地方。"①

从英山到黄冈再到武汉,从偏居一方的工人,到编辑部主任,再到省作协副主席,伴随着身份和人生履历的"位移",刘醒龙文学创作中的价值立场选择也呈现出阶段性特征。要言之,在刘醒龙的文学创作中,跌宕起伏的是其知识分子立场的游离、坚守和重构,亘古不变的是其关注人生现实、肩负文学道义的精神内核。

一、从《黑蝴蝶,黑蝴蝶……》到《大别山之谜》:自然乡土叙事的迷恋与价值判断的游离

中国新时期文学经历伤痕文学、反思文学、改革文学后,以韩少功等为代表的作家逐渐将写作的重心回溯到以"文化寻根"为主题的文学创作。1984年,湖北籍作家刘醒龙凭借《黑蝴蝶,黑蝴蝶……》和随后的《大别山之谜》在文坛崭露头角。他早期的作品以对鄂东地区,尤其是生活其中的子民的精神生活描写取胜,渐得评论家注意。1986年,湖北省三家文学刊物《长江文艺》《长江》和《芳草》联合召开了"刘醒龙《大别山之谜》系列小说研讨会",刘醒龙正式步入文学创作的殿堂。

从《黑蝴蝶,黑蝴蝶……》到引起文坛注意的《大别山之谜》,刘醒龙的创作主题大多集中在乡土题材,创作意图也更倾向于对鄂东自然乡土和人情世故的描绘。《大别山之谜》以看似写实的笔法,描摹出大别山的自然景观与风土人情,以引人入胜的乡土叙事和故事叙述着大别山(尤其是鄂东地区)的民间传奇。在《异香》《赤壁》《鸭掌树》等中短篇小说中,通过一些古老而神秘的意象,"或描叙

---

① 周新民,刘醒龙:《和谐:当代文学精神的再造——刘醒龙访谈录》,《小说评论》2007年第4期。

和诉说历史与传统，或营造扑朔迷离的氛围，或歌颂古朴、纯真、道义、友情、重义轻利、善良和正直，都显示出作家叙述自然、强化世俗凡尘的文化意识"①。在《大别山之谜》中，刘醒龙关注的重点始终没有离开过"生于斯长于斯"的地域风情以及乡村与乡土的世事变迁。刘醒龙不止一次地坦言乡土生活之于他创作的重要意义："我喜欢自己的身份，我觉得当一个老土的乡土作家，一点不比时髦的环保作家丢份，甚至相反，应该是更加伟大和不朽。环保作家所鼓吹的任何话题，其实都是乡土意义的某个部分……很多时候，无论走得多远都能让内心踏实可感的一块土地……我的灵魂与血肉是团风给的，而思想与智慧是在英山丰富的。"

当一个作家将笔端深入到他熟谙的乡土叙事中，深陷"生于斯，养于斯"的情感故土中，就难免沉迷其中，进而丧失基本的文学价值评判及批评精神。在《大别山之谜》系列小说中，对于底层人，就连刘醒龙自己都承认："面对这样辛劳的人，这样诚实的人，我无法举起批判的利器"，"我的锋芒不能对着这些在历史的海平线下苦苦潜行的大众"②。出于恻隐之心，作家"不忍"对这个群体加以严厉鞭笞，比起揭示劣根性，他更愿意呈现"优根性"；较之批判，他更倾向于以宽容的心态对其弱点加以宽容和谅解。于是在刘醒龙的笔下，这些底层的小人物往往表现得善良、高尚，"闪烁着质朴的光辉"③。

而这一点在《黑蝴蝶，黑蝴蝶……》的文本中得以呈现。《黑蝴蝶，黑蝴蝶……》的故事结构比较简单。文本主题是一个"价值追寻"或者叫"寻找精神慰藉"的价值母题——叙述了在大城市极为成功的艺术家陈桦回归曾经插队的大别山区寻求精神安慰的故事。就主题倾向性来说，与其说是陈桦寻找精神安慰，毋宁说是刘醒龙在

---

① 李鲁平：《刘醒龙小说创作的艺术特色》，《湖北日报》2011年9月20日。
② 刘醒龙：《浪漫是希望的一种——答丁帆》，《小说评论》1997年第3期。
③ 刘醒龙：《一首小诗的启发》，《读写天地》2009年第5期。

激荡起伏的 80 年代文学创作上的一次价值"寻根"。在"寻找精神慰藉"的过程中，刘醒龙用了繁华冷漠的城市与贫穷神秘的山村这两组矛盾的价值备选项来供女主人公选择。在文本中，陈桦在贫穷落后的山区找到了情感归依和艺术源泉，在深层次上，刘醒龙却在找寻精神寄托方面陷入迷宫——"人生的全部奥秘在于为了生存而放弃生存，生活的全部奥秘在于为了幸福而放弃幸福。……人生是一个伟大的谜。生活是一个永恒的谜"。

《黑蝴蝶，黑蝴蝶……》通过找寻精神慰藉的价值母题，在个体与环境的冲突中，完成了对乡土情结与精神追求的叙述。这一点可以从文本中一段极具深意的环境描写中得到具体阐释。

黑水潭像月下少女窗前的镜子，天柱岩上方的瀑布不敢放开粗犷的嗓门，在远处低声呼唤着。烦恼同灰尘一道被潭水溶化了。

这里的"黑水潭"其实是陈桦的象征，而"天柱岩上方的瀑布"是邱光的象征，瀑布情感压抑但富有牺牲精神，"不敢放开粗犷的嗓门"，则是邱光隐忍的爱的呐喊，"在远处低声呼唤着"的正是一种情感慰藉的宣泄。陈桦凭借着"黑蝴蝶"的指引，于茫茫黑夜中寻找着人生的真正价值。但是结果呢？"烦恼同灰尘一道被潭水溶化了"，"烦恼"隐喻了刘醒龙在文学创作中价值选择上的苦恼，而"溶化"则隐喻了刘醒龙在批判精神和知识分子精英立场选择上的"游离"与"拒绝"。

刘醒龙在《黑蝴蝶，黑蝴蝶……》《大别山之谜》等文学创作中处处表现出来的"对农民苦难的忧虑与同情，对其性格弱点的包容与谅解"[1]，一方面使他在文坛崭露头角，引得广大读者的注意；另一方面，其价值选择的游离和批判精神的缺乏也成为文学评论对其批评的重点。"作家对自然的兴趣大于对人生的兴趣……在小说

---

[1] 刘川鄂：《鄂地乡村的苦难叙事》，《文艺争鸣》2007 年第 8 期。

寓意方面，缺乏明确的理性意识和文化指归意向。"①刘醒龙后来反思道："毕竟写小说的目的还是要给人看，过分放纵自己的想象力，而不考虑别人怎样进入到这种想象中……在后来的写作中，我就慢慢意识到这一点，最好的文学，只有在相对收敛、相对理智的背景下写作才能把它写好。"②

如何在"相对收敛、相对理智的背景下"进行创作转型？在反思沉迷乡土迷梦的基础上，刘醒龙以《倒挂金钩》结束了对乡土想象的迷恋，转而高举"为民间英雄立传"的现实主义文学精神，开始书写中国乡村民办教师的物质及精神困境。促成这一转机的原因，据说是一首叫做《一碗油盐饭》的小诗。

> 前天我放学回家，
> 锅里有一碗油盐饭。
> 昨天我放学回家，
> 锅里没有一碗油盐饭，
> 今天我放学回家，
> 炒了一碗油盐饭，
> ——放在妈妈的坟前。

刘醒龙曾经被这一首小诗感动得热泪盈眶。"我瞬间明白，艺术就是用最简单的形式，最浅显的道理给人以最强烈的震撼和最深刻的启示。"③刘醒龙认识到，对文学"光有热爱和感情是不够的，还必须投入自己的灵魂和血肉"④。以此为契机，刘醒龙开始将笔

---

① 程世洲：《血脉在乡村一侧：刘醒龙论》，湖北人民出版社2000年版，第3页。
② 周新民，刘醒龙：《和谐：当代文学的精神再造——刘醒龙访谈录》，《小说评论》2007年第1期，第61~62页。
③ 周新民，刘醒龙：《和谐：当代文学的精神再造——刘醒龙访谈录》，《小说评论》2007年第1期，第62页。
④ 刘醒龙：《仅有热爱是不够的》，《当代作家评论》1997年第5期，第101页。

触下移,倾力关注当下的社会现实,以知识分子的批判立场,描写处于社会转型阵痛中的乡土中国,尤其是"肩负乡村精神启蒙和知识传承"的民办教师群体。"这一时期,现实的魅力吸引着我,我也给现实主义的写作增添了新的魅力。"①

二、从《凤凰琴》到《天行者》:现实主义精神的认同与知识分子立场的坚守

一位作家人生历程的变迁,往往会引起创作风格的变化。1987年刘醒龙被调至县城,任县文学艺术创作室主任,1989年4月,刘醒龙正式调到黄冈地区群众艺术馆,后任黄冈地区作家协会副主席。1994年,刘醒龙作为特殊人才成为武汉市文联专业作家。短短几年间,生活环境的变化,对刘醒龙固有的文学创作观和精神世界带来了冲击。"人一旦离乡村远了,其心灵离乡土就会更近。"这种与乡土生活的分离状况,直接催生了刘醒龙小说风格的变化。这种风格的变化在中篇小说《村支书》和《凤凰琴》中得到初步展示,至《威风凛凛》和《分享艰难》引起评论界注意,到了创作《凤凰琴》时,更是引起了文学评论界的高度关注。1992年7月,《青年文学》杂志社在北京召开了"刘醒龙小说研讨会",荒煤和冯牧等亲自到会发言。由此,刘醒龙正式步入了文坛。

从《凤凰琴》(1992年)至《威风凛凛》(1994年),再至《分享艰难》(1996年)、《弥天》(2002年)和《天行者》(2009年),刘醒龙这一时期的文学创作,可以用"悲天悯人"和"心存感动"来概括。"悲天悯人"意指为那些生活在底层却肩负乡村教育的民办教师"存照","心存感动"则是为那些身处困境,却坚守理性精神的知识分子"立传"。相应的,在"现实主义冲击波"的流风余绪下,刘醒龙也在小说中表现了对现实主义精神的高度认同,彰显了对知识分子立场的坚守。

---

① 周新民,刘醒龙:《和谐:当代文学的精神再造——刘醒龙访谈录》,《小说评论》2007年第1期,第62页。

在"为民间英雄存照"中，刘醒龙集中笔力塑造了乡村民办教师的群体形象。"民办教师是英雄，是一种悲情英雄。民办教师因其民办的身份，要受制于乡村权力，要在教学之余耕作于土地，同时，作为乡村知识分子，他们又是乡村中最早觉醒最具有公民意识的人。他们是乡村的启蒙者，也是乡村奇迹的参与者，甚至创造者。"①从《凤凰琴》到《雪笛》再到《天行者》，不断变化的是叙述时间和叙述对象——从张英才到"界岭"本地的三位民办教师，亘古不变的是"作家那急切、焦灼的社会参与感以及深沉、博大的理性意识"②。

长篇小说《天行者》由《凤凰琴》《雪笛》《天行者》三个中篇小说组成。小说以坐落在大山深处几乎与世隔绝的界岭小学为背景，叙述了余校长、孙四海、邓有米、张英才等几代乡村民办教师的生存状态和理想追求。小说围绕着"民办教师转正"这一核心问题，于庸常琐碎甚至带有荒诞色彩的叙述中，将处于物质和精神双重困境下的民办教师的生活一一展开，将民办教师这样一个被遗忘的特殊群体推到历史前台。在《天行者》的题记中，刘醒龙满怀悲悯之情，将作品"献给二十世纪后半叶中国大地上默默苦行的民间英雄"，意在表达作者对这群民间英雄的敬仰。

刘醒龙在塑造乡村民办教师群像时，内敛而不失理想观照，冷峻而不失感恩情怀，通过对乡村知识分子形象的塑造，彰显出作家本人对现实主义精神的认同和对知识分子立场及价值的坚守。在《天行者》中，为人中庸到甚至有些软弱的余校长是作家塑造的一个典型乡村民办教师形象。这个性格懦弱却心怀教育理想的界岭小学校长，在沉重的现实生存压力和肩负神圣使命感的煎熬中度日如年。一方面，余校长需要在现实的家庭生活和精神的情感抚慰上做出两难选择。他对妻子明爱芬的照顾数年如一日，当他面对和蓝小梅之间的爱情时，既想要和蓝小梅结合，但又觉得对不起早逝的妻子；既想向蓝小梅表达，又怕遭到拒绝而鼓不起勇气，患得患失的

---

① 刘醒龙博客：http://blog.sina.com.cn/liuxinglong。
② 冯晓：《知识分子立场的坚守与重构》，《小说评论》2011年第1期。

乡村教师形象入木三分。另一方面，他需要在民办教师的转正名额上做出取舍，面对渴望已久的转正名额，他最终三度放弃，将机会让给别人，埋头坚守启蒙教育的民间知识分子形象跃然纸上。

相对于余校长，孙四海也是小说中用笔最多的主要人物。孙四海疾恶如仇，性格刚烈，但是在个人感情上，却显示出了非常细腻丰富的另一面。孙四海与王小兰彼此深爱，可是王小兰已是有夫之妇，而且她的丈夫李志武还是一个常年瘫痪在床的残疾人。王小兰既不能和丈夫离婚，又不忍抛弃自己的爱情，现实的无奈和世俗的眼光也注定了这对情人的爱恋只能存在于地下。一首原本很欢快的曲子——《我们的生活充满阳光》却总是被孙四海的雪笛吹得婉转凄凉。从某种意义上说，《我们的生活充满阳光》歌曲本身是一种反讽，而"雪笛"也正是孙四海充满悲剧况味的隐喻。

> 天黑之后，孙四海一反常态，吹笛子时，不是在家里，而是绕着操场一圈圈地走。寄宿学生中年龄小的几个，跟在孙四海身后绕了几圈，就回屋了。剩下孙四海，在徐缓的笛声中，一直走到附近村里的灯火都熄了，才停下来。

"民办教师"是刘醒龙心中挥之不去的情结。"这个时代太容易遗忘了……没有历史就没有未来……作为知识分子，无论是乡村的，还是城市的，一切奇迹的酝酿与发生，本应当首先归功于他们（民办教师）。然而，荒诞让历史与现实一次次地无视其伟大得不能再伟大的贡献，以至于让'民办教师'沦落成作为名词都不被理解的地步。这一点也正是时代的顽症。"[①]

从某种意义上说，刘醒龙在《天行者》中竭力塑造的乡村民办教师其实是他本人对历史和现实的一种隐喻性思考，那些肩负民间文化传承的"乡村民办教师"就是刘醒龙的"知音"。"乡村民办教师"对文化传承及思想启蒙的坚守，其实反映了作家在传承精神启

[①] 刘醒龙：《铭记灰色生活中的民间英雄——长篇小说〈天行者〉创作谈》，详见刘醒龙博客：http：//blog.sina.com.cn/liuxinglong。

蒙及高扬知识分子价值立场时的疾声高呼。在《天行者》中，民办教师是知识和文明的传播者和传承者。他们不仅肩负着"传道授业解惑"的职责，更是承担着精神启蒙的重任。然而，就是这样一批默默无闻的文化传播者，却一次又一次在荒诞的"转正申请"中苟延残喘，艰难度日。在物欲横流的现代生活中，刘醒龙借塑造的乡村民办教师形象，表达了对现实主义精神的认同，"利用文学的力量，达到对当前社会对民办教师漠视的鼓与呼"。刘醒龙对乡村知识分子启蒙精神的认同和坚守，就体现在小说中多次重复的学校升旗仪式中：

> 操场上正在举行升旗仪式，余校长站在最前面，一把一把地扯着从旗杆上垂下来的绳子。
> 国旗和太阳一道，从余校长的手臂上冉冉升起来。

刘醒龙试图将"升旗仪式"内化为"精神启蒙"的视觉传达和能指象征。升旗仪式的描写，表面上看是余校长们通过升旗完成对孩子们的理想教育，实质上则是乡村知识分子对文化启蒙的自我认同，深层次上来说，则是刘醒龙本人对现实主义精神的高度认同和知识分子立场的确认坚守。每天风雨无阻的升旗仪式，"不仅体现出他们对知识分子身份的坚守……更是他们对自己身居陋室却又胸怀天下的知识分子品格的自觉张扬"①。

在"为知识分子立传"时，刘醒龙主要集中描写了知识分子的品格问题。"民办教师"是刘醒龙这一时期文学创作的"母题"。在《天行者》的文本中，故事中的人物多次说道"界岭小学是一座会显灵的大庙，它总是让人放心不下，隔一阵子就要想去朝拜一番。你要小心，那地方，那几个人，是会让你中毒和上瘾的"。中毒的又何止是张英才和蓝飞，更是刘醒龙自己。"我清楚地记得当初教育我的那些乡村教师，也清楚地记得我的那些当了乡村教师的小学同学与中学同学……如果没有那些可以被后人认为是水平不高的乡村

---

① 冯晓：《知识分子立场的坚守与重构》，《小说评论》2011年第1期。

教师哺育，二十世纪后半叶的乡村心灵，只能是一片荒漠。"通过《天行者》，刘醒龙将乡村民办教师的"天道人道正道"的精神主旨和"天行健，君子以自强不息"的文化品格熔铸在一起，试图达到"为知识分子立传"的目的。

一方面，刘醒龙对知识分子品格的建构是通过对余校长、孙四海等为代表的乡村知识分子的灵魂刻画来实现的。主要人物余校长，是一位把教育当作自己的生命、把学生看作自己的孩子的乡村知识分子。在民办教师转正指标的选择上，三次谦让，显示出传统知识分子的仁义情怀。"当民办教师的，什么本钱都没有，就是不缺良心和感情。"教导主任孙四海，自学成才、心志高远，为了修缮校舍，果断将自己种植的药材提前挖出来卖掉，显示出传统知识分子的担当精神和社会良知。副校长邓有米本性善良、宽厚，是一个有理想、有作为的民办教师，为了给余校长和张英才凑足转正的经费而向工程队索要公关费，使得自己最终被开除出教师队伍，显示出传统知识分子的奉献精神和敬业品格。

刘醒龙笔下的乡村民办教师不仅仅是甘于清贫、执着启蒙的传道者，同时具有"舍生取义"的"君子品格"。在"转正"这一试金石面前，乡村民办教师的"君子风格"得到了集中展现。张英才在得到珍贵的转正指标后，首先想到的不是自己，而是首先想到了自己更需要转正的三位同事；蓝飞通过伪造作假盗取转正名额后，界岭小学的老师更多的不是报复，却是对他的谅解和宽恕："蓝老师连恋爱都没有谈过，就要背上这些脏东西，岂不是生不如死吗？"副校长邓有米不惜冒着违法的危险，用回扣得来的工程款为余校长交付转正手续费……"对于这些民办教师来说，使他们最痛苦的不是物质的贫困，而是良心的不安，他们以舍利取义的品质，用心维护着知识分子的道义和尊严。"①

从《凤凰琴》到《天行者》，刘醒龙将笔端深入到乡村民办教师这一复杂而极具悲剧意识的群体，不断重复和强化着对民间英雄的书写。刘醒龙曾经说过："作家的内心是自己的，作品是社会的，

---

① 冯晓：《知识分子立场的坚守与重构》，《小说评论》2011年第1期。

要对社会负责,责任感很重要……在这个社会变革时代,我们应承担起责任,通过写作承担责任和表现这种责任。"

另一方面,刘醒龙对知识分子品格的建构是通过刻画传统知识分子的忍辱负重的精神来传达的。"学生们都笑起来。赵老师却没有笑,像以往一样,见到别人大笑,神情中就有几分恍惚。"《威风凛凛》中的赵老师"面对别人的侮辱与伤害,不管有多深多重,只要自己能坦然以对,那么它们不但达不到本身想达到的目的,相反地能使自身得到深刻的解悟与锻炼。"①

> 赵老师才是西河镇最威风的人,他的威风不是来自蛮横粗野的行为暴力,而是来自灵魂的不可征服与精神的忍辱负重,承受苦难。②

在《威风凛凛》的后记中,刘醒龙自己都承认陷入了精神上的困顿。"差不多半年时间,我几乎不能写一个字。……《凤凰琴》的版权纠纷,单位里人事的角逐,还有内心深处那种巨大的难以对人言的苦闷与痛楚,如山一样压在自己的身上。"从迁移英山,到客居武汉,作家个人生活履历的变化使得刘醒龙在现实生活的困顿中,开始反思并有了直面现实的勇气。作家逐渐舍弃"沉迷乡土叙事"的旧路,"剪掉道德理想主义的辫子",将观照的重点深入到社会现实,开始在写作中"恢复文学中的'现实主义'尊严",高举"优雅高贵"的文学诉求,重塑文学的启蒙价值,尝试从精神上重构知识分子品格。

三、从《圣天门口》到《蟠虺》:"追求优雅高贵"的文学诉求与知识分子立场的重构

2001年,刘醒龙当选为湖北省作家协会副主席,沉寂4年后

---

① 刘醒龙:《威风凛凛》,作家出版社2009年版,第61页。
② 刘醒龙:《威风凛凛》,作家出版社2009年版,第61页。

推出《圣天门口》。刘醒龙在《圣天门口》创作谈——《我们如何面对高贵》中袒露他文学创作品格追求上的嬗变：由"躲避崇高、接受苦难"的现实主义转向"优雅和高贵"的精英叙事追求。"人伦的高贵，才是潜藏在历史最深处的中华文化神奇而伟大的动因。现当代中国文学一直在片面地强化文化传统中的种种灾祸。近代中国文学史实际上成了一部苦难史。提及苦难时，人人都是如此理直气壮。导致少有人去想，能够走出苦难，使之生生不息的正是被苦难当成天敌的人伦的高贵。……社会这条大船要前进和不被沉没，核心还是因为我们的理想是要追求理想的人性。"

2014年，刘醒龙推出长篇小说《蟠虺》，显示出"贬斥'俊杰'与呼唤'圣贤'"的启蒙主义价值追求。在《蟠虺》中，刘醒龙通过对曾本之、郝嘉、郝文章以及郑雄、老省长、熊世达等人物的塑造，"呼唤的是对真的坚守，是对良心的忠诚，是对欲望、利益的抵抗，是人对自身的超越……只有这样，才能彰显其坚韧、纯洁与稀缺"①。

正是借着《圣天门口》和《蟠虺》，刘醒龙在"追求优雅与高贵的史诗品格"和"贬斥'俊杰'与呼唤'圣贤'的启蒙主义价值追求"②两个维度上完成了知识分子立场的重构。

从社会学和文学发生学的角度，不难理解刘醒龙在文学价值观及知识分子立场的变化。随着时代的发展，世纪转型期的中国社会价值趋于多元化，随之而来的是文学选择多元化。在"躲避崇高"及"我爱美元"等文学潮流的众声喧哗之下，刘醒龙始终坚持"高贵地写作"，"写高贵的文学"。在《〈圣天门口〉创作谈中》，刘醒龙表达了对"庸俗文学"及"猥琐文学"的不满："文学所表达的，一定要做到自始至终不让高蹈的精神出现丁点儿低就。最终才会发现，在这样的书写背后，是对仇恨、暴力、淫秽、恐惧、无耻、绝望、

---

① 汪政：《刘醒龙长篇小说〈蟠虺〉：价值、知识与话语》，《文艺报》2014年6月9日。
② 周新民，刘醒龙：《〈蟠虺〉：文学的气节与风骨——刘醒龙访谈录》，《南方文坛》2014年第6期。

怯懦、虚妄、妒忌、猜疑和死亡等反价值观念的仁爱和和解。"①

最能代表刘醒龙"高贵"文学观的当属其2005年推出的《圣天门口》。在《圣天门口》中，刘醒龙拒绝虚无和低就、拒绝回避棘手的价值判断，从最能代表知识分子品格的"善"和"圣"两方面着手，以乡土叙事为基础、以现实主义为圭臬，以"纯真高贵"为风韵，尽心构建属于自己的"高贵文学"大厦。

刘醒龙"高贵"的文学观念在《圣天门口》中突出表现为对"善"的发掘。《圣天门口》通过对天门口镇上杭、雪两家的矛盾纠纷及仇恨冲突的叙述，意在用"善"来泯灭仇恨、用"善"来感化暴力、用"善"来塑造理想人格。杭、雪两个家族被作者赋予了不同的象征意义：杭家是暴力和杀戮的象征，而雪家是善良仁爱的象征。百万字的小说紧紧围绕雪、杭两个家族，在杀戮和宽恕的种种纠缠过程中，最终以"仁义""悲悯"来"宽恕""暴力"和"杀戮"，彰显出"善"的至高无上的能量。深入到文本中，刘醒龙借"梅外婆"的口说出了自己对"善"的理解。

> 梅外公对此责骂得越凶，雪柠越是听不懂。勉强听得懂的是梅外婆的解释："莫信那些冠冕堂皇的道理，说穿了，无非都是个人贪欲在兴风作浪。"雪柠心里因此有了一个既冒不出来又沉不下去的疙瘩："为何平时杀人的人总是遭到唾弃，而在战斗中杀人越多越受崇拜，并且可以成为英雄？"还有一个问题让她困惑不解："历史上第一个被杀的人是谁？"
> 这个问题让梅外婆和爱栀还有雪茄犯了难："这孩子，尽问一些没人去想的事情！"
> "我又没有说错，总有一个人是最先被杀的。"
> "是我们错了。古往今来，是应该有人最早死于非命。"

一句"古往今来，是应该有人最早死于非命"，道尽人间心酸，写出人世间为"善"的沉重代价。

---

① 刘醒龙：《历史是当下的心灵》，《齐鲁晚报》2005年10月4日。

刘醒龙"高贵"的文学信念在《圣天门口》的又一表现就是对"圣"的张扬。"优雅是一种圣,高贵是一种圣,尊严也是一种圣。一个圣字,解开我心中郁积八百年的情结①。"作家在《圣天门口》中苦心孤诣的"高贵"则是对"圣"的风骨的一种神性表达。具体在文本中,刘醒龙将种种"圣"的意象赋予了一群美丽女性——梅外婆、雪彩、雪柠等。这些美丽的女性不仅拥有绝世的美貌:她们爱穿旗袍,举手投足都时刻保持着淑女的风姿;更重要的是,她们浑身弥漫着"圣"的光彩:优雅脱俗的气质、洁身自好的品格、善良悲悯的胸怀。

"圣"的气质和光彩从刘醒龙对雪家女人的身体描写中即可窥探。

阿彩的身子每有新的裸露,她(雪大奶)就对应地想着自己的样子。她记起自己的脖子曾经也像是糯米粉捏成的,还有肩头,那是女人身上最不易长好的地方,多一分骨头就瘦得难看,多一块嫩肉便臃肿碍事。阿彩脱下那件用金色丝线绣了一对鸳鸯的红肚兜,两只小巧玲珑的乳房在煤油灯下闪闪发亮。……好腰加上细嫩的脖子,女人才是一辈子不凋不谢的火一样惹人的燕子红……没有好看的腰肢在背后支撑着,它们只是三月桃花,风吹就来,雨扫即去。

这些披着"圣"的光辉的女人,对一切人与事都怀着崇高的感情,从外形到内心都冰莹剔透。刘醒龙运用中国传统的象征及意象表达,利用视觉隐喻,让这些近乎完美的女性形象承载起"圣"的"高贵"。"梅外婆就是被作为这个民族过去、现在、未来的一种梦想来写的。"②

100多万字的《圣天门口》用一种史诗结构,通过杭、雪两家之

---

① 周毅,刘醒龙:《觉悟——关于〈圣天门口〉的通信》,《上海文学》2006年第8期。
② 周新民,刘醒龙:《和谐:当代文学的精神再造——刘醒龙访谈录》,《小说评论》2007年第1期。

间交织着暴力、杀戮、宽恕、仁爱的爱恨情仇故事,在人类道德及精神层面提出了哲学式思考——暴力和仇恨能否用宽恕和仁爱来弥合伤口?和平与仁爱的人性光辉能否抹平暴力和杀戮带来的伤害?针对这个哲学命题,刘醒龙通过《圣天门口》给出了自己的答案——审视暴力,弘扬仁爱。

"文学应该追求优雅和高贵"的文学主张与刘醒龙一贯张扬的知识分子立场血脉相承,更有试图凭借文学作品达到净化社会、弘扬仁爱精神等更高的现实诉求。关于这一点,早就有评论家指出了刘醒龙"用文学介入现实,凸显更高价值诉求"的创作意图。2005年12月,在北京召开的《圣天门口》学术研讨会上,文学评论家黄曼君就有洞见:"《圣天门口》恢复了自'五四'以后就逐渐在文学中消失了的科学精神";文学评论家陈美兰也指出:"这部作品(《圣天门口》)有属于刘醒龙自己的历史感悟,它对社会现代精神的构建,是具有重要的意义的。"什么是"科学精神"?什么是"现代精神的构建"?两位文艺评论家欲言又止。如果说上述两位评论家仅仅是"蜻蜓点水,点到为止"的话,那么当时与会的、代表官方意志的中宣部文艺局局长杨志今的讲话就更能体现出刘醒龙在文学作品之外的价值诉求。"他(刘醒龙)对底层人民的熟悉、理解和关心……让读者对当代和时代社会特别是农村有新的认识,他的创作对当代文学的深化发展有重要的启示。"究竟是什么重要的启示?笔者认为,不管是"科学精神"还是"现代精神的构建"还是"重要的启示",《圣天门口》都暗含了刘醒龙试图利用文学作品达到净化社会风气、启蒙大众的现实诉求。

2014年,刘醒龙又重磅推出了长篇小说《蟠虺》。《蟠虺》通过曾本之、郑雄、老省长、郝嘉等人物形象的塑造,呈现了中国知识分子在新时代条件下所面临的学术、人格的价值选择,以及如何坚守内心底线的思考。刘醒龙在《蟠虺》中着力彰显和诠释了两个高度,一是楚文化的历史高度,二是知识分子超越名利、坚守风骨的精神高度。在两种维度中,描摹了各种人物的道德归属及价值选择。在《蟠虺》的创作谈中,刘醒龙说"文学在很多时候就是对生活习惯表示异议。文学就要旗帜鲜明地告诉人们,内战是万恶之首,内斗是万恶之源。……制度固然重要，如果没有强大的社会伦理基础，再好的制度也会沦为少数人手中的玩物。……文学正如历久弥坚、大彻大悟的青铜重器"。虽然没有直接说明其创作意图，但弥漫在字里行间的是用"历久弥坚、大彻大悟的青铜重器"——文学来抵御"伦理防线的崩塌"①。

在《蟠虺》中，刘醒龙多次借曾本之呐喊自己的价值立场——"识时务者为俊杰，不识时务者为圣贤"。"《蟠虺》是作家对当代知识分子精神史的发声。"②"《蟠虺》思考的是君子和小人这个古老话题的当代意义。刘醒龙始终坚持着以人道主义和批判现实主义的立场，不断对知识分子，包括对作家自己的内心世界进行挖掘，这是一个当代作家可贵的价值立场。"③

从新时期文学发展的脉络来看，刘醒龙的《蟠虺》似乎承接了"寻根文学"的余韵。他试图用"蟠虺"这个代表楚文化精脉的"圣物"来探照庸常生活下困顿的知识分子，在"精致的利己主义者"和"纯真的知识分子"的两端，让小说中形形色色的知识分子做出自己的文学选择。

有意思的是，在《蟠虺》中，有这样一段对话：

> 曾本之问马跃之："我这样子像不像院士？"
> 马跃之想了半天才回答："一半像，一半不像。"
> 曾本之又问："哪一半像，哪一半不像？"
> 马跃之说："上半身像，下半身不像。"
> 曾本之说："你说的不是院士，而是太监！"
> 对于自己说过的话，二人都是一笑了之。

---

① 刘醒龙：《谈〈蟠虺〉写作意外：青铜是把老骨头》，《人民日报》2014年7月16日。
② 贺绍俊：《〈蟠虺〉：批判的锋芒直指当下知识分子》，《人民日报》2014年6月12日。
③ 何平：《〈蟠虺〉重提作家的价值立场》，《文艺报》2014年11月17日。

马跃之和曾本之的对话，看似是一种自嘲，其实更是对知识分子在现实生活中的一种隐喻。联系到刘醒龙的人生经历，从某种意义上说，刘醒龙本人也像曾本之和郑雄等知识分子一样，在"精致的利己主义者"和"纯真的知识分子"的两难选择中蹉跎。从英山县城到黄冈市府再到武汉省府，从阀门厂工人到编辑部主任再到作协副主席，刘醒龙的身上既有"曾本之们"的"圣贤"式的道德愿景，也有"郑雄们"的"俊杰"式的生存谋略选择。刘醒龙对此有着清醒的认识。"形而下的物欲膨胀，形而上的灵魂皈依，在青铜时代如此，在信息时代如此。……对青铜重器的辨伪，也是对人心邪恶之辨。"在《蟠虺》的创作谈《青铜是把老骨头》中，刘醒龙对知识分子，甚至是对自己提出了生存愿景："如果人活得都像《蟠虺》中的曾本之、马跃之、郝文章，不仅是政治，整个社会生活都会变得有诗意和更浪漫。"

让人意外的是，刘醒龙在重构"贬斥'俊杰'，呼唤'圣贤'"的知识分子价值选择时，甚至僭越了知识分子的本分，进而走向了另外一种极端。在《蟠虺》创作谈中，刘醒龙试图从更宏观的国家战略层面上刻意放大文学的"济世"及"救世"功能。"最终促成《蟠虺》的，是近几年伪文化的盛行而带来的文化安全问题。……当今时代，势利者与有势力者同流合污，以文化的名义集合到一起，……其蛇蝎之心唯有将个人私利最大化，而在文化安全的背后，还隐藏着国家安全的极大问题。"①不管是宏观上个人做出与整个时代强音的"共鸣"，还是微观上个人对这个时代发展的"警惕"，这都至少从另外一个层面上显示出刘醒龙重构知识分子立场及重启理性精神启蒙的努力。

在《蟠虺》中，刘醒龙借曾本之向这个时代发出了质询：在犬儒主义或者实用理性主义大行其道的时代，知识分子群体该如何选择？是选择"识时务"的"俊杰"？还是选择"不识时务者"的"圣贤"？在一次访谈中，刘醒龙给出了自己的价值选择："什么是文

---

① 刘醒龙：《刘醒龙：写作者必须有强大"防火墙"才会有独立自由》，《中华读书报》2014年5月26日。

化,什么是文学,什么是艺术?人活在世上那么短暂,我们究竟需要什么?到目前为止我唯一的答案就是,要从我们的生活当中去发现、寻找、追求那些比我们目前的生活状态要高一些,比我们本来的精神状态要好一些的东西,这样才能丰富自己,我们的生命才能延长。"①

余　　论

刘醒龙的文学声誉源于《黑蝴蝶,黑蝴蝶……》及《大别山之谜》的"寻根"余韵,中接《分享艰难》及《凤凰琴》等"现实主义冲击波"的冲击效应,后承《圣天门口》及《蟠虺》的启蒙理性精神的价值观照。线性流动的文学创作长河,缓缓流动,波澜不惊,暗含其中的则是刘醒龙自身知识分子价值立场及文学诉求的变动。《大别山之谜》的崭露头角,让刘醒龙沉迷于乡土叙事和故乡的风土人情的描摹中,选择了对知识分子批判精神的游离。再至《威风凛凛》《凤凰琴》《分享艰难》《天行者》,刘醒龙逐渐意识到只有与主流政治意识形态保持若即若离的映射互动,才能"让文学发出应有的声音"并"保持文学应有的'尊严'",才能以文学观照现实,推动现实改革,此正是其对知识分子立场的坚守。再至《圣天门口》和《蟠虺》,刘醒龙在新时期的文学系谱上呐喊出自己的声音——"追求高贵的文学和圣贤的知识分子品格",在价值选择上重构了作家的知识分子立场。"在许多作家矮化知识分子独立批判精神人格的时代,在作家丧失价值立场和精神支援的时代,刘醒龙却在人道主义和批判现实主义的向度上不断丰沛作家的精神资源。"②

从大别山麓的英山小县,到偏居一隅的黄州市区,再到物欲横流的省会武汉,从阀门厂的普通工人,到县城文化馆的主人,再到

---

① 刘醒龙:《文学是和青春的一场约会》,《南方日报》2013年5月26日。

② 何平:《〈蟠虺〉重提作家的价值立场》,《文艺报》2014年11月17日。

省作协副主席,刘醒龙的人生履历可谓"逶迤曲折";从《大别山之谜》至《分享艰难》和《天行者》,再至《圣天门口》和《蟠虺》,在线性的文学创作长河中,可清晰地看到刘醒龙"植根于楚文化和五四启蒙时代的底色",其创作意图的变迁,其知识分子立场的游离、坚守和重构,都是其文学品格及文学价值选择的产物。

(《新文学评论》2015 年 03 期)

湖北文学的两个传统
——刘醒龙的小说和他的《芳草》

李遇春

都说湖北是文学大省,但也每每听到有人质疑湖北是文学强省,理由是:虽然当今湖北文坛群星闪耀,但鲜见真正意义上的"大作家"。有些作家虽然作为某一文学思潮的代表人物具有特定的文学史意义,但他们的思想底蕴和艺术境界尚未臻达上乘,有的甚至还在不断下滑,日渐平庸,这样即便博得浮名众誉于一时,但终究缺乏砥柱中流的大家气魄。而刘醒龙的文学道路则相反,三十年前他从湖北英山的小县城走来,带着毕生不移的文学信仰不断前行,而且一直走在上升的艺术轨道上,避免了跌入高开低走的文学陷阱。经过20世纪80年代"寻根"小说的初试锋芒,再到20世纪90年代"现实主义冲击波"震烁文坛,虽然其间也曾伴随巨大的文学争议,但刘醒龙终于在21世纪到来后开创了属于自己的文学时代。放眼当今湖北文坛乃至中国文坛,像刘醒龙这样以其巨大的艺术野心和豪情倾力营建着属于自己的长篇小说世界的"大作家"其实并不多见,他的长篇小说系列《威风凛凛》《生命是劳动与仁慈》《圣天门口》《弥天》《天行者》《蟠虺》等无不以特立独行的思想和艺术姿态构筑着刘醒龙的文学名山。可以毫不夸张地说,刘醒龙已然是当代湖北文坛当之无愧的文学主将。对于1949年以后的湖北文坛而言,刘醒龙俨然就是那位"会当凌绝顶,一览众山小"的文学剑客,他飘零辗转于乡村与都市之间,以近乎狂妄的自信睥睨群雄,及至"拔剑四顾心茫然",这是一种真正的艺术家的孤独,它体现的正是一个文学朝圣者的灵境。

作为当今湖北文坛举足轻重的"大作家",刘醒龙以作家兼文学编辑家的双重身份一直在传承并重构着湖北文学的两个传统。其中,他在文学创作上主要传承和重构的是屈原所开创的中国"诗性现实主义"艺术传统,而在文学编辑上则主要传承的是胡风和秦兆阳等人为代表的中国"人文现实主义"编辑传统。这些人都是千百年来湖北文学史上的重量级人物,他们开创的文学传统或编辑传统源远流长,既是湖北文学的界碑,更是中国文学的旗帜,代表了湖北作家为中国文学发展所做出的巨大奉献。在我看来,刘醒龙的小说创作走的是"诗性现实主义"艺术路径,而这种艺术路径的开创者可以追溯至湖北文学的鼻祖屈原。屈原的长诗《离骚》向来被认为是抒情诗,但其中的叙事成分占有很大比重,诗中神奇狂放的想象世界和诗人对个人身世遭际及民族国家命运的书写,使得《离骚》具备了神话和史诗的多重艺术品格。因此,与其说屈原是一位西方文学意义上的浪漫主义诗人,不如说屈原是一位伟大的"诗性现实主义"作家。屈原的文学精魂其实根植于现实书写,但这是一种诗性的现实书写,是一种偏重于主观的现实书写,即在现实书写中贯注着创作主体强烈的个人意识,而不是保持所谓不动情的纯客观观照或还原现实,而且这种主观的现实书写尤为注重追求语言的诗性或诗化,强调用富有张力的诗歌语言叙事或抒情,从而建构出奇崛幻美的文学世界。在现代湖北作家群体中,废名的小说其实走的也是"诗性现实主义"路径,他致力于将晚唐五代诗歌的幽怨凄美品格与现代西方象征主义叙事相融合,从而形成了他个人别具一格的新古典小说形态,至今仍被不少当代中国作家誉为空谷足音。与废名不同,同样是走的"诗性现实主义"艺术路径,刘醒龙在其小说创作中却另辟新径,他摒弃了废名那种衰颓幽暗的诗性艺术格调,直攀屈原那种雄奇悲凉的诗性艺术境界,从而为当代湖北文学奉献了一片诗性叙事艺术奇景。在20世纪湖北小说史上,前有废名,后有刘醒龙,他们各自以其落拓不羁、特立独行的"鄂东人"性格开创了属于自己的文学天空。尤其是对于中国现当代乡土小说发展史而言,废名和刘醒龙的文学史贡献是不可抹杀的。

谈到屈原所开创的"诗性现实主义"艺术传统,首先要说的是中国文学(小说)的抒情传统。捷克汉学家普实克、中国学者陈平原、美籍华裔学者王德威等人一直都在强调中国文学(小说)的抒情传统，而且尤为看重现代中国作家对这种抒情传统的继承和创化。在现代湖北小说史上，废名小说的抒情性和诗化色彩是十分鲜明的，为中国现代小说的中国化进程开辟了一种新的艺术形态。刘醒龙的小说也有浓厚的抒情色彩，只不过和废名有意接续或转化晚唐五代诗歌抒情传统不同，刘醒龙走的是另外一种文学传承路径。一般而言，刘醒龙更多地强调外国文学或西方文学抒情传统对他的影响，比如苏联作家艾特马托夫的《白轮船》这类抒情小说就对刘醒龙的小说创作有着很大影响，但毋庸讳言，在湖北这片热土上生长或生活过的中国古典抒情诗人屈原和苏轼对他的影响也是不言而喻的。读刘醒龙的小说，其中贯注的忧愤情怀和家国情结时刻激荡着读者的心灵，这与《离骚》的抒情传统无疑是一脉相承的。屈原是中国文学第一人，他的影响早已超越了时空；而苏东坡所开创的豪放词风，寓悲凉于旷达，这在刘醒龙近年来的文学创作中也不难窥其大略，正所谓满腔忧愤归于平静和宽容。刘醒龙近年来勤于书道，翰墨中有东坡遗风，这也许可以看作他对自己曾经生活过的黄州古城的深层文化认同。屈子不平则鸣，坡翁绚烂至极归平淡，这是两种不同的抒情主体或文化人格，在刘醒龙的文化人格心理结构中，显然更多地还是占据着屈原骚赋抒情因子。在他的长篇新作《蟠虺》中，诗化的语言警句俯首皆是，而且骈词俪句随处可见，颇有古典辞赋的文体风范。主人公曾本之在黄州写的怀念郝嘉的《春秋三百字》功力深湛，将古老的辞赋体古为今用，贯注了浓烈的现代情思，文采意绪飞扬。还有郝文章模仿曾本之撰写的《青铜三百字》，同样将白话散文与文言辞赋相融合，让古老的抒情传统再现艺术生机。这说的还仅止于文本的语言文体层面，实际上《蟠虺》中曲折回荡的文化人格之殇和知识分子之痛才是这部"诗性现实主义"小说的抒情精魂，小说在强烈的楚文化韵味中演绎了当今中国文化失重或人格失衡的现实悲喜剧。至于《天行者》中的底层温情、《圣天门口》中的世纪孤独、《生命是劳动与仁慈》中的感伤氛围，无不在不同程度上体现了刘醒龙多年来或显或隐地创造性转化中国古典文学(小说)抒情传统的努力。

除了浓郁的抒情性之外,"诗化现实主义"还具有强烈的批判性。批判性是古往今来现实主义作家的主体性的核心要素。屈原是中国文学首开风气的一代宗师,他的诗歌文本中蕴含着强烈的批判精神,但屈原的批判精神囿于历史文化局限,还停留在传统的"美刺"精神层面上,尚未逾越"怨而不怒,哀而不伤"的儒家诗学藩篱。只有到了五四新文化运动以后,随着西方近现代人文主义思潮在现代中国的广泛传播,以生命个体价值为本位的现代启蒙文学形态才在中国得以建立,这就赋予了现代中国作家的批判性以鲜明的现代性价值内涵。立足于现代民主主义的批判精神与传统的民本主义批判情怀之间有着质的分野,现代中国作家开始在致力于现实政治批判的同时更深层地进行文化批判和人性批判。当然批判的目的是重建,重建新的国民性或重构现代中国人健全的文化人格心理结构。在很大程度上,刘醒龙是在引黄冈先贤胡风为文学同道。胡风虽以诗歌见长,但他所倡导的战斗型现实主义文学观,尤其是他极力高扬的作家"主观战斗精神"显然在刘醒龙的小说艺术血液中流淌,他们都是20世纪湖北文学史上坚韧不拔的现实主义文学斗士,都属于开一代文学风气式的人物。胡风当年倡导的现实主义尤为强调对中国社会现实和历史文化传统进行现代性批判。他主张作家应该深入揭示和解剖中国人民心灵世界中"精神奴役的创伤",而反对塑造概念化和脸谱化的英雄人物。在这方面,作为文坛后辈,刘醒龙一方面发挥了胡风式的战斗现实主义文学传统,另一方面又对胡风式的现实主义文学观进行道德救赎和伦理纠偏。于是我们看到刘醒龙的小说中既有现代性的启蒙批判精神在闪耀,又有一种复杂的新道德伦理文化精神在生成,这是一种中西文化融合的新古典主义文化精神,它由西方基督教文明和中国儒道释文化相交会而成,由此构成了刘醒龙小说中颇为引人注目的悲悯情怀。

如在《圣天门口》中,一方面我们看到作者对天门口镇百年来为暴力所充斥的历史循环怪圈和文化心理定势进行不遗余力的现代性批判;另一方面我们又看到作者竭力通过梅外婆为代表的神性人物来做精神弥撒,试图对那些深陷历史暴力循环的芸芸众生进行精神拯救。前者发扬的是中国现代文学的启蒙批判精神传统，它是对中国古典文学批判精神的现代化改造；而后者表面上发扬的是西方基督教文明的博爱和救赎精神，实则是对中国古典文学悲悯精神传统的创造性转化，它主要建立在儒家文化的仁爱精神和佛家普度众生的宗教旨趣之上，所以读者眼中的梅外婆及其苦难的神圣精神家族成员的身上虽然闪耀着基督教的精神光芒，但骨子里依旧有中国民间佛教信仰和传统儒家仁爱文化在支撑，这是刘醒龙小说创作中经常会出现的精神张力结构，即现代性的启蒙批判精神与传统性的宗教悲悯精神的对立与融合。在《威风凛凛》《生命是劳动与仁慈》《弥天》和《天行者》中，这种批判精神和悲悯情怀同样纠结在一起，难解难分。于是我们在为刘醒龙的现实主义批判性的不彻底感到遗憾的同时，又不能不被他的宽容和悲悯所打动，这就如同我们一方面钦服于老托尔斯泰清醒的历史和人性批判精神，另一方面又时常被其浓重的道德感和宗教情怀所纠缠一样。对于刘醒龙而言，中西文学精神中的悲悯传统与批判传统同样重要，倘若只执其一端，就很容易陷入刻薄和滥情。悲悯不同于滥情，仁慈不同于同情，前者建立在宗教或者类宗教的精神信仰上，以神性审视人性的丑陋和无知，所以其中本就包含着批判精神在内，只不过这种批判精神为俯视众生的悲悯情怀所遮蔽，由此与那种没有原则或不负责任的滥情或同情区别了开来。同样，刻薄不等于深刻，批判不等于虚无，一个"诗性现实主义"作家不可能容忍自己的小说沦为丑恶现实的展览，那种绝望的苦难叙事模式恰恰是刘醒龙的小说所要摒弃的艺术废物。虽然刘醒龙笔下的人物经常被置于绝望境地，但作家总是忘不了向其暗示或者展示灵魂复活的路径；虽然刘醒龙小说中的现实境遇与历史发展总是充满了怪圈和悖论，但这种荒诞性是通过鲜活的叙事流程呈现出来的，而不是主观预设某种历史哲学理念而进行演绎的产物，这就大大强化了刘醒龙小说的批判意识和悲悯情怀。

以上从抒情传统、批判传统与悲悯传统三个方面谈到了刘醒龙在文学创作中是如何传承和重构屈原所开创的湖北文学或中国文学的"诗性现实主义"艺术传统的，而在文学编辑生涯中，刘醒龙主要传承与重构的则是以胡风和秦兆阳等人为代表的中国"人文现实主义"文学编辑传统。在中国现代文学史上,湖北人胡风堪称纵横捭阖的一代文学编辑健将,他在抗战期间所创办的《七月》文学杂志影响深远,成就了著名的现代文学流派——"七月派",胡风也因此被誉为七月派的文学盟主。在当时胡风的身边团聚着一大批中国现实主义文学新生力量,如路翎、丘东平、曾卓、绿原、牛汉、彭燕郊、鲁藜、阿垅、张中晓等人,其中绿原和曾卓也是湖北籍诗人。这些人在创作中忠实地践行着胡风所倡导的战斗性现实主义文学传统,而这种文学传统其实属于中国革命现实主义文学阵营中的另类,它既不完全等同于主流的无产阶级革命现实主义文学观,也与以人性论为核心的所谓资产阶级文学观念之间不相容,由此形成了以胡风为首的七月派卓尔不群的文学品格,但也正是因此而最终酿成了胡风及其文人群体的历史悲剧。胡风和他的《七月》杂志之所以不同于流俗,就是因为他作为杂志主编始终坚守并捍卫着一种"人文现实主义"的文学编辑理念,它既不同于高度政治化的主流革命现实主义文学编辑理念,也不同于主张"去政治化"的自由主义文学编辑理念,而是介于启蒙与革命之间,谋求启蒙与革命这两种文学话语形态之间的嫁接或融合,因此在革命文学期刊阵营中显示出强烈的"人文现实主义"精神风貌。无独有偶,在中国当代文学史上,湖北人秦兆阳和他一手创办的《当代》文学杂志如同胡风的《七月》之于中国现代文学史一样深刻地影响了整个中国当代文学史的进程,他和胡风一样毕生信守"人文现实主义"的文学编辑理念,在极"左"的革命现实主义文学理念与新潮的现代主义文学理念之间寻找文学艺术的中间地带。早在"百花"文学时期,作为《人民文学》副主编的秦兆阳就率先发表《现实主义——广阔的道路》一文,公开质疑左倾的社会主义现实主义文学观。虽然因此被划为右派流放到西南边陲,但秦兆阳依旧不改初衷,新时期复出文坛后旋即领衔创办大型文学期刊《当代》,继续高扬现实主义文学大旗,即使在 1985 年以后先锋文学风起云涌之时也不轻易改变其"人文现实主义"文学编辑方针,从而创造了中国当代文学期刊史上的《当代》神话。众所周知,包括张炜的《古船》和陈忠实的《白鹿原》在内的一大批人文底蕴深厚的现实主义力作都是刊发在《当代》

上的当代文学精品，而秦兆阳当年在《当代》上对路遥小说的扶植更是成了文坛佳话。《当代》奉行的是"开放的现实主义"或"无边的现实主义"，可以借鉴西方现代派文学技法，但不变的是"人文现实主义"底蕴。

　　在我看来，刘醒龙和他主编的《芳草》杂志一直在有意无意地延续和重构着胡风和秦兆阳为代表的"人文现实主义"文学编辑传统，这不仅是属于湖北文人的文学编辑传统，也是属于整个中国现当代文学的宝贵的精神传统。刘醒龙是在2006年正式接手《芳草》杂志主编的，迄今已有近十个年头。在这十年间，《芳草》由十年前濒临被人遗忘的地方性文学杂志一跃成为如今的中国文学名刊和大刊，在中国大型文学期刊方阵中名列前茅，在许多评价指数上都已经超越了一些老牌或新锐文学期刊。这是刘醒龙在新世纪以来为湖北文学事业所做的一件功德无量的大事，其意义和价值在某种程度上并不亚于他十年来在文学创作上所取得的巨大成就。创作与编辑，作家和编辑家，这是新世纪刘醒龙的双重身份，这也是他的乡贤胡风和秦兆阳一直热衷的双重身份，这种双重身份正好体现了一个有责任、有担当、有抱负的"大作家"锐意进取的艺术人生姿态。2006年《芳草》改版之初便确立了"汉语神韵、华文风骨"的办刊宗旨，湖北文学史上最著名的文人屈原的雕塑图像也被确定为《芳草》杂志的标志性图案，而且很快就形成了以楚国青铜器物纹饰作为杂志封面设计基础的主导风格，这充分说明了刘醒龙和他的编辑部同仁主动继承湖北文学传统，并对传统实行创造性转化的"新人文主义"办刊路线。不仅如此，近年来《芳草》杂志又不断强化杂志内部的书法艺术，许多文学作品的标题都由国内著名作家或评论家用毛笔题签，主编刘醒龙更是每一期都要用毛笔书写自己创意的《主编的话》，《芳草》从此变得愈益文采焕发，古韵新风凝为一体。主编刘醒龙深知一份文学知名杂志必须要形成并保持自己独特的艺术个性。他说："无论我们有没有认识到，杂志都是文学队伍必须死守的堡垒。对于已经在手的阵地，重要的是不失守，像捍卫钓鱼岛和南沙群岛那样，不惜拼老命，也要保住老本。一旦成了东北的海参崴、成了藏南的达旺，就只剩下无法挽回的痛失。文学杂志的特殊性决定了办好文学杂志不仅要发掘有潜质的作家和作品,还要敢于拒绝那些有意无意亵渎文学、损害文学品质的糟糕的写手和糟糕的作品。"(刘醒龙:《向往高度 坚守底线——第四届汉语文学女评委奖颁奖典礼致辞》,《芳草》2015年第1期)这是《芳草》的艺术宣言,它宣告了《芳草》誓死捍卫独立艺术品格的雄心壮志。而谈到自己心目中的文学的品格,刘醒龙这样写道:"文学是黑暗中的一种光明,是平庸中的一种奋进,是无奈中的一种反抗,是残酷中的一种宁静,是迷梦中的一种苏醒,是软弱中的一种坚毅,是世俗中的一种灿烂。宁为玉美的文学,虽然从未让高傲的灵魂出现丁点低就,最终却被证实其目的是对猜疑、算计、虚伪、无耻、淫荡、仇恨、恐怖、暴力等反价值噩欲的仁爱与和解。"(刘醒龙:《主编的话》,《芳草》2015年第1期)这就是刘醒龙长期以来所追求并恪守的独立文学品格,也是《芳草》在他主持下改版以来所一直坚守的独立文学品格,它是对湖北先贤胡风和秦兆阳所不断开创的"人文现实主义"文学编辑传统的再开创,在他们的身上分明贯穿着百年现代中国知识分子作家和文学编辑家的一种精神谱系或艺术传统。

　　无论是胡风还是秦兆阳,他们在主编大型文学期刊的同时都不仅善于团结志同道合的知名作家,而且更善于发掘并培养具有艺术潜力的文学新人。刘醒龙也不例外。十年来,他主编的《芳草》杂志上刊发过不少名家名作,诸多文坛名家都以能上《芳草》头条为荣耀,但刘醒龙更经常地把这种机会和荣耀留给年轻人,许多文坛新人或边缘人遂由《芳草》一举成名天下知,这种扶掖后进的文坛大家风范在当前中国文坛名利场中实属难能可贵,因此说刘醒龙是当今文坛的伯乐丝毫也不为过。印象中,《芳草》的作者队伍里,西部作家尤为引人注目。我从事中国当代文学批评以来也是尤为关注当今西部作家,曾经长期追踪并系统研究过张贤亮、陈忠实、贾平凹、路遥、红柯等西部文学大家或名家的小说创作,前几年结集出版了一本《西部作家精神档案》。虽然从未与刘醒龙先生交流过此事,但我内心里是十分认同他在《芳草》杂志上对当今西部作家新人的偏爱与扶植的,因为这些西部文学新人代表了当代西部文学的未来。在《芳草》杂志上，读之令人记忆深刻的西部文学新人不少，比如青海的次仁罗布、甘肃的叶舟和马步升、新疆的张好好（目前已调入《芳草》编辑部）等人都是著例，他们的文学作品经《芳草》而声名鹊起，次仁罗布的短篇小说《放生羊》和李骏虎的中篇小说《前面就是麦季》甚至还一举同时夺得第五届鲁迅文学奖，这是两位文学新秀蜚声文坛的壮丽起点，也是《芳草》办刊历史上一件值得夸耀的壮举。除了"70后"作家之外，《芳草》近年来还发掘了周李立这样的"80后"作家，去年周李立凭借着短篇小说《八道门》同样荣获了"第四届汉语文学女评委奖"。这篇具有现代主义特征的小说在《芳草》首刊后被《新华文摘》《小说选刊》等多家选刊转载，并被收入各种年度文学佳作选本，它的成功正好体现了刘醒龙和他的《芳草》文学杂志对文学新人不遗余力的扶持和奖掖。此外，在湖北本土青年作家队伍的成长过程中，《芳草》同样功不可没。哨兵（目前已调入《芳草》编辑部）、郭海燕、宋小词、俞之之、梅玉荣等"70后""80后"作家目前已经日渐成长为湖北文坛不可或缺的新生力量。2015年新春将至之时，刘醒龙和他的《芳草》同人便马不停蹄地奔赴湖北英山召开新春笔会，他觉得自己有义务和责任为重振湖北文坛雄风再次贡献一份力量，据说这种本土文学笔会还将继续坚持下去。

应该说，《芳草》改版十年来之所以取得成功，不仅仅在于它大力倡导和忠实推行"人文现实主义"办刊理念，因而培植了稳健而新锐的作家队伍，而且还在于，正是在这种"人文现实主义"的办刊方针下，新版《芳草》才大力提升了学术品位和文化底蕴。这主要表现为十年来《芳草》敏锐介入当前中国文学创作中的重大理论问题，如中国经验书写与中国当代文学创作之间的关系问题就曾经连续多年为《芳草》杂志所集中关注，不仅以杂志的名义召开过全国性的专题研讨会，而且集中刊发过不少这方面的学术文章，《芳草》因此引领文坛风骚，全国文学界为之震动。不仅如此，《芳草》十年来还特别注重为中国当代文学创作与研究积累丰富的文学史料，所刊发的阎纲、陈思和、周勃、於可训等人的批评家自传或传记，文风清峻跳脱，颇见中国当代老一辈批评家的真性情和文人本色。至于由朱小如主持的"江汉语录",实为"50后""60后""70后"三代作家的系列访谈录,如今已坚持数年,积累了大量的当代文坛第一手创作资料,时常被感兴趣的当代文学研究者所引述,十分有益于当前及以后的当代文学研究的发展。这个栏目已经成了《芳草》知名的学术品牌,可以预见它正在以群体访谈的形式构筑一部规模庞大的中国当代作家口述史。可见《芳草》进入全国性的文学名刊和大刊的行列不是偶然的,这得益于全体《芳草》人的共同努力,当然也更得益于主编刘醒龙宽阔的文学胸襟和文化视野。而在这一切的背后,我以为正是胡风和秦兆阳所代表的湖北作家"人文现实主义"编辑传统打下的深厚的根基。

(《名作欣赏》2015年25期)

论刘醒龙的小说创作道路

周新民

刘醒龙从20世纪80年代初期开始发表小说至今,创作历史比较长。三十多年来,刘醒龙在文学创作道路上不停地创新求变。刘醒龙的创新求变,为研究者概括其创作道路提供了多种思路。事实上,学者也分别从不同的角度研究了刘醒龙的文学创作。但是,纵观刘醒龙的文学创作,我们可以发现,在广泛吸收多种外来文学资源的基础上,或明显或暗地里吸收、转化中国传统文化,构成了刘醒龙文学创作的一个比较明显的特征。刘醒龙曾说:"文学的第一要旨是表现我们的民族精神与灵魂。我始终相信,一个泱泱大国,一个有着五千年文明的古国,它的生生不息、绵延不绝,一定是靠着强大的精神力量延续下来的。但在我们的现当代文学中,这种表现非常不够。我们对自己的发现和了解是远远不够的。"①这一显著特征也为我们分析刘醒龙的文学创作道路提供了思路。总体上看,刘醒龙的文学创作"明显地存在着三个阶段。早期阶段的作品,比如《黑蝴蝶,黑蝴蝶……》、'大别山之谜',是尽情挥洒想象力的时期,完全靠想象力支撑着,对艺术、人生缺乏具体、深入的思考,还不太成熟。第二个阶段,以《威风凛凛》为代表,直到后来的《大树还小》,这一时期,现实的魅力吸引了我,我也给现实主义的写作增添了新的魅力。第三个阶段是从《致雪弗莱》开始的,

---

① 曹静,刘璐:《刘醒龙曾被人嘲笑"坐家":我不是写作天赋高的人》,《解放日报》2011年11月25日。

到现在的《圣天门口》"①。刘醒龙小说创作的三个不同阶段对中国传统文化的表现是不同的。在刘醒龙小说创作的第一个阶段,他注重表现中国传统文化的价值和意义;在刘醒龙小说创作的第二个阶段,他开始发掘现实社会生活中所蕴含的中国传统文化:舍己精神、忘我精神、忧患精神等;在刘醒龙小说创作的第三个阶段,他找到中华民族的文化密码"仁""慈""爱"以及"君子"之风。

一

　　刘醒龙小说创作开始为外界所广泛关注,始于"大别山之谜"系列小说。"大别山之谜"系列小说是刘醒龙早期创作的与鄂东大别山地区历史、人文、社会、自然相关的小说。这些小说题材广泛,所涉及的生活纷繁复杂。但是,这些小说有一个基本主题:思考传统伦理道德的价值和意义。细心的刘富道发现,"大别山之谜"系列小说"大多有一个占重要地位的老头,或者是老太婆","这辈人是历史的见证、传统的化身,封闭的大别山山民的典型。他们拥有大别山的神话和传说,他们保留大别山的民风和民俗,只有这一代人的存在和消逝,才能体现出大别山传统文化的形态和变迁"②。刘富道的发现得到了刘醒龙的认可:"我不后悔自己一口气写了这么多的老头,恰恰相反,这些像枯水河中露的礁石一样沧桑人生,引导着我找到丰盈纯正的清泉,并觅得了自己在都市的喧哗中失落了的那份真情。爷爷的根系在乡下,爷爷的血脉连着故土,至于我会不会背叛这些,爷爷会知道的。不管文学如何的博大无垠,只要自己不丢失那枚钥匙,我想我是能够走下去而不迷路的。"③因为父母工作的原因,刘醒龙从小时候起,就和爷爷生活在

---

　　① 周新民,刘醒龙:《和谐:当代文学的精神再造——刘醒龙访谈录》,《小说评论》2007年第1期。
　　② 刘富道:《异香——大别山之谜系列》序言,长江文艺出版社1992年版,第1页。
　　③ 刘醒龙:《异香——大别山之谜系列》后记,长江文艺出版社1992年版,第282页。

一起。刘醒龙甚至认为爷爷是他的文学启蒙老师:"我的生命能够吮吸三江四水八面来风变得如此浩荡,在其本质上全是仰仗着我的爷爷,是他给了我如同脊梁一样重要的文学精神。"①正因为刘醒龙在情感上、价值观上深切认同爷爷,爷爷才"以各种面目悄悄走进我的小说里我还没有觉察"②。"大别山之谜"系列小说中的"爷爷"是传统价值观念的形象化身。仔细阅读刘醒龙的"大别山之谜"系列小说,不得不惊叹刘醒龙赞美传统价值、传统伦理道德的执拗之情。

《灵猩》中的灵猩本是一种类似狗的动物。小说中的灵猩被赋予惩恶的伦理功能。猎人瑞良为了个人私欲而猎取了小獐子,他因此受到了灵猩的惩罚,相好为他生下儿子后死去,儿子也被人家抱走。为了惩戒自己,他剁下来了一根手指头,放弃打猎,成为护林人。然而,靠山吃山的快速致富思路,使山上的树木纷纷被砍伐。为了阻止砍伐,瑞良常常用灵猩来警醒人们。瑞良告知来盗伐的各种人,这样滥伐滥砍,是要受到灵猩的惩罚的。然而,他善意的提醒被看作"封建"。不听劝阻的人们很快受到了应有的惩罚。《人之魂》写的是鄂东为亡人叫魂的习俗。阿波罗在对越自卫反击战的战场上牺牲了。奶奶思孙心切,准备找道士做道场为孙儿招魂。招魂本是传统习俗,也寄寓了奶奶对孙子的深厚感情。然而,围绕招魂发生了一场场人性善恶的较量。来招魂的道士本身就心术不正,并没有招魂本领,他来招魂只不过混点经济利益。道士在做道场过程中还和帮忙的桂儿产生私情,鬼混在一起。桂儿欺骗了奶奶,借帮忙做法事之名,和道士厮混在一起,还偷走了阿波罗的抚恤金。最后,奶奶在思念孙子的睡梦中逝去。《人之魂》叙述了传统习俗被现代社会所庸俗化的命运,表现了刘醒龙对于传统伦理的深切缅怀。

---

① 刘醒龙:《异香——大别山之谜系列》后记,长江文艺出版社1992年版,第281页。
② 刘醒龙:《异香——大别山之谜系列》后记,长江文艺出版社1992年版,第283页。

与《灵猩》《人之魂》重在缅怀传统道德不同,《大水》《河西》则礼赞了经济利益至上时代的德行与操守。《大水》围绕独臂佬和武瞎子两人之间的恩怨展开。独臂佬是革命者,武瞎子是国民党军官。然而,改革开放后,由于武瞎子能给地方政府带来利益,便成为政府的座上宾,独臂佬却受到了冷落。小说围绕独臂佬与武瞎子之间的命运沉浮,追问了道德与经济的关系。《大水》寄寓了刘醒龙对于经济至上道德立场丧失的时风的批判。《河西》的内容与《大水》有异曲同工之妙。钟华的祖上为了报恩,在河上修建了一座花桥,免费供河西人通行。由于花桥坍塌,河两岸人民来往十分不方便。钟华修建了一座桥梁,每位从桥梁上通过的人、车都得缴费。钟华祖上重义,钟华重利。《河西》表现了对经济利益至上的批判。

《灵猩》《人之魂》《大水》《河西》是"大别山之谜"系列小说的代表作。"大别山之谜"系列小说的基本主题是对传统与现代关系的思考。刘醒龙回望经典价值与伦理,有着重要的意义。20世纪80年代中国文学以鼓吹现代性价值观为旨要。这种思想观念使20世纪80年代文学建立起了启蒙立场,中国传统文化与传统伦理也在这场启蒙的文学潮流受到压制和批判。虽然20世纪80年代中期曾出现过"寻根"文学潮流,但是这股文学潮流显得那样势单力薄。随之而来的"新写实主义",使中国文学迅速地与世俗化潮流媾和。就在这样的时代背景下,刘醒龙不断地推出"大别山之谜"系列小说,看上去是那样的不合时宜。然而,这种"不合时宜"又是那样有价值:它指引着人们在这个世俗化时代建构精神家园。

二

"大别山之谜"系列小说虽然为刘醒龙带来盛誉,但是,他并不满意。刘醒龙开始反省"大别山之谜"系列小说:"毕竟写小说的目的还是要给人看,过分放纵自己的想象力,而不考虑别人怎么样进入到这种想象中,不考虑别人怎么样去理解你的想象力。这就形成了后来人们所说的读不懂。几乎没有人跟我说过能读懂我的'大别山之谜'。"①刘醒龙认识到,想象"最大难度是对生活本身的想象,既要超出人们的普通智慧,又不能脱离生活的本真"②。如何让想象贴近现实,这成为刘醒龙小说创作要解决的问题。经过反思,刘醒龙提出了新的文学观:"当文学面对生活时,作家不应只是一个隔岸观火者,如果这一点不作改变,那他就只能成为一个隔靴搔痒者。"③自此,刘醒龙小说创作进入了新的境界,创作了《凤凰琴》《村支书》《分享艰难》《生命是劳动和仁慈》等优秀作品。

《凤凰琴》《村支书》等小说不再像"大别山之谜"系列小说那样单纯地依赖想象,而是直接取材于生活。他曾娓娓道来《村支书》等作品的生活来源。"《村支书》的写作素材,很久以前我就有了,它来源于两个互不相干的故事,一个是某个村的支部书记好不容易找财政要了一点钱,结果跑了三十八趟,还没搞清财政局将钱拨到哪儿去了。另一个则来源于自己小时候听到的父亲的故事。那时父亲在乡下当区长,有天半夜他全身透湿跑回来,也不说原因,几天后才知道父亲蹲点的村子下暴雨,小水库泄洪的闸门坏了,父亲便潜到水底将闸门打开。母亲为此同他大吵一架,并质问他万一出了意外,他的五个孩子和老父亲谁抚养得了。这样的两件事完全可以写成两个不同风格的作品,一个对现实的无奈可以充分批判,一个对现实的英雄可以满怀崇敬。但是生活在这时告诉我,英雄的无奈才是父亲这一代人现在真实的处境。"④可以说,是生活直接启发了刘醒龙,让他创作了《村支书》这部作品。而给他带来了盛名的作品《凤凰琴》也来源于现实生活。"《凤凰琴》的来历没有前一篇(《村支书》——作者注)那么清楚明白,但它的一点一滴都不曾有丝毫含糊。它的灵感来自一次在山里的黄昏中看见一面破旧的国旗

---

① 周新民,刘醒龙:《和谐:当代文学的精神再造——刘醒龙访谈录》,《小说评论》2007 年第 1 期。
② 刘醒龙:《刘醒龙自选集·自序》,海南出版社 2008 年版。
③ 刘醒龙:《仅有热爱是不够的》,《当代作家评论》1997 年第 5 期。
④ 刘醒龙:《仅有热爱是不够的》,《当代作家评论》1997 年第 5 期。

在寂寞的学校上空飘扬,和另一次在山村的夜晚里听见一支五音不全的竹笛吹的苍凉旋律。"①至于《分享艰难》的来源,刘醒龙这样说:"从老家来的两个青年干部正在上省委党校,我经常去看他们,他们向我诉说了在基层的许多苦衷,其中包括为了摆脱贫困,不得不违反良心做了些事,不但别人骂他们,他们也骂自己无能,但现实又让他们无法做出别的选择。后来,我将这些捏在一起写成《分享艰难》。"②至于这个阶段创作的《秋风醉了》《路上有雪》等,刘醒龙也曾一一指出生活来源。

评论界纷纷以"现实主义"的名称来概括《村支书》《凤凰琴》《分享艰难》等作品的基本特点。对此评价,刘醒龙也深表认同。不过,他所理解的现实主义却有着独特的内涵。他说:"现实主义需要一种精神,现时主义只是某种情绪"③,刘醒龙认为,文学创作不应简单地关注现实社会生活的"情绪",而是还要发掘现实社会生活的"精神"。对深潜于现实社会生活的"精神"的发现,才是现实主义的本质内涵。"作为一种精神,'现实主义'本应表现更多的真的来源于生活,来源于普通人中间的内容。人在社会中需要的更多是崇高与善良,没有谁是天生为了恶才来到这个世界的。'现实主义'的精神之力正是取之于这一点。"④从刘醒龙的上述言辞之中,可以发现,刘醒龙所理解的现实主义是对现实社会生活中所蕴含的某种精神的发现。这种精神后来被刘醒龙概括为"人伦的高贵"。他说:"人伦的高贵,才是潜藏在历史最深层的中华文化神奇而伟大的动因。"⑤按照刘醒龙的这一思路,《村支书》《凤凰琴》《分享艰难》等作品,其本意并不是要反映现实社会生活,而是对现实社会生活中"人伦的高贵"的发掘。"从《村支书》《凤凰琴》《秋风醉了》到《分享艰难》《大树还小》,总体上有一种一以贯之的东

---

① 刘醒龙:《仅有热爱是不够的》,《当代作家评论》1997年第5期。
② 刘醒龙:《仅有热爱是不够的》,《当代作家评论》1997年第5期。
③ 刘醒龙:《现实主义与"现时主义"》,《上海文学》1997年第1期。
④ 刘醒龙:《现实主义与"现时主义"》,《上海文学》1997年第1期。
⑤ 刘醒龙:《我们如何面对高贵》,《文艺争鸣》2007年第4期。

西,那就是对人的关怀,对生命的关怀。具体一点就是对人活在世上的意义的关怀。"①

刘醒龙对人的关怀、对生命的关怀并不是一般意义上的、普遍性的"人"的问题,而是对负载民族生命力的人的关注。《村支书》刻画了方支书的高大形象。方支书是贫困乡村的支部书记。因为贫穷,乡村多年前修建的水闸无钱整修。暴雨即将来临,山村面临着巨大的灾难。为了整修残破的水闸,方支书曾想通过集资的方式来筹款,但是,反对力量太强,最终作罢。因为村长偷偷卖茶叶,方支书想以此要挟村长,让他出五千元修建水闸,以此减免卖茶叶的税款。但是,村长和税务部门相勾结,方支书的筹款计划最终流产。方支书好不容易找到了原来驻村的张部长,特批了五千元修整水闸的钱款,又因为村长从中作梗,无法找到来款。大暴雨来临之际,为了保护集体利益,身患胃癌的方支书,怀抱棉被潜入水底,堵住漏洞,献出了生命。在方支书身上,我们看到了一心为公的伟大精神。《凤凰琴》是一部为刘醒龙带来了巨大声誉的作品。按照刘醒龙的说法,《凤凰琴》要表达的主题是:"在如此恶劣的环境里,人将如何实现自己的价值?让最卑微的人群,按照最流行的价值观进行奋斗,当希望出现时,他们却发现那些让人向往了许久的东西,对他们却无多大用处。他们的价值几乎无人看重,但他们的生命却闪烁着质朴的光辉。"②一群在偏远乡村小学里的民办教师,最期盼的是转正。然而,当转正名额终于来临后,大家纷纷谦让,这个转正名额给了教龄最短最年轻的张英才。其理由是,张英才还年轻,需要这样的转正机会。在这几位民办教师身上,闪烁的人格魅力,的确感人肺腑。

《分享艰难》因为所反映社会生活的真切性而引起了广泛关注。也有一些学者、评论家对《分享艰难》提出了尖锐的批评:"对现实中负面的一味妥协","对转型期的现实生活中丑恶现象采取某种

---

① 周新民,刘醒龙:《和谐:当代文学的精神再造——刘醒龙访谈录》,《小说评论》2007年第1期。

② 刘醒龙:《仅有热爱是不够的》,《当代作家评论》1997年第5期。

认同的态度,缺少向上向美之心,人文关怀在他们心中没有地位。他们虽然熟悉现实生活的某些现象,但他们对现实缺少清醒的认识,尚不足以支撑起真正的历史理性,所以其对于转型时期的社会评价也大有问题。这就导致他们的作品出现人文关怀与历史理性的双重缺失。"①这种基于经典马克思主义文学理论的分析,有其偏颇之处。《分享艰难》虽然全方位地呈现了中国基层社会的真实状况,但是,它的基本主题还不是反映社会生活,而是对于现实生活中"高贵人伦"的表现。周介人认为从《分享艰难》中"'听到'了人与人之间的摩擦,听到一些美好的东西被磨损时的呻吟,同时更看到人性党性在'入世'而非'出世'的多种磨合中闪闪发光,它留给我们的是分享一份艰难的气度与力量"②。"分享一份艰难的气度与力量"才是《分享艰难》所要表达的意蕴。我认为,《分享艰难》最大的贡献是写出了孔太平身上的忧患意识,也就是周介人所说的"分享一份艰难的气度与力量"。雷达也认为《分享艰难》"贯注着浓厚的忧患意识"③。"生于忧患死于安乐",谁说忧患意识不是支撑中华民族发展的重要精神力量呢。

三

我注意到,刘醒龙的第一部长篇小说《威风凛凛》出版于 1994 年。此后他先后出版了《至爱无情》(1995 年)、《生命是劳动与仁慈》(1996 年)、《往事温柔》(1997 年)等多部长篇小说。这几部长篇小说的写作时间和《村支书》《凤凰琴》《分享艰难》基本处于同一时期。自从进入新世纪以来,刘醒龙几乎再也没有创作中短篇小说,而把全部的热情用于长篇小说创作,先后出版了《痛失》(2001

---

① 童庆炳、陶东风:《人文关怀与历史理性的缺失——"新现实主义"小说再评价》,《文学评论》1998 年第 4 期。
② 周介人:《现实主义再掀"冲击波"——编者的话》,《上海文学》1996 年第 8 期。
③ 雷达:《现实主义冲击波及其局限》,《文学报》1996 年 6 月 27 日。

年)、《弥天》(2002年)、《圣天门口》(2005年)、《天行者》(2009年)、《蟠虺》(2014年)等多部长篇小说。以中短篇小说起家的刘醒龙在新世纪后基本上以长篇小说创作为主,一定有其重要原因。这原因是与刘醒龙对长篇小说和中短篇小说两种体式的认识分不开的。刘醒龙对长篇小说有自己深刻的认识:"从长篇小说来讲,它应该是有生命的。在小说当中,中短篇小说确实很依附于一个时代,如果它不和时代的某种东西引起一种共鸣,它很难兴旺下去。但长篇小说不一样,长篇小说是一个独立的生命体,它可以不负载当下的任何环境而独立存在,可以依靠自身的完整性来充实自身。"①在刘醒龙看来,长篇小说可以不像中短篇小说那样依附于一个时代,而是通过自身生命的完整性而独立存在。如此说来,刘醒龙在创作《村支书》《凤凰琴》《分享艰难》这些与时代紧密相联系的作品时,开始寻求具有独立性、完整性生命的长篇小说。当他在新世纪痴迷于长篇小说创作的时候,他的文学创作就顺理成章地进入到一个崭新的境界。这个新境界的标杆就是长篇小说《圣天门口》。

《圣天门口》叙述了天门口镇从辛亥革命到"文化大革命"时期,雪家、杭家的恩恩怨怨。小说既有重大历史事件的叙写,也有民间风俗人情刻画,堪称一部20世纪中国历史画卷。《圣天门口》的思想内涵、艺术成就等,也有数量庞大的研究成果。这些研究成果非常细致深入地探讨了《圣天门口》的价值和意义。在此不再赘述。不过,值得注意的是,《圣天门口》最终要表达的思想内涵,还需要进一步探讨。

探究《圣天门口》,不得不注意一个重要现象,《圣天门口》自始至终一直在引用《黑暗传》。《黑暗传》本是20世纪70年代发现,流传于湖北神农架及周边地区的汉民族的唯一一部史诗。《黑暗传》是以七言韵文为主体,其主要内容从宇宙生成、天地开辟、洪水滔天、人类再造一直唱到人皇创世。《黑暗传》融远古神话、民

---

① 周新民,刘醒龙:《和谐:当代文学的精神再造——刘醒龙访谈录》,《小说评论》2007年第1期。

间传说和历史事件于一体。刘醒龙以"从此民国开新天,都说国父是孙文"作为《黑暗传》的结尾。而《圣天门口》所叙述的故事刚好是从辛亥革命开始。《黑暗传》所叙的故事结尾,刚好是《圣天门口》所叙述的故事的开端。因此,《黑暗传》很像是《圣天门口》的"楔子",虽然《黑暗传》的引文是分散在故事的叙述之中,而不是作为独立单元出现的。依据中国古代长篇小说楔子的功能,《黑暗传》的基本主题就是《圣天门口》故事叙述所要表现的基本内涵。作为一部中国古代的神话史诗,《黑暗传》所表达的历史观是循环论历史观,其审美思维是"天人合一"的思维方式。"大道周天""无往而不复"的历史观成为解读《圣天门口》的钥匙。表面上看,《圣天门口》书写了自辛亥革命以来历史风云在天门口小镇的震荡。但是,从根本上讲,《圣天门口》就是中国"和谐"精神的形象阐释:"中国历史上的各种暴力斗争一直为中国文学实践所痴迷,太多的写作莫不是既以暴力为开篇,又以暴力为终结。《圣天门口》正是对这类有着暴力传统写作的超越与反拨,而在文学上,契合了'和谐'这一中华历史上伟大的精神再造。"①

《圣天门口》叙写了中国近现代历史风云,暴力革命是这段历史的基本内容。除了暴力革命来拯救世人,《圣天门口》还提出了另外一条救世之路。小说中的梅外公、梅外婆、雪大爹、雪茄、雪柠、雪蓝、雪荭、柳子墨等人物形象,都心怀济世情怀,反抗暴力,主张以仁爱之心来救赎世人。在梅外公看来,"任何暴力的胜利最终仍要回到暴力上来","革政不如革心"。② 梅外婆也认为:"很多时候,宽容对别人的征服力要远远大于惩罚,哪怕只有一点点的体现,也能改变大局,使我们越走越远,越站越高。惩罚正好相反,只能使人的心眼一天天地变小,变成鼠目寸光。"③梅外婆和雪家人所张扬的"仁爱"之心"或许与她所信奉的基督教教义有关,

---

① 周新民,刘醒龙:《和谐:当代文学的精神再造——刘醒龙访谈录》,《小说评论》2007年第1期。
② 刘醒龙:《圣天门口》,人民文学出版社2005年版,第49页。
③ 刘醒龙:《圣天门口》,人民文学出版社2005年版,第49页。

但又何尝不是佛家的慈悲襟怀、儒者的仁爱之心呢。在这一点上，不论死去的雪大爹在恪守儒家信条的同时，是否还是一个佛教的信徒，都与梅外婆的精神和主张有诸多共通之处"①。"仁爱"是中国传统儒家文化的核心观点。《左传》强调："亲仁善邻，国之宝也。"《尚书》主张"协和万邦"，《论语·雍也》主张"夫仁者，己欲立而立人，己欲达而达人"。儒家的"仁爱"，墨家的"兼爱"，佛家的"慈悲"，也是中国传统文化的重要内容。中国传统文化的"仁""爱""慈"等文化基因，奠定了中华民族生生不息、繁荣昌盛的基石。刘醒龙所言及的"和谐"文化，其实就是中华民族"仁""爱""慈"精神。

《圣天门口》是历史题材，与之构成姊妹篇的《蟠虺》是现实生活题材。《蟠虺》是刘醒龙 2014 年出版的长篇小说。小说以寻找曾侯乙尊盘为线索，表现了转型时期官员、知识分子、商人等形形色色人物在市场经济时代的精神症候。蟠虺本是曾侯乙尊盘上的透空纹饰。而曾侯乙尊盘本是"王者用来盛酒和温酒的一套器皿"②。刘醒龙认为曾侯乙尊盘"不仅在于它华丽高贵的气质，更在于其令人眼花缭乱，连表面都难以看清，更别说透空蟠毯纹饰内部复杂得难以复制的神奇铸造工艺"③。《蟠虺》中对于曾侯乙尊盘的精妙的物理构造给予了详细的描绘。作为一部文学作品，刘醒龙的目的不是对曾侯乙尊盘做知识性的介绍。他在《蟠虺》不同的地方，对曾侯乙尊盘的伦理意义做了详尽的描绘："青铜重器只与君子相伴。"④小说还描绘了曾侯乙尊盘的神奇功能。在一些特定场合，它还能冒出紫气。在中国传统文化之中，青铜器从来就不是简单的物品，而是中国传统社会的礼器，是特定文化的象征。而作为重器的青铜器还与国家命运相联系，因此，曾侯乙尊盘还被称为"国之重

---

① 於可训：《读〈圣天门口〉（修订版）断想》，《南方文坛》2008 年第 4 期。
② 刘醒龙：《蟠虺》，上海文艺出版社 2014 年版，第 1 页。
③ 刘醒龙：《青铜大道与大盗》，《文艺报》2014 年 6 月 9 日。
④ 刘醒龙：《蟠虺》，上海文艺出版社 2014 年版，第 263 页。

器"。可以说,作为青铜器的曾侯乙尊盘在《蟠虺》这部作品里被赋予特别的伦理意义。

当然,小说并没有孤立地呈现曾侯乙尊盘的意义,而是把它人格化。小说塑造了以曾本之为代表的学人典型。曾本之是楚学研究权威,几十年如一日地专注青铜器尤其是曾侯乙尊盘的研究,在他看来,"想要从事楚学研究,先要以心为楚,只有成为我心之王,才能深入青铜器的内核中"①。在曾侯乙尊盘和曾本之之间建立起了文化人格的共振。曾本之则是这批知识分子的重要代表。在他身上体现出中国传统知识分子的"君子"之风。"君子"是中国儒家文化重要观点,是指道德高尚之士。何为"君子"?孔子曾说,"君子""志于道,据于德,依于仁,游于艺"。曾本之从事的是青铜器研究。在中国传统文化中,青铜器被称为国之重器,古训言之,青铜器只与君子相伴。曾本之与青铜器相伴,心怀君子之风。他看不惯郑雄一心钻营的嘴脸,即使郑雄是他的学生,是他的女婿。在学术研究领域,曾本之也表现出了君子之风。曾本之是青铜器研究领域的学术泰斗,曾侯乙尊盘出土后,为了解释曾侯乙尊盘的制造工艺,比照西方同时代的青铜器的铸造方法,曾本之曾提出了失蜡法的铸造方法,并享有崇高的学术声望。但是,失蜡法自提出之日起,一直饱受质疑。学术界认为,曾侯乙尊盘制造时期,所采用的制造方法只能是范铸法。不过,郑雄出于自己的个人利益,极力掩盖真相,使曾本之一直无法得知外界的质疑之声。曾本之难能可贵之处在于,他得知外界的质疑后,本着科学严谨的态度,宁可牺牲个人的学术声誉,肯定了范铸法。《蟠虺》通过曾本之这一人物形象,张扬了中国古代君子之风。这又是刘醒龙对中国传统文化的再一次承传。

刘醒龙开始走上文学创作的20世纪80年代,中国文学以对外来思想文学和表现形式的学习和借鉴为圭臬。刘醒龙的文学创作自然也不乏借鉴外来文学的优秀资源的地方,这是中国文学探求世界性的必然之路。难能可贵的是,在借鉴外来文学资源的同时,刘醒

---

① 刘醒龙:《蟠虺》,上海文艺出版社2014年版,第151页。

龙始终很清醒地把探寻和传承中国传统文化作为自己的创作追求,最终取得了卓越的成绩。

(《中国现代文学研究丛刊》2017 年 01 期)

刘醒龙作品在法国的传播与接受

靳风华　艾士薇

作为中国当代乡土文学和新现实主义文学的领军人物，刘醒龙在三十多年的创作生涯中一直在寻找文字写作的高度①。从 1984 年处女作《黑蝴蝶，黑蝴蝶》的发表到 2018 年《黄冈秘卷》的出版，迄今为止作者已出版长篇小说十余部、中短篇小说集二十余部，并斩获多项文学大奖，如《挑担茶叶上北京》获第一届鲁迅文学奖优秀中篇小说奖、《凤凰琴》获第五届《小说月报》百花奖、《天行者》获第八届茅盾文学奖等。国内学术界对其作品从写作特点到主旨思想再到创作流变进行了充分研究，"刘醒龙当代文学研究中心"于 2014 年在华中师范大学成立。刘醒龙的作品很早便被译成英语、法语、日语和韩语等多种语言在国外传播，相较于其他语种，法语是刘醒龙外译作品数量最多的语言。本文拟对刘醒龙作品在法国的译介、传播、研究与接受状况进行全面梳理分析，为中国文学更好地"走出去"提供一些有益的思考。

一、刘醒龙作品在法国译介与传播概述

翻译是作家作品"走出去"并得以在他国传播的重要途径，

---

① 赵烨琳，刘醒龙：《坚守的底线才是你真正的高度》，《都市时报》2015 年 3 月 17 日。http://www.chinawriter.com.cn/2015/2015-03-17/237012.html

1995年人民文学出版社"熊猫丛书"系列推出法文版 *Instituteurs de la montagne*①，收录刘醒龙两部小说《凤凰琴》和《村支书》，1998年法国百年出版社(Editions du Centenaire)②对同名小说进行了再版。目前法国重要电子商城亚马逊(amazon.fr)，FNAC(fnac.com)等网站上销售最多的是中国文学出版社出版的法译本，百年出版社的法文版仅在个别书店的网站上销售。从1998年起法国便开始了对刘醒龙的主动译介，专门出版中国当代文学作品的中国蓝出版社(Bleu de Chine)陆续翻译出版了多部刘醒龙作品：1998年出版 *Croquants de Chine*③，收录刘醒龙中篇小说《白菜萝卜》和詹政伟中短篇小说《斑斓》；1999年出版 *La Déesse de la modernité*④，收录小说集《冒牌城市》中的三个短篇小说《居委会》《雕塑》和《交通岗》，2006年该出版社进行再版并将法语书名改为 *La guérite: la force des farces en terre chinoise*⑤；2004年出版中篇小说 *Du thé d'hiver pour Pékin*(《挑担茶叶上北京》)⑥。除了中国蓝出版社，法国伽利玛出版社(Gallimard)也曾收录刘醒龙的作品。2014年值中法建交五十周年之际，该出版社推出文集 *Les rubans du cerf-volant*(《风筝飘带》)⑦，以作家王蒙的短篇小说《风筝飘带》为文集名，选取半个世纪以来中国最具代表性的作家如陆文夫、王蒙、铁凝、韩寒等人

---

① LIU, Xinglong. Instituteurs de la Montagne, Editions Littérature Chinoise, 1994.

② LIU, Xinglong. Instituteurs de la Montagne, Editions du Centenaire, 1998.

③ LIU, Xinglong; ZHAN, Zhengwei. Traduit par Françoise Naour, Croquants de Chine, Bleu de Chine, 1998.

④ LIU, Xinglong. Traduit par Françoise Naour, La Déesse de la Modernité, Bleu de Chine, 1999.

⑤ LIU, Xinglong. Traduit par Françoise Naour, La guérite: la force des farces en terre chinoise, Bleu de Chine, 2006.

⑥ LIU, Xinglong. Traduit par Françoise Naour, Du thé d'hiver pour Pékin, Bleu de Chine, 2004.

⑦ Collectifs, traduit par Brigitte Duzan, Geneviève Imbot-Bichet, Françoise Naour, etc. Les rubans du cerf-volant, Gallimard. 2014.

的法译作品，刘醒龙短篇小说《La guérite》(《交通岗》)入选该文集，表明了法国文学界对其作品的肯定。

一部好的翻译作品离不开优秀译者的工作，除了人民文学出版社的法译本 Instituteurs de la montagne，刘醒龙作品的其他法译本均由法国汉学家 Françoise Naour 翻译。Françoise Naour 为中国蓝和伽利玛出版社做了大量的翻译工作，翻译了王蒙、残雪、张抗抗等多位中国作家的作品，对汉语和中国文化的通晓以及本身较高的文学素养使她得以自如地往返于中法两种话语体系，也为译作在法国更好的传播奠定了基础，因其对中国现当代文学作品的出色翻译2003年被授予"金色文学"翻译奖。她从1995年开始翻译刘醒龙的作品，并于当年在法国汉学期刊 Perspectives Chinoises① 第31期和第32期分别发表法译本 Choux raves(《白菜萝卜(上)》)②和 Choux raves(2)(《白菜萝卜(下)》)③。之后，译者又于1998年在该期刊上连续发表刘醒龙作品的译文：第49期文学版发表译文 Comité de quartier(《居委会》)④；第50期文学版发表译文 Sculpture: la Déesse de la Modernité(《雕塑》)⑤。在将刘醒龙的作品引入法国后，Françoise Naour 开始与中国蓝出版社合作，将刘醒龙的作品以书的形式呈现给法国读者，于是刘醒龙小说的法译本相继问世。

2011年8月29日 Xavier Gillard 在 ActuaLitté 电子文学杂志上写道："中国乡土作家刘醒龙曾感慨：'在中国每一个家庭书柜基本都藏有外国作家的著作；但并不是每个西方家庭都藏有中国书

---

① Perspectives Chinoises(《神州展望》)是由法国现代中国研究中心出版发行的跨学科季刊，也是目前法国最主要的汉学研究期刊之一。

② NAOUR, Françoise. Choux raves, Perspectives chinoises, n° 31, 1995, p. 55-66.

③ NAOUR, Françoise. Choux raves(2), Perspectives chinoises, n° 32, 1995, p. 46-55.

④ NAOUR, Françoise. Comité de quartier, Perspectives chinoises, n° 49, 1998, p. 64-70.

⑤ NAOUR, Françoise. Sculpture: la Déesse de la Modernité, Perspectives chinoises, n° 50, 1998. pp. 49-54.

籍。'不久之后，我们会看到中国小说像美剧和日本动漫一样在法国遍地开花吗？未来将会给我们答案。"①Xavier Gillard 对刘醒龙话语的引用有力体现了后者在法国的传播与影响。刘醒龙作品在法国的传播主要体现在以下几个方面：首先是电视专题报道。在 2004 年中法文化年期间，刘醒龙作为中国作家代表团成员之一，参加了 3 月 18 日至 24 日在法国巴黎举办的"第 24 届法国图书沙龙"活动，并出席了以"中国文学"为主题的读者见面活动和著作介绍会。在法国之行结束后，2004 年 3 月 26 日，法国电视三台(France 3)在节目 Un livre, un jour(每日一书)②中对刘醒龙的作品 *Du thé d'hiver pour Pékin*(《挑担茶叶上北京》)进行了专门介绍。节目录制为符合该书的特点专门设在上海的一个茶市中，主持人 Olivier BARROT 摘选小说片段进行朗读，让观众感受书中的语言魅力。其次是报纸杂志宣传。法国主要报纸杂志及法语国家报纸都对刘醒龙及其作品做过相关报道，例如法国第一大报 *Le Figaro*(《费加罗报》，n°18540，2004)、第二大报 *Le Monde*(《世界报》，2006 年 7 月 1 日)、新闻周刊 *L' Express*(《快报》，n°2750，2004)、书评杂志 *Lire*(《读书》，n°324，2004)等。作为法国海外销售量最大的日报 *Le Monde*(《世界报》)③早在 1999 年便在"外国文学"专栏中介绍了刘醒龙法译本 *La déesse de la modernité*(《冒牌城市》)。之后在 2006 年 7 月 1 日的"Horizons(视野)"专栏中写道："刘醒龙，中国作家，出生于中部湖北省，曾在中国贫困山区做过农民和工人……已有多部作品在法国的中国蓝出版社出版，其小说作为中国'新现实主义'文学的典范，讲述了其亲身经历的底层人民的故事。"④法国新

---

① GILLARD, Xavier. écrivains occidentaux, attention! La Chine s'éveille… à la conquête du Nobel [EB/OL], 2011-08-29. https：//www. actualitte. com/societe/ecrivains-occidentaux-attention-la-chine-s-eveille-27867. htm

② http：//www. ina. fr/video/2532182001

③ RAPHAELLE, Rerolle. Rentrée：par ici les sorties！, Le Monde, 1999-08-27, p. 6.

④ PHILIP, Bruno. Souvenirs de la révolution Culturelle, Le Monde, 2006-07-01, p. 18.

闻周刊 *L' Express*(《快报》)在 2004 年第 2750 期介绍了刘醒龙法译本 *Du thé d'hiver pour Pékin*(《挑担茶叶上北京》)①。除了法国当地报刊杂志，瑞士法语地区影响最大的报纸之一 *Le Temps*(《时报》)也在 2004 年第 1892 期"周六文化"专栏中对刘醒龙的作品进行了报道："今年中国蓝出版社出版的新书中有两本特别引人注意：一是传统主义作家蒋子丹的 *Pour qui s'élève la fumée des mûriers?*(《桑烟为谁升起》)；另一个是新现实主义小说家刘醒龙的 *Du thé d'hiver pour Pékin*(《挑担茶叶上北京》)，作者在书中描述了中国农村偏远地区生活的艰辛和悲苦。"②最后是网络传播。2011 年刘醒龙凭借现实主义长篇小说《天行者》荣获第八届茅盾文学奖，引发国内外读者对其作品的再阅读。2011 年 8 月 30 日，中国当代文学研究专家 Brigitte Duzan 在 chinese-shortstories.com 网站③"文学时讯"专栏中写道："中国第八届茅盾文学奖已经揭晓，五位获奖作家皆在大家的意料之中……刘醒龙的《天行者》反映了作者的亲身经历，小说讲述了一群乡村教师的艰辛生活和悲苦命运，这也是中国农村四百多万民办教师的真实写照。"④2011 年 9 月 2 日，Bertrand Mialaret⑤也在 Mychinesebooks.com 网站⑥发文介绍第八届茅盾文学奖的评选情况，并对刘醒龙获奖作品《天行者》和作者的其他几

---

① CLAVEL, André. De Mao au Pékin moderne, L' Express, no° 2750, 2004-03-15，p. 108.

② CLAVEL, André. Pavés chinois：viesà l' encre de Chine, Le Temps, no° 1892，2004-03-13.

③ chinese-shortstories.com 是专门介绍当下中国文坛前沿动态的法语网站。

④ DUZAN, Brigitte. Les jurés du prix littéraire Mao Dun récompensent? la dévotion et la persévérance?［EB/OL］，2011-08-30. http：//www. chinese-short-stories.com//Actualities_51. htm

⑤ MIALARET, Bertrand. Cinq livres pour le prix Mao Dun 2011［EB/OL］，2011-09-02. http：//mychinesebooks. com/frcinq-livres-pour-le-prix-mao-dun-2011-2/

⑥ Mychinesebooks.com 是由 Bertrand MIALARET 创立的英法双语网站，主要介绍在中法两国出版的与中国相关的书籍。

部法译本小说进行了分析解读。在法国一些文学论坛和电子商城的读者留言区也有关于刘醒龙生平和作品的讨论,例如在 Le club des rats de biblio-net(网上书虫俱乐部)论坛有读者写道:"从五岁开始刘醒龙便表现出对读书的浓厚兴趣,当他能够流畅阅读时便对苏联文学尤其是战争小说极度着迷,因此他的梦想是成为一名中尉……早年在农村的工作经历,使他对中国偏远地区的劳动者怀有特殊的感情,这些'小人物'也构成了他小说的主人公。"①

除此之外,刘醒龙的作品还被法国多家图书馆列入中国现当代文学推荐书籍。2008 年 2 月 3 日,法国 Médiathèque Maupassant(莫泊桑多媒体图书馆)在中国新年到来之际对中国当代文学作了概览以飨读者,在现实主义文学领域向读者推荐作家刘醒龙的作品:"八十年代末现实主义重归中国文学,该流派旨在真实描述中国人的日常生活,作品结构依照时间顺序,语言自然流畅,相较于故事情节更注重细节描写。现实主义作家刘醒龙(《冒牌城市》和《挑担茶叶去北京》的作者)的作品描述了中国当代社会劳动人民生活中的不平等现象。"②La médiathèque Roger Gouhier(罗杰·古里耶多媒体图书馆)在中国书目精选中推荐了两部刘醒龙的小说:*La déesse de la modernité*(《冒牌城市》)列入人文主义作品推荐书籍,*Du thé d'hiver pour Pékin*(《挑担茶叶上北京》)列入魔幻乡土文学推荐书籍③。法国 Médiathèque Municipale d'Eybens(埃邦市多媒体图书馆)则在中国书籍目录中推荐了刘醒龙和詹政伟的法译本 *Croquants de Chine*④。

---

① LIU Xinglong(Chine) [EB/OL], 2009-11-20. http: //clubdesrats. forumr. net/t6311-liu-xinglong-chine

② SOLENE. La Littérature chinoise au présent [EB/OL], 2008-02-03. http: //mediatheque. ville-bezons. fr/? La-Litterature-chinoise-au-present

③ Bibliographie sélective adulte sur la Chine [EB/OL], dans La médiathèque Roger Gouhier. http: //www. mediatheque-noisylesec. org/chine3. htm

④ A l'heure de la Chine, Ouelque suggestions de lecture ou fictions [EB/OL], dans Médiathèque Municipale d'Eybens. http: //mediatheque. eybens. fr/513-a-1-heure-de-la-chine. htm

二、刘醒龙作品在法国的研究

随着刘醒龙作品在法国的译介与传播，相关研究也相继展开。沿用国内学界的观点，法国学术界将刘醒龙定义为"新现实主义小说"的领军人物。翻译家 Brigitte Duzan 在文章 *Liu Xinglong, Présentation*① 中写道："作为新现实主义小说领军人物，刘醒龙从创作初期开始便以简朴风趣的写作风格牢牢扎根于当下社会现实，取材于湖北农村和山区的生活经历使他笔下的人物更具鲜活度和真实性。"法国学界还将刘醒龙视为中国乡土文学的代表人物，这与国内研究多集中于其乡土叙事和乡村赞歌异曲同工。拉鲁斯出版社（Larousse）于 2002 年发行的 *Larousse-Dictionnaire mondial des littératures*（《拉鲁斯世界文学大辞典》）对刘醒龙评论如下："早年在乡村的生活经历使刘醒龙对边远地区一直饱含深情，这些地方成为他小说创作的背景，而他对乡土的热爱、对乡村人民（农民、乡村教师、基层干部等）的理解和关心也源于此，这也是作者'真正的创作灵感'。"②刘醒龙的乡土小说既非展示乡村的野蛮与丑陋也非对乡村生活的诗意化描写，而是"以一种平等的心理、平常的心态，展现了改革开放后、商品经济冲击下复杂的新乡村生活图景"③。

由于意识形态、文化视野、研究偏好、学术传统等方面的差异，处在西方语境下的法国学界对刘醒龙的研究有其独特之处，倾向于从微观权力视角去分析解读作品。微观权力学由法国后现代主义思想家米歇尔·福柯提出，不同于宏观权力学强调国家机构的权

---

① DUZAN, Brigitte. Liu Xinglong（刘醒龙）, Présentation [EB/OL], 2014-03-30. http：//www.chinese-shortstories.com/Auteurs_de_a_z_Liu_Xinglong.htm

② MOUGIN, PASCAL; HADDAD-WOTLING Karen. Dictionnaire mondial des littérature, Larousse, 2002, p.742.

③ 朱献贞：《在作品中投射出对人的善意——论刘醒龙小说创作中的道德化叙事》，《河南师范大学学报（哲学社会科学版）》，2016 年第 6 期。

力中心地位，福柯认为："现代权力是毛细血管状的，它不是从某个核心源泉中散发出来的，而是遍布于社会机体的每一个微小部分和看似最细小的末端。"①权力关系根植于社会关系之中，它无处不在，"在男人和女人之间，在家庭的成员之间，在教师和学生之间，在有知识和无知识的人之间，存在着各种权力关系"②。刘醒龙作品的现实性在于它真实还原了一张辐射中国乡村整个日常生活的权力网，民办教师、村支书、村民等都被收进这张全景敞视式的大网，"为我们展现了当下农民生活舞台中的滑稽剧和权力关系"③。法国学界对刘醒龙法译本中权力关系的解读主要有以下三个维度：

首先是行政规训权力。行政权力是最为直接、最为明显的规训权力，这一权力关系几乎贯穿在刘醒龙的每一部法译本小说中。法国书评杂志 Lire（《读书》）第 324 期"中国专栏"在介绍 Du thé d'hiver pour Pékin（《挑担茶叶上北京》）时写道："位于中国南方、远离繁华都市的一个小村庄，村长石得宝收到镇长下达的一项特殊任务：在初雪时采摘两斤'冬茶'。据说这是县领导的指令，当时县属于第三级行政单位，镇是其下属的第四级行政单位，而村则是最末端的第五级行政单位。四十岁的石得宝陷入上级压力和村民利益的两难抉择中，他该怎样向村民宣布这一违反自然规律的荒唐指令？而且镇领导看中的好茶地恰恰是其父亲的茶地，他父亲该会有怎样的反应？"④各级权力关系在这里展现得淋漓尽致，权力以网状的形式游走于县领导与镇长、镇长与村长、村长与村民之间，每个人既是权力的服从者又是权力的运用者，都处在"权力的眼睛"之下被密

---

① 汪民安：《福柯的面孔》，中国社会科学出版社 2002 年版，第 130 页。

② ［法］米歇尔·福柯《权力的眼睛——福柯访谈录》，严锋译，上海人民出版社 1997 年版，第 176 页。

③ http：//www.lechoixdeslibraires.com/livre-22540-la-guerite-la-force-des-farces-en-terre-chinoise.htm

④ PERRIER Philippe. Dossier; La bibliothèque idéale; Auteurs d'aujourd'hui, Lire, no° 324, avril 2004, p. 89.

切监视着而无所遁形。Brigitte Duzan 在文章 *Liu Xinglong, Présentation* 中也描述了这一行政权力关系:"刘醒龙对乡村人们的心理状态拿捏得恰到好处:村民抵抗上级荒谬指令时上演的诡计和把戏,或是地方官员千方百计讨好上级、为自己升官铺路所做的努力,都展现出地方一级的荒唐政治权力。"①

其次是男性话语权力。福柯认为话语既是权力的产物又是权力的一种形式,话语与权力始终交织在一起,"如果没有话语的生产、积累、流通和发挥功能的话,这些权力关系自身就不能建立起来和得到巩固"②。父权制社会通过构建一整套话语体系确保了男性的霸权地位,女性被置于社会、政治、经济、文化的边缘。汉学家 François-Yves Damon 对刘醒龙法译本 *La déesse de la modernité*(《冒牌城市》)中女性的边缘地位和失语性存在做出如下评析:"《居委会》《雕塑》和《交通岗》三篇小说为我们展现了中国农村不常为人谈论的一面:普遍存在的男性霸权。虽然没有经受像电影《香魂女》女主角那样残酷的命运,这些农村女人在日常生活中确实受到了男性的压迫。"③由此,刘醒龙作品中男女两性关系便成为权力运作的重要场域。

最后是城乡空间权力。权力在各种不均等的关系中流动,由于城市对社会资源的过度占有导致城市空间生产、文化形态和价值观念对乡村这一边缘主体的压迫,城乡二元权力关系由此形成。François-Yves Damon 对法译本 *La déesse de la modernité*(《冒牌城市》)中的城乡权力秩序冲突进行分析解读:"城市的现代化并没有设定空间界限,它零星触及中国偏远农村地区,但城市是它唯一的创造者和独家推行者:《居委会》中一个村庄突然被宣布变成一座

---

① DUZAN, Brigitte. Liu Xinglong(刘醒龙),Présentation [EB/OL],2014-03-30. http://www.chinese-shortstories.com/Auteurs_de_a_z_Liu_Xinglong.htm

② [法]米歇尔·福柯《权力的眼睛——福柯访谈录》,严锋译,上海人民出版社1997年版,第176页。

③ DAMON, François-Yves. Préface de la Déesse de la Modernité, Bleu de Chine, 1999, pp.16-17.

县级市，为了符合城市的现代化气质就要将当地小农意识太浓的地名换掉，于是大家为眼下刚刚改造成街道的胡家大垸更名。"①汉学家 Michel Bonnin 也曾从城乡权力冲突视角研究法译本 *Croquants de Chine*(《白菜萝卜》)："农村进城务工人员为城市发展贡献了自己的力量，做着城市居民不愿意做的繁重而又低薪的工作；然而大批农民工涌入城市也带来了一些社会冲突，城里人对他们普遍的蔑视和不信任，并将城市中出现的不卫生现象、交通拥堵问题和不安全因素归罪于他们……小说展现了乡下人对城里人的不满、在城市'丛林'中生存的哲学和对现有价值观的怀疑。"②刘醒龙用现实主义笔法描述了乡村人民生存的困境和现代商品经济社会对农村传统价值观的冲击。

反抗作为权力关系的另一极，与权力共生共存，"只要存在着权力关系，就会存在反抗的可能性"③。例如《冒牌城市》中的农民用他们的无所作为、狡黠和粗俗来抵抗现代化的进程，催生了一系列荒谬事件，"三篇小说描绘的现实很残酷，书中人物不再是无敌的英雄，而是来自中国贫困地区的农民，他们在城市化进程和商品经济的潮流中努力求生存，幽默是村民们自我表达的一种方式：他们用或是消极怠慢或是极度热情的方式来表达内心的反抗情绪"。④反抗的结果并非总是以反抗者的胜利告终，《白菜萝卜》中的大河、小河两兄弟进城之后被城市主流价值观裹胁，淳朴善良、敦厚老实的大河虽然一气之下回到了乡村，却也在欲望的驱使下一步步走向堕落。但是权力关系下的冲突与斗争将会一直继续，就像译者 Françoise Naour 在 *Du thé d'hiver pour Pékin*(《挑担茶叶上北京》) 前

---

① DAMON, François-Yves. Préface de la Déesse de la Modernité, Bleu de Chine, 1999, pp. 6-7.

② BONNIN, Michel. Préface des Croquants de Chine, Bleu de Chine, 1998, pp. 9-10.

③ [法] 米歇尔·福柯：《权力的眼睛——福柯访谈录》，严锋译，上海人民出版社 1997 年版，第 176 页.

④ http：//www.lechoixdeslibraires.com/livre-22540-la-guerite-la-force-des-farces-en-terre-chinoise.htm

言中所写:"故事的结尾无所谓好也无所谓坏:它并没有结束,因为人们必须努力好好活着,一天接着一天。"①

三、刘醒龙作品在法国的接受

得益于法译本的译介出版和传播,刘醒龙作品在法国已有固定的读者群,并深受读者喜爱。2004 年,翻译家 Geneviève Imbot-Bichet 在 Le Figaro(《费加罗报》)第 18540 期写道:"刘醒龙作为出生于 50 年代的中国作家,受到出版商的格外青睐,因为这一代人经历了中国的上山下乡运动和改革开放大潮,用自己的亲身经历见证了新中国发展的历程。"②

幽默诙谐既是刘醒龙的叙事艺术和写作风格又是其笔下小人物的生存哲学。译者 Françoise Naour 在法文版 La guérite: la force des farces en terre chinoise(《冒牌城市》)前言中写道:"在卷首《致读者》中,拉伯雷写道:'我心里找不到别的题材,与其写泪,还是写笑的好,因为笑原是人类的特性。'……本书作者用诙谐幽默的语气讲述底层人民的真实生活。笑,是人们在面对荒诞现实世界时绝望的呐喊,是人们欲哭无泪的表达,是乡村人民无声对抗现代社会的武器。"③刘醒龙作品幽默滑稽的表象下是一幕幕令人唏嘘不已的荒诞剧,道尽底层人物的卑微与无奈,诉说着人类生存的沉重与悲凉。以《交通岗》为例,"为了营造大城市的氛围,交通岗设在刚修建的一条道路中间,是一个临时的岗亭,像一个中国制造的高压锅,这个连接各个方向的圆柱形标志就像是北京或上海大型立交桥的微型复制品。这些只是因为在现代化进程中所有村、镇、市都要有公路、十字路口、人行道还有戴着白手套的警察!即便是经过的

---

① NAOUR, Françoise. Préface du Thé d'hiver pour Pékin, Bleu de Chine, 2004, pp. 8-9.

② CORTY, Bruno. La longue marche de Geneviève Imbot-Bichet, Le Figaro, n° 18540, 2004-03-16, p. 27.

③ NAOUR, Françoise. Avant-propos de La guérite: la force des farces en terre chinoise, Bleu de Chine, 2006, pp. 7-8.

车辆只有自行车、牛车或是其他牲口拉的车：一部乡村模仿大城市的滑稽剧"。① 在这里生活的一般逻辑被打破，呈现出"于布王"式的权力怪诞。于布王是法国荒诞派剧作家阿尔弗雷德·雅里创作的一个人物形象，福柯曾在《不正常的人》中把于布王当做一个权力象征进行剖析。"权力赋予自己这样的形象，这种形象来源于这样的人，他戏剧化地乔装打扮得像一个小丑。"②权力的怪诞机制由来已久，历史上的暴君统治无不彰显着这一权力特征，但它在现代社会并没有消失，而是以更为隐晦的方式浸入到行政机器所构建的一整套话语体系中，更多表现在行政官僚机构中。"于布王"权力怪诞在《挑担茶叶上北京》一书中展现得淋漓尽致，法国 www. lecture-ecriture. com 网站对此发表了一篇文章 Ubu en Chine（《于布王在中国》）："《挑担茶叶上北京》是一部'于布王'式的悲喜剧，描述了中国社会转型时期怪诞荒谬的意识形态机制。"③当非理性力量与权力结合在一起，这种"于布王"式权力怪诞还会产生巨大的破坏性，直接将底层民众推向更深的苦难深渊。"当地的行政制度腐烂不堪，官场的尔虞我诈、钩心斗角如此微妙，其中奥妙并非一个农民可以明白。位于社会底层的人们能做什么？当人们穷到这般田地时还有选择的余地吗？为此人们必须不辞辛苦、敷衍了事、撒谎甚至是背叛。"④底层人物的生存困境在此形成一个闭环，人们看不到希望的出口，现实的荒诞则更加凸显出人在其中的挣扎、痛苦与无奈，因此刘醒龙的作品中没有所谓的英雄，故事的主角都像他人一样竭尽所能只为艰难求得生存。

---

① NAOUR, Françoise. Avant-propos de La guérite: la force des farces en terre chinoise, Bleu de Chine, 2006, p. 11.

② ［法］米歇尔·福柯:《不正常的人》，钱翰译，上海人民出版社 2010 年版，第 10 页。

③ Ubu en Chine (Du thé d'hiver pour Pékin-Xinglong Liu), http://www.lecture-ecriture.com/2182-Du-th% C3% A9-d% E2% 80% 99hiver-pour-P% C3% A9kin-Xinglong-Liu.

④ NAOUR, Françoise. Préface du Thé d'hiver pour Pékin, Bleu de Chine, 2004. p. 8.

结　语

　　中国作家刘醒龙的作品不仅受到国内读者和文学界的广泛关注，还受到法国读者和出版界的青睐。多部作品在中国蓝出版社出版，法国电视三台(France 3)对《挑担茶叶上北京》进行专题报道，主要法语报纸杂志如《费加罗报》《世界报》《读书》等刊登文章介绍其生平和作品，法译本在多家文学网站被读者讨论解读。法国学界多从福柯微观权力学的视角去解读刘醒龙的作品。权力怪诞视角下的生存困境和对人类命运主题的关怀则是刘醒龙沟通中西、参与世界书写的方式。此外，刘醒龙作品在国外的传播，也使得中国文化和中国当代文学进一步走向世界，为国外读者了解中国打开了一扇窗。作为中国新现实主义小说的代表作家，其笔下的人物展现出真实中国的一隅，书中蕴含了中国人特有的生命观和人生观，饱含作者对社会和民族前途的人文关怀，再加上作者独特的语言魅力，其作品为国内外读者提供了一场文学盛宴。

（《小说评论》2019 年 04 期）

走出"大别山之谜"的三重奏
——论刘醒龙早期小说创作的文学史意义

杨晓帆

1983年,县阀门厂工人刘醒龙被借调文化馆,就在他要下乡参加业余小戏剧本创作笔会的那天,收到了《安徽文学》编辑苗振亚的来信,告知《黑蝴蝶!黑蝴蝶……》已发四月号二条,并期待在随后的湖北之行中相见。1986年10月于大别山,刘醒龙以《那种叫天意的东西》为题,记录了这段1983年3月11日至3月16日上午与文学前辈第一次接触的时光:苗老师"说他喜欢我的小说,是因为很有小说味"。

> 苗振亚老师说,世界的确有许多不可思议的神秘之处,这也是生活永远具有魅力的根本所在,爱因斯坦说神秘最美,所以他说他是倾向文学作品可以有点朦胧感、有点说不清楚的神秘感。这也是我特别喜欢、特别入心的,生活本来就是解释不清的,能解释清楚的就不是真正的生活;因而文学能应该是去表现生活,而不是解释生活。正是这一觉悟,使我找到了自己应该去探索的文学小路:我愿在使自己融合进绝对不应当被称为浪漫的"东方神秘"的过程中深情地表现它,并为重建楚文化的神话体系,而与各洞蛮夷一起竭尽绵薄之力。①

---

① 刘醒龙:《那种叫天意的东西》,《湖北文史》2015年第1期。着重号为笔者所加。

这段稍稍滞后的个人回忆，携带着80年代文学现场的历史氛围，成为刘醒龙早期创作宣言的发表之地。如果说，苗振亚1983年谈到的"小说味""朦胧感"，还主要是针对《黑蝴蝶！黑蝴蝶……》的风格论（例如以A、B、C分节排序刻意营造形式上的陌生化效果、大山中的自然风情描写等，都为这篇回归型知青小说增添了"神秘感"）；那么，刘醒龙在1986年回溯这一次文学启蒙时，则开始明确使用那些带有强烈"寻根"印记的词汇，比如"浪漫""东方""楚文化""神话""蛮夷"等。此时的刘醒龙已进入"大别山之谜"系列的创作，在后来被编入《异香》集首篇的《我的雪婆婆的黑森林》里，与《黑蝴蝶！黑蝴蝶……》一脉相承，仍是关于人生奥义的寻找主题，但褪去知青文学的题材约束，可以看出他对"寻根文学"主张的自觉呼应。主人公阿波罗的名字本身就是中西文化碰撞的产物，小说中现实与童话般秘境的穿插，以诗意浪漫笔调写森林中的野人、魔笛、麂子、雪婆婆等，更令人联想到寻根文学思潮中那些试图在非规范文化的山野密林中勾勒民族精神的人文地理志。

这些特征当然也见于"大别山之谜"系列的其他作品，但就像寻根作家普遍在理论宣言与创作实践之间存在偏离的情况一样，刘醒龙这一阶段的创作也并没有真如他所说构建起楚文化的神话体系、或单单着眼于地域风情。在1992年结集出版的《异香——大别山之谜系列》里，如果按照创作时间重新排列各篇目①，可以看到刘醒龙即便在同一主题上也有着诸多尝试与调整。而有别于寻根作家群体主要基于知青经历的乡愁，刘醒龙的小镇人生更决定着他从"大别山之谜"出发形成其乡村叙事的独特性。因此，当"几家刊物

---

① 《异香——大别山之谜系列》共收入11篇中短篇小说。按照每篇文末注明的创作时间排序，应为：《我的雪婆婆的黑森林》（1984.8）、《灵猩》（1985.9）、《返祖》（1986.1）、《大水》（1986.3）、《老寨》（1986.9）、《人之魂》（1986.12）、《河西》（1986.12）、《两河口》（1987.3）、《地火》（1988.10）、《天雷》（1988.10）、《异香》（1988.12）。按此顺序分析，可以看到刘醒龙早期创作的大致变化与调整。

的编辑无一例外地把'迷'改成了'谜',大概以为是他的笔误"①,恰恰反映出80年代中期"文化热""寻根热"等思潮的影响力。以"谜"为主调,自然会形成从地域文化特殊性出发的阐释模式②,着重探寻刘醒龙早期创作中的"文化圈之谜"、浪漫的艺术氛围营造等风格,但这种批评思路也限制了批评家去发现小说自身甚至溢出了刘醒龙最初理念预设的丰富性。

回到原稿题名中的"迷"字,相较"谜",它或许更能体现创作主体在面对"大别山"时一种既迷失又迷恋的矛盾心理。或者说,应该把"大别山"视为刘醒龙在80年代中后期至90年代初这样一个特殊历史阶段中完成文学自觉的中介,揭开谜底固然诱人,但步步深入又最终走出大别山的过程本身,才决定着他将以何种方式为时代赋形。阅读刘醒龙早期创作,不仅可以探查刘醒龙后来写作观念与问题的缘起,刘醒龙对80年代文学主潮的契合与析出,更能为考察新时期文学进入90年代后的相关争鸣提供文学史参照。

一、在"自然之根"中安顿"现代的诱惑"

"寻根"一词在短篇小说《返祖》中直接出现,刘醒龙仿佛有意要用流行的寻根文学经典,为主人公建立一个坐标图:"据说沉甸甸的人生在压迫着这群人去九曲黄河,去黄土高原,去彩瓷流成的河,去神话堆垒的山,总之是去那些文明与蛮荒翻转了一个轮回的地方去寻找什么根。他既不去理解日立彩电中迪斯科的咚嚓嚓,也不去理解洞穴壁画上飞舞的沈沉沉,他是来大别山寻找'美女现羞'的。"③《返祖》的表层结构很容易让人想起张承志《北方的河》。

---

① 刘富道:《异香·序》,《异香——大别山之谜系列》,刘醒龙著,长江文艺出版社1992年版,第2页。
② 现查最早一篇专门针对"大别山之谜"系列发表的论文为金宏宇《刘醒龙"大别山之谜"系列小说述略》,《黄冈师专学报》1991年3月。其中就以大别山独特的地域文化为中心分析"文化圈之谜"。
③ 刘醒龙:《返祖》,《异香——大别山之谜系列》,刘醒龙著,长江文艺出版社1992年版,第90页。

两篇小说的主人公都用人称代词"他"来命名,又都走上了对神奇山川的探寻之路。但《返祖》更近于戏仿。如果说张承志笔下的"他"立志要在遍访北方所有大河后考上"人文地理学"的研究生,充满着理想主义情怀,那么刘醒龙笔下的"他"虽被导师称赞独辟一门"人文地质学",其实却是为了治愈自己身体上那阻碍了健美与爱情的返祖现象。于是,甚至有些卑琐的个人欲望混合着小说开篇对"现代化"的嘲讽,成为《返祖》中的寻根缘起。后一个方面看上去更贴近张承志小说中的"寻根"路向,即在"社会现代化的'危机'中寻找'种族植根'或'道德之气',以解救当代(城市)文化的堕落及人的精神价值困境"①——当文明与科学把"他"变成配种站的一头公牛,看似蛮荒的山野之地将是身心安顿之所。在"他"启程前的想象里,"夜半林涛的呼啸"和"闹市上空盘旋的汽笛""赶着白云归来的牧羊少年"和"翻腾着大型游乐机的儿童"等对照,无疑包含了寻根文学中对文明进步观的反思与批判。可是,《返祖》实际寻到的"根",却并非这样的理想。"美女现羞"的神水非但没能除去"他"的尾巴,更揭露了"他"及其祖先"辱母弑兄"的原罪。《北方的河》里与女记者相遇改变了"他"的自我认识,《返祖》中曾抛弃"他"的父亲竟成为"他"寻找神泉的向导。尽管两篇小说都在寻找主题中设置了自我与他者间的对话,但如果说《北方的河》是在民族文化之根的正面价值浸染中,修复了"他"身为昔日"红卫兵—知青"的自我认同,那么《返祖》中的"他",则只能背负起祖先传说的诅咒。

刘醒龙对《北方的河》的仿写,似乎由此走向了韩少功《爸爸爸》中"丙崽"般不死不灭的噩梦,"寻根"不但没能实现张承志式的文化救赎,反而找到了一个"祸根"。但《返祖》显然又不同于《爸爸爸》中国民性批判或对原始遗风的暧昧情绪。小说结尾,当"他"面对着老祖母之山的"洪荒之水"与"太古之风",寻根的终点是重拾对自然神灵的敬畏。《返祖》开篇时在现代与传统、文明与野蛮、

---

① 许子东:《寻根文学中的贾平凹和阿城》,《文艺争鸣》2014年第11期。

城市与山村、今人与古人之间设置的二元对立被消解了,就像小说中云游和尚的预言,"他"的族人必将世世代代因贪欲犯下罪孽,而站在自然对立面的人,只有在对自然的忏悔中才可能真正寻回"浪漫和典雅"以及所谓高贵的人性。从这一点看,《返祖》事实上克服了后来批评家指出"寻根文学"执着于"文化之根"却忽略"自然之根"的问题:'文学寻根'不仅要寻到一个民族的传统文化,还要寻找文化之下更深层的'自然',那才是文学之根更原生态的、更丰饶的土壤。"①

这种对自然之根的坚守,在稍早创作的《灵猩》中表达得更为明确。同样用人伦败坏来隐喻人与自然间的冲突,瑞良老头在猎杀一只小獐后,在梦境中听到一个声音,说他打死了自己的儿子。被灵猩搭救的瑞良老头决心护林赎罪,却无法以父亲的身份阻止儿子柯简乡长带村民砍树,结果预言再次应验,柯简的儿子被老松树砸死。从今天时髦的生态批评看,这种回归自然伦理的立场似乎只是普世价值的题中之意,但以 80 年代寻根文学为参照,这种对"根"的认识则是要在传统与现代的冲突之上,确立起一个超时空的道德法则。就像《灵猩》中瑞良老头的感慨:"那些大老远从城里来的带着新式猎枪的'文明人',和住在山前山后的拎着大斧火铳的'野蛮人'一样可恶。"②真正的冲突或许并非仅仅发生在文明与野蛮、现代与传统之间。

除了《返祖》中的老篾匠和《灵猩》中的瑞良老头,刘醒龙在"大别山之谜"中还塑造了许多老人形象,并有意在"老人"与"不肖子孙""闯入者"的形象序列之间制造紧张关系。一方面,老人们在新旧两种知识、两种生活方式之间的悲剧坚守,流露出作者对古老文化和民间传统的眷恋与敬慕。例如《人之魂》中的奶奶虔诚地为孙子招魂,不仅被当派出所所长的儿子视作"迷信",更被打着"科

---

① 鲁枢元:《从"寻根文学"到"文学寻根"——略谈文学的文化之根与自然之根》,《文艺争鸣》2014 年第 11 期。
② 刘醒龙:《灵猩》,《异香——大别山之谜系列》,刘醒龙著,长江文艺出版社 1992 年版,第 29 页。

学"名义行骗的假道场先生利用。《两河口》中的长乐爷坚决不肯随儿孙进城,最终竟为护堤而牺牲。《河西》中的十三爷拿出寿方钱费尽心力重修花桥,却被想独霸一桥、收过桥费的钟华所烧,而钟华的祖先正是当年捐桥报恩的人。这些老人的逝去,无疑表露了刘醒龙在现代化进程中感受到的文化冲突,但他又没有像后来被视为寻根文学一脉的贾平凹那样,在《商州初录》等作品中"着力于将这种古老文化及生活方式的生动展现,努力展现出它的种种美好"①。类似追溯老篾匠和瑞良老头曾经犯下的罪,刘醒龙并没有把老人们塑造成文化英雄,也不急于去渲染"最后一个"的悲情。十三爷修桥的原因不乏有与钟华"斗气"的私心,长乐爷之死在后来创作的《天雷》中更被解释为"是去赎罪,他是红军的逃兵"②。正是这些看上去多此一举的写作,使得"大别山之谜"系列在表现出反思现代性的浪漫主义倾向时,也没有仅仅在二元对立的思维中,将古老传说的原始人性或穷乡僻壤的民间俚俗全然处理成一道"文化风景"。

　　西河或老寨不只存在于文化人类学的视野中。虽然此时的刘醒龙还不像后来写出《大树还小》那样有意识地区别于知青作家群体来明确其乡土经验的现实根基,大别山之"谜"也不是源于"本土/西方"焦虑的文化乡愁。如果不急于将这些作品纳入80年代寻根文学的文学史叙述,在看似告别传统现实主义的形式诉求下,它们其实仍包含着类似新时期农村题材改革小说中的时代焦虑。借用研究者对路遥《人生》的分析,恋土情结并不必然与呼唤现代化的主题相悖,"传统乡村渴望融入城市""作为农村人祈求拥有现代价值观的心理动因"③——也是刘醒龙意图在"大别山之谜"中呈现与分析的内容。在《老寨》里,闯入天堂寨的瘸子猫,不仅是监狱里逃

---

① 陈思和:《杭州会议和寻根文学》,《文艺争鸣》2014年第11期。
② 刘醒龙:《天雷》,《异香——大别山之谜系列》,刘醒龙著,长江文艺出版社1992年版,第205页。
③ 周新民:《〈人生〉与80年代文学的历史叙述》,《文学评论》2015年第3期。

出来的流氓,更以建电站要挟头领宝七伯将女儿宝阳嫁给他。天堂寨驮树佬们野蛮生长的自足生活被打破了,但小说却没有将重心放到对闯入者的道德谴责上,贤可偶然报案揭开真相,不仅未能夺回未婚妻,反而被宝阳斥责是"毁了电站"。电灯、电站,不仅是宝阳、宝七伯的守望,也逼迫着驮树佬贤可一次次走出老寨。在寻根文学的视野里,老寨或许只是一个保留着文化之根的原始边地,但就像当初来建雷达站的士兵未等竣工又匆匆离去,在乡土中国现代化进程的历史视野中,老寨更是一个被遗忘的角落。尽管"大别山"系列中的宝阳、阿波罗、桂儿,这些向往现代生活的山村里的年轻人都没能够美梦成真、甚至最终自食恶果,刘醒龙也不愿意仅仅用愚昧、天真或贪婪,去全盘否定他们生命意识中的合理性。正如於可训老师的评述,相对同时期反映社会改革的作品,"刘醒龙的好处就在于,他虽然对改变古老的事物和观念有自己的偏向,即偏向于变,却又对以'利'为指归的行为持一种保留的态度,甚至有某种程度的批评。结果就在刘醒龙的这一类作品中出现了一种奇特的现象,即在将变之时,他对旧事物和旧观念持否定态度,在既变之后,却又对这些被他否定过的东西有所眷惜和留恋。"①

不以二元对立的价值判断驱赶"现代的诱惑",并尝试寻找解释与安顿这种情绪的有效方式,刘醒龙的早期创作已然预示了他不愿在文学成规中走捷径的抱负。熟悉刘醒龙后来乡村叙事中聚焦农村基层干部书写的读者,一定会注意到《灵猩》里柯简乡长的辩解:"现在的政策要让人快些富起来,多搞些专业。靠山吃山,我们这穷山沟,只有搞木材这一条路见效快,作为干部,我们再不能拉群众的后腿了。"②不妨把刘醒龙告别第一阶段创作后的《村支书》《分享艰难》等作品,视作对《灵猩》中这一片段的重写。如果说刘醒龙的早期创作还主要是在"文化热""寻根热"的艺术与思想资源驱使

---

① 於可训:《刘醒龙与大别山之谜——刘醒龙创作散论》,《长江文艺》1991年第1期。
② 刘醒龙:《灵猩》,《异香——大别山之谜系列》,刘醒龙著,长江文艺出版社1992年版,第31页。

下，着重从深层文化—心理结构去诠释"大别山之谜"，并以"自然之根"把传统与现代都纳入反思内容，那么当变革的诉求日趋强烈，寄托于大别山中"灵猩"、树王、苍鹰的文化救赎，必然要重新回到具体的社会现实中来。

二、在对"人"的反思中追问"历史的道义"

1992年，刘醒龙第一本小说集《异香——大别山之谜系列》出版，其中收入的11个中短篇在创作时间上从1984年跨越到1988年，在故事与人物设置上也存在着巧妙的连续性。例如《人之魂》呼应了《我的雪婆婆的黑森林》中阿波罗的参军故事；《两河口》提到了《河西》里的火烧花桥；南京佬来收铁沙引得村里人都用磁铁去河里寻宝，更是好几篇小说中提示的时代背景。如前所述，这些系列小说在人与自然、现代与传统冲突等主题上相通，可以被读作一部以西河为中心的人文地理志——然而作为压轴篇目，1988年末集中创作的《地火》《天雷》和《异香》又显得与众不同。

《地火》和《天雷》这组姐妹篇，摆出了"谁是西河上河第一聪明人"的疑问。《地火》中开杂货店的卜祥，因是外姓人，所以韬光养晦处处给村民行方便，甚至甘愿替程家人为苏母娘娘捐贡钱。不料卜祥烧假钱的诡计被钟华识破，只好为钟华收过桥费出谋划策。钟华不但不感恩，反而四处散播卜祥万贯家财的消息。卜祥再次主动烧贡钱，甚至允诺把杂货店和家产都送给程毛头，但事实上却是设计让程毛头媳妇做了替罪羊，自己带着钱财全身而退。《地火》中的人心狡诈像是传染病一样在《天雷》中继续播散。九伯为重修娘娘庙，找程毛头筹款，程毛头不认捐，被九伯诅咒遭雷劈。程毛头去武汉办急事不告而别，全垸人便都以为是诅咒应验，贪婪地要平分程毛头的全部家业。结果程毛头回来后反以"抢劫罪"告了九伯和全垸人。《天雷》最精彩的地方，是它层层铺垫、一点点揭开了九伯这个老族长威严睿智下的阴暗面。无论是《地火》里围观的人"哄地一声笑破天"，还是《天雷》中河东垸人因被告违法后无暇自顾的"没笑"，都包含了作者的批判与嘲讽——不仅卜祥、钟华、程毛头、九伯、桂儿是道德上不洁的人，每一个以为置身事外的看客，都是人性败坏的明证。

"大别山之谜"的悲剧色彩在《异香》中达到了极致。小说开篇就以梅所长的视角抛出了阿波罗之死和细福儿失踪的谜案，并确立了犯罪嫌疑人老灰。但《异香》只是在表面上套用侦探小说的叙事模式，就像20世纪80年代先锋文学中人物身陷叙事迷宫那样，在这场已经划定起点和终点的解密之旅中，主人公只能通过一系列误会、错失与巧合，去完成两点之间的连线。小说中的生活故事充满了诅咒、猜疑、妄死和误杀。因嫉恨梅所长走后门让阿波罗当兵，大胖妈诅咒阿波罗挨枪子，但大胖其实是与桂儿相恋才主动放弃参军；因被大胖撞见自己与儿子乱伦的丑事，老灰设计杀了大胖，并让桂儿爸妈以为他们是凶手，成功要挟他们把桂儿嫁给了自己的傻瓜儿子；桂儿被老灰侮辱，又因为意外发现阿波罗遗言中对她的爱慕而负疚发疯。谜团一个个揭开，其他篇目中那些未及展开的人物命运也在《异香》里被补白。在梅所长与老灰最后的那场对峙中，不光老灰的狠毒被暴露无遗，连梅所长也坦白他曾被老灰的老婆引诱发生了性关系。刘醒龙将这场对峙叙述得跌宕起伏，那些从彼此仇杀转向互相搭救的善念，最终还是成为利益交换的砝码，并迅速导向更加荒诞残酷的结局。梅所长死了，老灰竟用梅所长要他帮忙传宗接代的谎言，让梅所长的老婆甘愿献身。《异香》最后一句是"大别山，这不老之谜呀——"，如果说在刘醒龙最初走近大别山的瑰丽想象中，还有着自然之谜与老人们坚守的信义，此时对"谜"的感叹中已经饱含了对人性的不解。"是人没有不狠不毒的"——老灰的话仿佛又一个诅咒，引诱着世俗中人一一应验。

以80年代人道主义思潮为参照，《异香》已从新时期初人性修辞中"大写的人"，走向"小写的人"。小说中的乱伦情节、荒诞感、非理性行为等，不难让人读出弗洛伊德、萨特等西方"现代人学"对作家的影响。而"大别山之谜"从一开始就在处理的现代化焦虑，也早在其他篇目中释放出个人主义伦理生长的信号。对"人"的激进反思，必然从现实回溯到历史。在《大水》篇里，刘醒龙用四种历史讲述方式为现实中的人心争斗寻找根源。独臂佬年逾七十，要赶在大水前捞起赤石牛，战胜武瞎子。看上去与时代逆行的悲剧英雄形象，在历史回溯中失去了崇高感。第一重历史是郑家和武家两族相斗的历史；第二重历史是独臂佬为了跟武家斗气，加入地下党，被国军连长武瞎子俘虏后不堪屈辱自断手臂的仇恨史；第三重历史是大禹王治水让一对神牛锁住金鲤鱼，结果为了争夺河中草滩两牛相斗的传说。小说结局独臂佬和武瞎子在大水中死去，两具紧抱在一起的尸体，竟被记者打着统战宣传的名义认定是一宗"具有深远意义的谁救谁的事迹"。一定要争个高下、辨明敌我的历史，在新一代的价值观中被认为是毫无意义的。小说中独臂佬的儿子已经开始用第四种方式重写历史，"你们只会拼拼杀杀，根本不懂政治"，"这世道——我看还是谁有钱谁就是老大"①。"英山三二暴动"的真实情况究竟怎样不重要了，哪里算苏区，由出钱修陵园的人说了算。乍一看，刘醒龙是在批评历史的遗忘，但他又何尝不是在用亘古不变的欲望和暴力，去消解宏大叙事中历史的道义。

  这种历史感悟不仅来自大别山作为革命老区的地域特殊性，还有刘醒龙的小镇童年记忆。刘醒龙曾回忆西河边上自己陆续生活过的几个小镇。就像《大水》写到人们不断争斗的历史，比如贺家桥镇的人就故意修桥去破坏河西垸的风水，"即使'文革'的时候，贺家桥镇与河西垸的人，也没中断过因为传说而发生的纠纷"。"西汤河镇上，留给我的记忆就是'文革'……在西汤河小学，我第一次看到曾经敬畏的老师，怎么样被孩子们折腾、批斗、谩骂。老师从没有教过的邪恶的字眼，纷纷出现在大字报和小字报上，对我来说，'文革'的最深印象，是学会写那些肮脏的、邪恶的字了。"②

  "大别山之谜"呈现了20世纪80年代人性修辞的发展与转变，刘醒龙早期创作进入到八九十年代之交，也体现出文学史叙述关于

---

① 刘醒龙：《大水》，《异香——大别山之谜系列》，刘醒龙著，长江文艺出版社1992年版，第65页。
② 刘醒龙，李遇春：《文学是小地方的事情》，《上海文学》2014年第4期。

新历史小说和新写实文学的相关特质。历史的道义问题或人存在之意义，不再是不证自明的。尤其对于前者来说，任何以历史进步意识取代自然意识，以未来幸福的许诺来解释一切苦难和邪恶缘出有因的企图，都是令人怀疑的。在这一阶段的写作中，刘醒龙挑战了小说可以在精神搏斗层面达到的饱和度，但他把对"人"、历史和现实的反思都推到一个个极端处境中来考虑，也就将不得不面对可能陷入的虚无主义。在这些被层层叙事封闭到无路可逃的困局中，如何重建人在历史与实践中的主体性呢？从后来刘醒龙的创作调整与道德理想主义看，他绝不满足于仅仅将悲剧理解成一种美学风格。这也就意味着刘醒龙必须要在《异香》对人性恶的极致展现之后，找到走出大别山之谜的路。

三、"根本恶"与现实主义的伦理诉求

《异香》文末注明写于1988年12月，也就是在这一年秋天，刘醒龙的爷爷病逝。爷爷年轻时曾无缘无故遭日本军人毒打，在胸口上留下了一个窟窿。刘醒龙回忆说，"那年秋天，爷爷胸膛上的窟窿开始往外流血水，半个月后，爷爷就死了。爷爷的死仿佛让我经历了那场我本没有经历的战争，那只留在爷爷胸膛上的伤口也成了时空隧道，不知不觉中就将对战争的残酷与兽性的憎恨转移到我的身上。"尽管刘醒龙坦言在此后很长一段时间里，都对与日本相关的一切抱着极端的仇恨，但他还是强迫自己做出了改变，因为"在文学里，恨是一种丑陋的审美，爱的审美才是完美的"①。回看80年代末还在进行"大别山之谜"创作时的刘醒龙，即使他仍在执着地与恶缠斗，在《异香》式的绝望书写之外，也开始尝试新的突破。

以抗战为背景，《女性的战争（二题）》②就在解构历史的反讽

---

① 刘醒龙：《爱是一种环境》，《长江文艺》2005年第7期。
② 《女性的战争（二题）》，原刊《芳草》1988年第11期，后收录于《疼痛温柔——刘醒龙文集》，群众出版社1997年版。

之外,增添了一点温情与善意。十八婶的独子当逃兵被军法处置,全县人却决定要严守秘密,谎称公函是一张光荣证,坚持按烈属身份给老人以优待。《抗妈妈》里的七妹在新婚之夜被日本兵奸污,本来她毒杀八个日本兵成了抗战英雄,后来却被发现毒杀的其实是新四军武工队护送去延安的干部,但这个秘密同样被全城隐瞒。十八婶在村里收留孤儿,让战火后的村子恢复了生机,是九十一岁高龄的老人;七妹变成幼儿园的抗妈妈,用她慈祥的笑容抚育了许多别人家的孩子。刘醒龙塑造了两位建立在历史虚构之上的"伟大"的女性形象,但更重要的是,他还写出了在历史真相被拆穿后也要守护这份"崇高"的人们。这两则小短篇都出现了身为作家的"我"的形象,由"我"来扮演故事的倾听者、发现者和转述者。与《异香》《鸡笼》等作品中置身事外的叙述者不同,因为"我"的投入,关于人性、历史的认识都出现了一个可能被改变的契机。《女性的战争》中的悲剧意识,不再建立在"人之恶"对一切的掌控之上,而是即便在荒诞脆弱的历史道义中,也要去发现"人之善"的可能。

  这种尝试的意义,可以从雷蒙·威廉斯关于现代悲剧研究的启发中去认识:"如果我们把悲剧仅仅解释为对邪恶的表现和认识,我们就背离了一个共同的悲剧行动。我们可以在悲剧行动中立即体验和经历某种具体的邪恶。在经历这一邪恶的时候,我们借助一个展示它与别的品质或其他人之间变动关系的真实行动,认识到邪恶不是超验的,而是真实和完全可以理解。"①《异香》之后,刘醒龙早期创作已经开始暗暗回归写实,这不仅是说在形式上不再那么依赖叙事迷宫、神秘的氛围营造等,更强调要避免抽象的主题先行,在对具体社会关系与历史语境的呈现中去塑造人物及其生活世界。例如,同样出现触犯树神后遭恶报的情节,与《灵猩》着重从自然伦理角度反思人性不同,《鸭掌树》就更突出小人物被大历史浸染

---

① [英]雷蒙·威廉斯:《现代悲剧》,丁尔苏译,译林出版社2007年版,第51页。

后的个人选择。小说中多次出现"毛主席说了，世上没有鬼神！"①"跃进""四清"等名字也不断暗示时代背景。各种人物的喜怒哀乐、矛盾冲突不再单纯是某一种文化或理念的象征。而中篇小说也越来越成为刘醒龙擅长并乐于驾驭的长度。

1990年12月于黄州，刘醒龙完成了中篇小说《威风凛凛》，最初发表在《青年文学》1991年第7期上，并在改写后由作家出版社于1994年出版，成为刘醒龙的第一部长篇小说。从中篇改写成长篇，是刘醒龙创作中一个值得关注的现象，类似例子还有从《凤凰琴》到《天行者》，从《分享艰难》到《痛失》等。而作为刘醒龙第二阶段创作的发端，把《威风凛凛》的初版本和长篇版放到"大别山之谜"的延长线上，更可以看到他如何进一步认识与克服了早期创作中存在的问题。《威风凛凛》围绕民办教师赵长子从被辱到被杀一事，写西河镇"没有一个善人"的历史与现实，不难看出与《异香》反思人性的关联。但《威风凛凛》不再局限于对恶的极尽展示，而是试图探索恶的根源。"文明和野蛮的矛盾"直接出现在大桥与"我"的对话中，并点明这就是赵老师被害的社会原因。在中篇《威风凛凛》里，爷爷的审时度势、五驼子和金福儿的"斗狠"，都衬托出赵长子看似屈辱却在骨头里威风凛凛的精神气儿；长篇不仅增加了胡校长、董先生等知识分子形象的参差对照，更不惜让赵老师讲出那些带有强烈道德教谕色彩的话，明确表达了隐含作者渴望以知识改变风气，以文明教化野蛮的主题诉求。

值得格外注意的是，"恶"已经不再只是一般意义上做出伤天害理之事的极端行为。在同期创作的《恩重如山》里，行善竟是作恶的源头，四聋子为了要养子报恩，居然一步步施小计断了养子读书求知的路。借用汉娜·阿伦特"平庸的恶"一说，即使是为了一些世俗且微不足道的考虑，庸人也会犯下骇人的罪行。从这一点看，《威风凛凛》里每一个认为赵长子是窝囊废的人、甚至那些不

---

① 《鸭掌树》，原刊《长江》1990年第1期，后收录于《荒野随风——刘醒龙文集》，群众出版社1997年版。本文论及的同期小说《鸡笼》《恩重如山》也收录于该卷。

敢维护自己老师的学生,都是"恶"的帮凶,都是杀人犯。在改写为长篇后的《威风凛凛》里,五驼子和金福儿这两个大恶人的身世被交代得更详细,让人不得不感慨历史的偶然与荒诞在两人身上种下的恶果;爷爷的形象也变得更复杂,对孙子的疼爱里混合了对儿子妄死的内疚,对赵长子的洞察又暴露出无知与恐惧,这个曾叱咤风云的能人也会"偷"、会"骗",甚至欠下无数的风流债,一手造成了后来金、伍二人无穷无尽的仇怨。褪下"大别山之谜"的文化想象与艺术创新,《威风凛凛》对现代精神的追求、对历史和人性的反思深度,都达到了极致。

然而对比两个版本的《威风凛凛》,刘醒龙关于写作的伦理诉求也在发生着微妙的变化。长篇版《威风凛凛》添加了一条"我"和苏米的爱情线,尽管不乏有批评者认为这段故事显得生硬而多余,但它不仅仅是为了博人眼球写少年成长中的性幻想,或者写城市姑娘对小镇青年的现代启蒙。中篇版的结尾:"我"决意要拼命念书,"我没有赵老师善,我将来回到镇上,一定要比金福儿和五驼子狠"①,绝望里含着愠怒。长篇版本的结尾:当"我"和苏米相拥在一起,却仿佛"听到整个世界都在渴望地说,我爱你!"从中篇到长篇,刘醒龙其实是要在小说里不仅为"我",也为读者输入一针强心剂。至少当金福儿嘲笑道"世界上哪一件事物又是干净的呢!""我"可以回应说,"你毒害不了我!""我晓得世上最少还有一种东西是纯洁的!"②如果说中篇版本相对侧重于写西河镇人在"平庸的恶"中对赵长生的戕害,那么改写为长篇后,刘醒龙开始更加看重如"我"的父亲、"我""大桥"等,这些曾被赵老师教导过的人,如何在这个"不善"的世界中,找到一种抵抗"恶"的力量。正是在这一点上,尽管刘醒龙的早期创作已经深入到对新启蒙话语关于人性假设与历史道义问题的反思和质疑,他还是再次肩扛起知识分子的启蒙责任。而这一过程或许也印证了康德在论述"根本恶"时不得

---

① 刘醒龙:《威风凛凛》(中篇),《青年文学》1991年第7期。
② 刘醒龙:《威风凛凛》(长篇),上海文艺出版社2014年版,第291页。

不面对的"启蒙的难题":做自由的负责的人,意味着不存在一个先验的主宰道德选择的终极根据,"我们并非生来在道德上是善的或恶的;我们凭借自己做出的选择,在道德上变成了善的或恶的"①。

由此可以理解,为何在《威风凛凛》之后,就像《村支书》《分享艰难》等引发争议的作品那样,关于个体责任担当或者责任本身的意义,越来越成为刘醒龙小说中不能放弃的伦理诉求。尽管刘醒龙自己和研究者都有一个关于他创作阶段划分的共识,将《威风凛凛》视为告别"大别山之谜"的转向,但如上所述,这一转向也并非断裂。恰恰是对"大别山之谜"的探索与回应,形塑了刘醒龙后来创作意识中的那些最根本原则。刘醒龙反思自己的早期创作,尽管充满激情,甚至许多时候爱恨交加,"然而,在激情的掩饰之下,真正表达的只是自己的同情、怜悯、愤世嫉俗、痛心疾首。这些恰恰是这一时期文学的通病,在感觉良好的霸气之下,胡乱爬上一个稍许高一点的地方,基本是胡乱指点一番,面对着外部世界别样文明的挤压,这样的心态是这一时期所无法避免的"②。这里面不难看出刘醒龙对自己也曾浸染其中的寻根热、文化热的反思。刘醒龙指出现时主义只是一种情绪,而现实主义是一种精神,认为"人在社会中需要的更多是崇高与善良,没有谁是天生为了恶才来到这个世界的。'现实主义'的精神之力正是取之于这一点"③——相较早期创作中对历史理性与人道主义的幻灭,可以看到,刘醒龙如何转而选择要以"优根性"的发现来重建主体性。最后,也是刘醒龙后来文学观中最核心的内容,在对人性善恶的认识上,尽管他的创作依然保有悲剧意识,却越来越远离早期创作中那种难以摆脱的宿命感,而是更多了一种令人敬畏的崇高:"大善能包容恶改造恶","无论如何对于恶,光有批判是不够的,关键是对恶的改造,这才

---

① [美]理查德·伯恩斯坦:《根本恶》,王钦、朱康译,译林出版社2015年版,第29页。
② 刘醒龙:《仅有热爱是不够的》,《当代作家评论》1997年第5期。
③ 刘醒龙:《现实主义与"现时主义"》,《上海文学》1997年第1期。

是历史对当下的希望所在"①。

  在对自然之根的敬畏中,安顿乡土情结与现代化焦虑;在对"人"的反思中,展开对历史与现实的认识与批判;在面对"根本恶"的绝望与愤怒中,寻找内在超越的可能性——我把这三点称作刘醒龙走出大别山之谜的三重奏,正是它们构成了刘醒龙后来创作中那些易被批评为"道德主义"立场的起源性问题。刘醒龙并不是要居高临下地为我们的时代提供一套终极词汇,而是亲自经验了文学可能在各种表达形式中释放的危险与力量之后,向我们再描述最终说服他自己的那一种。而只有看到这一点,才能更清晰地理解,一个作家是如何从"自己的过去"进入当代的。

  (《中国现代文学研究丛刊》2017年01期)

---

  ① 刘醒龙:《浪漫是希望的一种——答丁帆》,《小说评论》1997年第3期。

"浪漫现实主义"与被误读的"分享艰难"
——重读刘醒龙 90 年代小说

李 强

刘醒龙 20 世纪 90 年代的小说,长期以来都被批评家和文学史家归入"现实主义冲击波"。实际上,在此论出现不久,刘醒龙本人便表达了"不满":"九六年风云变幻,大家忽然将我同何申等作家绑在一起,硬是弄成了一个'冲击波'。其实,从九二年我就开始这么写,也曾有过几篇让人称赞的作品,只是没有像九六年如此轰轰烈烈。……我不知道何申他们是不是真的有意在驾驶一辆马车,但从作品的内容来看,是存在着极大差异的。"①刘醒龙为何会有这种"不满"?更进一步的,我们今天应如何在"现实主义"的名义下对其作品进行有效解读(重读)?

一、作为 20 世纪 90 年代问题的"现实主义冲击波"

批评家和文学史家通常在文学史谱系中把握具体作品。划分文学流派,可以建立起一种整体叙述,形成确定的意义体系。这是现代学术的必然要求。但在这个过程中,作家的个人特征可能会被简单化处理。"现实主义"的标签是一种笼而统之的描述。对于有抱负的作家来说,这种笼统描述显然是不适的。在这个意义上来说,刘醒龙的"不满",几乎是所有被划入"流派""潮流"的作家都会有

---

① 刘醒龙:《浪漫是希望的一种——答丁帆》,《小说评论》1997 年第 3 期。

的不满。

不过,在20世纪90年代的文学场域中,这种"不满"是有具体意义的。"现实主义冲击波"可以说是一种"合唱",这与在20世纪80年代后期以来坚守现实主义创作原则的作家的"独唱"是大不相同的。刘醒龙1984年在安徽省《文学》月刊(后来的《安徽文学》)发表处女作《黑蝴蝶,黑蝴蝶……》,登上文坛。紧接着,便遭遇了"85新潮",他所秉持的现实主义创作原则成为许多人要打破的"成规"。路遥曾回顾说,在20世纪80年代中后期写《平凡的世界》时,"最大的压力还是来自文学形势。我知道,我国文学正到了一个花样翻新的高潮时刻。其变化之日新月异前所未有。""当然,这种巨大的压力是相当严酷的。你感到你完全被抛了一个无人知晓的黑暗的角落里,似乎不仅仅是用古典式的方法工作,而自己也已经变成了一件入土的文物。"①面对"花样翻新"的文学形势,刘醒龙也选择了路遥所说的"古典式的方法"来表现乡土题材,有一种孤勇守正的作家姿态。一旦其创作被归入"现实主义冲击波",不仅失去了这种姿态,反倒有"拉帮结派"的嫌疑。②

产生这种"不满"更深层的原因还在于,进入20世纪90年代,作家要书写的"现实"正处于剧烈变化之中,形势错综复杂。这种状况下,任何表现现实的努力都可能被置于风口浪尖,引发争议。参照社会学家孙立平的分析,从20世纪80年代到90年代,改革的逻辑(内涵、动力等)实际上已经发生了变化。改革已经走过了它的"理想与热情"的纯净阶段,而进入了利益博弈阶段。20世纪90年代以来,由于各种社会力量的形成和定型,体制改革已经越来越置身于一个多元化的社会环境之中③。在这个复杂背景下,乡镇企业、农民税费、民办教师等问题和矛盾交织,不可能得到一次

---

① 路遥:《早晨从中午开始》,《路遥全集》,北京十月文艺出版社2013年版,第56页。

② 刘醒龙:《刘醒龙文学回忆录》,广东人民出版社2019年版,第143页。

③ 孙立平:《断裂——20世纪90年代以来的中国社会》,社会科学文献出版社2003年版,第30~34页。

"浪漫现实主义"与被误读的"分享艰难"——重读刘醒龙 90 年代小说

性解决。

基于上述现实,刘醒龙 20 世纪 90 年代小说,往往会表现这样的两难困境:一面是旧的制度被打破,一些美好的生活记忆也在消逝;一面是新的秩序即将到来,但又带着未知的迷茫。在刘醒龙笔下,走出这种困境的希望似乎也在"改革英雄"身上,但这些在 20 世纪 80 年代力挽狂澜的英雄们,在 20 世纪 90 年代都成了疲惫不堪的救火者甚至殉道者。例如,《村支书》中,水闸是集体时代的产物,但小说开篇写的就是水闸石头被村民文小素撬走这一事件,在文小素看来,"集体都没了哪来的集体财产"①。最后,水闸的问题得到解决,村支书却为了保护水闸而献身。《暮时课诵》中,佛门本是清静之地,但也出现了生存危机。和尚去财政局要钱,庙里的风气也渐渐不正。内忧外困之下,方丈显光大师厉行改革,终于摆脱困境。在这里,村长和方丈看起来都像是 20 世纪 80 年代"改革文学"中的"乔厂长",但他们只能在夹缝之中寻求具体的出路。这些 20 世纪 90 年代的英雄无法承载展开深邃思考的重任,更无法提出全局性的解决之道。他们只能凭借个人的道德形象来支撑一个关于改革的宏大叙事,越来越疲惫,也越来越无助。

对现实困境有深刻把握之后,刘醒龙就能够在细节上放开手脚,发挥想象,凭空创造出一些"现实经验"。一个突出的例子是《挑担茶叶上北京》《分享艰难》中的"冬茶"。刘醒龙后来解释说,小说中采摘、制作冬茶的手法,都是他虚构出来的②。因为有对整个农村生活状况的细致描述,他笔下的一切都成为可以触摸的存在。"冬茶"的真实,不在于细节的可信度,而在于这种环境的真实性、典型性。这就印证了恩格斯关于现实主义真实的那个著名论断:"除细节的真实外,还要真实地再现典型环境中的典型人

---

① 刘醒龙:《村支书》,《青年文学》1992 年第 1 期。
② 刘醒龙:《刘醒龙文学回忆录》,广东人民出版社 2019 年版,第 12 页。

物。"①刘醒龙将自己所把握的部分时代特征进行提炼，创造出生动的细节，背后则有鲜明的批判立场为支撑。冬茶是用来送礼的，哪怕"采摘半斤冬茶，就会使一亩茶树冻死"，来年茶叶会大减产，还是有人为了"跑官"送礼而强迫村民去采摘冬茶。"我从未见过，像今天这样太多卑劣横行，连一根纱也不肯遮羞的现象，使得人有时不免为自己那点聪明行为觉得可耻。""假如冬茶真的流行在那些礼品盒里，我会非常不安。"②

刘醒龙的批判是以文学的方式来传达的，优美、克制而不失其力道。在《挑担茶叶上北京》的结尾，冬茶还是要被采摘。老方哼唱着《挑担茶叶上北京》这首20世纪60年代的歌，但在20世纪90年代的背景下，歌的意味完全变了。歌声之后，是父亲和妻子在雪地里采摘冬茶的情景："雪地是一块暂时停止涌动的波涛，两个人是两只总在渴望前行的船帆。石得宝仿佛看见寒冷正从他们的指尖往心里侵蚀，他自己亦在同一时刻里感到周身寒彻。"③这个唯美而残酷的场景当然也是虚构的，但真切动人，背后的批判也是极其有力的。

从细节真实性、现实批判性等角度来看，刘醒龙走的是正统的现实主义道路，"现实主义冲击波"这个"历史标签"有其道理。但是，对于刘醒龙个人创作来说，面对20世纪90年代的复杂现实，他要经历怎样的方法论调整，才能在将"现实"呈现出来的同时将自己的"主义"贯彻到底？

二、"浪漫的"现实主义：现代性进程下的书写策略

当批评家们急切地将"现实主义冲击波"的标签颁发给刘醒龙

---

① 恩格斯：《恩格斯致玛格丽特·哈克奈斯》，《马克思恩格斯文集》（第十卷），人民出版社2009年版，第570页。
② 刘醒龙：《刘醒龙文学回忆录》，广东人民出版社2019年版，第13页。
③ 刘醒龙：《挑担茶叶上北京》，《青年文学》1996年第3期。

时,也应该注意到其作品中的个人特质。在 20 世纪 90 年代的现实面前,刘醒龙创作中最有意义也最闪光的特质就是浪漫主义因素,即他所说的"浪漫是希望的一种"①。他的创作不仅以现实主义的方法"反映现实",也以浪漫的审美可能性来"反映现实"。正是在这种创造性的想象之中,促成了一种更加深邃的、鲜活的现实主义经验。

刘醒龙的文学观就是有浪漫色彩的。他认为"小说是一个时代的奇迹",可以在我们所处的现实中创造出别样的可能性。"这样的小说是黑暗中的一种光明,是平庸中的一种浪漫,是无奈中的一种反抗,是残酷中的一种温馨,是糊涂中的一种警醒;或者是与此完全相悖,是光明中的一种黑暗,是浪漫中的一种平庸,是反抗中的一种无奈,是温馨中的一种残酷,是警醒中的一种糊涂。"②在刘醒龙的创作中,浪漫主义与现实主义的二元对立并不鲜明。如果将这两个概念反复"辩证""融合",意义也不大。刘醒龙创作指涉的是,作为表现手法(包括世界观)的浪漫主义与书写现实内容之间的关系问题。这种复杂问题,需要新的理论框架来把握。刘醒龙所说的"浪漫是一种希望",道明了"浪漫"所具有的理论潜能。"希望"是包含着时间维度的,它指向未来的乐观、积极的方面。这实际上是一种典型的现代性观念。现代性包含着战胜、进步的承诺③,今定胜昔,未来会更美好。在 20 世纪 90 年代,这样的希望是社会的心声,也是文学被市场化浪潮冲击之后,"现实主义"却能造成"冲击波"的重要原因。

就理论层面而言,浪漫主义与现代性联系密切,甚至是相伴而生的。对这个问题有深入辨析的是陈晓明,他认为当代中国文学处于一种"无法终结的现代性"之中:"中国的现代性尤其是一项未竟

---

① 刘醒龙:《浪漫是希望的一种——答丁帆》,《小说评论》1997 年第 3 期。
② 刘醒龙:《小说是什么》,《小说评论》2007 年第 1 期。
③ J-F·利奥塔:《重写现代性》,杨雁斌、薛晓源编选:《重写现代性:当代西方学术话语》,社会科学文献出版社 2001 年版,第 52 页。

的事业,不管是社会发展方面,还是思想文化建设方面,现代的任务都远未完成。而且现代形成的那些传统、习惯、观念、体制、制度等,依然都以强大的社会构造能力在展开历史实践。"①在以赛亚·伯林、哈贝马斯等人的论述的基础上,陈晓明厘清了西方现代性与浪漫主义的内在联系。他指出,西方的现代小说是在浪漫主义文化中生长起来的艺术样式。西方在浪漫主义之后,有现实主义、现代主义或是后现代主义。它们骨子里都是浪漫主义的延伸,根本上并没有脱离浪漫主义文化。

中国现代性的展开过程中一直涌动着浪漫主义文化,但在内忧外患的环境下,个体生命价值未能最终占据主导地位。不过,现实主义的美学策略,实则内里也流宕着浪漫主义的激情。在这个背景下,中国文学发展出了向外行/现实的经验,但是到"85新潮"之后,中国文学开始了向内转的变革。"在中国过度发达的文学的现实主义规范底下的历史叙事,开始融合更多的浪漫主义的因素,它必然要循着世界的现代构成方式去建构自身,但又有着另案处理不得不面对的错位、褶皱、重复与补充。这当然不是简单的浪漫主义的补课,或者是浪漫主义的回归,而是使当代文化与文学具有了更加深厚的精神根基,一种现实主义、浪漫主义、后现代主义混合的文学经验,这为当代中国文学提示了一条更加广阔而坚实的道路。"②

在现代性与浪漫主义的框架下去理解刘醒龙的创作,无疑能够打破对现实主义的一些成见,也会对"现实主义冲击波"之类的概念展开反思。刘醒龙在20世纪90年代的现实主义书写,与浪漫派有更具体的联系在于,他以审美现代性记录、呈现了中国现代性展开的复杂过程。卡林内斯库将现代性分为"作为西方文明史一个阶

---

① 陈晓明:《无法终结的现代性——中国文学的当代境遇》,北京大学出版社2018年版,第5页。

② 陈晓明:《无法终结的现代性——中国文学的当代境遇》,北京大学出版社2018年版,第99~100页。

段的现代性(科学技术进步、工业革命和资本主义带来的全面经济社会变化的产物)"与美学现代性①,后者是对前者的批判。但在20世纪80年代的中国,美学现代性并不是在对资产阶级文明现代性的批判中展开的,而是在诸如"现代化与现代派"的关系建构之中,召唤着现代文明的现代性的到来。进入20世纪90年代,两种现代性之间的紧张关系才真正呈现出来。美学现代性的批判反思意义逐渐凸显。刘醒龙的创作一方面呈现了现代性追求,浪漫、乐观成为其美学基调。同时,他也捕捉和表现了乡土文明中无法被现代性所规约的鲜活的异质内容。在"无法终结"的现代性进程之中,在持续展开的现代化趋势之下,乡土文明中纯净美好的部分被呈现,愚昧落后的部分也得到检视。同时,还以浪漫的方式,让人们看到了未来的希望,这便是刘醒龙的现实主义书写策略——"浪漫的现实主义"使他有别于20世纪90年代后期兴起的底层写作的批判现实主义之所在。

三、"分享艰难"与20世纪90年代的"集体误读"

刘醒龙的浪漫现实主义书写策略具有丰富的层次,对其作品的把握难免会落在不同的面向上,这就难免引起"误读"。在刘醒龙20世纪90年代的作品中,引起最热烈讨论的是《分享艰难》。该作被认为是"现实主义冲击波"的代表作品,其小说名甚至被文学圈之外的地方借用,成为20世纪90年代中国社会改革心态的描述之一。围绕着这部作品的讨论、借用,是那个时候的"集体误读"。

《分享艰难》的讨论得以形成的直接原因是文学期刊的引导、运作。《分享艰难》本名《迷你王八》,被时任《上海文学》主编周介人改为后来的名字。这种改动,体现了他对社会心态的敏锐判断。

---

① 马泰·卡林内斯库:《现代性的五副面孔》,顾爱彬、李瑞华译,商务印书馆2002年版,第47~48页。

同时，他也预言，"这四个字将惹发一场风波"①。该作发表后果然引发了争论，由此还引出了对"现实主义冲击波"（包括"新现实主义小说"潮流）的大讨论。

赞誉者认为《分享艰难》等小说写出了时代需要的精神。"现实主义冲击波"的命名者雷达认为，"它们以较前更全面、更冷静也更求实的眼光，以不回避的正视姿态，来看待现实关系的复杂性和某些现实问题的尖锐性，没有削平、淡化或回避生活中新出现的重大矛盾，也没有简化现实关系的新的错综状态，从而把文学的真实领域发掘到一个新的层面，扩充到一种新的广度"②。有论者更指出，"他们深深意识到改革是一场社会革命，是一个漫长艰难痛苦的过程。我们要'分享艰难'，齐心协力，努力奋斗，才能达到那光明的彼岸。所以，他们所描写的矛盾冲突，艰难而不令人消极，悲壮而不让人感伤，沉重而不使人压抑"③。在这个意义上，"分享艰难"迅速与下岗等"改革阵痛"热点问题联系在了一起。在"艰难"面前，"分享"的意思被解读成为"共享""一起面对和承担"的态度。

批评者的意见则恰恰相反，童庆炳、陶东风认为"分享艰难"的书写，只强调"分享"，而没有去追究"艰难"的内在原因。"他们对转型期的现实生活中丑恶现象采取某种认同的态度，缺少向善向美之心，人文关怀在他们心中没有地位。""既没有触及改革攻关中症结所在，也没有揭示现实中造成人文关怀与历史理性、责任伦理与信念伦理的冲突背离的深层社会原因，尤其是体制上的原因。"④

在今天看来，这些赞美与批判，都有其道理。不过，回到小说

---

① 刘醒龙：《天堂里幸亏没有电话》，《上海第三届 1994—1995 第四届 1996—1997"长中篇小说优秀作品大奖"获奖作品集》，上海文艺出版社 1999 年版，第 627 页。

② 雷达：《现实主义冲击波及其局限》，《文学报》1996 年 6 月 27 日。

③ 王峰秀：《现实主义启示录——关于现实主义冲击波的思考》，《文艺理论与批评》1997 年第 6 期。

④ 童庆炳、陶东风：《人文关怀与历史理性的缺失——"新现实主义小说"再评价》，《文学评论》1998 年第 4 期。

"浪漫现实主义"与被误读的"分享艰难"——重读刘醒龙90年代小说

文本,这些"误读"的问题则能够被重新打开。《分享艰难》的小说原名《迷你王八》,是田毛毛给自己所养的幼甲鱼取的名字。理由是"现在小家电等商品不是流行什么迷你型吗?这甲鱼苗不就是迷你型"①。"迷你王八"这种命名,显示了田毛毛的纯真可爱。更有意味的地方在于,"迷你"是当时流行的命名,对它的理解与使用,也表明了作为乡村少女的田毛毛对现代都市生活的向往。在关于《分享艰难》的讨论中,田毛毛是被忽视的人物。但要深入理解《分享艰难》的情感立场,田毛毛恰恰是不能被忽视的。她是新的乡镇青年,渴望成功,但并没有多少资本。她不惜与父亲决裂,想办法分家,以棉花地为筹码和负责养殖场的洪塔山交易。在终于如愿当上养殖场办公室主任之后,她却被洪塔山强暴。最后,洪塔山也没有受到法律制裁。她一心想要做一番事业,却总是落入别人的陷阱之中,这是以个人悲剧反映"艰难"的沉重性。结合田毛毛的命运来看,以她命名的"迷你王八"为小说名,其中的控诉、批判立场是鲜明的。因此,小说不仅不是"认同丑恶",而是在批判这种丑恶。只不过,作者用了文学的方式,用了乡土气息的名字。而这个名字,被改为时代政治色彩的"分享艰难"之后,遮蔽了无数的问题。在原本的"迷你王八"所指称的乡土世界里,20世纪90年代的变革中的"艰难"没有被"分享",丑恶没有被忍受,而是被揭示、铭刻了。

从"迷你王八"到"分享艰难"的改动,是20世纪90年代文学期刊的运作的一个缩影,它是"现实主义冲击波"能够"冲击"起来的重要原因②。可以说,文学圈关于《分享艰难》的"误读",是从期刊编辑开始有意为之的行动。这个一开始便预料到要"惹发一场风波"的小说名的改动,包括此后的策划、批评,也在一定程度上折射了生产机制转型背景下文学的"艰难"。

对刘醒龙的"误读",不仅发生在文学方面,也发生在影视改

---

① 刘醒龙:《分享艰难》,《上海文学》1996年第1期。
② 李敏:《1990年代的文学期刊与"现实主义冲击波"》,《中国现代文学研究丛刊》2019年第1期。

编中。需要注意的是，20世纪90年代也是电视行业兴起并对文学形成冲击的时代。对于作家来说，真正赚钱的事情不是写作，而是转行去做编剧①。刘醒龙没去做编剧，其小说改编的影视剧却囊括了不少重量级奖项②。不过，他自己认为这些改编者也"误读"了自己的作品：《凤凰琴》的改编者"不了解民办教师"，因为他们在"用城市生活经验来阐述乡村"③。"根由就在于进行电影再创作时，那种平等的状态失去了。为乡村贫困窘迫所萌发的同情、怜悯，为乡村的落后愚昧而激发的愤慨、忧虑，在一些揣着高学历，住在高楼的人那里，这些表情的潜意识里包含着居高临下、指点江山的优等感觉。同情与怜悯带着施舍的背景，愤慨与忧虑则是恨铁不成钢的教师爷前提。"④

---

① 据调查，1994年左右，"上海专业作家17人，靠作协工资与稿费为生。一级作家400多元，二级作家、三级作家分别为300多和200多元，而上海1992年人均支出是每月270元，当物价指数飞速上涨，工厂企业的工资数倍于以前时，他们的工资水准未有较大提高"。"真正能为他们换来稿费的并不是纯文学的创作，而是'亚文学'或'非文学'创作。例如王小鹰：'电视台活动每次100百元，小品文每篇60元，《家庭风景线》（《解放日报》专栏）每月130元，外省或港台高稿酬约稿每千字100元以上。'而作家们的严肃文学创作只有每千字20—30元，一部长篇小说要耗时两三年以至更长时间，稿费扣除所得税，一般只剩下六七千元甚至更少。"参见陈丽：《困境与突围——对经济体制转轨时期上海作家情况的调查》，《社会科学》1995年第1期。

② 根据《凤凰琴》改编的同名电影《凤凰琴》，获1993年中国电影政府奖（华表奖）最佳故事片、最佳男演员、最佳编剧奖，第三届全国精神文明建设"五个一工程奖"，1994年中国电影金鸡奖最佳故事片奖、最佳男演员奖、最佳导演奖，1994年电影百花奖最佳故事片奖、最佳导演奖、最佳男主角奖。根据《凤凰琴》改编的同名电视剧，获1994年中国电视剧"飞天奖"二等奖。根据《秋风醉了》改编的电影《背靠背，脸对脸》，获1995年中国电影金鸡奖最佳合拍片奖、1995年东京电影节最佳男演员奖、1995年第五届上海影评人十佳影片奖、1995年第十四届香港电影金像奖十大华语片。参见《刘醒龙文学回忆录》，广东人民出版社2019年版，第354~355页。

③ 刘醒龙：《刘醒龙文学回忆录》，广东人民出版社2019年版，第134~135页。

④ 刘醒龙：《刘醒龙文学回忆录》，广东人民出版社2019年版，第169~170页。

"浪漫现实主义"与被误读的"分享艰难"——重读刘醒龙90年代小说

同样的，在评价由《秋风醉了》改编的《背靠背，脸对脸》时，刘醒龙也不认同编剧对小说所做的重要修改。他特意指出，在原著小说《秋风醉了》里，王副馆长的父亲是补鞋匠，他补坏了县委宣传部部长的皮鞋，没钱赔偿，又不敢告诉儿子，只好自己去医院卖皮肤。这个情节，被影视编剧改编为父亲是故意弄坏了皮鞋，然后去卖血，把事情闹大。这样文化馆长就会被处理，儿子就能上位了。刘醒龙解释说，"小说写父亲坚定地认为补坏了鞋子就得赔，这是补鞋匠最基本的责任。"电影则把补坏鞋子事件当成是父亲有意算计的一部分，"虽然只改动一句话，人性的分野便显得截然不同。这样的残酷本身就是一种虚伪，比残酷更残酷"①。

考虑到影视与文学的媒介差异性，电影剧本所做的改动是有其合理性的。它让人物行动的目的性更加明确，《背靠背，脸对脸》的钩心斗角的色彩更加突出了。为了强化冲突，凸显矛盾，人物形象可能走向极端、片面，也表现了人事斗争的残酷性。但在刘醒龙看来，这种"残酷"的设计，不仅多余，而且有害。他认为，小说中老父亲是一个本分人。他有质朴的一面，作为鞋匠，责任应该是首位。在揭露复杂的权谋生态和张扬人性善良之间，刘醒龙的站位是明确的。他认为，"最好的作家应该是仁慈的、悲悯的。这是我们对乡土小说最应该持有的态度。乡土给我们最有价值的东西就是仁慈"②。

上述"误读"，是基于20世纪90年代不同的利益站位、价值观念、媒介形态而展开的，多少都反映了这个时期的"艰难"状况。回到历史语境中，这些被误读的内容可以得到部分还原。而那些不能被还原的人物形象及其精神世界，是可以在文学史中留存的遗产。他们被活生生地保存在时间长河之中，会比那些揭露的社会问题和相应的解决方案更加恒久。路遥曾指出："我国不幸的农村问

---

① 刘醒龙：《刘醒龙文学回忆录》，广东人民出版社2019年版，第140页。
② 刘醒龙：《刘醒龙文学回忆录》，广东人民出版社2019年版，第139页。

题是历史形成的；是古老历史和现当代历史形成的。政治家、哲学家和经济学家都可以理性地直接面对'问题'，而作家艺术家面对的却是其间活生生的人和人的感情世界。"①面对改革年代的乡村和单位的困境时，刘醒龙笔下的人物，与其说是为了解决各种难题而塑造的形象，不如说是为了呈现这个处处是难题的世界而设立的装置。或许在这种有悲剧底色的世界里，文学的悲悯和仁慈才能发挥最大作用。因而，刘醒龙的小说格外具有柔和、温情而隽永的风格。但在20世纪90年代的语境中，要征用文学来完成自身叙述的外部力量实在太多，"误读"就是不可避免的。这些"误读"是彼时人们介入时代的方式，也是我们今天借以重返20世纪90年代的路径。

相对于20世纪80年代后期就写出了《平凡的世界》的路遥，刘醒龙可能抱憾匪浅，因为他只能孤独面对前所未知的20世纪90年代。同时，刘醒龙也是幸运的，他在文学事业开始的时刻，就碰上了20世纪90年代这个变化无穷的现实对象。接下来，他还可以从容地将这些观察、思索带入21世纪，打磨出属于自己的浪漫现实主义文学，以宽阔的视野写"小地方的事情"②，处理诸如"我们的父亲"与传统之类的宏大命题③。对于作家来说，这是梦寐以求的幸运。现在看来，他没有辜负他的幸运，他抓住了这个时代所提供的书写契机。

(《新文学评论》2020年01期)

---

① 路遥：《早晨从中午开始》，《路遥全集》，北京十月文艺出版社2013年，第61页。
② 刘醒龙、李遇春：《文学是小地方的事情》，《上海文学》2014年第4期。
③ 李遇春：《"我们的父亲"与传统——解读刘醒龙的〈黄冈秘卷〉》，《当代作家评论》2019年第1期。

大山里的真情

谈志林

　　刘醒龙的中篇《凤凰琴》(《青年文学》1992年第五期)是值得一读的好作品。虽然小说中突兀而起的只是大山里一所破败的小学校，走来的只是三几个肩负着沉重的十字架的民办教师，活跃的只是一群衣衫褴褛、面黄肌瘦的山野小孩，但它通过对深山野校"原生态"的描绘，对几位老民办教师命运的真切再现，使你不得不叹服这是真正的大山的故事。是大山人眼中的大山，是大山人心中的大山。作者"我"就彳亍在这群山里人中间，在这荒山野校中结识他们，了解他们，也参与他们，同化进这浓浓的大山情怀中。作者以细微的笔触把握着真正的山里人，剖析着这三几个老民办教师复杂而细微的心态，写出了他们坚毅而平实的山魂，也流露出对山里人以及那片大山的殷殷情意。小说的现象层是由大山点染的，山谷中涌起的雾，山腰舒卷的云团；一碗腊肉挂面，一只从腌菜缸中捞菜秆的小手；夜半忧郁的笛声，木梓树下五颜六色的狼眼；更有那重重吊吊的断弦，那山风中叭叭作响的漂白的国旗。这一切都是属于那片大山的，更属于山中那排孤零零的破屋，那几位苦得心酸，又苦得感人的老民办教师。余校长、孙四海、邓有梅，他们是知识分子，但他们更是农民，他们握粉笔的手中藏着厚厚的老茧，他们挑粪的肩头更洒着一层细细的粉笔灰。农民+知识分子，双重的身份赋予他们双重的心态，双重的人生。既有着知识分子式的无私奉献，也有着农民式的执著、忍耐与精明。他们的命运维系在这方贫瘠的土地，更维系在那几间破败的教室。他们恨这片大山，但更爱这片大山，云雾缥缈的山下对他们是永远的诱惑。一谈到转正，三对耳朵一起竖起；但他们更多是面临着走出大山的困惑与无奈。当一旦有转正指标下来时，他们才发现几十年如一日，自己早已与这方土地融为一体，心中已为那一排瘦瘦的黑腿，那飘忽不定的山路所充盈。他们终于发现"我的一切都在这儿"，终于为"人活着能做事就是千般好，别的都是空的"的结论而满足。他们对人生、对命运的理解既有知识分子式的复杂、多感，也有着农民式的简单与纯朴。在中华大地许许多多被人遗忘的角落里，他们就这样肩负着民族大文化背景中因袭的重担，为着"放他们（新一代）到新的、自由的天地里去"，过他们"所未曾生活过的生活"。正如鲁迅先生所言，他们是"埋头苦干"的"中国的脊梁"，是大山的山魂！青山无语。刘醒龙说："我总算做了一件对得起乡亲，对得起乡下朋友的事。"（见创作谈《留下青翠的草木》）不错，刘醒龙以细腻的笔触、朴实的言辞再现了他们辛酸无奈、愁苦又希冀的复杂心态，为他们更为大山献出了自己心中的一腔真情，使"我"、他、还有大山在这殷殷的情意中融为一体，透出感人的魅力，而这正是刘醒龙的过人之处。他绝不同于以前某些自命不凡的寻根者，他们总喜欢站在所谓的历史的高度，沾惹些许城市意识的自大气，居高临下去审视乡下，猎奇乡下，指点乡下，俨然以救世主自居。他们笔下虽然语言翻新，自云中西合璧，但仔细用鼻子一嗅，总觉得他们的笔下有股吹洗不去的城市气、书生气，形聚而神散，缺少一种乡村中独有的朴拙、平实，独有的灵气，使人感觉不到真实的乡下。前不久在华中师大召开的中国当代文学国际学术讨论会上，我曾毫不客气地对一位学者说：新时期文学没有真正的农村文学，有的只是城市意识笼罩下的准农村文学。刘醒龙也在《留下青翠的草木》中忏悔道："我现在才明白，父亲过去的激烈批评是有道理的。那时，我把自己的位置摆得高了，总以为自己能为我的穷苦乡村指点迷津。现在，我终于懂得，天南海北的乡亲的出路，唯有靠他们自己去创建，而我唯一能做的一件事，就是献上自己的真情。"诚哉斯言！也难怪王先霈教授说他的小说是"乡下孩子写的乡下事"。

在《凤凰琴》中，作者多次以响起笛声作注。《我们的生活充满阳光》曲调本身的欢快、明朗与吹奏中表现的迟缓、忧郁构成鲜明的反差，渲染出凝重而愁闷的气氛，与凤凰琴空寂、零乱的弦音，更与那背靠旗杆，从心中冲出的雄健的国歌乐曲一起，汇成小说的主题，飘荡、缠绕在这乱山野岭之中，诉说大山里的故事，宣判这大山的命运。至此，透过现象层，小说的意蕴也就汩汩流出。这里还有一点不能不提的是舅舅万站长形象的塑造，一洗以前乡村干部狗肉、啤酒的模式，虽带了点基层干部的圆滑，又更多地添了几分中国农村知识分子的良知，从他走出蓝二婶家门的一尘不染的皮鞋上，从他赶几十里山路吃的两碗油盐饭上，从他偷偷刻下"明爱芬同志存念"又将落款刮去的凤凰琴上，活画的是一位走出大山又不能忘怀大山的老民办隐秘而复杂的内心世界。也许，他本身就是上一辈农村知识分子的缩影，是一个喜剧的开始，一个悲剧的延续，是人格与生活现实的二律背反，我们从他身上咀嚼出的是甘苦与辛酸交融的五味人生。而作者正是从人物形象多角度的切入，以构成其圆形形象如余校长、孙老师等人物，就体现了作者塑造形象的深厚功力。

　　读完《凤凰琴》，我满目飘浮的依然是黑魆魆的大山，漂白的国旗，背靠背吹奏国歌的身影，还有一排瑟瑟的黑腿，一双拽动绳子的大手，更有那手臂上和国旗一起升起的太阳……

　　刘醒龙终于不陌生了。

(《当代文坛》1993 年 04 期)

刘醒龙的《黄昏放牛》与中国的乡土文学

陆 琳

在一批富有个性的作家中，刘醒龙以其独具气韵的小说创作，确立了自身的存在。《黄昏放牛》这篇作品，在一定意义上是他20世纪90年代以来创作的一次整合性表现。新时期以来的乡土小说家们，继承丰富和深化着"五四"以来乡土小说的文化母题，构成中国文学现代化走向不可或缺的存在。如果说20世纪80年代的乡土小说在总体风貌上呈现出面对乡土社会文化困境的兴奋、不安与焦灼的特征，那么，20世纪80年代末和90年代初的乡土小说创作则在对这个文化困境作更深层的切入中，表现出沉实凝重的品性。

《黄昏放牛》的主人公胡长升是一个土里土气的农村老人形象。刘醒龙曾在他的小说中有意无意地着力叙写了诸多老人的故事。像《灵猩》中的瑞良大爷、《河西》中的十三爷等，他们的生存智慧、愚陋固执、真切爱憎给我们留下了很深的印象。胡长升的故事也是如此。

这是一个只有双脚踏在土地上心里才踏实的老人，他抱定着庄稼人"老婆媳妇堂客可以忘，这种田的事可不能忘"的立身原则。老人在大儿子那儿带了5年孙女，回到家中听到黄牯那"哞哞"的叫声心都醉了；而几近荒芜的田园和人们对此的漠然态度使他心痛，林立的楼房、繁荣的市镇、小儿子家富裕的生活都不足以平息这痛苦。终于他下定决心要在自己的土地上再振庄稼人的雄风，再显昔日"胡劳模"的本色。他想以自己的苦干证明有田有地就不怕不能活人，他决心以一季好收成换来钱为他心爱的女人秀梅治好病。他不顾一切地投入到田间的劳作中,直至晕倒在等候卖粮的长蛇阵中,结果好收成换来的只是40元现款、160元教育活动费的收据和一张标明粮站欠款的白纸条子,而秀梅这时也正在垂死之中等着与他见最后的一面。一场种田大梦破灭了。与此紧相联系着,小说让我们看到胡长升生活中的其他方面。那具有特定价值内涵的"胡劳模"实际上将胡长升标在了已经逝去的一段历史的空间里,但是他对此并无自觉,而是始终引以为自豪,甚至两头牛打架也能唤起他当年争当劳模的美好记忆。这是个传统意义上的标准的农民。他在已受现代文明强烈冲击下的乡土社会中,迷失了自身的存在。他那场堂吉诃德式的奋斗,其全部动力来自对土地的依恋、崇拜和信念——这曾经是非常强大的传统农业文化的心理能源和精神支柱。可是这能源和支柱在现代文明的冲击下正日趋衰竭和坍塌,使胡长升感到脚下的土地,与土地相联系着的生活方式、价值观念正在动摇,正在失去;这些又构成了他立足土地确证自己存在的逆向刺激。胡长升的力量来自这样正反两个方面,他失败的根源也正在这里。在走向工业文明和现代社会时期的中国农村,人们所熟知的原有价值体系正在崩溃,原有的生存方式必然地也在被抛弃,随之而来的是精神的危机。可以这样说,刘醒龙敏锐地获得了对我们这个民族、这个国家现代化进程中悲剧性存在的认识;并以其对文化哲学的深度感悟和不断的艺术探索,获得了他的乡土小说的审美个性。

　　刘醒龙比较注意城乡二元视角的运用,即以作家主体的现代意识观照处于两种文明冲撞中的乡土社会,从中国乡土社会的历史沉积与现实存在的交汇中透视现代文明进程带来的活动,构成整个艺术画面的中心。西河镇是中景,县城和其他外地城市则是远景。这种空间广阔而层次分明的背景设置,显示了作者以城乡二元视角去把握整个乡土社会在现代时空中的现实存在的意向。小说通过胡长升的耳闻目睹和亲身经历,广泛地摄取了农村生活的方方面面。徐镇长忙着外出参观访问,忙着搞集市农贸装点繁荣,忙着给乡干部赏发救济衣物;乡干部们不失时机千方百计追索各种名目的税收;出外谋生的青年,有的贩毒品案发,有的或被抢劫或被陷害中伤,难在城市立足；胡卫红进城卖菜，又与吴支书做起倒卖计划化肥的生意，李国勋不放过任何敲诈钱财的机会，连岳母的祖上积蓄也逼索；不种田而发财的人以金钱换来尊严并放纵于声色之中，守着田地的人得不到任何惠顾，却要应付各种摊派，甚至在债务中滚爬。所有这些都揭示出现代文明在步入乡土社会时带来的苦难与罪恶同在、繁荣与凋敝共存的局面。但是现代文明带来的负面效应并不是现代文明本身的否定性价值，而文明的每一次进步又往往是以恶作为其先导和推动力量的。历史的喜剧往往是人生的悲剧。当现代文明松动了封闭僵固的乡村结构，激发了人们对身外世界的向往、与自身土地的剥离的时候，随之而来的负面效应必然给依附于土地的人们带来心灵的阵痛和现实的苦难，这就是胡长升们的悲剧。

"在表现中国农村和农民方面，我觉得有两个基本点极致的例子。一个是沈从文，追求的是纯美的表现，以美笼括一切；一个是鲁迅，非常理智非常狠心地进行剖析。"①而刘醒龙恰恰处于摇摆矛盾之中。他写以胡长升为中心的一群老农们（包括《村支书》《凤凰琴》《我们的生活充满阳光》等），他们对现实的愚钝和无知，他们的那种源于传统文化心理中君臣主仆的主属关系的心态，他们的可悲与可笑，主要是通过一些事件的叙述显示出来。而另一面，因为中国文化的特定情景积淀，又使人联想到一种田园牧歌的情调，这两者之间的反差生成了丰富的情韵：是一种追怀，还是一种无奈，抑或一种嘲讽和审视呢？

刘醒龙的艺术追求，形成了他小说创作的悲剧美学个性。其作品的悲剧效应，不仅仅是产生于将人生有价值的东西毁灭给人看（鲁迅语），而是如美国戏剧家阿瑟·米勒所说，它是产生于一个人全力以赴地要求公开评价自己所带来的后果，在这样的过程当中，人物的悲剧性遭遇"提出了环境里的缺陷或邪恶"②。胡长升的不幸不在于他的全部价值联系着土地，他的人格是这土地上几千

---

① 林舟：《生命的摆渡——中国当代作家访谈录》，海天出版社1998年版，第26页。

② 阿瑟·米勒：《论剧散文》，三联出版社1987年版，第39~41页。

年传统农业文明的积淀。这在新的价值尺度下既有消极的不适应的部分，也有积极的应该予以肯定的部分，但在两种文明冲撞的过渡时期，它们被抛弃到历史进程的边缘，遭到全部的否定，这一悲剧美学个性也就说明了刘醒龙为什么那么一贯地选择农村老人的形象作为悲剧主人公，在这些老人的生活遭际和人格展示中，体现了历史与现实，传统与现代两股力量交汇对他的心灵的撞击和撕扯，作者从此切入农村社会现实，准确地把握了过渡阶段的悲剧性，在人性的纵深处开掘出丰富的文化蕴涵。

通过《黄昏放牛》，我们可以看到，在世纪交替的时代，在两种文化接轨的前夕，在两种文明冲撞的所在，刘醒龙的乡土小说对我们这个处于文化转型的国家的乡土文化困境作出了审美的把握，并为之提供了颇为丰富的文化母题阐释。

(《唐都学刊》2000 年 04 期)

《音乐小屋》：灵魂震颤的多重乐章

王 瑶

刘醒龙的小说始终以乡土为根，深入社会现实，追问人性本源。无论是《凤凰琴》《天行者》，还是《分享艰难》《痛失》《政治课》，其中的主人公，总是顽强地与沉重而吊诡的现实世界相抗争，他们有的动摇了、妥协了甚至堕落了，但是更多的人却始终不肯出卖自己高贵的灵魂，始终不曾放弃自己的人生信念。这一点，在他的中篇新作《音乐小屋》里再一次获得了突出的表现。

《音乐小屋》描写了一位擅长吹口琴的打工乡民万方。小说通过"一只口琴在历史与当下的处境"①，展示了城市人对乡村人的歧视，反映了城市文明对人的严重异化，也奏响了灵魂震颤的多重乐章。在城乡二元对立的现实境遇中，人分三六九等，乐器也有高低贵贱。唯有万方吹奏的美妙音乐，吸引着纯洁的孩童，也慰藉着那些在繁华外表下早已满目疮痍的心灵。作者试图通过万方的口琴，向人们发出诚挚的呼喊：不管现实如何，人们都应永不放弃对生命的诗意追求。

一、梦想与现实：底层生命的尴尬生存

在小说的开端，刘醒龙便为我们精心勾勒了一幅北风肆虐下的城市图景：暴烈的北风，刮开了城市繁华的面纱，露出颓唐的肌理。几株营养不良的菊花，散落在冬青植物的缝隙里，唤不起任何

---

① 刘醒龙：《一只口琴的当代史》，《中篇小说选刊》2010年第4期。

路人的注意。这也似乎预示着，在城市中如菊花般品质高洁的人少之又少，人格与气节在这里不会受到重视。而万方的城市生活，恰好印证了这一点。

万方是一个有音乐天赋、擅长吹口琴，并有着高中文凭的乡村人。以乡村人群体的文化水平来看，他属于知识分子。在一般人群体中，他也称得上是一位艺术家。但在城市里，他依旧遭到众多人的歧视。他作为一名清洁工，和工友陈凯一起住在楼梯下的小屋里。小屋虽然有九平方米，而能直起腰的地方只有两平方米，两人还必须睡在一张床上。最让他们感到困扰的是住在他们楼上的胖女人——小男孩"丹麦王子"的母亲。胖女人每天回家时都要在楼梯上狠狠地踩几脚。她作为一个摆地摊的商贩，自身的社会地位也不高，但她仍有资本瞧不起他们，因为她是"城市人"。小女孩伊丽莎白的母亲也一样。单从把孩子叫"伊丽莎白""丹麦王子"这件事情上就可以看出两位母亲对身份地位的崇拜程度。

在工作中，万方和陈凯也常常遭"城市人"鄙视。刮风天扫地时，过路的男人们认为大风把垃圾自动归为一堆，便宜了扫大街的万方，就纷纷往地上吐痰；陈凯不小心将地下的一点湿东西弄到了过路人的脸上，就被毒打一顿；诊治陈凯的值班医生对清洁工被打的事实毫无反应，还用很重的手法治疗；在去晚报社告状的路上，车上的人对万方的询问也是爱理不理，让万方错过了晚报社站；到了晚报社后，记者也只是敷衍万方说她会争取让事件曝光，而第二天的报纸上根本没有出现这一消息；甚至环卫站的会计也明目张胆地瞧不起万方他们……

小说通过万方这个人物为圆心，以万方的生活经历为半径，辐射了乡村人城市生活的各个方面，深刻反思了乡村人在进步中依旧被歧视的原因。这些原因主要有三个方面：第一，身份歧视。万方自身带有的乡土气质，时刻暴露着他的乡村人身份。即使他为了见心仪的女孩芦苇而换上了西装，也未能遮掩自己的乡土气质。因此他敲开芦苇的门时，芦苇还以为他是自己不认识的普通农民工，竟一把将他关在门外。这种乡土气质，不仅使他在关键时刻碰壁，还让他不断地在人际交往中遭受冷遇。相比之下，万方的同乡——做了总经理助理的万有，不管走到哪里都受到恭恭敬敬的待遇。

第二，职业歧视。由于清洁工处于社会地位的底层，绝大多数城市人根本不屑于搭理他们，甚至有部分人会欺凌他们。万方遭到旁人的嘲笑不能还口，陈凯遭受路人的毒打不敢还手，这些都反映出身为社会底层人物的悲哀。相比起那些歧视、欺凌他们的人，待他们友好的人似乎能给他们一些温暖，如何大妈、马站长等人。但历经了多个事件后，万方才发现这些人的关怀也只是一种伪善。他们跟万方搞好关系，更多是为了让万方配合他们，利用万方来完成眼前的工作。这些人本质上跟歧视万方的城市人并无区别。这些人的伪善，比起赤裸裸的歧视而言更具有杀伤人的威力。

第三，技能歧视。刘醒龙曾在创作谈中提到"口琴这东西，一直以来是有属性的"。① 在知青人手一把口琴的年代，口琴代表着先进文化，也代表着城市文明。而当下，时代在进步，口琴却落伍了。现代都市人普遍认为，拥有口琴并不算得什么，只有拥有了钢琴，才是身份、地位、财富、知识的象征。因此，纵使万方的口琴吹得再好，也只能吸引极为少数的城市人，更多的城市人表现出的态度是不屑。

万方为了寻梦而来到城市，但他所拥有的一切都被所谓的"城市人"鄙视了：首先是身份，进而是职业，最后是自己最得意的技能。这些都让万方感到梦想在逐渐分崩离析。

《音乐小屋》似乎想要呼吁社会，逐步地提高乡村人群体素质，进而改变乡村人尴尬的生存现状。但无论怎样，当下这种身份歧视，不仅拉大了乡村人梦想与现实之间的差距，更阻碍了部分乡村人追求上进的步伐。它注定了城市并不是乡村人的归宿，也使乡村人的梦想与现实之间难以沟通。

二、受虐与自虐：人性的撕裂和堕落

在《音乐小屋》中，"歧视"不仅来自城市人，同样也来自乡村

---

① 刘醒龙：《一只口琴的当代史》，《中篇小说选刊》2010年第4期。

人之间的不信任。像陈凯就瞧不起万方。他认为万方像个初出茅庐的孩子，对城市没有清醒的认识。他希望拔除万方对城市的所有希望之苗，迅速"成熟"。他三番四次地嘲笑万方的热血与无知。表面上，他的嘲笑是一种鄙视，也是一种劝解。而事实上，他认同的是"乡村人抗争无效"这一经验。他放弃了反抗，默认了城市人的欺压。他敢于对万方大声嚷嚷，却不敢动打他的城市人一根汗毛。他长时间地压抑自己，把满腔愤怒全部化为粗鲁的咒骂和写在报纸上的涂鸦。他习惯了被动承受，总是不断忍耐。但也正是由于他的被动，差点儿让他错失转变身份的良机。而正是他瞧不起的万方，一次次地为他争取机会，为他发出呐喊的声音，才让他最后得偿所愿。

比万方早一年进城的万有，刚开始也歧视万方。他对于万方而言既是竞争对手，又是重要的朋友。万方两次有困难，都是靠万有帮助才得以解决的。因此，刚开始的时候，万有往往以高高在上的城里人姿态对待万方，并对万方炫耀自己的"成功"。但万有却是靠着跟五十多岁的女老板鬼混，坐到了总经理助理的位置上。并且，这个事实还被万方撞破了。万有对万方的歧视，就此转变为万方对万有的鄙夷。万方靠良心吃饭，脚踏实地赚钱，而万有靠出卖自己的肉体换得金钱、权力、地位。他看似融入了城市生活，拥有了光鲜的外表，其实仍然只是城里人的欲望工具，没有自由，也没有尊严。

陈凯明白，乡村人如果无法努力摆脱身份的束缚，就永远不能奢望得到城市的接纳与认同。在绝望的现实境遇之下，陈凯开始自甘堕落，由"受虐"走向了"自虐"。为了融入城市，过着"像城市人的生活"，陈凯发生了彻底的裂变。他设计了"救人计划"，企图成为"英雄"。他偷走井盖，让路过的人掉进去，自己再及时救援。但是计划只成功了一半。后来，他救的胖女人却迟迟没有回应，他自己却因喝了脏水得了病。记者采访时，胖女人对自己的辩护是：那井盖肯定也是进城的农民偷的，她虽被进城的农民救了，但那本是他们应该做的。这一辩护颇有"解铃还须系铃人"之意味——虽然她并不知道"解铃人"是否"系铃人"，但这一说法，恰好讽刺性地击中了陈凯的所作所为。

所幸的是,陈凯最终还是因祸得福,戏剧性地成为"荣誉市民",将户口转入城市,还当了治安联防队副队长。此后,他还做了一件耐人寻味的事情——带万方到桑拿洗浴中心,还叫了小姐。陈凯认为,只有这样,自己才真正地被城市接受了。这种乖张的行为,表明陈凯虽然无可救药地自甘堕落,却没有丝毫的醒悟,反而将自我堕落当作城市对自己的宠幸,并对此感到心满意足。

从万有和陈凯的命运中,我们可以看到,挣扎在城市里的乡村人,除了受虐,就是自虐。他们渴望融入城市,因而常常不由自主地撕裂人性,走向堕落。他们在改变自我、努力追求进步的同时,自己也被城市严重异化。他们出卖了自己的心灵,逐渐成为追求物欲的行尸走肉。

三、口琴与钢琴:让诗意在都市中生长

马站长对个人被群体同化现象司空见惯。因此马站长曾预言,万方工作三个月后将爱上香烟,因为万方的工友都吸烟。但是万方却一直没有碰烟。他始终用口琴抚慰着自己的心灵。小说藉此细节,表现万方始终坚定不移地守护着自己的人生信念。口琴和音乐是万方与现实抗争的有力武器。

《音乐小屋》把小屋、口琴、音乐三者融合在一起。它们看似并不相配,却代表了一种诗意的生活。三者中,口琴无疑是联结小屋和音乐的重要纽带。作者精心设置了"口琴"这一意象,并通过乡村人与城市人的视角,将口琴与钢琴进行相互对比。

乡村人自然也明白钢琴代表着富足、高贵。但在乡村人的视角中,无论是钢琴还是口琴,都是知识的象征,它们都和城市文明紧密地联系在一起。而在城市人的视角下,钢琴"摆在家里既气派又能显示出人的身份,既能陶冶灵魂又能成为明星挣大钱";口琴则"学得再好也不能当明星,反而将人弄丑弄俗气了……"口琴只是一个落伍的东西。因而在绝大多数城市人的眼中,无论是口琴、小屋,还是口琴吹出的音乐,都一文不值。乡村人、城市人的视角对

比，将城市中的拜金主义思想刻画得淋漓尽致。

然而实际上，无论是钢琴还是口琴，它们都与文化、艺术、美紧密地联系在一起。即使是一只口琴，它也"能让一间小屋的破烂与简陋，焕发出生命本质的光艳和生存意义的色泽……"生命本质和生存意义不分阶层。生命的本质是人类所共有的。我们更不能说草根、平民阶层就没有生存意义。因此小屋、口琴、音乐、钢琴之间不应分出高低贵贱，它们之间应当是平等的。

小说为了说明两种乐器之间的平等性，特意设置了一个细节，让万方这一草根人物在读书时学过键盘乐器。并据此安排了万方弹钢琴这一叙事片段，让万方在胖女人家里进行了一曲成功的演奏。由此说明，无论是钢琴还是口琴，都只是一件乐器，一种表达的手段。钢琴也好，口琴也好，它们都能发出震撼人心的音乐。美妙的旋律其实隐藏在人的心灵与才华之中。

但在万方走向钢琴以前，刘醒龙就通过"零视角叙述"①，预言了即将发生在万方身上的倒霉事件："……万方听说芦苇都关心起他的去向，心里激动起来，他一时不知如何是好，竟懵懂地要小男孩带自己去看看他家的钢琴。小男孩很高兴，扯住他的手就往楼梯上走。"一句"不知如何是好"，表现出万方在兴奋、迷乱、忘乎所以的状态下做出了弹钢琴的选择；一个"竟"、一个"懵懂"表达了叙述者隐隐的不安，也揭示了即将上演的尴尬场景。

虽然万方弹奏的音乐非常美妙，且在演奏完毕后很文明地做了个鞠躬礼，他仍被匆匆赶到家的胖女人以极其狼狈的姿态赶了出去。这一叙事刻画，比之前的所有叙述都更能深刻地表达出歧视的根源所在——阻碍了万方的不是"口琴"，而是他的"身份"。即使万方能够做出演奏者的姿态，并使钢琴发出美妙的声音，也不会跟钢琴有太多的缘分。钢琴这一物件并不属于他，而属于胖女人一家。对于他而言，口琴、音乐、小屋才是完完全全属于他的。无论何时，他都可以自由地在小屋中，用口琴吹奏属于他的音乐，通过

---

① 申丹：《叙述学与小说文体学研究》，北京大学出版社2004年，第218页。

音乐让城市变得可爱,让小屋变得空阔。

任何人都可以鄙视这种音乐,但谁也无法剥夺它,因为那是只属于草根的诗意生活,那是谁也夺不走的草根的浪漫。为了表现草根诗意生活的顽强属性,刘醒龙在叙事上有意地设计了一系列悲剧事件。这些事件,无不是为了从肉体、从精神上一步步将万方推挤到人生最低谷。按时间顺序排练这些事件:第一是胖女人和其他人的歧视;第二是何大妈、马站长等人的伪善、欺骗;第三是陈凯的裂变、堕落;接着是万有与老女人鬼混事件的曝光;第五是万方与芦苇脱去衣服被何大妈撞见;最后是万有道出芦苇本为妓女之事。这些事件的破坏力逐级递增,事件的发展层层深入。它们不仅彻底摧毁了万方心中的期待,也无情地剥夺了万方对城市的最后一丝梦想,就像刘醒龙自己所说的那样:"……会吹口琴的清洁工万方,在瞬间的城市之爱后,陷入到从未有体察过的骨感之痛,这些反而近似巨大股灾后的最终探底与筑底。"①

但是,无论在何种打击下,万方从来都没有放弃口琴与音乐。他虽然常常沉默,但他并不软弱。他的音乐抚慰着自己的内心,也净化着他者的灵魂。他吹口琴时想象着家乡的美景,因此口琴中飘逸出的是心灵的乐章。优美的旋律凭借着簧片的震动,沟通着心与心。正是因为万方心灵纯洁,他吹奏的旋律才具有治愈他人灵魂创伤的疗效。而只有那些心存一方净土的人,才能被心灵的乐章带回到自我的本真状态,重新发现自己那颗曾经单纯美好的心。这些人的心灵未被完全异化,他们能意识到自己的灵肉分离。因此,芦苇听了万方的音乐后,才会爱上这种音乐,并发出来自灵魂的忏悔与痛哭。

对于芦苇而言,表面的穿金戴银,生活的灯红酒绿、纸醉金迷,与内心感到的龌龊不堪有着强烈的对比。对于万有、陈凯等人而言同样如此。这种强烈的对比,促使一个人质疑自己曾经设定的生存目标,并认真思考自己存在的真正意义。万方将心灵的旋律献给那些愿意为他的音乐感动的人,用诗意的乐章去震撼他人的

---

① 刘醒龙:《一只口琴的当代史》,《中篇小说选刊》2010年第4期。

灵魂。

  小说结尾，万方与万有进行着口琴与小提琴的二重奏，陈凯在一旁敲打桌子伴奏，此时的三人颇有与城市达成和解之意味。万方从小屋、口琴、音乐中所获得的满足，至此完全成为了他全部幸福感的来源。

(《小说评论》2011年02期)

论《分享艰难》的自然主义叙事策略

张 冀

1996年新年伊始,《上海文学》刊发刘醒龙的自由探索中篇小说《分享艰难》。雷达将刘醒龙和河北文坛"三驾马车"——谈歌、关仁山、何申等"共同的把握生活的方式和创作的新取向"称之为"现实主义的冲击波"①。经过批评家们和文学期刊的联手推动,已然生成"现实主义冲击波"热。在现实主义深化回归的正面评价外,大多是"逗留在现象层面,有模式化倾向,其史料价值和社会价值要大于它的艺术价值"②、"缺乏现实经验的终极关怀"和"丧失终极关怀的现实经验"③、"人文关怀与历史理性的双重缺失"④之类质疑。时过境迁后重读《分享艰难》,我却在所谓"新写实"小说后再次发现文学史上的失踪者——自然主义的清晰身影。面对世纪末的"三农"问题,刘醒龙"知道疼但不知疼在哪里"⑤。于是,他"最大限度地以科学家的客观态度来写作",真实还原了"西河

---

① 雷达:《现实主义冲击波及其局限》,《文学报》1996年6月27日。
② 昌切:《是回归 深化还是滑行——我看现实主义冲击波》,《江汉大学学报》1997年第2期。
③ 罗岗:《书写"当下":从经验到文本——"现实主义冲击波"之检讨》《上海文学》1997年第5期。
④ 童庆炳,陶东风:《人文关怀与历史理性的缺失——"新现实主义小说"再评价》,《文学评论》1998年第4期。
⑤ 曾军,李骞,余丽丽:《分享"现实"的艰难——刘醒龙访谈录》,《长江文艺》1998年第6期。

镇"的人们受"遗传、环境影响和时代迫力"①而非自由意志支配以致迷失自我的荒诞境地。这是刘醒龙指向现实的惶惑与忧思，也是我高度关注《分享艰难》小说文本的内在动因。

一、"土皇帝"："精英"与"王八"的身份对峙

《分享艰难》原题《迷你王八》，刊发前被时任主编周介人改为现名，"并且预言，在以后的多年里，'分享艰难'一词必将会成为一种公共话语，因为它会触动这个社会里最敏感的那条神经"②。诚然，在1990年代人文精神失落的时代氛围下，运营艰难的文学期刊为追求话题现象的轰动效应而作如此改动尚还情有可原，但批评家们仅凭浮泛粗略的阅读印象就对"分享艰难"或微言大义或集中火力批驳，无疑是艺术审美的巨大悲哀。事实上，作家有意设置"迷你王八"意象并作为篇名，自然就有不同寻常的象征意义。"迷你王八"是整个故事叙事的中心线索，后续展开的所有事件都与之有着盘根错节的因果关联。然而，批评家们一致对"迷你王八"意象自动屏蔽，真令人匪夷所思。刘醒龙对此也不免吐槽："我一直认为正反两方都在误读误解，真正懂的人有多少我也不知道。"③因此，我认为，正视"迷你王八"意象，才是《分享艰难》的正确打开方式。

"得了共产党的恩惠却想着王八的好处，这叫什么，这叫混帐王八蛋！"这是西河镇党委书记孔太平对参赌被抓个体户的家属说的话。但"王八"绝非专指"四十多个用麻将赌博的人"，田毛毛眼中的"土皇帝"、受党多年培养并主政一方的基层干部孔太平也是，他面临着"精英"与"王八"缠绕交织的身份困境。

---

① [英]利里安·R.弗斯特、彼特·N.斯克爱英：《自然主义》，任庆平译，昆仑出版社1989年版，第99、21页。
② 刘醒龙：《一滴水有多深》，作家出版社2009年版，第74页。
③ 刘醒龙：《只差一步是安宁——与葛红兵对话》，《刘醒龙自选集》，海南出版社2008年版，第510页。

"从基层上看去,中国社会是乡土性的"①,这是费孝通先生对中国社会性质的基本判断。民国政权推行乡村自治,乡绅的精英气质和乡村治理得以存续。中华人民共和国成立以后,国家机关工作人员取代乡绅进行政治权力的渗透管理。因长期以来存在城乡二元管理体制,城里人乡下人分属不同阵营,只有"农转非",反之罕见,这是现实国情。在县城长大成人的孔太平,担任了县商业局副局长;这对于乡下人来说,已算精英人士。他后又先后提任西河镇镇长、镇党委书记,成为安家在城市、工作在乡村的"候鸟型"领导干部。西河镇的干部队伍也多是类似情况。孔太平并没有扎根基层的伟大理想,"回县城工作只是个早晚时间问题,关键是回去后上面给他安排一个什么位置,这才是至关重要的"。他深知"小镇里政治上是出不了什么大问题的,考核标准最过硬的是经济,经济上去了就是一好百好"。正是出于这一考量,在镇长赵卫东分管财税口的既成事实下,他仍将"税收占全镇财政收入的百分之五十以上,有时竟达到百分之六十左右"的"全省最大的专门的甲鱼养殖场"看作自己的政绩工程,多次公开要求全镇干部"要像保护大熊猫一样保护养殖场"。因对自身政治前途的近乎动物本能的过分看重,这位大声叫嚣"在西河镇有谁屙得出三尺高的尿"的"土皇帝"终于将"养殖"蜕变为养"歹"。作家借地委工作组干部孙萍离任前"到养殖场拿走田毛毛养在一只小鱼缸里的两只长相很特别的'迷你王八'",这看似闲笔的事实描述做了精妙绝伦的透视分析,这绝非述说孔太平"精英"与"王八"身份混搭的自然表象,而是强调身份对峙的主观原因和客观效果。

纵观孔太平在西河镇的履职经历,并非如他自称那样"为党卖命""敲自己的老实锣鼓"。首先,与镇派出所暗战,制造高压态势催缴罚款,罚款收齐后却没有上缴财政,而是设局解决乡镇教师工资拖欠问题,一天之内"摆平"了镇上"最霸道的"黄所长和"最难缠的"杨校长,赢得"西河镇唯有他孔太平才能镇住,别人都不行"的个人名声。其次,抢险救灾,为受灾群众重建家园。这本是其职责

---

① 费孝通:《乡土中国》,上海人民出版社2007年版,第6页。

所在,却同时带来两大利好:一方面,向孙萍"感情投资",破例让她在基层入了党,却一本正经地胡说八道"为子孙后代造福";另一方面,强行截留的四万块钱罚款也有了合理去向,引发罢课教师只好说出"应该相信镇领导会带领全镇干群共渡难关"这样"分享艰难"的话来。再次,与赵卫东明争暗斗,以及为进入下一届县委领导班子与东河镇党委书记老段的隐形竞争。孔太平权力欲特别重,就连坐车也一定要选择"如同大会主席台中央的那个位置"——副驾驶座,殊不知真正的大领导只会坐后排右座。他无师自通地认定"一把手身上的脏东西多数是二把手偷偷扔的",一直专注于和赵卫东在政治手腕上过招。一是有意提拔赵的亲信担任镇党政办主任,让其成为单向传话器以震慑赵。二是赵在抢险救灾时半天内就"搞到五万块钱现金,一万斤粮食",让他"说几句客套话"的同时,"心里还保持着警惕";后又见赵"在县财政局活动了一整天,最后搞到一笔五万元的财政周转金,拿回镇里去发工资",让他"第一次觉得有些心虚","不相信赵卫东一天之内就能扭转乾坤"。三是让赵分管财税口却又无法染指养殖场,赵只好多次使用"汇报工作"这类话语蒙蔽他,暗地却安排田毛毛当上养殖场经理助理,给洪塔山创造了强奸机会。嫡亲表妹的重大变故和党政之争的情节反转,给他致命一击,但他最终仍以"谁叫当了这管着几万人吃喝的官呢"为由,被迫零容忍了洪塔山,与之依旧维持"与狼共舞"的同盟关系。孔太平的镇党委书记的职务称谓只是"精英"气质的外在符号,"王八"才是其内在属性,这是刘醒龙对于现代中国乡土文学的一大贡献。

如果说孔太平是西河镇政治上的"土皇帝"的话,那么,洪塔山毫无疑问就是经济上的"土皇帝"。这位"个子和模样都让人看了不舒服"的养殖场经理,就是当年叫嚷"狼来了"的那个地痞少年。"不是块正经材料""将来不会有出息"的洪塔山,如今却成了孔太平的"亲信家丁"。洪塔山入主养殖场后,"建起甲鱼过冬暖房",一举扭亏为盈;还创立"西河养殖"的驰名品牌,"自己成了狼"。他外形丑陋、举止粗鄙、品行不端,已失去"绅"的精英性,也失去了乡民的精神认同，毕竟"单靠财富本身也不能给人带来权力与威信"①。但孔太平又不得不倚重于他，为了让他听话，有意透露让其"当上县人大代表，并且争取当上省人大代表"的后续计划，因为"经济效益决定一切，养殖场离了他就玩不转，同样镇里离开了养殖场也就运转不灵"。孔太平将养殖场看作自己的园地，用以捞取政治资本；同时也可一定程度上进行利益输送和权力寻租。政商勾结的连带后果就是政商互保。孔太平为洪塔山，亲自到派出所说情进而让黄所长撤销"王八案子"，调解舅舅田细伯被其恶犬所伤纠纷，动用关系为其销毁犯罪举报材料，甚至原谅他对于田毛毛的巨大伤害、让其留任。洪塔山当然懂得知恩图报，卖掉桑塔纳，"寄了十几万块钱回来"助孔太平解了工资发放的燃眉之急。有批评家认定洪塔山经此一事学会了"分享艰难"，这完全是一厢情愿的无稽之谈，洪塔山不过也是一只"王八"。人并非超越动物之上的特殊生灵，小说"有意把人降到动物的层次"②，构成作家思考现实人生的逻辑起点。

二、"小气候"："热浪"与"凉风"的乡村博弈

镇党委书记连同经济能人从精英身份降格为王八属性，集中显现了生存环境的客观问题。那么，作家笔下描写的生存环境，又是怎样一番图景呢？可惜批评家们太过重视《分享艰难》的思想层面，人为忽略环境描写的艺术价值，将作为背景的环境仅仅看成是不具有实际意义的、故事展开的存在空间，其实不然。环境描写历来是现代中国乡土叙事不可或缺的因素之一，不仅是作家生命体验的客观呈现，更是作家创作意图的审美表达，正如柄谷行人所说，"所谓风景乃是一种认识性的装置"，"我们称之为'现实'者，已经成

---

① 费孝通：《江村经济》，上海人民出版社2013年版，第87页。
② [英]利里安·R.弗斯特、彼特·N.斯克爱英：《自然主义》，任庆平译，昆仑出版社1989年版，第20页。

了内在化的风景,也即是'自我意识'"①。《分享艰难》自然也不例外。

小说一开篇就直接展现了孔太平返回西河镇时遇上的"让人热得像狗一样"的"鬼天气":"八月的夜晚,月亮像太阳一样烤得人浑身冒汗。"但"一座山谷黑黝黝地扑面而来"后,"一股凉风从脚下吹向全身,酷热的感觉立即消散了许多"。"热浪与凉风正处于相持阶段,一会儿凉风扑面,一会儿暑气袭人,进进退退地叫人怎么也安定不下来"。这是一幅让人窒息的冷热交替图:月亮并不散发光和热,只因酷热难耐让人产生"太阳一样"的感官错觉;但一进入西河镇便瞬间切换为清凉消暑模式。作家如此设计,表面上是人的体感变化的如实记录,实际上暗含西河镇小气候与大环境的零和博弈,深刻地表现了作家本人的人文情怀与忧患意识。

当孔太平回到赌风颇盛的西河镇,便面临两大民怨沸腾的棘手难题:一是镇上长期拖欠教师工资,导致有人因营养不良生病住院;二是派出所为"添一些交通工具",在"镇上干部发工资的前几天"选择性执法,一举抓获参赌个体户四十余人,放话每人交赎金三千元才能放人。我们都知道,尊师重教是中华民族的优良传统,立警为公是警队建设的首要理念,这是国家大环境;可是在西河镇,就有再穷不能穷干部、人民警察爱自己的小气候。如何协调处理好干群关系、警民关系,对于孔太平来说,是共产党员的生死抉择。面对"镇上那些个体户竟敢公开抵抗,到现在连一分钱都没收上来"的窘迫处境,他对黄所长说"政权机构做事就得令行禁止,不能半途而废,否则就会失去威信",并与之讨价还价争取到一天的收费权。接下来就是他一显身手的大好时刻。先是"出乎人意料之外"前往医院慰问病者以示亲民,然后带领身着制服的镇税务、工商人员两度上街散步以营造肃杀气氛。上街散步这一日常生活寻常不过的锻炼活动,加上制服彰显的国家权力,两者因催缴罚款的特殊目的,就人为改造了现实环境——"夏日正午"却"凉嗖嗖",

---

① [日]柄谷行人:《日本现代文学的起源》,赵京华译,生活·读书·新知三联书店2003年版,第12、24页。

使其"变成为举足轻重的事件,并且获得了情节的意义";但我们必须明白,"描绘出来的世界同从事描绘的世界"又"有着鲜明的原则的界限"①,这是作家意欲呈现西河镇的小气候。经大吃大喝和大鸣大放的工作方法,"交罚款的人像穿珍珠一样,一串接一串地来了",很快便收缴了12万元。本想拿罚款买桑塔纳的、"腰里吊着一把手枪"的黄所长跑来交涉,不料竟成了孔太平导演的捐赠仪式上的醒目主角,罚款用于镇上补发教师工资。吃了哑巴亏的黄所长丢下一句"只怕是有些事到时候我也没办法"便匆匆离去。

镇派出所本是维持一方社会治安的政法机关,在西河镇却入乡随俗地带有一股土匪气息。很快,洪塔山公款招妓服务客户事发,黄所长这招"管你没商量"明显是"冲着孔太平的咽喉而来",这让孔"身上感到一股凉嗖嗖的寒气在弥漫,转眼之间浑身上下又有了一种火燎火烧的感觉"。之所以"凉嗖嗖",是他万万没想到黄所长敢和自己对抗,"火燎火烧"表明他意识到自己的权威遭受挑战。一场泥石流的自然灾害适时发生,客户本应缴纳的罚款成了赈灾的善款。黄所长再次落败,他心悦诚服地对孔太平说,"不是体谅你的难处,这一回非要让你服输不可……同你干仗很过瘾,输了也痛快"。从此,黄所长加入了孔太平阵营,为其出谋划策、任其随时差遣。这一细节恰恰说明在西河镇的小气候中,法律的贬值与权力的升值。

孙萍同样在西河镇小气候与大环境的较量中迷失自我、消解自我。她在团地委工作,"同组织部在一层楼上办公",简直就是"冷眼看人的阔太太";一下到西河镇"镀金",却"乖得像个小媳妇"。她知道在西河镇只有孔太平说了算,故而给地区日报写稿时,只突出孔太平。她还将镇上应"搞点特制土特产,这对开展工作有好处"、还能"疏通关节可以早点向上提拔"的内心想法分享给孔太平,提点他"现在考察干部并不是光看政绩"。当孔太平接受黄所

---

① [苏]巴赫金:《长篇小说的时间形式和时空体形式》,白春仁、晓河译,《巴赫金全集》第3卷,钱中文主编,河北教育出版社2009年版,第422、448页。

长建议让她去销毁洪塔山在县公安局的检举材料时,她顺势提出基层入党的交换条件。事成后,不仅收获了共产党员的身份资格,还将一千元活动经费落入自己腰包。即便她还帮受伤的田细伯撒麦种,陪人唠嗑解闷,也无法掩饰一名大学毕业生思想、人格上走向堕落的质变结果。这不仅令我们对接受过现代高等教育的知识女性失却书生本色深感痛心,更使我们清醒意识到,在权力意志的小气候中,读书人只能屈从于环境的影响制约。

在西河镇,还保留一些本色的或许就只有"一天到晚都在那一亩半田里泡着"的田细伯。"养殖场围墙里呈现出一个'凹'字型,在凹字的凹处是一块长势极好的棉花田。"对于这半亩地,田细伯精耕细作,希望把周围"那些白水池子都拆了";田毛毛要有偿出租,凭此入主养殖场;洪塔山意欲"强买强要",进一步扩大生产规模。在注重政治前途的孔太平看来,养殖场才是他的命根子。两甥舅话不投机,田细伯去自家棉花地,孔太平只好跟随,两人一路上无语。小说走笔至此,刻意加入一段有关环境的细节描写:

> 屋外热浪逼人,太阳照在地上反射出许多弯弯扭扭的光线,就像是白日里燃在野外的火苗。……炎夏的午后乡村,比半夜还安静,半夜里可以听见星星在微风中唱歌,可以听见悠远的历史,在用动人和吓人的两种语调,交叉着或者混杂着讲述着一代代人的过去故事。骄阳之下,醇厚的乡土在沉默中进行一种积蓄。

"一片自然风景是一个心灵的境界"①,尽管经济大潮"热浪逼人",田细伯仍在"沉默"中醉心于"一代代人"的田园牧歌,到了棉花地,才开口说话:"都是洪塔山将这么大一片良田熟地全毁了,也将这儿的好男好女给毁了。过去村里一个二流子也没有,现在遍地都是游手好闲的人,等着天上掉面粉,下牛奶。他还想要我这块田,没门。"他"没料到世事颠倒得这么快",但却始终觉得心不能变,乡

---

① 宗白华:《美学散步》,上海人民出版社1981年版,第59页。

村桃源不能消逝,这是一种隐秘而又深刻的心灵震荡。接下来发生的故事就再自然不过:他将"回家偷土地使用证"的田毛毛"狠狠打了一顿";为土地归属权,找洪塔山拼命……

《分享艰难》形成了既不加道德评价、也不带感情色彩的放弃主观自我的自成一统的审美规范,去展示乡土中国社会的整体图景和现实危机。这种叙事策略诚如左拉所说,"小说家满足于在我们面前展现出从日常生活撷取的图景。这是他所看到的;他记录下细节,重建了整体。轮到读者来感受和思索。自然主义的方法全在这里。作品只不过是对人和自然的强有力的追叙。作家竭力将创造的一角放到作品里。然后读者阅读作品,仿佛本人进入了描绘的环境,来到被剖析的人物中间"①。

三、"国民性":"生活"向"生存"的价值失落

从艺术审美的分析角度去解读《分享艰难》,批评家们都不约而同地认定它绝不是传统意义上的现实主义小说,绞尽脑汁地凭空创造了"现实主义冲击波"的全新标签,试图概括总结《分享艰难》的创作现象。这种印象式、非学理化的浮躁心态,往往会将研究引入迷途。尽管批评家们基本都缺乏对于自然主义的理论认知,但《分享艰难》的叙事策略显然更接近于自然主义。小说将人主要看作受本能和环境支配的必然产物,动物本能造就了人的身份尴尬,生存环境更是宿命般决定了人的言行举止和价值取向。刘醒龙真实还原了个体的人的生存困境和心路历程,再次应验左拉的说法,"自然主义小说家并不插手对现实进行增删,他也不服从一个事先构思好的观念的需要……自然即是一切需要"②。除此之外,《分享艰难》还特别强调了文化遗传因素对人的潜在影响,这更是闪现

---

① [法]左拉:《论小说》,《文学中的自然主义》,朱雯等编选,上海文艺出版社1992年版,第227页。

② [法]左拉:《戏剧中的自然主义》,《文学中的自然主义》,第177页。

着自然主义的入骨刀锋。

小说备受争议的地方莫过于终篇前的情节设置:"长相很动人"的田毛毛被洪塔山强奸致孕后,田细伯先是"绝望地要孔太平将洪塔山那畜生抓起来枪毙了",几天后却又"揪心"地表示"不告姓洪的了!让他继续当经理,为镇里多赚些钱,免得大家受苦"。田细伯的反常举动难免让人惊诧万分,这不仅仅是为了避免田毛毛庭审时精神上再度受伤(亦可不出庭,这是刑事诉讼法的基本常识);也不全是家丑不能外扬,因为此事人尽皆知,田姓族人一百多人已聚众"叫嚷要养殖场赔偿田毛毛受害的损失"。不懂政治、也不介入政治的田细伯为什么如此为"镇"分忧而放弃起诉呢?我认为,原因还有两点:一是孔太平"一天到晚总待在医院里"办公所施加的无形压力,二是国民性的文化遗传。田细伯这么做,有将对女儿的精神伤害尽可能降到最低点、并附带考虑外甥工作难处的朴素情感,但说到底还是聚村而居的生活方式让人"不但'不为戎首','不为祸始',甚至于'不为福先'"①。这种集体无意识导致他由"生活"向"生存"的价值失落——诗意的田园生活已然不再,只剩下隐忍不发的务实态度。作为年轻人的田毛毛,自己受辱却不能自主维权,在无奈之中延续奴性意识的文化基因,为资本的原始积累付出了惨重代价。这显示出刘醒龙对于国民性的反思力度。

重新评价《分享艰难》的国民性批判,我们须对现代中国文学的国民性批判的发展进程有所认识。众所周知,改造国民性是在西方知识霸权的深度影响下展开,是五四新文化运动的艺术追求,也是现代中国文学的显著文本现象。五四知识精英接续了严复、梁启超等人"新民"的理论话题,发起一场旨在召唤新青年的个性解放运动。鲁迅就以《狂人日记》《阿Q正传》等小说去探讨国民性中个体与共同体的辩证关系。胡适认为中国的问题症结在于国民愚昧,

---

① 鲁迅:《华盖集·这个与那个》,《鲁迅全集》第3卷,人民文学出版社2005年版,第152页。

"愚昧是更不须我们证明的了"①;"现在有人对你们说:'牺牲你们个人的自由,去求国家的自由!'我对你们说:'争你们个人的自由,便是为国家争自由!争你们自己的人格,便是为国家争人格!自由平等的国家不是一群奴才建造得起来的!'"②五四新文学和后来的五四式文学,即以乡民、乡景、乡俗的组合方式,用国民劣根性本质化中国人。历史的吊诡也在此,国民性并非只是劣根性,中国人复杂的性格构成不能被人为遮蔽。20世纪20年代末30年代初,闪耀登场的左翼小说革命叙事,一举刷新了国民性改造的时代主题,转而去激情地想象工农大众出身的革命者。从解放区文学到"十七年文学"再到"文革文学"这三十多年时间跨度里,将再造新农民当作意识形态的表现形式,去完成对于现代民族国家和现代个人主体的双重想象。20世纪80年代的新时期文学,从"伤痕文学""反思文学"再到"改革文学",与时俱进地将政治的主流意识形态、作家的个体精神诉求和读者的艺术审美期待三位一体,用小说文本这一艺术形式去展现特定时代语境下的社会历史变迁和政治文化生态。如"反思文学"对"人性"进行批判,涌现出《李顺大造屋》《陈奂生上城》和《芙蓉镇》等产生轰动效应的精品力作。随着"寻根文学"、现代派文学的高歌猛进,和"先锋文学"的粉墨登场,"弘扬民族魂"与"理解民族性"渐渐"与'改造国民性'的主题交汇在一起"③(沈从文、废名等自由主义作家的小说创作也有"弘扬民族魂"与"理解民族性"一面,历史总有相似性)。这类小说近乎偏执地在文化思辨和形式探索中无法自拔,极易让人产生审美疲劳。就在这一特殊时间节点,刘震云、方方、池莉等选择从自然主义再出发,关注日益世俗化的人的生存困境,将人性的原生态一面展现出来。到了20世纪90年代中期,市场经济崛起推进、各种矛盾日益

---

① 胡适:《我们走那条路》,《胡适全集》第4卷,安徽教育出版社2003年版,第460页。

② 胡适:《介绍我自己的思想——〈胡适文选〉自序》,《胡适全集》第4卷,第663页。

③ 樊星:《从"改造国民性"到"理解民族性"——当代中国文学研究的一条思想史线索》,《长江学术》2006年第4期。

凸显，刘醒龙以隐匿作者的自然主义叙事姿态，重提国民性改造的迫切话题，热切呼应关注"三农"问题的世纪呐喊，颇具现实意义。我之所以如此看重《分享艰难》的艺术价值，很大程度上在于它忠实传达出刘醒龙对于文化遗传因素的深切关注与极度忧虑，这是现代人文精神的思想亮点，尽管还有待深化。

我始终认为，从《村支书》《凤凰琴》《秋风醉了》到《分享艰难》《大树还小》，刘醒龙都在不懈追寻人生在世的存在意义，《分享艰难》更是呈现出孔太平、洪塔山等西河镇上的人们与生俱来的劣根性。当然，对于孔太平这样的乡镇干部也并非全是批判。小说结尾，孔太平将洪塔山狠揍一顿，就是人之常情的情绪发泄，这也说明他并未完全异化。但刘醒龙后来的一些意犹未尽的言论，让那些已不能独立思考的批评家们对文本的阐释陷入危机。《分享艰难》发表的次月，《中篇小说选刊》予以转载，他就创作声明："分享艰难则是一种大善，它是生命底蕴中的慈和爱、宽广与容纳，任何一种有关人与社会的进步，其过程必定少不了对艰难的分享。"①一年之后，他对田细伯放过洪塔山的创作心理又有追忆："我的心有一种被人撕裂的感觉，最先读到这部作品的编辑和评论家都说读到这一节时他们不禁泪眼模糊。我也流过眼泪，擦干眼泪后，我不止一次地问自己，如果自己面对这些又会怎么办！我一遍遍地回答：谁敢这样就宰了谁！可生活不是这样选择的，它默默地承受起这最让人不能接受的艰难。生活又一次告诉我，仅靠情感是无法实现超越的，必须用自己的灵魂和血肉去作无情的祭奠。"②显然，批评家们的火力点就集中在"个人"为"集体"分享艰难的现象级的意识形态化话题，这并非小说的本意，因而也不能以此全然评价刘醒龙的创作初衷。何谓"分享艰难"？苦难是寻常百姓的人生常态，只有真正懂得什么是苦难，才能知道如何去面对苦难。在20世纪90年代以来的改革攻坚期，人不能只顾分享改革的红利而拒斥改革的艰难。所以，田细伯不是某一具体人物，而是苦难象征的一种艺术符

---

① 刘醒龙：《可能没有说清楚的话》，《中篇小说选刊》1996年第2期。
② 刘醒龙：《仅有热爱是不够的》，《当代作家评论》1997年第5期。

号,他集中诠释了中国人在苦难面前的国民根性。我们不应该对这一类已属不易的小人物要求过于苛刻,而应对其同情之理解,这才是符合历史本貌的正确态度。

进城后的刘醒龙,凝聚了思想启蒙的精神能量,具备了都市文明的切身感受,拥有了"回看"乡土中国的独特视点。他一直都有身份认同焦虑,精神总在城市与乡村之间游移,正如他自己所说,"身为乡镇干部的儿子,在乡村时是孤独的,进城后也是孤独的,在以类型划分的社会,我这辈子注定要孤独到底"①。《分享艰难》就是以这种自我孤独的生命体验,极其巧妙地将自己对于中国农村的个性化思考深入浅出地表达出来,这对于日渐浮躁的当代文学创作来说,既是一份经验,也是某种启示。

(《中国现代文学研究丛刊》2017 年 01 期)

---

① 刘醒龙:《只差一步是安宁——与葛红兵对话》,《刘醒龙自选集》,海南出版社 2008 年版,第 509 页。

谈《威风凛凛》的结构艺术

邱胜威

小说的结构形态,是小说情节组合及故事演进的框架,作为小说内容的外在体现,它对作品艺术魅力的生成,实为至关重要。然而,小说结构尤其是长篇小说结构之难,不用说已为不少甘苦备尝的作家寸心所知,就连不搞创作专事欣赏的读者,也渐渐有此共识。难能更可贵,因而在读罢刘醒龙长篇新作《威风凛凛》(作家出版社 1999 年 11 月版)后,颇为它波谲云诡的结构经营而欣喜,止不住试为一说。

不妨把《威风凛凛》当做文化小说观之。作品中的那个南方山区小镇,是多种文化纠结相斗,争显"威风"的场所:以爷爷为代表的原始生命文化,在西河镇山林河谷间自在地流溢冲撞;而以五驼子和金福儿为代表的"痞子文化"和"金元文化",相辅相斗成为震慑西河镇的两股恶势力,共同以他们的"威风",镇杀了给这个偏僻小镇带来现代文明之光的赵老师的"威风"。然而,现代文明的火种,毕竟为新一代人学文等承接下来并张扬开去。在"西河镇世界"历时半个世纪的多种文化显隐交错、此长彼伏的相持中,我们感受到了现代文明艰难深进的历史步履。

小说含藏的这些文化意蕴,仅为一个不奇不怪的现代故事所负载。倘若我们将被作品颠倒错乱的时序理顺,这个现代故事可以简略地表述如后:西河镇少年学文,考取了县高中。在去学校报到的当天,就听说他的初中老师赵长恩昨晚被人"五马分尸"杀死。学文悲痛不已,他不解是谁何以要杀害这位善良得没做一件坏事,懦弱得不敢违拗任何人的民办教师,就连西河镇人人痛恨的"杀猪佬"五驼子，和"破烂王"金福儿这两个恶人，也没有必要去谋害于他俩丝毫无碍的赵老师呀？学文和同学苏米，还有赵老师的女儿习文，配合县公安局刑侦队苏队长(苏米之父)侦破此案。一年后，学文和习文发现真相，案情大白，误将赵老师当成金福儿杀死的凶手五驼子伏法，学文的爷爷因知情不报而受到惩罚。学文、苏米因此而相知相爱。

显然，这个现代故事如此演绎下来，大约可以写成一部有趣的侦破小说或动人的纯情故事，而难于创制如《威风凛凛》这样富有文化意味的作品。这个中的关键，在于作家对上述那个现代故事散发的文化气息的捕捉和解悟，并在此基础上营建与之相应的长篇结构形态。

作为叙事文体的小说发展至今日，其结构形态已实现由单一到多样，由封闭到开放的变化过程。就长篇而言，近几年结构层面的推陈出新已经司空见惯。这些创新从总体观之，并非单纯出于对现代艺术技巧的追逐，倒首先是为现代思维观照世界的观念所规定，比如对于传统"情节结构"模式的改造，便同受现代"时间"观念的影响有关。在现代人看来，"时间"不仅是物质运动的形式，也是人类借以认识事物的一种依凭。"时间"并非仅仅以过去——现在——未来的自然流程方式存在着。"倒计时"的存在方式在现代生活中已经运用开来；那人类意识中的"时间"存在方式更是姿态万方。而不同的时间存在方式，也就会表现为相应的世事"存在"形态，并含藏着不同的"意义"。这种现代时间观念，或许可以帮助我们认识《威风凛凛》结构形态特征生成的原因：刘醒龙正是根据自己对现代生活的独特感悟，根据他对这部长篇小说审美理想和艺术风格的独特追求，才将上述那个现代故事的自然时序打乱，以一个临事伤怀、务求弄清真相的少年(学文)的情绪起伏、意识流动的心理时间，重新组合事件起始的序列，从而营建出《威风凛凛》中自呈风采的长篇小说结构形态，以实现深刻揭示"是整个西河镇杀死了赵老师"的这个从文化角度思考得出的认识。

20多万字的《威风凛凛》，由12大章92小节组成。贯通首尾的凶杀案，从学文听到消息(第1章)到破案(第12章)，历时约一年。这是小说叙事中的自然(现在)时态。与此交错并存的,是小说叙述人学文回溯往事的心理(过去)时态,其中牵连而至的人事极为庞杂繁复,时间跨度长约半个世纪:近及昨夜之事(第2章写学文听到赵老师被人杀死,即回想到昨晚发生的种种情状:先是赵老师来学文家,接着写学文在西河边被一种声音惊吓,跑回家中,爷爷旋即带他到河边"招魂"时的诡异行为——那声音正是赵老师被惨杀时的呼叫,爷爷在河边发现凶器,背着学文藏于大石下,当晚又去五驼子家,以知情要挟向五驼子借来学文的学费钱。这些真相,作为叙述人的学文当时不知,要到第12章方透底明白);远的涉及半个世纪以来,发生在西河镇这个小世界里与案情有关的纷繁人事渊源,包括学文爷爷早年在洪灾、狼祸、金伍两姓仇杀中救出两名婴儿——即今日的五驼子和金福儿——的传奇浪漫故事(第5章);以及赵老师四十多年前初来西河镇"报恩"办学,继而在土改、文革中被"杀"尽"威风"、受尽轻侮的遭遇(第7、8章)。还有五驼子、金福儿半生"抖狠"的劣迹,两人"威风"相消长的过程等(第3、4、10章)。以上在两种时态下叙写的种种,皆从沉湎于悲痛、疑惑中的学文的意识中频频流出,忽近忽远,忽西忽东,荡逸错杂,不仅章与章之间,就是在同一章的节与节之间,甚至一小节内部,都是以这种看似"无序"的时空排列叙述下来,常表现为现在、过去、过去的过去、过去的现在,交相迭出,你中有我,我中有你。因此,无论从宏观着眼,或是细部审视,《威风凛凛》的艺术结构鲜明地表现为以一种回环往复,跳踉偃仆,细密如织,立体交叉的形态特征,由表及里,由浅入深地渐次揭示出作品的题旨所归。

《威风凛凛》这一结构形态的合理性,是与作家选择的故事叙述人分不开的。西河镇少年人学文,是那个有着传奇英雄般生活经历、风光了大半辈子的老人的孙子,爷爷的浪漫气质和勇毅精神深深地影响着他。他的少而孤和敏于学,又受到具有现代文明意识的赵老师的特别关怀和看重,加上他与习文青梅竹马的交好,使他对赵老师陡然被惨杀的现实难以接受,悲痛和不解在心底久久盘桓,凝成少年人的意识"情结",不到真相大白,这个"结"就解不开,思绪就难以平复。而少年人的意识，尤其如"意马心猿遍八荒"，散漫无定。因而，小说通过这一个特定的叙述人的思想活动、情绪波动、意识流动，造成小说情节高频率、大幅度地跃动，以重新组合的时空序列，表现人物思绪变化的心理节律，并将一件凶杀案件背后隐匿很深的文化底蕴揭示出来。

不用说，比起传统的首尾连贯，按照事件的物理时间一气而下的"情节结构"，《威风凛凛》这种将自然的"有序"打乱，重新营建自己的时空序列的新结构形态，不仅在创作中更要大费神思，就是在阅读中也要多加用心，否则，作品欲借这种小说结构传达的现代人生体验，就会在我们的不耐卒读中而交臂失之。自然，细嚼慢咽地品读，也就会发现凝聚了刘醒龙心血而创造的这个小说结构，还有欠完善的罅隙，比如就大的而言，前11章结构细密，蜿蜒回旋，进退悠然，是"慢四"的节奏，最后一章则组织疏松，匆忙跨步，一下子变成了"快三"。倘若将小说叙事中的现在时态，缩减在半年之内侦破案情，并完成学文同苏米间两小无猜的儿女情缘，这是否会使"回环跳踉，立体交叉"的长篇结构形态变得更加规整和谐呢？

(《写作》1995年03期)

《政治课》：强劲的政治伦理表达

邓云涛

混沌的官场，除了利欲熏心、尔虞我诈之外，是否还有温情脉脉、沁人心脾的"爱"？刘醒龙的长篇小说《政治课》，便试图用自己对政治的认知和对人伦的关注，来给出肯定的回答。

《政治课》（第一部）由湖南文艺出版社2010年3月出版。小说讲述了主人公孔太顺由镇委书记升迁为县长的坎坷从政经历，塑造了孔太顺、赵卫东、段国庆、萧县长、汤育林、安如娜、李妙玉、洪小波、田甜等人物群像。知识分子、青年官员、镇委书记、县长……主人公角色的交织和官衔的更替，加上受当前官场小说热的影响，《政治课》一书引起诸多的关注。

一、从乡土小说转向政治小说

因中篇小说《凤凰琴》而奠定了自己在文坛地位的刘醒龙，一直以来被认为是乡土小说的忠实创作者。对于外界给出的"乡土作家"身份，刘醒龙也是照单全收，直言不讳："乡土作家本来就是我的身份，我喜欢自己的身份。我觉得当一个老土的乡土作家，一点不比时髦的环保作家丢份，甚至相反，应该是更加伟大和不朽。"同时，当被问到"怎么看官场小说这类流行写作"时，刘醒龙更是高调言论："我的作品与官场小说的兴起无关。官场小说是庸俗政治与商业利益合谋的产物，十分无聊，不值得我费脑筋。"[①]

---

① 刘醒龙：《用灵魂和血肉写作》，《武汉晚报》2009年10月19日。

2010年12月，笔者曾邀请刘醒龙来校作了一场主题为《我们的天赋》的人文讲座。其中，刘醒龙回顾了自己性格中与官场格格不入的因素：当初在英山县文化馆时，为了工作上的事，他几乎把文化局长烤火的火盆掀翻；后来调到黄冈地区工作，有位直接管他的人想当地区作家协会副主席，被他断然否决；1994年他来到武汉，又公然在省作家协会主席团会上当面数落某官员，论才气也只能排在全省诗歌作者的两百名以后等。刘醒龙自嘲说："以我这种性格，假如不是可以一支笔、一张桌子和一台电脑，孤独地面对文学，而是选择仕途什么的，我肯定会患忧郁症，或者是精神分裂。"①

既口口声声说不会涉足"官场小说"，又反复强调自己性格中与官场无缘的成分，那么，作家刘醒龙为何还要写一本集"权力、情欲和灵魂"于一体的《政治课》大书呢？

答案不难回答。

显性因素在于，刘醒龙一以贯之地对现实生活的强烈关注。他说："我们这个时代的作家不能主动废弃关注重大事态的能力，或者说，作家不能置身于时代巨变之外。为小地方写作大历史。为小人物写作大命运。"②关于《政治课》的写作初衷，刘醒龙自称是看到在改革开放浪潮中成长起来的青年知识分子，越来越多地出现在县级以下官员阵容中，就对他们的官场生活有了兴趣。"作家的责任感让我产生了一种担忧——知识水平的整体提高，能否让人天然具有出污泥而不染的品质，如果现实状况是否定的，青年知识分子们又将如何抗拒那口名叫腐败的大染缸？"③

在改革开放中成长起来的青年知识分子，除了具有年纪上的天然优势，天赋才情并没有与生俱来的优越。甚至相反，消费时代的

---

① 丁菲菲，余江涛，邓云涛：《刘醒龙做客地大》，《长江日报》2010年12月11日。
② 刘醒龙：《一种文学的"中国经验"——在突尼斯国际书展上的讲演》，《文艺争鸣》2010年第19期。
③ 卜昌伟：《刘醒龙推出政治课 关注知识分子官员品质》，《京华时报》2010年3月26日。

缤纷时尚，让这个时代的青年读书人承担着更多的惶恐，而导致可能的错误选择，将功名上的一时利益，当成了至高无上的人生追求。由此，刘醒龙把《政治课》中的主人公孔太顺设定为生于70年代、接受过高等教育的青年官员；把官场博弈的战场也放在乡镇一级，而不是涉及更上层的政治博弈，避免了人们对宫廷隐秘的窥视欲，因为"我们身边那类杀人不见血的争斗，才是我们真正的灵魂之痛"。①

隐形因素在于，刘醒龙对文学、对人生矢志不渝的爱。他说："文学与做人的道理是相通的。做人要有理想，要寻求生命的价值。文学中也要有生命的理想，也要表现对个人价值的寻求与搜索。文学中的每一个字、每一句话，甚至每一个标点符号，都应当是我们天赋的表达。要爱，要给别人以爱，要珍惜来自外部世界的任何爱，哪怕是夏天被蚊虫叮咬，有人嘟着嘴，在痒痒处吹上一口清凉那样的关怀。文学不是用来教化仇恨和更仇恨，残暴和更残暴，血腥和更血腥。"②刘醒龙非常喜欢自己长篇小说《圣天门口》中梅外婆这个人物。就每个人要经常做的事情，梅外婆说过这样一段话："多逗逗人家的小孩。每年一定要不戴雨具在雨雪中行走两三次。留心看看花开花谢的样子。经常念一念自己喜欢的诗歌。找点时间，一个人呆一会。"因为这几样事情，是让人享受快乐、宁静、让人懂得心花绽放，体会生活之上的抒情，而这些都是构筑爱的极好的精神元素。

十余年前，刘醒龙的小说便被人评价为有一种"大爱与大善"，对此，他认为"这种判断非常重要"，并再次强调"我的小说是为大爱大善而写"。③《政治课》无疑秉承了刘醒龙对"爱"的写作主题的表达，只有"将最丑恶的东西挖掘出来，用人的博爱来灼照，这样

---

① 卜昌伟：《刘醒龙推出政治课 关注知识分子官员品质》，《京华时报》2010年3月26日。
② 丁菲菲，余江涛，邓云涛：《刘醒龙做客地大》，《长江日报》2010年12月11日。
③ 刘醒龙，姜广平：《"历史的品质几乎就是心灵的品质"》，《西湖》2010年第4期。

的批判才是最有利的"。①

二、对现代政治的启蒙

如果说,《圣天门口》是对暴力革命的反拨和对非暴力革命的启蒙,《天行者》是对无视最底层知识分子的伟大性的反拨和对乡村知识分子再认知的启蒙的话,那么,《政治课》则是刘醒龙基于自己对政治的认知和研判而进行的现代政治的启蒙。

尽管自己没有官场经历,但身边不乏各级官员,耳闻目睹,刘醒龙对官员们的政治人生了如指掌,这就给他的创作提供了丰富而可信的素材。《政治课》在主人公的选取上,可谓是独辟蹊径。如前所述,与传统的官场小说不同,刘醒龙无意塑造一名位居高列、体恤民情的好领导、好干部形象,而是着重讲述了一名在改革开放浪潮中成长起来的青年知识分子在基层的从政经历。"刘醒龙没有将孔太顺作为一个官来写,换句话说,孔太顺有别于传统与当下官场小说中那些符号一般的官的形象,刘醒龙是将孔太顺作为一个人来写的。"②而作品中人物博弈的战场,也主要是在基层乡镇一级。之所以如此,是在于"不弄清楚基础层面的问题,就找不到解决这类问题的灵丹妙药"③。基层政权既要完成上级指示,又要处理具体工作,还要应对各类突发事件,容易汇聚矛盾,但也可以彰显政治智慧,成为年轻干部成长的重要舞台。由此,刘醒龙通过选取孔太顺这个芸芸官场中的小人物(镇委书记)、在广袤大地中的小地方(鹿头镇)的一番作为,表达了自己"为小地方写作大历史,为小人物写作大命运"的创作理想,体现了对新一代知识分子官员在基层成长的关注。

---

① 丁菲菲,余江涛,邓云涛:《刘醒龙做客地大》,《长江日报》2010年12月11日。
② 汪政,晓华:《一个作家的乡村政治学》,《小说评论》2010年第6期。
③ 卜昌伟:《刘醒龙推出政治课 关注知识分子官员品质》,《京华时报》2010年3月26日。

在书中众多人物中，刘醒龙坦言对孔太顺最为偏爱："孔太顺这人太普遍了。不想当将军的士兵不是好士兵，为官之道也是如此，不想升官的官员不是好官员。关键在于，应当将为老百姓做事放在第一位，而不应当将升官当悠悠万事唯此为大的第一要事。就像孔太顺，他也想升官，但还记得民众的各种疾苦。老百姓喜欢这样的官员，他自然也是我心目中的好官。"①

无论是在给自己带来根基的鹿头镇担任镇委书记，还是在鹿山因养殖环保蔬菜而荣升县委常委，孔太顺的工作重心始终都在乡村，在跟乡村教师、农民等弱势群体打交流。乡村，这个深厚的土壤，一直都是孔太顺了解民间疾苦、积累政治资本的发源地，或者说，乡村社会生活实践是其政治生命发轫的必经之路。因此，称孔太顺为一名"乡村政治家"毫不为过。在孔太顺身上，乡村政治得到了真切而深刻的体现。他既心系群众，一心为百姓谋利益，是一名难得的"好官"，同时又放纵贪欲，违法违规，显示出政治人的缺憾和人性的弱点。可以说，孔太顺身上的复杂性体现了现代乡村政治生态的复杂性，孔太顺面临的困境也反映了乡村政治文明发展所面临的困境。

因此，将眼光放在新一代青年知识分子官员身上，关注他们在基层工作中的奋斗历程和面临的困境，并对他们的发展前景寄予美好的愿望，这便是刘醒龙对现代政治的启蒙努力所在。

三、赞美人性之爱

刘醒龙以政治启蒙作为全书的出发点，却并非为政治而言政治，而是以人性之爱作为落脚点。他说："对读书人来说，启蒙是一辈子的事，为自己启蒙，也为他人启蒙。启蒙是人生中的一种大爱。"②

---

① 卜昌伟：《刘醒龙推出政治课　关注知识分子官员品质》，《京华时报》2010年3月26日。
② 丁菲菲、余江涛、邓云涛：《刘醒龙做客地大》，《长江日报》2010年12月11日。

在刘醒龙的第一部长篇小说《威风凛凛》的开头，讲过这样一个故事：牧师和修女在路上走着，天上掉下一滴鸟粪，正好落在了牧师的头上。牧师骂了一句：他妈的！一旁的修女于是提醒，这样粗俗，上帝会发怒的！一会儿，又有飞鸟将一滴鸟粪撒在牧师头上。牧师忍不住又骂了一句。修女当然又要提醒。等到第三只鸟飞来，第三次重复先前的那些时，天上突然响起一声惊雷。修女应声倒地。牧师正在发愣，忽然听到空中传来上帝的声音：他妈的，打错了！

通过这个故事，刘醒龙告诉我们："这个世界上没有人心里不曾恨过，也没有人不曾在心里动过不良心思，将这种真相说出来，不是什么坏事。当我们勇敢地面对自身不太光彩的一面时，只能说明我们自身已经十分强大。这种强大足以让我们将过去的恨与不良，当成更多的爱与善良的营养剂。"①

孔太顺虽然具有一名政治人的职业缺憾和普通人的人性弱点，但他身上更多的还是"爱和善良"。这一点，通过他对待工作尽心尽责的态度便可见一斑：为了解决拖欠教师工资问题，他和镇上赌博的个体户及派出所的黄所长斗智斗勇，硬是从收缴的12万赌博罚款里拿出8万发给了教师们；管辖的鹿头村发生严重的泥石流，孔太顺得知消息后第一时间赶往现场极力组织抢救，并把剩下的4万元赌博罚款补贴给灾民，自己却因疲劳过度而晕倒在地；为在年前发放教师的工资，孔太顺想尽办法却处处碰壁，没钱住宾馆的他不得不躺在候车室里过夜，谁知堂堂镇委书记竟被警察当成了流窜犯而押进派出所；从省青干班学习回来后，孔太顺不仅没有得到重用，反而被县里安排到鹿山养殖环保蔬菜，尽管内心焦虑，但他仍然在山上一待就是三个月，而且放下镇委书记的架子和菜农一起去省城卖菜并历尽艰辛等。孔太顺搞养殖、种环保蔬菜、抓温泉工程等，都是真正在为地方、为农民着想，而不是折腾昙花一现的政绩工程，因此他也深受农民爱戴，称其为"好官"。

---

① 丁菲菲，余江涛，邓云涛：《刘醒龙做客地大》，《长江日报》2010年12月11日。

甚至,孔太顺还全然不顾官场的潜规则,在青干班学习期间,口出激愤之言:"因为腐败在现阶段已经成为了一种文化时尚。它不仅流淌在特权阶层的血液里,而且渗透在非特权阶层的血液中。像舅舅这样的普通百姓们,承受的东西太多了。他们诚实,只要有可能,便像一头已经进入垂暮之年的老牛,习惯于心甘情愿地承担那些强加在他们身上的重担。他们善良,总以为自己吃苦受累是在替政府替国家分享艰难,而不知道自己年年都要脱去几层皮的肩膀上,还扛着许多肥硕的腐败分子。有像舅舅这样好的百姓,如果我们的事业还不成功,真是天理难容!天理难容!"

有趣的是,从作品中我们还发现,孔太顺很多次"爱"的付出,都获得了"善"的回报。例如:他在地区宾馆收留不明女子缡子并悉心照顾、坐怀不乱,哪知缡子却是地委区书记的女儿,这就为他进入区书记的法眼埋下了伏笔;他在地委党校学习期间,没有与同僚结成知己,却与传达室的区师傅最为投缘,作风正派、生活节俭的他颇得区师傅的赏识,然而不起眼的区师傅竟是区书记的亲弟弟,并推荐他上省青干班学习;青干班学员回到当地后大多平步青云,只有他沦落为一介"菜农",带领民工到省城卖菜还被菜贩子殴打并受尽委屈,而这些却被明察暗访的区书记看了个正着等。孔太顺每每在事业困境时总能逢凶化吉、否极泰来,与其说是因果轮回的"善有善报",倒不如说是刘醒龙对他的主人公的一种爱护和善良的祝愿吧。

与"爱和善良"相对应的是,刘醒龙始终不忘给其政治小说《政治课》点缀一些诗意和浪漫。看似巧合,文章的结尾也提到了"诗意":"孔太顺打了一个寒战。他没有从这种忆旧中感到诗意,至于是不是诀别,也很难说。"或许,此时的"诗意"既是孔太顺与汤育林同学情谊的结束,更是预示着两人今后残酷的政治斗争。

结　　语

关于文学、诗意和爱的关系,刘醒龙有着精妙的论证,他说:"每一个读书人都有其永远摆脱不了的宿命,这宿命的名字就叫文学。无论文学是辉煌还是寂寞,也有她永远摆脱不了的宿命,这宿命的名字就叫诗意。心灵和美妙的相互寻找的过程,就是诗意。人与文学的相互寻找,更是莫大的诗意。而人与诗意的相逢相遇,就升华成为爱!无论是读书人,还是作为普通的人,爱都是生命中最具有影响力的天赋,同时也是一种在诗意之上控制着我们一生的宿命,无论我们愿意和不愿意,努力和不努力,爱都将是我们终其一生中最强的生命力。"[1]不可否认的是,随着国家越来越强调从基层中选拔年轻干部,更多孔太顺类型的青年知识分子,将在政治舞台上迎来更为广阔的发展空间,他们正成为社会主义事业的建设者甚至可能是接班人。那么,关注他们在自我提升的过程中,能否"记得民众的各种疾苦",并且"抗拒那口名叫腐败的大染缸",最终"将为老百姓做事放在第一位",不仅是作家刘醒龙的责任感所在,更是让我们普通大众关心关注的事情。让我们祝愿这些年轻的干部们一路走好!

(《小说评论》2011 年 02 期)

---

[1] 丁菲菲,余江涛,邓云涛:《刘醒龙做客地大》,《长江日报》2010 年 12 月 11 日。

革命地方志·日常性宗教·语言
——关于《圣天门口》的几个问题

何 平

从文学体裁的角度看，各种文学体裁在承载民族的生态和心态可能抵达的深广度上应该说是有区别的。19世纪之后，长篇小说作为一种"百科全书"式的体裁样态，在展现一个民族生存史和心灵史方面的长度和宽度、巨大和宏富方面具有绝对的优势。长篇小说从不掩饰它的史诗品格和历史意识。而且无论是巴尔扎克、托尔斯泰，还是福克纳、马尔克斯，凡是创作出史诗性长篇小说的作家都有着深刻的思想甚至相对完整的哲学体系。他们往往有一种长篇小说写作所独有的人格自觉，强调自己对人类和民族的担当。类似的自觉在20世纪90年代之后的中国当代长篇小说创作中有明显体现，像《白鹿原》《尘埃落定》《空山》号称民族秘史，《秦腔》说是给故乡树"碑子"。文学以自己的方式介入现实，参与到广泛的历史建构。在这一系列的"史诗性"书写中，刘醒龙的《圣天门口》无疑是一部有着自己信仰，并且为中国当代长篇小说写作提供了新经验的代表之作。

一

《圣天门口》反思了辛亥革命到"文革"这半个多世纪的中国近现代史，塑造了傅朗西、董重里、杭九枫等革命者形象，它引起研究界的广泛关注。这中间，一些研究者从消解与重构的角度去阐读

《圣天门口》对20世纪中国历史的书写①。事实上，当刘醒龙面对20世纪中国历史去想象和书写时，自然存在着文学参与历史建构的问题，但这并不意味着像一些研究者所理解的，在作家对历史进行想象性重构之前一定存在着对历史的"消解"和"颠覆"。

这个问题，从80年代乔良创作《灵旗》后就被提出来，到了后来的"新历史小说""解构"的历史观似乎成了一个很流行的看法。人们习惯认为，既然称为"解构"，称为"新历史小说"，当然就有一个"消解"和"颠覆"的对象，就有一个"旧历史小说"。而新中国"十七年"文学中因为频繁地涉及中国近现代史的文学书写，而常常在一些研究者的视野里成为"新历史小说"的一个假想之"旧"。确实，《圣天门口》，还有《白鹿原》《旧址》《银城故事》《花腔》《笨花》《第九个寡妇》《生死疲劳》等，虽然它们都没有强调"重述"，但如果把它们放在整个中国现代长篇小说史上来看，它们又是各有母本的。这些小说"重述"的是已经被中国现当代长篇小说像《红旗谱》《暴风骤雨》《创业史》《艳阳天》等小说反复"述"过的中国近现代史。那么这些"述"和"重述"中间哪个又更接近历史的真相呢？

必须承认"十七年"文学的历史建构与政治意识形态建构之间存在着事实上的互构。政治意识形态建构角度的历史建构是基于："在我国人民革命的历史上，有着多少可歌可泣，惊天地，泣鬼神的事迹！但是这一切，对于当今一代的青年，并不是很熟悉的。因此，他们要求熟悉我们人民革命的历史，并从英雄人物的身上吸取精神力量，建设壮丽的社会主义事业，保卫我们伟大的祖国；时刻保持蓬蓬勃勃的朝气，不怕任何艰险，勇于克服困难，无限忠诚于人民的革命事业。"②而文学书写之所以关注这段历史，往往也是因为"广大青少年对革命先烈斗争事迹的反映是那么强烈"③，"在文

---

① 王春林：《对20世纪中国历史的消解与重构》，《小说评论》2005年第6期。

② 《红旗飘飘(第1集)(编者的话)》，中国青年出版社1957年版，第3页。

③ 杨益言：《关于小说〈红岩〉的写作》，《中国当代文学研究资料·〈红岩〉专集》，沈阳师范学院中文系现代文学教研室1980版，第29页。

学领域内把他们(烈士们)的性格,形象,把他们的英勇,把这一连串震惊人心的历史事件保留下来,传给下一代。"①只要稍作辨析,就能发现这里隐藏的历史逻辑,这里所强调的是历史在当代叙述的合法性,其实和"新历史小说"书写有着差不多的起点。这就提醒我们,当标举"一切历史都是当代史"为"新历史小说"的"重述"开道的时候,有没有意识到"十七年"文学的历史建构也是它所处时代的"当代史"。它与更靠前的《蚀》《死水微澜》相比,所提供的历史观同样是崭新的。如果意识到这一点,我们今天的研究者还会对当下"新历史小说"所抱持的历史观这么有信心吗?而且针对"十七年"文学历史建构的"重述",在中国当代文学史上,也并不是始于80年代之后的所谓"新历史小说"。以《红旗谱》为例,早在70年代初,就被批判为"'谱'的是叛徒王明错误路线的黑旗"②。因此,如果不看到这中间因时而易,变动不居的历史观就很难解释"述"和"重述"之间的错位问题。正因为如此,今天研究《圣天门口》这样的小说恐怕也不能简单地从"消解"和"颠覆"历史之"旧"的二元对立的角度去识别它的新经验。所以有人认为:"从《白鹿原》开始到现在,已经有十多年的历程,如果说这不是一个解构的问题,也不是对原来历史进行颠覆的问题,而是一个建构的问题,那么我们这些年建构了什么?现在回头来看,80年代至90年代的主流文坛形成了我们自己的意识形态,可以称作一种'文学意识形态'。这种'文学意识形态'与当代中国政治学、经济学、社会学、历史学等社会科学界对现实和历史的认识大不一样,文学的'文学性'在人道主义、存在主义的浸泡中彰显出来;用这种'文学意识形态'对历史进行解释就形成了从《白鹿原》到《圣天门口》这样的一系列作品。这样的对历史的解释与我们原来对历史的解释有不一样的地方。与当代社会各界对历史的解释也很不一样。它主要的地方

---

① 梁斌:《我怎样创作了〈红旗谱〉》,《中国当代文学研究资料·梁斌专集》,海峡文艺出版社1986年版,第7页。
② 梁斌:《我怎样创作了〈红旗谱〉》,《中国当代文学研究资料·梁斌专集》,海峡文艺出版社1986年版,第238页。

不是在解构，恐怕是在建构。建构了一种'文学性'想象的人道主义为主导的历史意识形态。"①这里，"文学意识形态"是独立和自足的，但需要指出的是，"十七年"文学同样也有着它的"文学意识形态"，只不过许多时候"文学意识形态"和政治意识形态重合而已。因此，当一些研究者指认《圣天门口》在反思20世纪中国政治现实，比如"肃反""大跃进""文革"时所体现出的当代知识分子的勇敢和良知，我倒认为对于这些问题的是非臧否，政治意识形态本身其实早已经明确作出回答。问题的关键是，文学不仅要对这些问题作出简单的是或非的判断，更需要对这些问题的是与非予以自主性立场的"文学性"表达，建构出审美性、艺术性的文学世界。

《圣天门口》涉及现代革命如何进入中国乡村。应该说，用古典时代"成王败寇"的历史观，或者现代政治意识形态来解答，这个命题都能够得到合理的解释。"十七年"文学回答这一历史命题就是把政治意识形态的解答作为自己的解答。那么，我们现在要追问的是这个业已普适化的命题在具体的实践过程中是否存在差异性和区别性？在世界革命格局中，中国革命具有中国特色；在中国革命格局中，参与到整个中国革命的"地方"，有没有和"地方性"联系在一起的地方特色呢？而每一个革命"地方"的个人，有没有他们进入革命的个别性呢？《圣天门口》是一种仿"地方志"的书写，相较于正史，"地方志"的历史建构本身就体现着个别性和边缘性。这使得《圣天门口》能够摆脱简单的政治意识形态对抗中的"非文学"因素的缠绕，回到革命的"地方"，书写革命的"地方志"。因此，虽然写了革命和后革命时代，但我倾向把《圣天门口》作为20世纪中国的乡村志、"百科全书"来阅读。它不仅仅书写20世纪中国乡村的"战事"，而且还有和"战事"同样重要的中国乡村的人事、物事、农事、情事、性事。《圣天门口》的革命图景中摇曳着风花雪月和乡俚村俗。革命和欲望荷尔蒙的叙事，这个"革命加恋爱"小说前辈们开创的主题因为《圣天门口》的傅朗西、董重里、阿彩、杭九枫等革命者而有了一个乡村版和"游击"版。

---

① 张未民：《追求历史的还原与建构》，《文艺争鸣》2007年第4期。

革命地方志·日常性宗教·语言——关于《圣天门口》的几个问题

应该说，从文化碰撞的角度看，现代革命不是最早进入中国传统乡村的"他者"。天门口不过是中国乡村的样本。在这里，"多年以前，三个蓝眼睛的法国传教士来到天门口，用自己的钱盖了一座溜尖的美其名曰教堂的房子，诚心诚意地住在里面。多少年过去了，蓝眼睛的法国传教士百般勤奋地传教，仍旧不能让天门口人信他们的教，进他们的堂"。而后来的革命者却能够意识到，"处在雪杭两家矛盾之中的天门口民众急切需要正确的引导"。傅朗西、董重里的革命实践正是建基在对地方性经验的发现和充分把握之上。和法国传教士的宗教一样，同样是舶来品的革命，在天门口却如杭九枫所说："我人不暴动卵子还要暴动哩！"《圣天门口》其实也是一种撤退的叙事。撤回到革命的"地方"，作为革命方志的《圣天门口》，对农民朴素的革命想象给予了充分的尊重。那些革命的神圣化叙事中淡出的江湖和淘掉的渣滓，重新回到"文学"。雪狐皮大衣、旗袍、雪家的女人、独立大队……革命不仅是精神上的，而是实实在在地发生在一个叫"天门口"的"地方"的翻天覆地、河东河西。

《圣天门口》审视革命和后革命时代"乡土""民间"的变动不居，书写乡土中国在"常"与"变""赓续"与"断裂"中的流逝与存留。在乡土中国的民间社会，每一个人都意味着一个活生生的世界，而且这样的世界与世界之间又交织出更为复杂的社会关系，因此，在乡土人物志式的书写中，《圣天门口》无疑绘制了一幅乡土中国的全景图。天门口虽小，但它是整个20世纪中国的具体而微。尤其值得注意的是，作家对天门口上流社会的雪家之外那个暧昧不明的广阔底层的关注。在讨论中国社会的层次时，殷海光指出："中国的社会层级在广大的农民底下的有不务正业的无赖群体。这一层次的人素来是中国一般'正人君子'所瞧不起的。可是这一层次的人素来不乏奇才异能之士。"[①]现代中国文学中对乡村人物的书写也有分层，但其分层相当单一，因文化和意识形态立场的不同，作家在书写乡村人物时往往把他们纳入预设的框架之中，因此，现

---

① 殷海光：《中国文化的展望》，三联书店2002年版，第106页。

代小说的乡村人物也逐渐被类型化。杭天甲、杭九枫、常守义、段三国、林大雨、余鬼鱼……麻木和觉悟、落后和进步已经不能够区分他们了。《圣天门口》的意义在于将这些在现代书写中被压抑、隐而不彰的乡村人物解放出来，回归到他们生息的乡土，书写他们丰富的生存状态和内心世界。从这个角度上看，革命和后革命时代的"革命"只是乡村芸芸众生的布景。说得直白一点，《圣天门口》其实就想写出革命进入中国传统乡村之后引发的物质和心灵的"暴动"，写出在革命时代和后革命时代的人和人性的卑琐和高贵、妥协和矜持。这样，《圣天门口》的革命地方志自然也有了一种心灵史的意义了。

二

应该说说《圣天门口》的"圣"。在革命和宗教实践中从来伴随着崇"圣"欲望，考察中外历史上的革命，和宗教结缘的很多。就精神气质而言，革命和宗教也极其相似，"宗教是世世代代的希冀、欲望、起诉的记录"，在宗教式微的时代，宗教"表达理想的功能"在革命中得以存续。"人在历史的前进过程中抛弃着宗教，虽然抛弃却留下了印记。部分宗教信仰所保留下来和保持着活力的冲动和欲望，已去除掉它限制性的宗教形式，在社会实践中成为创造性的力量。"①而且，在回答什么样的人能够超凡入圣这一核心问题时，几乎所有的宗教都强调成圣之路上对个人情欲的抑制。革命和宗教的圣者常常是禁欲主义者。

如果从纯粹革命和宗教的两面观之，当傅朗西和梅外婆先后抵达天门口，"天门口"似乎都有可能成为哪怕是一小部分人心目中的"圣地"。但刘醒龙将"圣"置于天门口这个偏野之地前，似乎并不是对一个行将湮没的"圣地"的追认或者命名。在《圣天门口》中，"圣"成为一种人性和德性的精神高度。如他所说："优雅是一种

---

① 霍克海默：《对宗教的思考》，《批判理论》，重庆出版社 1989 年版，第 125~127 页。

圣，高贵是一种圣，尊严也是一种圣。一个圣字，解开我心中郁积八百年的情结。对圣的发现，不只让这部小说拨云见日，更是使其挺起人在历史中的风骨，哪怕是马鹞子这一类的命运，也不再被历史抛弃。身为书写者，如果没有小说中日益彰显的优雅、高贵与尊严时刻相伴，信息时代的六年沉默，就会形同六年苦役。年复一年不与外界接触的写作，因为有了圣，才不枯燥，才有写小说二十几年来，最为光彩幸福的体验。"因此，阅读《圣天门口》，我总会想起周毅和刘醒龙通信中的那句话，"分享一下你小说中的人物吧"①。从我们的阅读经验看，不是所有作品中的人物都可以和读者分享。分享是一种和感恩相关的馈赠。

"圣"是心灵的自我清洁和对世界卑污的涤洗。小说的第九章"一耳一口一个王"有一段王参议与傅朗西的对话："雪家女人心里想的却是不让人使诡计，耍手段，昧良心，犯凶残。这四样事我做过的，你哩一定也做过。从今日开始，往后我们说不定还得这样做。你想推翻国民政府，我想保卫国民政府，梅外婆和雪柠却想将你我的思想放进白云里用雨雪擦洗一遍，这非得有登天的本领呀！"在天门口，梅外婆是受难者，她和雪柠荫被雪家恩泽的余辉，散尽家财，仍然要背负着乡人对雪家的仇恨；她救人困厄，却惨遭蹂躏，"同样受了二三十个日本人的糟蹋，做丫环的杨桃都选择了死，梅老太婆竟然还有脸活在世上。我要对大家说，因为在天门口，所有该死的人从来都没有办法活着，轮到我该死时却死不了，这种结果能使大家用敬畏之心看待身边的平常事、平常人，哪怕活得再窝囊，我也心甘情愿"；她沉静、化解着天门口无所不在的仇恨，甚至以德报怨，虽然不能相视一笑泯恩仇，但仇恨的心如"起了波澜的水，平静就没事"。"善心善意来看人是不会枉费心机的。"正是因为梅外婆源于心灵的爱与宽宥，悲天悯人，天门口才不至于坠入畜界和地狱界。在一个理想主义被普遍冷落的时代，刘醒龙以良善之心在梅外婆的身上灌注了理想主义的色彩。"在由宗教渴望而有意识的社会实践的过渡中，仍然存在着一种可以被揭露

---

① 周毅：《觉悟》，《上海文学》2006年第8期。

然而无法取消的幻象。它就是对完美的正义的想象。"①梅外婆的"宗教渴望"一定意义上是作家刘醒龙"对完美的正义的想象"。梅外婆有"宗教渴望"却没有过渡到"有意识的社会实践"。因为，她意识到以一己之力救赎世界的限度。在她临死前留给雪柠的信中说："你梅外公活着时，总想以一己之力来救赎一国，结果没有成功不说，连命都搭进去了。轮到你梅外婆，自觉力量不够，才来天门口，想以一己之力来救赎一方，看来也不成功。所以你梅外婆觉得，如果你这一生也想学梅外公和梅外婆，不如用一己之力来救赎某一个人。"如果《圣天门口》的"圣"是一种宗教情怀，那应该是和我们生命休戚相关的日常的俗世的宗教，一种爱人、渡人、活人的宗教。所以当雪柠把亲人的尸体扔给驴子狼的时候，才能体味到"只要能救活人，死人也会乐意的"。理解了这一点，我们就能理解情欲在《圣天门口》也被充分的释放和宽容。

　　刘醒龙固执地以一部百万字的小说书写人何以能够高贵、优雅和尊严地活着。如果真的有个圣、人、魔的三界，马鹞子、小岛北肯定位于魔界一席，但残忍、鲁莽如马鹞子，也有着朗诵《扫荡报》《六十无名烈士传》的悲壮，有着拍打大钟学着董重里说书的慷慨。而制造毁灭和死亡的侵华日军团长小岛北也在日记里写下"天门口是妹妹的，做哥哥不能夺走属于妹妹的东西"，"使他不忍用大炮与火焰将顽强地阻碍其前进步伐的小小山镇碾得粉碎"。如果《圣天门口》是关于宗教的。那么这样的宗教不是某一种教义和仪式，而是日常生活的信仰和道德尺度。其实，整个中国从19世纪中期到现在就一直徘徊在道德的压抑与放纵、毁弃与重建的摆动中。19世纪中期，"西化"的现代知识分子试图在传统的道德废墟上重构"伦理觉悟"的新道德。但20世纪上半期的历史语境没有给他们提供充分展开道德重构的机会。即便到了20世纪中叶，建立在集体和共产主义"公"德想象的社会主义道德又使现代知识分子的现代道德重构成为一个"未完成"的半拉子工程。这个半拉子工

---

① 霍克海默：《对宗教的思考》，《批判理论》，重庆出版社1989年版，第125~127页。

程在20世纪70年代后期的思想解放潮流中有了一种重建的可能。但这样的重建显然纠缠着复杂的传统道德资源。而80年代知识分子也没有意识到历史留给他们的时间和机会已经很少,当他们的道德重建还没有理出一个清晰的头绪时,商业社会大潮汹涌而来,于是从19世纪开始的道德重建成为仍被延宕的"未完成"。如何在传统东西方道德资源、当代社会主义道德资源和现代知识分子的"未完成道德想象"中间,"取今复古,别立新宗",来获得当下的创造性的道德转换,常常让当代知识分子失陷迷途。《圣天门口》中朴素的乡村日常性的宗教却有着度人和向善的理想。世界如此卑污和粗鄙,我们却头顶着一个灿烂的星空。但这样的理想如果放置在我们描述的现实之下,是不是迹近幻象呢?梅外婆、雪柠、雪蓝和雪茬那地母般辽阔、深厚的宽宥,真的可以消弭大地上的卑污、幽昧、仇恨吗?其实,无须绕这么多的弯子,小说的最后,革命和宗教的抱持者开始靠近,他们都对自己的理想发出了质疑。于傅朗西是:"这么多年,自己实在是错误地运用着理想,错误地编织着梦想,革命的确不是请客吃饭。紫玉离家之前说的那一番话真是太好了,革命可以是做文章、可以雅致、可以温良恭俭让,可以不用采取一个阶级推翻另一个阶级的暴力行动。"按照这样的逻辑,傅朗西正一步步靠近梅外婆。而梅外婆的福音是不是真的福音呢?雪柠给出的答案是"当年梅外婆没教,我也是才明白的,福音之福不是幸福,而是光天化日之下睁大眼睛做出来的黄粱美梦。"雪柠和杭九枫"肩并肩走到同样设在河滩的会场,先到的那些人中,大部分还不晓得雪杭两家在人口几乎死光时彻底和好了"。他们可以窥破历史上谁第一个被杀,却不能终结被杀的历史。阿彩、小岛和子、林大雨、杭九枫的觉悟,并没有阻绝仇恨的绵延,谁能终结被杀的历史,悲天悯人如梅外婆不能,尚能期待何人?刘醒龙就这样从理想主义者腾身一变,成为清醒的现实主义者。

三

最后说说语言问题。《圣天门口》有着语言的自觉。这里有许多问题值得思考。比如在叙述性的散文中,夹杂着韵文的"黑暗传",刘醒龙沉潜到中国小说传统丰饶的沃土中。关于小说的语言,我们往往忽视了中国古典长篇小说韵散错糅的杂语体特点。这种或韵或散的小说语体,在文言文失去合法性地位的新文学时代,只在鸳鸯蝴蝶派的小说中还残留着一些痕迹。现在,《圣天门口》以说书人的腔调公然复活韵散错糅的中国小说传统,为中国小说的语言运用提供了一个实验的样本。还有方言,这个被普通话遮蔽的世界,刘醒龙说:"写小说时,我有一道心理防线,从不肯接受以北京俚语为主要因素的各种粗鄙的流行用语。无论它如何甚嚣尘上地表达出人与人之间的强烈亲近感和时髦相。我还会喋喋不休地诘问,作为政治和文化中心的首都之城,不去升华既有的民间人文精髓本来就是大错,那些在此基础上变本加厉制造文化垃圾的行为,就应该挨天堂里老祖宗的鞭挞了。不记得是谁写的,只记得那本书名《被委以重任的方言》。就算是望文生义吧,起码对这句话我是深有同感。有人评价说,我在《圣天门口》启用了大量的方言土语。其实不然,常用的方言词汇也就二十来个:汰衣服/掇东西/啸水/闻风/打野/落雨/落雪/往日/昨日/今日/明日/后日/嘎白/晓得/吊诡/嘲几口,如此等等。这些较为典型的鄂东方言,与当下常用的同义语对比,明显具备高出一筹的优雅。这种特质犹如定海神针,一旦出现,就会让人觉得无所不在。仰仗民间人文底蕴的长篇小说,不可以视流行俗语为至宝。"[①]刘醒龙夹带着韵文的私货,擦亮了方言的蒙垢,回到语言的"外省",看来他是准备书写一部和自己心灵相关的小说了。它关于革命的"地方",关于俗世的富有宗教渴望的日常生活。"在上世纪90年代、特别是新世纪以来的历史语境中,中国文学、或者说广大中国的文学知识分子正应该重新调整文学与现实间的复杂关系,并且在对文学自主性的捍卫与追求之中,自主性地介入政治、介入历史。正是在这种自主性的介入之中,文学才能获得自己的力量与尊严。对于现代以来与中国的社会

[①] 何言宏:《当代中国文学的"再政治化"问题》,《南京师范大学文学院学报》2004年第1期。

政治紧相纠缠并且在晚近时期充满问题的中国文学，这正是一次新的机会。"①从这种意义上，《圣天门口》提供了文学以自主性的意识形态方式介入政治、介入历史的书写样本。还不只是《圣天门口》，《白鹿原》《旧址》《银城故事》《花腔》《笨花》《第九个寡妇》《启蒙时代》《平原》《赤脚医生万泉和》《生死疲劳》《刺猬歌》《致一九七五》……近现代中国政治的文学性历史就这样被建构着。

（《南京师范大学文学院学报》2008年02期）

---

① 何言宏：《当代中国文学的"再政治化"问题》，《南京师范大学文学院学报》2004年第1期。

《圣天门口》：
"恢复现实主义"的启蒙写作

汤天勇

一、《圣天门口》：一种高度和我们的阅读

"《圣天门口》的写作始于1999年10月，成稿于2005年元月，其间三易其稿，写了又废弃的文字约20万字。"①这部百万字的皇皇之作，分作三卷，2005年人民文学出版社正式出版，2008年改作两卷本，仍由人民文学出版社出版。"2012年夏，在亳州与上海文艺出版社副总编魏心宏聊天，在不经意间双方就达成出版长篇文集的共识"，刘醒龙"将原稿和人民文学出版社出的《圣天门口》进行对照和标记"②，于2014年在上海文艺出版社再版。这部鸿篇巨制，为刘醒龙赢得隆隆声誉，获首届"中国当代文学学院奖"及第二届(2003—2005)中国小说学会长篇小说唯一大奖。刘醒龙曾言比较看重"中国当代文学学院奖"，它是由中国当代文学界最有权威性的一批教授作为评委评出来的。通过这个奖对一部文学作品进行肯定，它的意义自然不同凡响。

《圣天门口》影响力超过后来获得"茅盾文学奖"的《天行者》，

---

① 刘醒龙：《后记：晓得中原雅音》，《圣天门口》（完全本）（下卷），上海文艺出版社2014年版，第396页。
② 刘醒龙：《后记：晓得中原雅音》，《圣天门口》（完全本）（下卷），上海文艺出版社2014年版，第396页。

从关注与评论作品的专家队伍即可看出,他们可谓中国当代文学批评第一方阵核心力量。《圣天门口》初版至今已逾十载,学界不断有新的研究成果汇入,似乎已经证明该作具有"无限的可读性",或言《圣天门口》已在经典化路上。刘醒龙说:"《圣天门口》的出现,是中国新文学运动开始至今,历经百年后,终于走向成熟的标志。"①言之铿锵,自信洋溢,反之,作家对己作信心饱满,也能佐证该作丰盈的价值。

《圣天门口》,就小说内容而言,可以用几个词语简单归纳:家族、革命、性爱与民间。写家族争斗,《白鹿原》声名隆隆在前;写革命斗争,20世纪50—70年代的小说,爬梳的就是1921年建党到1949年建立中华人民共和国这段波澜壮阔的历史;叙事"文革",在新历史小说中已是司空见惯;性爱是一种审美与生命力的象征,莫言的《红高粱》系列已经给予充分展示;说到民间,莫言被誉为"民间的巨子",一直坚守着自己"作为老百姓的写作"。"一部经典作品不一定要教导我们一些不知道的东西,有时候我们在一部作品中发现我们已知道或总以为我们已知道的东西,却没有料到我们所知道的东西是那个经典文本首先说出来的。"②《圣天门口》能否走向经典,就看它是否"发人之所未发,见人之所未见",并能将这种独到见识完美地付诸艺术形式,做到传统认为的内容与形式的完美融合。

"写什么是一个问题,怎么写又是一个问题。"③写什么,关注的是题材。"小说家的一个重要工作,就是对已有的经验进行重新审视。对小说家来说,这不是不道德,而是一种道德,是要从黑暗

---

① 汪政,刘醒龙:《恢复"现实主义"的尊严》,《南京师范大学文学院学报》2008年第2期。
② 伊塔洛·卡尔维诺:《为什么读经典》,黄灿然、李桂蜜译,译林出版社2006年版,第5页。
③ 鲁迅:《三闲集·怎么写》,《鲁迅全集》第四卷,人民文学出版社2005年版,第18页。

中寻找新的可能性。"①怎么写，是方法与技术问题。"现代小说是一种百科全书，一种求知方法，尤其是世界上各种事体、人物和事物之间的一种关系网。"②其实，这里面还涉及两个问题——"为什么写"与"写得怎样"。关于"为什么写"，"说出真实的自己，表达自己真实的想法，使自己成为一个人，我以为这是写作的动机，是小说家对自己的道德要求"③。关于"写得怎样"，"这里……指的是艺术表现力以及所造就的表达效果，即作品在怎样的程度上体现了难以用其他形式传达的语言艺术的力量"④。刘醒龙之所以在意学院派的声音，是藉此验证苦心孤诣之作是否具有经典化的合法路径，话语即权力，知识分子话语具有权力规约作用，博得知识界交口赞誉，也是经典化的一个选择。聪慧如刘醒龙，深知真正能解《圣天门口》之"味"者非知识分子莫属，并且，他晓得知识分子与现实、政治、历史存在着距离感，再加上专业性阅读眼光与阐释技术，能够将他在作品中苦心埋下的"地雷"起开，进而探赜他的自信之源及写作本义——"恢复现实主义的尊严"。

这里的"现实主义"毋宁说是一种技法，更多指向的是一种精神。其与刘醒龙常言的"风骨"异曲同工。所谓风骨，语出《晋书·赫连勃勃载记论》："然其器识高爽，风骨魁奇，姚兴觌之而醉心，宋祖闻之而动色"，本是识人之语，即人的性格品行。由人推及文学，所指为作品风格刚健遒劲。人与文同，"风骨"是《圣天门口》之品，亦是作者之品。

---

① 李洱：《为什么写，写什么，怎么写》，《当代作家评论》2005年第3期。
② 卡尔维诺：《美国讲稿》，萧天佑译，译林出版社2001年版，第402页。
③ 李洱：《为什么写，写什么，怎么写》，《当代作家评论》2005年第3期。
④ 刘纳：《写得怎样：关于作品的文学评价》，《文学评论》2005年第4期。

二、《黑暗传》：革命暴力合理性的质疑

《黑暗传》被誉为"汉民族的创世史诗"，内容涉及汉族的神话、传说与历史。"小说中，那些说书段子，道光年间之前部分是根据残缺不全的《黑暗传》原始材料整理而成，之后则是我的原创。……有了《黑暗传》，汉民族的人文链条才变得完整起来。祖宗的才华，后来者置之不理亦是大不尊敬。让才华横溢的祖宗在小说中活过来，是心理上的安慰，也是艺术考虑。"①《黑暗传》庶乎完美地嵌合在小说中，先不说两者耦合催生的美学增值与意义结构新反应，借助小说的传播效应复活已经淡出听众视野的民族史诗，作者求得"心理上的安慰"，读者藉此能知晓汉民族之源与流。遗忘是对民族的背叛，是对血脉的悖逆。"史诗是关于范例的伟大叙事，……它在篇幅长度、表现力与内容的重要性上超过其他的叙事，在传统社会或接受史诗的群体中具有认同表达源泉的功能。"②《黑暗传》最初系民间祭祀活动中的仪式歌，旨在传承"慎终追远"与"忠孝爱国"。刘醒龙续写《黑暗传》，却是看中了其中涵蕴的"暴力性的革命变革"因素，以此作为批判与清算五千年革命暴力本质的突破口，希冀找寻突围暴力怪圈的秘钥。

"革命"一词古已有之，《易经》言："天地革而四时成，汤、武革命，顺乎天而应乎人，革之时义大矣！"此处革命，已有王朝更替之意。"儒者以汤、武为至贤大圣也，以为全道究义尽美者，故列之尧舜，谓之圣王，如法则之。"③由是观之，文化视域中的"革命"，指王朝兴衰更替，武力可用，革命应具合法性：革命动机和过程要顺应天命、合乎人心，此谓"大义"；革命主体是"全道究义

---

① 刘醒龙，朱小如：《血脉流出心灵史》，《文学报》2005年7月21日第003版。
② 劳里·航柯：《史诗与认同表达》，孟慧英译，《民族文学研究》2001年第2期。
③ 苏舆：《春秋繁露义证》，钟哲点校，中华书局1992年版，第219~220页。

尽美者"。事实上,"吾中国数千年"唯有"专以兵力向于中央政府"的"狭义革命"①。梅外公一腔热血,"参与发起推翻满清王朝的武昌起义,但十五年来军阀们的血腥杀戮,让他再也无法认同傅朗西所推崇的暴力变革观点"②。梅外公之革命,出于对清政府腐朽没落的痛恨,谋求国家与民族的进步与文明,具有革命合法性;但是,旧政府已坍,革命已经演变成先前志同道合者争权谋利的借口,社会进步遭到破坏,文明俱焚,百姓生命面临威胁,至此,革命的合法性丧失殆尽。天门口镇加入革命队伍的人,多是裹挟着私利或是不可告人之目的。董重里忧虑这些"投机分子"与真正道德自律与志向纯粹的革命者霄壤之别。傅朗西对革命队伍之成分有着清晰认识,却从功利主义出发,用阶级仇恨替代血亲仇怨,以"多数人"意志为正义准绳,巧妙地为革命披上合法性外衣。

西方文化语境中的"革命"起初之意为周而复始的运动,经由英、美与法国革命的增殖,再经过德国哲学的捯饬,革命的内涵注入了暴力因子,成为推动历史前进、现代发展的必然性选择,"必然性和暴力结合在一起,暴力因必然性之故而正其名并受到称颂,必然性不再在至高无上的解放事业中遭到抗拒,也不再奴颜婢膝地被人接受。相反,它作为一种高度强制性的伟大力量受到顶礼膜拜……"③自此,革命集强制性、统摄性、正义性、道德性与迷惑性于一身。董重里、常天亮师徒说书《黑暗传》,已经超越了艺术熏染,成为革命的鼓词,王朝更迭伴随的杀戮与血腥,已经潜隐天门口镇听者之心肺。傅朗西所秉持的革命观,是"北方吹来十月的风",彼得格勒的炮声使其如痴如醉。二者的共同作用,促成了天门口镇的革命洪流。

---

① 梁启超:《梁启超全集》第三册,北京出版社1999年版,第1248页。
② 刘醒龙:《圣天门口》(完全本),上海文艺出版社2014年版,第46页。后面涉及的小说内容皆见于本书,不再一一注释。
③ 汉娜·阿伦特:《论革命》,陈周旺译,译林出版社2007年版,第99页。

"谁是我们的敌人？谁是我们的朋友？这个问题是革命的首要问题。"①傅朗西等人领导的暴动攻下县城，杭九枫硬筹强征与野蛮残暴，其行径与土匪无异。为了激发革命斗志，唤起更多民众参与革命，在傅朗西授意下，常守义、杭九枫等将矛头对准雪家。在他们看来，雪家家境殷实，在当地颇有威望，斗倒雪家，既能实现"打土豪、分田地"之革命宣言，还能对天门口其他富裕人家施以震慑。雪家以生意发家，以诗书传家。尤其是，雪家并未鱼肉乡里，时常接济乡里乡亲，偶尔支援革命。结果雪大奶跳井，雪茄和爱桅被迫死于雷火。雪大爹故意"侮辱"杨桃，让革命者找到赐予"阶级道德败坏"之口实，可以因之将其推上道德审判台，革命更趋合法化，至于鲜血淋淋的衣袍已无人顾及。革命是"阶级复仇"，最有效的途径是"暴力"。革命者对雪家的"复仇"与侮辱，无不是暴力行径，放大阶级对立，鼓动穷人们的仇富情绪，刺激无产者的攻击性，最终达到从精神与肉体上的消灭。吊诡的是，肃反与"文革"，革命者们将暴力之公审与示众"天才"般结合，先前同一阵营的同志瞬息变为阶级敌人，同样面临精神与肉体的消灭。

或许正是加诸己身之暴力，让部分革命者开始审视暴力之于革命的合理性与合法性。"革命不止是成功的暴动，……只有发生了新开端意义上的变迁，并且暴力被用来构建一种全然不同的政府形式，缔造一个全新的政治体，从压迫中解放以构建自由为起码目标，那才称得上是革命。"②对于傅朗西等人，革命是寻求正义、创建理想国的唯一正确途径，"是要开创历史先河"。只有感受到暴力带来恐怖与噩梦，始才反思暴力的有效性，反思暴力工具化的恶果。傅朗西说："这么多年来自己实在是错误地运用着理想，错误地编织着梦想，革命的确不是请客吃饭……革命可以是做文章、可以雅致、可以温良恭俭让，可以不用采取一个阶级推翻另一个阶级

---

① 毛泽东：《中国社会各阶级的分析》，《毛泽东选集》第一卷，人民出版社1991年版，第3页。

② 汉娜·阿伦特：《论革命》，陈周旺译，译林出版社2007年版，第29页。

的暴力行动。"邓巡视员"深深觉得，革命是必要的，也是必需的，不革命中国必将灭亡。但革命的手段也要合乎人伦道德，如果因袭李自成、洪秀全等无所不用其极的方式，中国只会灭亡得更快"。他们的反思，不正和多年前梅外公倡导的"革政不如革心"文化启蒙遥相呼应吗？

作者并未否定革命的进步意义，旨在通过革命过程的血腥、屠戮及革命者的省思告诉我们要警惕革命的庸俗化与工具化，消弭暴力之于革命的排他性，复还天道与人道之于革命的约束力。

三、气象预报：一种政治的隐喻

《圣天门口》中嵌入了大量的气象预报，这同样关乎着"写什么""怎么写"与"为什么写"的问题。在笔者看来，气象预报作为情节要素，行使着组织结构与推动叙事的功能，于此更承担着政治隐喻的文化功能，是作者寻求文学、历史与政治三者融合的一种修辞。

柳子墨的第一次正式气象预报《关于武汉地区一九二七年天气变化的中期预报及一九二七年以后若干年中气候的长期预报》："未来武汉三镇地区的气象条件越来越具有暴戾倾向。在今后十数年乃至数十年内，这样的气候从任何角度来看，都无法保证当地居民得以享用风调雨顺的时光。从客观上看，此类气象危机主要来自东南两个方向。"尽管他一再强调"自己的文章是在百分之一百地分析气象趋势，并无其他寓意"。世事洞明的梅外公连看六遍，认为柳子墨比自己有智慧，能将思想隐晦地表达。为何梅外公心有戚戚焉呢？是他过度阐释，还是柳子墨既言此又言彼的修辞？柳子墨仿佛革命的局外人，虽非书斋知识分子，却不纠缠于各派政治势力。一个对天象敏感的人不一定迟钝于人间世相，后来他提醒梅外婆说梅外公有生命之虞，足见他对时政洞若观火。"恶劣的天气和险恶的社会生存环境形成了一种契合。"[1]柳子墨对暴戾的气候条件语焉

---

[1] 周新民：《〈圣天门口〉：对激进主义文化的多维反思》，《当代文坛》2007年第6期。

不详,梅外公的关注点在气候之本性"暴戾"上。《诗·小雅·頍弁序》:"(幽王)暴戾无亲,不能宴乐同姓,亲睦九族。"孔颖达疏:"王之政教酷暴而戾虐。"汪精卫在武汉大肆捕杀,南京政府大军征讨武汉三镇,必会借口屠城,武汉民众难享"风调雨顺的时光",正是"政教酷暴而戾虐"。

柳子墨给雪柠写信主要谈的还是气象,"武汉的冬天本来就不好过,今年表现更糟。伴随高空大气环流的变化,鄂东大别山区从最近开始,越来越成为各种坏气候的始发地或中心地带。经由西伯利亚刮来的寒流,总爱在长江中下游一带碰上从太平洋上吹来的暖湿气流,今天落雨明天落雪,年前年后肯定不会让大家过太平日子。从目前的趋势来看,不仅降雨量超过往年冬天,降雪量也一样地要超过往年。……又湿又冻的日子一来,就要伤人筋骨。"革命中心武汉魑魅魍魉横行,何来"好日子"?大别山地区成为"坏气候"的"始发地或中心",一是喻示叙事空间的转移,一是喻示天门口镇政治生态的蜕化。此时的天门口镇,雪茄一家成功逃回,阿彩无法走进雪茄从而与雪家渐行渐远,雪、杭两家的猫狗之斗激起了杭家的杀性。董重里的说唱,唤醒了天门口穷人对"新生活"的向往,傅朗西的革命功利性策略逐步奏效,暴动成功。作者矢志"小地方写大历史"自兹开始。大部分天门口人过不了"太平日子",喜也倏忽,悲也倏忽,生也倏忽,死也倏忽。尤其是,在小镇深有影响力的雪家急遽没落,仅剩雪柠独力支撑家庭,这何止"伤筋动骨"?气象预测与现实境遇庶几相似,天象与人世相互感应。

1952年最后一个月份的气象总结,"一股寒潮突破柳子墨的预报,突如其来地抵达天门口"。短文中,柳子墨集中笔墨分析错误预报之缘由,其中有自我批评,更多引申阐发:"天上无云不落雨,痛苦不是别人带来的,是因为自己的修养不够。不管做什么,都应该是对自己的良心做交代,不是做给别人看的。……明白错在哪里。这错误就已经向正确方向扭转了,就不会将生命浪费在将来一定后悔的地方。"雪蓝不明所以,雪柠看了几遍方有所悟,意味深长地补充了一句,"人性也像寒潮,但比寒潮更难预报。"浩大的镇反运动已经结束，因为傅朗西的保护，柳子墨得以活命。柳子墨错误地以为自此风清气正，乾坤朗朗，可是，"又错了。真奇怪，竟然连寒潮都预测不到！"呼啸的北风突如其来，雪家的处境更趋艰难。董重里与雪家天真地以为将田地分给穷人就可以了事，殊不知在侉子县长等人的煽动下，穷人们的欲望被重新激活，雪家被抄。于此，读者很容易想到《红楼梦》贾府被抄。同样的连篇累牍，同样抄检的物件——罗列，尤其是两者皆有政治因素推动，相异的是刘醒龙的笔下，政治驱动下人性的贪婪与丑陋一览无遗。

　　南下干部肮脏阴暗，既想通过抄家中饱私囊，又想通过政治手段将雪家逼入绝境，以达到觊觎雪家女儿之目的。柳子墨被剥夺气象观测权利，只能在气象日志上记下一句："本日各类观察资料因遭受文明之天敌实难抵御故缺。"柳子墨疑惑的是，"如果真想让天门口的穷人当家作主，那就应该明白，一场没有预计到的暴雨，摧毁的是自己的生存家园；一场没有防范的大旱，晒干的是自己的生活源泉"。柳子墨知晓政治压制乃"文明之天敌"，可又不知南下干部政治包裹中的丑陋与冷酷，于是，他的气象预报之路戛然而止，职业亦毁，其生命之终期不远矣。柳子墨死后，气象预报总结由雪柠代为完成，"看了许久，她也无法看出，自己替代柳子墨第一次为当月天气情况所作的概括，与一些好人的死去有何关联"。这不正是从侧面证明了柳子墨的气象预报攸关着时下政治气候吗？

　　气象预报本是对自然天象的科学预测，是指导民众生活的科学知识。小说中的气象预报负担着一种政治性隐喻：一是可作政治风向的解读文本，气候变化与政治变化近乎圆满地合拍；二是借助气象的引申与阐解，我们能够体察政治气候变化下人的欲望膨胀与生死困境。

四、二十四种白云：人的发现与救赎

　　《圣天门口》的现实主义生长中，不时舞动着异质的美学元素，贴紧历史与民间之上浮泛着浪漫主义的精神光泽。小说多处张扬"福音"观念，梅外婆、雪柠坚韧甚至带有理想化的精神信念贯穿始终，尤其是借助白云这一意象，为雪柠的爱情、人生在砥砺而行中赋予浪漫色彩。"舒卷意何穷，萦流复带空。有形不累物，无迹去随风。"悠悠白云，成为关于认识、经验与作者精神结晶间互动的媒质，在现实主义康庄河道上涤荡着或幻或真的浪花。

　　《圣天门口》中的"云"由雪柠引出。雪柠抓周时并不要琴棋书画、金银首饰、五谷杂粮和绫罗绸缎，眼睛扫过窗外，望着一朵白云嘴里迸出"要"。这让向来淡看世事的梅外婆惊讶不已，一岁的孩子心纳的是"上天之物"，天性聪慧，具备天高地阔的胸怀。八岁的雪柠已然惊若天人，"有雪柠做比较，春满园最好的戏子，花楼街最骚的婊子，就成了夏季长江上暴涨的浑水。而雪柠，就是用清碧如蓝的汉水来做比较，也有脏了她的意思"。当众背诗，一句"质本洁来还洁去"，随之"曾经沧海难为水"。两句可谓雪柠的人生谶语，判定着心路历程与现实遭际。"实际上，对于作家来说，造'神'并不是目的，造'神'是为了服务于造'人'，刘醒龙塑造那一系列的神性人物形象是为了更好地烛照出世俗人物群像中神性的匮乏和人性的稀薄，乃至兽性的膨胀和物性的扩张。"①听傅朗西说留日归来的柳子墨识得天上有二十四种白云，自此以后，雪柠就与柳子墨因云而遇，爱情种子在雪柠心中悄然萌芽，福音降临。白云俨然成为雪、柳二人情感纽带，圣洁无瑕。不过，白云二十四种，对于八岁的雪柠而言幽眇高玄，探究流云已然融成生活之一部分。参悟流云是一种浪漫，现实却是刀光剑影与宠辱失衡。浪漫与现实的纠葛使她发现，白云和天门口镇上的人物脾性、风格方面惊人地相似。用自然物象臧否人物，透示出雪柠已具道德俯瞰的视野与能力，可谓天门口小镇的"点将录"：薄云，类似街上挖古人，多而无用；积云，很像麦香，不管世事变幻，终是牺牲品；淡积云，好似线线和丝丝，追逐安稳生活；中云，好比作圆表妹，弃娼从良，品性渐趋高贵；条云，太像段三国，圆融，懂得生存；塔云，似傅

---

①　李遇春：《庄严与吊诡》，《南方文坛》2006年第5期。

朗西，心怀乌托邦理想的革命者；铁砧云，多若杭九枫，昂扬不羁，气势宏大；秃云，最若林大雨，缺乏气量；毡帽云，如冯旅长，声势不小，却无法长久；乳云，犹如阿彩，美艳动人，背后是刺痛人的力量；火成云，天门口上下街的人多如是，一旦有人推动，力量足以摧枯拉朽；雨云，天门口每一个人，安静中积蓄力量；飞云，如侉子陈，高层抛下的棋子，无位置感；荚云，梅外公、梅外婆及爱栀之后雪家人皆如是，洁身自好，卓尔不群，无害人之心，有济人之志；鱼鳞云，如马鹞子，"天现鱼鳞天，不雨也风颠"；棉花云，多似常守义，身份卑微，动机不纯，斗争凌厉；城堡云，对应的是杭天甲，善于酝酿；浪云，一如杨桃，平稳而刚烈；卷云，是董重里，具有敏感性和政治洁癖；胭脂云，小岛和子、娜塔丽娅、乌拉、邓裁缝、于小华和华小于等，有知耻知羞之心，有自省意识……

  白云倏忽往来，变换不居，无所规矩，罅隙中观云，需要时间，更需要精神支撑。雪柠身上闪泛着神性光辉，在拯救道路上的踯躅而行，其中不乏梅外婆的鼓励与推波助澜。"在小说中有些人物，写着写着，就变得不那么可靠，仿佛不值得信任，只有梅外婆，从来都是芸芸众生的生生不息之根。"①梅外婆俨然是位智者，已经洞晓雪柠及天门口未来人生走势，具有基督释迦般神性力量，一方面推波助澜，说雪柠能成为天门口的福音，促使福音之内涵从小爱拓展至大爱；一方面通过死后留下书信的形式，激励并指引着雪柠前行之路。雪柠用人性的圣洁感化着最富革命精神的傅朗西，使他一步步悟到暴力革命的残酷以及革命乌托邦的荒谬性；她用隐忍、退让与包容，感导着天门口集残忍、匪性、自私、勇敢、忠诚于一体的杭九枫，在雪杭两家几乎死光之时彻底和好，有了愿做历史中最后一个被杀的无私精神与大我意识。雪柠认真践行着梅外婆的精神指引，用人性拯救革命幌子下的兽性。刘醒龙对女性有天然的偏爱，具体到小说，让雪家的女人负担着救赎职责，因为：梅外公锋芒外露，"动而生阳"；雪大爹谨遵诗书礼仪，梦想着借势制

---

① 刘醒龙：《写作史诗是我的梦想》，《新京报》2005年7月10日。

衡；雪茄不死，仇恨炽烈，必然会加重雪柠等的罪孽；柳子墨执念气象科学，兼有身份迷障，不具救赎之资格。天地万物皆有阴阳，白云亦然，动为阳，静为阴；厚为阳，薄为阴；势大为阳；势弱为阴。同理，革命者注重行动、斗争、杀伐，是为阳，雪家人温润柔和、抱朴守静、后撤内敛，是为阴。《系辞传》云，"一阴一阳之谓道"，老子说，"万物负阴而抱阳，冲气以为和"。

雪柠一生都被涵纳在白云意象之中，一方面她惊若天人，与俗世猥琐相距甚远，一方面又不得不以"天高地阔的胸怀"化育俗世。雪柠与现实中的"俗人"有着一段距离，道德的、美的、品相的，是天门口男女烛照自我的他者镜像。当然，雪柠不能飘浮在上空，还得在人世走一遭，可叹生不逢时，或可说恰逢其时。说生不逢时，是因为作为一个政治劫难中的弱者，"不教污淖陷渠沟"何其难也。说恰逢其时，正是因为涵蕴着"天高地阔的胸怀"，承继梅外婆的神性衣钵，用一生的隐忍，用革命者熟视无睹的"大爱"与"大善"感化、浸染、救赎他人。相对于梅外公与梅外婆拯救一国与一地之宏愿，雪柠实现了梅外婆所说"用一己之力来救某一个人"的祈盼。"雪柠也好，梅外婆也好，莫看她们温柔如水，实际上是最浓最烈的烧酒，喝一次脑子就被洗一遍，喝两次，就被洗两遍。喝得越多，洗的次数越多，到后来就会变成她们的一根手指头。"这是圣洁对污浊的净化，是神性人性对兽性的渡劫。

"如果说《圣天门口》有出众之处，其百万字所描写的近代中华山河破碎、血雨纷飞、生灵涂炭，却没有一次使用'敌人'一词。当我意识到作为后人，我们不可能再将先辈同胞间的乱战与争斗用'敌人'相称，心里就有了此番写作的分量。"①作者用《黑暗传》来批评革命暴力循环往复，用气象预报喻示政治环境变动下的人性本相，那么，梅外婆、雪柠等雪家女人的存在意义就在于作者借用她们身上的"大爱"与"善"，化解革命的暴力性与和解敌我。《圣天门口》叙述历史，能"入乎其内"回到现场，展示它的复杂性与原生

---

① 刘醒龙：《后记：晓得中原雅音》，《圣天门口》（完全本）（下卷），上海文艺出版社2014年版，第396页。

态，也能"出乎其外"，以史镜鉴，警醒世人，更能超然内外，用具有普遍意义的道德力量宽恕救赎沉沦与执迷。或许如"固执"的刘醒龙所言，启蒙是一辈子的事情。

(《中国现代文学研究丛刊》2017 年 01 期)

暧昧时代的精神叙事
——评刘醒龙的《天行者》

傅 华

在一个可以想见的未来，乡村民办教师，将消失和湮没在渐行渐远历史中，成为不为世人记取的背影。为这样一群位卑沉默的潜行者立传，不仅是为了忘却的纪念，更是刘醒龙在坚硬而荒谬的现实生存中寻求一种精神指证与灵魂拷问的努力。如果说，《凤凰琴》是对乡村民办教师的生存实相与精神侧影的一个印象式聚焦，不失为一种"为生民立命"的呼吁；那么，续写的《雪笛》《天行者》，则在对历史与现实的纵深叙事中，触及了乡土文化中的幽暗与光辉，以民办教师在贫困中乐天苦行的精神群像来书写其难。

难能可贵的心魂与浩然正气，贯彻着作者一种"为天地立心"的理想。

"为天地立心，为生民立命"，是宋代大儒张载为传统文人确立的精神追求。"立心"是学问之根本，孟子早就有"学问之道，求其放心而已"之说。学问是为了安放人心，文学也是要寻找人类那迷失的本心，有了这一不可或缺的精神和心魂，文学和人生才会拥有不朽的根基。刘醒龙沉潜十七年写成的长篇新作《天行者》中，以敬畏、感恩之心来为一群坚韧苦行的乡村启蒙者立传，这本身就是对一种文学信念的张扬，这不仅使刘醒龙的写作获得更为深广、诗意、伟大的时代命意，而且具有一种升腾的精神气象和内在的伦理情怀。在这一"立心"式的书写中，《天行者》没有止步于纯粹的精神指证，而是对民办教师的现实处境和精神境遇做了更为精细、立体的雕刻乃至严厉的剖析。围绕转正引发的利益之争，以生计的艰难、命运的曲折、时代的不公、现实的荒诞与民办教师身上毫不张扬的崇高精神构成微妙的张力关系，从而在对他们的精神容颜的伸张中揭示了时代更隐秘的精神疑难与存在困境。

而在叙事与审美之维，《天行者》一方面将传统人伦之美植根于独特的乡土经验中，在全球话语、世界主义的喧嚣中以对乡土世界中的伦理人情的重新确立，表现出置身现代主义或后现代主义语境中的作家应该有的自觉与警醒；另一方面，在话语实践上又以苦涩的浪漫、诗性传统的接续，以写意的抒情使经典现实主义的表意空间得到拓展，丰富了当代文学对现实主义的理解，从而也与现代主义构成了一种意味深长的对话关系。

一、穿越蒙昧乡村的精神之光

"天行者"的命名，无论是取自《易经》中"天行健，君子以自强不息"[①]的君子形象，还是依照现实语境将其理解为背负不公与天职、乐天苦行的民间英雄，刘醒龙都以此命名来突出民办教师身上存在的令人感佩的奉献精神与浩然之气。而民办教师对使命与责任的承担，正是小说意欲确立的天地心魂。

作为乡村知识分子，民办教师这种承担精神，和大地一样，只是朴素无言的领受——这一精神特质或现或隐地表现在余校长、邓有米、孙四海等人身上。上课是教师，下课是农民，这种尴尬且不公的身份下，校舍的破旧、师资的匮乏是其现实处境，乡村的贫瘠与工资的拖欠更常常成为其生存的困扰。虽然生存的压力已使其不堪重负，而道义与责任的担当却又是义无反顾。余校长照顾寄宿孩子的衣食起居，自己微薄的工资（包括自家养的猪）除支撑生存之需外，还要考虑改善学生的伙食；不仅要在恶劣天气中对学生送往迎来，而且还可能有余校长路遇鬼魂、邓有米遭逢野狼的种种难测的险情；学生的书本要么老师动手油印，要么同学生一道捡草药换钱来获取；甚至校舍的维修都要民办教师自己来解决，孙四海为校

---

① 李学勤主编：《周易正义》，北京大学出版社2004年版，第9页。

舍维修，两次将自己种的茯苓抵上……

余校长说："当民办教师的，什么本钱都没有，就是不缺良心和感情。"正是这一良心与感情，余校长等人对村长之子余状远的精心辅导和推荐与其说是关照，不如说是一种教育者天职般的本能；他们对城市培优经验的学习，不言经济收益，而重在良心和职责。然而，也正是在这一质朴的生命与精神的底色上，《天行者》在思想启蒙到道德救赎层面，才更深地呈现了这群民办教师身上繁复迷人的灵魂景观。作为乡村点灯人，他们不仅是乡村的贫瘠与苦难的亲历者、见证者，而且是去除乡村蒙昧与苦难的启蒙者、践行者。依靠良心与感情的支撑，余校长等人几十年如一日地坚守在山区的基础教育上，为荒芜贫瘠的乡村提供精神的滋养。他们以自身的知识和精神烛照了幽暗的乡村，在点亮身边的黑暗同时，也驱逐了自己内心的黑暗。

作为蒙昧乡村的哺育者，他们对民众的启蒙与五四时代知识精英的启蒙思想是一脉相承的，即以知识的光亮去除落后中国/乡村的蒙昧与黑暗。如果说五四的启蒙还更多的是知识精英对他者/大众的启蒙，是一种俯视的姿态的话，那么民办教师在将启蒙指向他者的同时，也指向了自身，是一种谦卑的、自我救赎的行为。余校长受叶碧秋的笔记的启发而挽救了垂危骆雨的生命，他去省城自我培优式的"充电"中获得了教学上的启发，他还亲自查阅建筑知识以排除危楼的险情，这些实例都将知识与启蒙的力量置于叙事的前台，是这些底层知识人朴素的努力，也是一种人心的自然展示。在现实层面，启蒙让乡村受益的不仅是知识的获得，而且还包含了观念的转换、民主的觉醒。在两次村长改选中，饱受乡村极权凌辱的村民开始了与乡村黑暗势力的对抗，致使名为村长实为村阀的余实的落败。不过，在彰显民办教师的启蒙精神中，《天行者》揭示了启蒙更为内在的意义，即用理性/精神的光芒照亮内心的黑暗。如果说转正的焦虑是他们心中永远的"心情之癌"和"不治之症"，那么借助这一精神的"内伤"或者说心灵的"暗角"，《天行者》在对人物进行灵魂的逼视，裸露其内心的黑暗之际，同时又以他们对自我黑暗的战胜来昭示了一种道德的反省与属灵的救赎。

在生存压倒理想的现实境遇中，民办教师的灵魂暗角也有了合理的解释：在村长余实不发工资反而指责他们排挤大学生时，为了民办教师尊严，他们将支教生夏雪所教年级的试卷苛严评阅；为了转正，邓有米节衣缩食，钻营后门，甚至偷盗红豆杉；第二次当转正名额被蓝飞偷梁换柱独吞之际，邓有米、孙四海几乎要与余校长大打出手。但也正是在转正的尖锐冲突中，从余校长投给张英才的一票到集体决定把名额让给将死的明爱芬，再让给年轻的张英才的过程，使施受双方都获得一种灵魂的净化：第二次转正冲突，余校长以"将死之人都能让她好死，活着的人更应该让他好活"的苦心劝慰，化解了邓、孙二人的怒气，宽宥了蓝飞的行为，他们对共同命运有了更为深刻的领悟："除非上面让我们三个一起转正，否则谁也当不成公办教师。"甚至，在他们的内心产生了一种"只要还有谁没转正，先转正的人就会日日夜夜地咒骂自己"的负罪感。而这一负罪感竟使先转正的邓有米在愧疚中，以收受承包款的回扣来帮助余、孙二人转正，这一铤而走险的行为背后却有肝胆相见的深情。最终"二桃杀三士"的历史悲剧在余校长、邓有米、孙四海之间竟然奇迹般地解决了，两次转正名额带来的希望与争端，都化解在一种推己及人的善良、肝胆相见的真情实意中，他们之间的情感体现了一种"民间社会中人与人之间相互理解、信任、同情的伟大精神，它让人在残酷中看到了诗性，在疯狂的人性裸露中感受到人之'为'人的温暖"①。他们以超越一己之私的情怀实现了利益与道德、理想与日常之间的伦理转换。最后化争夺为谦让、变戾气为温存，使苦难成就了高贵。他们的行为在利益层面是不可理喻的，而在道义层面，却投射出一束精神救赎的强光。

《天行者》的出色之处，不仅在于作者写出了民办教师对道义责任的担当，还在于作者写出了这种精神气息的流转与辐射，以及如何传递到下一代的心罩。界岭小学民办教师身上的精神既穿越了蒙昧乡村，又从自身散播、辐射到他者身上。在界岭小学当过老师

---

① 王光东：《感悟刘醒龙》，引自汉网：http://www.cnhan.com/gh/content/2003-03/17/content-255238.htm 上网时间 2009 年 8 月 20 日。

的人,无不沾染上他们的精神气息,甚至成为"中毒"且"上瘾"者。从万站长、张英才到蓝飞,从夏雪到骆雨,无论是生是死,无论是离开还是重返,界岭小学成为他们心中挥之不去、萦绕不已的情结。万站长对界岭小学的牵挂既有当年"不光彩,转正中难言"的愧疚与赎罪心理,也是为乡村教育呕心沥血之举;混迹官场的蓝飞为界岭小学的重建积极奔走除了想减轻自己内疚外,还试图用别一途径拯救教育;张英才在经历了明爱芬的去世、目睹了集体转正中的黑暗与荒诞之后,心存感念、愧疚挣扎的他重返界岭,在"悲剧觉醒"①中完成一种救赎式的精神成长。而支教生夏雪生前死后都将界岭作为自我救赎的精神圣地,才有重建界岭小学的遗愿,骆雨在生命获救的同时也得到一种精神的感召,成为后来到界岭巡视的内在动因。而在下一代身上,这一精神的传递是以对界岭的深情来呈现的:中途辍学的叶萌有着挣钱来改造母校的愿望;对老师崇敬有加的叶碧秋不仅在没有老师的情况下成功地代理了老师之职,而且在她内心深处还萌生了当民办教师的理想——这些无不彰显出民办教师的精神、心魂的影响与吸引。

二、植根乡土的伦理人情

《天行者》中所要确立的天地心魂,除了这种精神的指证,还包括对人情之美的发现与展示。小说围绕民办教师的转正经历,人伦世情的感怀观照已悄然渗入。可以说,良心与感情呈现了民办教师的精神底色,而它作为传统道德与人伦的基石,更潜移默化地留存在日常生活的情态之中,彰显着传统道德对人情伦常的雕刻。余校长等人对乡村教育的担当,既有良心与感情的支撑,又受安贫乐道的儒家伦理文化的耳濡目染;孙四海与王小兰的多年苦恋终成绝恋的悲剧,就深含着敬畏道德而压抑情感的伦常观念;蓝小梅对儿子蓝飞独吞转正名额的不义行为的捅破与楼塌事发后界岭民办教师对邓有米的"逍遥法外"的集体沉默,恍如硬币的正反,无论是前

---

① 丁帆,刘醒龙:《艺术家的无奈》,《雨花》1994年第5期。

者的揭发还是后者的相隐,都在突出乡土社会独特的人伦情感。而民办教师为转正从各自为阵、钩心斗角到相濡以沫的转变,使"维系着私人的道德"①的乡土社会呈现出一种舍己为人、命运与共的道义与情怀。这些深受传统伦常熏染的人伦世情,张扬着一种人性的光辉,也生长出一种优美的心魂。

《天行者》中的伦理人情之美既充溢着传统人伦的特质,又有着界岭的乡土特色。将伦理人情之美寄寓于乡土,来自刘醒龙对乡土的深情认知:"它是人类挥之不去的传统中的一种。换言之,真正的乡土只会存在于灵魂之中。再换言之,一个民族的灵魂,不管它愿意不愿意,都会在很大程度上依附乡土。毕竟乡土是我们的文化母本。"②将乡土融入人物的血脉情感中,将乡土作为精神、伦常的根据地来书写,这在刘醒龙的长篇散文《一滴水有多深》中尤为突出。《天行者》则依托界岭这一苦寒贫穷的乡村作为展示人物情感与心魂的舞台,生于斯,长于斯的民办教师,由于贫瘠乡村对他们的奉养(他们微薄的工资一半来自于命运与共的乡村),使之与乡村在地缘关系上更融进了一种血缘似的情感。乡村虽是其宿命之地,但更是其为之倾情倾力的热土,于是"界岭小学是界岭人自己的学校"成为他们的教学信念;他们对学生不仅如同己出且不离不弃,"民办教师不一样,他们是土生土长的,总是将学生当成自己的孩子,成绩再差也是自己的亲骨肉",这些表白使他们与乡村的血亲关系溢于言表;在转正的希望与虚妄之间,面对邓有米的追问,余校长"留得界岭在,处处有柴烧"的回答,无疑是将界岭作为精神的退守处。最有意味的是,界岭处处为人诟病的"茗"这一独特的乡土形象,在界岭人对它的重新领悟与释义中,其隐喻性的文化内涵发生了逆转:余校长在"讲课"中,以对"茗"与"傻"的辨析,使"茗"从贬义的否定、挖苦、激励到祛魅式的诠释为"界岭人生生不息的精神象征";自修大学的叶碧秋对被视为女茗的母亲坚

---

① 费孝通:《乡土中国 生育制度》,北京大学出版社 2003 年版,第 31 页。
② 刘醒龙、葛红兵:《只差一步是安宁》,《上海文学》2002 年第 9 期。

持将一年级课本读二三十年行为的重新认知,都是在为"苕"的精神内涵正名。借这一形象的演变、转换,刘醒龙表达了对贫穷乡村的伦理情感的发现——在蒙昧贫穷的界岭,"苕"这一乡土形象以其素朴而坚韧、自强不息成为乡村独特的精神表征,而在其泥土般的本色中,深藏着界岭人对养育自己的乡土的无言挚爱与深情。只有在这一本色的形象上,只有在与乡土的血亲关系中,他们才能找到自己的精神胎记,才能真正意义上魂归乡土,安身立命。

这种乡土人情,以自然、质朴的方式显现为一种人生的常态,也张扬出一种刚健、清新的人伦气息。素朴的伦理情感就是乡村最为动人优美的风景。余校长他们照顾寄宿学生、为夏雪送行、抬骆雨就医、探望张英才和骆雨、宽宥蓝飞等,自有一种无言之美。而界岭村民对教师的尊重、感激、回报,亦是本色质朴的。在维修校舍时,众匠人虽有拿不到钱要与学校理论的复杂心态,但维修学校却是一件义不容辞的事情。叶碧秋的父亲身上就凸现了重情重义的一面。他事先通风报信,又于心不忍地将搬放在教室前的竹柞搬离,还以"匠人若是欺负老师,在老天爷的眼里,都要罪加一等"的话来告诫众人而为孙四海打抱不平。这一伦理人情,使得困厄于物质与精神中的人,有了明亮温暖的希望,使得在乡村的黑暗政治与利益争夺中挣扎的人,有了善良与正义的期许。

伦理人情作为乡土世界中的常理常情,它们往往以无所不在却又被人习焉不察的方式存在,因而在很大程度上,这些优美人伦就和那些民办教师一样都因"遗忘"而"隐匿"在乡土中国中,成为一种幽暗的花朵生长于沉默的大地和乡间。然而,正是这些幽暗的火光才烛照和温暖了黑暗、冷漠的人心。刘醒龙对这一精神气息和伦理人情的发现和呈示,就是为了对抗一种漠视和遗忘,从而在喧嚣的生存中弘扬其无言之美。正如谢有顺所呼吁:"为一种隐匿的现实作证,为那些从苦难中积攒下来的希望加冕,让无声者发声,让无力者前行,这样的写作,在我们这个时代,理应有更多人来承担。"①

---

① 谢有顺:《现实主义者王十月》,《当代文坛》2009年第3期。

刘醒龙无疑就是这样一个有所承担的作家。他所塑造的扎根乡土的民办教师形象，他所书写的深植乡土的伦理人情，有别于当下千人一面的欲望写作、都市写作，他让我们亲见了一种伟大的现实主义的写作传统，尤其是他以本土经验应对全球化语境挑战的决心，他质朴的叙事容颜，有力地在我们这个时代重申了一种文学面对重大问题发言、并深度介入现实的能力。

三、苦涩浪漫中的诗性叙事

《天行者》对民办教师的生活情态与精神世界作了精湛再现，同时，刘醒龙又将浪漫、写意的抒情与绵密的写实相结合，在"事件"中不断插入"写意的抒情"，这就使得事件可以在不同的语境里不断被理解、感悟、省思、重组。写实有时是一种对事实的直白式的确认、颂扬，写意的抒情则是以诗性的迂回来书写更为广大的精神图景。《天行者》中，有许多诗歌的引用、灵动的意象、写意的风景、传神的细节，这种诗性的迂回，使小说形成了一种苦涩的浪漫、悲凉的氛围。

写意的抒情在《天行者》中，突出的表现之一是诗歌的引用。夏雪对叶芝爱情诗的抄写、朗诵，是她对圣洁情感渴望与追求，也是她美丽心灵的象征，而这首诗在界岭的传播既是对小诗人李子的启蒙，又是对万站长、李芳的婚姻的拯救；李子的乡村油盐饭一诗既是悲痛亲情的写照，又是更为沉痛的乡村经验的彰显；而余校长与蓝小梅琴瑟和鸣的诗词对句，是对迟到幸福的张扬，又表现了传统的人文气息；而余校长的借款字句，以打油反讽的形式，讽喻了现实的荒诞，既有对邓有米的感恩之情，更潜藏了难以掩抑的辛酸、无奈。写意的抒情将爱情、乡土、伦理与幸福、苦难、荒诞、隐伏的悲痛以及难言的忧伤糅为一体，在诗歌与叙事的互文中，建构起了一种悲凉的情境。

灵动的意象与写意的风景使抒情话语从另一维度丰富了经典现实主义的表意空间。《天行者》中的暮色与炊烟、荒芜乡村上空飘扬的国旗、乡村四时不同的风景、或肃穆或漫漶幽咽的笛音琴声、

暧昧时代的精神叙事——评刘醒龙的《天行者》

雪花轻扬的大山野、缤纷秋色中的红豆杉、绿眼与狼嚎带来的恐怖与神秘……这些意象使整部小说有诗意,也有一种浪漫的精神。大雪的意象就是这样,它总是出现在人物命运转折的关键时刻,每当转正出现问题,随之而来的雪的就真的是"雪上加霜"了,似乎欲以某种天意见出民办教师多舛的命运。而笛音与歌声交叠复现,在语言的象喻中演化个人的心事与心曲、身世与命运,忧伤的笛音所吹奏的《我们的生活充满阳光》贯穿始终,无不隐喻着民办教师穿行在阳光与苦难间的现实生存,即使在集体转正的时刻,笛音亦难改其忧伤本色。而王小兰唱着此歌死去时,则将忧伤化为悲凉。笛音于孙四海是苦恋与柔情,是苍凉与悲痛;笛音于夏雪,是心、笛音、雪花的共舞轻扬,清纯与悲情都寄寓其间;笛音于大山的孩子,是学校以及学校上空飘扬的国旗。笛音伸展了个人的情感欲求,赋予了大山灵性的魂魄,把无边情意演绎成动人旋律,在情感与灵魂的深处回响。

细节的精雕细刻,则极为传神地表现出了人物的境遇和性格。《天行者》以各具形态的"瘦",写出了乡村的贫困、教师的艰苦以及其中的辛酸与痛楚。不仅学生们大多是"黑瘦""干瘦"的肩头或细腿,教师们也"瘦得很普通",特别是明爱芬与胡校长的"瘦",因着对二人的悲剧性结局的暗示,让人有一种揪心的疼痛。前者的瘦是"一张白纸覆盖在一副骨架上",让人惨不忍睹,后者"瘦得只剩下一根刺",使人有种凌厉、尖锐的刺痛感。这些细节在不同地方的复现,令人难忘。而"乡间油盐饭""一碗荷包蛋""忧伤的笛音"等细节,也呈现出人物隐伏的悲痛与内在的悲凉。在这些独特乡土经验所包蕴的疼痛与忧伤中,有着作者对生命、人性的深情关照,使刘醒龙的写作成为"能在'生活'中展开,同时又能深入'人心'"①的书写。

当写意的抒情不断插入事件中,写实的单一风貌得会得到改变。现实主义作为一种不断嬗变的话语模式,在白描、典型理论等话语下,还需要有更为丰富的话语资源和表意手段的加入,使其在

---

① 谢有顺:《此时的事物·序》,江苏教育出版社 2005 年版。

不断变异中有效地实现对现实主义疆域的拓展。当多数作家被现实所困，并被现实中的绝望图景所劫持之时，文学的"浪漫作为希望的一种"①，正该以诗意的叙事为爱、善良、温暖、有力量的心灵写下希望的证词。因此，这种抒情主义的传统，是对现实主义的补充，它所伸张的，是在这种一个暧昧的、无所信的时代，人心所残存的那种温暖和浪漫。在困苦中，还能抒情，还能发现生活的诗意，它所表明的是，这个人还有坚持，还有自己的理想和梦幻。这样的场景，对照于当下这个惟物质是从、惟娱乐是从的现实，真的让人感慨万千。

《天行者》所书写的，不过是那个偏僻的角落，一些偏僻的已经快要被人遗忘的人——乡村学校和民办教师，但在他们肩上，所扛起的，可能是中国最为基本的未来：那些孩子，那些永远无法享受到现代化之成果的孩子，他们的权利在哪里？他们的未来呢，又会如何？还有，那些乡村民办教师，在各地苦苦挣扎，他们中的一些，本可选择去远方打工、创业，过更好的生活，但仅仅是因为舍不得孩子，或者还对乡村教育存着希望，他们选择留下来，选择在一种屈辱的处境中艰难地前行，这样的身影，又有几个人留意到？都说作家是弱者的代言人，或者是社会群相的见证者，但是，这些年来，文学界弥漫着一种对偏僻人群的集体沉默，作家们更愿意去书写那些纵情声色或者意气风发的人群，而对那些角落里的人，却正在丧失书写的兴趣。在新一代作家那里，甚至整个乡村世界都是缺席的。因此，我们今天的文学，都市经验在殖民乡村经验，显赫的人群也正在殖民角落里的人群，无声者将更加无声，无力者也就继续无力，这不能不说是文学的失职。正是在这个背景里，我读到了《天行者》，我感佩于刘醒龙那份体察偏僻角落人群的真情，也为他所书写的那些渺小但坚韧的心魂所激动。他终究是一个理想主义的作家。

（《小说评论》2009 年 06 期）

---

① 刘醒龙：《浪漫是希望的一种》，《小说评论》1997 年第 3 期。

良知是高尚者的墓志铭
——评刘醒龙长篇小说《天行者》

王春林

当代诗人北岛在其《回答》中有名句云"卑鄙是卑鄙者的通行证,高尚是高尚者的墓志铭"。在这里,我篡改北岛的名句,用以评价刘醒龙的长篇小说《天行者》。作为长篇小说的《天行者》,是对中篇小说《凤凰琴》修改扩张的一种结果。《凤凰琴》是一部大约三万字的中篇小说,问世于 1992 年。那个时候,小说中所描写表现的民办教师还是一种以实体形式客观存在着的一个知识分子群体。那个时候,刘醒龙就曾经以他的这一曲"凤凰琴"而感动过无数个人,激动过很多人的心灵世界。然后,就到了 2009 年,刘醒龙在《凤凰琴》的基础之上,扩张推出了同样是以民办教师为主要表现对象的长篇小说《天行者》。到《天行者》问世的时候,曾经以实体形式存在过的民办教师,由于国家相关政策改变的缘故,已经不复存在,已经变成了一种历史的遗存物。然而,虽然被描写的对象已经进入了历史之中,但这却丝毫都没有影响《天行者》的思想艺术影响力。着力于表现民办教师苦难坎坷命运的《天行者》,在 2009 年,在这样一个消费主义观念早就占据了上风的市场经济时代,依然能够感动许多人,就不能不说是一种文学的、精神的奇迹。尽管我自己在 20 世纪 90 年代初期阅读刘醒龙的《凤凰琴》时,就曾经被感动得一塌糊涂,尽管这一次对《天行者》的阅读已经有了足够的心理准备,但无法自控的泪水还是潸然而下,我的心灵世界再一次被刘醒龙的笔触所深深地打动。

《天行者》之依然激动人心,原因当然首先在于小说所充分展示着的那些民办教师们苦难的命运遭际、坚韧的生存姿态、崇高的精神境界。余校长、邓有米、孙四海、明爱芬等这样一些几十年如一日地坚守在偏僻贫瘠的界岭小学的民办教师们，虽然生存条件十分艰难，虽然只有极其微薄的工资收入，但为了能够让这些身处穷乡僻壤的孩子们能够得到受教育的机会，他们却硬是以自己十分单薄的身架，承担起了教育孩子健康成长的重大使命。虽然这些民办教师没有什么豪言壮语，虽然他们之间也还是避免不了会发生一些蝇营狗苟你蹬我踹的矛盾冲突，但是，在以一种兢兢业业的姿态对待神圣的教育事业这一点上，他们却表现出了惊人的一致性。关于这一点，我们只要品味一下余校长朴实的话语，就可以有特别真切的体会。余校长说："当民办教师的，什么本钱都没有，就是不缺良心和感情，这么多孩子，不读书怎么行呢？拖个十年八载，未必经济情况还不会好起来么？到那时候再享福吧！"好一个"不缺良心和感情"，在某种意义上，我觉得，余校长的这一句话，完全可以被当做统领《天行者》全篇的思想主旨来加以理解。阅读《天行者》，我们所通篇读到的，不正是如同余校长这样几十年都一直未能摆脱民办教师身份的民办教师们的"良心和感情"吗？真可谓是：一把辛酸泪，满纸良心在。说到底，余校长、邓有米、孙四海他们，之所以能够表现出如此突出的一种自我牺牲精神来，从根本原因上来说，也的确只能是这样一种发自内心深处的"良心和感情"支撑的缘故。

按照《天行者》封底的介绍："中国农村的民办教师，一度有四百万人之多。他们在极其艰苦的环境里，担负着为义务教育阶段的一亿几千万农村中小学生'传道授业解惑'的重任，将现代文明播撒到最偏僻的角落，付出巨大而所得甚少。"时过境迁之后的现在，虽然就连民办教师这个名词都已经进入了历史，现在的年轻人根本就不知道中国的当代教育史上还曾经存在过民办教师这样一个特别的知识分子群体，但实际上，在一个相当长的历史时期内，真正承担"传道授业解惑"职责，真正把现代文明传播到穷乡僻壤的广大农村世界的，却真的也就只是如同余校长这样特别不起眼的普通民办教师。笔者就是从中国最普通的农村走出来的，到现在，我都还清晰地保留着关于自己初中、小学时候许多老师的记忆。而他们当中的许多人，就都是民办教师。我之所以能够在后来升入大学，走入城市，从根本上说，与这些民办教师们所付出的巨大心血是分不开的。正因为自己有过亲身接受民办教师教育启蒙的经历，所以，无论是此前的《凤凰琴》，还是现在的《天行者》，我都读得津津有味，都读得特别认真，而且也还产生了另一种真切的感动。从这个意义上说，我就特别感谢刘醒龙，感谢刘醒龙能够注意到民办教师这个特定知识分子群体的存在，感谢他能够先后两次以小说的形式为民办教师树碑立传。敏感的读者应该已经注意到，我已经几次把民办教师称作是一个知识分子群体了。或许有人会对这一点不以为然，会认为民办教师的知识水平其实很低，不应该被当做知识分子来看待。我的看法是，这些民办教师的知识水平，或许真的并不太高，但他们身上所表现出来的那样一种崇高的精神境界，那样一种纯粹的道德水准，其实是我们很多所谓的高级知识分子也都不具备的。从这样一种道德精神水准的层面上说，称他们为一个特定的知识分子群体，我以为，是一点都不为过的。我想，刘醒龙之所以两次涉足于民办教师的题材，与他内心中对于民办教师这一知识分子群体的深切敬意，绝对存在着紧密的联系。也正是在这样的意义层面上，对于刘醒龙把民办教师称之为"二十世纪后半叶中国大地上默默苦行的民间英雄"，我是深表赞同的。我自己，之所以要以"良知是高尚者的墓志铭"这样一种话语方式，来评价刘醒龙的这一部《天行者》，其根本原因也正在于此。

然而，虽然刘醒龙的《天行者》深深地打动了我们的心灵世界，虽然读《天行者》可以读得我们泪流满面，但作为一位文学批评的从业者，我却清楚地知道，对于一部真正优秀的长篇小说来说，仅有感动绝对是远远不够的。换言之，能够使读者的心灵世界产生感动的心理反应，仅仅只能被看做衡量长篇小说优秀与否的诸多标准之一。我们都知道，《天行者》是以《凤凰琴》为基础进一步扩张形成的一部长篇小说。如果说，刘醒龙只是想达到让读者感动的目的的话，那么，他早在《凤凰琴》中就已经实现了这个目标，完全没有必要在2009年的时候，用《天行者》来重新感动读者一把。尽管大概所有的读者在认真读过《天行者》之后，都会为小说中的那些民办教师而心生感动。就我自己的阅读感受而言，我觉得，刘醒龙之所以要在中篇小说《凤凰琴》的基础上扩张完成《天行者》，就是试图祈求这部长篇小说能够获得某种震撼人心的作用。而这样一种艺术效果的取得，其实与不同小说文体的文体特征存在着格外紧密的关联。或者也可以进行这样的追问，那就是，为什么说《凤凰琴》是一部中篇小说，而《天行者》就变成了一部长篇小说。中篇小说与长篇小说之间，究竟存在着怎样的思想、文体差异？请不要以字数的多少以及篇幅的大小来指责我的无知。因为我同样清楚地知道，中篇小说的字数一般是三至五万字，而长篇小说，按照茅盾文学奖的规定，则最起码应该在十三万字以上。字数的多少与篇幅的大小，当然是衡量小说文体的一个重要指标。但是，仅有字数或者篇幅的差异，却又肯定是远远不够的。无论是思想内涵，还是具体的艺术形式，中篇小说与长篇小说这两种小说文体都是很不相同的。那么，中篇小说与长篇小说之间的差异究竟何在呢？我在这里当然也无法一下子完全澄清说明，但有一种说法，我觉得却是有一些道理的。这种说法认为，中篇小说讲故事，长篇小说则呈现命运。这就是说，作为一部中篇小说，只要能够把一个故事相对完整地讲述清楚就可以了。在一部中篇小说中，一般不需要有更多的人物，也不需要有相对长的时段中相对曲折复杂的故事情节。相比较而言，一部长篇小说却不仅应该有更多的人物，有更加曲折复杂的故事情节，而且，更重要的是，还得通过这所有的人物与故事传达出某种深沉的命运感来。

《凤凰琴》采用的虽然是全知全能的第三人称叙述方式，但视角性人物张英才实际上却是明确而固定的。张英才高中毕业当年差三分未能考上大学，于是就又补习了一年，没想到补习一年的结果居然是不进反退，离分数线又多差了一分，变成了四分，这样当然就更没指望上大学了。没指望上大学，张英才只好在舅舅万站长的帮助下，来到全乡最贫穷的界岭小学，当了一名民办教师。然而，界岭这样一个只有三个，不，准确地说应该是四个民办教师，因为除了余校长、邓有米、孙四海之外，还有同样身为民办教师但却早

良知是高尚者的墓志铭——评刘醒龙长篇小说《天行者》

已瘫痪在床的余校长的妻子明爱芬,只有二三十个学生,办学条件极其恶劣的小学,只能让心高气盛的张英才感到万分失落。除了对于界岭小学日常艰难办学状况的展示之外,《凤凰琴》实际上只是重点描写了两个事件。一个事件,是县里派检查团来调查了解义务教育法的贯彻执行情况。不知内情的张英才,在发现了余校长和万站长他们的瞒天过海行为之后,写信给上级机关,把事情的真相捅了出来。结果自然是,学校的先进和八百元奖金因此而全部泡汤,余校长准备用这笔钱来维修教室的愿望也就落空了。另一个事件,就是对于民办教师来说,简直比自己的生命都要重要的转正事件。由于张英才把自己来到界岭小学之后的所见所闻,写成了一篇名为《大山·小学·国旗》的文章,并把文章投寄给了省报,结果不仅文章见报,而且上级部门还格外开恩,专门给了界岭小学一个民办教师转正的指标。人有四个,不包括明爱芬在内,而转正指标却只有一个。那么,这唯一的指标应该属于谁呢?余校长他们这几位民办教师的高尚人格,在这样的试金石面前,也就自然是熠熠生辉了。先是张英才主动让出了这个指标,然后,又是大家一致同意把指标留给早已对转正望眼欲穿的明爱芬。多年的愿望终于满足,瘫痪多年的明爱芬溘然长逝,这唯一的指标最后还是落到了年轻的张英才身上。从以上的分析不难看出,虽然作家通篇的笔墨多停留在张英才身上,但小说的重心却显然并不在此。借助于张英才的独特视角,主要通过转正指标事件,将余校长他们这些民办教师发展教育事业的自我牺牲精神充分地表现出来,恐怕才是刘醒龙多年前创作中篇小说《凤凰琴》真正的艺术意图所在。虽然写到了几位人物,但作家对这几位人物却都没有进行充分的艺术描写。而且,小说的中心事件,说到底,也只是所谓的转正事件。如此看来,《凤凰琴》自然也就只能是一部中篇小说了。

到了长篇小说《天行者》中,情况就发生了很大的变化。首先,张英才在转正之后,要到省教育学院去进修学习,这个视角性人物的离开,就迫使刘醒龙不得不在张英才之外思考设计另外一个视角性的人物。否则,他就无法继续完成对于界岭小学民办教师故事的后续叙事了。因此，从《天行者》的第二部"雪笛"开始，视角性功能就悄无声息地被转移到了小说核心人物之一余校长身上。此后的小说叙事过程中，除了偶尔还借用过张英才的视角之外，基本上都是依循余校长的视角而进行叙事的。视角的转移之外，更为重要的变化是，如果说，由于篇幅、文体的限制，余校长、邓有米、孙四海他们，在中篇小说《凤凰琴》中，只是作为富有良知的民办教师代表而出现，而成为张英才人生成长历程中一种带有启蒙性质的界碑式人物，那么，到了《天行者》当中，由于篇幅的明显增大，随着叙事视点的变化，小说的叙事重心也从张英才的成长历程，转向了对于余校长、邓有米、孙四海这几位民办教师人生历程更为充分的艺术展示。那么，怎样才能极有效地展开关于这几位民办教师人生历程的叙事过程呢？不难发现，刘醒龙还是紧紧围绕"转正"的问题而大做文章的。之所以如此，是因为对于民办教师而言，只有早日转正，才有可能从根本上改变自己的人生走向。所以，对于每一个民办教师来说，他们最基本的人生理想就是能够得到一个转正的机会。既然要全面真实地表现民办教师的生存状况，那就不可能离开转正这个关键性事件。然而，需要特别注意的是，虽然同样是对转正事件的叙述，《天行者》与《凤凰琴》却有着明显的不同。《凤凰琴》只写了一次转正事件，这次转正事件的描写拥有着十足的正剧意味，而且，这种描写很显然是为了凸显余校长他们的崇高精神服务的。但到了长篇小说《天行者》中，却先后出现过三次关于转正事件的叙述。在某种意义上，我们甚至可以说，转正已经成为了横贯刘醒龙《天行者》的一条基本叙事线索。小说分别由"凤凰琴""雪笛""天行者"三部分组成，每一部分所描写的中心事件都是转正。

关键的问题在于，这三次对转正的描写叠加在一起，所产生的文学意味，与《凤凰琴》中一次描写的意味是绝不相同的。如果说，"凤凰琴"中第一次关于张英才转正的描写，还具有崇高的正剧意味的话，那么，到了"雪笛"中关于蓝飞转正的描写，就已经带有了明显的闹剧意味，而到了"天行者"中关于余校长、邓有米、孙四海他们最后的转正描写，所表现出的干脆就是带有突出荒诞色彩的悲剧意味了。这种突出的悲剧意味，就表现在余校长他们总是如同盼星星盼月亮一样地期盼着能够有一个转正的机会，然而，富有讽刺意味的是，当这种转正的机会终于降临到他们身上的时候，他们却居然由于自身的贫穷而转不起正了。多少年来一直孜孜以求地谋取着转正的机会，希望能够通过转正的方式改变自己贫穷的生存方式。然而，令余校长他们根本无法预料的一点却是，等到转正机会来临的时候，同时来临的居然是要求民办教师们必须首先缴纳一万元左右的所谓工龄购买费。如果不能够按时缴纳这一笔对民办教师来说特别昂贵的费用，那么，所谓的转正自然也就成了幻灭的肥皂泡。转正本身，是为了从根本上改变自己的贫穷状态。但要想转正的前提，却又必须缴纳自己根本拿不出来的昂贵费用。这如果不是悲剧，那么你说，还能是什么呢？我以为，如同余校长他们这样充满悖论意味的人生遭际，只能被看做彻头彻尾的一出人生悲剧。这样看来，虽然同样是余校长、邓有米、孙四海几位在《凤凰琴》中出现过的人物形象，但到了《天行者》中，在他们身上所体现出来的，却已经是一种曲折深沉的命运感了。值得注意的是，到了小说第三部第三次叙述描写余校长他们转正悲剧的时候，我们在感受命运捉弄余校长他们的同时，在体会刘醒龙一种强烈的悲悯情怀的同时，却也特别真切地感受到了刘醒龙一种社会批判锋芒的存在。因为，归根到底，余校长他们的这种人生悲剧，正是当下这个未必完全合理的社会机制所一手造成的。

当然，作为一部长篇小说，《天行者》与《凤凰琴》的区别，并不仅仅只是体现在以上所述的这一个方面，其他方面也有着十分明显的表现。比如在人物形象的塑造方面，如果说出现在《凤凰琴》中的诸如余校长等人物形象都相对单薄模糊的话，那么，到了特别注重于人物形象塑造的长篇小说这种文体之中，到了《天行者》之中，这些人物形象就显得丰满厚实得多。刘醒龙是刻画塑造人物形象的高手，这一点，早在他那部曾经名噪一时的厚重长篇小说《圣天门口》中，就已经得到过充分的证明。《天行者》中人物形象的塑造，虽然难说已经能够望《圣天门口》之项背，但却依然给读者留下了相对深刻的印象。

比如，那位一心扑到了乡村教育事业上的余校长，虽然品格是一样的高尚，但到了《天行者》当中，因为作家有了更大的叙事空间可以展开关于他个人日常生活的描写，尤其是关于他和蓝小梅之间爱情故事的细致展示，所以，余校长性格中那样一种既想和蓝小梅结合，但又觉得对不起早逝的明爱芬，既想向蓝小梅表达，但又实在鼓不起勇气来的患得患失、犹豫矛盾的心理特点，就得到了相对充分的一种表现。有了这样的展示与描写，余校长这一人物自然就丰满生动了许多。

再比如孙四海，孙四海其实是一条疾恶如仇、铁骨铮铮的汉子，他的性格特征也在《天行者》中得到了充分有力的艺术表现。说到孙四海，最令人同情的，就是他那爱而难得所爱的凄苦爱情悲剧。孙四海爱王小兰，王小兰也爱孙四海，但关键的问题却是，王小兰已经是一个有夫之妇，而且她的丈夫李志武还是一个上山采药不慎摔断了腰的常年瘫痪在床的残疾人。王小兰要想与这样的一个丈夫离婚，很显然是不可能的。一方面是离不了婚，另一方面却又是爱得死去活来。于是，孙四海与王小兰就只能维持这样一种看似违背婚姻道德的地下爱情状态了。小说中曾经反复写到一个细节，孙四海用笛子把那首本来很欢快的乐曲《我们的生活充满阳光》吹奏出了许多悲凉，这其中，除了民办教师本身的苦难遭际之外，孙四海与王小兰之间的凄苦爱情，也不能不说是一个十分重要的原因。既然是如此畸形的一种感情关系，那么，其最后的悲剧性结局恐怕就是无法避免的。最终，王小兰还是惨死于已经被强烈的嫉妒心折磨太久了的丈夫李志武之手。但正是在这个过程中，孙四海这样一个有情有义、敢爱敢恨的血性男儿，给读者留下了极难忘怀的深刻印象。

此外，张英才的形象也格外值得注意。我注意到，曾经有论者认为刘醒龙在《天行者》中对张英才形象的处理不太成功："正因为作者的思想非常成熟，所以笔下的人物有时候成了思想的代名词，缺乏真实感。在《凤凰琴》中刻画的真实、细腻、复杂，真正做到了所谓'贴着人物来写（沈从文语）'的张英才，在《天行者》中，人物性格完全没有发展，甚至彻底被放弃，最后只是为了体现作者的理想才让他出现，读来不仅突兀，而且也缺乏可信度。"①我觉得，论者的这种说法很难成立，因为它是建立在误读《天行者》的基础之上的。必须注意到，小说创作中存在着明写与暗写这样两种描写的手段。如果说，《天行者》中关于余校长他们几位的描写是明写的话，那么，第二部与第三部中关于张英才的描写，就只能被看做暗写，是一种不写之写。虽然看起来只是蜻蜓点水似的偶有涉及，但如果把这些所有的蛛丝马迹联系在一起，那么，张英才的心理轨迹就不仅是十分清晰的，而且也还具有相当充足的可信度。正因为有过在界岭小学的一段工作经历，所以从省教育学院学成归来之后的张英才，就再也不愿意回到界岭小学去了。然而，一度离开了界岭小学的张英才，之所以最后又回到了界岭小学，导致其作出这种人生选择的具体原因有二：一是他的爱情理想彻底破灭了，他曾经那么钟情过的女孩子姚燕最终还是投入到了蓝飞的怀抱之中；二是在县城工作的过程中，他亲眼目睹了许多见不得人的蝇营狗苟和尔虞我诈，这一切，都使他特别怀念界岭小学的纯洁与崇高。当然，张英才的这种人生选择，与其基本的人格构成也存在着不容忽视的联系。应该注意到，小说中的孙四海，曾经在和余校长谈话时，说到过这样一种关于张英才的看法："懂得愧疚的男人和晓得害羞的男人是一样的，只要愧疚之心还在，张英才离开界岭小学的时间越长，感情上的距离也就越近。"很显然，张英才的最后回归，也正是这样一种愧疚心理发生作用的缘故。张英才最后的回归事实，充分证明了孙四海和余校长预见的高明与准确性。从以上的分析，即不难看出，张英才的回归，不仅并不像论者所说是"突兀"，是"缺乏可信度"的，而且确实具备着情感与心理方面相当的合理性。

　　人物形象的塑造之外，需要提及的，还有叙事结构线索增多的问题。中篇小说《凤凰琴》的结构是单一的，它只是沿着张英才的视角而一路叙述过来的。到了长篇小说《天行者》中，单一的视角与叙事线索就显得有些不够用了。因为，单一的视角与叙事线索，

---

① 严迎春：《深刻体察乡村知识分子的命运》，《文汇读书周报》2009年9月11日。

难以支撑起一部长篇小说相对宏大的结构。所以，到了《天行者》当中，除了余校长这个叙事视角的增加之外，还增加了若干条看似草蛇灰线的叙事线索。这些叙事线索的增加，不仅更加丰富了小说的叙事结构，而且同时还有制造叙事悬念的作用。比如，关于叶碧秋和张英才之间的情感故事。张英才一出场，从叶碧秋对待他的异常态度中，我们就已经感觉到了这位情窦初开少女的情感秘密。然后，就是第110页，叙述叶碧秋差点掉到水塘里淹死，正好被张英才救了起来。之后，在156页，又叙述叶碧秋之所以掉到水塘里，是因为看到了张英才与一个漂亮的女孩子在一起。一直到小说结尾处，失恋后的张英才，终于与叶碧秋形成了志同道合心心相印的一种感情联系。再比如，曾经来到界岭小学支教的漂亮女孩夏雪留在宿舍里的那首诗歌，虽然在叙事的过程中最起码提及了七八次之多，但却始终都没有透露诗歌的内容是什么。一直到小说快要结束的第251页，我们才知道，这首诗原来就是爱尔兰诗人叶芝那首十分著名的与炉火有关的情诗。同样地，小说中对于叶碧秋写在黑板上的那道难解的数学题，以及李子在母亲去世后，悲痛异常，写下的那首关于炒油盐饭的诗歌，采取的都是类似的艺术处理方式。从此中见出的，正是作家刘醒龙在叙事结构上一种煞费苦心的匠心独运。事实上，也正是凭借着这样一些叙事线索的增加，才使得《天行者》的结构变得繁富复杂了起来，才使《天行者》成为了一部名副其实的长篇小说。

最后，有一点不成熟的想法，想与醒龙兄商榷一下。这就是，关于小说结尾处故事以及人物最终命运安排处理的问题。虽然邓有米为了余校长和孙四海能够转正，不惜向建筑公司索取两万元的贿赂，以致盖起的教学大楼出现问题，在没有投入使用之前就已经坍塌了。幸亏余校长早有警觉，采取了必要的防备措施，这才最终避免了一场大祸的降临。刘醒龙进行这样的设计，当然有其相当的合理性。但我认为，为什么不可以写得更惨烈些呢？比如说，可不可以让大楼倒塌后，酿成更严重些的事故，再比如说，关于邓有米这个形象，是否可以写得更"坏"一些呢？假如把小说的结局处理成更为惨烈的人生悲剧，小说所产生的思想艺术震撼力或许就会大得多。那么，作家现实中所采用的为什么会是这样一种处理方式呢？我想，其根本原因，或者是作家过于钟爱自己笔下人物的缘故，或者是刘醒龙受到了当下时代所谓文学"温暖"论影响的缘故。说实在话，我以为，当下的中国文学界，在某种意义上，已经陷入了某种温情主义泛滥的状态。那种尖锐透辟的，能够给读者带来极大思想艺术震撼力的文学作品，已经很难看到了。打心眼里说，我不希望曾经写出过《圣天门口》如此重要长篇小说来的刘醒龙，也有意无意地参与到这场温情主义的大合唱当中去。

(《南方文坛》2010 年 01 期)

《天行者》：抵达乡土叙事的深处

陈 艳

"现实主义"是刘醒龙小说创作的重要标签，除了早期写过几部探索型作品，一直坚持现实主义的创作方法，强调恢复"现实主义"的尊严。20 世纪 90 年代，刘醒龙先后发表《分享艰难》《村支书》《凤凰琴》等中篇小说，在文坛引起了巨大反响，被誉为"现实主义冲击波"的代表作家。《分享艰难》《村支书》细致描绘乡镇基层干部的两难境遇，《凤凰琴》讲述乡村民办教师张英才的成长之路。不难看出，刘醒龙关注的重心是乡村中国的社会现实。时隔十几年，刘醒龙仍意犹未尽，对《凤凰琴》加以扩充、续写，使之成为一部 20 万字的长篇小说《天行者》，并获得第八届茅盾文学奖，更可见出作者对此类题材的热情。

乡土叙事传统在中国现当代文学史上由来已久。鲁迅早在 20 世纪 30 年代就界定了何谓"乡土文学"："凡在北京用笔写出他的胸臆来的人们，无论他自称为用主观或客观，其实往往是乡土文学，从北京这方面说，则是侨寓文学的作者。"① "乡土文学"与"侨寓文学"，犹如硬币的正反面，写乡土的，多为侨寓在城市的作者，刘醒龙也不例外，他甚至认为："写作者对乡土的理解及情感，一定要到离开乡土十五到二十年后，才能渐入佳境，到达高潮。"② 但多年的城市经验也使得乡土叙事的背后始终隐含着"城市"这一无法抹去的参照系，这在《天行者》中表现得尤为明显。正

---

① 鲁迅：《〈中国新文学大系〉小说二集·序》，《鲁迅全集》第 6 卷，人民文学出版社 2005 年版，第 255 页。

② 刘醒龙，葛红兵：《只差一步是安宁》，《上海文学》2002 年第 9 期。

是因为作者兼具"乡土"与"城市"两种经验，两者之间的关系在小说中也显得意味深长。

与一般或揭示苦难、或赞美田园的乡土文学作品相比，刘醒龙乡土小说的特殊之处在于，在"悲歌"和"牧歌"之外，属于"近真"的一派，相对质朴平实。从表现对象来看，他更加关注、写得更为出彩的不是普通乡民，而是乡村社会中较有话语权和较为上层的群体：乡镇基层干部和民办教师。这和刘醒龙的成长经历有关，父亲是一名普通乡镇干部，由于父亲工作的变动，他的童年生活一直在不同的小镇和村落间变换，也因此赋予了作家特殊的视角："也许我的乡土在别人看来是泛乡土，但没办法，我的乡土就是这样。身为乡镇干部子弟，在乡村时是孤独的，进城后也是孤独的，在以类型划分的社会，我这辈子注定要孤独到底。好在有文学在，这样的孤独总在赐于我一种令人惊讶的视角。"①《天行者》作为一部集大成的代表作，浸透了作家独特的人生体验，对"乡土"的别样眼光，其背后的"城市"体验，也同样值得思考。

作为启蒙者的乡村知识分子

虽然表现的都是乡村民办教师，但《天行者》并不是简单地把中篇小说《凤凰琴》拉长，而是体现了不同的创作理念。刘醒龙曾自述写作两部小说的不同心情："1992年我写中篇小说《凤凰琴》，只是因为心存感动。事隔11年，当我写完长篇小说《天行者》时，我发现自己的内心里充满感恩。"②《凤凰琴》以青年民办教师张英才为主线，表现的是"一颗躁动不安的心"如何与乡村发生契合。民办教师在当时还是一个现实名词，所以作者"心存感动"。《天行者》显然有更宏大的企图，张英才的故事随着第一部《凤凰琴》的收束而暂告一段落，第二部《雪笛》和第三部《天行者》主要刻画的是

---

① 刘醒龙，葛红兵：《只差一步是安宁》，《上海文学》2002年第9期。
② 胡殷红，刘醒龙：《关于〈天行者〉的问答》，《文学自由谈》2009年第5期。

穷乡僻壤的界岭土生土长的三位民办教师：余校长、邓有米和孙四海。这三位性格迥异却又对乡村教育同样热心的老民办教师，构成了小说的灵魂，以及作者"内心里充满感恩"的真正动因。经过十余年的沉淀，作者清醒地看到，如果没有这些曾经默默耕耘在中国农村的民办教师，乡村文明之荒漠将更加不堪设想。民办教师已经成为一个历史名词，于 20 世纪末逐渐退出讲台。据《教育大辞典》，它指的是"中国中小学中不列入国家教员编制的教学人员"。1950 年代，由于全国的中小学全部转为公办学校，民办教师成了为农村普及小学教育、补充师资不足的主要形式。中国农村的民办教师，一度接近五百万人，余校长、邓有米和孙四海堪称这个庞大特殊群体的代表，其形象既有个性，又具典型性。作者以三次关系民办教师身家性命的"转正"事件为线索，真切地描述了他们的所作所为、所思所想，塑造了三位富有牺牲精神的乡村文明启蒙者的形象。而从《凤凰琴》的现实题材到《天行者》的历史题材，作者在这个特殊群体身上也赋予了更多对历史、生命的沉思。

"启蒙"在小说里有复杂的内涵及对象。它首先是一个被动的身份，这种"不得已"显得真实可信。余校长、邓有米、孙四海所在的界岭，以贫穷、落后而远近闻名，"界岭那一带除了山大，除了盛产别处称为红薯的红苕，还有吃东西不会拿筷子的男苕和女苕，更以迄今为止没有出过一名大学生而闻名"①。"界岭"和"苕"，在当地甚至成了具有负面含义的形容词，并且画上了等号，意味着"没出息"和"傻"。在这样的环境下，谁也不愿意来界岭小学教书，三位本地民办教师只能硬着头皮苦苦支撑，既是校领导，又当老师。但另一方面，他们虽然身份卑微，且薪水微薄，补助金经常被村里拖欠，对自己的职责却有深刻的自觉。小说里反复出现的界岭小学每天的唱国歌、升国旗仪式，庄严、肃穆，极具象征意味，它已经成了学校的一种标志，对每一位师生都意义重大。而作为发起人的三位老师，是自愿也是自觉的。在这里，身份的低微、渺小与行为的庄重、高尚形成了巨大的反差，具有强烈的理想主义

---

① 刘醒龙：《天行者》，人民文学出版社 2009 年版，第 2 页。

色彩。但作者并未一味突出理想,而是把它落实到民办教师朴素的"良心和感情"上,正是如此,他们才会想方设法提高村里的入学率,为了阻止家长带毕业班的孩子外出打工,挨家挨户做家访,甚至让学生躲到学校来。余校长家收留了十几个寄宿的学生,管吃管住,把家底都掏空了。孙四海苦心经营的茯苓地,为了维修校舍,两次都赔了进去。

小说借张英才之口,道出"教师神圣的职责",一是教学生知识,二是教学生做人。这其实反映了"启蒙"的两层涵义。在知识层面,由于民办教师的存在,界岭村告别了文盲,村长余实也是从界岭小学毕业的。而余志、李子、叶碧秋毕业后升入乡初中,成绩优异,是界岭出大学生的三保险。这也是民办教师曾经长期存在的重要原因,城乡教育资源的极度失衡催生了这一特殊历史群体,是他们打下了新中国乡村教育的基础。不过,在作者看来,民办教师对乡村社会进行"精神抚育"的意义更为重大,"做人"是他们教给学生的更为宝贵的财富,所谓"启蒙",更是一种精神的启蒙。民办教师和公办教师的区别在于,后者可以只把学生当可造之才,对前者来说,学生却和自己的孩子一样。恰恰是个人情感的投入,使得民办教师往往通过言传身教来教学生做人。在小说中,串起三个部分的是三次"转正",对于民办教师而言,"转正"不光是待遇的提高,更意味着体制的承认和尊严的抚慰,"界岭小学的那帮民办教师,少的干了十几年,多的干了二十几年,日日夜夜对转正的渴望,早已化为一种心情之癌,成了永远的不治之症"①。因此,前两次梦寐以求的转正机会来临时,三人在紧要关头选择成全新来的年轻人,才显得格外有情有义和高尚无私,每一部的情节均在此迸发出巨大的火花,达到高潮。他们的行为深深感染了自己的学生。因家庭变故而退学的尖子生叶萌,因为拾金不昧得到省城建筑公司董事长的赏识,当上了总出纳。他仍在坚持自学,准备参加高考。叶碧秋的聪明能干、善解人意让王主任的妻子赞不绝口,连连对余校长说他教出来的学生真是太好了。李子在妈妈过世后,写出了一

---

① 刘醒龙:《天行者》,人民文学出版社2009年版,第53页。

首感人至深的诗。这些学生的身上，延续着民办教师们的精神血脉，也是界岭未来的希望。因此，余校长在省实验小学偷偷上课时的一番话才具有画龙点睛的作用——"苔"是界岭人生生不息的精神象征。从余校长、邓有米、孙四海到叶碧秋、叶萌、李子，他们身上都有"苔"的气质，看起来"傻"，却有坚实的内在和骨气。

如果对"启蒙"作更宽泛的理解，可以说这些老民办教师"启蒙"的对象，除了自己的学生，还包括来界岭小学教书的年轻人。这也是一种精神抚育，是存在长达半个世纪的民办教师不断延续的重要途径。小说里的形容非常贴切，"放毒"和"中毒"。"毒"是余校长、邓有米、孙四海身上的人格魅力所具有的"润物细无声"的感染力，每一个来界岭小学的年轻人毫无例外，都多多少少中了"毒"。张英才是其中最为关键的人物，中的"毒"也最深。他一开始百般不情愿地来界岭小学当民办教师，转正后上了大学，分到很有前途的县教育局，最终却心甘情愿地回到界岭小学。蓝飞虽然用不光彩的手段，"偷"了余校长的转正名额，调到县团委。但他也没有忘记界岭小学，不仅热心于社会捐助新教学楼的事宜，而且鼓励、支持孙四海竞选村长。两个来支教的大学生，界岭小学短暂的教书生涯都让他们的精神得到了淬炼。"界岭"对他们而言，不仅是人生的一处驿站，更是精神上的永恒家园。正是这种无形的精神力量，使得小说的基调壮而不悲，也为"没有丰功伟绩的民族英雄"做了最好的注脚。作者曾经强调："《天行者》所描述的这些民办教师，之所以受到社会的普遍关注，不仅仅是因为他们的命运，而且是因为他们身上所体现的是中华民族的风骨。《天行者》之所以能够获得中国当代文学的最高荣誉，应当是当代社会对中国知识分子的一种期许。"①所谓"期许"就包括对"五四"以来的启蒙精神的坚守，这些乡村知识分子的启蒙者形象，由此而具有超越性和普遍性。

---

① 刘醒龙：《启蒙是一辈子的事——在华中师范大学的讲演》，《新文学评论》2012年第2期。

隐含的"城市"

《天行者》写的是"乡土",背后却处处隐含着"城市"。这与小说的表现对象直接相关,民办教师是乡村知识分子,承担着传播文明的职责,属于特殊文化群体。余校长、邓有米、孙四海备受村民尊敬,对于学校和老师的事,村民们比对自家的事还上心,出人出力,毫无计较。曾在界岭小学当过民办教师的万站长对此感触很深:"那地方群众对老师的感情不一般,别的不说,只要身上粘着粉笔灰的气味,再凶恶的狗,也不会咬你。"[①]这样超然的身份、地位使得他们三人虽同样经济困窘、需要务农,眼界、思想却与一般村民截然不同,他们虽驻守在大山深处,却与山外的世界有着更多联系和沟通。他们的话语系统显然已经脱离了乡村,体现出普通知识分子的特质,"爱情""诗歌""教育"等现代词汇,经常出现在他们嘴里。而他们的期望和梦想,非常简单而实际——让界岭打破宿命,出几个大学生。在某种意义上,民办教师们连接着两个世界:经由他们的启蒙和教导,最终让村里的孩子走出大山,到城里去上大学。

借助民办教师、乡村小学这一特殊视角和环境,"城市"与"界岭"在小说里呈现出千丝万缕的微妙联系,"城市"因而成了小说的有机组成部分,构成了小说内涵的丰富性。事实上,不断有界岭小学的师生进城,也不断有城里人到界岭小学来,山里、城里两个世界在界岭小学发生碰撞和互动,让《天行者》的乡土叙事更有深度,且独具个性。在小说开头,等待工作分配的高中毕业生张英才发出了这样的感慨:"越看越觉得当初班主任用来激励他们的口头禅:死在城市的下水道里,也胜过活在界岭的清泉边,确实很精辟。"[②]在界岭外的其他乡民看来,"界岭"与"城市"形成了强烈的对比,前者象征着愚昧、落后,毫无希望,后者则是先进、理想的新世

---

① 刘醒龙:《天行者》,人民文学出版社2009年版,第7页。
② 刘醒龙:《天行者》,人民文学出版社2009年版,第2页。

界。这样的定性既勾起了读者的好奇：界岭有这么糟糕吗？它究竟是什么样的？也为界岭及界岭人形象的反转和深化设置了悬念。在第一部中，这一切是随着张英才的视角完成的，这样一个渴望城市的有抱负的年轻人，偏偏被分到了他最看不上眼的界岭小学，他的心路历程，构成了小说的巨大张力。看上去，张英才最终实现了自己的梦想，转正为公办教师，离开界岭，去省城念大学。但有意思的是，他的离开恰恰是"界岭"精神的胜利，余校长三人的成全反而把张英才的心牢牢拴在了界岭。

小说中的"城市"形象无疑是复杂的。它主要是通过夏雪、骆雨这两位生长在城市的大学生来塑造的，他们带着特有的城市气息，各怀心事，以"支教"这一形式意外闯进了界岭，给当地村民尤其是小学师生带来极大的新鲜感和震动。尤其是夏雪，几乎是小说中"城市"形象的代言人。夏雪的故事虽然俗套，每天都在城市里上演。但作者一开始有意虚化了背景，突出的是夏雪的白衣飘飘、纯美如雪，让界岭小学的师生惊为天人。但夏雪的美对界岭人而言，又显得疏离飘渺，总是隔了一层。她的生活做派完全城市化，与当地人格格不入，不做饭，一天三顿吃方便面，天气冷了穿羽绒大衣，拒绝烤火，戴手套上课、洗衣服，夜里用鸭绒睡袋。这种并非常态的生活方式，本身就预示着夏雪在界岭呆不长。这种隔膜还体现在夏雪的教学方法上，她带着学生们在课余时间唱歌、游戏，朗诵爱情诗，看不惯学生们要天天升旗，升旗本身带有模仿"城里"的意识，但在夏雪这个地道的城里人看来，是过犹不及。夏雪还主张借鉴城里学校的办法，利用中午休息或周末的时间进行培优，可以适当收取费用，提高老师待遇。这在余校长看来简直不可思议：这不是巧立名目增加学生负担吗？夏雪把城里人的生活习惯和思维方式带到界岭，不符合当地的客观条件，产生隔阂也在意料之中。何况，在夏雪执意来界岭小学的背后，还隐藏着神秘的宝马车的故事。这使得夏雪的离去和到来一样离奇。作者对她背后的故事及结局始终没有正面描写，除了叙事视角的有意限制，也在满足界岭人对一个年轻漂亮的城市女性的好奇和想象。就像骆雨打赤脚上课，引来一大帮围观的界岭女人一样。

与余校长、邓有米、孙四海相比，夏雪和骆雨对学生有着不一样的吸引力，这就是"洋气"，它无疑是一种城市化的气质。"不管是男生还是女生，都说，骆雨老师到底是大学生，比土生土长的民办教师洋气多了。"①"洋气"还体现在他们对知识的掌握和更新上。从夏雪走后三位老民办教师故意压低她所教班级的分数以掩饰自己的自卑，到真心实意地希望骆雨能在界岭小学长期教课，并坦然承认民办教师的不足，体现了他们对城市文明从隔阂、好奇到接纳的过程，并促使余校长主动去省城学习。夏雪、骆雨给界岭小学带来的影响是深远的，城市文化的优越性在这里显露无遗。一道数学题、一首爱情诗，几乎成了界岭小学的宝贝，用处良多。初中生叶碧秋用夏雪留下的数学题征服了界岭小学的学生，并激发了他们与城里孩子一较高下的斗志。夏雪带来的叶芝爱情诗抄通过她和骆雨，传播到整个界岭小学，甚至包括万站长。李子受其影响，喜欢上了诗歌。因为这首诗，万站长和李芳的夫妻感情得到了修补。

然而，在另一方面，"城市"的阴暗面通过夏雪遭遇的侧面描写隐晦地呈现出来，其中体现了作者对"城市"的复杂心态。夏雪临走前，对李子说："你一定要记住，不要急着去城里。如果心里还没有爱的人，更不要不顾一切地往城跑。晚点去城里，身心会更坚强一些。"②这几乎是带有寓言性的劝诫，城市的光明与黑暗并存，它既能实现理想，也可能让人掉进欲望的深渊，尤其是对于年轻貌美的女性。这也是当代乡土叙事的一个重要面向。关仁山小说《九月还乡》里的九月和孙艳，就是进城后迅速堕落，靠卖身挣钱。刘醒龙90年代的中篇《大树还小》也讲述了类似的情节，大树的姐姐去城里打工，却成了回城知青白狗子的小情人。在这些小说中，乡村女性进城后的身不由己实际上具有象征意义，表明乡村文明的衰落及对"城市"的屈服，其中暗含着现代物质文明对乡土传统的压制和摧毁。但到了《天行者》，被滚滚物欲吞噬的是夏雪这位城市女性，她在城乡的不同遭际反而映衬出乡村文明的伟大和救赎

---

① 刘醒龙：《天行者》，人民文学出版社2009年版，第112页。
② 刘醒龙：《天行者》，人民文学出版社2009年版，第95页。

力量。

与城市的复杂面向相比,"界岭"意味着真正的自然、纯粹,具有神奇的力量。省报的王主任与前妻离婚快20年,从界岭小学回去后,终于找到合适的伴侣而再婚。王主任认为,是界岭之行使自己重获婚姻美满。而夏雪、骆雨在界岭短短几个月的教学生涯,不啻于一场精神洗礼。在夏雪看来,到界岭小学支教,是她人生中最有价值的片段。回到城市后,她念念不忘界岭的大雪、笛声和国旗,还有李子所说的妈妈炒的油盐饭,最终通过父母向界岭小学捐助新教学楼完成了自身的救赎。骆雨从一开始的拍照作秀到逐渐融进界岭小学的过程,也显示了"界岭"精神的净化作用。他支教的动机并不单纯,积极参加升旗仪式、吹奏国歌,甚至不穿鞋上课,看似吃苦耐劳,却事事要人给他拍照,明显有作秀的成分。但在界岭简单、淳朴的环境中,骆雨放下了这些虚伪和矫饰,开始安下心来给学生们上课,懂得欣赏孙四海的笛声,却因为哮喘病的发作,不得不离开界岭。夏雪的离开也在意料之中,她在物质上的准备再充分,还是低估了界岭自然环境的恶劣。界岭的雪,既让他们得到了心灵的净化,也让他们在身体上无法承受。这些在城里长大的年轻人,终究还是不属于界岭。

出走与回归

与夏雪、骆雨的"来而又去"相对应的是张英才、叶碧秋的"去而复返",前者的"回城"表明"城市"与"界岭"的隔阂和无法融合,而后者的"回乡"体现了乡村天伦、人情的延续及其精神力量。在界岭小学,一直是铁打的余校长、邓有米、孙四海,流水的年轻人。不过小说并不打算固守这种模式,随着情节的发展,人物的命运也在悄然改变,曾经的"铁三角"只剩下转正后的余校长,邓有米因私收建筑公司回扣,新教学楼倒塌,被开除了公职,流落省城。孙四海因村长余实欺人太甚,加上转正无望,终于挺身而出,成功竞选村长。但是,在小说的结尾,新的"铁三角"已然有望,这次注入的是新鲜血液。张英才重回界岭小学教书,而即将拿到大学文凭的叶碧秋也准备回来当老师。张英才和叶碧秋的人生轨迹有重合之处,从界岭到省城,再回到界岭。他们出走的原因尽管并不相同,回归的心情却是相似的,坚守"乡土"成了他们最终的共同选择,这实际上也是作者的选择。

张英才本来只把界岭小学当"跳板",他渴望转正,去省城上大学、会女友,结果界岭却成了自己事业和感情的归宿,这在第一部《凤凰琴》中就有暗示。万站长带张英才离开界岭时,告诉他说:"你要小心,那地方,那几个人,是会让你中毒和上瘾的!你这样子只怕是已经沾上了。就像我,这辈子都会被缠得死死的,日日夜夜脱不了身。"①而《雪笛》里,张英才走后,就像断了线的风筝,一年多来只寄回两张贺年卡,听起来不近人情,只有孙四海读懂了他,越是这样越能说明张英才内心在挣扎。他还相信,只要愧疚之心还在,张英才离开界岭小学的时间越长,感情上的距离就会越近。张英才的另一位知己是叶碧秋,这位善解人意的学生,认为不管张老师走多远,最终还是要回界岭小学。因此,尽管张英才并未直接出场,却处处存在。小说通过这层层铺垫,为张英才的回归埋下了引线。但他从省教育学院毕业后,直接进了县教育局,他能放弃这大好前途吗?新教学楼倒塌事件成了推动他的最后一根稻草。为了遵从自己内心的选择,也为了保住余校长和孙四海的转正资格,他毅然决定回界岭小学。尽管这在村长余实看来简直是弱智,但实际上,这种选择是必然的。在第一部中,张英才面对唾手可得的转正名额,却坚持公开投票,并把自己的一票投给了余校长,已经显露了他身上的"茗",和三位老民办教师在精神上是相通的。

而女学生叶碧秋的选择与老师张英才息息相关。这位聪慧美丽的乡村少女,很早就对张英才萌生了朦胧的爱意,一直默默关心着对方。去省城给王主任看孩子,成为她人生的一个重要机遇,初中没上完的她得到王主任妻子的欣赏和怜惜,将自己上自修大学的书籍全部给她,她很快通过了三门考试,成为界岭第一个大学生。叶碧秋上大学的目的就是为了回来当老师。在小说结尾处,她大胆地

---

① 刘醒龙:《天行者》,人民文学出版社2009年版,第79页。

向张英才暗示：想和他在一起，并得到了对方的回应。全书就在美好的希望中结束了。对于书里的四个本地年轻人，作者的安排调度非常巧妙。张英才继续当老师，蓝飞进了官场，这符合他们各自的志向，高中毕业时到图书馆偷书，张英才只拿了一本《小城里的年轻人》，而蓝飞挑了几本厚黑学和官场权谋的书。他们各自的命运，在一开始就设定了。姚燕本来是张英才的女朋友，后来分手，跟蓝飞谈恋爱。蓝飞和姚燕在县城工作，张英才和叶碧秋回界岭教书，无论事业还是感情，都称得上各得其所。作者让张英才、叶碧秋这两位他特别偏爱的优秀年轻人回归乡村教育，也体现了自己对乡土的真挚情感和守望。与老民办教师相比，他们具备城市生活、学习的经历，无疑眼界更开阔，知识更全面。"铁三角"的人员变动，反而让界岭小学的未来更有希望。

  小说中人物的回归，体现出乡土人情的延续及其精神力量，人物身上的"苔"，也可以理解为对天伦、人情的坚守而表现出来的"不合时宜"。用作者自己的话说，"乡土是我们的文化母本"，我们"只能面对乡土拷问灵魂"。① 小说里唯一留下来的老民办教师余校长，有过一次长达 4 个月的省城培优的经历。余校长在省实验小学的收获，回来后仅仅体现在把原来的周五测验考试改到周一，他认为省实验小学最大的不同就是学生们几乎都在校外参加各种培优班，收费贵得惊人，界岭小学当然学不了。倒是见到叶萌，他的遭遇对余校长很有启发，"界岭这儿，山高皇帝远，人心所向，重在天伦"。这里其实有"术"和"道"的区别。界岭小学可以学习省实验小学管理学生的某些技巧、方法，但建立在物质基础上的巨大鸿沟却无论如何也无法填补，这也是城乡失衡的现实所在。

  所幸，界岭有自我支撑的乡土人情、人伦，它们在小说中迸发出耀眼的精神力量。三位老民办教师身上集中体现了这一点，界岭小学学生家长对老师的感情，也叫人动容。而张英才的回归与父母的深明大义不无关系。在第一部中，张英才主动放弃转正名额，要求公开投票，首先得到了父亲的支持："做人就得这样，该让的就

---

① 刘醒龙，葛红兵：《只差一步是安宁》，《上海文学》2002 年第 9 期。

要舍得让!"张英才去省教育学院后,父母逼着他每年初二去界岭拜年,原因很简单,人要懂得报恩。叶碧秋的选择更是如此。作为创办界岭小学的老村长的外孙女,她对读书、教书的热爱有很深的家传渊源。正是这样绵延数千年的乡土人情,是中国乡村的基石,也使之获得了区别于城市的独立的存在价值。有意思的是,这也是作者创作思想的一次"回归"。刘醒龙的乡土叙事作品有一脉相承之处,但也在不断调整。在90年代的《分享艰难》《村支书》等小说里,乡镇基层干部为了顾全经济大局,往往不得不牺牲伦理道德和个人尊严。《分享艰难》中,养殖场场长洪塔山奸污了自己的表妹,镇委书记孔太平却只能放了他,而舅舅所代表的传统劳作方式也在洪塔山不断扩张的现代养殖场面前败下阵来。"分享艰难"自然离不开改革开放、发展经济的历史背景,但其中也暗含了对城市化现代性逻辑的认可。《天行者》对乡土的"回归"可以看做作者的自觉调整,改革开放日久,经济加速发展的弊端尽显,记忆中的"乡土"反而成了一方净土,具有救赎人心的可能。

不过,作者笔下的天伦、人情并非一成不变的老古董,这在女性形象上体现得特别明显。王小兰和孙四海的婚外恋情,蓝小梅与余校长的丧偶嫁娶,都与传统的人伦有悖逆之处。但在小说中,前一段感情凄美,令人心酸,后一段温暖,叫人心安。王小兰、蓝小梅这样有情有义的乡村女性,在某种意义上也是作者对男性主人公的安抚,是他们困苦生活中的一抹亮色。叶碧秋之于张英才,也有同样的意义。小说人物命运的悲剧意味,也因为这些女性的存在而抹去了不少。这究竟是因为作者的慈悲?还是给不出更好的现实出路?值得深思。

(《中国现代文学研究丛刊》2013年02期)

从南海到长江
——刘醒龙近期散文的景观书写

王 泉

在读者眼里,刘醒龙是小说家,他的小说关注底层生活,凸显现实主义的批判精神,其长篇小说《天行者》获得过第八届"茅盾文学奖",在全国影响广泛。其实,从20世纪90年代开始,他就有不少散文作品问世。他在2016年和2017年创作的《南海三章》《上上长江》等散文从现场出发,融会历史与传说,以丰沛的感情书写祖国的大好河山,突出了文学景观的审美内涵。

一、生态景观书写

中国幅员辽阔,各地因地质和气候变化不同,形成了千差万别的地貌。南海作为自然之海,其优美的生态常引发人们的无限遐思与家园畅想,也产生了许多佳作。从古代诗人曹松的《南海》到当代诗人李瑛的诗集《南海》和乐冰的《南海,我的祖宗海》,南海无不维系着诗人的家国情怀。

在《南海三章》里,刘醒龙从渔民、水兵与南海须臾不可分离的关系想到了水的神圣及海洋生命的博大。"用不着太多,只要看见一只玳瑁在南海中蹁跹的样子,就会明白幸福为何物。只要看见一只手从南海中悠然伸起来,将一件物什放进水面漂着的容器里,就会懂得如何收获。雷电肆意暴虐,海鸥在抒发自由。"①海洋生命

---

① 刘醒龙:《南海三章》,《人民文学》2016年第11期。

的个体是如此的逍遥自在，当地的人们最懂得知足常乐。面对南海，刘醒龙展开了无限的遐思，他思考着南海与大陆、天空的相互映衬，思考着南海作为人类生命共同体中不可或缺的一员的重要意义。而南海边的各种花草和椰子树，则让他想到了万物之间共生共荣之理。蓝洞的奇妙又让他思考着捍卫家园的神圣使命与人伦的价值，甚至故土情怀。"文学是人的一只慧眼，专门用来看肉眼看不到的事物，存在的、可能存在的和根本没有存在过的，都在其视野中。在文学中，理想主义者的灵魂是悲悯，浪漫主义者的骨子是真实。"①面对南海，刘醒龙不仅看到了自然生命的千差万别，而且看到了人与自然的和谐之美。

自然之美始于生命的勃勃生机，而所有的生命都离不开水的滋润。水滋润大地，才有了多姿多彩的世界。"天地有大美而不言"（庄子语），人类的生产与生活离不开水，人类的美也离不开水，水一旦进入审美的视阈，就成为言说不尽的话题。刘醒龙说过："我从启蒙到上高中，之后走向社会，整个成长时期一直待在山区。但我与其他山里孩子不一样，走到哪里，都会对水有种特别的执著。"②正是这样的恋水情结促使他对南海和长江一往情深。南海的广袤与深沉释放了刘醒龙的豪情，当他第一次来到三沙时，就被她的慷慨所吸引，这是大别山之子走向真正的大海的开始。刘醒龙从南海的自然生态中感受到神圣的美，实现了从地理到心理的转化。同样，在他的长篇散文《上上长江》中，这样的转化变得更加多彩。

刘醒龙面对长江，倍感自豪与自信："看一眼与长江日夜同在的渔翁，再看一眼从遥远北方而来的黑天鹅，这样的长江，比海洋还美丽。"③这不再是柳宗元笔下"独钓寒江雪"的渔翁，而是与滚滚长江同呼吸的渔民，这是长江渔民的真实写照。翩翩起舞的黑天

---

① 刘醒龙，刘颋：《文学应该有着优雅的风骨》，《文艺报》2016年8月10日。
② 刘醒龙，张屏：《一万里，上长江》，《文艺报》2018年3月28日。
③ 刘醒龙：《上上长江》，《人民文学》2017年第10期。

鹅,预示着新时代的气象,而水文工作者老蒲则是这美丽家园的守望者与维护者。人与自然生命俨然融为一体,成为21世纪生态文明的审美表征。

他惊叹于虎跳峡的鬼斧神工:"在虎跳峡里,天空是一种奢侈品,天空空阔无边的权利被剥夺了,不再属于天空,也不属于比天空空阔的峭壁,更不属于超越天空拥有源源不断来水的流响。天空成了碧玉做的,琥珀做的,铂金做的,成了一枚枚手指上的挂件。"①这里写出了一线天的险峻与自然天成,突出了其触手可及的天然美。

动物是人类的朋友,但在人类中心主义观念的支配下,野生动物惨遭毒手的事件时有发生,导致了人类原生态家园的逐渐消逝。这不仅引起了环境保护工作者的警觉,也激发了作家的创作热情。21世纪以来,涌现出《怀念狼》《藏獒》《狼图腾》等关注动物生命状态的作品。刘醒龙的《上上长江》以实地考察的方式,书写动物的传奇,带给读者不一样的感受。

在青海玉树,他一边欣赏着长江源的美景,一边品味着藏族人对于麝香的偏爱,继而追寻麝香的神奇,彰显了一个汉族人对于藏族文化的好奇心理。雄麝的分泌物转化为人眼里的神奇药物,这本身就说明了人类对于野生资源的渴求,但麝香往往通过牺牲雄麝的生命来获得,人的自私与残忍可见一斑。这是人与动物不和谐的一面,作家审视这种现象,表明了他对世俗的批判精神。

在通天河,他写自己与一匹狼的遭遇,突出了狼性与人性的不同以及狼的高贵,表现出对于生态家园的渴求。诚然,狼有领地意识,在它的地盘,它可以漠视人的存在,但它不会像人那样把自己视为万物的主宰,它只是在适者生存中维持种族的繁衍。

他从黑颈鹤成双成对的生活中看到了其自我保护意识,从藏羚羊的迁徙中看到了生生不息的生命力量,他从藏族老祖母送给自己的孙女一只出生才三天的小羊羔作为将来的嫁妆的故事中领略出藏族人的智慧。在青藏高原的高寒地带,自然生命没有退化,反而变

---

① 刘醒龙:《上上长江》,《人民文学》2017年第10期。

得更加坚强，这是自然界给予人类的启示。

总的来看，刘醒龙散文中的水意象和动物意象，是具象与抽象的统一，包含了他对于人类自身命运的思索，具有普适价值。正如邹建军所言："自然之美是具有超越性的，人类社会的任何成员，不论他们的文化传统存在多大的区别，不论他们的社会制度有多大的不同，然而他们对于自然山川的美会有同样的或相似的认识，对于地理的认知也会具有相似性，美之为美，丑之为丑，差别不会太大。"①可见，对自然地理的感知成为作家审美感知的一部分，是由自然本身的特征所决定的，即客观的物象制约着作家主体性想象的生成与审美情感的凝聚，并因此形成作家的审美风格。或壮美，或优美，都与自然物象本身的特质密切相关。南海与长江赋予刘醒龙一双探知自然奥秘的锐眼，他游弋在江海的世界里，与自然对话，叩问人与自然和谐共处之道，呼应了全球化时代的生态主义诉求。

二、历史与记忆景观书写

历史与记忆不可分离，"记忆作为一种内部视角是不可或缺的，它能对过去的事件进行评价，并形成一种道德立场；历史作为一种外部视角同样不可缺少，它能对记忆中的事件进行检视和验证"②。历史与记忆是个人的，也是民族的。当一个作家以自己的视角看待历史与记忆时，其作品就有着明显的个人色彩。任何历史与记忆都发生在一定的时空里，通过作家的呈现，就成为一种文学景观。如果说刘醒龙的《一滴水有多深》书写的是其故乡的历史与记忆的话，那么，他的南海与长江书写则走向了更为广阔的领域。

南海是中国古代海上丝绸之路的重要中转站，留下了许多关于郑和下西洋的历史故事、神话与传说，同时它地处国际交通的要

---

① 邹建军：《江山之助——邹建军教授讲文学地理学》，中央编译出版社2014年版，第121页。

② 阿莱达·阿斯曼：《历史、记忆与见证的类型》，陈国战译，《首都师范大学学报（社会科学版）》2017年第5期。

道，成为周围国家和地区博弈的焦点。如何书写南海的历史与记忆，不同的作家会有不同的取舍。张永枚的《西沙之战》写战事，以豪迈的激情见长。刘醒龙的《去南海栽一棵树》，侧重于个人记忆。他在2004年12月底与陈忠实在三亚相识，并共同栽种了一棵树，这既是二人友谊的象征，也见证了南海在作家心目中的神圣。作家书写这样的记忆，唤起人们对于已故作家的深深怀念。人的生命是有限的，但友谊之树常绿。

在刘醒龙的眼里，童年时的长江是在母亲的怀抱里目睹的，记忆是模糊的。青年时见到的长江，则点燃了他对未来生活的希望。南京和镇江作为长江沿岸的重要历史文化名城，成为文人笔下的文学景观。朱自清笔下那含情脉脉的秦淮河，铭记的是诗人的幽思。刘醒龙从歌曲《茉莉花》的诞生谈起，他以李清照的爱情故事、甘露寺中的丈母娘和金山寺前白娘子的传说，演绎出江南茉莉花的传奇。"小小茉莉，小镇江南，丰盈的不只是柔情，还有丝丝入骨的大雅大善大理大义。"①江南的物产丰富，小小的茉莉花连接的不仅是江南秀丽的风光，而且维系着一个民族执着的家国情怀。

在采石矶，刘醒龙感怀于李白的浪漫人生，品读着岁月的无情。在小孤山，他聚焦黄梅戏的历史与传说，并从宿松的口头禅里演绎出当地发达的民间艺术以及自然美景与人文风情的相得益彰。在三峡，他迷恋的是王昭君出塞前香溪里的一滴泪、老船工撑船前行时的稳健步伐以及三峡大坝的雄壮，在古与今的对照中感叹着人间的巨变。在涪陵，他聚焦石鱼的传说，谈及传奇小说、杜甫的诗，凸显该地域的诡异与多变。在合江，他从这里盛产的荔枝联想到民间的荔枝保鲜法和苏轼的诗句，道出了苏轼的真性情。在遍布化石的云南元谋，他从当地孩子们用石头取火的古老文明中探寻着人类进化的蛛丝马迹。在纳西族小镇石鼓，刘醒龙追溯中国工农红军四渡赤水的传奇，凸显对于英雄的敬畏。

不难看出，刘醒龙书写关于南海与长江的历史与记忆，汇聚了不同地域的文化传统，凸显了地域文化的丰厚性。同时由此及彼，

---

① 刘醒龙：《上上长江》，《人民文学》2017年第10期。

折射出不同民族的文化心理。这样的书写,使得其笔下的历史与记忆景观呈现出立体感。

三、哲理升华

一般而言,在各种文体中,诗歌以抒发情感见长,小说以精巧的结构凸显故事的魅力,优秀的散文以情贯穿其中,凸显哲理,往往给人智慧与思想的启迪。周作人、林语堂、丰子恺的散文以知识性和趣味性取胜,奠定了中国现代文化散文的基石。刘醒龙受到前辈作家的启发,主张"好的散文一定要懂得心痛,一定要发现仁爱,一定要有从灵魂深处喷发或者流淌出来的感怀情愫"①。他的近期散文是他体验生活与感怀于心的必然结果。

在《南海三章》里,刘醒龙道出了海洋的哲理:"一棵椰子树就能消解生存的绝望。礁石再小撑起的总是对大陆的理想。水雾再轻亦是甘霖对酷暑的普降。"②这是生存之道,也是对海洋的敬畏,又不乏人生的思考。

在涪陵,刘醒龙从石鱼的沉默中思考着"静"的意义:"静与寂寞无关。静与孤独也无关。静与绝望更是风马牛不相及。"③宁静致远,他否定了世俗的功利观,肯定了文学的无用之用。

在乌江,刘醒龙从刘备的故事中思考着贵族精神的精髓。在醉翁亭,他对当代一些人对欧阳修创作《醉翁亭记》初衷的曲解给予了反击:"在经典面前,世俗不惜使用硬暴力与软暴力,经典却从不对世俗来几点硬性指标。经典的意义在于无法否认其经典性,也不在乎人有没有将其当作经典。"④世俗满足的是生活与娱乐本身,而经典则要远高于这些,它直抵人生的审美境界,二者泾渭分明。

---

① 刘放:《作品不在大小,在于刻骨铭心——刘醒龙访谈录》,《姑苏晚报》2014年6月9日。
② 刘醒龙:《南海三章》,《人民文学》2016年第11期。
③ 刘醒龙:《上上长江》,《人民文学》2017年第10期。
④ 刘醒龙:《上上长江》,《人民文学》2017年第10期。

刘醒龙的这段话直面了当下恶搞文艺经典的亚文化现象，呈现出批判的锋芒。

在三江源自然保护区，刘醒龙寻找着孕育生命的源头活水的意义："最美的那滴水不是琥珀形成时的亮树脂，而是亮树脂能够渗透出的相关树木上的一点汗。最红的那滴水是藏羚羊分娩时留下的胎血。最雄浑的那滴水是雪豹延续生命的精液。"①植物的生长与动物的繁衍，各有各的规律，都源于大自然无私的恩赐，人类的源头也来自大自然。他以诗性的语言思考着长江之源对于我们的意义，升华出人与自然的伦理关系。

散文之美，美在那种直击心灵的顿悟。刘醒龙没有沉迷于南海和长江的风光之中，而是在从历史的尘埃与现实的生活情境出发，探寻着水对于生命和人生的意义，痛击了当下一些人欲望的膨胀。因此，他在记人叙事时常常激情澎湃，自然洒脱，突出了思索的痕迹。

结　　语

地域文化是在长期的历史沉淀中形成的比较稳定的文化，书写地域文化离不开自然地理，更离不开人文因素。纵观刘醒龙笔下的南海与长江，笔者发现，他在书写二者时，总在思考人存在的意义及人与自然的渊源，突出了其散文的鲜明特色：写水，善于从水的变化中思考人性的变化；写人，突出了不同地区的人对于自然的领悟；书写历史与记忆，不局限在历史与记忆本身，而是通过现实同历史与记忆的对照，联想到个体的价值与民族的未来。因此，自然的地理空间与作家的心理空间相交织，成为诗性的空间，这使得这些散文成为 21 世纪文化散文的重要收获。

（《新文学评论》2019 年 03 期）

---

①　刘醒龙：《上上长江》，《人民文学》2017 年第 10 期。

编 后 记

2016年,在著名作家刘醒龙先生与全国学界广大专家学者的鼎力支持下,华中师范大学"刘醒龙当代文学研究中心"推出了《刘醒龙研究(一)》与《刘醒龙研究(二)》。这两本书初步系统地搜录了近三十年来刘醒龙研究的重要成果,不仅为刘醒龙研究的进一步开展奠定了扎实的基础,而且促进了以刘醒龙为代表的"文学鄂军"研究工作的全面深化。《刘醒龙研究》(一)和(二)出版后,中心的同仁们毫不懈怠,对刘醒龙研究时刻保持"瞻前顾后"的研究原则:一方面"向过去看",关注刘醒龙研究中既有的、但因为篇幅与体例限制等原因没有收录在(一)与(二)中的重要成果;另一方面"与时俱进",密切关注刘醒龙研究的最新成果,寻找其中具有代表性的内容。经过四年多的努力,《刘醒龙研究(三)》得以呈现在广大刘醒龙文学爱好者与专家同行们面前。

本书的编写体例与(一)和(二)一脉相承,但又根据实际情况进行了调整,主要包括三个部分:上编为"自述·对话·访谈·印象",这部分选录了与刘醒龙有关文学与创作的自述、与他人的对话、所进行的访谈以及同行友人对刘醒龙的印象与评价。我们希望通过此类文字的展示,可以将刘醒龙的性情与文心更为真切地铺排而出,从而获得走近刘醒龙其人其事其文的"第一手资料"。其中,《青铜大道与大盗》《〈蟠虺〉:文学的气节与风骨——刘醒龙访谈录》《我们这个时代的文学重器》三篇的集中收录,为中编"《蟠虺》研究特辑"铺就了现场语境。中编为"《蟠虺》研究特辑"。收录对刘醒龙长篇小说《蟠虺》展开探究的文字。为了更为明确《蟠虺》在刘醒龙文学创作谱系中的坐标与价值意义,陆红平的《"人文启蒙"精神的坚守和重建——论刘醒龙的〈天行者〉、〈圣天门口〉、〈蟠鉴〉》，谭雪晴的《时过境迁的解谜之旅——试析"大别山之谜"与〈蟠虺〉》两篇也放置于此处。《刘醒龙研究（二）》中已经收入的有关《蟠虺》的相关论述，此处不再收录。下编为"刘醒龙面面观"，依次选录从宏观或整体角度对刘醒龙展开研究的文章，对刘醒龙中短篇小说、长篇小说、散文创作进行专门研究的文章。刘醒龙的近作长篇小说《黄冈秘卷》的相关研究暂时未收入其中，拟以研究特辑的形式呈现在后续《刘醒龙研究》中。

在阅读编选的过程中，我们深刻感受到了刘醒龙文学作品及其研究所蕴含的强劲生命力。刘醒龙其人其文就是"不知疲倦"的存在，在作家充沛的创作热情下，刘醒龙文学似乎永远年轻、永远振奋，令人感怀。与之相应，刘醒龙文学研究也不甘落后，专家学者和评论家们在蜿蜒起伏中孜孜不倦地挖掘并呈现着这座文学矿藏的丰富面貌与立体品质。究其原因，大抵离不开其中奔涌着的蓬勃艺术生命活力。在颇具现场感的文字中，刘醒龙孜孜不倦探索文学奥秘、传承并建设文化"优根"的激情与活力可谓俯拾即是。如在《文学的正途》中，刘醒龙始终坚守作为新时代文艺工作者的风姿与气度，以款款深情探究中国文学的"何去何从"，对中国文学的生发土壤、创作导向、精神面貌等命题进行了深入言说。在《青铜大道与大盗》中，刘醒龙直言对社会上某些荒诞文化文学现象的忧虑与愤怒，由此提出"文化的本质是风范，文学的道理是风骨"等重要理念。这是刘醒龙对中国文学与文化的"高标准、严要求"。在刘醒龙与何言宏的对话《我们这个时代的文学重器》中，刘醒龙解答了《蟠虺》的创作过程、出版后的影响、《蟠虺》的主题等相关问题。对话紧紧围绕《蟠虺》对中国当代文学、当代文化的建设意义这一命题展开，刘醒龙表明了自己"借青铜重器来写家国尊严"的情怀，而且坦露了对具有健全人格的知识分子的推崇。在作家印象中，李正武将刘醒龙印象刻印在"对乡土中国的深切忧患"之上，揭开了刘醒龙文学的力之所向。朱小如则向我们展示了一个做任何事情"总有那么一股不服气和不服输的劲头，甚至是不求输赢，只要一时的酣畅"的刘醒龙形象，这份率真与执拗也许是刘醒龙永葆文学活力的秘诀。

刘醒龙具有充沛生命力的创作活动极富实践性与感染力，与之相应，有关文学作品的研究亦展现出勃勃态势。纵观本书中编与下编中所收录的相关研究成果，刘醒龙文学的各种文体类型都可以在其中找到归属，刘醒龙文学的影视改编、在国际上的传播与接受等也被学界纳入研究领域。其中，本书重点收录了关于《蟠虺》的研究成果。《蟠虺》是刘醒龙2014年推出的重磅长篇小说，无论是从题材类型上，还是在叙事技术上都是刘醒龙在小说创作上的别一种突破。小说以青铜重器曾侯乙尊盘的浮沉命运为言说线索，在诡谲多变的悬疑中谋篇布局，最终彰显出"识时务者为俊杰，不识时务者为圣贤"的铿锵主题，这是当时已近耳顺之年的刘醒龙以勃勃志气为自己、为读者、为社会树立的"气节与风骨"。与之相应，有关《蟠虺》的研究热度居高不下，学界同仁从不同的角度与视野对《蟠虺》展开探究。这些论文成果以充沛的生命力全面填补着《蟠虺》的文本空白，使得《蟠虺》的生命之树愈发茂盛。尽管《刘醒龙研究（二）》中已经收录了数篇有关《蟠虺》的论述文章，但是在本书的编选中，我们依然可以发现并收录二十余篇具有代表性的相关论述，研究活力可见一斑。这些论述形态各异，有贺绍俊、李星、何平等所作的精简有力的刊报书评；还有兼具学术性与印象性的"谈话体评论"，如於可训的《我们应该怎样读〈蟠虺〉?》便从"如何读"这一角度切入，对《蟠虺》的阅读背景、知识分子书写、物人互文的写作手法、精神内涵等方面娓娓道来，引导读者沉思品味，余韵无穷。李美皆的《刘醒龙印象与〈蟠虺〉》则是将作家论、作品论并重，在书写刘醒龙印象的基础上对《蟠虺》文本进行探究。此外，还有数篇颇具分量、逻辑严密、层次清晰的专门性学术论文。这些论述文体多样、形态各异，在庄严与日常的双重语境中勾勒出《蟠虺》的研究方阵。在此合力之下，《蟠虺》的人情人性、叙事策略、文化内涵、文史定位、现实意义等方面都获得了全方位的深入解读。

文学作品的生命，是在长期持续的阅读与探究活动中获得更生与创造的。从这个意义上说，刘醒龙文学的生命力不仅来源于作家本人投入的心志以及研究者的当下性探究，还与学界对刘醒龙文学的"重读"活动息息相关。如杨晓帆便将目光投诸刘醒龙早期小说之上，依此"探查刘醒龙后来写作观念与问题的缘起"，分析"刘醒龙对80年代文学主潮的契合与析出"，并"为考察新时期文学进入90年代后的相关争鸣提供文学史参照"。这种新角度给刘醒龙作品解读提供了开阔的文学史研究理路。李强则以"浪漫现实主义"与被误读的"分享艰难"作为研究着力点，跳脱出传统印象，选择在现代性与浪漫主义框架下重新解读刘醒龙90年代小说。毫无疑问，新的观照视野与学术结论给刘醒龙的小说注入了非常态而又意兴盎然的活力。从整体角度观照刘醒龙作品的研究成果其实也是别一种意义上的"重读"。如周新民的《论刘醒龙的小说创作道路》便以刘醒龙三十多年的创作整体作为观照对象。他指出在三个不同的创作阶段中，刘醒龙小说对中国传统文化的表现是不同的，从"注重表现中国传统文化的价值和意义"到"发掘现实社会生活中所蕴含的中国传统文化：舍己精神、忘我精神、忧患精神等"，再至"找到中华民族的文化密码'仁''慈''爱'以及'君子'之风"。此种历时向度的梳理，能够用一根主轴将刘醒龙文学创作轨迹加以串联，使早期已经达成共识的作品解读获得"当下"的剖析语境，从而给读者提供"原来如此"的感悟体验。

无论是"遍地开花"的文学体裁，还是以现实主义为底色"海纳百川"的言说艺术，抑或是深入历史、介入现实、重建文化自信的书写初衷，刘醒龙文学的勃勃生机已然凸显。与之相较，刘醒龙研究虽然也凭借着充沛的活力呈现出相当的实绩，但依旧存在着可持续开展的学术空间，比如对刘醒龙文学思想的研究，比较视阈下的刘醒龙文学研究、文学史视域中的刘醒龙研究、地域文学视阈下的刘醒龙文学研究等。我们热切盼望学界同仁在刘醒龙研究领域不断突破、不断超越，共同谱就刘醒龙文学的立体研究面貌。

最后要特别感谢本书中所有的文章作者，正是由于他们对刘醒龙及其研究的无私关爱，我们繁重的资料搜集与整理工作才得以顺利地展开并取得成效。感谢他们对华中师范大学、对刘醒龙当代文学研究中心的支持与帮助！我们将继续坚持踏实认真的态度，持续关注刘醒龙研究的最新动向与研究成果，继续推出《刘醒龙当代文学研究丛书》，争取不辜负各位同行与读者诸君的厚望与期待！

主编谨识

2021 年 3 月 4 日